«Красикова обладает замечательным даром рассказчика. Ей удаётся сочетать романтические истории с описанием ужасов сталинизма, переходить от детального описания советских детских домов к примерам российского антисемитизма и жестокости круглосуточных допросов в тюрьмах НКВД. Захватывающее и подчас чрезвычайно волнующее чтение. Поразительный первый роман очень одарённой молодой писательницы».

—The Jewish Chronicle

«Компетентность Красиковой в сложностях взаимоотношений России с Америкой характеризует её первый роман — захватывающую, напряжённую и проницательную межкультурную сагу, с искрящимся языком и увлекающим действием. Красикова драматизирует скрытые, постыдные стороны истории. В животрепещущем описании небезгрешных и, в то же время, храбрых героев, страстных эротически и политически, и их трагической борьбы за выживание Красикова мастерски и безжалостно вскрывает «весь тёмный механизм» тоталитаризма и задаёт вопрос: что значит быть героем, патриотом, человеком».

—Booklist

«Это дебютное произведение поражает глубиной и зрелостью, присущими серьёзному историческому роману: оно погружает нас в мало нам знакомое время и место и раскрывает его глазами героев, чьи идеи и предубеждения характерны и специфичны для того времени».

—Library Journal

«Красикова умело перемещается между героями и эпохами. Здесь присутствует и сострадание, и неожиданный юмор, но более всего — острое осознание того, как люди пытаются оставаться честными в чудовищных обстоятельствах. «Репатрианты» — страстный, несентиментальный и поразительно мастерски написанный первый роман, описывающий исключительную жизнь — жизнь по убеждениям, невзирая на цену».

—BookPage

«Репатрианты» — это истинная классика, роман развивается как настоящий триллер. Красикова провела исключительно тщательное исследование. «Репатрианты» основан на реальных событиях, начиная с американо-советских торговых отношений конца 1920-х, через войну, вплоть до антисемитских репрессий 1952 года. Эта книга не только информирует, но также задаёт вопросы и преследует моральные цели. Она заставляет читателя задуматься, какие решения он бы принял в аналогичных обстоятельствах и показывает, как надежду можно использовать против народа. Красикова демонстрирует подавление личного в угоду общественного под эгидой коммунистических «идеалов». Требование предавать друзей, страну, семью во имя служения Партии — пожалуй, самое психологически жестокое из всех этих «идеалов». Книга покрывает практически всю историографию СССР. Её повествование раскрывает подлинную историю, суть которой следует регулярно повторять. Значительный и очень нужный роман».

—Commentary

САНА КРАСИКОВА

РЕПАТРИАНТЫ

БОСТОН · 2023 · BOSTON

Сана Красикова *Репатрианты*

Перевод на русский: Александр Пинский и Тимофей Фридман
Редакторы Марина Ахметова и Тимофей Фридман
Второе издание, исправленное

Sana Krasikov *The Repatriates*
(*Repatrianty*)

Translated by Alexander Pinsky and Timothy Friedman
Edited by Marina Akhmetov and Timothy Friedman
Second Edition, corrected

This translation is published by arrangement with Spiegel & Grau,
an imprint of Random House, a division of Penguin Random House LLC

ISBN 978-1-950319275
Library of Congress Control Number: 2020944445

Book Layout: M·Graphics, © 2020–2023
Cover Design and Illustrations: Larisa Studinskaya, © 2020

Published by M·Graphics | Boston, MA
   ✉ mgraphics.books@gmail.com
   🖥 www.mgraphics-books.com

Printed in the USA

*Полине Роуз (Фридман)
посвящается*

ОГЛАВЛЕНИЕ

ПРОЛОГ

САРАТОВ, 1956

Августовским воскресеньем на платформе Саратовского вокзала появился однорукий мужчина с мальчиком. Поезд, который они ожидали, должен был прибыть в шесть. В это раннее вечернее время воздух уже начал остывать. Солнце снизилось, и его свет углубился и позолотил пыль, поднятую спешащими пассажирами. Пробившись через толпу сгрудившихся людей, мужчина достал самокрутку из кармана пиджака и зажал её в зубах. Выцарапав одной рукой спичку из коробка, он чиркнул её подушечкой большого пальца и наклонился над пламенем. Затянувшись папиросой, он оглянулся, чтобы убедиться, что мальчик не затерялся в толпе.

Всё лето железнодорожные станции были забиты так, как не были со времён войны. Чтобы как-то уменьшить зловоние, исходящее из общественных уборных, санитарные работники засыпали сортирные ямы хлорной известью. Мужчина настрого запретил мальчику ходить в эти заведения одному, прекрасно зная, что в них гнездились урки, готовые перерезать горло за деньги, запрятанные в нижнем белье. Волна преступности охватила города двумя годами раньше, когда первые осуждённые были выпущены на свободу. Это были карманники и проститутки, убийцы, воры и насильники. И только теперь, спустя три года с тех пор, как хозяин, наконец, околел, стали выпускать остальных: осуждённых по пятьдесят восьмой за агитацию и пропаганду, и за контрреволюционную деятельность, и за неверие в коммунизм, а также всевозможных других врагов народа, число которых было так неимоверно велико, что начальство не смело освободить всех сразу из-за привычной боязни беспорядков.

Они прибывали из Воркуты, из Печоры и Инты, из Колымы и Кенгира, и Перми. Они прибывали в то лето, двигаясь на юг с поездами, как брёвна вниз по взбухшей реке. Целые леса людей — сваленных, связанных и собранных вместе, а теперь пущенных в сплав в полую воду. Зимний лесоповал, летящий с пугающей скоростью.

Где-то впереди рявкнул гудок паровоза. Железный лязг и щёлканье напомнили о необходимости наполнить чайники. Когда раздался второй гудок, мальчик пожалел, что услышал его, и сразу укорил себя за эту трусость. Всю неделю он старался и не мог представить себе её образ. Теперь же, готовясь узнать свою мать в потоке незнакомых людей, вылившемся из вагона, он захлёбывался от отчаяния. «Девятый вагон», — произнёс мужчина и пропустил мальчика вперёд.

Его свежепостриженные волосы веером рассыпались по лбу, отчего он выглядел моложе своих двенадцати лет. Его одежда, хотя и не новая, была опрятна и выглажена.

С поезда сошла женщина — её рот застыл в умоляющей улыбке. Её непонятного цвета телогрейка напомнила мальчику одежду крестьянина, привозившего картошку в детдом. Поверх грубо подшитого платья свисала толстая кофта. Картонный чемоданчик, который она поставила на платформу, укреплённый металлическими уголками, был настолько мал, что было трудно себе представить, что в нём могло уместиться, кроме нескольких листов бумаги. Свет, которым озарилось её лицо, когда она узнала его, вызвал у него болезненный спазм в горле.

Она постарела, несомненно, лицо её было бледное и припухшее. Её когда-то точёные черты были изменены странно короткой стрижкой, к тому же раздвоенной с одной стороны наподобие ласточкиного хвоста. Только её глаза — эти прикрытые тяжёлыми веками синие глаза, которые всегда были самым важным элементом её лица, — выглядели тревожно знакомыми.

Мужчина подтолкнул его.

Она присела и обняла ладонями голову Юлика.

«Дай мне на тебя посмотреть, мой сладкий драгоценный мальчик». Она сказала это по-английски — на языке, который он не слышал и на котором не говорил почти семь лет. Он едва уловил смысл её слов.

Как бы поддразнивая его, она сказала:

— Ты не узнаёшь меня?

— Конечно, узнаю, мама! — он ответил по-русски.

— Это ничего. Я превратилась в старую ворону, правда?

Он не знал, как реагировать и потому фальшивым голосом сказал:

— Давай я понесу твой чемоданчик, мама!

Поезд отходил. Между вагонами мелькали кусочки неба. Но что же стало с её волосами? С её густыми, длинными кудрями, в которые он зарывал своё маленькое личико и которые он годами представлял себе во сне. Это было всё, что он помнил о ней. Их потеря воспринималась как измена. Он стоял и держал её чемоданчик; она подошла к Марку Павловичу — директору детдома — и обняла обеими руками его единственную руку. Перейдя на русский, она благодарила его за всё, что он сделал для её сына в течение этих лет. Юлик был потрясён: её голос, неожиданно ясный и громкий, звучал с сильным акцентом.

Как он мог это забыть?

— Нам будет его не хватать, — сказал директор, — Юлик был большой подмогой, — Он бросил короткий взгляд на уходящий поезд, — Вы сами увидите, какой он хороший мальчик. Замечательный работяга.

— Я не сомневаюсь в этом, — сказала она, положив руку Юлику на плечо.

Он почувствовал, как напряглось его тело. Ему придётся оставить школу, забыть игры за коровником, попрощаться с друзьями, со всей прошлой жизнью. От мысли, что он теперь будет жить с этой женщиной, ему захотелось разразиться горькими слезами. Директор, видимо прочтя его мысли, сказал: «Надеюсь, вы не будете возражать, если он побудет с нами ещё некоторое время». Это был, скорее, не вопрос, а обещание позаботиться о нём, пока она не встанет на ноги. Всё было оговорено заранее. Так поступали со всеми детьми освобождённых заключённых.

Глаза матери наполнились горькой благодарностью, но она всё же взглянула на Юлика, чтобы убедиться, что он не против. Он почувствовал укор совести. Было понятно, что она не могла взять его с собой. Марк Павлович спросил, не хотела бы она остаться на ночь, но она сказала, что подождёт ночного поезда на Москву. Там она попробует наладить свою жизнь, получить документы по реабилитации, найти работу, снять комнату, где они бы могли жить вдвоём. «Надеюсь, всё устроится к декабрю, — добавила она с неловким хриповатым смешком. — Мы тогда сможем отпраздновать Новый Год вместе. Вот будет славно!»

Годами он репетировал, что скажет маме, когда они, наконец, встретятся. *«Присядь, мама, отдохни. Я буду о тебе заботиться».* Сейчас же он почувствовал себя как солдат, уклонившийся от службы.

«Что ещё несколько месяцев после всех этих лет!» — сказала она. И с этими словами мама — призрак его утомлённого воображения — вернулась в его жизнь.

КНИГА I

1

«БРЕМЕN»

Разбитые сердца её родителей были платой за спасение собственной души. Эта уверенность помогла Флоренс пережить перипетии последних шести недель, но сейчас, на палубе «Бремена», неожиданно покинула её. Из-под узкой ладони Флоренс всматривалась в людей, собравшихся на причале. Майское солнце буйствовало в заливе, покрывая всё слепящим блеском. В воздухе висел запах угля и гнилой рыбы. Маленькие зеленоватые волны бежали от корабля к пирсу, где между незнакомыми людьми стояли её родители и братик. Она хотела окликнуть их, но поняла, что её голос будет заглушён криками чаек и прерывистыми гудками судового фагота.

Только купив билет, Флоренс сказала родителям, что она уезжает. И приготовилась к извержению семейного вулкана.

—Кливленда тебе было мало!—крики её отца сотрясали гостиную их флэтбушской квартиры,—*В Россию!* Тебе надо поехать туда, где стреляют людей только за то, что они едят свой кровный хлеб?

Она отбрыкивалась, как могла: —Никто из тех, кто там был, ничего подобного не рассказывал.

Он повернулся к матери:

—Никто не рассказывал! Их обдурили, Флори. И *тебя* обдуривают.

—Конечно, а фабрики жгут солому, чтобы дым из трубы шёл? Ты думаешь, я такая дурочка, что не знаю из какого жульнического мира прибыл мой отец? Молодой парень, как раз годный для призыва...

—Никто меня не призывал!

Его глаза наполнились недобрым подозрением.

— Покажи свой партбилет!

— У меня его нет! — крикнула она, дрожащим от слёз голосом, — Бога ради, никакая я не коммунистка!

— Тогда почему, Флори? Только скажи мне, почему. Что это за сумасбродство, чтобы молодая девушка хотела бросить свою семью, свой дом, всех, кто её любит? На другой конец света!

Она не могла признаться ему. Не могла показать ему фотографию тёмноглазого мужчины с татарскими скулами, запрятанную на дне ящика в её комоде. Пусть лучше думают, что она коммунистка, чем шлюха.

— Я же не навсегда уезжаю, папа! — произнесла она охрипшим от крика голосом.

— Тогда скажи нам *как надолго?*

— Я *не могу* сказать. На год, может дольше.

— И выбросить ещё год жизни?

— Я хочу жить *своей* жизнью.

— Тогда езжай! С меня хватит, — произнёс отец. Лицо его приняло нравоучительное выражение. — Пусть никогда не наступит день, когда тебе придётся испытать нашу боль.

Несмотря на угрозы, родители пришли её проводить. Мама отдала ей меховую шубу, чтобы «пережить снежную российскую зиму». Отец купил дорожный сундук. Они стояли и смотрели, как судовой грузчик опустил его в трюм, где сундук потерялся, как спичечный коробок среди остального груза — огромных ящиков и бочек, хромированных автомобилей и пианино. Братишка Сидни отдал ей свой любимый бойскаутский компас, холодный скошенный край которого Флоренс сейчас до сладостной боли вдавливала в мякоть большого пальца. Она обнаружила его в своей сумочке уже на борту и хотела сойти, чтобы вернуть его Сидни, чья ондатровая шапка жёстких волос всё ещё мелькала в толпе на причале. Но было поздно: пассажиры третьего класса уже поднимались на борт, заблокировав сходни своими неуклюжими узлами. Датчане, поляки, немцы — такие приземистые в своих зимних облачениях и резиновых сапогах. С американскими детьми они возвращались в свои страны в поисках работы. Флоренс вдруг подумала, что смотрит старый ролик с Эллис Айленда,*

---

* *Ellis Island* — остров в устье реки Гудзон около Манхэттена, служивший пунктом приёма иммигрантов.

перевёрнутый депрессией задом наперёд: массы иммигрантов, возвращающихся на судно, гонимые через громадный человеческий пакгауз, а Леди Либерти* машет им на прощание.

Её задумчивость была прервана сварой на палубе. Кто-то требовал пронести на борт куриный инкубатор вместо того, чтобы отдать его в трюм. В суету вмешался крик петуха, спорящего с третьим гудком парохода. Воспользовавшись давкой и беспорядком, один из поляков решил пройтись по рядам «с кружкой». Заметив высокую симпатичную девушку в хорошо сшитом зелёном костюме, он принял Флоренс за богатую молодую даму и обратился к ней на сильно исковерканном английском, призывая помочь бедным безденежным экспатриантам. За хлопаньем канатов и портовым шумом его рассказа не было слышно. Ей вдруг показалось, что кто-то выкрикнул её имя голосом отца — галлюцинация, вызванная звуками воздушных завихрений. Флоренс достала кошелёк и дала мужчине монету.

Она уже нетерпеливо ожидала отправки, как вдруг новая суета охватила толпу. На сходнях девушка лет восемнадцати уронила очки и ощупью пыталась их найти, время от времени огрызаясь на людей, напиравших на неё сзади. В её близоруком вызывающем прищуре Флоренс почуяла диковатый взгляд человека, научившегося не стесняться своей угловатости. Девушка, привыкшая быть не в своей среде. Но больше всего Флоренс поразила её внешность: она могла быть самой Флоренс — помоложе, пониже, пополнее, но в остальном — почти семейное сходство. Её кожа — почти такая же бледная, её кудряшки — чуть более тёмные, чем у Флоренс, были сильно закручены, тогда как Флоренс научилась приручать свои с помощью распрямителя и расчёсок. Кого-то послали с корабля, чтобы помочь девушке, и вскоре её очки были извлечены из зазора между планками сходен. Шум суеты был опять заглушён последним сигналом с корабельной высоты. Трубы выплюнули клубок угольного дыма, и машины буксиров пришли в движение. Наконец «Бремен» почти незаметно, задним ходом скользнул в Гудзон.

Судно вспенило и рассекло воду, и стайка чаек с причудливой окраской крыльев, кружа, последовала за ним. Толпа на пирсе

---

* *Lady Liberty* — статуя Свободы.

стала потихоньку рассеиваться, и вместе с ней растворилась её семья. Только чайки продолжали держаться за судном. Следуя за «Бременом», они взлетали и падали в воздушном тоннеле, который как бы толкал корабль и всех, кто был на нём, в путь, необратимо увлекавший их в яркое грозное море.

***

Наутро ничто: ни деревья, ни здания, уже не заслоняло лучи солнца. Флоренс сидела в палубном кресле в тени фестончатого навеса. От океанской прохлады её руки покрылись мурашками. Она достала тёмные очки и попыталась читать книгу, взятую с собой в путешествие: «Красная добродетель; межличностные отношения в новой России» Эллы Уинтер. Стиль автора с трудом позволял продвинуться далее двух страниц. К тому же, сейчас её куда больше занимали совсем иные межчеловеческие отношения: на верхней палубе, в первом классе, высокая дама с впалыми щеками и фигурой охотничьей собаки прогуливалась под руку со смуглым и заметно более молодым мужчиной. Его волосы были прилизаны назад под Валентино. Спина застыла в военной выправке, даже когда спутница потрепала его по плечу и провела тонкими губами по уху.

— И что вы о ней думаете?

Флоренс повернулась и обнаружила девушку, виденную накануне. Её черепаховые очки теперь прочно укрепились на короткой переносице. Кудрявая головка была увенчана вязанным, сидящим наискосок беретом.

— Извините?

— Элла Уинтер. Ваша книга. По мне, так ещё одна фальшивая Маргарет Мид.

Флоренс нахмурилась и взглянула на обложку.

— Она, похоже, была сильно разочарована, обнаружив, что её русские оказались не такими безграмотными дикарями, как самоанцы,— продолжила девушка без всяких предисловий.

— Вы её читали? — спросила Флоренс недоверчиво.

— Я прочла всё, что мне было нужно, в обзоре, напечатанном в журнале «Американец». Они напечатают любое, так называемое, исследование, если оно вышло из-под пера миссис Линкольн Стеффенс. *Вам* нравится?

Это не был вопрос, а скорее априорное отрицание её вкусов, поэтому Флоренс сочла его не заслуживающим ответа. Книга на самом деле была ужасно скучной. Но чрезмерная категоричность этой странной девушки заставила Флоренс огрызнуться.

— А как насчёт Дороти Томпсон — вы её тоже не будете читать, потому что она Миссис Синклэр Льюис?

— Какое неудачное сравнение! — девушка шлёпнулась в соседнее кресло. — Томпсон — королева пресс-корпуса. Уинтер — просто ещё одна суфражетка, родившаяся с запозданием на двадцать лет.

Глаза девушки — такие же голубые, как у самой Флоренс, горели жаждой спора, что вызывало дополнительное раздражение, тем более, что однажды она уже прошла через это. Флоренс чувствовала, что вступив в спор с этим созданием, она бы вернулась к той версии себя, от которой пыталась избавиться. В средней школе и колледже Флоренс получала хорошие отметки, но где-то она понимала, что преподаватели, которые ей нравились, не отвечали ей взаимностью. Историчка однажды похвалила её перед другими: «такая девушка может срубить дуб бейсбольной битой» — она съёжилась от мысли, как тогда не почувствовала двусмысленность этой фразы.

— Почему суфражетка? — спросила она с осторожной небрежностью.

— Место женщины из рабочего класса рядом с мужчинами из её же класса, а не с женщинами из других классов. Это начальный Маркс, если она хоть раз попыталась в него заглянуть.

— Если бы вы попытались заглянуть в *неё*, вы бы увидели, что она понимает, что Маркс утверждает это только в отношении обществ, которые ещё не избавились от классов. Как бы то ни было, я читаю её не *для* теории.

— Я так и знала! Вы направляетесь в Россию, как и я. — Девушка выбросила вперёд руку: Эсси Франк.

— Флоренс Файн.

Меньше, чем за минуту на Флоренс высыпался град вопросов. Каким классом она едет? Откуда она? Где училась? Где собирается остановиться в Москве?

— В Интуристе? — Эсси воскликнула с ужасом. — Они сдерут с вас шкуру. Они со всех иностранцев берут втридорога. — Эсси, похоже, собиралась ночевать в рабочем общежитии Института иностранных языков, где её уже ждала работа.

— Я пробуду в Москве только пока не достану билет в Магнитогорск,— Флоренс произнесла это с мистическим видом в надежде исключить дальнейшие расспросы. «Бремен» делал остановки в Копенгагене, Данциге и Либаве, и Флоренс ещё не встретила никого, кто бы, как она, сходил в Латвии и пересаживался на поезд до Москвы. Судя по разговору, Эсси лучше подготовилась к путешествию, захватив лишние паспортные фотографии, а также разные предметы на продажу или для подарков. Её подготовка выглядела вызовом для беспечной веры в будущее самой Флоренс.

— Магнитогорск—это далеко на Урале!—сказала Эсси, то ли под впечатлением от храбрости Флоренс, то ли поражённая её бравадой.—У вас есть там работа или что-нибудь?

Флоренс не знала, как ответить. Она сама не была уверена, в погоню за какой мечтой пустилась: о советском обществе или о конкретном темноглазом советском человеке.

В этот момент компания пассажиров из третьего класса вывалилась на палубу. Один из мужчин помахал Эсси рукой.

— Это твоя группа?—спросила Флоренс, незаметно переходя на «ты». Эсси выглядела смущённой.

—Нет-нет, вообще-то я не с ними…—вторгшись в личный мир Флоренс, Эсси теперь ревниво охраняла свой.—Видишь ли, была вакансия, и я в последнюю минуту достала дешёвый билет… Они все выходят в Данциге.

—А-а,—Флоренс снова обратила внимание на пару в первом классе. Борза́я в шёлковой пижаме, безудержно смеясь, изогнулась в экстазе, а загорелый любовник в аскотском галстуке сжимал её талию, как бы удерживая спутницу от перелома.—Как будто они позируют для фотосессии,—заметила Флоренс.

—И кто бы подумал, что это они скрываются от прессы,— неожиданно вставила Эсси.

—Ты *знаешь*, кто она такая?

—Все на этом корабле знают. Это Мэри Вулфорд, наследница газ-электро, а это её новый альфонс. Он аргентинский игрок в поло и легендарно эротичен. Ох, не будь так шокирована; он слишком тёмный для американца. Он её муж *пи́mero tres*.

Флоренс была шокирована не оттенком кожи нового мужа, а Эссиным превосходным знакомством с корабельными сплетнями.

— Смотри, она опять поправила ему рубашку.

— Надеюсь, она не засалит её гелем от его волос,— пошутила Эсси.

Они прыснули хором:

— Знаешь, как говорят,— вставила Эсси,— со спины красоткой слыла, в лицо — как старая кобыла.

— А он, похоже, любит лошадок,— продолжила Флоренс, и новый взрыв смеха привёл их обеих в изнеможение, так что они откинулись в своих креслах с красными от смеха лицами.

Эсси сняла очки и вытерла глаза, а Флоренс ощутила себя почти очарованной этой девушкой с ямочками, как будто сделанными буравчиком.

— Не поднимай голову,— сказала Эсси, удерживая Флоренс за руку,— там пара студентов пританцовывает к нам.

Флоренс оглянулась и увидела двух молодых людей в вязаных свитерах, которые ещё с завтрака кружили по палубе.

— Больше похожи на бурсаков,— сказала она, вытягивая ноги, чтобы ухватить ещё кусочек драгоценного солнца и дать мальчикам возможность лучше оценить их.

Молодые люди, тихонько посовещавшись, решились подойти.

— Мы не хотим вмешиваться в ваш разговор, девушки,— начал тот, который покороче. Он был лопоухий, с радостным лицом.— Но мой друг убеждён, что вы Норма Ширер.

Парень был не первый, кто заметил это сходство. В лучшие времена Флоренс сама могла видеть это в зеркале: глубоко посаженные серо-голубые глаза, орлиный профиль, который некоторые называли «королевским», нечто среднее между невинностью и высокомерием.

— Я могу быть хоть Ал Джонсон, дорогой мой,— сказала она,— если у вас есть «Лаки».* У нас кончилось курево, как видите.— Подбодрённая морским воздухом, она звучала, как завзятая кокетка.

Молодой человек вывернул карманы:

---

* *Lucky Strike* — популярный сорт американских сигарет.

— Сожалею, Мисс Ширер, никакого табака перед соревнованиями — тренерские правила. Но мы можем достать вам корабль пустыни* из буфета…

Вернувшись с сигаретами, они представились как Джек и Брайан на пути в Германию в составе Нью-Хэйвенского теннисного клуба, в качестве гостей Рот-Вайссовского теннисного клуба. Флоренс распечатала принесённую пачку «Кэмел» ногтем и дала одну сигарету Эсси.

— В Россию! Это совсем к чёрту на кулички! — воскликнул Брайан, когда они сообщили ему, куда направляются. — Вперёд, на стройку Красного Рая?

— Ну да! — заметила Эсси серьёзно.

Парни смущённо улыбнулись её реплике и опять обратились к Флоренс. Она заметила, что если Эсси высказывалась в компании, она произносила что-нибудь неуместное, что уж точно не могло привлечь мужское внимание. Вскоре парни должны были идти на тренировку (оказывается, где-то в лабиринтах судна был нормального размера теннисный корт), но перед уходом пригласили девушек присоединиться к их команде на послеобеденный стаканчик.

— Если нам ещё не пора будет спать, — сказала Флоренс, помахав им рукой с зажатой между пальцами сигаретой.

* * *

Вечером, после второго звонка на обед Флоренс встретилась с Эсси в устланном ковровой дорожкой коридоре около каюты Кронпринца. Она осмотрела Эссину юбку и туфли и сказала:

— Пойдём со мной.

Стоя на спальном уровне кабины, Эсси осмотрелась с нескрываемой завистью:

— Это всё тебе одной?

— Обычно каюты второго класса не распродаются. Какой у тебя размер обуви?

— Шесть с половиной. Нас запихали по восемь в комнату, но на самом деле, нас девять — есть ещё один четырёхлет-

____

* *Camel* — «Верблюд» — сорт американских сигарет.

9

ний, а остальные социал-демократы, которые всю ночь спорят по-польски, так что не сомкнуть глаз.

— У меня только восьмой размер. Надо будет напихать что-нибудь в носок. Вот померь это,— Флоренс кинула ей свободное платье с широкими рукавами.

— А что не так с моими туфлями?

— Всё с ними в порядке, если тебе всё равно, какой левый, а какой правый,— они такие квадратные.— Она прищурилась на платье и сказала: — Надо будет перетянуть в талии,— хотя о талии Эсси лучше было не упоминать.

— Проблема у меня с волосами,— сказала Эсси расстроенно,— эта соль в воздухе делает из них птичье гнездо. Если бы у меня были твои кудри…

— Могут быть и у тебя. Просто надо их накрутить на горячие ножницы. Я покажу тебе потом,— сказала она,— а сейчас мы опаздываем.

* * *

Нью-Хэйвенские игроки — около дюжины, расположились за одним из высоких столов недалеко от бара. Коллективно они излучали почти пугающий дух здоровья. Приход Эсси и Флоренс не вызвал у них никакого интереса за исключением Брайана, который бодро притащил дополнительные стулья.

— Пару «Джо Рикки» сюда,— он постучал стаканами,— Нам сказали, что у них кончился джин, так мы перешли на бурбон.

— Три «Рикки»,— поправил розовощёкий шестифутовый парень рядом с Флоренс.

— Ты уже принял столько, что хватило бы надраить палубу, Кип,— заметил кто-то. Не обращая внимания, Кип поднял палец, подзывая официанта.

— Вот, что я вам скажу: Кубок Дэвиса стал слишком большим,— произнёс молодой человек, которого звали Лэсли.— Никто больше не слышит своего имени. Только и слышишь «преимущество Штатов» или «Франция четыре, Англия два». Судьба всей страны на твоей шее.

Флоренс понятия не имела, о чём они говорят, и обрадовалась, когда Брайан спросил, в самом ли деле они едут в Россию.

— А что, не похоже? — ответила она.

Кип окинул их скучающим взглядом и сказал:

— Французики, кажется, не чувствуют накала.

— Немцы чувствуют, я точно знаю,— сказал Лэсли.— И их Гитлер твердит им об их физическом превосходстве.

— Пока у них есть фон Крамм, они могут выиграть Кубок. Одна призовая лошадь — этого достаточно.

— Кто из них фон Крамм? — спросила Эсси, включившись в разговор с запозданием. Но парни продолжали беседу, не обращая внимания.

— Если фон Крамм будет играть.

— А почему бы нет?

— Он и старина Хиттс не очень-то приятельствуют. В прошлом году он назвал герр Фюрера маляром.

— Я слышал, что Риббентроп пытался записать его в Наци, но фон Крамм отослал его жрать сено.

— Слишком аристократ для них, а?

— Нет, он сердит на них за то, что они выгнали его дружка Даниела Пренна из команды.

Флоренс заметила, как Эссины глаза зло засветились — она уловила.

— Это отвратительно,— сказала Эсси,— как они изгоняют еврейских спортсменов.

— Они вредят себе, изгнав Пренна,— сказал Брайан.

— Пренн нормальный игрок,— признал Кип,— но незаменимых нет.

Пока Флоренс раздумывала, как правильно включиться, Эсси уже выскочила:

— Это немыслимо,— продолжала она с напором,— как можно было позволить Германии принимать Олимпиаду, когда они изгоняют еврейских игроков...

— Просто *немыслимо*! — вызывающе передразнил Кип,— Пренн может идти играть за кого-нибудь другого, если ему не нравится. Бриты схватят его сразу.

— Или русские. Он один из них, не так ли?

— Германию надо выгнать из Игр,— заключила Эсси.

— Тебе не нравится их политика? Мне, так, не нравятся ни нацики, ни большики,— сказал остроносый малый с короткой стрижкой.— Давай выгоним их. И заодно этих вонючих греков, почему бы и нет?

Схватив наживку, Эсси бросилась в атаку. Но никто её не слушал. Даже для Флоренс она выглядела, как шнауцер среди доберманов.

— Я бы сказал, что твоя подруга — как мокрая рыба на суше, и на мили вокруг больше ни одной, — прошептал Брайан Флоренс. Флоренс застыдилась своего молчания, позволив Эсси одной получить трёпку от этих гоев.

— Ладно, ребята, никакой политики на сегодня, — взмолился кто-то. — Пусть Олимпийский комитет с этим разбирается.

— Они и *разобрались*, — заметил Кип, — Брэндэдж сказал, что весь трёп о еврейских спортсменах — это брехня.

— И эти комитеты всегда на высоте, — вставила Флоренс, воспользовавшись моментом и заглотнула остатки своего «Рикки». Её холодный взгляд упёрся в Кипа: — Это не брехня, что половина мира призывает к бойкоту.

— Не половина мира, а только горстка евреев и коми, которые хотят вовлечь нас в новую войну. Всем спокойной ночи, — сказал он, встав во весь свой арийский рост.

— *Auf Wiedersehen!* — крикнула ему вдогонку Флоренс, схватив Эсси за руку, прежде чем та успела выпалить ещё что-нибудь язвительное.

* * *

— И это те, кто теперь считается лояльными патриотами, Флоренс! Первоклассные мракобесы, размахивающие американским флагом. Вот кто теперь во главе, и вот почему я завязываю с этими замечательными Соединёнными Штатами.

Флоренс слышала набирающиеся в голосе у Эсси тяжёлые слёзы. С момента, когда они вошли в каюту, она говорила, не переставая.

— А то я не знаю! — бодро поддержала её Флоренс, удивившись, почему Эссино возмущение так подбодрило её саму. И тут она поняла, что впервые с того момента, как она рассталась со своей семьёй и оказалась на борту корабля, она была абсолютно уверена в правильности своего решения. Америка ничего не могла ей предложить.

— Заумные свиньи, уткнувшиеся рылами в изысканные напитки, а головами — в песок. Лицемеры, сюсюкающие с фашистами, пока те вооружаются против всей Европы! — Эсси понесло. И эти люди будут первыми, кто назовёт предателями моих родителей.

— Не плачь, Эсси, или хотя бы сними моё платье.

— Извини, — сказала Эсси, вытирая нос рукой. Она сняла Флорино платье, обнажив лямки пожелтевшего лифчика и трусы. — Смотри, — воскликнула она, — У меня даже нет с собой нового трико и подходящего пояса. Была бы жива мама, она бы сводила меня в магазин, но я не хотела просить денег у отца. Ой, Флоренс, он даже не пришёл меня проводить. И хуже всего, что я же в этом виновата. Правда, я сама не велела ему приходить, но я не думала, что он послушается… Не делай такое лицо!

— Я ничего не делаю.

— Я думала, что он всё равно придёт. Но я слишком много гадостей ему наговорила. Жуткие гадости… Понимаешь, мы должны были все быть на этом корабле. Папа, сестрёнка Лилли и мама тоже… Нет, ты решишь, что я ужасная, если я тебе расскажу.

— Ну что ты, милая, — Флоренс подобрала Эссину одежду с пола и присела с ней рядом. — Что бы это ни было — это всё в прошлом.

АГНОЗИЯ

Большую часть моей жизни меня звали Юликом, но сейчас меня знают как Джулиана. Хотя я появился на свет на тёмных берегах Волги, моё свидетельство о рождении недвусмысленно обозначило мою национальную принадлежность как «американец». Этим я обязан своей матери, Флоренс Файн, решившей, что разумнее будет меня записать янки, чем евреем. (Сама она могла претендовать на оба этих наследия). В 1943, на острие двусмысленной победы над нацизмом, её решение могло быть продиктовано теми же соображениями, которые сохранили крайнюю плоть всем еврейским мальчикам моего поколения. Опять же, может быть, нервозность Флоренс была вызвана не нашествием фашистов, а её же собственными советскими товарищами.

Как ни печально, никто не может сказать с уверенностью.

Я никогда не спрашивал мать, что ею руководило, да и навряд ли она бы мне честно сказала, если бы я и спросил. Умолчание и забывчивость были её, как и многих других, кто носит в себе неразделённую любовь к безнадёжным идеям, неотъемлемыми свойствами. В качестве камуфляжа, «американец» было для еврея столь же удачным прикрытием, как свитер для пуделя. Но в одном важном аспекте это определило мою дальнейшую жизнь: это придало чёткую форму моему чувству обособленности. Может, сегодня в этом нет ничего особенного, когда самое плохое, что может случиться с ребёнком—это быть как все. Но в то время, когда скромная незаметность была полезным качеством, мой американизм был, как родимое пятно, делавшее меня одновременно и чудаком, и аристократом. Даже в государственном детдоме, когда я боялся, что мальчишки узнают об этом моём отличии, я лелеял в себе горьковатую правду о моей тайной причастности к этому куску карты цвета авокадо, о котором наши учителя говорили с какой-то почтительной ненавистью.

И только вступив в 1979-м году на американскую землю, я вдруг превратился в обыкновенного советского обывателя — *совка*. Вежливое недоумение на лицах моих патронов дало мне понять, что тот английский, на котором я говорил (преимущественно про себя) с детства, был для них также понятен, как китайский. Хотелось бы думать, что за три десятилетия американского бытия я сильно продвинулся в восстановлении этих своих корней. Пиво я пью охлаждённым. Я чищу зубы флоссом. Я даю чаевые, как минимум 15 процентов. Мой акцент теперь стал неопределённого происхождения. Когда мне теперь приходится бывать в России, меня радует, что мои бывшие соотечественники идентифицируют меня, прежде всего и более всего с моим синим паспортом.

Так зачем же я приезжаю обратно? Простейший ответ — потому, что я теперь работаю в бизнесе, который сделал для сотрудничества и дружбы наших славных держав больше, чем десятилетия мирных переговоров и договоров о нераспространении. Я говорю о Большой Нефти. Последние четыре года я работаю в одной из полудюжины нефтегазовых компаний, чьи вашингтонские офисы образуют плотный полукруг (или, как некоторые говорят, петлю) вокруг нашей столицы. Моя специальность — ледоколы. Это многотонные мегалозавры, проламывающие паковый лёд, чтобы вы и я могли наполнить свои бензобаки остатками палеозойских кладбищ. После того, как несколько таких кладбищ были открыты в Российской Арктике, я не испытываю недостатка в работе. Каждые несколько месяцев я упаковываю свой поликарбонатный «Римова» и сажусь на ночной рейс в Москву. К утру я прохожу таможню в Шереметьево под безмолвным взглядом матроны, которая с утончённым презрением сравнивает мою физиономию с паспортной фоткой, напоминая мне о том, что в России я, как и любой другой иностранец, никто. Мне прилично платят за это отрезвляющее унижение.

Если кому-то показалось, что деньги — это единственная причина, вынуждающая меня летать туда, то это не так. Что меня там привлекает — так это возможность повидаться со своим сыном Ленни, который последние девять лет сам гоняется за своей фортуной в Москве. В самом деле, гоняется. Я узнал некоторые подробности, о которых Ленни мне не рассказывал. Но убедить сына примириться с неудачей в России и вернуться домой оказалось труднее, чем вытащить оттуда мою мать тридцать лет тому назад. Непоседливость и упрямство — врождённые качества в нашей семье. Будь Флоренс жива, она бы подивилась тому, как упёрся её внук. Её собственное упорство было образцом благородного бунта, сродни голодным забастовкам Ганди. В 1978-м году, когда мы готовились к отъезду, она не только отказалась эмигрировать вместе с остальной семьёй, но даже отказывалась произносить слово «Америка». Только после несчастного случая она стала робко, испытующе возвращаться к этому вопросу. «Вы всё ещё собираетесь в… это место?» — сформулировала она. Это место. Пару лет назад я прочёл о неврологическом состоянии, в которое иногда впадают жертвы инсульта. Человек, страдающий этим синдромом, может, глядя на лампочку, назвать все её элементы: нить накаливания, проволочки, стекло. Он может описать её форму и свойства. Но за всё золото Аравии он не сможет вкрутить и включить её. Это состояние называется «агнозия». Древнегреческий термин для «незнание». При этом органы чувств не поражены и нет потери памяти. Просто человек теряет способность узнавать вещи такими, какие они есть. Я часто думал, не попала ли мама в лапы похожего недуга.

Может быть, я был бы менее строг к матери, если бы она была обыкновенной русской, страдающей *национальной формой Стокгольмского синдрома*, называемого там патриотизмом. Но, ведь, она не была такой. Она была американкой, как я сейчас, и даже более. Она выросла на усаженных вязами улицах Флэтбуша и Бруклина, дебатировала о «Документах Федералиста» в старших классах школы Эразмус Холл, изучала математику в числе первых эмансипированных студенток Бруклинского колледжа с совместным обучением, слушала «Беседы у камина» Рузвельта и смотрела, как Кагни целует Харлоу на экране Парамаунтского кинотеатра. Как бы она ни притворялась, что всё это забыто, я никогда не верил, что всё нью-йоркское воспитание могло быть соскоблено с её памяти, как старая шелушащаяся краска. Я и по сей день уверен, что для неё когда-то был узнаваем запах свободы.

ГАРЛЕМ–БРУКЛИН

НЬЮ-ЙОРК, 1931–1932

Однажды вечером звук посуды из столовой оторвал Флоренс от чтения. Сердитый звон, производимый матерью, заставил её застыть. Затем она услышала голос отца:

— Ты ещё ей не сказала?

— Ты сказал, что после Рош ха-Шана.

— А после Рош ха-Шана будет Йом-Кипур, и после этого…

— Да, Сол, мне нужна помощь в эти недели! Ты хочешь, чтобы наша дочь готовила для всей твоей родни?

— Ладно, но мы должны предупредить Сисси сейчас. Так будет правильно.

Звон посуды прекратился:

— Я не знаю, что обо всём этом думать, Сол.

— Мы прекрасно обходились без домработницы. Она всё равно приходит только три раза в неделю, с тех пор как дети выросли.

Флоренс отложила яблоко, которое жевала. Упоминание Сисси — её старой няни, которая всего несколько месяцев назад, подметая пол, согласна была слушать, как она репетировала свою роль в школьной постановке Дидо, вызвало спазм в горле.

— Мне не двадцать, — доносился голос матери с другой стороны кухонной двери. — Я не могу уже на коленях скрести эти ступени.

— Флори может помочь.

---

* Первая часть этой главы — *Гарлем* — не была включена в опубликованное издание романа и с разрешения автора взята из ранней версии романа. — *Прим. пер.*

—Флоренс? Она даже не знает, как выкрутить тряпку. Может быть, если бы ты позволил ей когда-нибудь пошевелить пальцем в этом доме… Упаси Бог—*«не трожьте Флори, она читает. Пусть девочка занимается»*.

—Ну ладно—сказал отец примирительным тоном.—Если ты не хочешь отпускать Сисси, можно перестать платить взносы в синагогу.

—Ты в своём уме?

—Мы редко когда ходим туда.

—У Сидни в апреле бар-мицва.

—Мы можем устроить её в Комьюнити-Центре. По крайней мере, их ребе не завёл себе трёх ассистентов для составления речей, пока он сам играет в гольф.

—Сол, это будет выглядеть чёрной неблагодарностью после того, как Кантор Кляйнер так упорно работал с Сидни над его заиканием!

Со стороны Сола последовало молчание—молчание, в котором Флоренс слышала всё отцовское недовольство организованной религией вообще, и их роскошной синагогой Мидвуд, в частности. Работая актуарием в течение многих лет и занимаясь расчётами, касающимися наиболее значительных событий в жизни людей—их рождений, свадеб, детей, болезней, несчастных случаев и, в конце концов, их смертей—Сол уже верил в Бога Авраама не больше, чем в Бога, который вёл себя, как карточный дилер. Но еврей-атеист, всё же еврей, и он ответил:

—Только до апреля, Зельда.

* * *

Зельда распрощалась с Сисси прямо перед Рождественскими праздниками. Мать дала Флоренс коробку из-под обуви с предметами, которые Сисси забыла: пара бакелитовых гребней, квадратная крепдешиновая косынка и карманная Библия со штампиком внутри: «Строевая служба, 1914 год»—и просила отправить её по почте. Что-то удержало Флоренс от отправки этой коробки сразу—может быть, это был дух прошлого, исходящий от неё, или аромат бергамотного масла для волос, сохранившийся в косынке,—все запахи недавнего детства. Перебирая эти осиротевшие предметы, Флоренс ощутила такое острое чувство вины, что у неё перехватило дыхание. Родителей не было дома — они навещали брата Харри в Ривердэйл, а Сидни одевался, готовясь к занятиям для бар-мицвы. Поправляя воротничок, он следовал за Флоренс из комнаты в комнату, рассуждая о новом списке игроков «Кардинала».*

— Им не следовало бы продавать Граймса чикагским «Кабсам», — сетовал он с любительской проницательностью. С тех пор, как «Янки» разбили его любимых «Доджеров», он считал, что наступило время расплаты. Единственная команда в лиге, которая имела хоть какой-нибудь шанс побить «Янки», была «Кардинал», но у них была неправильная стратегия. — Они отбирают игроков из младшей лиги и выбрасывают старых ветеранов из клуба. Это может принести им несколько лёгких побед, но это плохой способ создавать команду, — он сбежал по лестнице за Флоренс, продолжая щебетать. Безостановочная болтовня брата обычно забавляла её, так как думать и говорить для Сидни были не раздельными занятиями, а одним непрерывным процессом. Но сегодня его трескотня была несносной для неё и сильно резала ухо. Она сунула Сиссину коробку в ранец и закрыла его.

— Ты куда?

— Отправить Сисси её вещи.

— Почему она сама не может их забрать, когда вернётся?

Флоренс молча повернулась и уставилась на него. Что ли мама ему не сказала? — Где ты пропадал, Сидни? Она не вернётся.

— Что ты говоришь, не вернётся?

— Мама её уволила. Как ты думаешь, почему её не было так долго?

— Я думал, что она взяла отпуск…

— Отпуск? — Она порылась в ранце в поисках клочка бумаги с гарлемским адресом.

— Она чем-нибудь рассердила маму?

— Тебе не пора ли в Еврейскую школу?

Но он не сдавался:

— Она что-нибудь украла?

---

* *«Кардинал», «Кабс», «Янки», «Доджерс» — названия американских бейсбольных спортивных команд.*

—Ты что—идиот? Как ты мог такое подумать?

—Я не знаю. Почему мама её уволила?

—Потому что мы не можем себе сейчас позволить домработницу, *capisci*? Или ты не заметил? Харри без работы, а мы должны платить взносы в синагогу до конца года, чтобы ты мог постоять десять минут перед всеми и, заикаясь, прочесть три куска из Торы.

Расстройство на его лице превзошло все её ожидания. Зелёно-карие радужки его глаз выглядели потресканными, как стекло в пузырьке от лекарств.

—Я не в-в-виноват! Я даже и не хоч-ч-чу этого!—он почти кричал на неё.

—Поздно, суслик. Из тебя сделают мужчину, хочешь ты этого или нет, даже если нам придётся есть репу круглый год.

Наверно, было гадко выдать ему эту правду так бесцеремонно, но он должен был её знать.

—Я задержусь сегодня. Буду дома к обеду,—сказала она, и, желая приласкать его, положила ему на голову руки в перчатках. Он не пошевелился, и ей не оставалось ничего другого, как бросить его, как сломанную куклу, и выйти на улицу в холодное февральское утро.

* * *

Поездка на метро, казалось, длилась целую вечность. Флоренс сидела с коробкой Сисси на коленях, поглаживая переплёт Библии, на котором было выбито золотыми буквами: «Строевая Служба, 1914 год». Солдатская Библия. Флоренс вспомнила, что Сисси пару раз упоминала сына. Был ли он на войне? Жив он или нет? Флоренс никогда не приходило в голову спросить. Эти мысли потянули её в нежелательном направлении. Чтобы отвлечься, Флоренс убедила себя, что были напечатаны тысячи таких Библий, и что Сисси, вероятно, подобрала её где-нибудь из ящика в Армии Спасения. На каждой станции Флоренс поднимала голову, чтобы не пропустить 125-ю улицу. Она вдруг почувствовала урчание в животе. Утром схватила только кофе и крутое яйцо и теперь ощущала голод, усиленный нервозностью. Она пересчитала деньги, сложенные в кармане пальто: двенадцать долларов, половина того, что она сэкономила с лета.

Зачем она взяла их с собой, она не могла точно сказать. Они почему-то беспокоили её, вызывая мелкую дрожь.

Флоренс вышла на углу 125-й улицы и Авеню Св. Николаса и окунулась в облако запахов — попкорна и жареного арахиса — и такого количества цветных лиц — больше, чем она когда-либо видела в одном месте. Мужчины в шляпах с поднятыми воротниками, дети в коротких пальто, которых плотная женщина переводила через широкий проспект, трубач, раздувающий щёки под большим плакатом, гласящим: «Прекрасная мебель по ценам ниже аукционных». Небо было похоже на похоронный саван. Прижав к себе посылку, она прошла мимо часовни, из боковой двери которой вышли несколько дам в потёртых пальто и элегантных шляпках. Время проповеди давно прошло, и уже выстраивалась очередь за супом. Извилистая змееподобная очередь из людей, по четыре в ряд, формировалась около главного входа и вдоль гранитной облицовки церкви. Белые лица, вкраплённые среди чёрных, опавшие, обветренные лица, наполовину скрытые козырьками кепок, заставили её на минуту представить, как должно было быть белым мужчинам вдвойне унизительно получать благотворительность из негритянской церкви. Негры, во всяком случае, многие из них, стояли в очереди одетые как бы в лучшие воскресные костюмы и шляпы.

Адрес, который дала ей Зельда, находился в блоке более-менее ухоженных браунстоунов, хотя сточные канавы были завалены мусором и гниющими газетами. Несколько детей играли в классики на тротуаре, мужчина стоял, прислонившись к косяку. Флоренс натянуто улыбнулась им, видя что они провожали её взглядами, когда она поднималась по лестнице. Звонок был сломан, но после нескольких стуков дверь открыла девочка лет двенадцати.

— Здравствуй. Я ищу Сисси Аллен,— сказала Флоренс голосом, хриплым от сильного волнения.

Девочка молча смотрела на неё.— Сесилия Аллен,— пояснила она.— Тётя Сесилия здесь не живёт.

— Она что, переехала?

Из тусклого коридора донёсся взрослый голос:

— Этель, я тебе говорила не трогать этот замок! — Позади девочки появилась женщина с каменным лицом.— Могу я чем-нибудь помочь?

— Я принесла кое-какие вещи Сесилии, чтобы вернуть ей,— Флоренс протянула свёрток, обвязанный шарфом. На лице женщины промелькнуло понимание, кем может быть Флоренс. Она положила руку на пакет и сказала:

— Сесилия будет признательна. Я ей обязательно передам.

Но Флоренс не отпускала.

— Я бы хотела передать ей это сама.— Девочка посмотрела на мать.— Я бы хотела попрощаться с ней.

Флоренс заметила, как женщина бросила на неё недоверчивый взгляд, взвешивая её просьбу против каких-то других соображений.

— Она живёт на 149-й,— наконец произнесла женщина,— недалеко от реки — и дала Флоренс адрес.— Огденское здание. Ты узнаешь его.

В ответ рассыпавшейся в благодарностях Флоренс, она сказала только:

— Могла бы и сама найти.

Улица, продуваемая ветром и почти пустая, пахла рекой. Она добралась до северного края негритянского района, места, которое уже сливалось с Бронксом на Вашингтон-Хайтс. Сначала Флоренс подумала, что ошиблась адресом. Но нет, здание Огден стояло на углу, в конце ряда коричневатых домов — квадратное кирпичное здание, окружённое множеством пожарных лестниц, с призрачным, почти почтенным видом старого отеля, превращённого в доходный дом. Оно поднималось на пять этажей вверх в серое небо, к чёрному от сажи карнизу в стиле римского храма. Верхние этажи выглядели обгорелыми и опустошёнными, а на нижних этажах белая краска облезла, обнажив гнилую кирпичную стену. Где оконные стёкла не были в трещинах, их не было вообще; их заменили на картон и фанеру.

Она осторожно поднялась по лестнице в тусклый вестибюль, где богато украшенная люстра слабо освещала сколотую плитку. Попробовав открыть лифт, она обнаружила, что дверь заперта изнутри шахты. Флоренс поплотней запахнула пальто — откуда-то тянуло промозглым сквозняком — дверь в воздушную шахту, через которую холодный зимний свет попадал в дальний конец коридора, была оставлена открытой. В вестибюле, внезапно раздался громкий звон разбитого стекла, за которым последовал детский визг. Она торопливо застучала каблучками через маленький коридор и вниз по металлическим ступеням — а там, внизу, на дне воздушной шахты, забитой мусором, битым стеклом, старыми пружинными матрасами, покрытыми белыми пятнами птичьего помёта, — она увидела чёрную девочку и мальчика шести или семи лет; её внезапное появление оторвало их от игры. У мальчика, одетого в не по погоде короткие штаны, были кривые рахитичные ножки. Игрушка в его руке оказалась мёртвым голубем.

Звук тяжёлых шагов раздался позади неё.

— Опал, Лестер, вылазьте оттуда! — голос принадлежал пожилому мужчине лет пятидесяти или даже семидесяти, — она не могла точно сказать, — он вышел, прихрамывая. Мальчик послушался, бросил мёртвую птицу и, слегка ковыляя, побежал вверх по ступенькам мимо Флоренс. Девочка следовала за ним по пятам и украдкой взглянула на Флоренс.

— Вы из Жилищного управления? — угрожающе спросил мужчина.

— Я? Нет, что Вы.

— Армия Спасения? Нам не нужно, чтобы сюда приходили миссионеры и проповедовали нам религию.

— Я… я только ищу подругу. Не знаете ли вы, если…

— Армия Спасения мне не подруга, — проворчал мужчина. Он был невменяем. Лучше его ни о чём не спрашивать. Флоренс кивнула, проходя мимо него, и вернулась к главной лестнице, поднимаясь по ней так быстро, что ей пришлось крепко сжимать кожаный ремешок сумки, чтобы она не соскальзывала с плеча. Уйти как можно быстрей было её единственной мыслью, когда она бежала вверх по крутой лестнице. Голые трубы и потемневшие от дыма стены мелькали вокруг неё. На четвёртой площадке было четыре двери, только у одной из которых всё ещё виднелся латунный номер — как раз тот, который ей дали. С той же безрассудной тревогой, которая подняла её наверх, Флоренс повернула ручку и была почти шокирована, когда дверь открылась. Пол внутри был старым и изношенным. Штукатурка со стен отвалилась, но в остальном место выглядело опрятным. Она сразу узнала Сиссино синее пальто на вешалке. Кучи белья лежали на полу — много кучек, разделённых на светлое и тёмное.

— Кэролайн, это ты? — позвал голос из кухни (или это был туалет). — Флоренс могла видеть только округлую кромку ванны и цинковое ведро, стоящее на нескольких кирпичах. В коридор, где она стояла, шёл пар, пахнущий щёлочью и плесенью.

— Кэролайн?

Увидев, как изменилось лицо Сисси, она ощутила внутри холодок предчувствия. Сисси вышла в своём домашнем платье и цветном фартуке, её лицо блестело от пота, а залысина на проборе была видна, потому что она не расчесала волосы, как обычно. Она ожидала кого-то другого, и уголки её глаз выдали паническое напряжение, несмотря на деланую улыбку, которая открыла небольшой зазор в её передних зубах.

— Флоренс, детка?

— Здравствуй Сисси.

Сисси наморщила лоб, как будто искала кого-то позади неё.

— Как ты добралась сюда?

— Я извиняюсь, что всполошила тебя. Ты кое-что оставила, — пробормотала Флоренс, передавая пакет с косынкой. Сисси приняла его так, будто не имела понятия, что это такое.

— Это твоя Библия. И некоторые другие вещи. Мама сказала просто отправить по почте, но я хотела убедиться, что ты их получишь.

Сисси кивнула.

— Иди, сюда… — Она привела её в… да, это была кухня, где рядом с раковиной стояла ванна, облицовка над ней была сколота и выровнена так, что одна плитка получилась цветная. Одежда висела на верёвках, натянутых под потолком, и едва можно было найти место из-за тазов, наполненных горячей, тёплой и холодной водой, и массы белья. Рядом с раковиной стоял газовый нагреватель, стена над ним была покрыта сажей и пылью. Окно было открыто, но вытяжки не было, и поэтому сажа из нагревателя поднималась прямо вверх по стене к повреждённому водой потолку.

— Ты приехала сюда совсем одна? Вот, сядь здесь. — Она сняла одну из цинковых ванн с табуретки.

— Ты не можешь себе представить, Сисси. Я добиралась с самого утра. Дольше, чем Капитан Ахав! — сказав это, Флоренс почти сразу же, поняла, что Сисси таки могла представить, потому что это было то самое путешествие, которое ей приходилось совершать в обоих направлениях почти каждый день в течение многих лет. Чтобы как-то скомпенсировать свой промах, она сказала:

— Сисси, без тебя было так серо.— Но её признание, казалось, только преумножило неловкость.

— Что-нибудь случилось дома?

— Нет-нет, всё в порядке!

— Жена твоего брата уже родила?

— Нет ещё. Но он нашёл работу!

— Ну, твоя мама, должно быть, рада,— Сисси рассеянно огляделась. Ванна была полна стоячей воды. Старая потрескавшаяся стиральная доска торчала из массы отсиненного белья.

— Да, она рада, но…,— Флоренс внезапно поразила догадка: Сисси стирала не своё бельё. Это было чужое бельё.— Но это не на полную ставку. Пока только половину времени…,— сказала Флоренс, постепенно умолкая, взглянув украдкой на трусы, сохнущие над плитой; с них капало в горшок с папоротником, который расцвёл около полуоткрытого окна, где он, казалось, пытался найти облегчение от насыщенного щёлочью пара в комнате.— Харри говорит, что через шесть месяцев он получит повышение,— бодрым голосом произнесла она,— может, даже раньше, и тогда я уверена, что мама и папа захотят вернуть тебя, как только смогут…,— но она не знала, как продолжить. Она совсем не была уверена. Она ни в чём не была уверена, меньше всего в её сомнительном плане приехать сюда. Глаза Сисси были опущены—она развязала косынку, положила Библию на полку и взяла себя в руки, так что её лицо приняло привычное терпеливое выражение, пригодное для маскировки любого колебания настроения.

Только, вдруг, оно показалось маской… Как защитная, почти непроницаемая маска, которую Флоренс иногда видела на лицах негров на улице. Почему Сисси вдруг надела эту маску? Она всё ещё злилась на неё за то, что они не попрощались?

Флоренс залезла в сумку и достала банку печенья.— Я принесла тебе это.

Лицо Сисси расслабилось в смущённой улыбке. Она держала банку, снова оглядела мрачную маленькую прачечную и сказала:

— Ты хорошая девочка, Флоренс. Надеюсь, ты не обидишься, что я не предлагаю тебе чай. Я должна выстирать эту одежду, пока вода горячая—видишь, нагреватель опять сломался.

—Извини, я не имела в виду задерживаться. Это тебе на Рождество.—И тут она вспомнила о двенадцати долларах в кармане. Но что ей теперь делать с ними? Сейчас она не видела, как отдать эти деньги Сисси. Конечно, это ударит по её гордости—она посмотрит на это не как на рождественский подарок, а как на жест жалости. Флоренс посмотрела на Библию. Может взять её и украдкой вложить деньги внутрь? Нет, было уже поздно. Почему она не подумала открыть банку с печеньем в поезде и положить деньги под крышку? Но у неё не было времени ответить на все эти неразрешимые вопросы, потому что Сисси взяла её руку и сжала её в своей грубой ладони—пожатие благодарности и намёк для Флоренс, что пора идти.

* * *

«Могла бы и сама узнать»,—слова эти вернулись к ней в поезде, возникнув из стука и визга колёс. Она всё ещё чувствовала в носу щёлочь, которая убивала все другие запахи. Стирать грязное бельё чужих людей! Флоренс вздрогнула, подумав о том, как долго Сисси гнула спину, таская это бельё вверх и вниз на пять пролётов. Она почувствовала, что дрожит, словно от холода. Демонические лица за окнами смотрели в металлическую тьму, под громыхание скоростного поезда по надземной дороге к дому. Холодные огни Грамерси-Парка появились за её отражением. Затем небоскрёбы Уолл-стрит, вздымающиеся в небо над этим ужасным городом. Она пыталась удержаться от дрожи и слёз. Но почему ей так плохо? Нищета, которую она увидела в квартире Сисси, была ничем не хуже убожества, которое она не раз наблюдала по всему городу из автобуса на Риверсайд. Открытые костры, освещающие темноту целых городов из кровельного картона, где люди живут, как цыгане. Или голодные, бродящие по окрестностям ресторанов рано утром, роющиеся в мусоре в поисках кусков лука или картофеля, бездомные, спящие в коридорах станций метро на подстилках из старых газет. Но все эти люди открыто несли следы своего позора. И в этом была разница. Она, Флоренс, вторглась в постыдную нищету Сисси прямо в её собственном доме, наивно думая, что Сисси будет рада ей, как дочери, и простит её. Она хотела дать ей деньги, но стала нервничать, боясь унизить Сисси больше, чем уже унизила. И теперь она ненавидела себя за это. К чёрту достоинство! Почему она просто не вложила деньги прямо в ладонь Сисси и отказалась забрать их обратно! Даже её мать — если бы она решилась уже проехать весь путь до Гарлема — не подумала бы дважды. Вот, что происходит, сказала себе Флоренс, когда ты сомневаешься в своих побуждениях. Она вела себя как туповатый олух из-за того, что была слишком горда, чтобы признаться, что причиной, по которой она хотела найти Сисси, было чувство одиночества, возникшее с её уходом.

Вид молодой девушки, тихо плачущей в поезде, вызывал сочувственные взгляды некоторых пассажиров. Флоренс понимала, как она выглядела для них: как девушка, у которой сердце разбито каким-то недостойным парнем. Люди предпочитали выражать своё сочувствие симпатичной мордашке, опухшей от сердечных слёз, чем мрачным и обветренным лицам молча голодающих людей. Она вытерла слёзы, прежде чем они начали выглядеть искусственными; сочувствие окружающих стало тяготить её. Когда поезд пересёк Ист-Ривер в Бруклин, разум Флоренс, блуждавший в мутных водах вины, наконец, пристал к пристани решений: *она поклялась себе, что никогда больше не допустит, чтобы нерешительность не позволила ей сделать то, что она считала правильным.*

Она вышла из метро на Беверли-роуд в более бодром настроении. Морозный зимний воздух высушил последние слёзы и придал уверенность, что она что-то преодолела. Сменив вину на обещание не позволять сомнениям снова помешать её решению, Флоренс зашагала увереннее. Она повернула направо на Марлборо, где улицы с такими названиями, как Абермарль, Букингем и Дорчестер, сменили нумерованные. Огни мерцали в лестничных окнах между качающимися ветвями голландских вязов. Много лет спустя, когда она вспоминала этот вид, ей показалось, что если забыть, что это Бруклин, то можно даже увидеть, как наползает лондонский туман. Но, хотя в её памяти путешествие того дня останется в мельчайших подробностях на протяжении всей её жизни, единственное, чего она не запомнила, была клятва, которую она дала себе. Эта клятва уже по дороге домой начала погружаться в тот тёмный слой подсознания, из которого будет исподволь возникать в ей одной понятные моменты.

* * *

Небо поверх вязов уже становилось лиловым, когда она добралась до Флэтбуша. Она проникла в дом через кухонную дверь. Из столовой доносились голоса родителей, но там был кто-то ещё — знакомый назидательный голос громко декларировал:

— Мы понимаем, что некоторые мальчики в этом возрасте могут неразумно реагировать на более тонкие места в законах Торы, которые касаются чистоты тела, некоторых выделений и тому подобное…

Флоренс слегка приоткрыла дверь и увидела Раби Соффера, сидящего за столом; его огромная рука сжимала костлявое плечо Сидни:

— Шутки шутками, но мы ожидаем некоторую зрелость, особенно на этом важном этапе подготовки к вступлению в еврейскую взрослость.

— Что именно он сказал в классе, Раби? — осторожно спросил отец. — Сидни?

Обвиняемый молчал.

— Шмуел? — спросил ребе, обращаясь к Сидни по его еврейскому имени. Представив мальчика перед судьёй, он теперь, похоже, изображал защитника, старающегося убедить Сидни, что если он продемонстрирует раскаяние, то всё будет в порядке. Но Сидни решил «взять Пятую».*

— Он говорил мальчикам, что «кошерная» женщина — это такая, которая переждёт три часа после ухода мясника, прежде чем, э-э — ребе прочистил горло — вступить в сношение с молочником.

Короткий смешок вырвался из отцовского носа:

— Даже не знаю, где он мог такое услышать, Раби.

— Это не важно, услышал он это на улице или дома…

— Конечно, не дома, — возразила Зельда.

— Раби, обычно он хороший уважительный мальчик, — заметил Сол. — Уж не знаю, что в него вселилось.

---

* «Take the Fifth» — отказ от свидетельствования против себя самого. Пятая поправка к Конституции США защищает подсудимого от дачи показаний, которые могут служить основанием для его обвинения.

У Флоренс заныла душа при виде брата на скамье подсудимых. Уж она-то знала, какой у мальчика рот, но она также знала, что Сидни обычно был достаточно разумен, чтобы рассказывать свои шутки вдали от учительских ушей. Она на цыпочках, незамеченной, поднялась по лестнице в свою комнату. Вскоре она услышала, как её родители, рассыпаясь в извинениях, провожали ребе до двери. Как только дверь захлопнулась, волна их возмущения обрушилась на Сидни.

Она тихонько легла и закрыла глаза, чтобы получше отключиться от криков снизу. Проснулась она через полчаса и увидела мать, стоящую около кровати:

— Это правда, что ты сказала Сидни, что мы из-за него уволили Сисси?

Флоренс села.

— Это правда, что ты сказала брату, что мы будем весь год есть репу из-за его занятий для бар-мицвы?

Маленькие голубые глазки и тонкие губы придавали лицу Зельды вид крайнего недовольства.

— Я имела в виду, что нам надо попридержать расходы. Я слышала, как папа сам это сказал.

— Что ты имела в виду, я не знаю. Я знаю только, что он слушает всё, что ты говоришь. Он слушается тебя во всём и теперь хочет, чтобы его выперли из Еврейской школы из-за тебя.

— Я ему этого не говорила! — Но у неё не было достойного способа защитить себя. — Можно я с ним поговорю?

— Даже не смей! Ты знаешь, что самое худшее для этого ребёнка?

Флоренс промолчала.

— Наябедничать на тебя, — лицо матери, выходящей из комнаты, было полно осуждения. Оно как бы демонстрировало, что даже лояльность брата была свидетельством её эгоизма.

А что Сисси сейчас делает, подумала Флоренс. Женщина, которая практически вырастила её. Разве это так эгоистично — думать не только о своей семье?

* * *

Она пошла бы на что угодно, лишь бы убраться из Флэтбуша, уехала бы куда угодно, чтобы найти жизнь, полную смысла и значимости. Должна же быть эта жизнь где-то вне границ Бруклина — территории, которая, как Ирландия или Польша, была обречена на существование в тени более могущественной державы.

Будучи второй ученицей своего выпуска в школе Эразмус Холл, она надеялась попасть в один из престижных частных женских колледжей, где могла бы в течение четырёх лет общаться с интеллектуально любознательными незаурядными молодыми женщинами. То, что Флоренс верила, что её отец сможет это оплатить, говорило не столько о её самомнении, сколько о способности Соломона Файна скрывать от семьи некоторые очевидные финансовые реалии. Первый год в Хантер колледже был потрачен преимущественно на преодоление разочарований. Затем в октябре второго года биржевой рынок рухнул и её расстройство сменилось удивлением, что она сможет дальше учиться бесплатно.

Следующий год принёс новую неожиданность: бруклинская ветвь Хантера слилась с Нью-Йоркским Сити колледжем и выделилась в Бруклин колледж — первый в городе публичный студенческий городок с совместным обучением. Называть это «студгородком» было натяжкой. Не имея собственных помещений, колледж снимал классные комнаты в пяти различных учреждениях в беспокойном деловом районе, окружающем муниципалитет. Увиливая от трамваев и следуя маршрутом с препятствиями вдоль Фултон стрит, Флоренс вскоре обнаружила различные кафешки в центре Бруклина, куда адвокаты из близлежащих судов прибегали, чтобы схватить сэндвич с солониной, а группки курчавых студентов собирались, чтобы образовать, если и не мозговой центр, то хотя бы тесные связи в студенческом движении. Она даже не подозревала о существовании такого движения. А они собирались здесь, противопоставляя Ленина — Марксу, Сталина — Троцкому, не столько споря, сколько крича друг на друга через длинные деревянные столы, размахивая кусками ржаного хлеба. Вначале она стеснялась этих ребят из Нью-Утрехтской школы, которые прочли Вильяма Фостера «Стратегия забастовки», и знали, как создать комитет, напечатать памфлет, как организовать митинг. Пока мальчики и девочки в политклассах Эразмуса имитировали дебаты Линкольна с Дугласом, эти ребята из школы Бенсонхерст устраивали молочные бойкоты в знак протеста против повышения цен на школьные ланчи.

Она вдруг увидела всю абсурдность идеи её колледжа, который больше походил на пансион благородных девиц, где преподаватели пытались насаждать мораль и правила хорошего поведения. В Бруклин колледже девушки были столь же воинственны, как и парни, отрезали волосы, носили мешковатую одежду и сандалии без чулок, стучались в дома, защищая право ирландских домохозяек предохраняться. Они были воинственны и в другом смысле, который Флоренс ещё только предстояло познать. С благословения своей духовной покровительницы — анархистки Эммы Гольдман — они чувствовали потребность пожертвовать невинностью в противоположность более простительному греху — сохранению своей девственности в угоду лицемерного кодекса Капитализма…

* * *

Каждую неделю Флоренс забегала проверить раздел «Требуются на работу» на доске объявлений студгородка. Однажды, откликнувшись на объявление «Студенты-физики на неполную неделю», она — студент-математик, узнала, что на самом деле работа не была в области физики, или химии, или астрономии, а в перетаскивании мусорных баков или в чистке дорожек от снежной слякоти. Администрация упомянула специальность только затем, чтобы избежать наплыва заявлений со всего колледжа.

О месте в «Амторге»,* она узнала от профессора, для которого иногда исполняла секретарскую работу. Он сказал ей, что одна контора в городе ищет секретаршу со склонностью к математике.

— Ты ведь даже немного знаешь русский? Это может пригодиться.

Заняться математикой уговорил её отец, убеждая, что даже в самые суровые экономические штормы страховой бизнес

---

* «Амторг» — акционерное общество, учреждённое в США в 1924 году с целью содействия развитию советско-американской торговли в первые годы существования Советской России.

держится на плаву. Флоренс, однако, была уверена, что работа, которую упомянул профессор, не имела ничего общего со страховой компанией, в которой Соломон Файн служил актуарием.

— Это Советское торговое представительство? — У неё было смутное воспоминание об этом из статей в газетах. Оно, на самом деле, было фактически посольством, так как Америка официально не признавала Большевистское правительство. — А разве они, в основном, не шпионят? — спросила она неуверенно.

Профессор — пожилой седеющий либерал, пахнущий табаком и мятой, — постарался не выдать своё разочарование.

— Я выбрал тебя не как читателя телефонного справочника, Флори. Во всяком случае, контрактный отдел, в основном, нанимает американцев, — сказал он ободряюще, — Но если ты беспокоишься, что они попросят тебя предъявить партбилет — не волнуйся. Американцы, работающие в «Амторге», не могут быть активными членами компартии. Здесь очень тонкая дипломатия. В основном, они занимаются составлением импортно-экспортных контрактов для компаний, продающих в Россию разные товары: трактора, машины, заводское оборудование и тому подобное.

— Я думала, что мы не занимаемся бизнесом с большевиками.

Он опять наградил её снисходительной улыбкой:

— Во времена наполеоновских войн корабли ходили по Ламаншу взад-вперёд, перевозя грузы между Англией и Францией. И это в то время, как эти страны сцепились в кровавой битве. Мы что ли воюем с русскими?

* * *

Штаб-квартира Советской торговой миссии, известной как «Амторг», располагалась на фешенебельной Пятой авеню, прикрываясь легальным фасадом частной Нью-Йоркской корпорации. В дипломатических кругах было общеизвестно, что американцы, работающие там, включая босса Флоренс Скупа Эпштейна, следовали прямым директивам из Москвы. Но даже если это было именно так, Флоренс ни за что не могла бы об этом догадаться, слушая доклады Скупа, которые он делал на приёмах в финансовом округе для менеджеров американских импортно-экспортных фирм. Он рассказывал не о мировом пролетариате, а о «Пробуждении Советов к американской технологии и эффективности». Он говорил о миллионах российских крестьян, которые никогда не слышали о Рыкове или Бухарине, но все знали имя Генри Форда. От Флоренс не ускользнул тот факт, что, хотя американское правительство по-прежнему формально не признавало СССР, американские промышленники были рады поставлять своим новым растущим большевистским заказчикам сталь, станки, подшипники, арматуру, трактора и прочее, в то время, как их американские клиенты страдали от безденежья.

В «Амторге» она была не более чем секретарша, но эта, казалось бы, незаметная работа придавала ей чувство собственной важности от близости к шестерням власти. Даже тривиальные вещи воспринимались, как значительные. Синие карандашные пометки в контракте на поставку девяти тысяч тонн стали на экспорт на Урал казались гораздо более важными, чем шумное многоголосье сотни комуняк в кафетерии. За одну неделю она могла отправить заказ от российского завода АМО на Толедский станкостроительный завод на пресс холодной штамповки стоимостью в сотню тысяч долларов и ещё другой заказ в Гринли компани, в город Рокфорд, штат Иллинойс, на универсальный токарный станок или позвонить на литейно-машиностроительный завод Гамильтона в Огайо, чтобы завершить переговоры по соглашению о помощи России в производстве двухсот шасси для их ЗИСов.

Скуп Эпштейн, полный с мягкими чертами мужчина лет пятидесяти с небольшим, был одновременно и широким, и хитрым, и хвастающим своими связями; он обожал свою молодую ассистентку, так что даже иногда брал Флоренс с собой на встречи с манхэттенскими финансистами или индианскими промышленниками. Но перед первой встречей на Уолл-стрит он запросто раскритиковал её одежду:

— Надо найти тебе что-нибудь другое на ноги. Шерстяные чулки не пойдут.

— Так ведь ещё зима! — попробовала протестовать она.

— Неужели? Я и не заметил. Флоренс, у тебя вполне красивые ноги. Можно, я буду откровенен? Шерстяные чулки — это для монахинь и торговок яблоками. Нет ничего предосудительного в том, чтобы выглядеть привлекательно. Так как откровенность Скупа была больше похожа на конфиденциальное наставление ментора, чем на «*слушай, брось ты…*», то на следующее утро она последовала за ним с Пятой авеню на Седьмую, где у него был знакомый оптовик, оказавшийся к тому же кузеном. Стоя на табуретке, Флоренс поднимала руки, пока другой, более молчаливый Эпштейн обмерял её талию сантиметром, затем уверенными пальцами проделал то же самое под бюстом и вокруг узких бёдер, прикладывая жёсткую материю к её телу. Её новый гардероб состоял из шерстяного жакета с бархатной оттороч-кой и узкой юбки, скроенной с высокой талией, кремового цвета блузки из шёлкового крепа и ещё одной из абрикосового атласа. Цена всего этого, с большой скидкой, будет вычтена из её зар-платы. Глядя на отображение этой новой Флоренс в зеркале, она испытала сладостное волнение от того, что впервые увидела себя такой.

— Прекрасно — подбодрил её Скуп.

— Ха, меня распнут, если я появлюсь в студгородке в таком виде.

— Ребята, с которыми мы идём на встречу, не предполагают ланч с Матерью Джоунс.

— Я чувствую себя, как банкирская содержанка, — сказала она в порыве самолюбования, поворачиваясь в ещё более лест-ный ракурс.

— Флори, дорогая, если уж ты хочешь демонстрировать у всех на виду свои политические взгляды, то ты достигнешь большего, если этот вид будет приятным для глаза.

Дома мама встретила её словами:

— Ты думаешь, что в этой одежде ты стала какой-то особен-ной? Ты выглядишь как дешёвка. — Родители знали, на кого она работает, и не одобряли. Но притом, что старший брат Харри долго был без работы и к тому же ожидал ребёнка, они не могли советовать ей бросить эту работу. Только по вечерам она слыша-ла, как отец спорил с матерью — ведь это Зельда вытолкнула его Флори в мир на заработки, в этот мир с его моральными запад-нями. И зачем? Они что — голодают? Он был против с самого начала. С Флоренс он был более осторожен:

— Флори, зачем тебе все эти люди? Они все негодяи. Девушка с твоей головой — ты выучилась читать и писать, когда тебе ещё не было и пяти, — вспоминал он, — И я помню, как в первом классе все родители пришли в школу послушать, как их дети читают стихи, а ты прочла свои и знала все остальные тоже. Другие дети забывали свои, и ты шёпотом подсказывала им. Ты выучивала наизусть целые поэмы.

Он предложил помочь ей найти работу в его компании. Но в эти времена, когда «Метрополитэн Лайф»* только что уволила четверть своих агентов, оба они понимали, что максимум, на что может рассчитывать девушка — даже с математическим образованием, — это подносить кофе или писать под диктовку. Так что, в итоге, даже не мамино презрение, а папина похвала, его упрямая вера в её исключительность, отзывалась наиболее болезненно.

* * *

Она отперла офис босса, не ожидая там никого, и вздрогнула, увидев Скупа, сидящего с ногами на столе и листающего новый выпуск «Дейли Уоркер».**

— Вы вернулись рано!

— Похоже, что так.

Он отсутствовал целую неделю, путешествуя по Среднему Западу в пульмановском вагоне и устраивая дела с производителями. Скуп убрал свои мокасины со стола и сказал:

— Ты знаешь, что мне нравится в Америке? — Он улыбнулся, глядя вверх на вентилятор, и процитировал Уитмена *«Я широк! Я вмещаю в себе множество разных людей!».* — Остановившись на станции где-то в Огайо, — рассказывал он Флоренс, — я наблюдал, как женщина с ребёнком вышли из палаточного лагеря по ту сторону железной дороги. Женщина осторожно перевела мальчика через рельсы, чтобы он мог присесть и справить свою нужду. Затем, слегка взглянув на вагон поезда, она задрала юбку и присела рядом, эдак независимо предлагая пассажирам вид своей костлявой задницы.

---

* *Metropolitan Life* — крупная страховая компания в Нью-Йорке.

** *Daily Worker* — газета американской компартии.

Флоренс слышала в пересказе Скупа восторг от щедрого презрения, которым его любимая Америка покрыла себя.

Он отбросил «Дэйли Уоркер» и в раздумье сложил пальцы домиком.

— Флоренс, у меня есть предложение, — сказал он. — Группа советских инженеров отправляется в Кливленд на восемь недель, чтобы поучиться у инженерной фирмы «МакКи» строить сталелитейные заводы. Делегация должна прибыть в середине июня. Им нужен переводчик и посредник. Мы оба знаем, что тебе надоело быть просто секретаршей.

— Вы хотите, чтобы я поехала в Кливленд?

— У тебя будет другой титул, радость моя, — Он сложил пальцы так, как будто охватил древко знамени. — Коммерческий посредник.

— Но, Скуп, я ничего не знаю об этих заводах. А мой русский очень так себе.

— Кое-кто из них говорит по-английски. И им не нужен ещё один инженер — просто кто-то, кто бы мог им помочь в практических аспектах американской жизни, не дать им вляпаться во что-нибудь.

Флоренс недоумевала, как именно она могла бы не дать группе русских инженеров попасть в беду, но не хотела поколебать веру Скупа в её способности.

Вместо этого она спросила:

— А где я буду жить?

— Мы устроим тебе отдельное жильё.

— Квартиру?

— Можно, если тебя это устроит.

— Я боюсь, родителям это не понравится. Жить так далеко и прочее.

Скуп развёл руками.

— Флори, мы оба знаем, что эта Торговая миссия не будет существовать всегда. Это только вопрос времени, когда они откроют настоящее посольство в Вашингтоне. Рузвельт — это не Гувер. Он знает, что большевики никуда не денутся. А умная девушка с практическим опытом в дипломатии... — он многозначительно поднял брови, — могла бы очень прийтись ко двору. Реальный претендент на работу в посольстве.

***

Непосредственная трудность, как поняла Флоренс в над-
земке по пути в Бруклин, состояла в том, как объявить эту новость родителям. Даже если бы ей удалось убедить их в том,
что быть попечителем группы из шести мужчин-иностранцев
было нормальной работой для двадцатитрёхлетней девушки,
даже если бы она смогла как-нибудь скрыть политический ас-
пект её работы и убедить их, что она просто бухгалтер, даже
в этом случае Сол и Зельда наверняка бы взялись за устройство
её жилья. Они бы стали звонить всем в Мидвудской синагоге,
пока не нашли бы уважаемых родственников в Кливленде, которые смогли бы сдать ей комнату и опекать её взамен родителей. Но был ли у неё выбор? Зарплата ещё не давала девушке
независимость.

Уже вечерело, когда она добралась домой. Услышав голоса
родителей, споривших о чём-то в столовой, она напряглась,
готовясь «подать прошение» о Кливленде. Однако, трусливо
решив, что будет лучше поднять этот вопрос в «мирной обстановке», она поднялась к себе, прилегла и не заметила, как уснула. В беспокойном сне она почему-то вновь переживала свою
поездку в Гарлем к Сисси. И только на грани пробуждения поняла почему: её тогдашняя клятва явилась к ней, но в стран-
ном обличии Дидо. Проснувшись и ещё не до конца разгадав
свой сон, Флоренс почувствовала внутреннюю решимость.
Она не будет спрашиваться. Она не будет просить, спорить,
умолять. Наутро она согласилась, чтобы Скуп купил ей билет
в Кливленд.

ЧЕРВЬ СОМНЕНИЯ

ВАШИНГТОН, 2008

«Энергия для будущего» — гласила надпись на плакате над дверьми, через которые я каждое утро входил в наше лобби, — целый акр чёрного и белого мрамора, простирающегося мимо регистратуры до задней стены, на которой мигали синие и красные точки, обозначающие передвижение трёхсот с лишним кораблей «Континентал Ойл», идущих из портов всего земного шара. Это захватывающее дух лобби было первым местом, куда я привёл своего старого друга Яшу Гендлера, когда он навестил меня в Вашингтоне. Сейчас думаю, это было ошибкой.

Прошло полдесятилетия с тех пор, как мы с Яшей виделись. Он прилетал из Хайфы — каждые несколько лет, чтобы увидеться со своим взрослым сыном в Бетесде.

— Приезжай в даунтаун, я покажу тебе, где я работаю, — предложил я, когда он позвонил. Если кто-то и мог оценить головокружительную траекторию моей жизни, так это был Яша, единственный, кто не только знал мою детскую кличку — Юлька — но и повторял её при любой возможности. Мальчишками шести-семи лет мы играли в пристенок и ножички в общем коридоре на дубовых досках, испорченных постоянным мытьём. К 1945-му, когда родители привезли меня, карапуза с прорезающимися зубами, из Куйбышева в Москву, квартира, чьи владельцы в 1922-м сбежали от большевиков, была поделена и переделена столько раз, что теперь вмещала семь семей, существовавших в шизофренической гармонии. К этому времени моя мать пребывала в Советском водовороте уже одиннадцать лет. Достаточный срок, чтобы отвыкнуть от буржуазных привычек родного Бруклина и привыкнуть к крикам и вони соседей, к ручной стирке в общей ванной, к запиранию крупы в шкафу. Но если Флоренс и была чужестранкой, я то был местным. Мы с Яшей были продуктами вершины социальной эволюции, известной, как *коммунальная квартира*. Западные исследователи склонны считать, что советские коммуналки были лишены личного пространства. Это не так. Что может быть более убедительным свидетельством обратного, чем плотно сгрудившиеся семь отдельных звонков на входной двери? Семь отдельных керосинок на кухне? Семь деревянных туалетных сидений, которые каждый жилец аккуратно нёс подмышкой по пути в единственный общий туалет?

Это были ещё хорошие дни, до настоящих неприятностей. До того, как люди опять начали исчезать.

В следующий раз я увидел Яшу в 1962-м, когда мы встретились как студенты в университете. Мы оба слушали курс под названием «Основы кибернетики», читавшийся пожилым рыжим астматиком, которого выкинули с работы в начале пятидесятых за исследования в этой самой области, когда Сталин запретил кибернетику, назвав её продажной девкой империализма. Десятилетием позже кто-то наверху сообразил, что страна безнадёжно отстаёт в гонке с американцами, и тогда обесчещенный профессор был разыскан (он занимался смешением лаков на заводе индустриальных покрытий) и восстановлен в должности, чтобы он читал тот же курс, за который его выгнали. Неортодоксальность этого невысокого человека проявилась на первой же лекции, когда он выписал на доске своё полное имя: Арнольд Пейсахович Любарский. «Многие зовут меня Арнольд Петрович,— сказал он, повернувшись лицом к классу. Можете звать меня, как вам удобнее». Но крупное «Пейсахович» оставалось на доске до конца лекции — отчество не просто еврейское, но настолько явно и недвусмысленно *жидовское*, что я не мог удержаться, и постоянно крутил головой, чтобы пронаблюдать за лицами остальных. Любарский мог с тем же успехом объявить, что он Бен-Гурион, явившийся, чтобы прочесть нам лекцию о сионизме. В какой-то момент, повернувшись, я встретился взглядом с ошеломлённым Яшей Гендлером, ещё одним евреем в зале, кто тоже сумел взять высоту негласной университетской квоты, доступную только шестовикам.

Любарский был единственным профессором в университете, кто позволял себе насмехаться над утверждёнными государством штампами. Однажды в конце лекции он прервал занятие, чтобы прокомментировать слова популярной песенки:

— «Я люблю тебя, жизнь, и надеюсь, что это взаимно», — кто-нибудь может мне объяснить, что бы это могло значить? Он снял очки и обвёл взглядом наши смущённые лица. Каждый раз, когда мы с Яшей приходили на его лекцию, мы вступали во вселенную, чья геометрия не имела ничего общего с искажённой реальностью нашей повседневной жизни. Каждой теоремой, каждой вздёрнутой бровью, Любарский как будто говорил нам: — Молодые люди, какой может быть смысл в этих «законах», которые нарушаются чиновниками, их издающими? Как можно их сравнивать с вечными, нерушимыми законами Ньютона, Паскаля, Бернулли, Эйнштейна?

Ни Яша, ни я не могли забыть нашего миниатюрного рыжего профессора. Любарский эмигрировал в Израиль и умер несколько лет спустя. Это была одна из тех новостей, за которыми Яша следил и которые он аккуратно сообщал мне во время наших ежегодных новогодних телефонных звонков. Это делало его скорее родственником, чем просто другом; дружба наша укреплялась нашей общей историей. Мы могли не видеться годами, но потом при встрече Яша мог сказать что-нибудь вроде «помнишь, как твой отец на новогодний вечер сделал костюмы для детей? Мы с тобой были воронами — он сделал нам кепки с картонными клювами. Это был год Быка и все вешали картины быков на входных дверях?» И я *тут же* вспоминал этот вечер.

Техническая революция наступила в самое время для таких головастых мальчишек, как Яша и я. Принципиально безразличные к политике, но всё ещё считающие себя преданными советскими гражданами, мы избрали технические специальности, которые казались не подверженными пропаганде и были полезными для общества. И хотя мы ухмылялись на лозунги, мы были ничуть не меньшими идеалистами или самоуверенными юношами, чем первые революционеры. Просто вместо баррикад у нас были ускорители частиц, а вместо маршей — запуски спутников.

Но наша встреча в Вашингтоне (О.К.)* напомнила мне, что в то время, как я избавился от идеалистических идей, Яшины только умножились, как ракушки на застрявшем судне.

— Ну, это то, чего ты всегда хотел, не так ли? — Он зевнул, выдав абсолютное безразличие к мигающим лампочкам в лобби «Континентал», а также к виду Национального Молла (*National Mall*) из моего окна. — Успешная карьера. Ведь для того ты и уехал.

Мальчик, когда-то худой, как телеграфный столб, теперь стал столбом с животиком. Он отпустил редеющие седые волосы и зачесал их наподобие помпадур.

— Почему я уехал? — попытался уточнить я.

— Да. Тебе не дали защитить кандидатскую и ты произнёс: «Здесь мне больше нечего делать. Пора собирать манатки и двигать в Америку».

— Я бы всё равно уехал раньше или позже. Мы ведь все тогда уезжали.

— Ха, не хочешь ли ты сказать, что если бы тебе позволили защитить твою чудненькую кандидатскую, ты бы не остался и не строил бы свои суда для них? Чёрта с два! А для кого ты строишь свои суда сейчас? Кого ты обогощаешь? Тех же сволочей, у которых на столах были красные телефоны.

— Понимаю, — сказал я. — Значит, ты уехал правильно, а я — *неправильно*.

— Да, я подал на выезд ещё до того, как придумали слово «отказник». Я не хвастаю. Я только говорю о принципах. Когда меня, наконец, выпустили, я уже шесть лет работал дворником, а не физиком. Прошёл слушок и меня быстро выперли из отдела и единственная работа, которую я смог найти, была уборка лифтов. Но вот, что я скажу: все эти годы, я никогда не отступал от своих убеждений. Я не бросил заниматься своей деятельностью, как они того хотели.

Яша любил намекать на свою диссидентскую «деятельность», которая, по моим сведениям, сводилась к посещению подпольных занятий ивритом, где можно было встречаться с девушками. Он не сильно продвинулся дальше *алеф-бет*, ни в иврите, ни с девушками.

---

* Округ Колумбия (*District of Columbia*) — столичный округ, включающий в себя город Вашингтон и не входящий ни в один штат.

— Яша, разве моя вина в том,— сказал я,— что «из принципа» ты выбрал иммигрировать в страну с европейско-социалистическим укладом, с месячными отпусками и структурной безработицей? Если бы ты хотел карьеры в науке, ты бы мог её сделать. Мог бы продолжить там, где прервался.

— Ну да, вместе со всеми молодыми ребятами, которые ежегодно кончают «Технион».*

В Музее аэронавтики и космоса Яша заметно оживился. Принудительный ранний выход на пенсию дал ему кучу времени, чтобы не только увлечься Израильской парламентской политикой, но и одновременно пытаться изучать физические законы, которые он забросил, будучи молодым физиком. А ещё он поделился, что пишет «популярную книжку» о жизни великих математиков. В настоящее время работает над главой о Нильсе Хенрике Абеле — норвежце, который в девятнадцать лет создал теорию групп, а в двадцать шесть умер от туберкулёза, без копейки, отвергнутый Академией.

Когда мы приехали в ресторан — я заранее выбрал высококлассный для нашего с ним ланча — Яша всё ещё рассказывал об этом непризнанном гении. Тут он вдруг переключился с недооценённых покойников на роскошествующий стиль жизни.

— Несколько недель назад я открыл «Вести» — нашу русскую газету,— сказал он,— и в ней мне попалась рецензия на некую книгу. Какой-то самиздат, но я узнал имена авторов. Помнишь наших соседей по квартире — Вайнеров? У них две дочки — Дита и Марина.

Я с трудом оживил в памяти синие банты и белые фартуки.

— Это та семья, с украинскими родственниками, которые жили у них по три недели подряд?

— Они. Отец с обвислыми усами. Дита эмигрировала в Израиль и пару лет назад написала отцовские «мемуары». Полные неточностей. Не говоря уже про мелочи, она пишет, что, так как моя мать никогда не была арестована, она, наверно, была стукачкой в коммуналке. Представляешь себе? Строго научный вывод. Я даже хотел позвонить в издательство.

— Стоит ли?

____

* *Technion* — старейший технический университет в Хайфе, Израиль.

— А хотя бы затем, чтобы спросить, как Дита пришла к такому выводу! И, между прочим, если и был стукач, то это был, наверно, сам Вайнер. Или Флора Соломоновна.

В этот момент я перестал слышать, что он говорит. Ресторанные звуки отдавались в ушах, как шум прибоя. Флора Соломоновна. Флоренс. Моя мать. Яша всё ещё возбуждённо говорил, размахивая картофельной соломкой. Он, наверно, забыл на минуту, с кем он разговаривал.

— Что ты такое несёшь? — перебил я. — Не хочешь ли ты сказать, что *моя мать* была квартирной осведомительницей?

Яша нехотя откусил картофелину. Знакомое подёргивание уголка его рта показывало, что это не было оговоркой. Он именно это и имел в виду. Но в голосе его появились нотки сожаления, даже сочувствия.

— Видишь ли, меня там не было. Моя мать под конец немного двинулась. Я не знаю, кто прав, кто виноват — и мне всё равно. Но напечатать такое! Это меня достало.

— Брось, Яша, я не тянул тебя за язык. Ты это начал, так уж закончи. Что она говорила?

— Кто, мама?

Я молчал.

Он пригладил ладонью непослушные седые волосы.

— Флора, бывало, разговаривала с ней… когда весь этот переполох в квартире начался с арестами. Флора сказала ей: — Роза, если тебя заберут, они отправят твоего мальчика жить с родственниками. Если это случится со мной — куда денется Юлик? Видит Бог, они не отправят его к моим родственникам в Америку. Что с ним будет? Мама говорила, что Флора была готова на всё. Готова пойти на что угодно.

— Ну, это конечно, более убедительно. — Я почувствовал, как холод и напряжение охватывают моё тело. — Разговор у керосинки.

Яша старательно избегал моего взгляда, пожирая своё мясо, как шпагоглотатель. Но сейчас это ему удавалось с трудом.

— Она что-то сказала. Какое это имеет значение сейчас? Я уверен, что ты бы мог всё узнать, если бы захотел. — Я заметил тень самодовольства, наплывающую на его виноватую улыбку. — Они сейчас опять открыли архивы. Ты ведь говорил мне, что всегда хотел добраться до маминого «дела».

Я уставился на него. Он всё помнил. И правда, однажды я посетовал, что упустил шанс получить родительские «дела». Где-то после 92-го Ельцин приказал открыть старые архивы КГБ для всех, у кого родственники были арестованы, убиты, или сосланы при Сталине. Но несколькими годами позже доступ к «делам» был опять ужесточён, без объяснения причин, как это принято в России.

— Ты мог прочесть об этом. Это было во всех газетах.

— У меня не хватает времени на чтение,— сказал я.

— Ну, конечно,— наконец, он осмотрелся. Взгляд его говорил, что он понимает, что я был занят и чем.— Но если ты ещё заинтересован, тебе стоит поторопиться. Никто не знает, когда им вздумается вновь засекретить дела. Так оно и идёт—несколько лет так называемой свободы, а потом опять закручивание гаек.

Я улыбнулся.

— Я подумаю,— и поднял пару пальцев, призывая официанта принести счёт.

— Лучше зажечь свечку, чем проклинать темноту, не так ли?—сказал Яша, слегка пожав плечами.—Тем более, что ты и так ездишь туда по работе.

— Расписание моих поездок очень плотное,—сказал я.

Он откусил ещё кусок мяса.

— Ну, я думаю, ты сможешь найти время.

В ту ночь я не мог заснуть, придумывая аргументы, которые надо было бросить Яше в лицо. Моя мать пойдёт «на что угодно» ради своего ребёнка? Он это всерьёз? Основной жизненной трагедией моей матери было то, что у неё отсутствовал инстинкт сохранения семьи. Мне вспомнился разговор вокруг маленького кухонного столика в Москве. Мы вспоминали нашу бывшую няню Авдотью Григорьевну—старую женщину, жившую дальше по коридору, которая меня очень любила. Мы с мамой смеялись, как старая тётя Дуня произносила букву «о» и вдруг Флоренс сказала:—Её семья жила где-то на Волге, в одной из деревушек под Горьким. После того, как арестовали папу, она предложила помочь нам на время перебраться туда к её родственникам и не высовываться.

— Так почему мы не поехали?—спросил я.

Но она только рассмеялась в ответ.—И что бы я делала в деревне? Собирала репу? Сажала картошку?

—А что такого особенного ты делала в Москве? Писала письма товарищу Сталину? Таскала меня до рассвета, чтобы занять получше место в очереди в тюрьму?

—Я не собиралась бросать твоего отца. Я должна была узнать, что с ним.

—Ты знала, что с ним. Ты просто привлекала к себе ненужное внимание.

На этом месте её лицо приобрело налёт непонимания, за которым она скрывалась в трудные минуты.

—Я не могла просто оставить его,—сказала она раздражённо.

—А обо мне ты подумала, мама? Ты когда-нибудь задумалась, что будет со мной, если за тобой придут?

Прежде, чем ответить, она некоторое время продолжала жевать.—Да, я думала об этом. Мы с отцом обсуждали этот вопрос.—Это было для меня неожиданностью.—Мы знали,—продолжала она,—что бы ни случилось с нами, они никогда не допустят, чтобы что-нибудь случилось с детьми. Здесь о детях всегда позаботятся.

Теперь была моя очередь рассмеяться. В самом деле, позаботятся! Моя рука чудом уцелела, когда меня—шестилетнего мальчишку, воспитывал надзиратель в детприёмнике.

—Что бы ни случилось с тобой, мама?

—Да, что бы ни случилось с нами, эта страна всегда позаботится о детях,—повторила она, как робот.

—Но мама,—почти кричал я,—ничего этого вообще не должно было с тобой случиться! Ты что, не понимаешь? Ничего этого не должно было случиться ни с тобой, ни с другими…

И опять, непроницаемый для фактов защитный экран был опущен. Лицо её опять приняло недоумённое выражение, означающее, что связь прервана.

Список тем, которые могли натолкнуться на её обструкцию, не ограничивался ни вкусом, ни логикой. Я мог понять её нежелание рассказывать о годах в лагере. Но позже, в семидесятых, я почти никогда не слышал, чтобы она рассказывала о своей семье в Америке, хотя мы регулярно получали посылки со свитерами, джинсами, растворимым кофе и сникерсами. И даже позже, в Бруклине, она не разрешала мне сменить табличку на интеркоме в вестибюле дома её субсидированной квартиры. В течение последующих восьми лет я нажимал на кнопку звонка с именем умершей — «Маркита Мюниз». Когда я спрашивал Флоренс, зачем этот маскарад, она просто отвечала: «Кому я нужна, все знают, где меня найти».

Я уже давно примирился с её обетом молчания. Почему же тогда после ланча с Яшей Гендлером я так завёлся, подумав, что, может быть, есть что-то о моей матери — что-то унизительное, ужасное — что другие знают, а я — нет? Я прокручивал в голове каждое слово, произнесённое мной в разговоре с Яшей, и мне было отвратительно то безразличие, которое он проявил. «Не трожь говно — вонять будешь!» — всегда было моим принципом, когда дело касалось грязных инсинуаций. Я ни на минуту не поверил в Яшино предположение, что Флоренс предавала своих друзей и соседей органам. И всё же впечатление, которое моё удивлённое лицо и молчание произвели на него, было неприятно.

И потому, в полночь, в одних пижамных штанах и со стаканом «Rémy» в руке я взобрался на восемь ступеней в чердачный офис и включил компьютер. Я приоткрыл верхнее окно над головой и впустил вместе с переливами ночного света похотливые визги котов и енотов.

Вызвав браузер, я впечатал по-русски в поисковом окне: «репрессии», «Сталин», «ФСБ», «архивы». Через полсекунды поисковая система принесла 45.535 записей. Большинство ссылок было на научные тексты, затем следовали персоналии: неопубликованные рассказы, стихи, описания братьев, отцов, дядьёв, перемолотых сталинским террором. Интернет недвусмысленно демонстрировал, что недуг графомании, которому по Достоевскому подвержены все русские, расцвёл в болезнь, столь же заразную, сколь неизлечимую. Я вздрогнул при мысли, что моё имя может быть добавлено в список соотечественников, безнадёжно втянутых в прошлое.

Ограничив поиск последними новостями, я нашёл то, что искал — статьи в нескольких центральных газетах об объявлении российского правительства несколькими месяцами раньше: ФСБ рассекретила миллионы документов о жертвах репрессий. Родственники могли теперь запрашивать информацию о казнённых в тюрьмах и сосланных в лагеря.*

---

* Это право распространялось только на реабилитированных к моменту запроса родственников — *Прим. пер.*

Я упустил эту возможность в 92-м. Поездка туда была весьма далека от моих тогдашних забот. Мне надо было работать, и растущий список болезней матери требовал внимания. К тому же, я был уверен, что она совсем не хотела вновь открывать главы жизни, которые так старательно пыталась забыть. Сейчас же я задумался: что не позволило мне поднять этот вопрос с мамой? Уж не боязнь ли вторжения в её личные дела? Наши отношения были и так достаточно хрупкими, без этого дополнительного вопроса.

То лето у меня было связано с памятью о нашей последней ссоре, которая вспоминалась очень болезненно. Моя мать перенесла инсульт. Её правая половина была парализована в течение многих дней. Постепенно речь и движение стали восстанавливаться. Но она уже не могла жить одна. С нелёгким чувством мы с Люсей устроили её в дом престарелых. Она была там уже около года, когда ей прооперировали бедро. Через несколько дней после выписки из больницы я навестил её и обнаружил, что ноги и ягодицы её покрыты язвами. Так называемые нянечки явно пренебрегали своевременным уходом за ней: обмыванием и смазыванием язв. Я с негодованием пытался обратить внимание старшей дежурной медсестры — непробиваемой идиотки, которая только и повторяла, что всё делается правильно и «согласно предписанию», даже когда я показал ей грязные простыни. Я съязвил, что только умственно неполноценный человек может не заметить, что моя мать находится в плохом состоянии и потребовал встречи с дежурным врачом. При этих словах сестра, держа в зубах сигарету, выскочила из комнаты, может быть, чтобы найти начальство, но скорее всего, чтобы пожаловаться на меня или чтобы вернуться к своим личным делам, заниматься которыми ей мешали пациенты.

Но всё это только преамбула к сути моего рассказа: Пока я выговаривал медсестре, Флоренс, полулёжа на кровати, не переставая вставляла, что всё «*just fine*» (всё хорошо). Зачем я поднял эту шумиху, вопрошала она, ведь она чувствует себя вполне нормально (хотя пару минут назад она говорила мне обратное)? Нет никакой нужды «*make trouble*» (беспокоиться), настаивала мать, заискивающе улыбаясь этой идиотке.

Я ещё мог бы понять её желание расположить сестру, пока та могла слышать её, но мать продолжала защищать это издевательство, когда сестра уже выскочила из комнаты.—Эти люди знают свою работу.

—Если бы эти люди выполняли свою работу, твои ягодицы не были бы покрыты язвами.

Как бы не слыша меня, она сказала:—Они делают это по-своему. Они лучше знают.

Они знают, что делают. *Они* лучше знают. Это был рефрен, который я слышал от неё всю свою жизнь. Ради Бога, думал я, тебе восемьдесят два года. Ты уже живёшь в свободной стране тринадцать лет. Почему ты должна настойчиво демонстрировать лояльность любому жестокому или безразличному «начальнику», который в данный момент наступил тебе сапогом на горло?

Вместо этого я сказал:

—Хватит, мама. Теперь я буду с ними разговаривать.

Мы оставались в размолвке почти год—до самой её смерти. Сейчас, когда мать вместе с её обетом молчания давно покоилась на еврейском кладбище, я прогуглил имена людей, упомянутых в статьях, и нашёл то, что искал: вебсайт под названием МЕМОРИАЛ. По всей видимости, это было российское общество, занимавшееся вопросами реабилитацией жертв сталинских репрессий. Этот вебсайт имел печальный вид, устаревшие ссылки на ГУЛАГ, многие из которых, как и его жертвы, сами нуждались в реабилитации. Но в самом конце было имя веб-хоста—просто Yevgeny@memo.ru. Некоторое время я с нелёгкой душой водил курсором по адресу. Я представил себе злорадную физиономию Яши. Его предложение было вызовом. А чего, собственно, я боюсь?

Я дважды кликнул на адрес и сочинил короткое послание, спросив, как и кому я должен адресовать запрос на документы родителей. Судя по виду сайта, я не очень ожидал ответа. Я нажал «послать» и закрыл окно. Теперь Яша может быть доволен.

Однако, меня всё ещё что-то грызло. Если и существовали какие-то секреты, был один человек, который бы мог их открыть. И мне уже давно надо было его навестить.

***

«Авалон» был не похож на место, к которому подходили слова «дом» или «для престарелых». Лобби с широкими креслами, папоротниками и пальмами в бочках, резными столиками с металлическими украшениями и роялем Стейнвей в углу напоминала, скорее, зал ожидания какого-нибудь отдалённого посольства США. Жильцы были похожи на отдыхающих, без дела слоняющихся в своих мокасинах и бермудских шортах. По пути на террасу я взглянул на календарь, в котором еженедельные занятия перемежались с такими объявлениями как:

АМЕЛИЯ ЭРХАРТ ПОТЕРЯНА НАД ТИХИМ ОКЕАНОМ, 1937 ∗ Пломбиры по воскресениям 2:00, ДЕБЮТ БИКИНИ В ПАРИЖЕ, 1946 ∗ РОДИЛСЯ МАРК ШАГАЛ, 1887 ∗ Утреннее растяжение, ЗАЛ 10:30 ∗ Умственные стимуляторы, ЗАЛ ∗ РОДИЛСЯ МИЛТОН БЕРЛ, 1908 ∗ Карибская вечеринка с Гари Ловетом ∗ ДЖОН ДИЛЛИНЖЕР УБИТ ФБР В ЧИКАГО, 1934 ∗ Испанский для начинающих, ЗАЛ 4:00 ∗ Покер, игровая комната 2:00 ∗ JFK JR,∗ РАЗБИЛСЯ ОКОЛО MARTHA'S VINEYARD,∗∗ 1999 ∗ Шаббос служба ∗ 10:30 СПЛЕТНИ И НОВОСТИ, ЗАЛ

Я уселся снаружи на кирпичной террасе, в мягком стуле с полосатой обивкой, и откинул голову, подставив лицо солнцу. Через некоторое время появился мой дядя Сидни в эспадрильях на босу ногу с номером «Уолл-стрит Джорнал» подмышкой. Он двигался более осторожно, чем раньше.—Джулиан, мальчик мой, рад видеть тебя! Садись, не вставай.

—Как твой кишечник, Дядя Сид? —спросил я.

—Всё в порядке. Доктор сказал, что он никогда не видел такой длинной кишки у человека моего размера. Моток *kishkes* длиной в милю. Повидимому, там хватит, чтобы ещё отхватить кусок, если когда-нибудь потребуется опять.

Он позволил мне соскочить с крючка. Мне было страшно неудобно, что я не навестил его раньше. Несмотря на лёгкость, с которой он говорил, признаки недавней операции и химии были налицо. Лёгкие брюки цвета хаки хорошо прикрывали его тощие ноги, но теарниска не могла так же скрыть руки, запястья

∗ *JFK Jr.* —Джон Фитцджералд Кеннеди-младший; сын президента Кеннеди.

∗∗ *Martha's Vineyard* —«Марфин Виноградник»; остров вблизи штата Массачусеттс.

и заострившиеся, выпирающие плечи. Мамин брат Харри умер до нашего приезда в Америку и его дети сейчас жили в Калифорнии. Сидни был единственным, кто ещё помнил маму.

— Так ты ничего? — скорее сказал, чем спросил я.

— Вот это другой вопрос.

— Похоже, вас тут развлекают, как на круизном корабле. Уроки испанского, настольные игры.

— Я пропускаю все эти детские забавы.

— Твоя игра — покер?

— Джин. Я могу сыграть партию с кем угодно. Что тебе заказать на ланч? — спросил он, когда появился кто-то из обслуги. — Принесите ему чашку кофе, Дебора, — попросил Сидни. — Со сливками и кусочка 2-3 селёдки. Ты ешь селёдку? Вот и хорошо. А мне омлет из белков и кофе, чёрный.

Дебора, одетая в медицинскую форму, улыбнулась и отошла, даже не раскрыв меню.

— Как Джуди? — спросил я.

— Моя дочь с мужем в Мьянме. Прошлой весной они были в Турции. Каждый год всё более экзотические места. Я думаю, центральный Нью-Джерси недостаточно далёк для них. А ты знаешь, что у нас теперь есть? — сказал он, оживившись. — Компьютерное репетиторство! Дважды в неделю нас учат писать послания своим внукам, как будто никто уже не может поднять телефон. Ну а я — я начал торговать акциями на компьютере — *a bissele* — по чуть-чуть.

— Я не думал, что ты ещё играешь на рынке.

— Я не играю. Я читаю газеты, смотрю на цифры и слушаю только себя. — Разговоры об акциях всегда приводили Сидни в возбуждение. — На прошлой неделе, — поспешил он добавить, — позвонил мой брокер и сказал, что у него есть для меня совет. Я сказал ему: — Джефф, ты знаешь меня двадцать лет. Ты знаешь, как меня зовут, и ты знаешь, где я живу. Тот день, когда ты начнёшь давать мне советы по торговле акциями, — это будет день, когда ты перестанешь быть моим брокером.

Мне нравилась дядюшкина обезоруживающе грубоватая манера ещё с тех пор, как я впервые увидел его в Москве в 1959-м. Мне было пятнадцать, ему — тридцать девять; щеголеватого вида, в сером фланелевом костюме, шляпе, сверкающих стильных туфлях, спешащего навстречу моей матери и мне в Парке

Сокольники. Будучи руководящим работником в «Доу Кэмикал», он приехал как делегат на Московскую Выставку — огромную торговую выставку, задуманную как технологическое кто-кого между Никсоном и Хрущёвым. Мои первые воспоминания о нём всё ещё запечатлены на цветном Кодаке того времени, наряду с панорамой американских домов и автомобилей, образцовых кухонь, стиралок-сушилок завтрашнего дня и других чудес домашней техники, предназначенной показать советским людям гуманность их соперников.

Следующий раз я увидел его в аэропорту Кеннеди* двадцать лет спустя по приезде в Америку. В тот холодный вечер Сидни вместе со своей женой Стэллой — ныне покойной — приветствовал мою семью в Нью-Йорке ободряющей фразой: «Соединённые Штаты — это всего лишь трудовая колония с хорошей едой». И это Сидни, впервые показывая нам с Люсей роскошь ночного Манхэттена, наставлял меня: «У тебя всё будет хорошо, Джулиан, если ты только не допустишь, чтобы твоё восприятие окружающего было отравлено завистью». Мы сразу нашли общий язык; всё, чего мне всегда не хватало в матери, я, наконец, нашёл в Сидни. Как и я, он не был борцом за справедливость. После увольнения из армии, он за счёт армейской стипендии получил степень мастера в области химической технологии в Северозападном Университете, затем в течение сорока лет целенаправленно осуществлял Американскую Мечту, от которой отвернулась его сестра.

— Это правильно, доверять только себе. Наверное, поэтому ты не теряешь деньги, — заметил я ему.

— Конечно, я терял. Но никогда не терял помногу. Я не игрок. Я вырос во время Депрессии, когда люди бросались со зданий.

— Так же, как и Флоренс, — сказал я. — Только она извлекла из этого другой урок.

Сидни подумал минуту и пожал плечами:

— Я был ребёнком. Флори, она была старше. Люди, пережившие то время, как бы пережили войну. А твоя мать всегда была очень чувствительна к несправедливости. Каждый вечер за обе-

---

* *JFK — John Fitzgerald Kennedy*: аэропорт в окрестностях Нью-Йорка, названный инициалами Президента Кеннеди.

денным столом она вступала в споры с отцом. За субботним обедом мы не должны были говорить о политике.

— О чём же вы говорили?

— Ну, например, один раз они спорили про шахтёров из графства Харлан, которых избила полиция за забастовку. Отец сказал: «У людей нет работы, а эти бастуют!» А Флори — она была резкая — ответила: «Они работают и голодают, может, лучше они будут бастовать, когда голодают!» Каждый вечер было чтонибудь в этом роде.

— Похоже на лозунг, который она где-то слышала,— сказал я.

— Может быть,— заметил Сидни добродушно.— Но она верила в него. Как-то она пришла домой после какой-то демонстрации вся взъерошенная. Она заявила, что ударила полицейского, который её схватил. Шмякнула его сумкой. Мы были рады, что она сама не загремела в тюрьму.

— Кстати, о полиции, Дядя Сид,— сказал я.— Я всё думал, были ли у неё столкновения с полицией в России. Я имею в виду, с секретной полицией — с «органами». Они ведь следили за всеми американскими экспатами.

— Почему ты об этом думаешь? — спросил Сидни и морщинка неодобрения легла у него между бровями.

— Просто любопытствую. Она тебе что-нибудь об этом говорила?

— Ты о том, когда её бросили в тюрягу?

— Или ещё до этого,— я заколебался.— Она что-нибудь говорила, что ей докучал НКВД или, ну я не знаю…— Я хотел сказать «завербовал», но не смог выговорить это слово.— … Угрожал, что ли,— промолвил я наконец.

Рот Сидни опять закрылся с видом неодобрения:

— Нет, нет, нет. Флори ничего не боялась,— сказал он. Он, видимо, не уловил вопроса, а я почувствовал, что упустил момент. Вернуться к этой щепетильной теме казалось невозможным.

— С чем бы или с кем бы она ни связывалась, она шла до конца,— сказал Сид.— Все в семье считали, что это работа в Торговой миссии испортила её. Все эти русские, с которыми она связалась. Что у неё был любовник, за которым она туда поехала. Тогда это, знаешь, было не просто так. Не так, как сегодня — женщина может прыгнуть в постель с любым мужчиной, как будто это игра в классики. Всё делается в открытую, как в витрине «Мэсис».* В наше время тоже говорили о свободной любви и всё такое, но я говорю об уважаемых людях. О приличных молодых женщинах. Это было *shandeh un a charpeh*. Ты знаешь, что это значит?

Я задумчиво кивнул.

—Стыд и позор. *Pah-zor*!

—Позор,—поправил я.

Идиш, который Сидни и моя мать схватили, живя в Бруклине, был сильно замешан на русском, возможно из-за их дедушкиных и бабушкиных литовских корней. Так что Сидни иногда путал один язык с другим.

—Твоя мать всегда должна была бежать впереди паровоза. А ты знаешь, что бывает с людьми, которые бегут впереди паровоза?—он в упор посмотрел на меня.—Они попадают под поезд!

Дядя Сидни не имел привычки выражаться фигурально.

—Но ты уверен, что сама она не была коммунисткой?—спросил я.

—Не! Посмотри: все, с кем она имела дело, были немного сдвинутые в этом вопросе. У них в календарях были отмечены дни рождения Сакко и Ванцетти, вместе с Рождеством и Новым Годом. Но, нет—она не была коммунисткой. Просто непоседа. Хотела сделать что-то большое в жизни. Она всегда крутилась с важными людьми, политиками и им подобными. Однажды она встретилась с сенатором Бора—большой шишкой, председателем Комитета по иностранным делам Сената. Ты знаешь, что он о ней сказал?

—Что?

—«Такие девушки, как Флоренс Файн, заставляют вращаться мир». — Что ты на это скажешь?

Я постарался выглядеть поражённым. Я слышал это раньше. Гримаса прошла по лицу Сидни:

—А-а,—сказал он, махнув рукой.—Все эти дураки давно в земле.

---

* *Macy's*—популярный универмаг.

ОПАСНЫЕ СВЯЗИ

КЛИВЛЕНД, 1933

Она сошла с поезда в Кливленде в 40-градусную жару. Солнце выжгло посевы и иссушило приусадебные огороды. В воздухе стоял запах цемента и давленых помидоров. Квартира, которую ей обещали, оказалась съёмной комнатой с входом прямо с крыльца, в доме, принадлежавшем паре пенсионеров по фамилии Шулте. Ничего не было приведено в порядок к её приезду. На третий день фланец вокруг душевой головки разболтался и свалился, напоследок испустив жалкую струйку ржавой воды. Было 8:00 утра и она опаздывала на работу.

Накинув халат на мокрое тело, Флоренс подошла к парадной двери Шулте. На громкий стук никто не отозвался. Через дверь она могла слышать астматический голос отца Кофлина, громко лающего по радио о еврейском большевизме. Флоренс глубоко вздохнула и постучала настойчивее. Через минуту Алва Шулте открыла дверь и встретила Флоренс кривой неприветливой улыбкой.

—А Мистер Шулте дома? Душ сломался, и опять нет напора.—Флоренс попробовала заглянуть в тёмный проход, но широкая фигура хозяйки загораживала вид.—Мне надо быть на работе через двадцать минут.

Алва Шулте даже не пошевелилась, чтобы позвать мужа. Она продолжала рассматривать Флоренс и, наконец, не поворачиваясь, крикнула куда-то в дом:—Мистер Шулте, у нас проблема с водой!

—Собираю инструмент, миссис Шулте!—донеслось до Флоренс из тёмного нутра. Обе женщины стояли в ожидании. У Алвы на лице была странная усмешка, которую можно было истолковать, как подозрение — не собирается ли Флоренс залезть к ней в карман. Старик Шулте, наконец, вышел, держа коробку с инструментом. — Не знаю, смогу ли я что-нибудь сделать, когда вся округа включила воду, — приговаривал он, проходя впереди Флоренс через заднюю лестницу в её квартиру. — Пожарная сирена выла всё утро, а когда пожарники включают свой брандспойт, ни у кого нет напора.

Шедшая за ними Алва теперь наблюдала за Флоренс в маленькой зелёного цвета комнате, а Дуэйн Шулте прошёл по коридору чинить душ.

— Ты что ли секретаршей у них в «МакКи»?

— Не совсем. — Флоренс всматривалась в коридор. Пусть эта старая лиса помучается от любопытства.

— Дуэйн сказал, что ты занимаешься бухгалтерией.

Флоренс повернулась к ней.

— На самом деле я посредник по связи с группой иностранных бизнес-клиентов. — Это звучало по-идиотски для неё самой. Перед кем она выпендривается?

— *По-сред-ник*, — протянула Алва. — Боже мой, звучит очень важно.

Флоренс пожала плечами. — Я осуществляю связь. Как арбитр.

— Я знаю это слово, дорогуша. Только не знала, что такие большие титулы раздают молодым девушкам, в то время как наши парни сидят без работы.

Дуэйн Шулте прошаркал из ванной, вытирая руку об штаны:

— Я затянул переходник, так что сейчас напор больше, но я бы не советовал долго пользоваться душем. — Он вглянул Флоренс в лицо, затем на волосы и его глаза потускнели от мысли, сколько воды надо, чтобы это всё вымыть. Он выглядел расстроенным, но по причине в корне отличной от его жены, сетовавшей, что жилец, которого им прислали, не мужчина.

* * *

В конференц-зале шестого этажа в здании «МакКи» жестокое среднезападное солнце пробиваясь сквозь жалюзи, отбрасывало тень в виде тюремной решётки на дубовый стол для совещаний. В Нью-Йорке глубокие каньоны небоскрёбов давали хоть какую-то защиту от летнего зноя, но здесь такого укрытия не было. Переговоры между русскими и инженерами «Мак-Ки» зашли в тупик. Гости утверждали, что синьки, сделанные в «МакКи» для их прокатного стана в Магнитогорске, не годятся. Москва отказывалась подписывать контракт на строительство, требующее такое количество стали и бетона.

— Постойте, мы обо всём этом договорились три месяца назад, — сказал Кайл Клемент, парень из Миннесоты с ямочками на щеках. — Вы сказали, что вам нужен стан как тот, что в Гэри, и мы его вам сделали.

— Вы обещали нам стан «модифицированный для Магнитостроя», — сказал русский по имени Фёдор Зимин. Он говорил по-английски, хотя и с сильным русским акцентом, но понятно.

— Модифицированный план установки, но не план, для которого требуется дерево и кирпич!

— Дерево и кирпич — это то, что у нас есть в Магнитогорске. Если бы у нас было железо, нам бы не был нужен прокатный стан.

В своём стенографическом блокноте Флоренс спешно старалась навести какой-то порядок в этой перепалке. Её послали, чтобы она помогала сторонам сотрудничать, но она явно проваливала это задание. Инженеры «МакКи», недоверчивые к русским и обеспокоенные судебными разборками, настаивали, чтобы она дословно записывала их совещания.

— Так вот: мы не будем рисковать репутацией нашей компании на строительстве, которое развалится ещё до того, как будет положен последний кирпич, — сказал инженер с безгубым ртом по имени Кнур Андерсон. — Вы можете протелеграфировать своим людям в Москву, что мы не собираемся менять ни сантиметра в этих чертежах. У нас есть свой строительный кодекс, который мы должны соблюдать.

По другую сторону стола советские инженеры совещались слишком быстрой для неё скороговоркой. Она приехала сюда, чтобы улучшить свой русский, но её роль, как переводчика, оказалась почти ненужной, так как двое из делегатов говорили на сносном английском. Теперь эти двое: Зимин и ширококостный инженер с загорелым лицом по имени Сергей Соколов, отвечали на американский вызов усталыми улыбками на лицах. Только жужжание вентилятора на потолке нарушало напряжённую тишину, которая готова была осесть, как пыль. В молчании прошло одиннадцать секунд, прежде чем Флоренс решилась его нарушить:

— Джентльмены, я уверена, что мы можем прийти к соглашению, которое всех устроит.

Сергей Соколов закатил глаза, по-видимому, на её буржуазное обращение «джентльмены». Он поудобнее устроился в кресле, так, как будто это было мотоциклетное сидение.

— Ваши кодексы, — сказал он, обращаясь с иронической улыбкой к американцам, — предусматривают много ненужной стальной арматуры. Эти кодексы составлены вашими сталепромышленниками, чтобы выкачивать побольше денег, больше не за чем.

Кнур Андерсон достал из кармана карандаш и постучал им по поверхности массивного стола. — Мы показывали вам эти макеты три недели тому назад, и вы ничего не возразили. Может, если бы вы приходили на работу не с такого сильного похмелья…

— И если бы мы не были в кармане у сталепромышленников…

— В кармане — это сильно сказано! — возразил Клемент.

— Но, правда, в Советской России, где у вас нет безработицы, — продолжил Андерсон, — любой может явиться на работу полупьяный.

— Ну, пожалуйста, давайте сосредоточимся на деле, которое обсуждаем, — взмолилась Флоренс. Обе стороны стола просто проигнорировали её.

— Вы можете прервать контракт, — произнёс Клемент.

Соколов опять изобразил удивление,

— Да, но нарушение контракта будет ваше.

* * *

В фирме «МакКи» ей дали стол с персональным телефоном в отделе кадров, рядом с удивительно шумным зав. отделом Клодом. Она ждала, пока Клод уйдёт, чтобы позвонить Скупу в Нью-Йорк.

— Слышала новости, Флоренс? Кирпичная дорога взорвалась около Гамбурга несколько часов назад, — поделился Клод весело.

— Ужас, — сказала она, не слушая.

— Говорят от жары. Грузовик с курами взлетел в воздух на двенадцать футов. Ящики с курами повсюду.

— Жалко.

— Только не кур, которые разбежались. Для них это, наверно, День независимости. Кстати, ты собираешься на ярмарку в День независимости в Буфорде?

— У меня здесь ещё много дел, Клод. Но я постараюсь.

— Ну ладно, хорошего праздника тебе, Флоренс.

— И тебе, Клод.

— Можешь не сомневаться.

Убедившись, что Клод ушёл, она набрала босса.

— Скуп, у Вас есть минутка?

— Для тебя, Флори,— всегда! Как жизнь на Равнинах?

На улице внизу покрытые пылью потные мужчины чинили дорогу.

— У меня ничего не получается с ними, Скуп. Советские хотят изменить синьки. Они говорят, что «МакКи» навязывает им больше стальных балок, чем нужно. И теперь обе стороны угрожают отменой контракта!

Испарения от расплавленного битума и горячего гравия снизу смешались у неё в голове в дурманящий коктейль. «Чёрт побери!»—Она попыталась захлопнуть окно и почти защемила пальцы.

— Ой-ой, не горячись, Флоренс. Никто не собирается отменять контракт. Советские просто жёстко торгуются.

— Но инженеры из «МакКи» говорят, что им не платят за двойную работу.

— Забудь про «МакКи». У советских контракт с «Берлингтон Стил» из Пенсильвании. «МакКи» всего лишь на комиссионных у «Берлингтон».

— Я не понимаю…

— Москва не хочет заказывать шесть тысяч тонн стали у «Берлингтон», если они могут достать большую часть по дешёвке где-нибудь поближе, например, в Германии. Они пообещали купить у «Берлингтон», если «МакКи» сделает для них планы, а «Берлингтон», наверно, платит «МакКи» дополнительно за каждый фунт балок, которые они могут засунуть в свои чертежи.

— Но этого не было в контракте… и это, наверно, нечестно.

— Честно — это на ярмарке, где свиньи выигрывают призы, дорогая.* Настоящая проблема в том, что у Советов кончились деньги.

— Как это может быть?

— Их экспорт зерна всё падает. Похоже, у них было несколько неурожайных лет.

Ничто из сказанного не уменьшило её нервозности.

— Так что же мне делать, Скуп?

— Вот что: я думаю, что «МакКи» может немного урезать, но они не желают кусать руку дающего. Попробуй уговорить их пойти немного навстречу. «МакКи» ведь не хотят потерять свои комиссионные целиком.

Флоренс почувствовала комок в горле, когда он посоветовал ей попробовать убедить их. Она никогда не была сильна в этом. Она не могла представить себе, что бы такое она могла сказать этим упёртым инженерам из «МакКи», чтобы они немного поддались.

— Просто… иногда я даже не знаю, что я здесь делаю.

— Ты следишь за тем, чтобы наши советские друзья не озлобились. Займи их чем-нибудь. Ты ведь собиралась взять их на какую-то сельскую ярмарку вечером?

— Праздничная ярмарка по поводу Четвёртого июля. Какие-то местные затейники пытаются поддержать настроение.

— Здорово. Почему бы тебе не пойти домой, прихорошиться и затем показать нашим друзьям кусок исконной американской глубинки?

Флоренс повесила трубку и закрыла глаза. При закрытом окне она могла различить звук радио, тихо играющего на столе у Клода. Он забыл его выключить. Со своего места у окна она как бы слышала две станции одновременно; бормотание новостей перемежалось рекламой, звуками фокстрота и треском. Флоренс всмотрелась в потные измождённые спины рабочих на улице. Раньше она никогда не думала о «мужчинах» как о виде. Но сейчас вид этих мускулистых поляков и словенцев отозвался в её голове мамиными наставлениями о девушке, живущей самостоятельно, «приобретающей вкус к такой жизни». Конеч-

---

* Непереводимая игра слов, основанная на том, что по-английски слово *fair* означает и «ярмарка», и «честно».

но, Зельда, не будучи христианкой, никогда бы не назвала это «вкусом к греху», но жгучий, сатанинский грех был именно тем руслом, по которому устремилось её воображение. Она представила картину ухмыляющегося Сергея Соколова, неуважительно сидящего верхом на перевёрнутом задом-наперёд стуле. Её мозг был как радио, застрявшее между двумя станциями — на одной волне было серьёзное вещание новостей, но лёгкий поворот головы — и она слышала вульгарный сентиментальный джаз.

* * *

В старом Бьюике, за рулём которого сидел невысокий мужчина по прозвищу Котик, едва хватило места для неё и четырёх русских. Котик был вожаком этой компании и сидел с серьёзным выражением лица — то ли от усердного вождения, то ли от сознания своей важности. Флоренс втиснулась на заднее сидение между поддатым Фёдором Зиминым и широкоплечим Соколовым, который явился в соломенной шляпе, явно принадлежавшей бабёнке, сдавшей им бунгало в Тремонте. Шляпа выглядела на нём почти так же абсурдно, как шёлковая рубаха на лесорубе. Уловив её взгляд, Сергей сузил глаза в хитрой панибратской улыбке, приняв её удивление за одобрение. Из-за этого, она, краснея, старалась не прикасаться коленями к коленям Сергея и потому прижималась ближе к Фёдору, от которого несло, как из пивной бочки.

Они оставили машину за территорией ярмарки и пробрались через лабиринт побитых грузовиков и прицепов к входу. В этот пострадавший от засухи год только немногие из посёлков графства Куяхога принимали участие в ярмарке. Тем не менее, Флоренс заметила хозяек, раскладывающих свои пироги с ревенем и варенья, а воздух разрывался от визгов мальчишек, имитирующих крики хряков. Долгожданная прохлада опустилась на поле, и дух скотного двора уступил тонкому вечернему запаху гвоздики. Уважительное и дружелюбное внимание иностранцев привнесло приятное чувство уверенности в себе — ощущение своего роста, мягкого облегания хлопчатого платья, пышных волос, которые она заколола на висках. Она боялась, что русским ярмарка покажется фальшивой, но даже неулыбчивый Котик хохотал, наблюдая состязания пильщиков и гонки тракторов.

Только когда она привела их в миниатюрное родео в дальнем конце поля, она увидела, что с ней в компании всего двое мужчин вместо четырёх. — А где остальные?! — спросила она в панике.

— Не беспокойся, — сказал Сергей позади неё, — они исследуют окрестности.

— Надо их найти.

— Зачем? Они нас найдут, — заметил Фёдор.

Сергей снял свою соломенную шляпу и стёр пот с низкого лба. Его лицо могло показаться тупым, если бы не живые тёмные глаза. Флоренс поразило, что это лицо могло быть лицом преступника или поэта и что она не могла долго смотреть на него, не смущаясь. Рядом с ним белобрысый Фёдор присел на перевёрнутый ящик и достал щепотку табака. Рассеянно скручивая сигаретку, он наблюдал за подпасками в поле.

— Ковбои — как в кино! — воскликнул он. — Это настоящая Америка.

— Навряд ли, — не смогла сдержаться Флоренс. — Скорее, представление — собачка и пони.

— Собачка и кто?..

— Цирк, — сказала она.

— Мне не нравится американский цирк, — вставил Сергей. — Нас водили в Барнум & Бейли. В нём нет, — он потёр пальцы, как будто это могло помочь найти слово, — искусства.

— Не сомневаюсь, что он не такой хороший, как ваш цирк, — сказала Флоренс. — У вас более давняя традиция.

— Я не имею в виду акробатику. Почему вы, американцы, хотите смотреть на абортированных гомункулов?

В первый раз она позволила себе всмотреться в него.

— Извините?

— Девочка-инвалид с маленькой, размером с яблоко, головкой танцует, как будто она празднует день рождения.

— О-о, Вы имеете в виду уродцев в интермедиях!

— И это нравится людям? Чёрный человек в клетке, чешущийся, как обезьяна? Он ведь не из Африки.

— Боже мой, эти представления просто ужасны. Это то, что они вам показывали? Ну да, это вам Огайо.

— А вы не из Огайо?

— Нет, я из Нью-Йорка.

—Нью-Йорк—ух-ты!—сказал Сергей, демонстрируя откровенный восторг.—Нас возили по городу, когда мы сошли с корабля, целых три дня. Сильно! Поезда постоянно шумят над головой. Похоже, что они катятся по зданиям.

—А что ещё вам показывали в Нью-Йорке?

Сергей посовещался с Фёдором.—Аквариум? Рокфеллер-Центр.

—Радио-сити-мьюзик-холл,—вставил Фёдор.

Они готовы были озвучить весь список аттракционов, но тут Флоренс вмешалась:

—Обычная туристская мишура.—Наступило молчание, которое заставило её подумать, не очень ли неуместным был её комментарий.

—Вам не нравится Нью-Йорк?—спросил Сергей наконец.

—Я этого не говорила. Он—великолепный город, просто вам показывали детские штучки. Надо было показать вам Гринвич Вилладж. Могли отвезти вас к пирсам.

—Кливленд, конечно, не Нью-Йорк,—добавил Сергей со скучающим апломбом. Эта высокомерное замечание рассмешила её. Он с нарочитым удивлением поднял свои пышные брови.

—Что правда—то правда,—согласилась она.—Просто вы произнесли это как настоящий нью-йоркец.

Очевидно он принял её смех, как знак одобрения, так как следующий вопрос был:

—У вас есть молодой человек в Нью-Йорке?

—У меня нет «молодого человека».

—Старый человек?

—Извините?

—Почему вы убежали в Кливленд?

Она удивлённо посмотрела на него:

—Я не убежала. Я согласилась на эту работу также, как и вы,—Но он всё ещё смотрел с сомнением,—За корку хлеба,—добавила она и для убедительности перешла на русский.—*Заработать на куска хлеба.*

Это позабавило Сергея:

—На кусок хлеба,—поправил он и потрепал её по голове.

Фёдор осмотрел её с подозрением:

—Откуда ты знаешь русский?

—Папина мама была из Литвы. Она жила русскими романами. Когда я лежала больная, она читала мне из Евгения Онегина.

Фёдор смотрел на неё изучающе. Она хотела что-нибудь придумать, чтобы убедить их, что она не шпионит за ними.

—И ещё я взяла курс в Университете. Я понимаю лучше, чем говорю. Мне бы хотелось улучшить язык.

Фёдор выбросил окурок на сухую землю и поднялся с ящика. Кажется, она убедила его, так что он произнёс по-русски:

—С ней надо держать ухо востро,—и подмигнул Сергею.

Сергей повернулся к Флоренс:

—Очень хорошо. Ты будешь к нам обращаться на своём языке, а мы к тебе на своём. А если это не сработает, мы перейдём на французский.

После салюта они поехали назад в темноте нежилого межземелья, пока не увидели на горизонте огни Кливленда, светящиеся, как тлеющий уголёк длинной сигареты. Фёдору и Сергею так понравилась вылазка, что они пригласили Флоренс на следующее воскресенье коптить рыбу, которую они собирались наловить в озере.

* * *

Поднимаясь в гору на трамвае, Флоренс видела вдоль реки заброшенные печи и станы — призраки ещё недавно оживлённого города. Их бунгало было последним в блоке опустевших домов, когда-то населённых заводскими рабочими и их семьями. Она нашла Сергея сидящим на скамейке на закрытом заднем крыльце; он чистил форель на свежем выпуске местной газеты. Чуть поодаль в малюсеньком дворике Фёдор разжигал огонь в коптильне, которую они смастерили из мусорного бачка и решётки из духовки.

—За твоё здоровье,—сказал Сергей, наливая ей какую-то мутную жидкость из молочного кувшина.

Она не была готова к жжению, которое прошло по всему горлу.

—Где вы это добыли? Вкус, как у гнилого хлеба!

—У наших новых украинских друзей с западной стороны,— сказал Сергей.

— А где вы встретили этих друзей?

— В церкви,— ответил Фёдор со своего поста у мусорки-коптильни.

— Ваши друзья обманули вас. А нет ли у вас колы, запить?

— Хозяйка не держит колы.

— И соли,— добавил Фёдор.

— Я видела продмаг в нескольких кварталах,— предложила Флоренс.— Я схожу куплю.

Сергей обтёр нож и бросил остальную рыбу в ведро с водой.— Я пойду с тобой.

Они шли быстро, пересекая небольшой парк на берегу озера. Было пять часов, но солнце всё ещё жарило. Она чувствовала запах своего пота сквозь льняное платье.

— Как здесь люди живут, в такой жаре? Я совершенно изнемогаю,— сказала она, стараясь держаться на шаг в стороне от Сергея, чтобы он не чувствовал её запаха.

— Хочешь, можешь пойти с нами на озеро.

— Мне только не хватало этих толп,— сказала она, тяжело дыша.

— А твой молодой человек в Нью Йорке — он женат? — спросил Сергей ни с того ни с сего. Флоренс остановилась. Она стояла в тени колоннады здания суда, которое возвышалось над соседними домами.

— За кого ты меня принимаешь?

— Ты женщина из Нью-Йорка. Нью-Йорк — это джаз,— Он слегка потанцевал.— Кокотка, как Луиза Брукс?

— Луиза Брукс? Это так вам преподнесли американских женщин — мы все трусливы и эротически одержимы?

Он кивнул головой.

— Да.

— Ну, тогда ты набрал неправильный номер,— сказала она, двинувшись дальше. Ей был странно приятен этот разговор. Всю неделю мысли о Сергее блуждали на краю её сознания, как бы ожидая одобрения от остального её существа. Теперь они шагали в ногу, его рука небрежно в дюйме от неё, его дерзость подавляла её самоконтроль.

— Но это не так…— сказал он задумчиво.— Я теперь вижу. Американки — они, как у нас говорят, картошка с солью. Молодые девушки одеваются, как бабушки. Не так интересно, как в России. Женщины здесь пуританки.

— Сперва мы кокотки, теперь мы пуританки.

— Да.

— Так, кто же мы?

— *И то и другое.* Вы либо превозносите секс, или говорите «он ничего не стоит!» В России всё проще. Мы говорим: «секс — это как выпить стакан воды, когда хочется пить».

Если бы это был кто-нибудь другой, она могла дать ему пощёчину. Вместо этого, она сказала:

— Неужели? Как повезло большевистским мужчинам.

— Но это сказала женщина. Александра Коллонтай. Она спит со многими мужчинами, — сказал он, галантно открыв дверь магазина и пропуская Флоренс вперёд.

Флоренс взглянула через плечо на двух мужчин, стоявших снаружи и сплёвывающих табачную слюну.

— Шш. Не надо здесь говорить так.

— Почему? Коллонтай так сказала Ленину.

— Может ваши вожди и обсуждают эти вещи, — прошептала она, — а мы — нет. Соль, пожалуйста, — попросила она и приветливо улыбнулась продавцу за прилавком. Со скоростью черепахи он взял стремянку и начал как кататоник взбираться к полке с бакалейными товарами.

— Потому что в твоей стране всё продаётся, — громко прошептал Сергей. — Коммерция и буржуазная мораль делают секс «декадентским». Тогда как секс является лишь частью здорового молодого духа.

Он невинно улыбнулся, радуясь тому, что шокирует её.

Бакалейщик с высокой талией слегка покачал головой, скорее озабоченный, чем обиженный услышанным.

— Йодированная вас устроит? — спросил он.

— Да сэр. И две колы, пожалуйста, — ответила Флоренс почтительно.

Когда они снова оказались снаружи, она повернулась к всё ещё улыбающемуся Сергею. — Я не такая буржуазная, как ты думаешь.

— Я знал это. У тебя есть мужчина в Нью-Йорке.

— А если и так?

— Но ты не вышла за него замуж.

—Я презираю весь институт брака,—сказала она с неожиданным напором.

—Что, весь институт!—Сергей очень натурально изобразил, что он ошеломлён.

—Я имею в виду, что большинство девушек вступают в брак по расчёту, а не по любви. Это такое лицемерие. К тому же, кажется безумием жениться в такое время, когда вся страна разваливается.

—Так, мужчины тебя не интересуют?

—Что? Да. В смысле нет.—Она начала чувствовать головокружение от скорости их прогулки и разговора.—Я просто чувствую, что моя энергия может быть лучше потрачена на… менее мелкую цель.

—Что такое «мелкая цель»—твоё удовольствие?

—Удовольствие? Боже, Сергей. Я не думала о тебе как о гедонисте.

—Почему я гедонист? Гедонисты живут только ради удовольствия. В России мы живём и для других вещей. Вот почему секс не так важен.

—Да, я забыла, это—как выпить стакан воды.

Он посмотрел на неё печально, как бы говоря «Ты насмехаешься надо мной, прекрасная леди».

—Я как ты,—сказал он.—Я живу, чтобы работать. Строить. Я верю: когда ты не удовлетворяешь желание, это всё равно, что ты сыпешь песок в двигатель своего разума.

Волна мурашек прошла по её телу. Её щёки порозовели—она не могла свалить это на солнце…

—Речь инженера,—сказала она, ускорившись, чтобы его замечание не прозвучало слишком многозначительно.

—Речь человека,—сказал Сергей.

* * *

Она пила колу на качелях на крыльце, пока Сергей потрошил последнюю рыбу. Под сосной Фёдор ковырял веткой в углях своей коптильни.

—Ты знаешь, что я люблю в европейцах?—спросила Флоренс, вытягивая пальцы ног.—Мужчина может готовить для женщины, и готовить так же хорошо.

66

— Ты слышал? — спросил Фёдор, — Мы — европейцы!

— Этот может готовить, шить и холостить лошадей, — сказал Сергей по-русски. Казак!

— Не такой, как он — парировал Фёдор, словно отвечая на подначку.

— Настоящий герой войны, — усмехнулся Сергей.

— Интересно, будет ли у нас что-нибудь подобное здесь, — спросила Флоренс. — Я имею в виду гражданскую войну, как у вас.

— В Америке была гражданская война, чтобы положить конец рабству, — сказал Фёдор. — Тот же закон истории сработает в уничтожении капиталистического наёмного рабства.

Она взглянула на Сергея, который, ничего не сказав, вошёл внутрь, чтобы вымыть руки.

— Но наши коммунисты не похожи на ваших. В Нью-Йорке они постоянно устраивают демонстрации на улицах, но их требования абсурдны. Снизить ренту! Бесплатные продукты и электричество для бедных! Они требуют, чтобы домовладельцы открыли свободные квартиры для размещения безработных. Они даже требуют, чтобы коммунистическая партия распределяла пособие по безработице вместо Министерства труда. С таким же успехом они могут требовать торт и шампанское.

— Я не знаю о «ваших» коммунистах. Я знаю только, что говорят исторические законы, — сказал Фёдор.

— Ну, если эта жалкая кучка несёт нам революцию, то мы можем ждать ещё сто лет, — сказала Флоренс. Кока-кола и самогон разливали тепло по её венам. Она чувствовала воинственное желание говорить. — Что меня раздражает, так это то, как мы притворяемся в этой стране, что всё просто превосходно. «Хорошие времена вот-вот наступят!» — сказала она, цитируя заголовок на запятнанном рыбой номере газеты, лежащего у ног Сергея. — И теперь все приветствуют мистера Рузвельта. Хвала ему! Он подписал Закон о стабилизации цен на сельскохозяйственные продукты! Он возвращает американцев на работу! Но скажите, *каких* американцев — только не женщин. Никто не говорит о женщинах, которые теряют работу из-за подписанных им законов против непотизма. Если ваш муж работает в правительстве, и вы тоже, тогда вы можете попрощаться со своей работой. Один из супругов должен уйти, но вы думаете, кто-нибудь увольняет мужчин? Нет, сэр. Их жёны получают пинок. Потому что в этой стране, если женщина работает — это не по-американски. Она хапуга.

Она чувствовала, что Сергей слушает из-за сетки. Она повысила голос.

— Это всё чёртово отношение к женщинам здесь. Досточтимая миссис Гомперс, вдова лидера крупнейшего профсоюза, который когда-либо заботился о правах рабочих, эта изнеженная дура имеет наглость сказать: «Дом, каким бы маленьким он ни был, достаточно велик, чтобы занять ум и время женщины». И это одна из так называемых прогрессивных женщин в нашей стране — героическая первая леди АФТ.* — Она чувствовала, что не может остановиться. Как замечательно было, ничего не сдерживая, свободно высказать свои убеждения. Допивая остатки самогона и колы, она сказала: — И моя домохозяйка говорит мне: «Дорогая, я не понимаю, как это можно — девушке работать, когда так много наших парней должны кормить свои семьи». Она смотрит на меня так, словно я — причина, по которой все хорошие мальчики Кливленда не зарабатывают на жизнь.

— Так причина в вас, — сказал Сергей, возвращаясь на крыльцо.

— Как это?

— Потому что женщины будут работать за меньшие деньги. Ваши боссы держат их, когда проводят сокращение. И мужчины тогда также должны согласиться на низкую плату, чтобы остаться. Маркс уже обо всём этом писал. Когда заработная плата устанавливается вашим «свободным рынком», мужчины и женщины становятся естественными врагами. — Сергей без энтузиазма произнёс эти очевидные принципы, как будто он повторял строительные нормы.

— Если ты так сильно хочешь работать, приезжай в Россию, — предложил Фёдор. — Мы устроим тебя на работу тут же. Наши девочки — обычные лошадки; стоит посмотреть, как они лопатят гравий, малюют здания. Мы запустили их в производство и сняли с воспроизводства.

---

* *АФТ* — Американская федерация труда (The American Federation of Labor — AFL).

— Он имеет в виду,— сказал Сергей,— что женщина с твоей энергией будет цениться, а не стыдиться.

— Можешь не переводить, Казанова,— заметил Фёдор.— Я знаю, что я имею в виду. Ладно, дети, рыба готова.— Он положил последнюю форель на деревянную доску, сел на ступеньку крыльца и заглотнул второй стакан самогона.— Почему такая девушка, как ты, непременно хочет работать? Я знаю девушек твоего возраста уже бывших дважды замужем и в разводе.

— Оставь её,— сказал Сергей.

— Почему? Она что, не может найти себе парня?

— Не каждая женщина может найти себе такого Фёдора,— сказала Флоренс, улыбаясь Сергею.

— Моя жена не жалуется,— продолжил Фёдор.— Живёт в нашем инженерном комплексе в Магнитогорске, пальцем не пошевелит. Половину утра она прихорашивается, а после обеда командует горничной.

Флоренс взяла кусок рыбы:

— Повезло ей.

— Не умничай. Ей чертовски повезло. Я устроил её, как графиню на английской даче.

— Английский коттедж в голой русской степи,— заметил Сергей.

— Посмотрите на этого пижона! Член бывшего класса эксплуататоров!

— Ты уже хорош, Фёдор.

— Ну да, конечно, я пьян.— Он повернулся к Флоренс,— Спроси этого эксплуататора, откуда у него такой хороший английский.

— Никогда не перестаёт болтать! Он протреплет напрочь всю свою жизнь.

— Я знаю, о чём говорю,— сказал Фёдор, раздражённо отворачиваясь.— Мне не нравится этот трёп в присутствии женщины.— Он снова наполнил свой стакан и поднял его.— Давайте выпьем за женщин. Когда они любят нас, они прощают даже наши преступления! Когда нет — они не ценят даже наши достоинства!

Флоренс подняла почти пустой стакан:

— Я выпью за это.

Фёдор чмокнул губами и снова посмотрел на Сергея.

— Ты знаешь, кто это сказал, лицеист?

— Понятия не имею.

— Оноре де Бальзак! — Фёдор поджал губы, изображая француза.

— Хватит кривляться, Фёдор. Лучше сыграй нам что-нибудь.

Фёдор допил остатки в стакане и пошёл внутрь. При желтоватом свете Флоренс смотрела через сетку, как он снимает гитару со стены. Он вынес её подмышкой, настроил и начал играть тихую, грустную мелодию. Из его хрипловатого пения она могла разобрать несколько случайных слов песни о любви.

Сергей уселся на пол у её ног.

— Ты понимаешь, что он поёт?

Она покачала головой.

Тихо, сквозь звуки музыки, он проговорил:

— Дорогая моя, пожалуйста, не обманывай меня, не разбивай моё сердце. Гуси-лебеди в небе — не ваша вина, что мы плачем.

Фёдор бренчал с закрытыми глазами, и стрекотание цикад, казалось, становилось всё громче, будто они боялись, что он их перепоёт. Мотыльки, кружа вокруг фонаря на крыльце, отбрасывали причудливые тени. Она смотрела сверху на голову Сергея. В тусклом свете крыльца его волосы были похожи на сноп сена. Её пальцы покалывало от почти непреодолимого желания причесать их.

— Я надел свой старый жилет, — тихо переводил Сергей. — Милая, куда ты исчезла? — Он обхватил большим и указательным пальцами обнажённую лодыжку Флоренс и, улыбаясь, сомкнул и разомкнул кольцо, словно нашёл её тонкость любопытной. И она не возражала, слушая вместе с ним песенку Фёдора о неразделённой любви.

6

СТАЛЬ

КЛИВЛЕНД, 1933

Найти бутылку самогона никогда не было проблемой для большинства кливлендцев. С первых же дней Сухого закона ящики качественного спиртного плыли по озеру Эри из Канады в каютах кораблей и доставлялись в пункты по всему побережью. Дальше на грузовиках они попадали в подпольные бары и тайные салуны, разбросанные по городу. Именно в одном из этих сумрачных заведений Фёдор, которому здоровенный кливлендер из поляков предложил убрать локти со стойки, повернулся к Сергею и громко сказал на своём родном языке:

—Жирный польский жлоб пахнет как канализационная труба.

В этот момент жирный жлоб врезал Фёдору по шее, да так, что несомненно отомстил за все страдания поляков под властью русских со времён неудавшегося ноябрьского восстания 1831 года. Подавшись вперёд, Фёдор сумел увернуться от другого удара и нанести один сам—свой первый и последний, перед тем, как поляк приложил его апперкотом в челюсть, на этот раз в память о неудавшемся январском восстании 1863 года. Последним наказанием (в расплату за кровопролитную польско-советскую войну 1920 года) был такой низкий удар, что он попал Фёдору в пах и приподнял его с пола. Мгновением спустя пришло избавление в образе вышибалы—гориллы в костюме, который прижал локти Фёдора к бокам и выкинул его на улицу с напутствием, что в следующий раз его красная задница будет висеть на крюке для мяса.

Было уже за полночь, когда Флоренс обнаружила двоих друзей у своей задней двери, скребущихся в сетку. Включив свет на крыльце, она увидела окровавленного Фёдора, висящего на несчастном Сергее. Флоренс схватилась за лицо, стянутое от яичного белка, которым она мазалась на ночь. Она плотнее запахнула халат.

— Боже мой, что случилось?

— Впусти нас.—Тяжёлые ботинки Фёдора процарапали порог, когда Сергей вволок его внутрь. Кровь засохла у Фёдора под носом. Его глаза опухли и стали лиловыми.

— Вам нельзя оставаться здесь,—сказала она.—Мои хозяева встанут…

— До нашего дома ещё два километра. Я не могу доволочь его сам.

Шатаясь влево и вправо, втроём они передвигались по тёмной улице без фонарей. Луна, двигаясь сквозь облака, отражалась в фасадах общественных зданий. Из переулков доносился запах фекалий.

— Кавалерия прибыла!—крикнул Фёдор, обхватив их руками за плечи.—Значит, ты привёл свою левантийскую красавицу, чтобы показать ей, какие мы пьяницы и обормоты?

— Ты достаточно хорошо показываешь и без моей помощи. Возьми его руку,—сказал Сергей.

— Эта лошадка уже ест из твоих рук.

— Она понимает, что ты говоришь, дурак.

В тени зловеще выглядящего склада появился грузовой двор.

— Тем лучше.—Фёдор повернулся к Флоренс и пьяно улыбнулся.—Все вы, интеллигентские девочки, клянётесь, что полюбите только настоящего пролетария, настоящего рабочего, а затем вы идёте и начинаете строить глазки таким фальшивкам, как он. Этому карьеристу. Она чувствовала, как ногти Фёдора, которого они тащили, впиваются ей в плечо.—Смотри сама, девочка,—пролепетал он заплетающимся языком, дыша на неё перегаром.—Мы, русские, напиваемся, поём песни, плачем как дети. В то время, как вы, евреи, интригуете, пытаясь добыть рубль.

— Есть много бедных евреев,—пробормотала Флоренс.

— Но они всегда пытаются разбогатеть. Или пробиться к власти—посмотри на Литвинова, Каменева, Зиновьева—все большие шишки.

— У тебя уже есть на сегодня один синяк под глазом, Фёдор,— предупредил Сергей.—Хочешь ещё один?

— Что, я оскорбляю её достоинство? Кто сказал, что я не люблю евреев? Я знал еврейскую девушку в Ленинграде до революции. Она не могла жить в городе из-за квот. Так она достала себе жёлтый билет,—он повернулся к Флоренс,—это то, что делали проститутки, чтобы перейти мост и заняться своими делами. Представь себе! Прикинувшись проституткой, она могла стать студенткой в университете! Вы, евреи, если есть способ, всегда его найдёте. Так почему бы тебе не попросить её помочь нам, Серёжа?

— Ты хочешь спросить, ты и спрашивай.

— Почему это я? Она не на меня глаз положила. Мы приедем домой с пустыми руками, и весь план пойдёт насмарку. Чьи головы тогда полетят?

— Это не её проблема.

— Почему бы не спросить—*она* найдёт способ.

* * *

Стянув с Фёдора большие ботинки и спустив с него штаны, Сергей бросил его на продавленный матрас в спальне и вернулся в гостиную, где Флоренс сидела в ожидании за столом, положив ладони между колен.

— Он в порядке?

— Завтра он не будет помнить ничего.

Она положила ладони на стол и резко поднялась.

— Я провожу тебя,—предложил Сергей.

— Я дойду нормально.

— Тебе не стоит идти одной.

— Как ты мог отвести его в такое место?

Сергей оглянулся, не говоря ни слова.

— Тебе повезло, что он не на дне реки. Тебе повезло, что он не был задержан полицией! Ты подумал, какой это был бы кошмар—для меня, если не для тебя?

И поскольку он никак не реагировал, она завелась ещё сильнее.

— Вы не в своей стране—понимаешь? Есть какие-то жертвы, на которые вы должны идти.

— Хорошо, я завтра пойду куплю овец и зарежу их.

— Что?

—Ты сказала: жертвы.

—Для тебя это всё шутка?

Он хлопнул кулаком по столу.

—Что ты хочешь, чтобы я сказал?—Он встал и направился к кухонным шкафам; он порылся в нескольких ящиках, пока не нашёл то, что искал: сложенные жёлтые страницы письма. Он шлёпнул их на стол и опустился на стул.

—Жена Фёдора—она ушла от него. Он получил это письмо сегодня: она пишет, что не хочет больше жить в Магнитогорске. Нецивилизованно. Грязно. Нет культуры. Она вернулась в Ленинград, чтобы жить с его другом.

Флоренс подняла страницы и попыталась разобрать мелкий, деликатный почерк. Она взглянула на Сергея.

—Ты боишься получить такое же письмо?

Он сидел в своей мотоциклетной позе, расставив колени.

—Я не женат. Ты же знаешь.

—Я мало что знаю о тебе.

—Я был женат. Теперь—нет. Это было всего один год. Мы попытались. Мы покончили с этим,—он объяснил это без всякого интереса.

—Просто так.

—Развод, брак—это всё простые вещи там, откуда я.

Она держала письмо в руке.

—Многие вещи кажутся более простыми там.

—Нет,—сказал он скучающим тоном,—только это.

Их диалог звучал как слабый отголосок их предыдущего разговора. С другой стороны двери из спальни донеслись стонущие звуки и кашель.

—Мне нужно идти,—сказала она. Но его рука протянулась к её запястью.

Одержимость работой, стремление быть нужной, любой ценой избежать чувства бесполезности—возможно именно это пробудило глубоко затаённое желание быть использованной. Уничтоженной. Быть может, наслаждение оттого, что её прижали к стене, заломили голову, схватив за кудри так, что перехватило дыхание, было столь желанным благодаря всепоглощающему порыву, что заставляет душу искать цели достойной столь полной самоотдачи. Неизведанный доселе восторг оттого, что ее подняли и бросили поперёк дивана, прижали голыми ягодицами к жёсткой обивке, оттого, что мужчина впился в неё своей восставшей плотью и стёр последние остатки её запылившихся от времени мыслей, лаская языком её соски,—наверное, всё это вместе пробудило первобытную жажду отдаться без остатка.

Лицо Сергея, было смертельно серьёзным. Шутки в сторону. Исчез нелепый, провинциальный азарт иностранца. Его притязание на её тело было, как у мужчины, который мог бы быть её любовником уже много лет. Когда он кончил, его спина вдруг покрылась обильным потом. Но в тот самый момент он скатился с неё—похоже, даже в этом приступе страсти у него хватило рассудка или опыта, чтобы прерваться и свалиться на пол. Он лежал там в своём великолепном естестве в течение нескольких минут, тогда как Флоренс вытянулась на подушках, откинув голову. В ушах звенела неожиданно громкая на рассвете трель птиц. Болезненное ощущение между ног принесло не то чтобы удовольствие, но странное удовлетворение. Она провела рукой между ног и убедилась в потере невинности, увидев цвет крови на пальцах. Сергей лежал на полу со всё ещё закрытыми глазами. Казалось, он ничего не заметил. В голове у неё стучало от недосыпа, в волосах были кусочки яичного белка, её дыхание, вероятно, дурно пахло и её трясло, как от холода. И всё же она чувствовала себя как никогда легко от ощущения желанности, такой пробуждённой, такой оживлённой и напуганной от осознания своей свободы. Несмотря на почитание ею Эммы Гольдман, с мальчиками её возраста она никогда не шла дальше засосов. Только в пятистах милях от дома она могла позволить этому случиться. Она попыталась ощутить торжественность от утраты своей затянувшейся девственности, но всего лишь вспомнила бездумную песенку.

Через перевёрнутое окно Флоренс видела первый бледный свет прерии, освещающий небо. Она встала и нашла свои панталоны—большую хлопчатобумажную пару, которая вдруг смутила её. Она наблюдала за движением его груди, за подъёмом и опусканием мягких тёмных волос на животе и за более густыми волосами вокруг впечатляющего, но теперь безобидного члена, который Сергей, закрыв глаза, демонстрировал беззастенчиво и открыто. У неё было непреодолимое желание обхватить его пальцами, чтобы убедиться в его реальности.

Её рука не продвинулась даже на сантиметр ниже его живота, когда Сергей вдруг открыл один глаз. Он посмотрел на неё, как улыбающийся Циклоп, затем резко свернулся калачиком и поцеловал её между ключицами.

—Ты пахнешь—чем это?

Она поколебалась.—Я не знаю. Яйца? Мне пора.

—Почему?—спросил он, проводя колючей щекой по её груди.

—Я не хочу, чтобы он застал меня здесь.

—Не волнуйся. Он будет спать до полудня.

Она поспешно влезла в платье, надев его через голову.

—О чём Фёдор говорил прошлой ночью?

Сергей нашёл свои брюки и надел их, даже не удосужившись найти свои трусы.

—Он не верит в половину того, что говорит, а другую половину не сможет вспомнить.

—Я имею в виду, что ты вернёшься с пустыми руками?

Сергей задумчиво вздохнул и застегнул штаны.

—«МакКи» всё ещё отказывается менять планы установки. Мы не можем согласиться с условиями, которые заставляют нас купить всю необходимую сталь. Они утверждают, что нет времени, чтобы внести изменения, о которых мы просим.

—Это действительно займёт так много времени?

—Может быть, для них. Мы с Фёдором могли бы сделать это за три недели—пока у нас есть первоначальные чертежи, от которых можно плясать.

—Тогда они должны позволить вам. А то они всё жалуются, что вы сидите без дела.

Сергей одарил её снисходительной улыбкой.

—Флора, милая моя девочка. Недостаточно иметь синьку. Нам ещё нужны справочники.

—Какие справочники?

—Со спецификациями—прочность, плотность, свойства материалов,—он вздохнул,—для перевода.

—У «МакКи» на шестом этаже целая библиотека технических справочников.

Сергей снова вздохнул от бессмысленности разговора.—Но кто нас пустит на шестой этаж?

—Это не секретный материал. Просто спроси разрешения.

— Я считаю, что проще просить прощения, чем разрешения, Флоренс.

— Что ты сказал?

Он коснулся своего виска.

— Мне не надо было ничего говорить.

Трезвая часть её разума подсказывала ей не развивать эту тему дальше. Она смотрела, как Сергей застёгивает рубашку на своей великолепной груди.

— Подожди,— сказала она,— объясни мне.

Сергей задумчиво потёр подбородок.

— Они не хотят терять свои комиссионные от «Берлингтон Стил». Они не хотят признать, что стан может быть построен из более дешёвых материалов. Есть только один способ опровергнуть их аргументы — показать им, что да, это можно сделать! — Он добрался до верхней пуговицы рубашки.— Итак, теперь ты видишь наши затруднения.— Сергей пожал плечами.

Сложность, с точки зрения Флоренс, заключалась в том, что русские отчаянно нуждались в индустриализации, в то время как «МакКи» и «Берлингтон» сговорились, чтобы раздуть расходы и выжать их до последней копейки.

— Это вряд ли справедливо по отношению к вам,— сказала она.

— Бизнес есть бизнес,— так у вас говорят, да?

— Я думаю, я могла бы достать эти справочники для вас,— услышала она свой голос.

Он посмотрел на неё с почти любящим изумлением.

— Ты в самом деле могла бы? — Внезапно он почувствовал неуверенность.— Нет-нет, я не могу тебя об этом просить…,— но в его умоляющих глазах уже было то радостное сочетание благодарности и восхищения, в котором какая-то часть её, казалось, нуждалась, как в кислороде.

— Но нам надо быть осторожными,— сказала она.

7

ОТЪЕЗДЫ

Сергей Соколов вырос в благополучной дореволюционной петербургской семье. Его отец, Аркадий, поднявшийся до должности мастера на Металлическом заводе, занимался наладкой работы литейного цеха для производства турбин и котлов эсминцев «Вулкан» для французов и немцев. Мать Сергея, Елена, была модной швеёй. Вместе Соколовы зарабатывали достаточно денег, чтобы устроить Сергея в одну из лучших городских школ для мальчиков: Вторую Петроградскую гимназию, рядом с Исаакиевским собором. Предполагалось, что Сергей, посещая занятия с детьми государственных служащих, докторов, купцов, священнослужителей и мелких дворян, продолжит карьеру отца и станет высокопоставленным инженером на одном из многочисленных заводов, выраставших как грибы вокруг города, изобилующего мраморными колоннадами. Когда Сергей учился в шестом классе, Аркадию было за пятьдесят; у него на заводе был отдельный кабинет, он отмечал рабочие часы, начислял жалование, и ждал времени, когда сможет выйти на пенсию и жить на даче за городом. Затем произошла революция, и мечты его о переезде на природу были похоронены. Металлический завод был национализирован, участок Соколовых реквизирован правительством под рабочий санаторий, и Соколовы были вынуждены молча страдать, когда их пятикомнатная квартира была разделена и заполнена крикливыми, неграмотными рабочими, которые быстро разрушили полы и мебель.

Для молодого Сергея, чьи классы поредели из-за внезапной эмиграции одноклассников, революция имела свои плюсы и минусы. Он видел кретинов, которых она привела к власти, сносил жалобы отца на новый Союз металлистов, в котором доминировали неквалифицированные болваны; он видел, как страдает его мать, когда их новые «соседи» швыряли грязные ботинки на обитые парчой стулья, её стулья. В то же время он был в восторге от российских индустриальных амбиций: строительства сталелитейных заводов в Сибири и нефтеперерабатывающих на Каспийском море, планирования заводов в Царицыне. Будучи мальчиком, влюблённым в машины, он разделял страсть большевиков к размаху. Надломленность его родителей не могла ослабить восторг, вызванный громадными плотинами, перегородившими широкие реки, удивительными машинами, настолько сложными, что он не мог представить, как их придумал человеческий разум и построили человеческие руки. Он понимал, что для того, чтобы обеспечить себе место при новом строе и среди растущих рядов молодых инженеров, ему нужно будет вступить в молодёжный отряд партии — комсомол. Но в Петроградском политехническом институте это оказалось далеко не просто.

Вскоре после его поступления была проведена первая чистка студентов. Сергей был вызван на ковёр и допрошен недружелюбной тройкой с участием обрюзгшего секретаря парткома в кожанке. Они задавали ему вопросы о его матери и отце, о бабушке и дедушке, дядьях, бывших одноклассниках в гимназии. С отцом, который был мастером на царском заводе, теперь возникли некоторые сомнения относительно того, были ли Соколовы истинными пролетариями или «враждебными классовыми элементами». Сергей пытался отвечать на вопросы скромно и прямо, скрывая свой страх и не показывая обиды. Он рассказал, что его отец, простой человек, постепенно продвинулся от рабочего до низшей ступени управления благодаря своему профессиональному мастерству. Рассказал о том, как сам работал в течение года на том же заводе в холодном цеху до поступления в Политех. В конце чистки все студенты с буржуазным прошлым были отчислены. Его, хотя и с трудом, но пощадили. С этого момента он понял, что ему придётся работать усерднее других, чтобы держаться на плаву. Первые две попытки вступить в комсомол не увенчались успехом. Только на предпоследнем курсе ему была предоставлена ещё одна возможность, благодаря поддержке комсомольского организатора — вспыльчивой маленькой девушки блондинки по имени Ольга, с которой он каким-то образом сошёлся. Увлечённая его внушительным ростом и отрешённостью, она преследовала Сергея как свою добычу. Он рано понял, что высокие стройные красотки стеснялись его, однако что-то в его росте провоцировало маленьких, но настырных, покорить его, как альпинисты покоряют вершины.

Это был год, когда правительство начало коллективизировать деревню, и Ольга сказала, что она поможет ему получить комсомольский билет осенью, если летом он займётся «общественной работой» в её бригаде. В июне, сменив свои брюки на комбинезон, он отправился со студенческой бригадой в город Тихвин, чтобы просвещать крестьян в окрестных сёлах.

Во многих деревнях крестьяне уже забили свой скот, чтобы не отдавать его в колхоз. Он никогда не видел столько мяса на сельском рынке. Коровьи и свиные ножки привлекали полчища мух. В селе Лугины крестьяне жили хорошо и не хотели вступать в коммуну. Внутри церкви со сбитой маковкой молодые коммунисты показывали крестьянам фотографии грудастых женщин на пшеничных полях с полными корзинами на плечах, а также сверкающие тракторы и комбайны, которые они получат, вступив в колхоз.

— Сначала дайте нам машины, тогда мы подумаем о вступлении в ваш колхоз,— сказал один седовласый крестьянин, вызвав поддержку других.

— Старый кулак думает, что он умный,— заметила Ольга позже.

— С чего ты взяла, что он кулак? — возразил Сергей,— Он никого не нанимает—у него есть три здоровых сына, которые помогают ему работать на земле.

— Не будь наивным, Серёжа. Никто не живёт так хорошо, обрабатывая землю своими руками. Этот человек—кулак, и мы найдём кого-нибудь, кто это засвидетельствует.

На собрании райкома партии на следующей неделе появился тощий, полупьяный крестьянин и сказал, что старик нанимал его во время уборки урожая и добавил, что он был спекулянтом, который покупал у жителей деревни щетину, делал из нее щётки для волос и продавал их с прибылью в городе. Всё это было фарсом. Ольга практически написала ему текст; Сергей понял, что она купила его несколькими бутылками водки. Он ничего не сказал на собрании, но потом возразил ей наедине:

— Многие крестьяне немного торгуют на стороне. Нельзя называть его спекулянтом.

— Ты такой глупенький, Серёжа. Правда — это то, что записано на нашем собрании.— Этот смутьян мог взбаламутить всю деревню. Попытка Сергея защитить его показала только, что у него нет ещё «реального классового сознания», только интеллектуальный идеализм — трусость буржуазии,— пояснила Ольга.

— Тебе нужен твой комсомольский билет, но ты боишься строить социализм.

Он так и не узнал, что случилось со старым крестьянином, который выступил на митинге. Скорее всего, его дом и земля были реквизированы, и он вместе со своими тремя сыновьями отправлен в Сибирь.

Тем летом Сергей узнал, как на самом деле произошла революция.

И было странно, что через много лет, так далеко от дома он снова думал об Ольге. Что-то во Флоренс напомнило ему о ней. Не внешность — хотя обе они подходили ему по типу: разговорчивые женщины, которые умели хорошо выглядеть в платье. Что было у них общего, так это некоторая импульсивность; они как маленькие девочки, желали покончить с рутинной работой как можно быстрее. В отличие от него самого, тщательно взвешивающего каждое слово и действие, они сначала действовали, а потом думали. Флоренс помогла им перехитрить инженеров в «МакКи». И с какой пользой для себя? Никакой, насколько он мог судить. Вот и теперь, когда её квартирные хозяева уехали в гости к родне, она воспользовалась их «Шевроле», не позаботясь проверить масло и достать нужную карту.

Они отправились в путь утром, до наступления жары, с кувшином воды и фляжкой джина на сидении между ними, из которой она уже успела отхлебнуть, по меньшей мере, четверть.

— Уж о чём я точно не буду скучать, уехав отсюда,— сказала она, когда они на скорости выезжали из города по ухабистой дороге,— так это по тем отвратительным радиопроповедям, что эти Шиты* всегда слушают. (Шитами она называла Шультов — Дуэйна и Альву — чью машину они временно экспроприирова-

---

* Шиты: от английского *shit* — дерьмо.

ли).—Достаточно того, что у Шитов постоянно включено радио, но как только этот отец Кофлин начинает поносить негров и «еврейских заговорщиков», они включают его на полную громкость, вероятно, для того, чтобы я услышала. А если это не Кофлин, то это «преподобный» Смит. Всегда с реверансами, эти брюзги, эти божьи люди, готовы рассказать нам из-за кого мы страдаем. Вините кого-нибудь другого, только не подвергайте сомнению эту фальшивую капиталистическую структуру—США. Нетушки!—колечки волос вокруг её ушей трепетали на ветру.

В ответ он положил руку на её обнажённую ногу, где задрался шифон её платья. Они остановились на ранний ланч у придорожной фермерской лавки, где надпись мелом обещала персики и цыплят. К тому времени она так наклюкалась, что ему пришлось убеждать её взять персики, но оставить цыплят. А потом она решила, что хочет посмотреть местность, и они свернули на песчаную дорогу, которая пересекала сельскохозяйственные угодья. Это было ещё одной ошибкой.

Жара усиливалась. По мере того, как они удалялись от Кливленда, исчерченная бороздами местность становилась всё более тёмной и пыльной. Выжженные сорняки отлегли от асфальта, а посевы полегли там, где грозы побили их несколькими днями раньше. Она всмотрелась вдаль, где кукурузное поле встречалось с плоскими облаками, и сказала:

—Я слышала, что прошлой зимой всё это пахло горелым кофе.

—Почему кофе?

—Потому что они жгли кукурузу вместо угля.—Она обернулась и посмотрела на него остекленевшими от джина глазами.—*Представляешь себе?*

У него не было никакого желания это себе представить. У него не было настроения вступать в очередную дискуссию об абсурдности «всей капиталистической системы» или выслушивать очередные сентенции об американском Пути с его ненужными товарами и ненужными людьми.

В остававшееся у него время он просто хотел запечатлеть многообразие и величие страны, которую он наверняка больше никогда не увидит. Честно говоря, он был удивлён, что ему дали разрешение на выезд, учитывая его менее чем безупречное классовое происхождение. Это было свидетельством того, как мал был у них выбор специалистов — тех, кто мог отличить шуруп от лампочки, кто мог прилично говорить по-русски, не говоря уже про объясниться на английском. Где они все? Исчерпались. Высланы. Расстреляны. Кто остался? Сентиментально превозносимая толпа, известная как «народ», от имени которого выполнялась вся эта гигантская работа. Он сомневался, что получит от них большую благодарность, когда завершит свою работу. Всё, чего он хотел сейчас, это ощущать гладкость кожаного сиденья, чувствовать, как полированное дерево рулевого колеса легко скользит под его пальцами. Мимолётно он позволил себе задаться вопросом, каково это — иметь собственную машину. Все инженеры, которые работали в «МакКи», водили новенькие «Форды» и жили в собственных домах. Они не были лучшими инженерами, чем он. Правда, из-за кризиса страна обеднела, но если у кого-то было несколько центов за душой, то он всё же был свободным человеком. Сергей знал: живи он здесь, у него всё было бы хорошо, как и у этих парней. Он на мгновение подумал о том, чтобы остаться, но это было нереально. Они арестовали бы его родителей в Ленинграде и подвергли их каким-нибудь ужасным наказаниям, которые даже представить страшно. Он взглянул на Флоренс, сидевшую на пассажирском сиденье. Её глаза были зажмурены, словно от какой-то боли. Её кожа покраснела — от жары или джина, он не мог сказать.

* * *

Солнце давило ей на голову, словно раскалённый металл. Через неделю Сергей отправится домой, а она вернётся в Нью-Йорк. Ей хотелось бы, чтобы он выразил хоть какое-то сожаление о том, что расставался с ней. Она открыла глаза и уставилась в лобовое стекло. Они были в другом городке, почти таком же, как и прежний, только ещё беднее: одна улица с коричневым церковным шпилем, пустые витрины с рекламой апельсиновой «Нехи»* и «Кока-колы» в пыльных окнах. Она, как и Сергей, думала о мужчинах «МакКи». Маловероятно, чтобы кто-нибудь из них видел её с Сергеем. Хотя сейчас это не имело значения. Её

---

* *Orange Nehi* — безалкогольный газированный напиток.

чувство недовольства собой и Сергеем начало приобретать отчётливо «МакКи»-подобный оттенок. «Пиратство», придуманное вместе с Сергеем, чтобы получить в свои руки эти справочники, выполнить переработку планов и продемонстрировать, что стан в Магнитогорске может быть практично построен из более дешёвых материалов, сработало почти безупречно. По словам Фёдора, они «нейтрализовали» аргументы «МакКи».

— Надеюсь, ты довольна собой,— сказал Кнур Андерсон Флоренс позже. Клемент только покачал головой, понимая, что она была той, кто помогал русским. Американские инженеры смотрели на неё так, будто она либо непомерно коварна, либо непробиваемо глупа. Её убеждённость в том, что она всего лишь выровняла несправедливо перекошенное игровое поле, притупляла терзания от понимания того, что они говорили о ней за её спиной, как о предателе. Труднее было игнорировать их ухмыляющиеся взгляды. Её раздражало, что мужчины «МакКи» подозревали, что она спит с одним из русских, тем более, что их подозрение было правильным. Уже несколько недель она чувствовала своего рода эмоциональное удушье в Кливленде. Она хотела, чтобы связь с Сергеем как-то оправдала её отчаянный поступок, чтобы Сергей оценил жертву, которую она принесла ради него — но как? Любовь — это то, за что нельзя получить квитанцию, если это можно было вообще назвать любовью. И то, что они говорили друг другу в темноте — это тоже было частью игры.

— Ты можешь представить нас вместе — если бы ты не жил там, а я не жила здесь?

— Да, почему бы и нет?

— О, но тогда ты не был бы тем, кто ты есть. Ты был бы кем-то другим, и я тоже.

Было удивительно, как эта ерунда могла возбуждать их. В последнее время она даже плакала потом и позволяла ему утешать её поцелуями — весь этот драматизм был как-то необходим, чтобы придать смысл тому, что в противном случае было просто непристойной связью.

Большую часть лета они не рассуждали о том, что делают. Её тело мгновенно откликалось на малейшие проявления его желания. Она засыпала в своей комнате, но тишайшее поскрёбывание Сергея пальцем по сетке двери поздно ночью, могло привести её в полное бодрствование. Один вид его в бледном свете крыльца мог пробудить в её теле то состояние невесомого желания, которое подавлялось весь день. Он никогда не торопил её. Они целовались, пока её подбородок не горел, а губы не немели, пока она не была полностью во власти желания. Она поняла теперь, что имели в виду люди, включая её мать, когда говорили, что девочка «попалась». Похоже, нет других способов влюбиться, кроме опасных, нет способов удовлетворить сердце, не извращая ум.

Дорога сузилась, и им пришлось ехать медленнее. Каждые несколько оборотов колёс из двигателя был слышен шипящий звук. Справа появился ещё один церковный двор, на котором росли плакучие ивы. За аккуратно побелённым забором длинной змейкой извивались накрытые походные столы. Флоренс указала на вывеску: «Придите ко Мне все труждающиеся и обременённые, и Я успокою вас».*

— Они, должно быть, держат здесь суповую кухню.

— Миссис, которая сдаёт нам жильё, тоже готовит суп для своей церкви. Добрая женщина.

— Боже, благослови Америку. Суповые кухни насколько хватает глаз.

— Почему ты юродствуешь? — спросил он. — Дай мне карту. — Дорожные знаки ничего ему не говорили. Он искал что-нибудь, что могло бы указать им путь обратно к автомагистрали.

— Я не юродствую, — она развернула карту между ними. — Я только говорю, что благотворительность в этой стране — это способ для некоторых людей замаливать свои грехи. Морган, Рокфеллер — всё, что они делают, это бросают небольшие подачки людям, которых они ограбили, — она чувствовала, что стервозничает, отравляя радость от тех немногих дней, что им осталось провести вместе.

— Я не говорю о Рокфеллере. Я говорю о пожилых женщинах, готовящих суп, — нетерпеливо сказал он. Он взял карту и углубился в сеть её голубых вен.

— Эта карта нам не поможет. Это Огайо, а мы въехали в Индиану двадцать минут назад.

---

* Евангелие от Матфея 11:28.

— Почему ты не сказал мне!

— Ты что, не видела знак?

Сергей закрыл глаза.

— Всё в порядке,— сказала она, пытаясь звучать ободряюще.— Мы здесь вдоль этой стороны дороги. Это, как говорит Фёдор, те же люди, которые защищают свои интересы с помощью оружия и…

— Фёдор! В самом деле? Это ты его наслушалась?

Её глаза излучали гнев и смущение.

— Что в этом плохого?

— Ничего такого. Я думаю, будет лучше, если ты перестанешь трепаться и будешь смотреть в карту,— сказал он голосом, полным раздражения.

Она отвела лицо и попыталась проглотить комок в горле. Они поднимались по склону, и двигатель машины работал громче. Сергей нажал на педаль газа, но «Шевроле» только приподнялась, а задние колёса стали швырять грязь и камни с угрожающим визгом.

— Что происходит? — спросила она. Сергей сжал челюсти и переключил на нижнюю передачу. Машина жалобно дёрнулась. Он поставил машину на тормоз и выключил зажигание. Пар поднимался из двигателя.

— Чёрт! — пробормотал он, вылезая и слепо глядя под капот.— Садись за руль,— приказал он внезапно.

Флоренс пересела на водительское место, включила передачу и прижала педаль газа, а Сергей толкал сзади. «Шеви» рванулась вперёд, а затем умерла с громким шипением.

На краю поля вороны клевали кукурузные зёрна. Она чувствовала себя ослабевшей и взмокшей от жары. Безысходность начала ощущаться во всём. Она огляделась в поисках каких-то признаков человеческого жилья, но увидела только отдалённый силуэт сарая на фоне низких облаков. Сергей громко ругнулся и пнул шину.

— Дальше пешком,— объявил он. Он схватил свою куртку и кувшин с водой с заднего сиденья. Оставалось всего пара глотков, и он дал Флоренс выпить их. Когда она вышла, то заметила маслянистый подтёк; след чёрных капель был виден насколько хватало глаз.

— Мы что, всё время подтекали? — крикнула она, хромая за ним. — Как ты мог не заметить?!

Он повернулся к ней с каменным лицом.

— Ты будешь на меня кричать?

Она продолжала брести, прихрамывая, позади него. Поле и сетчатый забор вдоль дороги начали кружиться.

— Куда ты меня ведёшь? Ты же не знаешь, куда ведёт эта дорога! — Волна головокружения охватила её. Солнце на западе затмило ей глаза. Сквозь дымку воздушной пыли она опустилась на колени.

— Вставай, Флора.

— Нет, — жалобно промямлила она.

— Поднимайся!

Она покачала головой.

— Я ухожу.

— Уходи! Иди! — Она ненавидела мольбу, которую выдал её голос. — Возвращайся в Россию. Давай!

Сергей обернулся и долго смотрел на Флоренс. Она закрыла глаза и снова открыла их. Сергей сидел на корточках рядом с ней.

— Итак, всё заканчивается здесь? На кукурузном поле?

Ей стало плохо. Плохо оттого, что он должен утешать её. Плохо от её слабой плоти. Плохо от жалости. Плохо от необходимости во все их поздние влажные часы в её постели выдавливать из него нужные слова.

— Прости меня. — Она вытерла влажное лицо рукой. — Я не хочу, чтобы ты вспоминал меня как какую-то глупую американку.

Он сочувственно нахмурился.

— Глупую? Ты противоположность глупости, Флора. Что бы я делал без тебя здесь? — Сергей посмотрел на неё более серьёзно. Но ты слишком остро реагируешь на всё, что не так в этом мире. Ты слишком сильно это чувствуешь, — умоляющим тоном произнёс он, — Это безумие — сгорать из-за вещей, которые ты не можешь изменить.

Она чувствовала себя почти идиотски польщённой его словами — его, возможно, ложным убеждением, что её сердце, её чувство справедливости было достаточно ёмким, чтобы охватить мир.

— Так почему ты не можешь идти? — Он коснулся её лица и отодвинул завиток. — Немного пыли? Немного жары? Немного джина? — Он протянул руку.

Она позволила ему помочь ей встать. На горизонте свет стал солодовым. Там появилась тёмная фигура, подсвеченная сзади. По грунтовой дороге к ним шёл человек в джинсах и шляпе. В косых вечерних лучах он казался окружённым ореолом.

* * *

Дом фермера находился всего в миле к югу, и вскоре он вернулся со своим грузовиком и буксирной цепью для «Шевроле».

Она сидела на крыльце фермерского дома, с куском обёрнутого в тряпку льда подмышкой. Также как и машина, она получила солнечный удар. Теперь лёд и подслащённая вода, которую она потягивала, возвращали её к жизни. Сергей с фермером на поле рыжего цвета возились с двигателем. Сажа налипла на седло клапана и вызвала утечку. Флоренс смотрела, как Сергей счищает налёт сажи, стараясь защитить цилиндр от попадания угольной пыли. Он снял рубашку и аккуратно положил на неё клапаны. Янтарный свет придал загорелость напряжённым мышцам спины и светлый блеск волосам на груди и животе. Она поймала себя на том, что не могла равнодушно смотреть на его тело.

Отбрасываемые облаками тени двигались по земле. Птица пролетела над её головой, обгоняя своё отображение. Флоренс слышала, как болтает фермер, подавая Сергею инструменты. Он рассказывал Сергею о том, как все изменилось после войны. Как люди раньше помогали друг другу, одалживая кукурузу, если у кого-то неурожай.

— Рукопожатие было так же надёжно, как долговая расписка. Больше этого нет. — Фермер приподнял шляпу, обнажив лысеющую, коротко постриженную голову. — Теперь только через банк, который заставит вас подписать двадцать страниц за мешок семян.

Сергей, наклонившись над открытым капотом, пробормотал что-то, что рассмешило фермера. Даже здесь он мог найти общий язык с людьми. Интересно, почему для него это было так просто? Не потому ли, что он происходит из мест, где эгалитарность была образом жизни, а не только предметом обсуждения?

Мутный маленький поток извивался вдоль фермерской земли. Она почувствовала себя таким же безымянным маленьким ручейком. В памяти её всплыла строка из Мидлмарч: «Её натура, подобная реке, которую покорил Кир Великий, растратилась на каналы, не имевшие имени на этой земле». Она скопировала эту фразу в свой блокнот, когда ей было шестнадцать, тронутая трагической участью могучей реки, вынужденной израсходовать свою энергию в безымянных потоках. Уже в шестнадцать лет она лелеяла мысли о великой судьбе для себя. Понимала ли она, что Элиот просто оплакивала трагедию женской судьбы? Если поняла, значит, она, Флоренс, верила, что это её минует. Вокруг неё женщины стригли волосы, укорачивали подолы, поступали в университеты, выпускали сигаретный дым на множество затхлых викторианских заповедей. Женское непослушание было в моде, а она была слишком молода, как она теперь видела, чтобы понять, что всё это было только модой. Она ошибочно приняла стиль за суть, моду за прогресс. Америка не изменилась вообще. Обещание, которое манило её в шестнадцать лет,—возможность свободолюбивой девушке стать свободной женщиной—за те годы, когда она действительно стала женщиной, растворилось так постепенно, что она едва заметила его исчезновение.

На её коленях лежала куртка Сергея. Он попросил подержать её вместе с документами, которые он хранил в ней. Она порылась в прохладной подкладке кармана и вынула из него паспорт. Он оказался тяжелее, чем она ожидала. Она открыла книжечку и развернула тонкий, как папиросная бумага, «загранпаспорт», приколотый к одной из страниц. Внизу была приклеена его фотография, серьёзная и бледная. Часть его лица была проштампована одной из трёх одинаковых лиловых печатей, поставленных с разной силой. Бумага была прохладной и хрупкой на ощупь. Вот он, источник его подвижности. Держа его в руках, она почувствовала себя запертой без выхода к морю. Она сунула его обратно в карман. Флоренс видела, как в поле Сергей несколько раз провернул мотор. Он ожил со звуком артиллерийского выстрела. Сергей вылез из машины и подошёл к ней, вытирая тряпкой замасленные руки.

—Принцесса,—объявил он,—ваша карета готова.

* * *

Флоренс вернулась домой неделю спустя, тогда как паспорт, который она так аккуратно изучала, сопровождал его владельца на пароходе в Европу. На финской границе его пролистал и проверил советский чиновник; очки его сверкали вялой враждебностью. Сергея отвели в небольшую комнату и допросили о его путешествии. Его ответы не имели значения. Он не мог сказать ничего, что рассеяло бы облако подозрений, заработанных за службу на благо своей страны. Это была цена, которую он теперь всегда будет платить за американское лето. На столе между Сергеем и его следователем лежали вещи, привезённые им с собой: набор хороших чертёжных инструментов, набор для бритья «Жиллет», костяные запонки, одеколон. Они были решительно изъяты из его раздутого чемодана. В Америке каждая покупка привлекала его обещанием изысканности и качества, но на столе эти предметы казались покрытыми стыдом, свидетельством его страсти к безвкусице декадентской нации. Таможенный агент попросил его расписаться за них.

— Чего-то не хватает,— внезапно сказал Сергей. Это была резная брошь из люсита, о которой он не стал бы говорить, если бы не купил её для своей матери.

— Подайте жалобу,— сказал агент, его глаза сияли насмешкой.

Тучи предвещали грозу, когда его поезд въехал в Россию. Был конец сентября, и уютное тепло лета смылось холодным моросящим дождём. Он закрыл глаза. Раскат грома прозвучал как стук громадной двери, захлопнувшейся за ним.

В марте, когда на полувскрытые холмы Магнитки всё ещё сыпал снег, Сергей получил письмо от Флоренс. Это не было полной неожиданностью. Он первый послал ей праздничное поздравление на адрес Советской торговой миссии в Нью-Йорке, приуроченное к Новому году. Он почувствовал, что всё-таки скучал по ней или, по крайней мере, скучал по их кливлендскому лету, его жаре и лёгкости, беззаботной смелости и открытости Флоренс. В Магнитогорске дела шли не так хорошо; строительство прокатного стана было омрачено задержками и поломками из-за стремления нового руководства срезать углы, чтобы потакать нереальным требованиям Москвы. Он совершил ошибку, открыто высказавшись об этом, и испортил отношения с кем не надо. Ничего из этого он, конечно, не написал Флоренс в своём письме.

* * *

Конверт, который принесли ей на стол в «Амторге», был тонким, как папиросная бумага, и когда она распечатала его, из него выпала фотография. На ней был Сергей — маленькая фигура, стоящая перед большим кирпичным зданием. Он был одет в белую майку, заправленную в рабочие брюки с высокой талией, и прикрывал глаза от сильного российского солнца. Он пожелал ей счастливого Нового года и надеялся, что его письмо придёт раньше, чем наступит 1934 год. Строительство прокатного стана продвигалось замечательно. Он поблагодарил её за помощь в его разработке, за всё, что она сделала для него, за то, что она была его гидом и маяком доброты в чужой стране, и особенно за то, что она сделала это лето в Америке временем, которое он никогда не забудет. Он только что закончил читать роман «Дочь снегов» «вашего великого американского писателя Джека Лондона» и его героиня Фрона Уэлс напомнила ему Флоренс. Храбрая, естественная женщина, — как он описал либо Фрону, либо Флоренс, либо их обеих. Теперь он видел, как ему повезло, что судьба свела их вместе, хотя бы ненадолго. Он с большой радостью вспоминает это время.

Читая эти строки, Флоренс почувствовала странное желание скрестить и ещё раз скрестить ноги. Инстинктивный отклик её тела на написанные слова — даже просто на наклон почерка Сергея — был как импульс тока. Звук его голоса в голове заставил Флоренс почувствовать призрак каждого поцелуя, каждого прикосновения прошлого лета. Был ли этот поток чувств с его стороны причудой перевода? — недоумевала она. Были ли безошибочно-романтические ноты вполне стандартным русским стилем? Она пробежала глазами остальные страницы. С героически звучащим энтузиазмом, казавшимся несколько нехарактерным, Сергей описал могучие печи и заводы, поднимающиеся в степях. — Как далеко мы продвинулись. Как много работы ещё предстоит сделать! — Он писал, что фотография не отражает масштаба выполняемой работы. Когда-нибудь ей надо будет увидеть это своими глазами.

Флоренс перечитала последнюю строку со спазмом в желудке. Было ли это приглашением?

* * *

В течение следующих нескольких недель она пыталась составить ответ. Ей не удавалось попасть в тон вольному духу письма Сергея. Её попытки поймать ту же самую лёгкую романтическую ноту, оказывались пронизанными любовным отчаянием. Она хотела излить всю свою печальную душу, но не хотела ставить под угрозу его представление о ней как о великолепной и смелой героине Джека Лондона. Был конец января, когда ей, наконец, удалось что-то написать на своей портативной пишущей машинке.

«22 января 1934.

Дорогой Сергей,
Ваше письмо было как бриллиант с неба. Мне было приятно снова увидеть торжествующее и беззаботное лицо, которое я так хорошо помню по Кливленду. Всё это сейчас кажется сном. Глядя на снег на опавших листьях или чувствуя запах дождя, я иногда думаю, может это и был сон. Возможно, это только потому, что с тех пор, как я вернулась, мне часто кажется, что настоящая и важная часть моей жизни происходит где-то в другом месте.

Возможно, вы читали в газетах, что наш Президент объявил конец одиозному сухому закону. Так что наш Новый Год прошёл гораздо веселее, чем прошлый. Кроме этого, мало что изменилось—я не буду утомлять вас описанием всего этого. Люди говорят, что всё улучшается благодаря Рузвельту. Может быть и так, но недостаточно быстро для меня. Вы часто говорили, что я должна увидеть собственными глазами величие Магнитки. Я думаю попробовать».

Она не имела в виду писать это, но как только написала, она поняла, что это правда.

*«Боюсь, что если я останусь, я попаду в ряды равно-
душных или, что ещё хуже, красноречиво-недовольных.
Эта мысль пугает меня больше всего на свете. Не знаю,
как назвать это моё новое стремление—увидеть мир
своими глазами—оно, наконец, расцвело. Теперь, когда
я наверняка решила увидеть Советский Союз, мне не
должно быть слишком сложно получить визу через связи
в Амторге. Я надеюсь отплыть к весне.*

Возможно, мы с вами всё-таки встретимся снова.

С уважением,
Флора»

8
ПРИБЫТИЕ

МОСКВА, 1934

Её письмо было не вполне правдивым: она не совсем добровольно решила оставить свою работу и страну. Слух о нарушении ею лояльности дошёл до Нью-Йорка раньше неё. Скуп ей сочувствовал, но помочь не мог.

— У тебя доброе сердце, Флоренс; ты сделала то, что считала правильным, справедливым по ситуации. Только первое правило дипломатии, — напомнил он ей, — не говорить или делать правильные вещи, а избегать говорить и делать неправильные вещи.

— Но я думала, что вы хотели, чтобы я помогла русским, — сказала она.

Это прозвучало более беспомощно, чем хотелось.

— То, что я сказал, — пояснил он, — значило попытаться заставить обе стороны найти компромисс.

Флоренс подумала, что Скуп мог бы решить эту проблему, пригласив таких людей, как Клемент и Кнур Андерсон на жареную свинину с самогонкой — эдакое мужское дипломатическое сборище; для неё — негибкой, услужливой, нью-йоркской, молодой, к тому же женщины — это было бы совершенно недоступно. Но она не решилась предложить это Скупу, потому что знала, что звучала бы слишком жалостливо. И без того уже, разочарование, мелькнувшее в голосе босса, было более болезненно, чем любой упрёк.

«Амторг» скоро закроет двери. Рузвельт признал Советский Союз вопреки протестам в Конгрессе. Как и предсказывал Скуп, скоро в Вашингтоне появится консульство, и торговлю больше не нужно будет прикрывать сложной сетью чиновников и амторгских эмиссаров. Скупу удалось устроиться в группу экспортменеджеров для лоббирования новых людей Рузвельта за снижение тарифов и открытую торговлю.

— Похоже, эта старая ездовая собака едет в одиночку,— сказал он ей. Теперь не было и речи о том, чтобы он помог Флоренс найти работу в новом посольстве.

— Я могу позвонить старым друзьям после Нового Года,— сказал он ей, когда она дозвонилась до него в Вашингтон.

Флоренс не стала напоминать ему, что он уже дважды обещал это.

— Я начинаю думать, что мне, возможно, будет легче найти работу в России,— предложила она, ожидая, что он возразит ей.

Вместо этого он сказал:

— Очень может быть. Москва кишит американцами.

— Новый Париж,— произнесла она тоном полузадумчивым, полусардоническим.

— Лучше, чем Париж, если ты сможешь убедить их платить тебе в долларах. Ты должна быть твёрдой—сказать им, что ты не примешь ничего, кроме твёрдой валюты.—И его речь снова наполнилась, как парус, ничего не стоящим поучительным разглагольствованием.

* * *

Для Эсси на «Бремене» Флоренс опустила большую часть подробностей своих неудач и сказала только, что едет в Магнитогорск, чтобы встретить человека, который открыл ей глаза на возможности в России.

— Он знает, что ты едешь?

— Я написала ему, но до отъезда ответа не получила.

— Хм. Почта может быть довольно ненадёжной в той части страны. Может быть, сначала тебе стоит послать телеграмму.— Они сидели в ночнушках. Эсси перетащила свой скудный чемодан к Флоренс в каюту. Флоренс отмахнулась от Эссиного предложения; эта простая идея, по причинам, которые она не могла объяснить даже себе, вызвала в ней больше страха, чем мысль о том, чтобы сесть на поезд и проехать на нём тысячу шестьсот километров до Урала.—В Магнитогорске все собаки друг друга знают,—сказала она Эсси.—Не думаю, что он хотел бы, чтобы я привлекла внимание телеграммой. Я найду его, как только доберусь туда.

— Ну, дай-то Бог, — сказала Эсси с тревожной сердечностью.

* * *

За недели путешествия Эсси рассказала Флоренс свою историю. Пока Флоренс посещала воскресную школу в Мидвудской синагоге, Эсси проводила свои субботние утра в Рабочем клубе в Бронксе, изучая жизни патриархов — Маркса и Троцкого. В заплесневевшей, пахнущей печатью атмосфере квартиры Франков, единственными праздниками были седьмое ноября (годовщина Октябрьской революции) и первое мая (Международный день трудящихся), когда Эсси и её младшая сестра вместе со своими родителями выходили на улицы и во весь голос горланили «Интернационал». Они шли в рядах организации социалистической молодёжи, в которую Эсси вступила, когда ей было одиннадцать лет. Лето проводилось в лагере Киндерленд в Массачусетсе — «Летний лагерь с высокой моралью». В соответствии с советской моделью участники лагеря играли полуавтономную роль пролетариата, а их взрослые вожатые взяли на себя руководящую роль партии.

Однако в течение учебного года всё было по-другому.

— Я всегда думала, что это нормально, понимаешь ли, быть бедной и не иметь шикарной одежды, и пусть у меня в волосах жвачка запутывалась, зато я отказывалась произносить «Клятву верности», — сказала Эсси. А другие дети называли меня ублюдком из-за того, что мои родители не расписывались, пока мне не исполнилось шесть лет. Я могла всё это вытерпеть, потому что знала, что у моих матери и отца в одном мизинце больше смелости и принципов, чем у любого из этих писунов во всём теле.

Работодатели Макса Франка, однако, смотрели на вещи иначе; после нескольких увольнений «из-за его безупречных убеждений» и окончательно уверовав в то, что правительство рабочих никогда не будет создано в Соединённых Штатах, отец Эсси решил собрать деньги и уехать с семьёй в Россию. Семья была уже готова к переезду, когда мать Эсси схватила небольшую зубную инфекцию, которая быстро распространилась на сердце. Поездка была отложена, а деньги потрачены на «тупых докторов», а затем на кремацию. Но план всё ещё был в силе, и Макс снова готовился сэкономить деньги на поездку.

Прошёл год. Потом другой. Эсси работала на фабрике по производству ошейников для собак и посещала вечерние занятия по русскому языку. Однажды она уснула за станком и пробойник чуть не лишил её большого пальца. Она пришла домой в истерике, сообщив, что начальник урезал ей плату из-за того, что она заклинила машину, и потребовала сказать, когда же их семья уезжает в Россию.

— И тогда мой отец говорит мне: «Эсси, я хотел подождать, пока ты будешь готова услышать это, но раз так, то я скажу: Я женюсь». «На ком?» — говорю я. «Мелми Скольник с четвёртого этажа», — говорит он.

— У меня упало сердце, Флоренс. Она на неполных семь лет старше меня! Настоящая поварёшка, сующаяся во все дела. Начала нам приносить еду, когда моя мама заболела, слёзы — как из отжималки для белья.

— Я говорю ему: «как насчёт всего, о чём вы с мамой говорили, о нашей мечте?» А он отвечает: «Nit mit sheltn un nit mit lakhn ken men di velt ibermakhn» — «Ни проклятиями, ни смехом нельзя изменить мир, Эсси». Так пожал плечами и говорит: «Зачем ехать на край света? Давай сделаем здесь всё, что можно». Он набрался наглости сказать мне: «Ты понимаешь, Лилли нужна мать», — это мне, когда я ухаживала за ней, как мать, всё это время!

— И тогда я говорю, «ну и чёрт с тобой», я еду. У меня уже была виза, только нужен был билет. Перед отъездом я сказала ему, что с самого начала знала, что это у моей матери были принципы и мужество, а вовсе не у него. Он просто следовал за ней, как теперь за этой tsatske.* Я сказала ему, что человека слабее или глупее надо ещё поискать. Я наговорила ему столько гадостей, Флоренс. Я сказала ему, чтобы он не беспокоился провожать меня, и он просто повесил голову, как ребёнок, и сказал, что будет уважать мои желания. Но я не имела в виду, чтобы он уважал их, я хотела, чтобы он боролся, Флоренс, боролся за меня.

---

* *Tsatske* — специфическая молодая женщина, «штучка» *(идиш)*.

Флоренс сидела, внимательно кивая. Слёзы и муки Эсси подействовали на неё, вызвав сочувствие. Она сказала:

— Я уверена, что он знает, что ты его любишь, и Лилли тоже.— Она обняла девушку, вдохнув лёгкий кисловатый запах Эссиного тела, выдающий её переживания. А потом внезапно чувство, которое у неё было накануне — что она ошиблась, оставив семью, которая боролась за неё, и что она ошибалась во многом другом,— вернулось с такой тошнотворной силой, что ей пришлось откинуться на кровать, чтобы хоть чуть-чуть успокоиться.

— Тебе плохо? — Эсси выглядела обеспокоенной.

— Я думаю, что это просто океан.— Флоренс села и взглянула в иллюминатор. Пузырящаяся зеленовато-чёрная завеса из пены плескалась о стекло. В горле она почувствовала вкус вечернего бефстроганова и дёрнулась вперёд.

— Подожди! — беспомощно закричала Эсси.— Я принесу тазик!

* * *

Эсси захватила с собой кислые капли и солёные крекеры от морской болезни и скармливала их Флоренс, пока огромные волны обрушивались на борт корабля. Когда буря стихла, она повела Флоренс под зонтиком на палубу на свежий воздух. Небо было покрыто чешуйчатыми лиловыми облаками. Флоренс держалась за руку подруги и старалась не смотреть вниз в бурлящую чёрную воду, радуясь, что Эсси рядом. Неуклюжая на первый взгляд, Эсси оказалась необычайно осведомлённой во всех практических вопросах, касающихся путешествия. Она запретила Флоренс оставаться в каюте целый день и велела ей смотреть на горизонт как можно чаще. Когда море успокоилось, она надавала ей много других советов. Не конвертировать доллары на российской границе: — Они предложат тебе стандартный курс в два рубля за доллар. Не соглашайся. Внутри ты сможешь обменять их по двадцать пять за доллар.— Эсси предупредила её, что российские пограничники могут захотеть конфисковать её пишущую машинку: — Скажи им, что у тебя есть официальные документы на неё. Начни базарить и скажи, что позвонишь в посольство. Небольшая смазка не повредит. У тебя есть какие-нибудь джазовые записи или красивые баночки с пудрой для лица? — Флоренс прикусила губу. Она захватила немного помады и духов, но имела в виду приберечь их для свидания с Сергеем.

— Таможенники допускают некоторые вольности, — продолжала Эсси, — они деградируют и склонны к коррупции. Не спорь. Просто дай им забрать что-нибудь для своих жён или матерей.

* * *

После того, как большинство пассажиров высадилось в Данциге, корабль стал потише. К тому времени, когда они приплыли к латвийскому побережью, море приобрело более мягкий, балтийский оттенок. В 1934 году страны Балтии ещё не были поглощены Советским Союзом в результате джентльменского обмена по пакту Молотова-Риббентропа, и Флоренс не должна была увидеть ни советских, ни немецких сапог на булыжниках, которыми были вымощены узкие улочки Лиепаи. В Риге ни одно красное знамя не омрачало высокие черепичные крыши. Флоренс и Эсси сняли комнату в старомодном пансионе и проснулись от чистого гулкого перезвона церковных колоколов. В утренней свежести всё вокруг напоминало миниатюрное королевство. В Риге они приобрели билеты до Рижского вокзала в Москве. Поезд, на котором им предстояло ехать, был ярко-красным с полированными бронзовыми украшениями — помпезной старой модели, которые больше не ходили в Америке. Вместо угля локомотив жёг дрова и должен был часто останавливаться среди густого леса, чтобы пополнить топливо. Вдоль рельсов лесорубы в сапогах и шерстяных шапках складывали пирамиды из дров, на продажу железной дороге. Флоренс заметила, что ближе к границе с Россией продавцы дров куда-то исчезли.

Мимо мелькали тёмные сосновые леса, то приближаясь, то отступая.

— Смотри, Флоренс! Красноармейцы, — взволнованно воскликнула Эсси, когда поезд въехал в крытое деревянное депо, на котором были намалёваны буквы, призывавшие рабочих всех стран объединяться. Инспекторы, одетые как солдаты в хаки, важно вошли в вагон и начали проверку. Они конфисковали журналы Эсси «Лайф» и «Силвер Скрин», стратегически упакованные в багаже поверх одежды. (Флоренс показалось, что Эсси явно ликовала из-за возможности раздавать «антисоветскую» литературу.) Когда обыск закончился, Эсси заверила Флоренс, что та тоже хорошо отделалась, потеряв только свою последнюю пачку «Кэмел» и бутылочку духов «Шалимар». Тем не менее, первое чувство, испытанное Флоренс при пересечении советской границы, было не удивление, а унижение. Она сказала себе, что глупо злиться, когда большая часть их американских денег всё ещё надёжно спрятана в бюстгальтерах. Столь же глупо было полагать, что такие обыски не происходят на всех пограничных станциях в мире. Любые другие предположения поставили бы под серьёзное сомнение её надежды на новую землю, на которую она только ещё собиралась ступить.

Недолго попереживав, она снова уставилась на величественные сосны и серебрящиеся берёзы, на маленькие домики с резными наличниками, подобные тем, которые она видела в сборниках рассказов у бабушки. На следующий день эта сказочная сельская местность внезапно расступилась, чтобы обнажить грандиозный, наполненный грохотом, стуком, скрежетом город.

В мгновение ока качающийся железнодорожный перрон заполнился людьми, и Эсси с Флоренс были подхвачены потоком вместе со своими сундуками и втиснуты в гулкий улей Рижского вокзала. На огромной площади в хромированных крыльях советских фордов отражались лошади и деревянные повозки. Бородатые кучеры эпохи Толстого смешивались у бордюра с напомаженными таксистами. Эсси поторговалась на своём русском, который водители могли приписать прибалтийскому, а не бронксскому происхождению. И вскоре девушки уже катились на смертельной скорости по 1-й Мещанской; их «ГАЗик» едва уворачивался от грохочущих трамваев, перегруженных висящими на дверях людьми.

Воздух в этот ранний вечерний июньский час в Москве был насыщен пылью от вывернутых булыжников и кочующим пухом тополей. У входов в магазины десятками толпились люди.

— Флоренс, ты когда-нибудь думала, что это будет так грандиозно? — заметила Эсси. И действительно, пропорции казались Флоренс невообразимыми. Москва выглядела, как расползшееся азиатское скопление извилистых улиц, деревянных хижин и конных повозок. Но уже другая Москва поднималась сквозь хаос первой. Улицы, построенные для конок, открывались и заменялись бульварами, более широкими, чем две или три Парк Авеню. На тротуарах пешеходы обходили по настилам огромные строительные ямы. Стреловые краны торчали из траншей, где строилась обширная подземная железнодорожная система. Везде висел запах древесных опилок и металлической пыли.

Эсси высадилась первой на Бауманской, в микрорайоне, который их водитель назвал Немецким.

— Я очень буду по тебе скучать, Эсси! — сказала Флоренс, крепко обнимая свою подругу. Она боялась, что, отпустив Эсси, начнёт рыдать и не сможет остановиться. Она больше никого не знала в этом городе и внезапно ощутила это во всём его ошеломляющем ужасе. Эсси сдерживала слёзы немногим лучше.

— Как бы я хотела, чтобы ты осталась, Флори. Будь моей сестрой здесь. Ты могла бы получить работу в институте. Но я вижу, что ты твёрдо настроена. Она сняла намокшие очки и протянула Флоренс записку со своим адресом. — Найди меня, когда вернёшься из Магнитогорска. — Потом она ещё долго стояла на улице, пока чёрный «ГАЗик» выруливал обратно в вечерний поток машин.

* * *

Гостиница «Новомосковская» находилась в самом сердце старого города, и обслуживание было чётким и приятным, пока Флоренс не сказали, что надо заплатить за четыре ночи вперёд.

— Но я останусь только на одну или две ночи.

— Четыре ночи минимум для регистрации проживания в Москве. Правило Интуриста. — Регистратор любезно взял её деньги, прежде чем вступить в официальную должность нотариуса и поставить на её документы три одинаковые печати, в точности какие она видела на документах Сергея.

В её комнате с распахнутыми шторами пришло вознаграждение: вид, настолько откровенно торжественный, что её глаза не могли воспринять его иначе, как открытку, взятую с почтового прилавка. Закат как раз опускался на Красную площадь, превращая брусчатку в лучезарную рябь. Купола собора Василия Блаженного выделялись на фоне закатного неба, как

101

конфетки в праздничной обёртке, как заварные пирожные. В контрастах этой панорамы, казалось, скрывалось какое-то видение, которое нужно было истолковать. Какое-то послание о хаотическом духе человека и его мрачном достоинстве. Его достоинстве и его силе. Его силе и его цели. Она была уверена, что в этом была какая-то мысль, но усилие по расшифровке сильно утомило её. Сознание утекало из неё, как море во время отлива. Почти месяц она была в пути, на корабле, и на поезде, и на машинах, и на повозках. Неужели она действительно перестала двигаться, задумалась Флоренс, или её ноги сами снова пустятся в путь?

Муха, зудевшая над букетом сирени в вазе, вывела Флоренс из забытья. Она приблизила к ней лицо и вдохнула аромат. И вдруг поняла, что она действительно прибыла. С тех пор запах сирени всегда будет связываться у неё с приездом в Россию.

КНИГА II

«КОНТИНЕНТАЛ ОЙЛ»

Телефон показывает 7:04 утра. Через овальное окно самолёта полумесяц расплывается, как водяной знак. Стюардессы «Финнэйр» захлопывает багажный отсек у меня над головой с почти кокетливой улыбкой. И подумать только, когда-то я считал их холодными, этих северных небесных милашек. Да что я понимал? До полётов бизнес-классом — практически ничего. Вскоре одна из них подходит и спрашивает, может ли она принести мне чего-нибудь выпить.—Немного виски, пожалуйста,—отвечаю я. Она наклоняется и улыбается, создавая впечатление, что мы с ней участвуем в каком-то приятнейшем заговоре, который невозможно было бы объяснить полчищам сидящих в задних рядах.

Если бы только эти чары могли распространяться на моих попутчиков. Но, увы! Мой сосед ещё ничего — немой финн. Нация, которая, слава Богу, не видит нужды в болтовне. В двух рядах впереди меня—другая история: новый русский со стрижкой, похожей на утиную задницу, использует последние минуты перед взлётом, чтобы на своей «Мотороле» честить какого-то несчастного подчинённого. Пока что он назвал собеседника уродом, мутантом и жертвой аборта. Я уже чувствую, как моё тело напрягается при звуке его голоса, в предвкушении предстоящей недели.

Я прикрыл глаза. Сегодня меня мучает неприятное чувство, что беспокойство в желудке вызвано не просто предчувствием нарушения гравитации. В отсеке над головой находятся пять килограммов учебных пособий, которые, по настоянию жены, я должен доставить нашему сыну. Рядом с ними—почти невесомая папка с моим свидетельством о рождении, старым паспортом моей матери и её сберкнижкой советских времён. Мысль о том, чтобы представить эти хрупкие свидетельства того, как моя мать провела время на земле, в архив ФСБ, находящийся в двух шагах от тюрьмы, где я часами стоял с мамой, держа передачи с едой для отца, (передачи, которые никогда не открывались и всегда возвращались) — не возбуждает во мне энтузиазма. С меня хватило бы того, что я еду в Россию, без дополнительной радости посетить ещё теплящееся нутро Советского Союза. Между этим визитом, моими встречами в «Л-Петролеум» и попыткой вправить мозги моему сыну, у меня-таки будет напряжённая неделя. Наконец, мы взлетаем, и довольно скоро мисс Финляндия приходит с моим *Dewar's* — двумя стопками скотча и кусочком лимона — и аккуратно ставит их на мой широкий подлокотник. Скотч проходит замечательно и у меня на время наступает благодушное настроение.

* * *

Последний поворот моей карьеры в Большую Нефть случился пять лет назад, в марте 2003 года. Я поехал из офиса в Аннаполисе в Вашингтон на встречу со своим другом Томом. Том Бостон, возглавляющий морское подразделение «Континентал Ойл», — огаец с большими руками и животом, с мясистым лицом, которому слегка выпученные глаза придают удивлённое выражение, и которое заставляет самодовольных европейцев и иронизирующих россиян самоуверенно недооценивать американскую породу. «Континентал» был тогда ещё моим заказчиком. Официальная цель моих ланчей с Томом состояла в том, чтобы проинформировать его о состоянии различных проектов, которые моя инженерная фирма выполняла для его отдела. После совещания, длившегося обычно ровно столько, сколько было необходимо официантке, чтобы справиться с заказом, мы расслаблялись и начинали говорить о том, что каждого из нас действительно интересовало: о полётных часах, которые Том налетал на своей «Сессне», или о моих соревнованиях в тай-кван-до — в пятьдесят девять лет я зарабатывал себе чёрный пояс.

— Хитрость в том, чтобы притворяться, будто пинки и удары достаются кому-то другому, — сказал я ему, внезапно вспомнив, что этому я научился давным-давно, ещё в детском доме.

— В этом и состоит преимущество такой семьи, как Бостоны,—похвастался Том.—Сегодня они поколотят тебя, а завтра они должны встретиться с твоими четырьмя родными и шестью двоюродными братьями.

Детство Тома во всех отношениях отличалось от моего, за исключением того факта, что мы оба выросли в бедности, не подозревая насколько мы бедны. К тому же, проведя детство вдали от моря, мы оба посвятили свою жизнь большим кораблям. Я думаю, что среди всего прочего, связавшего этого огромного, дружелюбного парня со Среднего Запада и меня—компактного, спорщика-еврея, жизнь для нас обоих была долгим преодолением своего детства. В тот раз Том выбрал для нашей встречи ресторан в отеле «Парк Хаятт», более солидное место, чем шашлычные, к которым он был склонен. Не заботясь о вступлении, он начал, как только мы сели.

— У меня для тебя есть интересные новости,—сказал он.

— Неужели?

— «Континентал» заключила сделку с «Л-Петролеум» на покупку пяти процентов акций компании у правительства России.

— И это хорошие новости?

— А как ты думаешь? Мы только что получили доступ к миллиарду баррелей запасов нефти. Наши акции должны прилично подскочить.

— Хорошо, я сейчас позвоню своему брокеру.

— Не смейся. Пока ещё это всё очень конфиденциально. Не для разглашения.

— И сколько вы заплатили за эту привилегию?

— Не более двух миллиардов.

Я взял меню.

— На самом деле, ты должен был бы спросить,—заметил Том,—сколько мы собираемся заработать.

— Мне неприятно говорить тебе это, мой друг, но вы на этом потеряете деньги. Уже лет пять или шесть, как каждая нефтяная компания бросилась в Россию. И назови мне хоть одно прибыльное предприятие. Их налоговые законы постоянно меняются. Они нарушают контракты. Они отказываются платить долги. Там легче поднять пьяницу с земли, чем бизнес.—Я пытаюсь объяснить это своему сыну в течение последних четырёх лет, но Ленни настаивает на том, что надо «смотреть в будущее».

— Что если ты не будешь беспокоиться о деньгах «Континентал», — сказал Том. — Мы не обанкротимся. Тебе не интересно, где мы бурим? Я подскажу — там холодно.

— Это очень здорово, Том. Отлично.

— Чего ты скалишься?

— Пингвины.

— Какие пингвины?

— Пингвины, которых вы отравили, скажет Кремль, когда они решат вас выгнать.

— Там нет пингвинов, где мы бурим.

— Путин лично их доставит.

Том откинулся на спинку стула и обхватил своими мясистыми руками затылок.

— Через пять лет, — продолжал я, — они будут утверждать, что вы бурили в экологически деликатной зоне обитания, сообщат, что вы убили всю их рыбу или белых медведей, и потребуют, чтобы вы отдали половину своей прибыли или убирались к чёрту. Сначала они предупредят вас — ведь это христианская страна.

— Если ты так много знаешь, может, тебе стоит поработать у нас в «Континентал»?

— Я вам буду слишком дорого стоить, — возразил я.

Его руки всё ещё были сплетены за головой. Том сказал:

— Назови сумму. Сколько они платят тебе в «Герберт Инжениринг»?

Мы что ли уже вели переговоры? Вопрос Тома ввёл меня в краску. Это было как явное предложение после ухаживания, настолько продолжительного, что вся эротика кончилась много лет назад.

— Мне нравится работать на «Герберт». Они позволяют приводить собак на работу.

— У тебя нет собаки.

— Люди играют в фрисби на газоне во время ланча.

— Ты можешь играть в фрисби на нашей лужайке. — Том продолжал смотреть на меня немигающим взглядом.

— Зачем я тебе? — спросил я. — Я старый.

— Рейгану было шестьдесят девять, когда он стал президентом. — Он мог не напоминать мне об этом. Среди разнообразных эмоций, которые мы с Томом разделяли, была прочная любовь к Рональду Рейгану. Вскоре после прибытия в Америку я успел проголосовать за Ронни, так как гражданство я получил почти сразу. Однако, при младшем Буше в Белом Доме осталось не так много людей, перед кем бы можно было этим похвастаться.

— Чем ты сейчас занимаешься в «Герберт»? — продолжал Том. Он явно подготовился к беседе.

— Реконструкцией судов береговой охраны, плавающих уже как тридцать лет после положенного срока службы? Продлением жизни ледоколам, введённым в эксплуатацию в 65-м году? Это то, чем ты хочешь заниматься до пенсии?

Упоминание о выходе на пенсию покрыло мою кожу мурашками. В пятьдесят девять лет я ещё не совсем покончил с амбициями. Наоборот. В свои пятьдесят девять я обнаружил, что мои амбиции получили укол адреналина, стремление скомпенсировать прошлые разочарования в этой второй половине игры.

Том объяснил ситуацию: «Л-Пет» очень заинтересована в использовании своего арктического потенциала. Они хотели создать совместное предприятие с «Континентал» для строительства морского терминала в полузамерзающем Баренцевом море, из которого сырая нефть могла бы перевозиться в тёплый порт Мурманска.

— Арктика покрыта льдом восемь месяцев в году, Том. Вы всегда утверждали, что перевозки через Арктику экономически невыгодны.

— Пока нет, но скоро.

— Я думал, что вы, нефтяники, не верите в глобальное потепление.

— Ерунда. Наша позиция заключается лишь в том, что «изменение климата» является естественным, а не искусственным явлением. Площадь открытой воды в Арктике быстро увеличивается, и Баренцево море постепенно оттаивает. У «Л-Пет» есть нефть, а у нас есть технология.

— Какая технология? — спросил я. — Мурманск может быть и тёплый порт, но он окружён льдом толщиной в два фута. Вам всё же надо доставлять туда свою нефть, а проходы там слишком тесные для обычных ледоколов.

— В этом-то и прелесть. Мы собираемся построить наши собственные челночные танкеры двойного действия. Три челночных судна, которые будут возить нефть и разбивать лёд. Абсолютно новая концепция.

Я не мог в это поверить. Год назад я высказал ему эту идею. И теперь Том продаёт её мне же. Когда я указал ему на это, он сказал:

— Ты можешь её реализовать. Ты целыми днями занимаешься чужими кораблями. Покончи с этими Франкенштейнскими делами — пришло время создать свой собственный корабль.

— Но я могу это сделать у «Герберт». Это обойдётся вам дешевле.

— Да, но в «Герберт» ты также потенциально работаешь и на «Эксон», и на «Шеврон», и кто знает, на кого ещё. Может быть, мы хотим вывести тебя из оборота.

Против апелляций к кошельку я ещё мог оказать некоторое сопротивление, но против обращений к моему тщеславию я был беззащитен. Что поделать — я всегда страдал от интеллигентской слабости к похвале.

В тот день он использовал всё своё обаяние и рейгановскую убедительность. Он мог не трудиться так сильно. Под моим сарказмом скрывался неизменный факт, что мне исполнялось шестьдесят через семь месяцев, и в будущем таких возможностей больше могло не быть.

Том не просил давать ему ответ сразу, я мог подумать до утра. Но к тому времени, когда я подъехал к дому, по факсу уже пришло официальное предложение. И увидев сумму, я уже не мог спать.

Если бы я знал реальные мотивы Тома, стоящие за желанием меня нанять, может, у меня хватило бы смелости просить вдвойне. Ему нужен был не просто мастер-кораблестроитель, а человек с моим случайным набором качеств. Тем вечером, держа в руках ещё тёплое письмо, я подумал, что предложенная Томом роль, привлекательная сама по себе, могла бы к тому же предоставить редкую возможность внести несколько запоздалых корректив в моё родительское поведение. «Возможно, — подумал я, единственный способ вытащить моего сына из России — это самому туда вернуться».

ДЕНЬ НЕЗАВИСИМОСТИ

МОСКВА, 2008

До своего тридцать четвёртого дня рождения Ленни Бринк считал, что человек, не имеющий в банке миллион к тридцати пяти годам, является неудачником. Однако не обошлось без поправок. Когда он прибыл в Москву девятью годами раньше, возрастное число в этой формуле было тридцать. Проблема, по его мнению, заключалась в том, что силы глобализации, подобно силам энтропии, незаметно и бесконтрольно перемещали всё через национальные и социальные границы, пока *всё это* не стало похожим на *всё остальное*. Сегодня эта проблема была очевидна на обширном зелёном пространстве усадьбы Кусково — московского миниатюрного «Версаля», где собрались экспатрианты и их спутники, чтобы отпраздновать День независимости Америки. Летняя резиденция графов Шереметевых была построена так, чтобы польстить европейским вкусам русской знати, но сегодня по обе стороны графских садов белые бюсты мраморных скульптур были украшены откровенно американскими флажками «Кодака» и «Эйвона». Надувной «Рональд Макдональд» парил, как дзэн, над берегом пруда. Гелиевые красно-бело-голубые шарики были подвешены на ветвях старых российских сосен. Вдали виднелся большой дом в розовых тонах; он, как бы слегка смущённый, удалился от празднества, словно ненавязчивый опекун. Здесь, на расчерченной территории городского имперского наследия, корпоративные спонсоры Американской торговой палаты установили свои палатки с едой и бары с напитками для ежегодного празднования Четвёртого июля.

Аппетитный дух шашлыка доносился до затенённой соснами скамейки, где Ленни сидел, сгорбив широкие плечи, поедая второй хот-дог. Небо становилось цвета шампанского, и обрывки японского, немецкого, голландского и техасского языков витали в воздухе вместе с запахами жареного мяса.

—Если бы тупость была почвой, её хватило бы на целый акр. Не переведёшь ли это в метрическую систему для дам, Дмитрий,—обратился к своим русским спутникам нефтяник-гулливер, стоявший в двух шагах. Лёгкость, с которой эти американские белуги пользовались своими белыми привилегиями, раздражала Ленни особенно потому, что он сам не умел ими наслаждаться. Тем не менее, даже грубая пошлость техасцев была более удобоваримой, чем другие разговоры, доносившиеся до него, которые велись на раздражающе-разговорном английском, скрывавшем происхождение говорящих (Москва? Берн? Кливленд?); уже не чёрствый эсперанто европейского бизнес-класса, а универсальный жаргон, усвоенный из сериалов «Остаться в живых» и «Прослушка». Его вездесущность на этом пикнике добавляла доводящую до отчаяния головную боль к тошнотворному беспокойству, мучившему Ленни с утра. За девять лет, что он приходил на вечеринку по случаю Дня независимости, никогда не было так трудно отличить русских от иностранных экспатов, как сегодня. Ленни всё ещё мог ухватить глазом несколько гонконгских костюмов и заметное количество нательных крестов, но некогда надёжная когорта отбеленных джинсов и мафиозных «Адидас» настолько истощилась, что на неё больше нельзя было рассчитывать для утверждения чувства своего превосходства. Их место заняли оксфордские рубашки, элегантные пастельных тонов свитера и прогулочные туфли—летняя униформа мировой элиты. На какое-то время Ленни забеспокоился, что его собственный мятый льняной пиджак может заставить других принять его за местного.

Его соседями за столом были два младших сотрудника их акционерной фирмы: преждевременно лысеющий новозеландец, который, брызгая слюной, читал лекцию «такова жизнь» молодому вирджинцу, горюющему о своей бывшей украинской жене. Бывшая жена, с которой вирджинец время от времени ещё спал, высасывала из него капитал для своего витринного бизнеса.

—Это как по Павлову, дружок; ты выработал у неё рефлекс тянуть из тебя деньги.—Вирджинец покорно кивал, словно в этом было какое-то достоинство—быть мучимым славянской женщиной. Ленни поразило, что ни один из этих болванов не подозревал, что «Абакус» собирается уволить их обоих после успешного завершения предстоящего выкупа компанией «Вестхаус Капитэл Партнерс». Он уверил себя, что сам он в безопасности, будучи старшим сотрудником на пути к партнёрству. Он достаточно наслушался своих соседей, чтобы поклясться себе занять более твёрдую позицию со *своей* славянской мучительницей Катей, затем решительно смял свою салфетку, бросил её в переполненный мусорный бак и пустился в обход лужайки. Когда они с Катей расстались три недели назад, он галантно перебрался на диван, а Катя продолжала занимать их спальню. Прошёл почти месяц, а она не нашла или, казалось, не искала своё собственное жильё. Этим утром он поднял тему за завтраком, и рыдающая у плиты Катя напомнила ему, что он перетащил её в этот город из Санкт-Петербурга, далеко от любимой мамочки и сестрёнки. Должна ли она теперь бросить работу и всю свою жизнь, когда она стала ему ненужной? Возможно, именно вид её слёз и соплей, неэстетично капающих в омлет с колбасой, который она жарила для него, побудил Ленни спонтанно пообещать ей субсидировать её квартиру, по крайней мере, на несколько месяцев. В дополнение к тому, чтобы успокоить её хлюпание, это обещание подкреплялось тем, что он рассчитывал на небольшой пухлый бонус от выкупа «ВКП», бонус, который даже с его новыми обязательствами перед Катей, помог бы ему восстановить истощённые финансы. Единственно, что его реально тревожило в этот яркий праздничный день, помимо сомнительного неудобоваримого мяса в хот-доге, было то, что прошло три дня с тех пор, как его друг Остин рассказал ему строго конфиденциально о предстоящей сделке, но пока что никто больше не упоминал об этом. Конечно, было ещё слишком рано для официального объявления, но Остин чуть ли не уверил, что его — без пяти минут партнёра — наверняка оставят, когда «Абакус» будет поглощён более крупной фирмой.

Он оставил Катю дома в надежде, что сможет незаметно понять, что происходит. Ему стало ясно, что он перемудрил, не учтя способность Кати болтать с людьми, приблизиться к которым он не мог из-за чрезмерной нервозности. Всего полчаса назад он заметил главного партнёра «Абакус» Алекса Запаротника, человека на три года младше его, который общался с какими-то деятелями, по виду работниками Большой Четвёрки.* Алекс явно увидел его, но даже не кивнул в знак приветствия.

Пересекая просторы пропитанной пивом лужайки Кусково, Ленни высматривал потенциальных союзников. Пульсирующая электроника из нескольких динамиков била по ушам. Сквозь эту вакханалию ударников и циклическое женское завывание он едва расслышал приветственный пронзительный вопль своего друга Ноя, примкнувшего к компании из «Альфа Капитэл» под одним из красных зонтов кока-колы.—Вы просто выбросите деньги,—повествовал Ной своим гулким голосом,—потому что в Паттайе можно получить всё то же, что и в Дубае: опиум, экзотическое огнестрельное оружие, маленьких девочек, маленьких мальчиков, белых акул. Тайцы, понимаете, очень открытые люди, как… игривые кошки.—Слушателями этих Ноевых мудростей были две хихикающие молодые девицы, чьи талии вместе не дотягивали до одного солидного обхвата самого Ноя. Рука Ноя похотливо лежала на бедре одной из них, брюнетки с миниатюрной задницей, изящно очерченной парой джинсов со шнурованными икрами.—Вы заходите в любой клуб в Паттайе, где танцовщицы выдавливают пинг-понговые мячики из своих влагалищ.—Он присел на корточки, чтобы продемонстрировать, вызвав колики смеха у своих собеседниц.—Это абсолютно серьёзно. Я знаю парня, которому таким образом выбили глаз. Спросите моего друга, он всё вам об этом расскажет,—сказал он, хватая Ленни за руку.

—Я не имею ни малейшего представления о том, что он тут заливает,—заверил Ленни девушек, которые, как он быстро решил, были слишком молоды на его вкус. Блондинка, хоть и мила, ещё не переросла подростковые прыщи. Он понятия не имел, почему эти нимфетки так прочно прилипли к Ною—куску мяса, похожему на кота Гарфилда. Единственным объяснением могло быть то, что за годы в Москве он заработал кучу денег, управляя американскими инвестициями Михаила Фридмана, работу, которую, как полагал Ленни, его друг получил благодаря своему удивительному физическому сходству с самим олигархом. Возможно даже, что будучи американским двойником уродливого олигарха, Ной каким-то образом приобрёл неестественную уверенность в общении с женщинами.

-----

* Намёк на четыре главные финансовые компании США.

—Мы с девочками сравнивали наши путешествия. Юля и Марина только что вернулись из Сочи, не так ли?

—Сен-Тропе России,—заметил Ленни.

—А теперь они на пути в…

—Каир!—объявила Юлия.

—Лучше держись подальше от арабов,—посоветовал Ной.— Вы знаете, что вид белой девственной плоти делает с этими Али.

Вместо того, чтобы испугаться, Юлия и Марина снова хихикнули и согласились, что Египет действительно был бы намного лучше, если бы в нём не было так много арабов.

—Почему вы не любите арабов?—спросил Ленни.

Юлия пожала плечами.—Я танцевала рядом с арабом в клубе. Они… пахнут.—Бытовой расизм русских женщин не переставал удивлять его. Он слышал вонючий аргумент против африканцев, арабов, всех кавказцев и даже апокринно ущербных азиатов. Предубеждения против евразийского континента распространялись на восток, подобно воздушному течению.

—Марина не имеет ничего против того, как они пахнут. Она хочет стать стюардессой авиакомпании «Эмирейтс».

—«Эмирейтс» не арабские!—бодро возразила Марина.—Это Дубай!

—Могу я поговорить с тобой?—спросил Ленни.

—Девушки пригласили нас на вечеринку.

—Мне нужно посоветоваться с тобой. Извините нас, пожалуйста.—потребовалось некоторое усилие, чтобы оттянуть Ноя в сторону.—Я думаю, что-то не так с соглашением с «ВКП». Я только что видел Запаротника. Он как-то странно среагировал… я не знаю…

—Сколько раз я говорил тебе не обращать на него внимания? Пойдём на вечеринку. Сегодня Четвёртое июля, детка.

—Шестое июля. Мне нужно найти Остина. Чёрт. Где эта вечеринка?

—Я не знаю. На Кузнецком мосту, в квартире какого-то педика из «БП», с которым живёт их подруга Даша.

—Ноу-хуа!—позвала Марина через лужайку.—Ты идёшь? Даша ждёт у ворот!

Ной махнул рукой в сторону сортиров.

—Мы только выстоим очередь безработных и подойдём.— Будто я был какой-то девкой, которую он игнорировал.

—Ты потеешь над этим пожирателем майонеза, тогда как лучше бы спросил, хочешь ли ты быть трутнем в «ВКП». У тебя, должно быть, уже достаточно клиентов, чтобы стать независимым.

—Это не так просто…—Ленни не мог вспомнить, что именно он сказал, чтобы создать такое о себе мнение. Возможно, он поддерживал эту иллюзию, позволив Ною полагать, что он, Ленни, всегда тянулся за Первым, что, несомненно, и Ной делал бы на его месте. Он осмотрел толпу, заполнявшую поле.—Я должен найти Остина; тогда мы можем идти.

—Он вон там, в белой халупе.—Ной кивнул в сторону павильона «Проктер энд Гэмбл», который Ленни опознал как источник бесконечно повторяющейся техно-музыки. Диджей, очевидно, давно покинул свою станцию, и вместо него две русские танцовщицы во флюоресцирующих бикини продолжали выступать для безразличной зомбированной толпы старых белых мужчин.

—Подожди здесь, ладно?

—Надеюсь, это не приказ, потому что сейчас мой план—отлить и пойти на вечеринку.

Но Ленни уже пробирался через минное поле из красных пластиковых стаканчиков и разбросанных бутылок в толпу вокруг сцены, где танцовщицы в бикини изображали гоу-гоу движения в стробоскопическом свете. Над человеческим морем, обращённым к сцене, красная бейсболка Остина качалась, как буй. «Эй, Ленни!»—Лицо Остина озарилось обнадёживающим проблеском истинной радости.—Не думал, что ты придёшь.

—Чего вдруг?

—Что?

—Забыли. А что ты делаешь потом?

Остин снял кепку и вытер бритую наголо голову.

—Может быть, отправлюсь в «Бличерс», чтобы посмотреть, как «Рэйс» облажаются в финальной пульке.

Иногда Ленни удивлялся, почему такие люди, как Остин, живут в Москве. Помимо притворного старомодного почитания «других цивилизаций», Остин не интересовался ни культурой города, ни его обильными пороками. Его любимым занятием по вечерам было сидеть в одном из канадских пабов и следить за игрой Флорида-Флорида штатского чемпионата.

— Ты шутишь? Это даже не прямая трансляция, — сказал Ленни.

Остин огляделся. — Катя здесь?

— Нет, она осталась дома.

— У вас всё в порядке?

— Да, у нас всё хорошо. Ты сегодня разговаривал с Сашей Запаротником?

— Хм… да, я видел Алекса. — Улыбка Остина, казалось, сменилась от добродушной к непроницаемой при упоминании имени Запаротника.

— Так что, он весь вечер болтает с этими парнями из «ВКП»? — Ленни надеялся, что ошибается. Он наугад сказал, кто такие розовые рубашки, надеясь, что Остин ему возразит.

Но Остин не возразил.

— Так они сделали предложение, или как? — Он пытался говорить оптимистично.

— Да, — вяло подтвердил Остин. — Они сделали предложение.

— Так, ОК. Но мы сохраняем всех наших старых клиентов, да?

— Ленни…

— Условие, что они всех нас держат вместе в одном отделе, да? Полная автономия…

— Ленни, пожалуйста, остановись.

Но он не мог остановиться. В этот момент он боялся, что, если он прекратит говорить, его рот может распухнуть, как от новокаина в кресле зубного врача, и он не сможет уже сказать ни слова.

— Ленни, «ВКП» не берёт никого, кроме партнёров.

— Я на пути к тому, чтобы стать партнёром.

— Но сейчас ты не партнёр.

— И почему? Ты сказал мне, что я буду партнёром через год, когда мы начинали.

— Ленни, я тебя привёл, но я не могу вести тебя за руку на каждом шагу. К тому же это Алекс заключает с ними сделку, а не я, и ты знаешь, как складывались ваши отношения в последнее время.

— Я не знаю. Расскажи мне, как они складывались. Он выглядел весьма довольным, когда я принёс «Актофаж».

— Все ценят твой вклад, Ленни.

— О, чёрт, Остин…

—Ленни, это не я решал.

— О, чёрт, скажи мне, хотя бы, что ты был на моей стороне. Это всё такое дерьмо, Остин.

Остин глубоко вздохнул и посмотрел на что-то вдалеке.—Конечно, я был на твоей стороне, но ты ведь знаешь, что ты наступал на его любимые мозоли.

—И что я такого сделал!

—Ну, например, называл его Сашей.

—Так это его чёртово имя.

—Неважно. Создавал впечатление у клиентов, что ты партнёр. Он не думал, что это правильно.

—Нас было четверо. Клиенты предполагали, что мы все партнёры.

Неуверенность проскользнула по лицу Остина. Это был его стиль—он часто не соглашался, но редко спорил.

По правде говоря, Ленни считал себя партнёром. Во всём, кроме формальности. И тот факт, что он ещё не был оформлен, было упущением, которое, как он был уверен, будет исправлено с течением времени.—Хорошо, хорошо, не уходи,—сказал Ленни.—Просто… помоги мне понять. Что он сказал?

—Зачем ты себя изводишь, Лён?

—Ну скажи мне хотя бы это.

Остин снова вытер голову кепкой и, казалось, был поглощён изучением пятна от пота.—Он думает, что ты не всегда проникаешься важностью задачи, что иногда ты думаешь, как, как…

—Как кто?

—Как русский.

—Он назвал меня русским! Что, чёрт возьми, это вообще значит?

—То, как вы русские всегда говорите о «большой картине» и платите за все напитки, и…

—Что плохого в небольшой щедрости?

—В этом нет ничего плохого. Просто эти панибратские «товарищеские» замашки, которые ты позволяешь со всеми, с клиентами. Это типичная маниловщина.

—Ты о чём?

—Манилов в «Мёртвых душах» Гоголя, ты читал?

Ленни был застигнут врасплох вдвойне: тем, что Остин читал и что он предположил, что Ленни, по крайней мере, не меньше знаком со своим литературным наследием.—Да, пятнадцать лет назад,—соврал Ленни,—и что из этого?

—Манилов—который постоянно мечтает построить мост через реку, где купцы будут ставить киоски и продавать товары крестьянам. Но когда кто-нибудь прерывал его мечтания практической просьбой, он не мог в неё вникнуть.

—Мне не нужен чёртов отчёт о книге.

Остин снова надел кепку и поправил козырёк.—Ленни, ты что-нибудь найдёшь. Извини.—Он сделал вид, что увидал кого-то вдалеке и поднял руку в знак приветствия.—Мне пора,—сказал он, и по-мужски сжал плечо Ленни на прощание.

Ленни с трудом мог двинуться. Его ступни внезапно потяжелели, а колени так ослабли, что он боялся сделать шаг. В неполных трёх футах от него две маленькие девочки пяти или шести лет радостно подражали похотливым движениям танцовщиц на сцене. Ленни услышал звук собственного смеха, как хихиканье безумца.

* * *

В 2001 году, когда «Алекс» ещё был «Сашей»—щекастым выпускником МГУ, чья сутулость и бледность свидетельствовали о неисчислимых часах, проведённых перед сиянием компьютерных экранов, они вместе работали на турбинном заводе в районе восточно-сибирского города Минусинска, занимаясь стандартным анализом. Завод четыре года прозябал в переговорах с тремя другими консалтинговыми фирмами. К тому времени, когда Ленни прибыл в Россию, самые лучшие предприятия были разобраны крупными инвестиционными фондами, остальные были раскуплены по дешёвке и ободраны как липки. Предприимчивый молодой предприниматель должен был быть более изобретательным, чтобы найти стоящую жемчужину. Турбинный завод был их первым пробным заданием после слабенькой шестинедельной программы обучения, в которой их учили заполнять финансовые и статистические отчёты. Для них был заказан «бизнес-джет», которым оказался ЯК-40 с хрипящим двигателем. Их водитель и гид по Минусинску, Костя, был пятифутовым суетягой с телосложением наркомана; к тому же фургон был неотапливаемым, его невозможно было разморозить даже с помощью паяльной лампы. Но Костя умел с ужасающей ловкостью маневрировать среди ухабов минусинской дорожной системы. Наблюдая через окно Костиного фургона сцену, будто из фильма Тарковского, с гниющими телеграфными столбами, контужеными фермерами и оранжевым снегом, Ленни чувствовал себя счастливее, чем когда-либо в своей жизни. Он вспоминал всех своих друзей в Америке с их офисной работой, их травкой и их каналом «НВО» и думал: «К чёрту «Крёстного Отца», к чёрту их триллеры!». Он, блин, жил среди этого. Он видел себя ковбоем на передней линии частного предпринимательства.

Минусинский турбинный завод оказался в лучшем состоянии, чем он или Саша Запаротник ожидали. Завод был когда-то передовым советским предприятием, производившим, в основном, оборонные турбины и генераторы. Его главным недостатком был не долг (скромный по сравнению с долгом типичного российского завода), не устаревшее оборудование, которое всё ещё было жизнеспособным, но тот факт, что его руководство, годами избалованное оборонкой, не желало продавать контрольный пакет ни одной иностранной фирме. Завод походил на привлекательную женщину средних лет, оставшуюся в старых девах из-за слишком высоких запросов. Никто не ожидал успеха от Ленни и Саши там, где другие не справились. Их задача заключалась не в том, чтобы под дулом дробовика обженить менеджеров завода с иностранными инвесторами, а лишь в том, чтобы разобраться с некоторыми цифрами и доложить, стоит ли завод того, чтобы уговаривать покупателя. Такая работа потребовала бы полдня, так что оставшееся время можно было бы провести в местной бане, развлекаясь с дешёвыми девушками из Минусинска. (Ленни уже проработал это с их гидом Костей, предложившим организовать и закуски, и девушек.) Но у Саши Запаротника были другие планы. Он поговорил с одним из инженеров-турбинщиков и узнал о «близлежащем» геотермальном поле в пятистах километрах от места.

Небольшое термальное поле было заброшено в начале предыдущего десятилетия советским правительством; сначала были пробурены скважины и протянуты линии электропередач до ближайшей подстанции, после чего от проекта вообще отказались ещё до того, как в стране кончились деньги. Теперь оно принадлежало нефтегазовому конгломерату, который так много зарабатывал на продаже нефти, что мог позволить теплоцентрали прозябать, не вкладывая в неё никаких новых ресурсов. По мнению Саши, конгломерат можно легко убедить продать объект. И именно здесь Ленни перестал его понимать. Запаротнику было простительно думать, что пятьсот километров — это короткое расстояние по российским меркам, но парень был или дурак, или супер-патриот, чтобы захотеть трястись в жаркой духоте Транссиба только для того, чтобы сунуть голову в тепловую дыру. Конечно, было больно видеть, как некогда сильные отрасли его родины превращались в пыль, больно было наблюдать за тем, как увольняли легионы дядей и дедушек с учёными степенями. Но тепловая энергия? Серьёзно? Когда страна буквально сочилась нефтью? Нет, спасибо.

Это примерно то, что Ленни сказал Саше, когда он попрощался с ним на вокзале в Минусинске и полетел обратно в Москву один. Он мало общался с Запаротником до совместной презентации их отчёта партнёрам компании. И тогда Саша выдал свой сюрприз про маленький геотермальный завод. Хотя, на первый взгляд, казалось неразумным пытаться найти покупателя для недостроенной геотермической электростанции в стране настолько богатой нефтью, что она субсидировала газовые счета своим гражданам, но если посмотреть внимательно, то можно увидеть, что это поле находилось в части страны с нехваткой энергии, где цены на электричество были одними из самых высоких в стране. Завод забросили, потому что общее мнение было, что закончить строительство вылилось бы в копеечку в том суровом климате. Саша предложил разумное решение: оборудование для теплоцентрали в виде модульных деталей могло быть изготовлено на заводе в западной Сибири и уже в тёплое время года доставляться по воздуху и собираться на месте. Он нашёл завод, который простаивал и готов был немедленно приступить к изготовлению генераторов, выключателей и другого необходимого оборудования. Самая сложная часть в тех условиях — бурение, линии электропередач и строительство помещений — уже была сделана Советами. Энергозавод может начать производить электричество в короткий срок и финансировать монтаж следующих генераторов уже за счёт своих средств. Если бы покупатель был готов сделать инвестиции примерно в шестнадцать миллионов долларов, проект мог бы начать окупать себя в течение нескольких месяцев. Саша сообщил, что в штате нужна всего дюжина постоянных работников, его эксплуатационные расходы должны быть довольно низкими. Большая часть другой работы могла быть сделана с помощью дешёвой сезонной рабочей силы.

Слушая презентацию Саши Запаротника, в которую ему практически нечего было добавить, Ленни почувствовал, как у него пересохло во рту. Этот тип с лицом зародыша всё продумал. Он даже нашёл компанию в Японии, которая могла бы стать инвестором. Он всё спланировал, не дав Ленни даже намёка, когда они готовили свои «ПоверПойнт» накануне вечером.

* * *

Но это было семь лет назад, и с тех пор многое изменилось. У Ленни было несколько собственных успехов. У него был некий талант к добыванию заказов, и кроме того он был тем, на кого клиенты могли положиться, чтобы организовать веселье. Он был слегка удивлён, когда получил предложение от «Абакус». Это могло быть мирным предложением со стороны Запаротника, но, может быть, сыграло роль и то, что два других партнёра, оба близкие друзья Ленни, были проектировщиками, и им был нужен коммивояжёр. К этому времени Саша был известен как «Ах-ликс» и превратился в одного из тех дерусифицированных русских, которые пользовались англизированными именами и имели дипломы Лондонской экономической школы. Ленни знал, что выразить своё презрение к «Ах-ликсу» — это лишь напроситься на аналогичное отношение Алекса. Запаротник всегда демонстративно не замечал попытки Ленни к панибратству на работе. Казалось, он видит Ленни насквозь до самой его невротической эмигрантской сердцевины, как будто это было трагедией — принадлежать к той растерянной породе экспатов, чьи семьи покинули Советский Союз только для того, чтобы их дети вернулись, как лосось на нерест, чтобы с головами окунуться в сраный бассейн *новой демократической России*.

* * *

Под небом цвета, переходящего от шампанского к пурпурному, Ленни, ссутулившись, продвигался по направлению к главному входу; липкий, сладковатый запах сгоревшего на гриле жира вызывал странную ностальгию. Он напомнил ему два последних года студенческой общины в Ратгерс колледже — шашлыки на лужайке, за которыми с завистью наблюдали перво — и второкурсники. Он не был в контакте со своими «братьями» по общине и не скучал по ним. То, чего ему недоставало, было ощущение принадлежности, кодекс лояльности. Ему казалось, что он открыл это заново в Москве. По-своему он и его друзья-экспаты образовали некое братство. Знакомые притоны: Бурбон-стрит, Молли, Мишка-паб — ночные попойки, мгновенная дружба за рюмкой, неиссякаемый контингент согласных девушек — всё это имело тот же коллегиальный привкус жизни, быстро двигающейся и всё же каким-то образом застывшей. И несколько повзрослев и имея небольшое количество денег в кармане, он, наконец, смог наслаждаться этим. Он всегда предполагал, что он и его американские друзья в Москве разделяют этот кодекс лояльности. Когда всё изменилось? Когда такие ребята, как Остин, стали принимать сторону Саши? Или — могло ли это быть, (и это пугало его больше всего) что он ошибался с самого начала? *Что он всё это время был один на лужайке?*

У парадных ворот Ленни поймал Ноя, стреляющего сигарету у незнакомых людей, хотя Ленни был уверен, что у него где-то была своя пачка.

— Где, чёрт возьми, тебя носит? — спросил Ной, угрожающе жестикулируя дымом. — Ты сказал на пять минут.

— Извини. Девушки здесь?

— Они уехали!

— Меня выкинули из сделки с «ВКП».

— Тогда нам обоим не повезло. Чёрт возьми, парниша, я терпеть ненавижу терять свой улов.

— Сочувствую.

— Ты всегда сочувствуешь. Лучше найди, где пожрать. Мой желудок выворачивается от этих бесплатных отбросов.

* * *

Ной настоял, чтобы они поехали в «Ночной полёт» для поднятия настроения, хотя день, проведённый в поглощении жирных хот-догов и размокшей кукурузы, не располагал Ленни к изыскам типа оленина с розмарином или карпаччо из лосятины в трюфельном соусе. Он также не был в надлежащем настроении, чтобы отвечать на настойчивое дружелюбие целой комнаты модельных девочек, бросающих на него соблазняющие взгляды. В течение последних двадцати минут одна рыжеватая соблазнительница одаривала его из угла грустными едва заметными улыбками, которые были понятны только им двоим. Год назад это могло бы сработать, но в эти дни всё, что Ленни чувствовал в обществе куртизанки, было смутное виноватое беспокойство и непреодолимое желание спасти её. То, что столь многим невероятно изящным красавицам приходится отчаянно предлагать себя в ресторане, обслуживающем обрюзгших пожилых иностранных толстяков, также, по его мнению, свидетельствало о глубоком нарушении баланса справедливости в мире.

— Не унывай,— сказал Ной, втыкая нож в бок лося.

— Зачем мы сюда пришли? Есть много приличных ресторанов, в которые мы могли бы пойти.

— Это приличный ресторан. У него есть веб-сайт!

— Это бордель при ресторане.

— Пятизвездочный ресторан с одним из лучших скандинавских поваров в мире. И девушки здесь все независимы. Нет сутенёров, угрожающих порезать им лица. Так знай, что некоторые из них даже пошли со мной домой за спасибо.

— Я рад, что ты гордишься этим.

— Я горжусь, и я скажу тебе почему — потому, что это говорит о моей силе убеждения. Я сказал тебе три месяца назад, когда ты заключил сделку с «Актофаг», пойти к Запаротнику и рассказать им всем, что ты уходишь, если они не сделают тебя партнёром. И что ты сделал? Ты отнёсся к этому как женщина и позволил им платить тебе комплиментами. Ты думал корпоративно: держать всех в курсе, делиться добычей, получить небольшое вознаграждение потом, верно? И с чего это ты взял? Это не работает даже в Америке. А с парнями вроде Запаротника вообще забудь! Эти люди не верили в коллективный дух с момента коллективизации.

— Спасибо, просветил.

— На здоровье.

— Это не просто Запаротник. Это всё это место. Я помню, когда это было захватывающе. А теперь это стало так,—Ленни подыскивал слово,—говённо буржуазно. Может быть, пришло время вернуться в Штаты.

—И что делать—заполнять таблицы цифрами из финансовых отчётов по двенадцать часов в день? Делать пустые звонки в ожидании углового офиса?

—Мама толкает меня в аспирантуру.

—Конечно, толкает. Все родители-иммигранты хотят, чтобы их дети были *никем* во втором поколении с дипломами на стенах. Это стоячее болото, дружище. Они просто не хотят этого понять.

—Я не знаю. Я шёл домой как-то вечером, и вдруг оказался среди стаи собак, все эти страшные бездомные суки со своими восемью титьками подпрыгивали и лаяли на меня, скалясь так, как будто я украл их последний кусок ветчины. Клянусь Богом, Ной, этого никогда не случалось со мной раньше. Либо они заполонили этот город, либо они чувствуют мою слабость.

Ной подождал, пока Ленни закончит говорить, затем почтительно взглянул на него одним глазом.

—Послушай, у Миши Фридмана есть друзья, которые оформляют несколько интересных сделок. Я поспрашиваю, посмотрим, кто нанимает. Но прежде, чем мы углубимся в философию Сартра, можем ли мы сегодня вечером просто расслабиться? У меня на тарелке очень хороший кусок мяса, и с другой стороны этой комнаты есть красивая, энергичная женщина, которая озарила меня улыбкой типа «оближи меня, как пончик».—Ной теперь улучил момент, чтобы взглянуть через плечо Ленни и подмигнуть.

—Замечательно. Теперь она придёт сюда и сядет с нами, и нам придётся заказать ей обед.

—Не переживай, скупердяй, я плачу.

—Извини, но мне неохота провести вечер, беседуя с проституткой.

—Эти дамы не проститутки. Проститутки—это те, которые на Ленинградском шоссе с группой дагестанцев, выстраивающихся в очередь на минет. Это привлекательные, загадочные существа, использующие своё дарование в жизни. Или ты предпочитаешь потягивать голубой дайкири в стриптиз-клубе, где у каждой тёлки есть копия правил клуба, вытатуированная на её заднице? А теперь веди себя хорошо, потому что она идёт к нам.

— Добрый вечер,— сказала девушка, улыбаясь, а затем, более формально на английском: «May I join you?»* Ной галантно указал на стул, затем встал и отодвинул его для неё. Она опустилась в него, как змея, вернувшаяся обратно в глиняный горшок заклинателя. На ней были облегающие чёрные брюки, красочный кулон в виде бабочки и верх без спинки и без плеч, похожий на лужицу ртути, удерживаемую серебряными нитями.

— Мой друг хочет угадать, как вас зовут,— сказал Ной, тогда как Ленни качал головой.— Ну, попробуй.

— Вика.

— Нет.

— Жанна.

Она покачала головой.

— Я сдаюсь.

— Уже тепло,— она ободряюще потрепала Ленни по руке.— Яна.

Надо признать, что Яна действительно была ошеломляюще красива. У неё были светло-карие глаза и маленький римский нос, а улыбка с чуть кривым зубом придавала сладкий, распутный оттенок её воздушной красоте.

Ной жестом предложил официантке принести дополнительное меню для их гостьи. Едва взглянув на список, Яна выбрала две закуски и бокал одного из хороших вин, отправив свой заказ с вызывающим тревогу знанием обстановки.— Яна, мой друг Леонард и я только что обсуждали популяцию бездомных собак в этом городе. Я всегда думаю о городе лучше, когда его бездомные животные кошки, а не собаки.

— Неужели?— спросил Ленни.

— Да. Это говорит о более изысканной культуре.

Чем занимается этот Ной? Час назад он соблазнял двух девочек-подростков, а теперь он исполняет светскую роль джентльмена? Кого он хочет впечатлить? Платную женщину-эскорт?

— Во всяком случае, это оху…но неприятно,— пробормотал Ленни, просто чтобы перебить раздражающий дух претенциозности.

— Пожалуйста, без мата.

— Всех их нужно перестрелять, чтобы они не кусали людей.

---

* Можно к вам присоединиться?

Лицо Яны приняло изящное выражение ужаса.

— Нет, всё наоборот! Собаки хорошие, это люди жестокие. Был один пёс, он жил в метро, очень дружелюбный пёс. Люди кормили его и назвали Мальчиком. Одна знаменитая модель прогуливалась со своей собакой, которая начала кусать Мальчика. Это многие видели,— сказала Яна с восхитительной настойчивостью.— И эта модель, она достала нож и—раз!—в спину Мальчика!

— Ты хочешь сказать, что она вонзила нож в спину собаки? — Ленни обменялся испуганным взглядом с Ноем.

— Да, да, да! Потом она сбежала из России! И многие люди возмущались. Актёры и другие важные персоны, все просили администрацию метро сделать скульптуру Мальчика.

— Памятник собаке?

— Статую павшей Дворняги,— сказал Ной.

— Да, они показывали это по телевизору.

— Ух ты,— сказал Ленни.— Если в городе достаточно денег, чтобы ставить скульптуры бездомных собак, почему бы их не кастрировать, и оказать нам всем услугу?

Яна снова посмотрела на него так, словно у него поехала крыша.

— Кастрировать вот так,— она повернулась к Ною и щёлкнула пальцами, чтобы убедиться, что всё поняла.— *Ужас!* Если кастрировать мужчину, он больше не будет *настоящим* мужчиной! Если кастрировать пса, он больше не *настоящий* пёс.

Глаза Ноя танцевали. Для Ленни было очевидно, что рассуждения Яны ещё больше очаровали его. Он предложил продолжить разговор в более удобном месте, например, в его *château*, и попросил счёт. Яна улыбнулась, согласившись, и попросила её подождать, пока она спустится вниз, чтобы взять свои вещи.

На мокрой от дождя неоновой улице, пытаясь поймать шальное такси, Ленни увидел, что под своими «вещами» Яна подразумевала не изящную сумочку, а гораздо более крупный предмет, который, судя по футляру, был похож на скрипку.

* * *

Мытьё рук у Ноя в ванной оказалось непростой задачей. Всю раковину—гигантский кусок художественного стекла ручной работы, пересекала большая сквозная трещина.

126

— Здесь раковина сломана! — прокричал Ленни сквозь шум слива.

— Так пройди на кухню! — откликнулся Ной. Ленни покрутил головой и вытер руки о джинсы. Склонность Ноя к претенциозным новинкам всегда казалась ему абсурдной. И мысль по дороге на кухню о том, что если бы у него было столько денег, он нашёл бы им лучшее применение, утешала слабо. Ополоснув руки в кухонной раковине, он наблюдал за Ноем и Яной через открытый бар. Они сидели на диване, сравнивая размеры своих ладоней, Ной откровенно восторгался изящностью Яниных рук, а Яна жаловалась, что в шесть лет ей заявили, что у неё слишком короткие пальцы, чтобы играть на пианино, и поэтому она взялась за скрипку.

— И моя мама — она не позволяла мне играть на улице с друзьями или в мяч, потому что я могла бы сломать пальцы.

— Бедная Яна, — Ной сочувственно насупился. — Бедная, бедная Яночка.

— Пожалуй, я пойду, — произнёс Ленни.

Ной поднял голову.

— Не, побудь ещё! Яна обещала нам сыграть.

— Да-да! — Сказала Яна, вставая с дивана и энергично расправляя хорошо очерченные обнажённые мышцы плеч.

— Я сейчас вернусь. — Ной оставил их одних, а сам отошёл приготовить напитки.

Яна стояла у окна во всю стену, любуясь сверху видом на Цветной Бульвар. Её пальцы, вовсе не выглядевшие короткими, касались холодного стекла.

— Класс! — сказала она вяло. — Это лучшая панорама Москвы, которую я видела.

У Ленни промелькнула мысль, сколько таких видов было у неё в памяти.

— А вы откуда? — спросил он.

— Из Воронежа.

— Воронеж тоже хорош.

Яна повернулась и окинула его саркастическим взглядом.

— Очень. — Её внезапный переход на русский как бы разрушил атмосферу урбанизма и интима. «Как они определяли? — подумал Ленни. — Даже когда он не произносил ни слова по-русски, эти девушки всегда могли угадать, что он местный».

—Чем вы занимаетесь? Я имею в виду днём,—идиотски спросил он.

—Учусь, в Гнесинке.—Она указала на футляр для скрипки.

—Это замечательная школа.

—Да, очень.

—Вы хотите стать музыкантом, например, играть в оркестре Большого театра?

Яна осмотрела его непроницаемым взглядом. Похоже, фамильярность и серьёзность этого разговора были ей не по душе.

—Как здесь говорят, у полковников тоже есть дети. Как, впрочем, и у музыкантов.—Она пожала плечами и повернулась к окну.

Господи, что с ним? Почему он всегда пытается разболтать этих райских птичек и свести их до уровня обычных девушек? Яна вздохнула с облегчением, когда Ной впорхнул в комнату с подносом и тремя коньячными рюмками и произнёс:—Да начнётся концерт!

* * *

Когда Яна вернулась в гостиную, на ней был кулон-бабочка и четырехдюймовые каблуки и ничего больше. Её небольшие тугие груди были прикрыты волосами как у Леди Гаги, а свою нижнюю половину она скромно охраняла полированной скрипкой. Смычок в её руке покачивался у бедра взад-вперёд, как кнут.—Я сыграю вам Дворжака,—объявила она, и одним движением подняла скрипку, обнажив аккуратный, тонкий равнобедренный треугольник. Она опустила маленький подбородок на подбородник и, быстро вздохнув и взглянув в бесконечную городскую ночь, начала играть.

Ленни почувствовал, что никогда в жизни он не слышал такой музыки. Обрывки высоких аккордов разрывали тишину и исчезали, ярко, яростно, как молнии, карающие землю. Музыка, казалось, овладела её телом—она поднималась от накрашенных пальцев ног по согнутой, бледной ноге, где расцвёл нежный бежевый синяк. Она вибрировала вдоль её длинного тонкого торса и передавалась через напряжённое запястье скрипке, которая отзывалась резонирующим стоном. Только лицо Яны оставалось сосредоточенным и застывшим, в то время как её

128

игра набирала силу и с каждым движением смычка переходила от дикого своеволия то к чему-то гордому и почти надменному, то к невыразимой грусти. Она качалась на своих шатких каблуках, как мост, и временами одно колено совершало небольшой рывок, словно пытаясь удержать её от падения вперёд. Её бледные груди с горошинами-сосками, застенчиво отвернувшимися друг от друга, покачивались в такт стыдливому представлению.

Ной покачал головой.

— Высокое, блин, искусство,— прошептал он.— Я не знаю, спустилась ли эта птичка с небес или послана из ада.

Ленни хотел, чтобы он заткнулся. Он боролся с невыразимой душевной болью и с нарастающим ощущением неверного шага—и то и другое только добавляли к чувству изощрённого стыда и одиночества, которые преследовали его весь день. Он наблюдал, как Яна—если это её настоящее имя—набрасывалась на скрипку. Капельки пота поблёскивали над её губой и между трогательными грудями. Ленни прикрыл глаза и сосредоточился на каждой плачущей фразе, слушая как они складывались в лестницу звуков, поднимавшихся выше, выше… Но куда? Он хотел следовать за нотами к их самой высокой и самой тонкой вершине и остаться там навсегда. Боже, он ненавидел этот город. И всё же мысль о том, чтобы уехать была непереносима. Где ещё на земле он мог найти столько милосердия?

ВОЗВРАЩЕНИЕ НА РОДИНУ

Мой рейс приземлился чуть раньше восьми вечера. Московское небо ещё светилось отражёнными от медных облаков последними лучами солнца.

Я звоню Ленни из такси. Он возбуждён, как обычно, пока мы договариваемся, где встретиться на обед. «Ты любишь мясо, пап? Хорошо, хорошо. Или, может быть, итальянская паста с морепродуктами?

— Отлично, — говорю я, опуская тот факт, что я никогда не голоден после долгого перелёта.

— Или нет, армянский! — продолжает он — я знаю правильное место. — Он говорит, что отвезёт меня в самое прикольное место в моём районе. Пока я добирался до своей гостиницы, он подготовил ещё пару мест, куда мы можем пойти, демонстрируя знание местной кухни и намекая на личное знакомство с поварами. На мгновение я подумал, а не забыл ли он, с кем разговаривает, и не путает ли меня с клиентом. Опять же, может быть, вся эта суета, чтобы напомнить старому папаше, каким коренным жителем, каким москвичом он стал.

За час я успеваю воспользоваться горячим продезинфицированным гостиничным душем, одеться и приготовиться к встрече с сыном на поздний ужин. На улице воздух ещё тёплый, приятно интимный, как будто где-то позади всех этих сверкающих пастельных фасадов скрывается море. Тверская улица безукоризненно ухожена, почти швейцарская по чистоте. Ни одного случайного окурка, хотя каждый проходящий мимо меня, кажется, дымит, как паровоз. Настроение — как бы это сказать — почти праздничное, достаточно приятное, чтобы заставить меня пожалеть о моих предыдущих скептических мыслях о Ленни. Его чрезмерный энтузиазм по телефону мог быть просто признаком того, что он рад видеть своего отца. При всей его запутанности он всегда искренне хотел, чтобы все вокруг были счастливы. Хотя он вряд ли представляет себе, что ждёт его сегодня вечером. В моём портфеле лежат килограммы глянцевых учебников ГМАТ (*GMAT*)* в мягкой обложке — подарок от матери Ленни, которая не велела мне возвращаться домой, пока я не сумею убедить нашего сына поступить «единственно разумным образом».

Вдыхая удушливый дым автомобильного выхлопа, смешанного со слабыми запахами невысохшего лака для ногтей и пролитого пива, я утешаю себя тем, что всего лишь выполняю приказ; эти запахи напоминают мне, что я в городе, который знаю гораздо лучше, чем мой сын. В ходе моих визитов я начал думать о Москве как о неординарной женщине, с которой я был тесно связан в юности, и которая при наших последних встречах удивляет меня не тем, что стареет благородно (как я), а тем, что омолаживает себя всё более и более дорогими подтяжками лица. Каждый раз, когда мы встречаемся, я замечаю какое-то новое улучшение: бутик «Канали», где когда-то была аптека, огни казино «Гауди» вместо знакомого ломбарда. Даже стеклянная пирамида наверху нового офиса мэра, которую я подметил на пути сюда, сверкает так вызывающе, словно бриллиант-маркиз на пальце дамы нефтепромышленника. Тверская особенно — настолько напомажена и напичкана силиконом, что я давно перестал думать о ней как об улице Горького моей юности. Сейчас, например, я прохожу целые реконструируемые кварталы, опоясанные лесами, корсетами и задрапированные сетками нефритового цвета, под которыми незаметно происходят всевозможные пластические процедуры.

Я прибыл в ресторан первым — это оказался по-домашнему весёлый, полупустой армянский кабак. Официант с мохнатыми бровями проводит меня к столу и необъяснимым образом даёт мне второе меню на английском языке.

Приходит Ленни, свежевыбритый и, похоже, килограмм на пять тяжелее, чем я его помню. Я указываю на английское меню:

---

* GMAT — *Graduate Management Admission Test* — набор стандартных экзаменов для поступления в Высшую школу, типа аспирантуры, например, на бизнес-администрацию.

— Что выдаёт во мне иностранца? По акценту и по виду я ничем не отличаюсь от метрдотеля.

— Посмотри вокруг,— говорит Ленни.— Кто ещё захочет сидеть в секции для некурящих?

Он прав! Мы единственные в этом тёмном углу. Что, может, и к лучшему — в другом конце зала, где сидят шесть толстошеих джентльменов, и банкетный стол выглядит так, словно он вот-вот рухнет под весом батареи бутылок, идёт шумная попойка. Через комнату я слышу, как один из них долдонит невнятную историю про то, как он когда-то боксировал с кенгуру.

— Ты хорошо выглядишь,— говорю я сыну, не совсем искренне.

— Стараюсь держать форму,— отвечает он, к моему удивлению.

— Да?

— Играю немного в теннис.

Я не возражаю, хотя он больше похож на теннисный мяч, чем на теннисиста. Кроме того, он слишком длинно отрастил волосы на затылке и расчёсывает их назад, как у сутенёра. Жалко. Ленни симпатичный парень, когда заботится о себе.

— Так какой у тебя план на неделю? — говорит он.

Я объясняю: я здесь только до понедельника вместе со своим боссом Томом, прибывающим завтра. Мы рассматриваем предложения от транспортных подрядчиков.— Мы ищем чартерную компанию для пилотирования нескольких челночных танкеров с побережья Нанаца до терминала возле Мурманска.— Я удивлён, что Ленни не помнит.— Это совместное предприятие, о котором я рассказывал, с «Л-Петролеум».

Он поднимает бровь.

— «Л-Пет»? Ты имеешь с ними дело? Эти ребята — кремлёвская болонка. Они практически филиал ФСБ.

— Мы не вмешиваемся в их политику. Это должно быть довольно просто.

Затем, видимо, чтобы напомнить мне насколько лучше он знает это место, чем я, он говорит:

— Здесь — ничто не просто.

На другом конце зала раздаётся звук разбитого стекла.

— Ну, посмотри, что ты наделал, Сава,— говорит один из лысых джентльменов — горилла в лавандовой рубашке. Вызывают официанта, чтобы убрать, пока бедный Сава пытается закончить свою историю о кенгуру. Но ему не дают. Лавандовый господин объявляет, что устал от этого цирка, и говорит остальным «уберите его».

— Как Катя? — спрашиваю я, пока несколько борцовских рук вытаскивают Саву из комнаты.

Ленни глубоко вздыхает.

— Всё кончено. Более-менее.

Я стараюсь изобразить, что расстроен его новостями. Катя вполне милая девушка. Я даже привык к маленькому крестику, без которого она никогда не появляется, и к её склонности интерпретировать сны и гадать на гуще от турецкого кофе. С тех пор, как он переехал в Москву, я простился с идеей о женщине с сильным характером для Ленни. Но разве это слишком — хотеть кого-нибудь, чья точка зрения на историю двадцатого века не в том, что «проклятие советского коммунизма было наказанием, ниспосланным на русский народ за убийство своего царя»? Да, мой сын живёт с монархисткой.

— И что бы это значило? — говорю я. — Более-менее? Она переехала?

— Нет, но мы договорились, что можем встречаться с другими.

— Да, и как это работает? Один из вас занимает диван, когда у другого свидание?

Он огорчён этой шуткой больше, чем стоит.

— Она съедет, как только я смогу помочь ей найти своё жильё.

— Ну, это не должно быть слишком сложно, — ободряюще говорю я. — Москва большой город. Много квартир.

— Ты шутишь? Арендная плата здесь выше, чем в Нью-Йорке.

Я изучаю его лицо на мгновение.

— Ленни, ты не обещал ей, что будешь платить её квартплату, правильно?

Он пересказывает историю о том, как Катя «бросила» свою семью и работу в Санкт-Петербурге, чтобы переехать к нему в Москву. Она не может позволить себе жить самостоятельно и не может вернуться в Питер, потому что любовник её матери недавно переехал в семейную квартиру. — Всё стало очень сложно.

— Сложно для неё, но не для тебя.

— Ты не понимаешь, как это делается.

— А что, есть какой-то протокол? — спрашиваю я. — Я имею в виду, про оплату аренды женщины, с которой ты больше не хочешь жить? Ты что ли дон, которому нужна наложница для любви раз в неделю? Даже это я могу понять. По крайней мере, это логично. Но я так понимаю, что ты вообще не хочешь с ней иметь дела.

— Брось, пап, — говорит он. Но сам он не бросает. Вместо этого он начинает перечислять мириады Катиных достоинств: её доброту, мягкость и преданность ему. Я не смею спросить, почему кто-либо вообще может бросить такую святую. — Мы с тобой разные люди, — говорит он мне непреклонно.

Я усмехаюсь и пропускаю это.

— Хорошо, Ленни, — говорю я, — но даже сверх-порядочность должна быть чем-то обеспечена. Где ты достанешь средства для выплаты этих алиментов? У тебя сейчас хоть есть работа?

Его лицо бледнеет. Он проводит обкусанными пальцами по волосам. — Я так и знал. Никто в этой семье не может держать свой проклятый язык за зубами.

— Ну да, твоя сестра сказала нам. И что? Если у тебя проблемы, мы хотели бы помочь.

— Она рассказала тебе, как Остин и остальные мои друзья предали меня?

— По крайней мере, теперь ты знаешь, кто твои друзья. *Дружба дружбой, а табачок врозь.*

— Ладно, я не плачу по этому поводу. У меня уже есть кое-что на примете.

Я сдерживаюсь и говорю:

— Может быть, тебе не стоит так торопиться. Передохни. Подумай о разных вариантах.

Он отвечает не сразу.

— Что *ты* предлагаешь? — наконец говорит он тоном, полным то ли отчаяния, то ли сарказма.

Я пользуюсь случаем и достаю два тома ГМАТ из своего портфеля. Ленни морщится, как будто я бросил грязные носки на стол. — Не говори мне, чья это была идея.

Я улыбаюсь:

— У меня в гостинице есть ещё два.

— Это должно быть какая-то приманка?

— Это серьёзное предложение, Ленни. Ты возвращаешься домой. Живёшь с нами несколько месяцев или столько, сколько захочешь. Занимаешься. Когда поступишь в бизнес-школу, мы можем помочь оплатить первый год.

— А мама будет приносить бутерброды с огурцами и колбасой в мою комнату, да? Бога ради, мне тридцать четыре года, а не шестнадцать!

Прежде чем я успеваю прикусить язык, я говорю:

— А какой у тебя план? Оставаться здесь и соревноваться с доморощенными физ-мат гениями?

Выражение боли на его лице было гораздо сильнее, чем я ожидал.

— Вы с мамой всё ещё думаете, что диплом в рамке — это ответ на все вопросы. Это всё дурацкая иммигрантская иллюзия.

— Брось, Ленни. — Я пытаюсь улыбнуться.

— И вообще, я слишком старый, чтобы обратно в школу.

— Вовсе ты не слишком старый. Я был на два года старше тебя, когда я уехал отюда и начал все сначала, — нахожусь я, и тут же слышу упрёки моей жены: «не говори о себе». По её словам, все мои советы Ленни сводятся к тому, что «я — нечто, а он — ничто». Я подозреваю, что отчасти это влияние нашей дочери Маши, поклонницы фрейдовского психоанализа, которая любит говорить, что моё воспитание одинокой, психологически «ущербной» матерью сделало меня «неудачником во втором поколении».

— Послушай, — говорю я, — ты уже здесь — сколько — девять лет? Я по случаю знаю, что каждые семь лет человек освобождается от всех своих обязательств. Он может вымыть руки, уйти, начать заново. Загляни в Тору, если не веришь. Это называется шабатон.

Он смотрит на меня так, как будто я сошёл с ума.

— С каких это пор ты заглядываешь в Тору?

Я улыбаюсь.

— Тебе не нужно решать прямо сейчас. Просто подумай. — Я встаю, подчиняясь естественному позыву, и оставляю Ленни подумать.

Добравшись до туалета, я обнаруживаю, что вход заблокирован крошечной бабулькой с веником. Я делаю шаг вправо. Она тоже. Я делаю шаг влево, но она на шаг впереди, явно настроенная не пропустить меня. Она бросает мне извиняющуюся золотозубую улыбку и указывает на женскую комнату. Я предпочитаю потерпеть, поворачиваюсь и возвращаюсь к Ленни за стол.

Некоторое время мы едим молча, тома ГМАТ между нами, как Берлинская стена. Наконец он говорит:

— Что, чёрт возьми, там происходит?

Я поднимаю взгляд. Один из шестёрок, которые тащили Саву в мужской туалет, вернулся. Его рука, кажется, в крови. Он берёт со стола матерчатую салфетку, оборачивает её в виде жгута вокруг своей мясистой ладони и выливает на рану полбутылки водки. Затем, как ни в чём не бывало, садится с другими и продолжает пить. Джентльмен в лаванде бросает несколько купюр в общий хаос стола, и в течение минуты остальные делают то же самое и направляются к двери. Я решаю, что сейчас самое время вернуться в комнату для мальчиков. К моему облегчению бабулька больше не стоит на страже. Но когда я распахиваю дверь, она тут как тут — стоя на табуретке, протирает зеркала над раковинами. Ровная дуга алых брызг покрывает оба наших отражения. Я закрываюсь в кабинке. Из соседней кабинки раздаются рвотные звуки, перемежающиеся придушенным дыханием. Выходя, я отдаю честь бабушке, стирающей кровь с кафеля.

— Так и быть, я возьму книги, — говорит Ленни, когда я возвращаюсь. — Если вы пообещаете прекратить надоедать мне по поводу возвращения домой.

— Я выполняю приказ, Ленни.

Он придвигает их обратно ко мне.

— Пожалуйста, хоть оставь их. Я не могу вернуть их твоей маме.

Он качает головой. В этот момент неожиданно возвращается пьяный Сава. Из мужского туалета он пробирается между пустыми столами, словно пассажир, качающийся в коридоре поезда. Его криво застёгнутая рубашка покрыта жуткими пятнами. Тень панического страха пробежала по его лицу, когда он понял, что его друзья покинули его. Ленни и я обмениваемся взглядами, когда побитый, окровавленный Сава, шатаясь, выходит через стеклянные двери, затем останавливается, смотрит влево и вправо, тщетно ища своих друзей и мучителей.

Усмешка расплывается по лицу Ленни.

— *Велком хоум*, папа! — говорит он, церемонно раскрывая объятия. — *Велком хоум*.

МАЛЕНЬКИЕ ВРАГИ

Моя жена, возможно, права, когда в моменты раздражения говорит, что множество ошибок в общении с нашим взрослым сыном я совершаю оттого, что сам я вырос без отца. Но то, что она презрительно называет моим «невмешательством» — это следствие не невежества, как она считает, а избытка знаний. Уроки, которые можно было бы извлечь из провала между моим внезапно прерванным детством и моей преждевременной зрелостью — это не то, что я бы хотел передать своим собственным детям. То немногое, заслуживающее внимания, из того, что я узнал… я не могу с уверенностью сказать, что оно имеет какую-то ценность в мире, в котором мы сейчас так невинно и открыто живём.

Всякий раз, когда я говорю кому-либо, что я провёл в общественных приютах семь лет — от шести до тринадцати — их лица принимают выражение, соответствующее *Purple Heart Ceremony*.* Как будто они обнаружили, что мои ноги на самом деле протезы. Они хотят видеть обрубки, но стараются не смотреть, а поддерживать зрительный контакт. Их голоса становятся благочестивыми, полными сочувствия.

Чтобы избежать всего этого, я стараюсь не говорить о тех годах. Стоит мне упомянуть этот факт, как всё, что я говорю или не говорю о нём, приобретает драматичность с героическим подтекстом. И в итоге, звук моего собственного голоса начинает раздражать меня сильнее, чем даже деликатная любо-

---

* *Purple Heart Ceremony* — Церемония вручения медали Пурпурное Сердце, которая присваивается за ранение, полученное в бою, или погибшим в бою военнослужащим Американской армии.

знательность других. В основном, я просто не хочу проходить через все попытки исправить их диккенсовские представления о сиротстве. Постоянный голод, бессердечные наказания — всё это в какой-то степени было частью моей реальности, но это не было единственной частью. По воле судьбы я, в конце концов, оказался в детдоме, где к нам, детям, относились душевно, даже с любовью.

Мне повезло ещё по одной причине: моё пребывание в роли сироты совпало с послевоенным периодом, когда отношение населения к беспризорным детям несколько изменилось. Мы, сироты, больше не были кулацким отродьем, семенем преступников и контрреволюционеров. Наше бродяжничество уже не было признаком порочности, а стало символом патриотической жертвы. По всей стране детские дома распухли от маленьких жертв войны, и именно среди детей мёртвых героев мы, маленькие враги, искали укрытие. Возможно, именно так всё и началось для меня, мой самый ранний урок хранения секретов.

Послевоенные годы были временем карточек и дефицита, и всё же разнообразие продуктов питания в Детском доме им. Крупской было замечательным: от белого хлеба до помидоров, а иногда даже колбаса и арбуз. Как это удавалось? У нас были шефы — приют был под опекой местного колхоза, а также профсоюза местного завода. Но настоящим секретом был наш директор, Марк Павлович Гучков, который был необычайно изобретателен в добывании покровительства такого рода.

Я ясно представляю его неделю спустя после моего прибытия в дом Крупской. Он стоит перед нами в актовом зале, своего рода спортзале со старым пианино в одном конце небольшой сцены. Он молод, ему не больше тридцати пяти или тридцати шести, но он уже лысеет. Его тонкие каштановые волосы зачёсаны назад от высокого лба. На нём свободный коричневый костюм, от него сильно пахнет табаком. Рукав его отсутствующей руки не приколот к плечу, как я видел у других инвалидов войны, а свободно свисает и заткнут в карман пиджака. В другой руке он держит что-то маленькое и белое. «Это мыло, которым пользуются французские женщины, — сообщает он, поднимая его выше, чтобы все мы, дети, могли видеть. — Французские женщины — это дамы с высоким уровнем гигиены, измеряемым, в частности, тем, сколько мыла они используют. Но они не оставляют своё мыло лежать в лужах воды в мыльницах. Попользовавшись, они оставят его вот так — и оно полностью высохнет».

Я нахожусь в этой комнате, сидя в ряду других семи — и восьмилетних детей, с головами, откинутыми назад и открытыми ртами. Все мальчики одинаково коротко пострижены — предохранение от вшей — с короткими чёлками.

Марк Павлович вышагивает между пианино и флагштоком. Над ним висит портрет нашего славного Вождя и Учителя, Садовника Человеческого Счастья, которому мы обязаны нашим счастливым детством. Комната наполнена светом — нижние половины окон не закрашены, как в моём последнем детдоме, чтобы мы не выглядывали и к нам не заглядывали другие. Зал наполнен тонким горьковатым запахом сентябрьских листьев, как будто где-то дверь оставлена открытой. Всё это кажется мне нереальным и ощущается как часть сна, который я узнаю по какой-то уже забываемой до-детдомовской жизни. Гучков говорит, и дети повторяют за ним:

«Потому что нам посчастливилось получить его… и потому что мы не поросята, мы будем заботиться о нашем мыле, как культурные люди, и будем пользоваться им аккуратно». Я произношу эти слова, очарованный белизной мыла, настолько чистого, что его чистоту можно почти почуять на расстоянии.

* * *

В детском распределителе мы мылись грубым аммиачным хозяйственным мылом, которое иссушало кожу и покрывало её зудящими цыпками. За нами, как за бригадой зэков, следили дюжие надзиратели, которые не скрывали своего презрения. «Поздравляем! Нам привезли ещё одну партию маленьких вражеских ублюдков. Эти паразиты сосут нашу кровь, пока мы горбатимся на них». На свой грубый лад наши охранники всего лишь интерпретировали теорию прибавочной стоимости Маркса: они работают весь день — одевают, кормят, моют нас — в то время как мы ничего не производим. Вскоре начались издевательства других детей.

— Как умер твой папа?

— Его убили на войне.

— А вот и нет. Его застрелили как вражеского пса.

139

Ничто нельзя было скрыть от них. Им рассказали, и они все знали, что мой отец никогда не воевал на фронте, и что моя мама была отправлена в лагерь на каторжные работы за измену.

Я не успел закончить первый класс, когда всё это случилось. Я полюбил школу с первого дня; я легко подчинялся дисциплине в классе, легко привык к громкому голосу моей учительницы Лидии Варламовны, воспринял чётко определённый путь к успеху и наградам. Мне хотелось отличиться, но я инстинктивно понимал коллективный дух, понимал, что я не мог отличиться сам, что раздавать награды было во власти учителя. Я часто поднимал руку, но не слишком. Я помогал отстающим ребятам. Я уже почти научился угождать взрослым.

Ничто из этого образования не пригодилось мне в детприёмнике. В первую же неделю я одолжил лишнюю пару трусов мальчику, который запачкался. Преступление было раскрыто, и мы с этим мальчиком были наказаны: нас заставили стоять на коленях на сушёном горохе. Это оказалось одним из менее странных и более лёгких наказаний из тех, которые я получал в последующие шесть месяцев.

Если в этот период и были какие-либо академические занятия, я их не помню. Я помню только физкультуру: военные упражнения, которые мальчики и девочки должны были выполнять вместе по пояс голые, хотя у некоторых девочек уже начинала расти грудь.

Нас били за всё подряд: за то, что нас рвало от гнилой пищи, которой нас кормили, за свист в помещении, за то, что по забывчивости сосали большой палец, за проявление какой-либо детской слабости или нужды. До ареста мать обещала купить мне новые ботинки. Я уже перерастал свою последнюю пару. Конечно, в суете никто этого не заметил, и когда мои старые вещи забрали и выдали новые, ботинки мне оставили, а я был слишком невменяем, чтобы что-нибудь сказать. Так что уже через пару недель после прибытия мои ноги болели и покрылись волдырями. На большом пальце правой ноги врос ноготь, который заставлял меня зажмуриваться от боли при каждом шаге. Оттого, что я берёг правую ногу, у меня развилась лёгкая хромота, которую, я надеялся, взрослые могут с сочувствием заметить. Наконец, одна из них заметила. Она была младшей воспитательницей, тощая девушка с прозрачными голубыми глазами и шрамами от угрей.

Возможно, она сама выросла в приюте — «выпускница». Если это было и так, её опыт нисколько не смягчил её отношение к нам.

— Почему ты волочишь ноги, как осёл?

Я сказал ей, что мои туфли малы, и у меня болит палец.

— Так те, что мы выдали тебе, недостаточно хороши?

Я возразил, пытаясь объяснить, что обувь — моя, а не та, которую мне выдали. Это была моя вторая ошибка. Её глаза наполнились убийственным гневом. Я посмел спорить с ней перед другими. «Хорошо», — сказала она и начала раздевать меня. Она сняла с меня туфли и носки, затем рубашку и штаны, майку и, наконец, трусы. Она распахнула окно и заставила меня стоять перед ним, пока остальные смотрели. Была середина февраля. Снаружи, на спортивном дворе снежная корка покрывала полузамёрзшую грязь. Я стоял голый на ветру, а она наставляла детей, рассказывая о жертвах, которые приносила страна, заботясь о таких недостойных малолетках.

Я помню как я дрожал. Мои руки, бёдра и ягодицы покрылись панцирем из гусиной кожи. Я старался удержаться от слёз — не из-за унижения, что стою голым, а из-за того, что меня так неправильно поняли. Моё семилетнее тело, и так уже окаменевшее от холода, напряглось от немого и яростного гнева — гнева на маму за то, что она не купила мне новые туфли, когда я её об этом попросил, на себя за то, что не смог объяснить, что туфли были мои собственные — мои собственные! — что я не был неблагодарным или плохим мальчиком.

Я не знаю, как долго она заставила меня стоять перед этим открытым окном. Как всегда, мне повезло, и я только простудился, а не схватил воспаление лёгких. «Надеюсь, ты усвоил урок», — сказала она мне, когда всё было кончено. Я усвоил. Я понял, что когда у тебя болит палец, он болит только у тебя и ни у кого другого.

Я думаю, что для поддержания откровенной враждебности к нам, они должны были уничтожить в себе всякое естественное сочувствие к страданиям ребёнка. Мы видели их неприязнь, но не могли догадаться о её причинах: в их глазах наше злодейство было очевидным. Вот почему самые жестокие наказания всегда были вызваны поиском сочувствия, как, например, то, которое я надеялся сыскать своим больным пальцем. За такую чудовищную поблажку по отношению к себе не могло быть прощения.

Уверенность наших «воспитателей» в нашей преступности была достаточно убедительной, чтобы она реализовалась. Мы переняли правила у старших детей почти сразу, как только приехали. Настал мой черёд, когда я должен был пробраться на кухню и стянуть две бутылки простокваши. Если бы меня поймали, меня наверняка избили бы, но отказ от выполнения задания старших детей наказывался точно так же. В итоге я струхнул и вернулся с пустыми руками. Утром я стойко принял наказание, когда меня завернули в пододеяльник и ритмично били сериями быстрых, тупых ударов. Это была только одна из наших «казарменных игр» под названием «тёмная». К тому времени я уже знал, что лучше не просить пощады. Любая попытка искать сострадание только ожесточит их воинственность.

Вскоре после этого я увидел ещё одного мальчика, перенёсшего это наказание. Он был старше меня, но худой и тонкокостный. Я помню, как вошёл, когда пододеяльник был уже расстёгнут, и увидел, что он всё ещё корчился внутри него, его плечи вздрагивали от приглушённых рыданий. Я помню, как он смотрел на меня, его глаза всё ещё туманные, умоляющие. Что он хотел от меня? Утешения? Наверное, даже не это. Он хотел того же, чего я хотел от моей воспитательницы с шрамами от угрей: хоть слабого намёка на сострадание. Однако, нет большего требования к другому человеку, чем просить его страдать вместе с тобой. Я похолодел и почувствовал, что меня переполняет отвращение к трепетной, неприкрытой беспомощности мальчика. Мне не хочется думать, что моё сердце могло быть так бесчувственно. Я хотел подойти к этому мальчику, но я знал, чего это будет мне стоить. Я уже получил прививку против порывов человечности. Слово «бесчеловечность» здесь не подходит. Жестокость, вызванная чужой слабостью — очень даже человеческое чувство.

Я стараюсь не думать о том моральном или психическом уродстве, которое бы мне привилось, если бы меня оставили в этом месте. Но судьба снова улыбнулась мне. Моё избавление от этого мрачного приюта пришло неожиданно, после инцидента с красной тряпкой. Ещё одному вражескому паразиту и мне было велено мыть полы в длинном коридоре. Здоровенная уборщица принесла нам ведро воды, а затем исчезла, не сказав, где найти швабры и щётки. Или, может быть, она сказала нам, а мы не смогли их найти. Как бы то ни было, мы отправились на поиски шкафа для веников, заглядывая за разные двери, пока я не обнаружил на столе в пустой комнате тёмно-бордовую тряпку, достаточно плотную, чтобы использовать её для уборки. Мы по очереди возили ею по полу, стараясь достать пространство под радиаторами, чтобы нам не сказали, что мы халтурим. Мы стирали ею грязь с плинтусов и следы обуви с лестницы. Грязь крепко прилипала к её ворсу.

Когда уборщица вернулась и увидела, чем мы занимаемся, у неё из рук выпала метла. Поднимая ветер, она побежала к тряпке и в ужасе упала на неё. Она попыталась отмыть её в ведре, но вода была уже чёрная от грязи. Когда она вывернула тряпку наизнанку, я увидел, что это была никакая не тряпка, а бархатное знамя — одно из тех, которые висели во многих комнатах. На знамени было изображение нашего великодушного усатого Вождя, в его глазах как всегда искрилась улыбка. «Не успеешь отвернуться, как эти абрамчики что-нибудь придумают!» — воскликнула она.

Через два дня меня вытащили из утреннего построения и посадили в поезд до Саратова. Я полагал, что меня наказали за мытьё полов портретом Сталина — единственное объяснение, которое мой детский ум мог придумать. Я не мог догадаться, как это было бы абсурдно. Уборщица никому не могла сказать о моём проступке; она либо отчистила знамя и ничего не сообщила об этом происшествии, либо просто выбросила его на помойку, прекрасно зная, чья голова полетит в первую очередь. Это я теперь понимаю, но в семь лет, сидя один в поезде, голодный, я не знал, куда я еду и что меня там ждёт. Я думал о том, чтобы спрыгнуть, потеряться в толпе и жить на улице. Только трусость спасла меня.

Детдом Крупской находился в деревенской местности, в селе Соколово, построенном поволжскими немцами. Его комнаты не пахли мышами, а окна не были ни закрашены, ни покрыты решётками. Первоначально здание было приземистым и длинным, построенным из необструганных брёвен домов, отнятых у сосланных в Сибирь кулаков. С ростом числа прибывающих детей в войну было построено новое крыло. Соседний колхоз предоставил детскому дому гектар самой засушливой земли. Там, на нашей «ферме», было несколько свиней, старая корова с хилым выменем и лошадь, которая двигалась только при постоянном понукании; но мы, дети, любили её за тихие поездки, которые нам иногда позволялись. Каким-то образом, благодаря постоянным усилиям, персоналу удавалось кое-что выращивать на нашем приусадебном участке. Весной мы все участвовали, сажая картофель и овощи из рассады, получаемой в колхозе.

Какая воля судьбы привела меня в это убежище? Мои мысли, естественно, обращаются к Авдотье Григорьевне, нашей старой соседке и моей няне. Я представляю, как она ищет меня, проверяет городские детские распределители, пока не находит. Я вижу, как она нашла чиновницу, у которой было моё дело — какая-то девица с копной волос на самодовольной голове. Как няня умоляла её: «Найди мальчику хороший дом. Россия обширна — может, где-нибудь на юге».

— Там, где есть место — туда и отправим.

Может быть, у этой женщины есть сочувственная жилка, на которой можно сыграть? «Он мне как собственный ребёнок — плоть от плоти. Мой сын был убит под Сталинградом. У тебя же христианская душа, я ведь вижу».

— Пожалуйста, прекратите немедленно, — а затем, — я посмотрю; придите на следующей неделе.

На следующий день Авдотья возвращается с отрезом шерсти из бостона, завёрнутым в газетную бумагу. Моя старая няня знает что-то, чего я ещё не знаю: этого мальчика нужно отправить далеко-далеко от Москвы. Подальше от большой мясорубки, которая поглотила его родителей. Но, возможно, дорогая Авдотья и не сыграла такой роли. На самом деле, я понятия не имею, что изменило мою судьбу. Всё, что я помню, это пухлая белокурая девица — последняя из череды безымянных чиновников, — сажающая меня в поезд и называющая меня «счастливчиком», прежде чем указать на меня проводнику. И я был таков.

Дом Крупской был, в целом, местом простым и чистым. Правила были строгими, но чёткими: еду нельзя было выносить из столовой, ничего нельзя было оставлять на тарелках, ничего нельзя было тратить впустую. Часто Марк Павлович присоединялся к нам за обедом. И тогда по нашей просьбе он рассказывал нам о войне, в отдалённых отголосках которой мы слышали истории о наших собственных реальных или воображаемых отцах. Он был замечательным рассказчиком. Своим голосом он мог передать ужас от взрывающихся за бруствером гранат. Он воспроизводил разговоры между командирами и их взводами, как будто они произошли вчера. В каждом рассказе были храбрые поступки, суровые испытания, давались и выполнялись невыполнимые обещания. В каждой драматической паузе мы слышали такой громкий артиллерийский треск, что кровь приливала к ушам.

Все знали историю о том, как наш директор потерял руку: однажды ночью он охранял позицию, когда немцы начали обстрел, и одна мина взорвалась около его окопа. Он был похоронен заживо, но друзья откопали его и спасли ему жизнь. Все истории Марка Павловича неизменно заканчивались таким образом — уроком о ценности дружбы. Во время этих обедов мальчики, чьи отцы погибли в бою, выглядели как герои. Те, чьи родители исчезли менее героически, были полны тихой зависти. А что насчёт меня — какие мысли возникали в моей головке, когда я сидел в трансе, слушая все эти описания мужества? Я твёрдо знал, что мой отец тоже сделал что-то героическое на войне, что-то связанное с бумагами, но не с оружием. И всё же, несмотря на рассказы Марка Павловича о мужественности, мирный героизм папы не выглядел впечатляющим. Как и каждый мальчик моего поколения, я уже витал в своих собственных фантазиях — яркие сцены в духе Чапаева, доказывающие мою преданность делу, имя Сталина на застывших губах. Жив я или погиб — не это важно; больше всего я хотел, чтобы меня запомнили героем. Это могло быть искуплением, и в этом детдоме такое искупление казалось возможным.

Я никогда не поддавался мысли, что мои родители были врагами — это слово я связывал только с немецкими фашистами. Но я знал, что они не настоящие русские. Они говорили со мной и друг с другом на другом языке. Если бы я мог выразить это словами, я бы сказал, что один или оба из них просто совершили какую-то ошибку по незнанию — небрежную, бездумную ошибку, которую настоящий русский никогда бы не совершил. Именно эта невнимательность привела их в проклятый круг непонимания, в плену которого мы все находились. Пока всё решалось, мне надо было вести себя безукоризненно, ожидая когда меня вызовут, чтобы рассказать о моих маме и папе. Несомненная преданность моих родителей будет подкреплена моим явным патриотизмом. Мои смелость и честность, мои способности активиста — всё это может быть приведено в качестве доказательства. По крайней мере, таков был мой план, когда я снова начал посещать школу. Я решительно настроился быть примерным мальчиком, не таким как в первом приюте. С этой целью я сразу же записался в несколько кружков — рисовальный, который вёл наш учитель, шахматный и кружок молодых техников. Я надеялся с помощью рисовального таланта (я хорошо рисовал реалистичные кровавые военные сцены) и энтузиазма стать достойным для вступления в юные пионеры. Моя доброта не была совсем альтруистической: если бы я не смог оправдать своих родителей, я мог бы, по крайней мере, оправдать себя. Так как у меня больше не было своей семьи, я был готов вступить в большую коммунистическую семью. Очень вероятно, что я подражал взрослым вокруг. В новом доме о наших родителях не говорили пренебрежительно; о них вообще не говорили. Если ребёнок по забывчивости случайно произносил слово «мама» или «папа», воспитатели никак не реагировали на такие промахи, хотя это и считалось нарушением правил. Такой порядок должен был бы успокоить меня, но на самом деле загнал мои страхи внутрь. В старом месте, где меня могли побить за такую ошибку, я был физически готов к капканам и ловушкам, как зверёк. Здесь, выдавая себя за «обычного» русского мальчика, я боялся, что меня могут раскрыть.

Но кто же я такой на самом деле? С тех пор, как я лишился дома, со мной стало происходить что-то странное. Моё тело как бы отдалилось от меня, стало чужим. Я слышал свой собственный голос, как будто со стороны, и смотрел на себя словно посторонним взглядом. Я наблюдал этого другого мальчика, как бы стараясь узнать, кем он был, желая оценить и понять его. Со временем этот мальчик стал не мной, а кем-то другим, чей отец убит на войне, а мать, возможно, медсестра, тоже геройски погибла. Я смотрел, как тело этого мальчика становится в очередь в столовую вместе с другими телами. Я наблюдал его в общей бане, обливающего себя холодной водой. Я почувствовал, что меня эмоционально возбуждает борьба этого бесстрашного, одинокого существа, стремящегося выстоять среди аскетизма жизни и оставаться скромным и непоколебимым, несмотря на все превратности. Моя жизнь во время бодрствования состояла из тайного исполнения роли этого персонажа. Я цеплялся за него как за брата и боялся, что его заберут у меня.

Мой страх быть раскрытым не был совсем новым. В тот день, когда я пошёл в школу, я перестал отвечать маме на английском. Она уже знала, что лучше не говорить по-английски при соседях, но даже наедине мне это не нравилось. Только после наступления темноты я расслаблялся и позволял ей спеть мне на ночь колыбельные, которые она пела мне с детства — *«Little Bo Peep»*, *«Farmer in the Dell»*, *«Row, Row, Row Your Boat»* — и другие песенки, которые хотя я не знал, были теми же негритянскими балладами, которые няня пела моей матери, когда она была маленькой девочкой. На своей металлической койке в детском доме я продолжал напевать некоторые из этих песенок под тонким одеялом тихо-тихо, чтобы было не слышно. Что ещё у меня было? Мы спали одни без тряпичных кукол или мягких кроликов. Песни и их мелодии — это всё, что осталось у меня от мамы, чей образ уже стал угасать.

Мои два существования — ночное и дневное — были чётко разграничены правилом, которое запрещало нам, детям, возвращаться в спальни в течение дня после того, как мы застелили наши кровати. (С тех пор и на протяжении большей части своей жизни я избегал соблазна заходить в спальню в середине дня.) И всё же, однажды в начале моего пребывания я нарушил правило и пробрался обратно в спальное крыло после завтрака. Зачем? Я не могу вспомнить сейчас. Наверно, я что-нибудь забыл там. Как бы то ни было, я дошёл только до двери, когда услышал голоса, идущие изнутри.

— Они опозорят этот дом! — Этот голос принадлежал женщине, которую мы называли Сержантом, воспитательнице, которая каждое утро вытаскивала какого-нибудь несчастного ребёнка из построения, чтобы заставить его или её признаться в новом грехе (грязные руки, стянутую папиросу). На этот раз она обнаружила признаки разврата под подушкой одного старшего мальчика. Я понимал, что мне надо смыться, но моё любопытство удерживало меня на месте; я стоял, не дыша и не шевелясь. Оказывается, Сержант обнаружила письмо. А именно, любовное письмо от одной девочки из нашего же дома. Она прочитала несколько строк вслух, прежде чем дать оценку: — Какая мерзость! Хуже даже, чем песни по радио.

— Я же сказал, что сам разберусь с этим. — Я узнал баритон Марка Павловича, с лёгкой хрипотцой.

— Моя работа — проследить, что они выйдут из детдома… нетронутыми, — сказала Сержант. — У нас здесь детский дом, а не бордель. Что будет завтра, когда надо будет кормить ещё один рот?

— Перестаньте пугать меня и перестаньте пугать себя.

— Вы должны сделать это уроком для других.

— Я не буду делать ничего подобного, и вы тоже.

Присев за открытой дверью, я увидел, как Сержант вышла. Она меня не заметила. По выражению её лица было видно, что она думает по поводу этих приказов, которые ей навязали против воли.

Понял ли я, что только что увидел? Только смутно. Я понял, что Марк Павлович ясно дал понять, кто здесь главный, что меня порадовало, поскольку я, как и другие, боялся и не любил Сержанта. Тем не менее, эта перепалка взволновала меня. Это нарушило некий кодекс, столь долго внушаемый мне. В школе у нашего учителя был портрет Павлика Морозова, висящий рядом с портретами Ленина и Сталина. Каждый день из нас выбирали «контролёра», который проверял у всех детей чистоту ногтей и ушей. На тех контролёров, кто был слишком снисходительным и давал спуск своим друзьям, ябедничали, как правило, маленькие девочки, которые сами назначали себя нашими классными блюстителями порядка. Искусство ябедничать друг на друга внушили нам рано, и я, к сожалению, не был застрахован от этого.

Вскоре меня отправили в кабинет Гучкова за драку. Моя решимость быть образцовым гражданином временно изменила мне, когда другой мальчик опрокинул единственную шахматную доску, которую я кропотливо выстроил после ожидания своей очереди на игру. Мальчишка был злобным гадёнышем, который и раньше пытался навредить мне и, хуже того, относился ко мне как к обманщику, чего я больше всего боялся. Обычно я был склонен пропустить его умные замечания, но это была явная провокация. Если я что и узнал из моего первого приюта, так это, что счёты надо сводить сразу или уже никогда. Я не очень умел драться. Но я вцепился в его лицо ногтями, зная, что мой единственный шанс был взбеситься, прежде чем он успеет ответить. Он ударил меня поддых, но к этому времени я уже как следует вонзил ногти и не отпускал. Кровь брызнула из его губ. Второй удар пришёлся мне в ухо, внутри головы у меня загремело так, как будто мой череп был барабаном. Тьма застелила мне глаза, но я, кажется, улыбался, когда упал.

* * *

Дверь в кабинет открылась, и меня ввели за больное ухо. Дверь закрылась за мной. Директор указал на стул. В комнате стоял запах — густой запах трубочного табака, шерсти и мужского пота.

Под глазами у директора были тёмные круги. Дневная щетина покрывала его неброское лицо. Когда он говорил, его голос резонировал в моей груди.

— Вытяни руки, Юлий. — Одной рукой он повернул мои ладони. — Я вижу, тебе обрезали ногти. Как ты думаешь, что ты сделал?

Когда он произнёс моё имя, я почувствовал себя странно. Гучков обычно ходил по комнатам как знаменитость. Теперь же у меня была частная аудиенция. К сожалению, она была не потому, что я отличился каким-нибудь благородным поступком, а из-за мерзкой драки.

— Ну?

— Не я начал… — пробормотал я и стал рассказывать о шахматной доске, оставив в стороне его прежние издевательства. Я чувствовал, как Гучков изучает меня, пока я разглагольствовал. Я сожалел о каждом слове, которое вылетало из моего рта, как только я его произносил. Даже когда у меня из носа потекли сопли, я пытался вызвать своё альтер эго — этого хорошего, строгого мальчика, который никогда не опускался до оправданий. Но мой двойник покинул меня. Я чувствовал, что моё лицо намокает. Что-то во мне лопнуло.

Наконец, Гучков остановил меня.

— Здесь мы не действуем когтями для решения вопросов. Это понятно?

Я кивнул.

— Говори громче.

Теперь, когда мне надо было говорить, я онемел.

— Ты по-русски понимаешь? — рассердился он.

Мне удалось подтвердить.

— И по-английски тоже?

Я почувствовал, что моё тело напряглось.

—Ты—американчик, не так ли?

Внутри моей груди сердце колотилось, как канарейка, пытающаяся выбраться из клетки. Я не мог нормально дышать.

—Чего ты боишься? Мы тебя туда не отправим.

—Нет.

—Не боишься?

—Не американец,—сказал я. Издёвки прошлых лет всё ещё звучали в моих ушах. Я прямо слышал их.

—Мои мама и папа были,—сказал я.

Его полузакрытые глаза смотрели на меня.

—Почему были?

—Они умерли,—сказал я, не моргая.

Я, может быть, даже верил в это. В тот момент я, может быть, даже желал этого.

Марк Павлович ничего не сказал. Он засунул руку под воротник и откуда-то из-под рубашки достал длинную цепочку с медным ключиком. Он ловко снял цепочку с шеи, и присел, чтобы открыть ящик своего стола. Над поверхностью стола я видел его плечо и висящий пустой рукав. Впервые я понял, что даже простые движения были для него затруднительными, ему пришлось повернуться всем телом, чтобы открыть замок, как будто он вывинчивал упрямый шуруп. Наконец, он открыл ящик и что-то достал—тяжёлую кожаную папку, которую он положил на стол. Он нашёл лист бумаги и пододвинул его ко мне.

—Ты достаточно большой, чтобы писа́ть.

Сердце моё всё ещё колотилось, и я понял, что в этой папке. Страница, на которую он смотрел, была полна адресов.

Он встал и подошёл к моему стулу. Поставил чернильницу около меня. Я крепко сжимал ручку, которую он мне дал, но в моей голове не было ни одной мысли.

Марк Павлович начал диктовать. «Здраствуй, дорогая мамочка…»

Я записал его слова как писарь.

Он посмотрел на мой неровный почерк.—В первом слове ты пропустил букву «в»… но, это не важно. Давай продолжим.

Моё первое письмо к матери состояло из четырёх предложений. Оно начиналось со слов: «Здесь тепло»,—и заканчивалось,—«у меня есть друг. Его зовут Коля».

— Что дальше? — спросил я.

— Как ты думаешь? Напиши: «Целую тебя, твой сын Юлик».
Из другого ящика своего стола Гучков достал конверт. Найдя
нужную запись в бухгалтерской книге, он скопировал печально-
известный адрес тюрьмы, куда должно было отправиться письмо. Закончив, он положил бухгалтерскую книгу обратно в стол
и запер её на ключ.

Я наблюдал, как длинная цепочка и медный блеск ключика
исчезли под грубой льняной рубашкой директора, спрятанные
в месте доступном только ему. «На сегодня достаточно, — сказал
он, — в следующий раз напишешь побольше».

* * *

С другом Колей я познакомился в столовой. Это был бледно-
кожий альбинос, худой, с тонкой шеей на два года старше, хотя
никто бы не сказал… Его лицо с узкими глазами выглядело
скрытным, но он смотрел так открыто и безмятежно, как будто
всюду, где он находился, он был дома. Я попытался начать разговор с ним, похвалив еду.

— Да, настоящий курорт. Ты будешь есть свои конфеты? —
спросил он.

Я посмотрел на свою алюминиевую тарелку, где лежали две
завёрнутые барбариски. Было воскресенье, да к тому же седьмое
ноября, так что эти конфетки были праздничным угощением.
Я видел, как он откусывал кусочки сосисок и засовывал их в карман. Не успел я возразить, как он схватил мои конфетки и сунул
их туда же.

— Эй!

— Всё — поезд ушёл. Что с воза упало, то пропало!
Я не хотел начинать драку со слабаком, тем более, что его
жест был почти дружелюбным, а друг мне был очень нужен. Но
выносить еду из столовой было против правил. — Они заставят
тебя вывернуть карманы, — предупредил я его.

— А ты что, дежурный по столовой?
Уже через пару недель он подсаживал меня через ворота за
разрушенным сараем для скота. На другой стороне ворот была
лесная тропинка, ведущая на главную дорогу к сельскому база-
ру. Это было спустя некоторое время после моей беседы с Гуч-

ковым. Снег недавно растаял, и земля была покрыта слякотью, истоптанной сапогами и копытами, в которой вязли наши ботинки. Как только мы оказались вне поля зрения детского дома, Коля спустил штаны, чтобы пописать, стоя в окружении тёмных сосен. Он сунул рубашку обратно в трусы, а затем отцепил что-то из штанов. Это была рукавица, прикреплённая булавкой внутри брюк, прямо под подкладкой кармана. Он сунул палец в дырку в кармане и пошевелил им, чтобы показать мне, как он выносил еду. Внутри прикреплённой варежки были конфетки, кусок сломанной расчёски, окурок и несколько спичек. Оказавшись на природе, Коля курил открыто, как взрослый, предлагая мне несколько затяжек в благодарность за сладости.

Что ты собираешься делать с конфетами?

— Обменять их.

— На что?

— На свисток.

— А что ты обменял на булавку?

— Ничего. Я взял её у моей тёти Маруси дома. Нашёл в коробке с пуговицами. Она живёт не очень далеко.

— Почему ты не живёшь с ней, тогда?

— Мне здесь нравится. И вообще, когда мама вернётся из тюряги, я буду жить с ней.

Меня опять бросило в холод. Я никогда раньше не слышал, чтобы кто-нибудь говорил о том, что его мать находится в тюрьме, не говоря уже о том, чтобы выдать это так небрежно, как Коля.

— Что она такое сделала, твоя мать?

— Она вытаскивала детей из женщин.

— Принимала роды?

— Нет, она вытаскивала их спицами, прежде чем они вырастали. Если женщины не хотели их.

— Они кричали?

— Женщины, конечно. Не дети. К тому времени, как она вытаскивала их, они были просто кишками и кровью.

— Ты хочешь сказать, что ты видел?

— Конечно. Я подсмотрел, когда она пошла, чтобы выбросить помойное ведро. Иногда были волосы, но в основном кишки.

— А твой папа?

— Замёрз в сугробе. Твои оба умерли?

Я колебался.

— Возможно, отец умер,— услышал я сам.— А мама — она в лагере. Моя откровенность удивила меня самого. Коля вытащил из меня правду без каких-либо усилий, просто тем, как небрежно говорил об этом сам.

— Она враг?

— Я не знаю,— сказал я и снова ощутил знакомое чувство потерянности.

— Ну, наверно, что-нибудь она сделала, за что её посадили.

Я задавал себе этот вопрос уже много месяцев. В моём понимании одно объяснение перебивало все остальные. И я решил проверить его на Коле.

— У нас в доме был железный бюст Ленина. Мама колола им грецкие орехи. Тяжёлый железный бюст был отличный щелкунчик. Я помню, как отец однажды предупредил её, что если кто-нибудь увидит, что она так колет орехи, её заберут.

— Лениным! — испуганный взгляд Коли подтверждал мои подозрения.— Моя мама сказала, что любит Ленина больше жизни!

Я уже раньше бывал на базаре. Нам разрешали гулять там по воскресеньям в сопровождении старших ребят, которым давали несколько копеек, чтобы купить нам мороженое или пакетик семечек. Это было общее любимое место, с постоянно меняющимися сценами — упорядоченный и энергичный по утрам, заполненный толпами весь день, беспорядочный, как улица после парада, ранними сумерками. Коля, однако, пришёл туда не просто поглазеть, а чтобы заняться обменом. Я следовал за ним от ларька к ларьку, пока он пытался махнуть свой товар.

— Бабушка, несколько монет за сладости?

Как только мы приступили к нашему бартерному проекту, раздался крик одной из торговок.

— Воры! Грабят свой детский дом! — Она кричала из-за пирамиды моркови и свёклы, размахивая своими розовыми отмороженными руками в воздухе.— Они кормят и одевают вас, а вы крадёте у государства!

— Успокойся, тётенька! Это моё. Я ни у кого не крал.

— Вруны и воры! Они приходят сюда, чтобы обменять свою одежду на папиросы. Один из них уже был здесь — продавал свой шарф.

— Это не мы, тётенька,— сказал Коля.— Кто-нибудь, заткните эту кобылу.

— Как ты думаешь, кто это был? — удивился я вслух, когда мы возвращались в сумерках. У меня уже было собственное подозрение.

— Лысый, зуб даю.

Лысый был больше похож на карлика-дикаря, чем на нормального мальчишку. Я видел, как он мучил бездомных кошек, бродивших по детской площадке, связывал им лапы и бросал их об деревья. Он прогонял малышей с качелей и каруселей, а потом издевательски висел в одиночестве на каком-нибудь турнике или кольцах. Его идиотский смех выдавал в нём своего рода преступника. Мы все подозревали, что он немного ку-ку, но это только добавляло ему чувство превосходства.

— Как он получил прозвище, Лысый, если он не лысый? — спросил я.

— Когда он появился, его голова была покрыта кровавыми ранами,— объяснил Коля.— Он жил на железнодорожном дворе и играл с бродягами в волосянку. Правила игры такие: если он выигрывал, они давали ему поесть, если проигрывал, они выдёргивали у него пучок волос.

Когда я впервые прибыл в детдом им. Крупской, мне было трудно отвести взгляд от Лысого, хотя я старался не смотреть на него долго, чтобы не спровоцировать драку. Слишком долго глядеть на Лысого было равносильно желанию покончить жизнь самоубийством. Вместо того, чтобы приучить его к порядку, детский дом только дал ему свободу действий, чтобы стать ещё более бешеным. В последнее время он начал пренебрегать правилами честной драки, которые предписывали драться только кулаками «до первой кровянки». Во время последней драки с новым мальчиком Лысый вытащил нож, что было грубым нарушением правил. Кто-то побежал за Гучковым, и вскоре появился директор, растолкал глазеющих и утащил Лысого за воротник своей удивительно сильной рукой. Когда Гучков вернулся, он снял шляпу с головы и потребовал, чтобы все, у кого есть какое-либо оружие, немедленно сложили его в шляпу. Два мальчика шагнули вперёд и бросили свои крошечные, тусклые ножички, которые они иногда кидали, как дротики, в деревья.

— Если я ещё у кого найду нож, он будет не только лопатить свиное дерьмо целый месяц,— предупредил он.

Было очень холодно, когда мы шли назад к детдому. Замёрзшая земля хрустела под ногами.

— Надо рассказать? — спросил я у Коли.

— Зачем высовываться?

Через несколько дней Лысого вытащили из утреннего построения.

— Где шарф, который тебе выдали? — спросил Марк Павлович.

На губах мальчика играла презрительная улыбка.

— Потерял.

— Мы за всё платим деньги,— сказал директор, шагая вдоль линейки. По-прежнему обращаясь к Лысому, он добавил: — В прошлом месяце тебе нравилось собирать картошку. В этом месяце тебе придётся колоть дрова на зиму.

Делая вид, что смотрим на Марка Павловича, мы все, на самом деле, наблюдали за Лысым, заложившим левую руку за спину и покачивающимся, передразнивая старательный шаг Гучкова. Неуместный смешок пробежал по группе старших детей. Даже те, кто считал это обезьянничанье грубым, невольно хихикали. Мне было больно видеть, как над героем войны Гучковым издеваются за его спиной. С тех пор, как я понял, что секрет моей мамы в безопасности, я был более предан ему, чем когда-либо. Теперь я чувствовал, как моё тело зудит от желания наброситься на Лысого. Я мог пережить его вредность, но не то, как он выдавал свою злость за благородный протест. За это, я поклялся, он заплатит.

* * *

На следующее утро я стоял, прижавшись спиной к толстым округлым брёвнам старого здания. Сарай, где хранились лопаты, мётлы и грабли, закрывал меня от посторонних глаз. Я прислушивался и ждал, когда ребята отправятся в трехкилометровый поход в школу. Я понимал, что буду наказан за опоздание, но то, что я намеревался сделать, было важнее, чем школа. Я подождал, пока утихнет перезвон голосов в морозном воздухе, и пробрался обратно в главное здание. Представьте себе молодого героя с развевающимися на ветру «ушами» шапки, в коротком не по росту свитере с бахромой от вечного натягивания, на обжигающем лёгкие морозе. Ботинки хрустят на замёрзшем снегу, и я пытаюсь согреться, представив себя с Марком Павловичем, пишущим второе письмо моей маме (мне ещё не пришёл ответ на предыдущее). Первое впечатление обо мне, как о лжеце, было исправлено, когда я рассказал ему всё, что знаю. Он тогда положил руку мне на плечо и сказал, что на меня можно положиться. Я чувствую тепло его руки на плече, когда я пишу маме письмо.

Когда я добрался до кабинета директора, он был не один. Через полуоткрытую дверь я мог слышать голоса — один грубый и серьёзный, другой осторожно любезный. С того места, где я стоял, я увидел блеск военных сапог и тяжёлые милицейские шинели сине-серого цвета. Мой взгляд проследил шинель вверх к погонам. Из тех двоих один облокотился на стол Гучкова с тревожно угрожающим видом, а другой вышагивал по комнате, стряхивая снег с шапки. Их тяжёлые сапоги оставляли на полу следы таявшего снега. Затаив дыхание, я старался услышать, что говорили легавые. История, похоже, звучала так, что местный мальчик из города был отправлен в больницу после кровавой ножевой драки. Директор спросил, опознал ли мальчик нападавшего. Один из милицейских улыбнулся и заверил его, что они получили от него всю необходимую им информацию. «Тогда, я полагаю, вы можете идти и делать своё дело»,— сказал Марк Павлович. Тон их голосов выказал явную неудовлетворённость этим уклончивым ответом. Один из них стал говорить о «злостных рецидивистах», чей возраст не защитит их от всей силы закона.

В одно мгновение меня осенило, что речь идёт о Лысом. Я почувствовал, как участился мой пульс. Да, именно для этого Лысый продал свой шарф — чтобы купить другой нож! Как будто выходя на сцену для простого прослушивания, я вдруг оказался перед переполненным залом. Если когда-либо у меня и был шанс показать себя честным и смелым мальчиком, это был тот самый случай. Я видел, что должен немедленно постучать в дверь и сказать этим людям в форме всё, что я знал.

Тут я услышал, как Марк Павлович отвечал в своей дружелюбной, но твёрдой манере:

— Мы не разрешаем у себя ножи или любое оружие, и наши дети их не носят.

Я вдруг почувствовал, что по необъяснимой причине из меня вышел воздух, что я не могу заставить себя постучать в дверь. Даже сейчас это трудно объяснить, но каким-то образом присутствие этих людей лишило меня мужества. Что-то было в их сапогах, в холодном, сыром запахе шинелей, в этом старом табаком пропахшем офисе размером со шкаф, но больше всего в их голосах. У меня возникли воспоминания об аресте матери. Даже когда я стоял за дверью, парализованный, я боялся, что они начнут давить на Марка Павловича, чтобы он показал им свою секретную книгу, в которой моё имя стояло рядом с именем женщины, заключённой в тюрьму как враг народа. Если бы я сейчас вошёл, я бы наверняка раскрылся. Они бы захотели узнать, кто я такой, и Гучков должен был бы сказать им. Возможно, впервые в моей жизни я понял, что значит быть «героем» в первоначальном греческом смысле этого слова: тем для которого любая победа вознаграждается некоей карающей иронией ревнивых богов.

Я не двинулся. Я прислушивался к голосам внутри — то нарастающим, то тихим, чувствуя, как текут минуты. Наконец, голоса пришли к какому-то напряжённому соглашению: Марк Павлович согласился на обыск во всех комнатах. Было понятно, что это их не вполне устроило. Один из ментов ехидно улыбнулся. «Можете не сомневаться, что мы это проделаем», — сказал он.

Марк Павлович проводил их. Проходя, они задели меня шинелями, но не заметили. Только у директора поднялась бровь, когда он проходил мимо. Один из них отбросил сапогом снег, который навалило на заднее крыльцо, прежде чем закрыть дверь. Когда директор повернулся, я увидел тёмные круги вокруг его глаз.

— Как давно ты здесь стоишь?

Что-то в его лице напугало меня так, что я не мог вымолвить ни слова.

— В чём дело? Ты что — язык проглотил?

— Я кое-что знаю.

Он позволил мне войти в кабинет.

— Говори.

Я рассказал ему о бабе, кричавшей на базаре, и о пропавшем шарфе Лысого.

Мой рассказ, казалось, утомил его ещё больше.

— Его зовут Лёва, а не Лысый. Это то, что ты пришёл мне сказать?

— Это был он.

— Ты видел, как он продал шарф и купил нож.

— Нет, но она сказала…

— Достаточно. Мы не пользуемся пустыми обвинениями здесь. Ты позволил воображению увлечь себя. С кем ещё ты поделился этой фантазией?

— Ни с кем!..

— Тогда держи это при себе. Понял? Теперь иди.

* * *

На следующий день снег падал большими мокрыми хлопьями. Я смотрел, как они медленно опускаются, удручённо плетясь из школы обратно в детский дом. Что хорошего в том, чтобы быть «хорошим»? Насмешливый вид превосходства всё ещё читался на лице Лысого. Он никого не боялся и не признавал никаких авторитетов. В его насмешке была проницательность: Марк Павлович хотел руководить нами, будто он был нашим отцом, но он не был нашим отцом. И он не был героем. Все настоящие герои были мертвы. Я снял перчатки и почувствовал жжение в пальцах. На краю дороги я подобрал горсть земли со снегом и сделал из неё твёрдый снежный комок. Бессознательно я швырнул его в мальчика, идущего на пару метров впереди меня. К моему удивлению, снежок ударил его по шапке в затылок, повалив лицом вниз.

* * *

— Так теперь ты решил стать хулиганом,— Марк Павлович закрыл за собой дверь.—Я могу заверить тебя, что ты не преуспеешь в этом занятии.

На столе директора блеск металла привлёк моё внимание. Гучков подошёл к столу и взял нож за твёрдую целлулоидную ручку.

— Я отобрал его несколько дней назад.—Он смотрел на меня сочувственно: неужели я мог подумать, что он разрешит милиции провести обыск, прежде чем проведёт свою собственную проверку? — Они хотели вызывать ребят одного за другим и говорить с ними. Ты бы сказал *им* то, что сказал мне?

— Они сказали, что если мы не помогаем ловить хулиганов, мы такие же плохие, как и они, — когда я произносил эти слова, я уже сожалел о них.

— Так ты бы указал на Лёву?

— Я не знаю, — сказал я вызывающе.

Он поднял подбородок, но его глаза неотрывно следили за мной. Его взгляд был как пронзительный луч света, ищущий что-то на дне омута. Я не знал, что пытался увидеть директор, но ощутил, что оно могло таить в себе какую-то опасность.

— Я знаю, что это был он, — сказал я.

— Хорошо, предположим, что он это сделал. По нашим законам, двенадцатилетний ребёнок может быть посажен в тюрьму на десять лет. Ты подумал, что будет с ним, если его отправят в колонию для несовершеннолетних? Они бросят его в грязный барак без тепла и света, а он ночью будет ёжиться у керосиновой лампы, как собака. А другие будут избивать его за чёрствый кусок хлеба. В таком месте Лёве не станет лучше.

Но мне было наплевать на Лёву. Я чувствовал, что Гучков тоже понимал это. Как будто читая мои мысли, он сказал: «А ты, Юлий Бринк, ты думающий мальчик. Ты можешь сложить два и два. За твой ум люди могут захотеть тебя использовать. Так позволь мне дать тебе совет: остерегайся первого порыва. Он может быть самый благородный, но и самый опасный».

Лучше этого совета мне никогда никто не давал.

Хоть и смутно, но я почувствовал, что именно Гучков искал в тёмном пруду моего сознания. Мой благородный порыв, как он назвал его. До этого я никогда не подозревал о своей способности причинить кому-то боль, а только знал, что мне могли сделать больно.

Гучков отвёл взгляд. Он был уверен, что я его понял. Почему он был так уверен во мне? Я до сих пор не могу сказать.

Директор выпустил меня через чёрный ход, так же, как и милиционеров предыдущим утром. Короткий зимний день быстро кончался — темнело. В ледяном воздухе висел запах древесного дыма. Несколько зимних птиц издавали звуки высоко в верхушках деревьев. Между их отдалёнными криками я услышал другую песню. Я пошёл по пути, ведущему от заднего крыльца к скотному двору. Там за забором я увидел Лысого, на нём была шапка с опущенными ушами; металлической лопатой он сгребал навоз в ведро. Он напевал мелодию — весёлую непристойную песенку:

> Как на Дерибасовской, угол Ришельевской
> В восемь часов вечера разнеслася весть:
> У старушки-бабушки, бабушки-старушки
> Шестеро налётчиков отобрали честь.
>
> Оц, тоц, первертоц — бабушка здорова,
> Оц, тоц, первертоц — кушает компот,
> Оц, тоц, первертоц — и мечтает снова
> Оц, тоц, первертоц — пережить налёт.

Услышав, что кто-то подошёл, он остановился и облокотился на лопату. Его глаза встретились с моими в понимающей, непристойной улыбке.

— Не можешь нанюхаться этой вони? — сказал он почти дружелюбным голосом. — Спорю, хотел бы сам попробовать. — И затем, видя, что теперь у него есть аудитория, он с большим энтузиазмом продолжил свою песню; его голос доносил её до верхушек деревьев.

КНИГА III

МАГНИТКА

МАГНИТОГОРСК, 1934

Уже издавна предназначением Магнитки было притягивать к себе всё и вся. Задолго до того, как мифический магнетит заманил первых верховых большевистских разведчиков; до того, как дрожание стрелки компаса завлекло старателей отправиться на бесплодные рубежи царской империи; до того времени, когда башкирские кочевники, отбивавшиеся от монгольских захватчиков, с удивлением наблюдали, как стрелы нападавших летели назад, привлечённые магнитным холмом; задолго до того, как сам холм стал выступать на нижнем краю Урала—невидимая сила уже притягивала Европу к неизбежному столкновению с Азией, увлекая континенты к их бурному тысячелетнему браку.

Флоренс Файн была не первым и не последним паломником, втянутым в орбиту города. К тому времени, когда её поезд дополз до конца своего долгого пути по степям и обогнул город на горе, то, что она увидела через замызганное окно вагона, было похоже на гигантский муравейник перекрещивающихся рельс, нефтеперегонных заводов и печей, едва видимых сквозь их собственную дымовую завесу.

Коридор поезда был забит узлами, корзинами и чемоданами тех, кто прибыл в поисках работы. Готовясь к путешествию, Флоренс представляла себе российский Восток чем-то вроде американского Запада: территорией, заполненной волнами поселенцев. Вместо этого она обнаружила, насколько хватал глаз, бескрайнюю пустыню. Те немногие, кто попадался на путях вдоль рельсов, молча стояли, держа в руках связки лука или петрушки, продавая свои жалкие продукты через окна поезда за копейки. В их глазах застыл безумный пустой взгляд, от которого Флоренс становилось одновременно стыдно и страшно. В «Амторге» до неё доходили слухи о голоде на юге, но она не могла представить, что эти бородатые инвалиды могут быть его беженцами. Пассажиры, ехавшие с ней, были совершенно другого рода: они садились в поезд, взяв с собой крутые яйца, хлеб и кусочки сахара, которые сосали, потягивая чай, и с готовностью делились ими. Её поездка была с четырьмя пересадками и заняла восемь дней и ночей. Реакция Флоренс на вид Магнитогорска была физической: страшно чесалась голова. Её давно немытые сальные волосы, покрытый прыщами подбородок, ноющий желудок и невесть какое нижнее бельё жаждали городских удобств. Её ждало разочарование.

В кирпичной крепости центра прибытия крошечная хмурая женщина отбарабанила ряд быстрых вопросов: откуда, опыт и занесла имя Флоренс в список строительных трестов. Её пошлют туда, где она будет нужна, сообщила женщина, когда Флоренс попробовала предложить себя в качестве переводчика. Ей дали бумажку с номером её барака, который оказалось затруднительно найти даже провожатому, данному ей в помощь. Жилой Магнитогорск, как выяснилось, представлял собой одну гигантскую казарму, состоящую из одинаковых рядов побелённых бараков. В вечернем розовом воздухе комары и мухи кишели и гудели, кусая непривычное тело Флоренс, когда она пробиралась сквозь лужи грязи. «Ваша вилла»,— сказал мальчик, оставив Флоренс и её сундук перед общежитием № 19. Сквозь пару бельевых верёвок на неё в упор смотрела женщина. В ответ на робкую улыбку, она бесцеремонно оглядела Флоренс, стянула с верёвки простыню и удалилась в тёмные комнаты. Пожалуй, именно в этот момент Флоренс поняла, как она растеряна. То, что она не имела понятия о ближайшем будущем, было очевидным фактом, который ей удавалось каким-то образом скрывать от себя самой в течение предыдущих двух месяцев странствия. Чтобы пережить путешествие на корабле и поезде, она убеждала себя, что её настоящая проблема в том, что она слишком долго жила в комфорте. Как предупреждал Маркс, именно любовь к комфорту удерживала её в буржуазной тюрьме и вне гальванизирующей среды Истории. Теперь, осматривая своё новое наспех сколоченное грязное жильё, она так отчаянно цеплялась за эту идею, как цеплялась за перила на «Бремене», удерживая желудок от спазмов. Она обнаружила, что в бараках нет ни кухни, ни ванной комнаты, ни душа. Вода поступала из наружного насоса, который был сломан, заставляя женщин и мужчин, живших в «общежитии», идти полкилометра до следующего насоса. Сортир представлял собой не более чем крытый сарай, разделённый нескромной перегородкой, отделявшей ряд из пяти дырок для мужчин от пяти для женщин. В этот так называемый туалет нельзя было зайти, не зажав нос и закрыв глаза. Кроме зловония глаза и нос начинали слезиться от густого духа хлорной извести. После этого мучительного испытания было облегчением вернуться в переполненный барак, где дюжина самодельных примусов наполняла коридор запахами капустного супа и паров керосина.

Кроме неё в комнате было ещё трое: мать с дочерью и деревенская девушка, чья беременность уже была заметна даже через грубый комбинезон. Мать, которой было тридцать пять, а может и пятьдесят, в первый же вечер пощупала темно-синий шерстяной жакет Флоренс, бесцеремонно провела пальцами по клетчатой блузке и тут же предложила Флоренс двести рублей за них. Потрясение Флоренс от того, что у женщины из рабочего класса может быть столько денег, было даже сильнее шока от такого меркантильного приветствия. Флоренс не подозревала, что в Магнитогорске было много денег. Было просто нечего на них купить. Полки магазина для рабочих ломились от буханок чёрного хлеба, но масла не было. Коробки с искусственным кофе были сложены в пирамиды, но сахар был редкостью. Мать, которой, как оказалось, было тридцать девять и которая помнила гражданскую войну, утверждала, что продавцы, отрывавшие продовольственные карточки, лгали, когда говорили, что сахарная промышленность не выполнила годовой план. Даже во время войны был сахар. А теперь не было войны! В Магнитогорске она столкнулась со многими нелепостями. «Взаправдашняя американка в одной койке, а в другой — эта, которую обрюхатил англицкий король», — усмехнулась она.

— А ты отвали, грязная старая тракиска! — отбрехнулась деревенская девушка.

— «Троц-кист-ка», ты, идиотка! Пусть она научится расписываться, прежде, чем пытаться выговаривать такие слова, — сказала женщина, обращаясь к Флоренс.

Они спросили её, почему она не живёт в посёлке для иностранцев в Берёзовке, уютном тупике, спрятанном между двумя холмами, где, по слухам, был водопровод. Она не нашла ничего другого, как сказать, что она приехала не по контракту, как специалист, а как волонтёр. «Что, в Америке нет соломенных матрасов и сломанных стульев, что ты так рвалась приехать сюда?» — поинтересовалась дочь. В ответ Флоренс попыталась нарисовать мрачную картину жизни рабочего класса в Соединённых Штатах (теперь она причисляла себя к их числу). Но ни мать, ни дочь не могли отвести глаз от кожаных сапожек Флоренс. Если бы она просто сказала, что приехала в Магнитогорск в поисках старого возлюбленного, они бы с радостью приняли её и окружили теплом. Но она была слишком горда, чтобы признаться себе, не говоря уже о них, в факте, который мог бы осветить весь её благородный порыв не прожектором мужества, а тусклым ночником одиночества и тоски.

Её иностранное происхождение дало ей некоторые преимущества: её отправили на работу к мастеру, который руководил строительством химического завода. Американские консультанты, направленные для наблюдения за монтажом завода, неожиданно вернулись в Пенсильванию, когда русские начали платить им бесполезными рублями вместо золотых долларов. Подобные исходы наблюдались по всему беспорядочному строительству. Ямы под фундаменты зияли в земле, как доисторические кратеры, наполняясь дождём и личинками. Вокруг них толпились заброшенные экскаваторы и гравийные машины с поломанными шестернями, словно уставшие звери на водопое. Флоренс видела, как работа, которая должна была делаться машинами, выполнялась руками. Мужчины с угловатыми и женщины с рыхлыми лицами копали землю короткими лопатами, бросали гравий голыми руками и внедряли в практику принцип полового равенства, таская одинаковую ношу кирпичей на одинаково согнутых спинах.

Хотя работа на химическом заводе приостановилась на два месяца, в течение которых мастер изо всех сил пытался разобраться в американских инструкциях по монтажу, он не пришёл в восторг, увидев готовую помочь Флоренс. Размахивая своими короткими, крепкими руками в воздухе, он обвинял американцев в саботаже. Он отвергал их проекты и свободно менял их, демонстрируя преданность Советам. Несмотря на шумливость, он не производил пугающего впечатления. Каждый день мастер сообщал ей, что немецкая фирма скоро возьмёт работу на себя. А пока что ему приходилось терпеть Флоренс.

Поскольку мастер почти не мог использовать её, кроме как в роли подпевалы, Флоренс была практически свободна в поисках Сергея среди бесчисленных строительных площадок Магнитки. В полдень она пробиралась сквозь колючую проволоку, лазила в своих шнурованных сапожках по крутым гравийным откосам, подлезала под безбожно грохочущими кранами. Она спрашивала о Сергее в парке Металлического завода и у коксовых печей, на складах лесоматериалов, в посёлках Новомагницком и Октябрьском. Стали распространяться слухи об иностранке, которая бродит в поисках своего хахаля-инженера. Секретарши кидали на неё строгие взгляды. На их столах были газеты из столицы, которые предупреждали о вредителях и иностранных диверсантах, о капиталистических шпионах. И только благодаря отдалённости от Москвы сплетни, возбуждённые Флоренс, приобрели скорее сексуальный, чем политический подтекст.

Разыскав Клуб инженеров и техников, она стояла у доски объявлений, лениво разглядывая её в ожидании разговора с каким-то начальником, как вдруг услышала позади себя знакомый голос: «Я не верю глазам своим! Флора? Флора Соломоновна?»

Холодок пробежал по её телу. В свете лампочки в мрачной прихожей Флоренс увидела мужчину в клетчатой кепке, лицо которого было покрыто густой блондинистой щетиной.

—Да, я Флора.

Мужчина хлопнул в ладоши.

—Красавица Кливленда! Сначала я подумал: «Не может быть»,—потом подошёл поближе. Я бы узнал твоё лицо где угодно,—сказал он, а затем более тихим голосом.—Фёдор Зимин, ты меня не узнаёшь?

Пульс Флоренс участился. Теперь она узнала его. Его щёки были небриты и впалы, но это был он, маленькие голубые глаза и длинный нос.

—Федя, конечно! Ты изменился. Ты похудел…

—Всё благодаря достоинствам диеты нашей здравницы,—сказал Фёдор, поглаживая плоский живот.—Как и ты, похоже! О, это невероятно!

Флоренс поправила волосы. После двух недель в Магнитогорске её одежда стала ей свободна, но она не видела себя, кроме как в небольшое карманное зеркальце, которое она повесила над своей кроватью.

— Я же обещала, что приеду, — сказала она лёгким шутливым тоном.

Зазвучал полуденный гудок. Мужчины в жилетах и замасленных брюках начали входить в двери. Девушки с разноцветными повязками на головах направились в столовую. Фёдор взял её под руку.

— Давай встанем в очередь, пока эти работнички не опустошили корыто.

Столовая была битком набита. Официантки крутились между деревянными столами, таская огромные подносы с тарелками супа и картофельного пюре. Запах квашеной капусты висел в воздухе. Флоренс не досталось ложки, и Фёдор отдал ей свою.

— Не беспокойся, я всегда ношу одну с собой, — сказал он и вытащил вторую алюминиевую ложку из кармана. — Мне жаль, что наша кухня не может быть более изысканной, — извинился он, протирая свою ложку подкладкой жилета.

— Это достаточно изысканно для меня.

На его лице отразилось удивление при виде того, как она с жадностью поглощала свой рыбный суп. — На самом деле это лучше, чем в нашей столовке, — сказала она. — По крайней мере, на костях в вашем супе есть немного рыбы.

— Ты шутишь. Ты, конечно же, питаешься с другими иностранцами — там ещё осталось несколько человек, кто не уехал.

— Я не на валютном контракте, как специалисты.

Лицо Фёдора выглядело озадаченным, обеспокоенным. Но он не стал вдаваться в подробности. — Тем не менее, ты имеешь право на Инснаб карточку в магазин для иностранцев, — посоветовал он. — Там можно купить всевозможные деликатесы, масло, рыбу, немного грузинского вина.

У неё не хватило смелости сказать ему, что она не знала, как попросить её.

— Однако это не совсем справедливо, — заметила она, — требовать особых привилегий, когда все остальные приносят такие жертвы.

Фёдор оглядел её из-под сросшихся бровей.

— Вы всегда были странным человеком, Флора Соломоновна. Будете ждать справедливости, и скоро вы станете просить милостыню, как калека на паперти.

Она собиралась рассмеяться, когда внезапный шум сзади заставил Фёдора обернуться. Громкое двигание стульев и упавшие тарелки наполнили грохотом один конец зала, тогда как обычный шум в других местах затих. Двое мужчин вскочили на ноги из-за какого-то препирательства, которое Флоренс не расслышала. Атмосфера в столовой стала напряжённой. Мужчин растащили в стороны; они ругались и плевались на пол.

— И вот, пожалуйста,— сказал Фёдор, оборачиваясь,— человек будущего. Как любят говорить наши агитки: «Мы не перерабатываем здесь руду в сталь, мы переделываем людей!». Всё это правда: они прибывают в поездах—деревенщина в лаптях, и здесь их превращают в настоящих пролетарских ослов.

Флоренс рассмеялась.

— Как мне не хватало твоей компании, Федя.

— Правда?—спросил он, и что-то вроде скорби промелькнуло в его глазах.—У тебя странное чувство времени, девочка,—внезапно сказал он.—Приходить, когда все остальные твои люди уходят. Даже Сергей ушёл.

Она почувствовала спазм в груди, комок несчастья, опускающийся, как свинцовый шар, в её желудок.

— Сергея нет в Магнитогорске?

Что-то от её шока отразилось в выражении лица Фёдора.

— А я, дурак, подумал, что ты проделала весь этот путь из-за меня.

Она напряглась, прежде чем поняла, что он шутит. Но натужность её смеха не ускользнула от Фёдора.

— Да,—сказал он, кивая с горечью,—наш общий друг уехал насовсем. В Москву. Удачное развитие событий, учитывая, где он мог оказаться.

— Что ты имеешь в виду? Он попал кому-то в немилость?

— Ты проницательная птица,—сказал Фёдор и понизил голос, так что ей пришлось наклониться, чтобы услышать.—Наш Сергей допустил ошибку, пожаловавшись на недостаток материалов, и новый директор сказал: «Если они тебе нужны, пойди и найди их».

— Что значит — пойди и найди?

Фёдор бросил на неё нежный взгляд.

— Это значит «подружись», Флорочка. Найди нужного человека в снабжении, распей с ним бутылку или что-нибудь ещё, пока он не пообещает помочь.

— Но это же было не его дело, — сказала она.

— Сергей тоже так думал. Он подумал, что этот человек просто пытался сбить с него спесь — подумаешь, специалист, работавший в Америке! Он написал письмо в Москву, оно было возвращено тем же людям, которых он стремился разоблачить. Во всяком случае, Сергей, должно быть, имел друзей наверху, потому что он получил перевод, прежде чем всё обернулось совсем плохо.

Фёдор вздохнул.

— Где-то инженерит. Возможно в автопромышленности или в той же металлургии. Это было странное назначение.

По тону Фёдора она поняла, что, несмотря на то, что Сергея спасли, назначение, которое он получил, было своего рода понижением в должности.

— Я надеялся, что мне удастся предупредить тебя, что не надо упоминать имя нашего друга кому-либо, — сказал Фёдор.

Флоренс потребовалось некоторое время, чтобы понять смысл его слов. Кровь прилила к её лицу. Она почувствовала, что умирает от стыда при мысли, что Фёдор искал её по всему Магнитогорску, так же, как она искала Сергея. Но он всего лишь пытался уберечь её от неловкости, и больше об этом не упоминал; его лицо оставалось заботливым и серьёзным. «Осмотрись хорошенько, Флорочка. Моё предложение: купи себе билет на поезд прежде, чем побежит твоя последняя пара чулок».

В конце концов, было облегчением узнать, что Сергей уехал. Это позволило её мрачному приключению остаться незапятнанным. В конце концов, она не развернулась назад сразу по прибытии. Она осталась и выдержала ужасную антисанитарию, поборола тошноту и смирилась с постоянным желанием есть, пережила издевательства начальства, простила барачных пьяниц, которые не давали спать всю ночь своим воющим аккордеоном. Теперь, когда она уезжала, Флоренс могла позволить себе почувствовать некоторую привязанность к этому месту.

Вернувшись в барак, она увидела, что женщины на улице выбивают палками свои соломенные матрасы. В комнате она обнаружила мать, моющую стены горячей тряпкой. Все койки были сдвинуты в центр комнаты, и постельное бельё с них было снято. «Июль настал»,— объявила мать. Вошла её дочь с кипящим чайником. Она взобралась на стул и попыталась полить кипящей водой пятно плесени в углу потолка.

— Что там?

— Клопы! Что же ещё?

Флоренс никогда не слышала этого слова, но с ужасом сразу ухватила его смысл: бедбагз.* Девушка плеснула немного кипящей воды на стену, затем спустилась, чтобы вылить остатки на оконную раму, оклеенную старой газетой для защиты от сквозняка.

— Сдери всё это,— приказала мать.— А ты,— она сердито повернулась к Флоренс,— иди вскипяти воды, вместо того, чтобы стоять, разинув рот, как мухоловка.

— Бесполезно мыть стены,— пробормотала беременная девушка, входя в комнату.— Всё, что изменится — это они заползут на потолок.

— По-твоему, мыть руки тоже не стоит,— сказала мать.

* * *

Они спали на кроватях, сдвинутых в середину комнаты, достаточно тесно, чтобы чувствовать тепло друг друга. Сон Флоренс был продолжением реальности: во сне она мечтала об общественной бане, мылась и стирала свою одежду перед поездкой на поезде. Капли падали ей на лицо, щекотали ей рот. В почти полной темноте она открыла глаза и увидела кромешную ночь в перекосившемся окне. Ещё одна капля упала ей на щёку, прямо под глаз. Затем она пошевелилась.

Первый признак безумия — это отчаянный вопль, который ничем нельзя остановить. Именно таким был вопль, разразившийся в темноте комнаты, наполненной мирным храпом. Кто-то пытался включить свет, а Флоренс махала руками, кричала и хлопала по себе.

---

* Bedbugs — клопы.

170

— Они забрались ей в волосы!

— Поделом ей! Ей надо было прикрыть такую густую гриву. Иди, успокой её.

Но никто не мог её успокоить. Под мерно раскачивающейся электрической лампочкой они все стояли, наблюдая, как Флоренс расчёсывала лицо и рвала на себе волосы. — Это бесполезно, — заметила беременная деревенская девушка. — Они уже присосались как следует.

ЗОЛОТО

МОСКВА, 1934

Ранним вечером лета 1934 года Флоренс, спотыкаясь, ковыляла через Магнитогорск, а американская экономика всё ещё ковыляла через Депрессию. В Вашингтоне было жаркое утро, и президент Рузвельт сидел в своей кровати из красного дерева, готовясь к завтраку и с вожделением ожидая первую за день сигарету «Кэмел» из дневной нормы в сорок. Изящный мундштук из слоновой кости лежал рядом на ночном столике. Среди советников ФДР* был широко известен факт, что лучшим временем для получения президентской аудиенции было раннее утро, между завтраком, принесённым горничной, и приходом камердинера ровно в десять, чтобы помочь президенту одеться и пристегнуть ортопедические приспособления. Менее известным был тот факт, что первым, кто каждое утро заходил в личные апартаменты Рузвельта, была не миссис Рузвельт, а строгий и угрюмый Генри Моргентау, его министр финансов. Если бы кто-нибудь мельком заглянул в президентскую спальню, он мог бы принять лысеющего человека в высоком клерикальном ошейнике за священника, готовящегося к ритуалу отпевания, поскольку на встречах Рузвельта с Моргентау всегда царила атмосфера торжественности. Президент, недавно безуспешно пытавшийся поднять цены на продовольствие своими аграрными реформами и выплатами фермерам, в последнее время избрал более скрытную стратегию: попытаться повысить цены на фермерскую продукцию путём девальвации доллара. Ритуал, совершаемый Моргентау в то утро и каждое утро этим летом, был весьма кощунственным: установление дневной цены на золото.

---

* ФДР—Франклин Делано Рузвельт, инициалы Рузвельта.

Это была элементарная игра спроса и предложения: порвав связь доллара с золотом, правительство использовало огромные новые возможности для скупки золота на мировом рынке, чтобы обесценить доллар и поднять цену на всё остальное. В этом элегантном механизме была только одна неувязка. В последнее время непонятно откуда взявшиеся излишки золота наполнили рынки в Лондоне, Париже и Нью-Йорке. И не какое-нибудь золото, а настолько чистое, что на зуб оно было как затвердевшая помадка. Слитки были анонимные, без штампов. Их отличала только гладкость и мягкость, такая же, как у царских монет. Иными словами, золото могло поступать только из каторжных рудников России.

— Что эти русские себе думают — что они играют в кости на улице? — вопрошал президент. — Они настолько глупы, чтобы убить свой собственный рынок, выбрасывая так много золота?

— Я склонен верить в это, сэр, — ответил Моргентау мрачно. — Их понимание товарных рынков довольно примитивно.

— Чепуха, Генри! Эти большевики готовы отрезать нос назло лицу. Это чистый саботаж!

— Или это может быть просто…

— Что?

— … просто им нужны деньги и быстро.

— Ну, тогда кто-то должен сказать им, что, если они хотят потратить свои лёгкие деньги на наши американские машины и на наши американские фабрики, лучше бы они положили конец этим махинациям.

— Понято и принято, сэр.

Уже по пути из президентских апартаментов, Моргентау начал мысленно сочинять письмо. У него не было полномочий помешать американским фирмам вести дела с Россией, как не было их и у президента. Даже наверху решения не могли приниматься одним гигантским переключателем, а включали в себя множество деликатных кнопок, которые нужно было нажимать осторожно.

* * *

Письма, которые стали приходить в отделение иностранной валюты Государственного банка СССР в Москве, были противоречивы по тону: от скрытой угрозы до намёка на заманчивость. Предложение, граничащее с озабоченностью, могло внезапно перейти в шантаж или наоборот. Работа по разборке этого наплыва бумаг из казначейства США, различных кредиторов России и иностранных экспортных фирм легла на плечи некоего Григория Григорьевича Тимофеева, директора валютного управления. Ответ на такую недружелюбную корреспонденцию требовал, по мнению бывшего дипломата Тимофеева, определённой корректной строгости и гораздо большего времени, чем он мог этому уделить. Но в один ясный, холодный сентябрьский день решение этой задачи появилось в дверях в виде симпатичной, серьёзно выглядящей женщины. Она вошла в его кабинет и неловко попыталась улыбнуться, поправляя свою отделанную кружевами блузку. Но иностранку в ней выдавала не столько излишне нарядная одежда, сколь манера держаться и спортивная походка, бросавшиеся в глаза даже больше, чем её наряд. Её лицо всё ещё носило следы летнего загара, открытый и одновременно смущённый взгляд создавал впечатление об усердии и готовности угодить. Её прислало Управление Американской Торговли, ранее известное, как «Амторг».

Тимофеев жестом предложил ей сесть.

— Вы работали в советском торговом представительстве в Нью-Йорке? — Он читал письмо из представительства, подписанное неким Скупом Эпштейном.

— Да. Я специализировалась на торговых контрактах, — ответила молодая женщина по-русски с заметным акцентом, — сталь, промышленное оборудование, специальное оборудование…

— Можете не уточнять. Какова цель вашего приезда в Советский Союз?

Флоренс задавали этот вопрос много раз в Магнитогорске, и она поняла, что, каким бы ни был её ответ, он не удовлетворял русских. Поскольку её мотивы всегда вызывали подозрение, она решила прибегнуть к лести.

— Меня очень впечатляют достижения Советского Союза за такое короткое время. Я бы хотела внести свой вклад в общество, которое движется вперёд, а не загнивает, как…

Тимофеев перебил её.

— Многие приезжают в СССР без намерения жить и работать здесь, а единственно, чтобы обругать нас в буржуазной прессе, как только они уедут. Как вы, наверно, знаете, этих так называемых очевидцев-клеветников было уже достаточно.

— С моим к вам уважением, товарищ Тимофеев, большинство этих людей были обмануты своими нереалистичными ожиданиями. Моё решение приехать в Россию не было лёгким. У меня нет никаких иллюзий.

— Никаких иллюзий, да? — похоже, ему это понравилось, но он поднял руку, останавливая её, когда зазвонил один из двух телефонов на его столе. Пока Тимофеев отвечал на звонок, Флоренс рассматривала различные предметы его кабинета: книжный шкаф красного дерева со стеклянными дверями занимал одну стену, в углу на штативе стоял большой синий глобус, зелёное пресс-папье на столе возле локтя Тимофеева, чайный стакан в изящном подстаканнике с зайчиком от утреннего солнца, светившего сквозь открытую занавеску. Пол в кабинете был отполирован до блеска. Всё в лысеющем, щеголеватом Тимофееве выглядело так же элегантно, как и его кабинет. У него были спокойные, умные глаза, длинный костлявый нос и аккуратная, заострённая бородка. Возможно, он подражал образу В. И. Ленина, но Флоренс вдруг поняла, что на самом деле он был похож на Шекспира. Над Тимофеевым висел большой портрет товарища Сталина, также сидящего и работающего за письменным столом. Флоренс мысленно сравнила их и решила, что сравнение не в пользу Сталина. Тимофеев положил трубку и посмотрел на неё острым усталым взглядом.

— Ваши рекомендации утверждают, что вы искренни и надёжны,— заметил он как-то неубедительно, но лестно, заставив Флоренс скромно опустить глаза.— Как у вас со зрением?

— Простите? — Она всё ещё размышляла над тем, что Тимофеев имел в виду под словом «надёжная»— в профессиональном или политическом плане.

— Вы носите очки, мисс Файн?

— У меня никогда не было необходимости.

— Хорошо. Тогда вы сможете это прочесть. Он придвинул по столу листок, похожий на недавно напечатанный доллар.— В уголке,— сказал он, указывая пальцем.

— Эта купюра является законным платёжным средством по всем частным долгам и…

— Что за чушь — «законное платёжное средство»?

—Здесь говорится: «обеспечиваются законными деньгами в казначействе США или в любом Федеральном резервном банке».

—Это какая-то игра слов? Бумажные деньги можно обменять на… бумажные деньги! Это то, что они пишут над головой господина Вашингтона. Английский экономист по имени Кейнс убедил ваше правительство и половину Европы освободить свои валюты. Но Америка, как обычно, хочет и того, и другого: ваша казна каждый день устанавливает новую цену за доллар, а затем требует узнать, сколько золота у нас в запасе. Вы можете написать этим замечательным людям и вежливо сказать им, что мы ждём эту информацию каждое утро с таким же нетерпением, как и они. Я полагаю, вы умеете печатать, товарищ Файн. Вот и хорошо.

Вопросы на формах, которые Григорий Григорьевич дал ей заполнить, начинались достаточно просто: «фамилия», «имя», «отчество», «дата и место рождения», «национальность» (она написала «американка»), «образование», «иностранные языки»—потом, вдруг, как будто морское дно внезапно ушло из-под ног—они стали совершенно туманными.

—Что я должна сказать о социальном происхождении?— спросила она Тимофеева. Она была не из «крестьян», «рабочих», «дворян» или «духовенства». Её отец был страховым агентом. Это была торговля или спекулятивная деятельность?

—Напишите «средний класс»,—нетерпеливо сказал Тимофеев, а затем нахмурился, подумав немного.—Нижний средний класс.—Но прежде, чем она что-нибудь написала, он взял из её рук формы и сказал, что лучше он сам закончит за неё.—Главное—ничего не вычёркивать,—загадочно объяснил он. В дополнение к классовому происхождению Государственный банк интересовался её семейным положением, всеми местами, где она жила с рождения, к каким политическим группировкам она когда-либо принадлежала, был ли кто-либо в её семье в тюрьме, её ростом, её цветом волос и любыми отличительными чертами, такие как родинки, хромота или низкая линия волос. Можно было подумать, что она заполняет документ о совершённом преступлении. Услышав её неопределённые, усложнённые ответы, Тимофеев вообще прекратил с ней советоваться и сам писал ответы.

— Место жительства?

— Я поселилась в общежитии Института иностранных языков при условии, что я начну там преподавать на следующей неделе. Но с этой работой я надеялась получить другое…

— К сожалению, Госбанк не может предоставить вам жильё. Разрешение обычно занимает месяцы. Вы можете снять что-нибудь в коммунальной квартире.

— Вы имеете в виду спекулятивную аренду? Я не хочу ничего делать… не по закону.

Тимофеев закатил глаза.

— Кто вам, иностранцам, внушил такую ерунду? Откройте газету — они полны объявлений. Цена указана за квадратный метр. О чём ещё вы договоритесь со своим хозяином, это ваше дело. Хорошо, не смотрите так испуганно. Я попрошу Клавдию Алексеевну разузнать. Не дай бог, они услышат, как вы говорите, они сдерут с вас больше вашей зарплаты.

Как только бумаги были заполнены, он прошёл с ней в общий зал. Повсюду банковские служащие и бухгалтеры были заняты печатанием и письмом, щёлканием костяшками счётов со скоростью, которую она видела только в китайских прачечных. Шекспировские глаза Тимофеева поблёскивали в доброжелательной усмешке: его забавляло её волнение. Он протянул руку:

— Добро пожаловать в Госбанк.

Для Флоренс наступило время такого постоянного движения, такой эпической суеты, что она не могла потом вспомнить, сколько прошло недель, прежде чем круговорот её дней наконец-то принял форму привычной рутины. В восемь утра она бежала по Солянке, чтобы вскочить в переполненный трамвай, спускавшийся к Яузе. В девять она уже сидела за столом, окружённая звонящими телефонами и стрёкотом печатных машинок. Она опять с удовлетворением ощутила близость мощных и непостижимых рычагов власти. Её утренние часы были посвящены чтению мировых финансовых газет, отслеживанием цен на драгоценные металлы и составлению отчётов об их движении для Тимофеева. После обеда в столовой вместе с другими работниками она поднималась по мраморным ступеням обратно, в приятно пахнущий табаком кабинет Тимофеева. Там она сортировала переписку своего босса с иностранными казначействами и банками, затем печатала под его диктовку на хорошем бизнес английском. Она не столько переводила его слова, что было бы несложно с помощью финансового словаря, сколько преобразовывала его советский, авторитарный тон в более приветливый, патерналистский американский стиль, которому научил её Скуп Эпштейн во время работы с директорами со Среднего Запада.

* * *

Почти во всех отношениях работа Флоренс в отделе валютных операций была зеркальным отражением работы, которую она делала в «Амторге»: вместо того, чтобы заниматься продажей американской стали в обмен на российское золото, она теперь способствовала обмену российского золота на валюты, чтобы скупать американскую сталь — обратная алхимия депозитов, банкнот и квитанций. Её новый начальник, Тимофеев, хотя и менее щедрый на похвалы, чем Скуп, оказался более внимательным. Решив проблему жилья для Флоренс, — он нашёл для неё подходящую, хотя и дорогую, комнату в коммунальной квартире — он разобрался с её советским образованием, записав её в класс «политграмоты» на Московском электроламповом заводе. С тех пор Флоренс два раза в неделю уходила с работы на час раньше и спешила через шумные толпы фабричного района, чтобы занять место в аудитории, полной фабричных девушек и молодых строителей. Она с облегчением обнаружила, что среди студентов всего на несколько лет моложе её многие были ещё слабее в грамоте и речи. Девушки и парни, стремились избавиться от налёта деревенщины и включить в свой язык всевозможные новые слова: класс, диалектика, материализм, индукция, радиофикация. Они жевали эти слова, как молодые лошади жуют сено с перьями.

И все же было что-то трогательное, даже грандиозное, в их коллективном стремлении внести в свою речь пролетарскую респектабельность. Даже в Хантер колледже, среди сыновей и дочерей иммигрантов, Флоренс не видела столько концентрированного, монолитного внимания, такой страсти к самосовершенствованию. Она смутно осознавала, что подобная метаморфоза происходит и с ней самой. Только теперь, пыта-

178

ясь выразить свою мысль простыми словами на русском языке, она почувствовала, что избавилась, наконец, от бремени своей исключительности. Как будто её сущность находила новую форму—конечно, не такую отшлифованную, но каким-то образом освобождённую от тисков её нервной спешки, её условностей и извинений. Форму незаметную, как грубый, простой кусок холщовой ткани. Она поняла, что проблема вписаться может быть более увлекательной, чем задача выделиться. Она обнаружила в себе талант подбирать клише, локализмы, штампы и всякие банальности и связывать их так ловко, что для неопытного уха она звучала почти как москвичка. Теперь она культивировала в себе грубость, потому что только грубость посторонних, гардеробщиков и продавцов могла убедить её, что к ней больше не относятся, как к деликатной, растерянной иноземке, а как к своей, советской.

Внешне она, казалось, совсем забыла о Сергее. На самом деле, это было совсем не так. Флоренс потребовалось лишь немного поспрашивать, чтобы выяснить, что намёк Фёдора о «металлургии», мог привести только в одно место. Скорее всего, Сергей работал на гигантском заводе «Серп и Молот» у реки Яузы. Но теперь, когда она была почти уверена в том, где он находится, произошло нечто странное: её душа странника, всегда такая решительная, заколебалась. И как Одиссей при виде Итаки, она не могла двинуться дальше. Она знала, что меняется, становится новым человеком, освобождённым от своей старой индивидуалистической потребности в особом внимании. Флоренс хотела, чтобы он увидел, как она изменилась, но само это желание сделало его исполнение невозможным. Сам факт поиска его выдал бы отчаяние. Ведь уже прошёл целый год. Может быть, у него есть женщина. Может быть, он женат. В своих видениях она представляла, как Сергей поднимает её, страстно целует в губы и восклицает «Ура-а-а!». Однако, в глубине души она совсем не была в этом уверена, и поэтому, подобно дремлющему Одиссею, ничего не делала в ожидании каких-то окончательных, загадочных перемен.

ЧЕЛОВЕК ИЗ НАРОДА

Желание Флоренс полностью слиться с этой гигантской абстракцией под названием «народ», наконец-то сбылось седьмого ноября 1934 года. Она проснулась тем утром от приглушённых звуков бравурной музыки, лившихся из уличных динамиков. Под её окном выстроилась армия женщин с мётлами.

Флоренс договорилась встретиться с Эсси на одном из углов Маросейки, где Эсси шла в колонне американских рабочих с завода АМО. Флоренс, как сотрудница Госбанка, не обязана была идти на демонстрацию. Но ей хотелось взглянуть на Сталина и других героев революции. Процессия медленно ползла к центру города, прежде чем попасть на Красную площадь.

— Ты опоздала,— сказала Эсси, втягивая Флоренс в колонну.

— Извини.

— Мы уже собрались двигаться.

Над головой Флоренс портреты вождей украшали окружающие здания. Повсюду на ветру хлопали красные флаги.

— Это Джо и Леон,— сказала Эсси, представляя Флоренс двух парней, стоящих рядом с ней. У одного из них, механика средних лет в мягкой куртке, на рукаве была красная повязка распорядителя. Рядом с ним стоял небритый молодой человек с папироской в углу рта, в твидовой кепке, как у гангстера, и пальто с поднятым воротником. Раздался гудок, призывающий всех вернуться в построение. «Вернитесь в колонну! Вернитесь в колонну! — кричали организаторы,— Дальше остановок не будет!» Молодой человек выплюнул папиросу и пристроился в ногу с Флоренс. Его щёки горели на морозе. Он дважды осмотрел её, прежде чем обратиться к ней по-английски.

— Я вижу, вы в первый раз.

Уверенность в его голосе отбила охоту отвечать. Ничуть не обескураженный, он продолжал изучать её взглядом своих сардонических чёрных глаз.

— А ещё вы не работаете на АМО.

— Поздравляю — угадали,— сказала она.

— Не бойся, я не скажу. Я тоже не работаю, правда, раньше работал,— он шагнул к ней и распахнул пальто,— Я сберёг свой старый пропуск. На всякий случай сохраняй любую бумажку, какую только получишь в этом городе.

— Как насчёт того, чтобы мы не говорили по-английски так громко,— предложила Флоренс.

Гангстер пожал плечами и повернулся к Эсси.

— А ты откуда?

— Бронкс Парк-Ист.

— Неужели? А она?

— Флоренс — бруклинская девушка,— ответила Эсси.

Флоренс предпочла бы, чтобы Эсси промолчала, потому что парень не остановился:

— Правда? Какой угол?

— Беверли,— сказала она, не глядя на него.

— Беверли и что?

Её начал раздражать этот допрос.

— Какое тебе дело, ты что, собираешься туда поехать? — вырвалось у неё.

— Какая обидчивая.

— Флори из Флэтбуша,— сказала Эсси.

— Флори из Флэтбуша,— вкрадчиво повторил молодой человек с явным удовлетворением, словно вытянул из неё какой-то интимный секрет.— Это где, Проспект Парк? Миллионер Парк?

— Южнее. Флэтбуш — там живут всякие люди.

— Да, всякие там врачи и всякие юристы. Не будь такой чувствительной,— сказал он и фамильярно похлопал её по спине. Он смотрел вперёд в толпу, но торжество от этого открытия вызвало улыбку на его лице, и эта улыбка расплылась от уголков рта к вискам, откуда неопрятные чёрные волосы спускались курчавыми бакенбардами.

Флоренс не сразу сумела придумать ответ, отличный от пощёчины. У неё внутри копилось ещё не оформившееся в слова негодование, но в этот момент волна музыки и приветствий из громкоговорителей заглушила все разговоры на улице. Булыжная мостовая была запружена рабочими с заводов со всего города.

— Это значит, что ОН там, если они аплодируют, — крикнула Эсси.

Их колонна начала двигаться рысцой, чтобы догнать впереди идущих. Флоренс почувствовала под ногами брусчатку, когда им неожиданно открылось огромное пространство Красной Площади. Колонны людей перед ними расширились, выплёскиваясь на площадь, как морская пена на песчаный берег. Она бывала на демонстрациях и раньше, но их размах и энтузиазм не были даже близки к этой, всю грандиозность которой Флоренс не могла охватить. Теперь Флоренс была одной из тысяч, одной из десятков тысяч. Это был праздник единения. Над поющими и кричащими толпами громом гремели слова диктора. ОН приветствовал участников марша, превознося самоотверженный труд великого советского народа, мощь их созидательного труда, лидеров их партии — авангарда пролетариата.

С каждым шагом, приближающим их к Мавзолею, атмосфера в толпе становилась всё более драматичной. Люди ощущали присутствие Сталина и держались так, как будто и он чувствовал их. Молодые женщины впадали в экстаз, их глаза наполнялись слезами. Мужчины, наоборот, охваченные порывами самообладания, держались так, как будто в любой момент сам Сталин мог выделить кого-либо из них.

— Вон ОН, с поднятой рукой! — крикнул кто-то позади Флоренс.

— Это же Ворошилов, идиот!

— Да нет же, дальше, рядом с Будённым!

Большевистских вождей, стоявших на Мавзолее, отличить друг от друга было не легче, чем шахматные пешки. Но Флоренс была уверена, что сможет распознать поблёскивающие глаза Иосифа Сталина, который каждый рабочий день смотрел на неё сверху с портрета над столом Тимофеева. Она замедлила шаг, чтобы лучше рассмотреть, но красноармейцы подбадривали ротозеев прикладами своих винтовок, сияющих на солнце, и толпа толкала её вперёд.

— Хорошо посмотрела, Флэтбуш? — спросил молодой человек, когда они прошли Мавзолей.

— Ты теперь всегда будешь называть меня так?

— А как бы ты хотела, чтобы я тебя называл?

Даже этот, казалось бы, невинный вопрос заставил её вздрогнуть, как будто к ней сейчас залезут в карман.

— Флоренс, — сказала она, когда позади них раздалось громкое приветствие. Сталин отдал честь рабочим. Флоренс попыталась присоединиться к «Ура!», но её голос вдруг потерял уверенность.

Самозабвение, которое она испытывала только мгновение назад, исчезло. Музыка из громкоговорителей больше не несла её вперёд в какое-то светлое будущее, а наоборот — назад в воспоминания: как она прокралась с одной из школьных подружек к полуночной мессе в храме Св. Франциска. Ей было пятнадцать. Она пошла из любопытства, скрыла экспедицию от родителей и всё время чувствовала себя самозванкой. Прихожане любезно улыбались ей и её подружке, принимая их за благочестивых девочек, поклоняющихся Христу. Теперь, как и тогда, какой-то тёмный, скептический уголок души грозил унять её восторг и увидеть всю сцену, как фарс. Она была уверена, что это замечание «Флэтбуш» разрушило чары: его хитрое предположение, что она была чужой среди истинных пролетариев — наследников революции. Она обернулась и увидела, что его симпатичный рот всё ещё изогнут в иронической улыбке. Ещё одно громкое приветствие поднялось из толпы, и на этот раз он громко присоединился к нему, свистя и крича, как пьяница на Марди Гра.*

* * *

В тот вечер Клуб иностранных рабочих на улице Герцена был забит экспатами всех сортов. Австрийские рабочие-

---

* Во франкоязычных странах праздник называется Марди Гра (фр. *Mardi Gras*), в США также «Жирный вторник» (англ. *Fat Tuesday*). Традиции Жирного вторника в разных странах различны, общими чертами являются обильные пиршества и карнавальные представления. В США особо празднуется в Новом Орлеане, где устраивается большое народное гулянье с продолжительным карнавалом.

шуцбундовцы* и чопорные немецкие социалисты танцевали фокстрот. Венгерские и чешские политэмигранты крутили друг друга в румбе. Американские коминтерновцы кидались в круг, когда группа начинала играть Линди Хоп. Даже тощие, бородатые итальянские анархисты оттанцовывали на протёртом паркете. Политическое безумие вечера было практически затоплено потоком дешёвого шампанского. Те, кто начал праздновать рано, теперь, шатаясь, продвигались по обледенелым улицам или лежали в канавах. Из полузамёрзших уст можно было слышать диссонансное бормотание патриотических гимнов.

Поскольку Флоренс мало кого знала из иностранцев, она решила присоединиться к Эсси. Не успела она потанцевать, как оказалось, что уже слишком поздно: все танцоры-любители освобождали место для профессионального выступления. В нескольких шагах от них Флоренс боковым зрением увидела Леона с демонстрации. Прежде чем она повернулась, Эсси уже выкрикнула ему сквозь музыку:

— Мы потеряли тебя на мосту!

— Виноват,— сказал он, приближаясь, хотя было незаметно, чтобы он чувствовал себя виноватым.

— Мы искали, но на набережной было слишком много народа!

— Мой друг должен был загрузить в грузовики и вернуть весь реквизит на завод. Меня втянули в это дело. Я как чувствовал, что вы окажетесь здесь.— Его глаза бегали взад-вперёд между Флоренс и Эсси.

---

* Шуцбунд (нем. *Schutzbund* — Союз обороны), военизированная организация Социал-демократической партии Австрии в 20–30-х гг. XX века. Ш. был создан в 1923 по требованию народных масс в целях обороны против вооружённых организаций реакции. Социал-демократические лидеры проводили капитулянтскую политику в отношении реакции, удерживали Ш. от активных действий, запретили приём в Ш. коммунистов. В феврале 1934 шуцбундовцы Линца, затем Вены и многих других городов Австрии выступили с оружием в руках против реакции и фашизма. Вместе с шуцбундовцами сражались коммунисты и беспартийные рабочие. По вине социал-демократических лидеров шуцбундовцы действовали без руководства, они не были поддержаны основными силами рабочего класса. После нескольких дней ожесточённых боёв выступление было жестоко подавлено. Многие шуцбундовцы вышли затем из Социал-демократической партии и вступили в Коммунистическую партию Австрии.

Флоренс, решив, что она больше не будет препираться с этим парнем, не сводила глаз с танцплощадки. Дуэт — молодой темнокожий мужчина и миниатюрная русская девушка — разминались перед своим выступлением под свист и одобрение публики. Флоренс отметила, что в большей части Америки такая пара, скорее всего, вызвала бы неодобрение, если не по юридическим, то, уж точно, по моральным соображениям. У темнокожего мужчины были тонкие усики на французский манер, а его белокурая партнёрша — девушка с простыми чертами лица и идеальной фигурой, была одета в платье в горошек, которое развевалось, демонстрируя нижнее бельё, когда она кружилась в серии быстрых, изящных оборотов.

— Это Попрыгунчик Джим Косгроув и его девушка Полли, — сообщил ей Леон, хотя Флоренс не спрашивала.

— Ты его знаешь? — спросила Эсси порывисто.

— Все знают Джимми. Он сокрушал полы во всех отелях — Национале, Метрополе. Танцевал для всех больших шишек.

— Боже, он потрясающий! Он профессионал?

Флоренс молча наблюдала, как Попрыгунчик Джимми выбивает сложную чечётку своими щёлкающими каблуками. Верхняя половина его тела оставалась неподвижной без видимых усилий.

— На самом деле, он студент, — сказал Леон. — В КУНМЗ — Коммунистическом университете национальных меньшинств Запада. Но я не думаю, что он когда-либо бывает там. Рестораны отеля ему хорошо платят, чтобы он каждый вечер исполнял Линдочку для их гостей. И это помимо бесплатных напитков. Он может пить быстрее, чем они наливать. Эти русские не могут насытиться им. Особенно жёны начальников. Большинство из них никогда не видели чёрного человека в своей жизни. Однажды двое из них подошли к нему после номера и попытались дотронуться до его волос, а затем спросили, может ли он сказать несколько слов по-»негритянски».

— Я надеюсь, что он сказал им, чтобы они не распускали руки, — сказала Флоренс, нарушая свой обет молчания.

— Его это не беспокоит, — ответил Леон. — Джимми больше наваривает здесь за неделю, чем за месяц в Чикаго. Там таких как он, десяток на пятак, а здесь он настоящий оригинал.

Она повернулась к нему с холодным взглядом.

—Вы имеете в виду, он здесь в диковинку? Может быть, надо спросить его, как он чувствует себя, изображая маленького Чёрного Самбо* для русских, словно танцующий медведь…,—её тон поразил её саму.

—Не кипятись. У парня есть дар. Почему он не может немного заработать на нём? —он повернулся к Эсси.—Твоя кузина всегда такая категоричная?

Он не дал Флоренс возможности возразить ни по факту, ни по философским соображениям, потому что в следующую минуту Леон пригласил Эсси потанцевать.

Фортепианные аккорды пульсировали в разгорячённой атмосфере, а Флоренс продолжала одиноко стоять, наблюдая, как Леон и Эсси ритмично движутся по танцплощадке. Эсси была ему по пояс, но Леон умудрялся изящно крутить её и совершать разные пируэты. Флоренс не могла понять, почему ей так хотелось язвить. Всё вокруг казалось неуместным, даже музыка. Заметив её одну, к ней подошёл один из австрийских бугаёв и спросил, не хочет ли она потанцевать. Она не хотела, но согласилась. Она позволила австрийцу крепко обхватить себя, пока они двигались широкими, угловатыми кругами, но ей удалось немного отвернуть голову, чтобы не чувствовать кислого запаха изо рта партнёра. Как только музыка закончилась, она выбралась из его рук и нашла Эсси, которая, всё ещё тяжело дыша, по-прежнему держала Леона пальцами за локоть.

—Где ты научился так танцевать?

Леон вытер лоб. Верхние пуговицы его рубашки были расстёгнуты, обнажив густой пучок шерсти на костистой груди.

—Там, откуда я родом, если ты проголодался в субботу вечером, надо найти, где в окрестности играют свадьбу. Мы с друзьями подходили к швейцару и лепили что-нибудь вроде: «Наша мама наверху. Это срочно. Лёд в холодильнике тает». И он нас впускал. И минут через пять мы уже вытанцовывали. Довольно скоро все встают и начинают танцевать. Тогда мы пробирались на кухню и набрасывались на рогалики, фрукты, селёдку, запивали всё сельтерской и сваливали оттуда.

---

* *The Little Black Sambo* —популярная детская книжка, изданная в Шотландии в 1899-м году; книга вызвала противоречивые отзывы своим изображением чёрных людей.

— А что, у вас дома не было еды? — спросила Флоренс.

— Конечно, была, — сказал он, по-видимому, пропустив её прежний выпад.

— Картофельный суп на завтрак. Картофельные оладьи на обед. Картофельный пудинг на десерт…

— Так ты тоже вырос в Нью-Йорке, — сказала Эсси.

— Аллен стрит. Но не я «вырос», а, скорее, меня «вытянули».

Эсси показалось это смешным, а Флоренс, в свою очередь, сделала удивлённый вид, больше для того, чтобы их прежнее разногласие можно было списать как недоразумение. И это, к её удивлению, привело к тому, что Леон поднял глаза с выражением робкой собачьей преданности, потом поправил рубашку. Это был лишь маленький жест, но он придал их примирению неловкий оттенок интимности.

Аккорды танцевальной музыки снова зазвучали, перекрывая шум комнаты. Эсси первая узнала мелодию.

— Звёздная пыль! — внезапно выкрикнула она. — Они играют Хоуги Кармайкла на аккордеоне!

Она была права. Флоренс поняла, что именно показалось ей странным в музыке: все номера были старомодными мелодиями, каким-то образом пробившимися на русскую землю и ставшими здесь своего рода блуждающими цыганскими версиями самих себя, точно как она и Эсси. Возникла неловкость оттого, что теперь Леон должен был пригласить одну из них потанцевать; заминка неожиданно разрядилась, когда они заметили высокую фигуру, направлявшуюся к ним. Фигура оформилась в очкарика, такого долговязого, что казалось он поднялся на цыпочки, когда выкрикнул Леона.

— Никак это Селдон Паркер!

— Приветствую, *комрад*! — произнёс Селдон с помпезными британскими интонациями. Он подчёркнуто пожал руку в отдельности каждой девушке. — Простите меня, я сегодня не в своей тарелке.

— Я думал, что ты в старом Метрополе, — сказал Леон, — подаёшь с мальчиками из Альфа и Омега.

— Я бы не стал произносить эти слова слишком громко, друг мой. Видишь ли, произошли некоторые изменения — теперь они известны как «христианские братья».

— С каких это пор?

— С тех пор, как YMCA* стало легче запомнить, чем ОГПУ.

— Я думал, что их теперь называют НКВД,— сказал Леон. Селдон достал носовой платок и промокнул капли пота на лбу.

— Слишком много чёртовых сокращений в этом городе, чтобы успевать следить. И они всё время меняются,— сказал он, поворачиваясь к Флоренс.— Лично я предпочитал, когда все просто называли тайную полицию Красной ЧеКа.

— А как насчёт *ОПНК*? — предложила Флоренс.

— А это ещё что?

— Общество по предотвращению немилосердия к коммунизму.

— Эй, хорошо звучит. Пожалуй, я это запишу.

— Селдон собирается написать большую важную книгу, когда свалит отсюда,— сказал Леон,— только он, похоже, не может никак решиться.

— О чём ваша книга? — спросила Эсси и была вознаграждена подробным объяснением интереса Селдона к вопросу о произволе, и вообще к понятию «произвольности». Слушая теорию Селдона, об «отсутствии в России соответствия между причиной и следствием», Эсси превратилась в моргающую заложницу. Леон, тем временем, приблизившись на шаг к Флоренс, сказал:

— Я говорю ему, чтобы он поторопился вернуться в Лондон, если он хочет испытать удовольствие от Москвы.

— Как это?

— Проблема с писателями в том, что им не дано испытывать удовольствие в тот момент, когда они его получают. Только в ретроспективе.

— Я так понимаю, что ты не писатель.

— На самом деле, я пишу. Я работаю вместе с Селдоном. Мы пишем для ТАСС.

— Советское информационное агенство? В том большом здании на улице Горького?

— Значит, ты слышала о нём,— сказал Леон с показной скромностью.

— Разве у Советов нет своих репортёров?

---

* YMCA — *Young Men Christian Association*; Ассоциация молодых христианских мужчин.

— Да, но, видишь ли, мы пишем новости на экспорт.

— По-английски?

— А на каком ещё — на тагальском? Мы пишем и печатаем целый журнал. Его даже читают в Штатах. Он называется *Sovietland*.

— Советский Земля? — Она взглянула на него искоса. — Это реальное место?

— Конечно. В Советской Земле есть всякие прелести. Новые с иголочки универмаги с граммофонами и пылесосами. Кафе для рабочих, где оплата производится строго под честное слово.

— Звучит как прекрасное место для жизни, — заметила Флоренс.

— Терпение, Флори, терпение.

— Неудивительно, что так много людей, приезжающих в Советский Союз, возвращаются разочарованными, — сказала она. — Сначала они читают эту чушь, а потом возвращаются в Америку и пишут всякую клевету на СССР.

Леон невинно улыбнулся, не ожидая другой реакции. Он вытянул руки по швам.

— Хорошо. Так пусть эти дебилы рапортуют свою лажу.

* * *

— Он действительно феноменален, — сказала Эсси, сбросив туфли и падая спиной на кровать Флоренс. На мгновение Флоренс подумала, что она говорит о Леоне, но Эсси продолжила.

— То, как он говорит, похоже, что он говорит… прямо с тобой.

Было уже за полночь. Флоренс указала на дверь, чтобы напомнить Эсси, что они не одни, что у неё есть соседи со всех сторон.

— По крайней мере, у тебя есть свои четыре стены, — сказала Эсси. — Попробуй пожить с двадцатью восемью другими на полу в общежитии, — она подобрала подол платья и сняла его через голову. Флоренс скатала чулок и подержала ногу перед зеркалом, прежде чем скатать другой.

— Всё это суета, бесконечные аплодисменты, — сказала Флоренс, — размахивание платочками, потеря сознания. Каждый пытается превзойти соседа, аплодируя, когда ОН говорит. Мне это противно, я могу обойтись без этого, — из гардероба Флоренс достала комплект простыней и запасную ночнушку и передала их Эсси.

— Но это не его вина, — возразила Эсси. — Сталин не хочет преклонения. Он высмеивает это во всех своих речах. Он подтрунивает над людьми, которые боготворят его, вместо того, чтобы делать свою работу.

— Я не спорю, — сказала Флоренс, взяв простыни и постелив их на кровати. Её раздражала неспособность Эсси что-либо делать во время разговора.

— И вообще, — продолжала Эсси, — он прекрасно знает, что они чествуют не Сталина-человека, а то, что он представляет, партию и всё, что было сделано для людей, как вся страна стала единой.

Чистый крахмальный запах поднялся от постельного белья, когда они развернули одеяло. Они легли бочком «валетом» на узкую кровать. Эсси хихикнула в темноте, когда Флоренс схватила её за холодную ногу. — Ой, только не без носков.

— Мои туфли насквозь промокли, — запротестовала Эсси.

— Не в холоде дело! Твои ноготки острые, как ракушки. — Флоренс включила лампу и выскользнула из-под одеяла. Из запертого ящика стола, где она хранила доллары и ценности, она достала небольшую косметичку, а затем положила Эссины ступни себе на колени.

— Никто не видит мои ноги зимой, — сказала Эсси.

— Никто не видит твои трусики тоже. Не значит, что не надо ходить в чистых.

Эсси поморщилась, но молчала, пока Флоренс продолжала сосредоточенно приводить в порядок её ногти.

— Я не могу найти пару хороших ножниц ни в одном магазине, — сказала Эсси, оправдываясь, — а я искала. Нет даже ножниц для вышивания. Всё, что я могла найти, это ножницы для кройки; девочки в общежитии пользуются ими, но я боюсь. Говорят, что профсоюз парикмахеров заключил сделку под столом, что сначала все ножницы идут им, так что больше никому не достаётся.

— Ты можешь купить пару в магазинах Торгсина. Они берут иностранную валюту, ты же знаешь.

— Я не могу тратить свои доллары на всякую ерунду, Флори.

Флоренс перестала стричь и подняла взгляд.

— Эсси, по-моему ты не скромница, а просто жмотка.

— А я думаю, что это несправедливо, — сказала Эсси, — что мы можем покупать импортные товары в этих магазинах, а другие не могут.

Но Флоренс уже проходила через это и знала, к чему это привело.

— Что в этом несправедливого? — спросила она. — Стране нужна иностранная валюта, а мне нужны кусачки для ногтей. Всё, что я хочу сказать, это то, что у партийных комитетов есть свои специальные магазины, а также кремлёвские врачи и так далее. Мы не единственные. Она положила ножницы: — Труд этих людей ценен для государства. Может быть, у них нет времени стоять в очередях. Наш труд тоже особенный, Эсси. Мы должны гордиться этим, а не превращать себя в эстетов.

— Ты имеешь в виду «аскетов».

— Неважно. — Флоренс понимала, что, возможно, в её логике была какая-то капиталистическая нить. Тем не менее, она чувствовала, что её рассуждения вполне обоснованы. Работа, которую она выполняла, была ценной и важной. Почему это не даёт ей иногда право на плитку шоколада?

— Может, ты и права, — сонно произнесла Эсси и откинулась на подушку. Флоренс выключила свет, и они тихонько лежали в кровати, разминая друг другу уставшие ноги. С Эссиной стороны донеслось лёгкое пение; Флоренс узнала цыганскую мелодию. «Очи чёрные, — напевала Эсси, — очи страстные…»

Флоренс мягко присоединилась к ней:

— Очи жгучие и прекрасные…

— Как люблю я вас, как боюсь я вас! — пели они в унисон. — Знать увидел вас я в недобрый час!

Эсси замолчала, и Флоренс поняла почему.

— О чьих чёрных глазах ты пела?

Эсси продолжала молчать. Но почувствовав, как напряглась Эссина ступня, Флоренс поняла. Чтобы подбодрить подругу, она сказала:

— Вы хорошо танцевали вместе.

— С ним легко; любая девушка выглядела бы хорошо, танцуя с ним.

— Мистер Вытянутый, конечно, хорошо двигает копытами, хотя он немного самовлюблённый.

—Почему это?—спросила Эсси, слегка приподнявшись.

—Ну, не знаю—может быть, немного болтливый, я хотела сказать.

—Забавно. Он спросил меня, не сказал ли он что-нибудь, что тебя расстроило.

—Он спросил *тебя*?

—Он бы пригласил тебя потанцевать, Флори, если бы он думал, что ты согласишься.—Эссины пальцы снова, казалось, напряглись от внимания.—Он тебе нравится?

—Ой, пожалуйста, Эсси.

—А что с ним не так?

—С ним всё в порядке. Я не говорю, что он несимпатичный.— Флоренс вдруг испугалась, что она признала, что находит Леона привлекательным.—Он просто не мой тип.

—А какой твой тип?

—Для начала, не американец.

—Да?

—Я не говорю, что ты не должна… Мне кажется, это просто глупо, понимаешь, проделать весь этот путь только ради…

—Ради чего?

—Чтобы зациклиться на каком-то парне с другой стороны Ист-Ривер.

Если на лице Эсси и мелькнуло что-то, облегчение или тревога—темнота всё скрыла. Через некоторое время Флоренс почувствовала, как Эсси свернулась калачиком к стенке.

—Спокночи, Эсси.

—Ночи,—услышала она в ответ и некоторое время лежала, глядя в темноту, прежде чем уснуть.

ЖАР-ПТИЦА

МОСКВА, 1934

Два дня спустя Флоренс отправилась на поиски человека, ради которого она оказалась в Москве. Трамвай, качаясь из стороны в сторону, катил её вдоль осыпающейся бетонной набережной Яузы на окраину города мимо угольных сараев, мимо складов, мимо каменных стен и башен монастырей, реквизированных под рабочие общежития.

Флоренс представляла себе металлургический завод «Серп и Молот» в виде огромного кирпичного здания, похожего на нью-йоркский монстр. Но по мере приближения она увидела, что это, на самом деле, целый маленький город. Флоренс вышла из трамвая и была почти сбита с ног беспорядочным потоком людей. Поверх узкой юбки на ней была старая мамина шуба. В толпе телогреек она чувствовала себя разряженной дамой времён Анны Карениной. Один взгляд через открытые ворота подтвердил, что в каждом цеху на территории завода была своя охрана. Похоже, она ошиблась, приехав сюда, но Флоренс понимала, что было бы ещё большей ошибкой расспрашивать этих стражей в шапках-ушанках. Толпа текла мимо неё, а Флоренс неподвижно стояла, застыв в нерешительности. Она почувствовала, как начинают стыть ноги, согревшиеся в трамвае. Поток кончался, и ворота должны были вот-вот закрыться. Она не знала, что делать, и в неосознанном порыве её рука сама по себе ухватила локоть прохожего, как утопающий хватается за проплывающую мимо корягу. Локоть принадлежал женщине — измождённой, с лицом, как угасающая лампочка, которое вспыхнуло с пугающей яркостью от этого прикосновения.

— Простите меня,— сказала Флоренс, отступив на шаг.— Я ищу одного инженера на этом заводе.

— Сейчас будет гудок. Я не могу найти тебе никакого инженера.

— Чего она хочет, Инна? — спросила вторая девушка с более здоровым цветом лица и повязкой на голове.

— Я ищу инженера по фамилии Соколов.

Девушка с любопытством взглянула на неё.

— Инженеры сидят вон в том дальнем здании.

— Мы можем проводить вас в отдел кадров, — предложила девушка с готовностью.

— Нет, я не хочу создавать проблемы, — пролепетала Флоренс.

— А без них всё равно не пройдёшь, — сказала первая женщина.

— Я… может быть, мне не сюда.

— Ты хоть знаешь, кого ты ищешь?

— Да, он, — она ясно услышала собственные слова, — мой двоюродный брат.

— Двоюродный брат, а?

В сравнении с их грубым, но непринуждённым языком её иностранный акцент выделялся так же, как и её пальто.

— Я его двоюродная сестра, — продолжала она, — из Латвии. Я приехала сегодня утром. Он должен был встретить меня. Может быть, он забыл.

Она удивилась, насколько легко ей вралось, — Может быть, я вышла не на той станции — в этом городе всё так сложно и запутанно, — Она вздохнула с притворным участием. — Не могла бы одна из вас просто сказать ему, что я здесь? Его зовут Сергей Соколов.

— Хорошо, подожди здесь, — сказала девушка в повязке, махнув подруге, чтобы та пошла и прикрыла её.

— Скажите ему, что это Флора, — крикнула Флоренс вдогонку. — Он поймёт!

* * *

Она ждала на морозе, глядя как полосатые тени фабричных ворот исчезали под покровом облаков. В то утро солнце было обманчиво ярким, а без него зимний день брал своё. Ругая себя непонятно за что, Флоренс почти не заметила, как к воротам приблизилась высокая фигура.

Он был худее, чем она помнила, а его лицо было наполовину скрыто под кепкой, которую он низко натянул на голову. Но знакомая сутулость широких плеч мгновенно вызвала в памяти образ Сергея. Он прищурился через решётку, пока охранник открывал ворота. Здоровый летний загар исчез. Глаза тоже потускнели и погрустнели; они взирали на неё, как на призрак, как на незнакомку, которую он не мог вспомнить.

— Не узнаёшь? — спросила Флоренс, нервно сжимая руки.

Едва заметная улыбка пробежала по его губам.

— Кузина Флора?

В тот момент, когда углы его бровей приподнялись, как у сатира, Флоренс, наконец, узнала прежнего Сергея.

— Так, — сказал он, — ты нашла меня.

* * *

В её комнате тем вечером они быстро разделись, снимая друг с друга зимнюю одежду, как жёсткие марлевые повязки. «Почему ты смеёшься?» — спрашивал он, но она не могла остановиться. Парадоксальность того, что они после долгого блуждания оказались вместе, сводила её с ума.

Раньше, по дороге от трамвайной остановки, где она его встретила, Флоренс развлекала его рассказами о растерянной американской девочке, которая сошла с поезда в Магнитогорске — Красная Шапочка в незнакомом глубоком лесу социализма. Опёршись рукой о бедро, она изображала своих деревенских соседей, которых она обратила в верных, хотя и грубоватых проводников по лесу, в своих доверенных лиц. В полутёмной улице смеющиеся глаза Сергея сначала изучали её лицо, но вскоре он стал вставлять собственные подробности о жизни первопроходца в Магнитогорске, так что, наконец, общая нить начала сплетаться сама между их прошлым и настоящим. Но как только они оказались в её комнате, он закрыл дверь и резко притянул её к себе. На узкой металлической кровати они предались скомканной, быстрой любви. Ощущение его волос между пальцами, его быстрое извержение внутри неё сначала парализовало её, как погружение в холодную воду, а потом, через несколько мгновений, оживило прошлое и стало странно знакомым. Когда они пришли в себя — ошеломлённые и истощённые, они почувствовали, что голодны так, как будто только что перенесли изнурительную болезнь.

К счастью, она была готова: прежде чем отправиться встречать его на трамвайную остановку, Флоренс накрыла скатертью письменный стол и выставила еду: солёные грибы, маринованные помидоры, осетрину, колбасу, икру, вино и бренди. Завернувшись в клетчатый плед, она наблюдала, как он накалывает маленький маринованный помидорчик — крошечный красный шарик — и поднимает его до уровня глаз, как бы изучая его. Он проглотил его целиком, морщась от его кислинки, а затем сопроводил его стопкой бренди. Сергей низко наклонился над столом, сооружая сложный бутерброд из масла, икры и огурцов, а Флоренс, сидя рядом, изучала изгиб его спины кончиками пальцев.

— Красная икра и чёрная — как тебе удалось это достать?

Она улыбнулась. Месячный запас купонов Инснаба был потрачен на покупку этих уникальных деликатесов в ярком магазине для иностранцев, где каспийская осетрина, грузинское вино и внесезонные помидоры были аккуратно упакованы улыбающейся девушкой, чья услужливая манера настолько отличала её от хмурых, облачённых в белые халаты стражей в московских магазинах, что она казалась пришедшей из другого мира.

— Это настоящая осетровая икра, — сказал он одобрительно.

— Как ты определил?

— Иди сюда, я покажу тебе, — он набрал в ложку чёрной икры и тонко размазал по маслу. — видишь, икринки полные и не прилипают друг к другу в рассоле. В последний раз я пробовал её — дай подумать, — он уставился в потолок, — в 1928-м. Нет, в двадцать седьмом! На Новый Год.

Она хлопнула его по плечу.

— Сергей, вечно ты шутишь.

— Вовсе нет!

— Я видела икру в гастрономах.

— Гастрономы? Конечно! Я помню. У нас были магазины с таким названием до того, как они были преобразованы.

— Преобразованы?

— Да, в музеи.

— Какие музеи?

— В музеи, посвящённые вкусовым воспоминаниям! Думаешь, я шучу? На прошлой неделе я зашёл в один из этих ...музеев. У них был сыр в витрине — похожий на этот сыр. Я вошёл и попросил полкило, и продавец — извини, гид — сказал мне, что он не для продажи, только для показа.

Он закинул ещё одну стопку и занюхал хлебом.

— Как долго ты будешь в Москве?

— Год. Кто знает? Может быть, дольше.

Он нахмурил брови. Чтобы он не подумал, что она вешается ему на шею, Флоренс быстро добавила:

— У меня есть свои четыре стены. У меня есть работа. Кроме того, я беру уроки. Других планов у меня пока нет.

Но он, похоже, интересовался не этим.

— А твоя виза?

— Это несложно. Ночной поезд до Хельсинки, и посольство там продлевает её ещё на полгода или год.

— Так ты в самом деле хочешь остаться? — спросил он.

— Почему это тебя удивляет? Я чувствую себя здесь на месте. Что такого значительного я делала дома? — Она не знала, как рассказать о том, что она делает в Москве, спокойно, без эмоций. — Здесь мне приходят письма от важных деятелей со всего мира, — продолжила она, — Экономические советники, премьер-министры. А знаешь ли ты, что я помогла собрать средства на строительство нового Дома культуры? Я помогаю строить социализм.

Сергей удивлённо молчал, и в этой тишине её серьёзность звучала суетно и хвастливо. Он пытался сделать вид, что впечатлён ею, но его дружеские потуги начинали раздражать её. Надо было сменить тему.

— Я не собираюсь спрашивать, скучал ли ты по мне, — сказала она более раздражённо, чем хотела.

Сергей опрокинул ещё одну стопку.

— Ужасно, — ответил он не то с вожделением, не то иронично, — это был непростой год.

Прежде чем она смогла поймать себя за язык, она сказала:

— И ты утолил своё горе со многими девушками или только с одной?

Он задумчиво вытер уголки рта тыльной стороной ладони.

— Я не монах, если ты об этом.

— Какое это имеет значение, на самом деле. Даже если ты женат…

—Я не женат.

—Но у тебя кто-то есть?

Его молчание означало утвердительный ответ.

—Я не надеюсь, что ты высвободишь для меня все свои вечера,—продолжила Флоренс.—Ты здесь, и это хорошо. Приходи, когда захочешь.

Он осмотрел рюмку, крутя её между большим и указательным пальцами. Потом поставил рюмку на стол, наполнил её бокал вином и подвинул к ней.

—Мне хватит. От этого вина у меня голова кружится.—Она откинула влажную прядь с лица. Ей внезапно стало холодно. Во всяком случае, она была рада, что высказалась. Рада, что выпустила это наружу. Пусть теперь у него голова болит.

Сергей сочувственно покачал головой.

—От головной боли есть только одно лекарство.—Он аккуратно наклонил фарфоровый чайничек, чтобы налить ей чай, но тут же разочарованно поднял бровь.—Что это за моча? Мы что, экономим?

—Я всегда так завариваю.

—Флоренция, дорогая моя, в России нужно знать две вещи: как пить водку и как заваривать чай. Где он у тебя?

Флоренс нашла чёрную лакированную шкатулочку, в которой хранила чай. Сергей взял щедрую щепотку, чтобы продемонстрировать, как это делается.

—Чай должен быть густым, как кровь, и тёмным, как душа.— Он закрыл палехскую шкатулку и покрутил её.—Это здесь ты держишь чай?

—Да, а что?

Когда чай закипел, он опять взял шкатулку, удивлённый её применением, как мог ребёнок быть удивлён стетоскопом. Флоренс купила эту овальную коробочку на толкучке, выбрав её среди столь же ярких поделок. На чёрном лаковом покрытии крошечными мазками была нарисована миниатюра: молодой человек схватил за хвост птицу цвета пламени.—Это *Firebird,** верно?—сказала она.

—Жар-птица,—поправил Сергей.—Не Огонь-птица. В переводе—это *Heatbird*. Ты знаешь эту историю?

____

* *Firebird*—буквально, огонь-птица.

Она налила себе крепкого чая и откинулась на стуле, готовая слушать. Сергей придвинул свой стул ближе к Флоренс и, разгорячённый алокоголем, начал рассказывать ей сказку о Жар-птице.

— В далёком королевстве, — начал он, — жил-был храбрый принц по имени Иван. Король велел ему охранять яблоню с золотыми яблоками, которая стояла в центре отцовского сада. Ленивые братья Ивана, уснув, не справились с заданием. Итак, когда пришла очередь Ивана, он привязал к веткам колокольчики, чтобы проснуться, когда появится злоумышленник. Посреди ночи зазвенели колокольчики. Иван открыл глаза и подумал, что должно быть взошло солнце. Яблоки клевала огромная птица цвета пламени с ястребиными когтями. Иван вскочил, чтобы схватить птицу за хвост, но ухватил только одно перо, прежде чем она улетела. Очарованный этой великолепной птицей и загипнотизированный всё ещё тёплым сувениром, Иван поклялся себе найти Жар-птицу.

— Освещая себе путь этим единственным пером, как факелом, он пошёл в лес и после долгих странствий оказался на поляне. Посередине было озеро, там купалась принцесса со своими девами. Забыв о птице, он вступил в игру. Но вскоре на лес опустилась тьма, и принцесса сказала поражённому принцу, что она и её спутницы должны вернуться в замок злого короля-волшебника, который превращает посторонних в камень. «Не ходи за нами, — предупредила принцесса, — это принесёт тебе несчастье». Иван, не обращая внимания на предупреждение, прокрался вслед за девами, перед тем как закрылись ворота замка.

Сергей остановился, чтобы взбодрить себя ещё одной рюмкой. Флоренс ждала, что он продолжит рассказ, но Сергей, казалось, готов был закончить на этом.

— Так за кем же следовал Иван — за принцессой или Жар-птицей? — спросила Флоренс.

— Может, за той — может, за другой.

— Но что случилось потом?

— Что случилось, — сухо сказал Сергей, — случилось то, что Иван был схвачен волшебником, — он сложил остаток своего бутерброда, сунул его в рот и стал жевать.

— Должно же быть продолжение.

— Ну да, длинное продолжение. Ты хочешь версию с серым волком или с говорящим медведем?

— Иван спасёт принцессу? Он найдёт Жар-птицу?

Сергей кивнул, жуя.

— Да-да, но намного позже. После многих несчастий.

— Он вернётся домой?

— Много лет спустя. В одежде нищего. Никто его не узнает.

Она перестала помешивать чай и сняла икринку с его губы.

— Езжай домой, Флора,— сказал он.

Она уставилась на него:

— ЧТО?

— Поверь мне,— социализму не нужна твоя помощь.

Она слабо рассмеялась.

— Это же ты написал, что я должна приехать и увидеть всё, что строится в Советском Союзе.

— Так ты думаешь, что ты строишь социализм? Ты идёшь и покупаешь еду в спецмагазинах и думаешь, что живёшь в…

— Минуточку, мне это совсем не нужно,— она провела рукой над столом с остатками изобилия,— и не то, чтобы ты отказывался от всего этого. Если ты не хотел, чтобы я приезжала, не надо было расхваливать это всё с таким энтузиазмом…

Он смотрел на неё как на идиотку.

— Это было для тех, кто вскрывает письма. Я был уверен, что ты поймёшь.

— Мне жаль, что ты думаешь, что я столь наивна. Глупая американская женщина, которая приехала сюда, чтобы захомутать тебя…—она не могла смотреть на него. Она чувствовала, как в ней поднимается стыд, вызывая дрожь во всём теле.

— Флора.

Она больше не могла говорить, не уняв сначала дрожание челюсти.

— Что держит тебя здесь?—спросила она.—Ты можешь свободно уйти.

Медленно, не возражая, Сергей встал. Пока он одевался, она уставилась в окно на беззвучно падающий снег, только крепче обернув пледом плечи.

— Я не могу уехать отсюда,— внезапно сказал он.—Флора, посмотри на меня.—Когда она посмотрела, она поняла, что он говорил не о её комнате.—Неужели ты не понимаешь, что я тебе говорил?

Но теперь была её очередь не уступать.

Собравшись уходить, он почти с нежностью провёл пальцами по гладкой кожаной ручке её сундука. Но когда он заговорил, его голос звучал как приказ:

—Завтра оттащи свой сундук с сокровищами на станцию, сядь на поезд до Хельсинки и на первый же корабль.

Ошеломлённая, она смотрела, как Сергей заправлял рубашку в штаны. И затем с интонацией, жутко похожей на интонацию её инструкторов на уроках политграмоты, она сказала:—Единственный поезд, на котором я поеду,—это локомотив, стремящийся в будущее. И если ты хочешь спрыгнуть с поезда, смотри, не сломай себе шею!

Как только эта фраза слетела с её губ, она пожалела о ней. Но в глубине души она была рада, что произнесла слова, наконец-то задевшие его. Сергей посмотрел на неё, больше не возражая; на лице его появилось недоумение. Она обвиняла его в нелояльности. Холодное неверие в его глазах дало ей волнующее, минутное ощущение своей силы. Это сравняло счёт. Но краем сознания она уже поняла, что за эту минуту ей придётся платить, что этим она воздвигла между ними непреодолимый барьер.

—Счастливого пути, Флора.

Больше она от него ничего не услышит, но это его прощальное напутствие будет преследовать её до конца дней.

17

НОВОЕ МЫШЛЕНИЕ

МОСКВА, 1934

«*Е*зжай домой, Флора».

В течение многих недель эти слова всплывали в её сознании в самое неподходящее время. Она никому не рассказывала о своей встрече с Сергеем, даже Эсси. С той же решимостью, с которой она десятилетиями позже запрятала слово «Америка» в глухую область своего подсознания, Флоренс поклялась никогда больше не произносить имя Сергея. Ей казалось, что иначе она не избавится от мысли о том, что он был причиной, приведшей её в Россию.

Но его слова не исчезали, они возникали в частых письмах её матери и отца: «Возвращайся домой, Флоренс». «Вернись, *kindeleh*». До встречи с Сергеем она могла бегло скользить по наклонному почерку родительской мольбы. После неё даже случайный взгляд на эти письма вызывал у Флоренс щемящее чувство тоски по дому. Буквально за неделю до этого её брат Сидни написал ей о поступлении в школу Эразмус Холл, подшучивая над теми же учителями, на чьих занятиях она когда-то с трудом высиживала. Она буквально слышала его голос между строк, он подражал кантору Эдди. Сидя за своим столом в банке и работая допоздна над материалом, который Тимофеев поручил ей в тот день, Флоренс ощутила наплыв одиночества настолько резко и отчётливо, что ей потребовалась вся воля, чтобы, сжав челюсти, подавить боль. Она уже отбросила три варианта меморандума Тимофеева, каждый из которых ей нравился меньше, чем предыдущий. Окинув взглядом помещение сквозь слёзы, вдруг увидела, что столы вокруг неё опустели. Все уже разошлись. Она вытащила из машинки незаконченную диктовку с копией и вставила чистый лист бумаги.

Дорогой Братик Сид,

Приветик! К тому времени, как ты получишь это письмо, твоё обжорство на День Благодарения уже давно забудется. Похоже, что почта доходит от вас сюда вдвое быстрее, чем наоборот, поэтому я перестрахуюсь и заранее пожелаю тебе и всей компании СЧАСТЛИВОГО НОВОГО ГОДА!! Тебе любопытно, что я собираюсь делать в Индюшкин День? Здесь индюшку найти трудно, но мне удалось заполучить курицу. Мне повезло — их «давали» (как здесь говорят) в полквартала от моего места работы. Еда здесь хорошая и дешёвая, так что никто не голодает. Но иногда неизвестно, что будут давать, пока не встанешь в очередь. Это здесь называется охотой, и я уже научилась намного лучше охотиться. Так как в магазине за каждым продуктом (сливочное масло, хлеб, колбаса) отдельная очередь, то хитрость заключается в том, чтобы заранее знать, сколько стоит каждый продукт, встать в кассу, пробить чек, затем занять место в самой медленной очереди и попросить человека сзади запомнить тебя. Пока эта очередь идёт, ты встаёшь в другую, которая движется быстрее, получаешь свой хлеб или масло и бежишь обратно в первую! Если человек позади тебя сочувствующий, то можно всё успеть за четыре пробежки, как в бейсболе. Беда только, когда многие выбирают одну и ту же очередь, как основную! Тогда игра переходит в дополнительное время, и когда ты доберёшься до колбасы, хлеб, за которым ты пришёл, уже кончился.

Только не показывай это Маме, а то она пришлёт мне ещё одно заплаканное письмо про то, как покраснели её глаза от слёз, и добавит ещё одну болезнь в список папиных болячек, которых, как он мне уже писал, у него на самом деле нет. Я хорошо слежу за собой и ДА, МАМА, я хорошо ем. На самом деле, здесь всё становится лучше и лучше. Мой русский достаточно хорош, чтобы я могла сойти за не очень сообразительного местного жителя. Город становится всё больше и тоже улучшается. Будущее, о котором все говорят, действительно, строится здесь! Скоро у нас будет собственное первоклассное метро. Я говорю «мы», потому что многие москвичи, в том числе и твоя сестра, участвуют в его строительстве во время «субботников». Так называется бесплатная добровольная работа по субботам. Мы лопатим землю и камни, вывозим на тачках мусор и тому подобное. Пусть это небольшая помощь, но когда все включаются, они чувствуют, что метро — это их собственное дело. Когда оно, наконец, откроется, в нём будут мраморные колонны, красивое освещение и эскалаторы такие длинные, что мальчишки захотят кататься на них весь день. Я надеюсь, что вы сами увидите, когда посетите меня здесь..

Её пальцы отказывались печатать дальше.

Лгать родителям было просто. Она занималась этим всю жизнь. Но с Сидни было не так легко напускать туман. Она понимала, что он никогда не навестит её, и представила, как спускается в одиночку по одному из этих глубоких эскалаторов. Монотонная, нескончаемая езда в неизвестность.

Полная, гулкая тишина, в которой едва слышны были её сдавленные всхлипы, заставила Флоренс обратить внимание, что снова идёт снег. Она подняла взгляд на мрачную кафедральную высоту огромных окон. В чернильной темноте улицы угадывалось беспорядочное движение падающих снежинок.

Сколько раз утром, увидев снежную паутину в окне, она хотела залезть обратно под одеяло и дать своему разбитому сердцу перезимовать, как луковице тюльпана!

Скажи, что мне делать?!

Она услышала, как прошептала эти слова, сама не зная к кому обращалась. К Богу? Она не молилась уже много лет. К её младшему брату? Или… Между высокими кафедральными окнами висел Его портрет. Она так долго сидела под всевидящим взглядом Усатого Вождя, что уже не замечала его. Неспособность почувствовать всепоглощающую преданность Сталину, которую исповедовали другие, казалось ещё одним признаком её чужеродности. Она чувствовала, что могла бы избежать своего невыразимого одиночества, если бы только поверила всем сердцем. И вдруг, в этой зимней, звенящей тишине она явно услышала: *я верю только в одно: в силу человеческой воли.*

Это были слова Сталина, и они звучали в её голове как обвинение.

— Повзрослей, Флори,— резко сказала она. Но жалость к себе имела свою притягательность. Она понимала как никогда раньше, как сладко было бы упиваться своим собственным страданием и насколько дурно это выглядело бы со стороны. Возможно, если бы она поразмышляла подольше, она могла бы увидеть Сергея кем-то иным, нежели отвергшим её любовником. Что, освобождая её, он пытался помочь ей.

Неожиданно кокон её меланхолии был разрушен посторонним звуком. Это был скрип двери Тимофеева. Флоренс думала, что он ушёл домой с остальными, но он только сейчас выходил из своего кабинета, застёгивая длинное пальто и поправляя чёрную каракулевую шапку.

Она с треском выдернула письмо из машинки.

— Флора?

— Григорий Григорьевич, я думала, вы ушли.

— Здание скоро закроется.

— Я просто разбирала свои… не заметила время.

— Вы плакали?

— Нет-нет. Это просто снегопад—он такой… красивый.

Его острые глаза с беспокойством прищурились за затемнёнными стёклами очков.

— Вы когда-нибудь ели солянку?

Она одновременно покачала головой и вытерла рукой лицо.

— Моя жена делает лучшую солянку в Москве. Сегодня вечером вы попробуете её, хорошо? У нас вечером будут гости; я бы хотел, чтобы вы присоединились к нам.

— Ой, что вы, я не одета для гостей.

— Всё нормально. Пойдите, возьмите своё пальто.

* * *

Дом, в котором находилась квартира Тимофеева, был песочного цвета особняк в стиле модерн на Пречистенке. В дверях у входа стоял швейцар в ливрее, а древний лифтёр отвёз их в богато украшенной клетке на верхний этаж. Когда Тимофеев открыл дверь, от тепла квартиры Флоренс сразу вспотела в своём тяжёлом пальто. Звук её каблуков был приглушён плетёным ковриком, который прикрывал блеск натёртого пола прихожей. Две ступеньки вниз вели в гостиную, где уже собралось несколько гостей. На элегантном мягком диване сидели солидный джентльмен и высокая женщина, чья блондинисто-седая голова и напудренное лицо делали её похожей на экзотическую моль.

— Вполне естественно, что новый театр должен носить новую одежду,— сказал мужчина тоном знатока.

— Я припоминаю, год назад вы говорили нечто совсем другое, Макс,— произнесла рыжеволосая красавица, в которой Флоренс признала молодую мадам Тимофееву. Её локоны небрежно свисали до середины спины. Полные губы были ярко накрашены. Шёлковый пеньюар элегантно облегал изгибы её тела и оставлял обнажённым одно плечо. Вышитые домашние тапочки, казалось, только усиливали эффект непринуждённой элегантности.

— Я не изменил своего мнения, Ниночка. Я всегда говорил, что наш театр должен избегать археологического подхода. Он не достигнет ничего нового, ставя старые пьесы.

Флоренс не успела снять туфли, как откуда-то появившаяся мохнатая собачка начала обнюхивать её юбку.

— Немедленно прекрати, Миша!— сказала Ниночка, оттаскивая собаку за ошейник.— Я извиняюсь за этого толстого дуралея — на мгновение Флоренс показалось, что Нина говорит о человеке на диване.

— Какая чудная собачка! Какой он породы?

— Он дурачок. Мы подобрали его на улице,— ответил Тимофеев, беря её пальто.

— Нигде в мире нет породы собак, которая бы точно соответствовала русской домашней собаке,— отозвался мужчина на диване.— Она просто смесь всех худших пород. Они спят весь день и лают всю ночь.

Нина увела собаку на кухню и через минуту вернулась с коньяком.

— Гриша, ты не говорил мне, что твоя американка так прелестна,— заявила она, прежде чем столь же восторженно представить двух других гостей — Макса, театрального критика и «абсолютного гения», и Вальду, которая, как объяснила Нина, только вернулась из Дании, где она была с советской делегацией, посещавшей скандинавские страны.

— Вы дипломат? — спросила Флоренс.

— Нет-нет. — Женщина скромно сощурилась. — Всего лишь переводчица.

— Вальда — специалист по скандинавским языкам. Она знает целую дюжину — финский, шведский, английский, голландский… Нина могла бы добавить португальский и баскский в этот список, но она опять исчезла на кухне, откуда отдавала громкие указания пожилой горничной, называя её Ольгой Ивановной. Флоренс отметила, что, как всякая хорошая хозяйка, жена Тимофеева умела щедро, без разбора раздавать комплименты. И, тем не менее, Флоренс не могла не почувствовать исходящую от неё теплоту.

— Я всегда считал, — сказал Макс, обращаясь на этот раз к Тимофееву, — что независимо от того, насколько велика роль классиков, они не могут полностью удовлетворить потребности новой аудитории. Должны быть новые темы для нового *mentalitēt*.

— Я ничего не имею против нового *mentalitēt*, но почему эти адаптации должны быть такими скучными? — сказал Тимофеев. — Почему Гамлет должен быть помещён в Узбекистан? Почему действие пьесы Мольера должно происходить в заводском цеху?

— Новых тем нет, дорогой Максим, — сказала Нина выйдя из кухни в очках. — Есть только одна бессмертная тема.

— И что же это, дорогая?

— Любовь!

— Любовь всегда будет захватывающей темой, — сказал Макс, — но она должна быть подчинена более сложным социальным проблемам.

Похожая на моль Вальда, с изумлением молча слушая разговор, улыбнулась Флоренс с дивана.

— Любовь не подчинена ничему! — заявила Нина, наливая себе рюмку, которая, как показалось Флоренс, была уже не первой в тот вечер.

— Почему бы не объединить их, — предложил Тимофеев. — Поместим Ромео и Джульетту в колхоз.

— Какая блестящая идея, Гриша, — нарушила молчание Вальда.

— За наше здоровье! — провозгласила Нина, опрокидывая рюмку.

Тимофеев налил немного вина в бокал Флоренс, когда они заняли свои места за столом, и подмигнул ей, приглашая выпить. Она слегка пригубила вино и впервые почувствовала подлинное наслаждения от компании, в которую она попала. Это было как вспышка воспоминаний детства о том, как ей позволили поздно сидеть со взрослыми и вдруг обнаружилось, что, несмотря на всю экзотичность запретного ночного веселья, знакомые ей взрослые только разговаривали, ели и смеялись! Насколько легче было быть рядом с этими живыми, ироничными интеллектуалами — замечательными людьми, осыпанными привилегиями, чем с простыми людьми, «соль-земли великим русским народом», с которыми ей приходилось каждый день сталкиваться и чувствовать себя совершенно чужой.

— Это вопрос расстановки акцентов, — продолжил Макс, не желая сменить тему. — Посмотрите нашу новую постановку «Воскресения». История ещё более блестящая, чем сознавал сам Толстой, когда писал её. Драматург смотрел сквозь всю религиозную проповедь, и теперь это уже не история любовного романа между девушкой-прислугой и богатым невежей, а великолепная социальная панорама! Картина угнетения и невежества крестьянства! Разложения аристократии и лицемерия церкви!

Флоренс неожиданно для себя возразила:

— Но как сильно можно менять сюжет, — начала она и замялась — все за столом смотрели на неё, — прежде чем Толстой станет, ну, в общем, пропагандой?

— Наша гостья говорит дело, — сказала Нина, глядя на Макса, который начал отвечать на вопрос, не обращаясь к Флоренс.

— Да, наши иностранные посетители часто отмечают «пропаганду» в нашем театре, но они совершенно слепы по отношению к своей пропаганде. Возьмите девушек из ансамблей в Париже или Нью-Йорке — пустая бездумность. Молодые женщины, да и не столь уж молодые, рекламируют свои ноги и грудь в течение двух часов без перерыва. Как вы это назовёте, если не сексуальной пропагандой? Мы бойкотируем такую демонстрацию, и поэтому у нас более здоровый театр.

— Вы можете изменить своё мнение об этом, если вы когда-нибудь попадёте на одну из этих постановок, Макс, — сказал Тимофеев.

Слегка ухмыльнувшись, Макс продолжил:

— Мне очень приятно, что иностранцы проявляют такую озабоченность влиянием пропаганды на искусство, когда на самом деле московские театры продолжают ставить больше классики, чем любая другая столица, и делают это лучше. Постановка Чехова, которой недавно аплодировали в Лондоне, получила бы только вежливые хлопки со стороны московской публики.

— Откуда вы это знаете? — спросила Флоренс.

— Пьеса была отрецензирована в нашей театральной прессе здесь, а также в зарубежной прессе.

Ободрённая вином, она почувствовала желание возражать ему.

— Но вы сами этого не видели. Вы повторяете то, что читали.

Это замечание вызвало у Макса пренебрежительный, но неловкий смешок. Он что-то пробормотал, чего Флоренс не могла толком разобрать, но что предполагало нелепость её замечания.

Затем настала её очередь почувствовать неловкость. Она хотела произвести на остальных впечатление своим остроумием, но вместо этого ей удалось повергнуть в молчание весь стол. Тимофеев нарушил неловкость:

— Флора, вы, как работник нашего валютного отдела, должны знать, что каждый гражданин, который едет за границу, является финансовым бременем для страны. Поездка требует иностранной валюты, которая могла бы быть использована для импорта предметов, представляющих общественную ценность. Естественно, наше правительство не может позволить каждому гражданину выезжать за границу, если потраченные на него деньги не принесут равного дохода…

— Григорий Григорьевич, я не имела в виду предложить…

— Правительство с радостью позволило бы каждому любителю театра поехать посмотреть предствление в Лондоне, но, помимо расходов, каждый советский гражданин в капиталистической стране, как вы знаете, может стать причиной дипломатического инцидента…

— Хватит читать лекции бедной девочке, Григорьевич,— сказала Нина, поднимаясь со стула.— Она ничего не имела в виду. Весь этот разговор становится слишком сложным для наших простых женских мозгов. Пойдём, Флорочка, поможешь мне на кухне.

Флоренс извинилась и вышла из-за стола. Но за облегчением, вызванным приглашением Нины, последовало удивление, когда её повели не на кухню, прикрытую обширной спиной Ольги Ивановны, но дальше по коридору в спальню. Нина включила верхний свет, и лампа осветила атласную лежанку в кремовых покрывалах и абажур с кисточками. В центре комнаты зеркальный туалетный столик был уставлен изысканной коллекцией парфюмерных флаконов и баночек с кремом, которые Флоренс не видела ни в одном магазине.

— Не расстраивайся из-за Макса,— сказала Нина, вынимая маленький медный ключик из столика.— Он, конечно, гений, но гений, пытающийся понять, что происходит сейчас. Его нужно время от времени осаживать.

— Я не хотела сказать что-либо неприятное…

— Не нужно извиняться, дорогая, но позволь мне дать тебе небольшой совет.— Нина стояла, вставляя ключ в дверь объёмного дубового гардероба.— Я говорю это только потому, что твой русский, хотя и очень хорош, учитывая… Ну, я не хочу, чтобы ты упускала нюансы этикета.

Флоренс внезапно бросило в жар, но не от влажного тепла спальни, скорее её смутило, что приглашения в оживлённый дом Тимофеевых может больше не последовать из-за её несдержанности.

— Честно говоря, я не люблю дома говорить о политике,— сказала Нина, справившись, наконец, с дверью гардероба.— В конце концов, кто мы такие, чтобы думать, что мы можем понять всё, что происходит наверху? Правда, ведь? Для этого есть Партия, которая решает эти вопросы за нас, чтобы мы могли заняться более жизненно-важными делами,— она наклонилась к зеркалу в двери своего гардероба и подкрасила губы, как бы демонстрируя, какие более жизненно-важные дела требовали её внимания. Раздался стук в дверь.

— Войдите,— пропела Нина, не отводя глаз от зеркала.

Дверь спальни открылась, и на цыпочках вошла Вальда.

— Мне надо было сбежать от этого позёрства.

— Давно надо было.

Только теперь Флоренс заметила, что у Вальды в руке был маленький чемодан.— Мне прийти с этим попозже? — неуверенно спросила она.

— Нет, я хочу, чтобы Флора тоже взглянула. Давай посмотрим твои трофеи.

Вальда открыла чемоданчик и начала раскладывать на кровати блузки и платья, перчатки и шапки. Приложив одно из платьев к телу, Нина повернулась к Флоренс: — Это сейчас носят в Нью-Йорке?

— Я даже не знаю.

Нина нахмурилась. Ей явно нужен был другой ответ. Выражение её лица показывало, что Флоренс должна хотя бы научиться изображать искушённую иностранку, даже если она таковой не является.

— Это из Финляндии, — сказала Вальда, как бы ручаясь за качество и стиль. — И, смотри, у него есть молния, как на платьях Эльзы Скиапарелли.

— Не могу решить. — Нина двигала платье взад-вперёд по всему телу.

И вдруг до Флоренс дошло, что происходит. Какая она дурочка! Вальда и Нина не играли в переодевания. Они вели переговоры. Вальда, только что вернувшаяся из-за границы, где она работала на благо своей страны, теперь выполняла ещё одно общественное поручение — обновляла импортный гардероб Нины.

— Мне нравится, но талия немного туговата для Нью-Йорка, — произнесла Флоренс тоном знатока, исполняя положенную роль. — Мы носим его свободнее, вот так.

— Это можно выпустить, — торопливо посоветовала Вальда.

— Хорошо, я попрошу мою портниху взглянуть. Сколько ты за это хочешь?

— Ну, давай разберёмся с этим позже, — предложила Вальда.

— Как скажешь.

Нина отнесла платье в гардероб и вернулась, неся чёрную шаль с кисточками, украшенную карминовыми розами. — А это, — сказала она, обматывая лёгкую шерстяную шаль вокруг шеи и плеч Флоренс, — так мы носим вещи в Москве. Это тебе, дорогая.

* * *

Было уже одиннадцать, когда Флоренс покинула квартиру Тимофеевых. Филигрань железных ворот, открытых для неё швей-

211

царом, была припудрена снегом. На обжигающем холоде она почувствовала, что сияет от вина и счастья. Нет больше Флори из Флэтбуш. Уже не влюблённая странница. Какой-то невидимый барьер между ней и городом исчез. В уютном оазисе тимофеевской гостиной она почувствовала сопричастность, элитарность, которыми жизнь в Бруклине её обделила. Она должна была только сыграть ожидавшуюся от неё роль космополита, чтобы получить признание. Даже её ляпсус за обеденным столом был воспринят как простительная оплошность. В будущем она будет более осторожна. Какими ненужными сейчас казались её слёзы в тот вечер, как призрачно оказалось её одиночество. Ей нужно просто умерить свои сомнения, и жизнь распахнёт перед ней двери.

Будучи не столь уж убеждённой атеисткой, каким-то тайным уголком сердца Флоренс была уверена, что та молитва, которую она произнесла в банке, была неожиданно услышана. Но кто именно ответил на неё: Тимофеев, Сталин или Бог? В её лёгком опьянении они все каким-то образом слились и представлялись гранями единой божественной силы. Святая троица. В тёмном небе сосульки, висящие на телефонных проводах, раскачивались как кисточки на краях её новой шали. Они звенели на ветру, как колокольчики. Ей было почти двадцать пять лет, но она никогда не видела ничего похожего. Она высунула язык, попробовала на вкус летящие снежинки и почувствовала бепричинную радость. Вид торжественно падающего под фонарём снега, тихой улицы ставшего знакомым города наполнили её уверенностью, что, если бы она сумела проникнуться этим состоянием, её счастье могло бы длиться вечно.

СОЦИАЛИСТИЧЕСКИЙ РЕАЛИЗМ

МОСКВА, 2008

Невольно подумаешь, как много нужно неверия, чтобы поверить. То, что мы понимаем под слепой верой, поддерживается бесчисленными невериями.

Эрик Хоффер

Я скопировал эту цитату в файл на моём ноутбуке. Она попалась мне несколько лет назад в книге «Истинноверующий», оставленной мне моей дочерью. Она прочитала её в колледже и предложила мне как крайне необходимое дополнение к тому, что, по её словам, является для меня святой троицей старых белых мужчин: Клэнси, Гришам и Дершовиц. Когда я, наконец, открыл Хоффера, я вздрогнул от того, как внутренне знакомы мне эти слова и те, которые следовали за ними:

Все массовые движения потому и стараются отгородить своих приверженцев от действительности непроницаемой для фактов завесой...

Способность истинноверующего «закрывать глаза и затыкать уши» на факты, которые, по его мнению, не заслуживают того, чтобы их видели или слышали, является источником непревзойдённой силы духа истинноверующего. Он не боится опасности, он не падает духом перед препятствиями, его не сбить с толку противоречиями — и всё потому, что он отрицает их существование...

Это в точности про *неё!* А я все эти годы думал, что был единственным, кого отягощали «бесчисленные неверия», составлявшие кирпичную кладку пирамиды «чистой убеждённости» моей матери.

У неё даже не было того оправдания, что она была коммунисткой. После всех лет, проведённых в Советском Союзе, она гордилась тем, что никогда не имела партбилета (хотя вступление в партию в России не было таким уж автоматическим, как многие себе представляют, особенно для иностранцев). Но это не означало, что моя мать не была слепо предана Великой Идее. Даже более предана, чем легионы членов компартии — сталинистов и троцкистов, которые остались в Нью-Йорке, чтобы биться друг с другом в течение следующих сорока лет. Все те потасканные красные, не желавшие разговаривать друг с другом (из принципа!) даже в 1970-е, были просто болтунами! Моя мать не интересовалась их талмудистской казуистикой. Она хотела перепрыгнуть через всю их болтовню прямо в будущее.

То, что она приехала в Россию, не казалось мне странным. Почему она осталась — это другой вопрос, и я часто мучился над ним. Какие (или чьи?) чары превратили для неё этот бесцветный пейзаж в одну из тех ярких пролетарских мозаик, которые до сих пор украшают этот купеческий город?

В рассказе моей матери о её первой работе в Москве чаще всего возникает образ одного человека, которого она называла Тимофеевым, её начальника в Государственном Банке. (На протяжении всей моей жизни у моей мамы было мало подруг, и, похоже, она предпочитала роль *ingénue** при определённого типа пожилом джентльмене). У меня нет оснований подозревать, что между ними была какая-то связь. По её словам, Григорий Григорьевич Тимофеев был женат на актрисе на шестнадцать лет моложе его, грузинской княжне из Тбилиси, чья любовь к роскоши часто ставила её мужа в неловкое положение. Одно из достоинств Тимофеева, по словам мамы, заключалось в том, что даже в компании он никогда не пил ничего более крепкого, чем грузинская минеральная вода. Эта черта была унаследована им от его предков-староверов — русского аналога американских квакеров, купцов, капиталистов и бунтарей, оказывавших

----

* *Ingénue* — инженю: наивная, неискушённая молодая женщина.

тайное противодействие самодержавию, предоставлявших убежище беглым крепостным и нанимавших их на работу на свои фабрики.

К тому времени, когда Флоренс встретила Тимофеева, то, что осталось у него от старой религиозной дисциплины и коммерческого духа его предков, приняло более узкие формы строгой трезвости и энергичного следования социалистической трудовой дисциплине. Я уверен, что именно красноречие Тимофеева убедило мою мать в безупречной рациональности советской системы. Однажды я спросил её, что она подумала, увидев полное отсутствие свободы в прессе, когда приехала. «Ты должна была заметить, что газеты не давали никакой реальной информации,— сказал я.— Тебе не показалось странным, что в газетах не было колонок мнений? Не было комиксов, кроссвордов? Разве не правда, что все эти официальные заявления и статистика были немного *чересчур*?»

Её ответ: «Ну, Тимофеев говорил, что это чепуха, будто все иностранные журналы «запрещены». Они были, как любая другая роскошь,— их импорт означал бы, что правительство должно платить за них. Да, российская центральная пресса часто была скучной — жаль, конечно, но надо ценить, как много было сделано в стране после революции. Какая польза людям от всех этих дебатов в прессе? Большинство из них до сих пор подписываются крестом. Всё, что они читали, должно было быть изложено ясным и простым языком... ясным и простым,— я помню, как она повторяла это в учительской манере, наверное, перенятой у Тимофеева,— «вы же не кормите младенца жёстким мясом, не так ли? Тот факт, что они вообще читали газеты, был достижением».

Я подозреваю, что текст про младенца и мясо — это прямая цитата. Мама, казалось, цеплялась за это объяснение в свои шестьдесят лет, как утёнок, привязавшийся к сапогу фермера, продолжает думать, что сапог — его мать, даже когда его шея хрустит под резиновой подошвой.

Я могу представить себе эти вечерние прогулки ранней зимой, которые моя мать и её наставник совершают из офиса к его дому на Пречистенке, где мадам Тимофеева устраивает очередной приём. В этот час Москва находится на пике своей первозданной вечерней красоты. Я вижу тонкую плёнку машинного масла, отливающую перламутром на поверхности реки. Они проходят мимо массивного фундамента недостроенного каменного моста. Флоренс наблюдала за тем, как над ним трудилась бригада строителей более двух недель. Теперь она видит, что работа была заброшена, и люди со своими тачками переместились на восемьдесят метров вниз по берегу реки, чтобы начать строительство ещё одного фундамента.

— Неужели они будут строить второй мост так близко к первому? — спрашивает она Тимофеева.

Опытному глазу ясно, что произошло: изгиб реки не позволяет соединить первый мост с улицей на другой стороне. Типичная неряшливая ошибка советского проектирования, пропущенная, когда ещё можно было исправить. Но Тимофеев только отшучивается, поправляя свою меховую шапку.

— Моя дорогая Флорочка, если ты когда-нибудь станешь настоящим советским человеком, ты поймёшь, что великий русский народ — это нация максималистов. Наши амбиции похожи на любовь, они не терпят задержек и соперников. Мы построили самый большой в мире боевой самолёт — он разбился при первом полёте. Но мы построили другие столь же большие, и они всё ещё летают. Мы бросили вызов Франции и сконструировали самый мощный аэростат, но не смогли его поднять. Потом мы попробовали ещё раз и побили все мировые рекорды!

Это не пустая пропаганда. Он уже развивает в моей матери эту существенную советскую способность видеть жизнь не такой, какая она в реальности, а такой, какой она становится. Или скорее, какой она должна стать. Всё, мимо чего они проходят, перевоплощается во что-то другое в потенциале: грязный водоотводный канал, забитый мусором, превращается на словах в будущий акведук. Квартал снесённых домов, жители которых были насильно выселены, — это не пустующая, усыпанная кирпичом площадка, а строящийся Народный Дворец. В голове моей матери будущее и настоящее уже сливаются воедино.

Она не догадывается, что они вот-вот разлетятся.

КОНСПИРОЛОГИЧЕСКИЕ ТЕОРИИ

МОСКВА, 1934

Зима 1934 года выдалась на удивление снежной, но Флоренс была так занята новой работой, что не заметила не только снежную погоду, но и исключительно тревожную политическую атмосферу вокруг. Утром второго декабря, придя на работу в Госбанк, она очутилась в обстановке траура. Тяжёлый дух утраты и тревоги навис над каждым столом. Слёзы бухгалтеров тяжело падали на толстые бухгалтерские книги. Первой реакцией Флоренс было замешательство.

— Что случилось? — спросила она, повернувшись к соседнему столу.

— Ради Бога, ты что, не слушаешь радио?

Это был не столько вопрос, сколько обвинение. На самом деле, Флоренс слушала радио постоянно. Радио в московских квартирах, как и громкоговорители на московских улицах, были сконструированы, видимо, без выключателей. После месяца пребывания в России она почти полностью перестала обращать внимание на сводки и бюллетени, звучавшие в любое время суток по радио на общей кухне. Едва ли она была единственным формирующимся советским человеком, научившимся слушать и не слышать. Тем не менее, пропустить новость о «преступлении века»?

Она просто проспала. Выскочив из своей комнаты, чтобы бежать на остановку трамвая, не заглянув на кухню, даже чтобы сварить яйцо и выпить чашечку кофе, она не заметила, как соседи по квартире сгрудились у репродуктора, из которого лилась траурная речь.

Коллега по работе ахнула:

— Где ты была, девочка? Они убили Сергея Кирова!

— Кто убил? — спросила Флоренс с тревогой, надеясь скрыть другой, более неподходящий, вопрос: — А кто такой Сергей Киров?

Для тех, кто не знаком с главным политическим убийством новой России — убийством ленинградского партийного секретаря Сергея Кирова — это было событие масштаба убийства американского президента Кеннеди. Оно положило начало тысяче конспирологических теорий и было во многом похоже на дело Кеннеди: убийство, совершённое одиночным стрелком, почти тут же убитым; оставшиеся неразрешёнными противоречивые показания и следственные материалы. Не говоря уже о личностной параллели: Киров, похожий на Кеннеди и обликом и харизмой, человек, чья политическая популярность готова была затмить даже Великого Вождя. Судите сами: с одной стороны — подтянутый красавец, славянин; с другой — рябой кавказец; один — ленинградец, динамичный и общительный лидер; другой — осетин, отшельник и параноик-социопат, который полночи поил своих коллег из Политбюро водкой, сам попивая минералку.

— Мясники проклятые! — вступила бухгалтерша, сидящая через проход. — Как только земля таких носит!

«Но почему мясники? — задумалась Флоренс. Разве убийца уже не был задержан?» Ответ, казалось, был в газете, которую держала бухгалтер.

— Двурушники, трусливые гады, — подытожила она, уже не от себя, а просто читая вслух «Правду», лежащую перед ней. — Заклятые враги социализма подняли руку не только против одного человека, а против всей пролетарской революции. Трудящиеся единодушно требуют наказания убийц!

Известие об убийстве наполнило комнату напряжением, все сгрудились в мрачном возбуждённом единении. Вокруг Флоренс как бы происходила гигантская репетиция: подбирались исполнители в хор для постановки «Царя Эдипа» Софокла. Но кто же проводит отбор? И тут наша героиня заметила фигуру, которую она не видела раньше, — женщину в высоко застёгнутой на пышном бюсте белой блузке. Сам бюст был затянут и схвачен как у парашютистки.

— Хватит, товарищи, — распорядилась парашютистка; это заставило девушек разбежаться по своим местам. Всем, кроме

Флоренс, эта женщина — секретарь партийного комитета банка, была хорошо известна. — Хватит хныкать, — упрекнула она девушку, всё ещё слёзно читавшую газету. — Занимайтесь своим делом.

Флоренс поняла приказ буквально и, как делала каждое утро, направилась к кабинету Тимофеева. Постучав в дверь несколько раз и не получив ответа, она повернула ручку и тотчас поняла свою ошибку, увидев, как начальник уставился на неё:

— Что вы хотите? — коротко, почти грубо, спросил он. Его бородка была неопрятна, его обычно спокойные глаза были такими гневными, что выглядели дикими.

— Поступили отчёты по рынкам серебра, — растерянно доложила она, указывая на папку подмышкой.

В этот момент из-за открытой двери, закрывавшей для Флоренс обзор, появилась широкая, как у носорога, обтянутая толстой шкурой из чёрной кожи спина; спина медленно развернулась, чтобы оглядеть пришельца. Держа в руках одну из папок Тимофеева, мужчина в кожаном пальто удивлённо, но без враждебности, посмотрел на Флоренс. Она только недавно начала понимать значение кожаной куртки в советской общественной структуре. Кожаное пальто до колен, пожалуй, первое и единственное модное нововведение, которое коммунизм когда-либо дал миру, — показательный символ пролетарской грубости и революционной мужественности, было вначале принято большевиками, прежде чем стать излюбленной формой тайной полиции. Хотя данный владелец кожаного пальто был среднего возраста с припухшим, неопрятным лицом, это не смягчало его угрожающего вида. Флоренс отступила на шаг.

— Не кажется ли вам, что вы выбрали неподходящее время, товарищ Файн? — сказал Тимофеев.

— Извините, пожалуйста.

— В следующий раз стучите.

Но ведь она постучала! Идя назад, она чувствовала себя подобно церковному колоколу, по которому сильно ударили. Её голова гудела, а пальцы сжимались от обиды, когда она садилась за свой стол.

Мысль о том, что её начальник и наставник, возможно, не хотел демонстрировать перед чекистами слишком дружественные отношения с иностранкой в его штате, не приходила ей в голову. Если бы она взглянула на утреннюю «Правду», она могла бы обратить внимание, что среди «трусливых гадов и заклятых врагов социализма» также были упомянуты «замаскированные враги, служащие иностранных разведок». Вместо этого она, всё ещё пытаясь понять, что сделала неправильно, положила щёку на крышку машинки и начала тихо плакать. Её отчаяние очень подходило к ситуации.

— Ну, ну… — кто-то стоял позади неё и похлопывал её по плечу. Вытирая слёзы, Флоренс повернулась и увидела, что это начальница конторы. — Слёзы не вернут даже святых, моя дорогая, — сказала женщина. Затем, всё ещё успокаивая Флоренс, она добавила: — Теперь они хорошо прижмут этих паразитов; придёт и их очередь плакать.

Флоренс вспомнит это пророчество через три недели в тесной комнате в бюрократическом чреве банка. Небольшая аудитория, душная от столпившихся людей, благоухает зимним потом. Только одно створчатое окно открыто; утренний ветерок шевелит жёсткие листья трёх гигантских фикусов на подоконнике. Фикус, бывший в первые годы революции презренным символом мелкобуржуазного уклада, теперь реабилитирован могущественным пролетариатом. Оказывается, ни одно другое растение не выживает так успешно в затхлой радиаторной жаре советских залов заседаний. На этом тропическом фоне появляются, будто старейшины совета племени, фигуры секретаря парткома банка и какого-то Всесоюзного комитета. На противоположной стене висит траурный флаг с чёрной каймой.

В последние недели заголовки газет бросались в глаза с такой настойчивостью, что даже Флоренс не могла не заметить. Через неделю после убийства Кирова сто три «белогвардейца» были арестованы и разом казнены. Их имена не были обнародованы, и единственная опубликованная о них информация была, что они тайно проникли в Советский Союз через Латвию, Финляндию, Польшу и Турцию с целью убийства Кирова и других вождей. Совсем недавно Григорий Зиновьев, старый революционер и соратник Ленина, также был арестован, его вина уже известна, хотя до суда ещё две недели. Но чистка только началась. Через два года число участников убийства одного человека расширится до 104 ленинградских контрреволюционеров, 78 заговорщиков «Московского центра» (превратившегося в гнусный «троцкистско-зиновьевский террористический центр»), 12 ленинградских чекистов, и других. Смерть Кирова — это золотой гусь, продолжавший производить на свет всё новых врагов вплоть до 1941 года, когда его плодородие временно прервалось войной.

Но вернёмся в зал с реабилитированными фикусами. Конечно, если идеологически вредное каучуковое растение можно спасти от буржуазного упадничества, то молодая женщина — сегодняшняя подсудимая, может быть тоже сможет оправдаться в глазах своих коллег. Флоренс с трудом могла разглядеть прыгающий пучок на голове стенографистки, записывающей обвинения:

— Неверие.

— Утрата политической бдительности.

— Неспособность разорвать связи.

— Но как? — говорит рыжеволосая девушка, голос её дрожит. — Как я могла порвать связь? В конце концов, он мой отец. — Она задаёт вопрос не риторически. Её маленькие глаза оглядывают публику так, как будто где-то действительно может быть ответ. Видя эти отчаянные глаза, Флоренс чувствует, как её бросает в холод.

Оказывается, отец девушки — один из «зиновьевцев». Впервые Флоренс узнаёт, что Зиновьев и Каменев были в политической оппозиции уже многие годы.

— Ты меня удивляешь, Голубцова, — говорит женщина, в которой Флоренс узнаёт парашютистку с огромным бюстом. Её тон совсем не воинственный. Напротив, её слова звучат почти весело. — Когда стало известно об арестах заговорщиков, ты не пришла в комитет и не заявила о своей связи с врагами.

— Я не могла поверить.

— Ты не поверила, что они виновны? — спросил мужчина, сидящий в конце стола.

— Нет… Да.

— Ты думала, что партия хватает людей ни за что?

— Я не знала, что думать.

— Однако, у тебя хватило ума, — продолжает женщина, — чтобы связаться со своими старыми друзьями в Ленинграде и проследить, чтобы твоё имя не значилось в списках активистов в Смольном Институте.

— Я была там организатором четыре года назад, но с тех пор я живу здесь.

— Но за всё время твоего пребывания здесь ты ни разу не звонила в Ленинград, чтобы попросить вычеркнуть твоё имя из каких-либо списков — как ты это объяснишь?

— Честно говоря, признаюсь, я ничего не знала ни о каких планах…

— Что ты подразумеваешь под «планами»? — спрашивает кто-то другой. — Ты по-прежнему отказываешься осудить террористов перед лицом множества доказательств.

Но главная поднимает руку, чтобы вежливо остановить его.

— Независимо от того, знала ты или не знала, вопрос не в этом. Вместо того, чтобы сразу разобраться со своими связями, ты сначала постаралась прикрыть свою задницу, обратиться к дяде за помощью…

— Именно он и предложил это, и только потому, что я больше не была членом…

— Никого здесь не интересуют твои оправдания, — протестует мужчина в конце стола.

Флоренс силится понять, в чём призывают девушку признаться, хотя уже ясно, что, какое бы новое объяснение она ни предложила, суд немедленно отбросит его как неадекватное и неискреннее. В течение последних двух недель Флоренс пыталась разобраться в каскаде разоблачений в газетах, но она всё ещё находилась в замешательстве от упрямого парадокса: не слишком ли много злодеев кроется вокруг. Если уже известно, что это белогвардейцы убили Кирова, то, безусловно, «зиновьевцы» должны быть не при чём. Или наоборот. Это простая логика исключения, которую математическая черта её интеллекта пытается проследить. И что это говорит о самой партии, если большевики, вовлечённые в это дело, — члены ЦК? У них что, не было другого способа разобраться, как прибегнуть к убийству? Она хотела бы задать эти вопросы Тимофееву. Но в последнее время её босс от неё отмахивается.

Его дни теперь настолько заняты встречами, что Флоренс стало достаточно трудно обращаться к нему с вопросами, связанными с всё более запутанными утренними диктовками, не говоря уже о том, чтобы попросить его разъяснить политическую ситуацию. Вместо этого, голос жены Тимофеева, Нины, теперь звучит у Флоренс в ушах: «Кто мы такие, чтобы думать, что мы можем понять всё, что происходит наверху?» Её мысль возвращается к этой фразе, как к спасательному кругу. Она старается успокоить себя напоминанием, что у неё нет, да и не может быть, ответов на все вопросы. Кто она такая? Не член партии. Даже не русская. Она повторяет это, как заклинание, чтобы отогнать какое-либо чувство вины за то, что не выступила в защиту бедной девушки. Что она может на самом деле сделать, кроме как смотреть, как убивают рыжеволосого жертвенного ягнёнка? Одно неверное движение, и Флоренс может сама оказаться на плахе.

Её молчание всего лишь признак коллективной немоты, охватившей страну. К 1934 году преступления на почве страсти почти исчезли в Советском Союзе. Так же, как несчастные случаи, преступная халатность и всякие случайные преступления. Каждое преступление, о котором сообщают газеты, является диверсионным актом.

Промышленные аварии? — Диверсанты!

Невыпонение плана? — Вредители!

Убийство и даже изнасилование — всё это подрывные действия в войне против трудящихся классов. Незаметный заголовок на последней странице «Известий» за неделю до дела Кирова гласил: «Девочка-пионерка обесчещена на пшеничном поле». Кто на неё напал? Кулаки!

Остаётся вопрос: неужели пуля, пробившая шею Кирова и, образно говоря, продырявившая головы множеству других, не оставила никакого следа на энтузиазме Флоренс по отношению к избранной стране? Всё говорит о том, что события зимы 34-го года не сильно повлияли на её мнение о советской системе. Или, может быть, всё было гораздо проще: в декабре мысли Флоренс были заняты другим — она снова влюбилась.

* * *

Рассказывая друзьям о своём детстве, Леон Бринк любил говорить, что унаследовал революционное сознание ещё в утробе. «Взращённый кое-как», поведал он Флоренс, упрямой, одержимой одинокой матерью. С трёхлетнего возраста, когда соседские еврейские мальчики начали ходить в хедер, его таскали на забастовки и демонстрации и бросали в шумной толпе на обочине, пока его мать сражалась увесистым зонтиком и заострёнными шпильками. Батя Бринк, швея и последовательница Клары Лемлих, воспитала сына в презрении к экономическому деспотизму, кипевшему, как она любила говорить, в котлах капитализма и перехлёстывающему через край.

Её враждебность к капитализму была почерпнута в Америке, но её ненависть к религии восходила к молодости в Польше. В девятнадцать лет она вышла замуж за молодого человека, бедного, но блестящего, который, будучи единственным сыном, смог избежать призыва в армию. В следующем году все льготы были отменены. Опасаясь его гибели на службе царю Николаю, она продала всё и отправила своего молодого мужа в Америку. Его первое послание было о том, что трудно найти работу, и он не мог послать ей сколько-нибудь на проживание. Она страдала от чтения его писем и страдала ещё больше, когда проходили месяцы без весточки. Казалось, он не беспокоился о том, чтобы оплатить её переезд, забыв, что она оплатила его. Отчаявшись, она пошла к городскому раввину и уговаривала его написать молодому мужу в Нью-Йорк, чтобы он согласился дать ей развод, поскольку, как женщина, не могла получить его сама. Вместо этого раввин попросил своих родственников собрать деньги и отправить её на корабле в Америку. В Нью-Йорке она отыскала своего мужа, и в течение короткого времени они жили вместе, снимая комнату, где, по словам Леона, «он заполнил её спермой» и снова исчез, на этот раз отправившись на запад и бросив её с долгами в мясной и в продуктовой лавках. Начиная с этого дня, работая в душных мастерских по шесть и семь дней в неделю, чтобы прокормить и одеть своего единственного ребёнка, Батя, не переставая, бранила трусость мужиков и лицемерие «раввинских начальников», которые разрушили её веру. Её презрение к ним в юмористической передаче Леона, всегда старавшегося развлечь слушателей, казалось Флорес настолько гротескным в сравнении с беззлобным атеизмом её отца, что само выглядело какой-то экзотической верой. Чем, помимо крайнего фанатизма, можно объяснить благоухающую трапезу из четырёх блюд, устраиваемую его безденежной матерью каждый год на Йом Кипур, в день поста, чтобы поиздеваться над своими благочестивыми соседями?

Леон Бринк был одним из тех людей, от природы наделённых даром превращать свою жизнь в своего рода водевиль, даже в некий миф. На самом деле, это был не такой уж редкий талант среди мятежных неудачников, заброшенных в Москву в тридцатые годы, свободных духом, с гордостью отказавшихся от своей капиталистической родины. Молодые, в основном евреи, родом из Бронкса или Британского Манчестера, и даже из таких экзотических мест, как Миссула, штат Монтана. Взгляните на них: Флоренс и её друзья в московском кафе на Пушкинской площади заказывают только кофе для девушек и графин с водкой для парней, чтобы им разрешалось часами сидеть и говорить, и говорить (общение, как и все остальное, делалось коллективно). Так много их разговоров крутится вокруг Америки, как будто, оскверняя своё место рождения, они исполняют своего рода ритуал, чтобы облегчить тоску по дому. Посмотрите, как они появляются один за другим на катке на Петровке, всё ещё настолько погружённые в дебаты, что через минуту вся их группа валится на лёд, тогда как местные ловко крутятся вокруг них.

Леон Бринк — единственный из американцев, который может стоять на льду. Зажжённая папироса свисает с его губы. Флоренс отмахивается от его протянутой руки и поднимается без посторонней помощи. Он подаёт руку Эсси, и та принимает её с благодарностью.

Неужели она всё ещё злилась, что он назвал её «Флэтбуш»? Или его рассказы о том, как он спал на пожарных лестницах и пи́сал в Ист-Ривер, считала пустым бахвальством? В конце концов, как и все остальные экспаты, он был теперь привилегированным иностранцем, защищённым от хронической нехватки всего, от очередей и унижения — неизбежных спутников жизни в России. К этому новому статусу все они привыкли довольно легко. Из безысходного болота американской бедности и безвестности Леон поднялся на почётную должность «журналиста» в иностранном отделе ТАСС, обеспечивавшую постоянный столик в каждом гостиничном кафе, пару билетов на каждый новый концерт, спектакль или фильм. Как бедному мальчику из опасного предместья удалось осуществить такое превращение? Оказалось, безумная Батя была не без практической хватки. Она отправила своего двенадцатилетнего сына на работу к наборщику по имени Мейер Левицкий, который платил Леону, обучая его печатному делу и одалживая ему книги, так что к пятнадцати годам молодой Бринк прочитал большинство русских классиков и политических философов. В Клубе иностранных рабочих и в Московском кафе, где собирались его друзья экспаты, он мог подолгу цитировать Бакунина, Толстого, Жаботинского, Маркса. Единственным автором, кого он избегал цитировать в этой революционной компании, был Горацио Алджер,* чьи книги сыграли не менее важную роль в осуществлении великой метаморфозы, породившей, на самом деле, новую жизнь Леона Бринка.

Флоренс не могла объяснить беспокойства, охватывавшего её, когда он веселил какую-нибудь группу, полусидя, полустоя, держась за спинку стула или чье-то плечо, как будто ожидая, что в любой момент его могут вознести к облакам. Даже кольца его волос, пучки его бакенбардов, казались свободны от гравитации. Как бы то ни было, Флоренс не могла дольше сдерживаться.

Начало её капитуляции наступило в один морозный московский вечер, когда, после быстрой пробежки к Большому, она обнаружила, что Леон ждёт её у одной из колонн. Никого из их друзей больше не было.

— А где все?

— Ты МЕНЯ спрашиваешь?

— Я думала, Эсси будет.

— Разве она не с тобой? — невинно спросил Леон.

— А где Селдон?

— Всё ещё недомогает со вчерашнего вечера. Нас как почётных гостей принимала группа грузин. Я предупреждал его, что вино, как навязчивая спутница, бывает, задерживается по утрам. Старая добрая водка, с другой стороны…

— Мы опоздаем, — сказала Флоренс с видимым нетерпением. — Билеты у тебя?

Из кармана лёгкого пальто Леон вытащил два билета на «Леди Макбет Мценского уезда».

В парадном вестибюле театра стояла очередь в гардероб. Общественная раздевалка в России тогда, как и сейчас, была обязательным удобством. Пробраться в концертный зал в пальто было бы немыслимо даже для Леона и Флоренс. Наконец, усевшись

---

* *Horatio Alger* (1832–1899) — американский писатель, рисовавший путь «из грязи в князи».

на своё место, Флоренс попыталась познакомиться с либретто предстоящего представления.

В 1934 году, до того, как по велению Сталина авангард был полностью ликвидирован, Россия переживала последние дни периода художественных инноваций, начавшегося в революционную эпоху. Этот всплеск экспериментальной «Прекрасной эпохи», последние отблески коей Флоренс ухватила по прибытии, уверил её, что страна, куда она приехала, была свободнее той, что она покинула. Флоренс попыталась погрузиться в сюжет траги-сатирической оперы Дмитрия Шостаковича о купеческой жене, влюбившейся в очаровательного приказчика. Перекладывая мрачный рассказ Николая Лескова на музыку, Шостакович изо всех сил пытался уложиться в каноны соцреализма, но во вред себе не смог побороть свои художественные вкусы. Это могло объяснить, почему у Флоренс возникли проблемы с пониманием музыки. На сцене Катерина с дикими глазами, жаждущая своего односельчанина Сергея, мучилась и содрогалась, убивая сначала свёкра, а затем и мужа. Музыка стонала и задыхалась вместе с ней. Значительная часть действия происходила на покрытой бархатом двуспальной кровати купца.

Не менее волнующим, чем атмосфера оперного зала, было напряжённое безмолвие спутника, сидящего рядом с ней. Морская терпкость его одеколона окутала её в неподвижном театральном воздухе. На протяжении всей оперы колено Флоренс застыло, опасаясь случайного прикосновения. На самом деле, ей было не о чём беспокоиться. Леон держал руки при себе и предоставил возможность искушать её Шостаковичу. Опера уже ставилась в Ленинграде, и Леон слышал о её эротических свойствах. Не случайно он устроил это свидание с Флоренс наедине.

— Ну, и что ты про это скажешь? — спросил Леон, когда свет зажёгся.

К моменту, когда они отдали номерки гардеробщику и получили верхнюю одежду, её двухчасовое усилие, направленное на борьбу с возбуждением, теперь вызвало у неё реакцию респектабельного неодобрения. «Хорошая опера, — сказала она, позволяя Леону помочь ей надеть пальто, — если отвлечься от таких тонкостей, как мелодия, ритм или положительный герой».

Критика Флоренс «Леди Макбет Мценского уезда» перекликалась с уничижительным, ещё грядущим отзывом в «Правде»:

«грубая», «примитивная», «эпилептическая». «Товарищ Шостакович представил нам самый грубый натурализм…—писал рецензент.—Композитор явно не пытался прислушаться к тому, что советская публика ищет в музыке и ожидает от неё». Этот взрыв официального гнева приведёт к запрету оперы на последующие три десятилетия.

—Ты хочешь сказать, что ты не нашла Катерину привлекательной?—спросил Леон, склонив голову, с насмешкой в голосе.

—Эта леди—монстр.

—Как насчёт умной, потрясающей женщины, погибающей в кошмарных условиях гнетущего общества?

—Она—расчётливая убийца!

—Ну что из того, что она укокошила пару парней.

—За любовь известного распутника!

—Вот в этом вы не правы, товарищ Файн. Преступление Катерины не является преступлением любви. Преступление любви было бы духовным грехом. А она одержима языческой неистовостью. Отсюда и название Леди Макбет…—И тут Леон ошарашил её, процитировав Шекспира: «Я смею всё, что можно человеку. Кто смеет больше, тот не человек…».*

На какое-то мгновение Флоренс стояла, изучая его в московском вечернем освещении, её губы испускали серебристые струйки ледяного дыхания.—Так ты читал Шекспира…—сказала она.

—Да, миледи. Я даже сыграл Макдуфа в постановке Сити Колледж.

—Ты никогда не говорил, что посещал Сити!

Возможно, переусердствовав в своих претензиях на эрудицию, Леон быстро поправился.

—Я бросил меньше чем через год.

—Что так?

—Я понял, что мне нечему там учиться.

Его постоянное бахвальство было больше похоже на защитную позу.

—К тому же у меня кончились деньги,—добавил он.—Даже если обучение бесплатное, жить-то на что-то надо. Я решил, что узнаю больше, путешествуя. У меня была отличная идея

---

* Уильям Шекспир. «Макбет» (пер. М. Лозинского) Акт 1, сцена 7.

проехать на поездах через Америку, но она оказалась не оригинальной — около тысячи энтузиастов уже опередили меня. Я мог поехать в Аргентину, но у них совершился военный переворот.

— Так что оставалась только Россия.

— На самом деле я был на пути в Китай, когда я прочитал о Биробиджане — Еврейской автономной области... Сталинский Сибирский Сион! И мне даже не пришлось бы учить китайский.

— Я не подозревала в тебе первопроходца.

— Ты шутишь! Я люблю передний край. Я купился на фотографии в брошюре: парень, похожий на Геркулеса из Бердичева, поднимающий мешок с пшеницей, и голенастая левантийская принцесса, играющая на балалайке. Единственное, что они забыли поместить в брошюру, это изображение комаров.

— Похоже на рай.

— Я не ожидал, что это будет французская Ривьера, но: схожу я с Транссиба на платформу, а это просто доска посреди моря слякоти. Я поворачиваюсь к проводнику и спрашиваю: «Как долго ещё до Биробиджана, товарищ?» Он смеётся надо мной. «Два года, сынок!».

— Так вот, добрался я туда, и меня поставили работать на осушение болот. После двух вечеров у меня были комариные укусы поверх комариных укусов. Может быть, я бы не возражал против того, чтобы меня ели заживо, если бы, по крайней мере, мне самому было что поесть. Но, похоже, смотрители зоопарка о нас забыли.

— Кого это «нас»?

— Они собрали всех нас, иностранцев, в одну бригаду: поляки, болгары, фрицы, южноамериканцы. Я бы не удивился, обнаружив там зулуса. Думаю, кто-то хотел посмотреть, сможем ли мы соорудить ещё одну Вавилонскую Башню. Если бы мы не были постоянно заняты беготнёй в сортир из-за поноса, мы могли бы даже поубивать друг друга.

— Как долго ты там пробыл?

— Можешь ли поверить — я проторчал там почти четыре месяца. И эти сволочи ещё угрожали судить меня, когда я, наконец, сказал им, что уезжаю. Сказали, что я нигде не найду работу в Советском Союзе, если не «отслужу свой срок».

— И что ты сделал?

— Я сказал им, *Zai gezunt* (прощайте), а для тех, кто не понимал идиш, добавил *Vafanculo* (пошли вы на…) на моём лучшем итальянском.

— Так закончилась мечта о еврейской республике, — подытожила Флоренс.

— Что я могу тебе сказать? Дело даже не в том, что было слишком много евреев, а в том, что всех остальных было недостаточно. Видишь ли, я так понимаю, что когда нас мало, мы как удобрение. Но всё в одном месте? — он покачал головой. — Это просто большая куча навоза.

Флоренс невольно рассмеялась. Прежде чем она отдышалась, Леон спросил:

— А что ты делаешь завтра вечером?

С этого момента для Флоренс началась «зима неправды нашей». Она врала Эсси, ссылаясь на заседания комитета после работы. На работе она пропускала собрания под предлогом, что ей нужно было на политзанятия (единственная уважительная причина), а затем, сачканув занятие, бежала в кинотеатр «Ударник» с Леоном на новый фильм «Чапаев».

Несмотря на чистки и политические разборки, в 1934 году в Москве было много интересного. Флоренс впервые прослушала симфонию и сходила на первый балет. Её поразило как много высокой культуры было доступно и так дёшево. Среди публики она видела людей, которые выглядели и были одеты как простые рабочие. Их жажда культуры льстила её чувству гордости за то, что она была жительницей города, провозгласившего различия между высокой культурой и низкой, классической и современной, элитарной и популярной просто буржуазными предрассудками. Она пыталась внушить себе, что эти свидания с Леоном не были настоящими свиданиями. В конце концов, это была эгалитарная Россия; нет причин, чтобы мужчины и женщины не могли быть друзьями. Не было ни обниманий, ни излишних прикосновений — Флоренс держала всё на платоническом уровне. Она даже пыталась немного подлить масла, слегка посводничать.

— А что ты думаешь об Эсси?

— Она хорошая девушка.

— Ты не находишь, что у неё очень красивые глаза? — подбросила Флоренс.

— Да, и так близко посажены, — сказал Леон.

* * *

Их ухаживание происходило в двух реалиях: в российской действительности с наложением нью-йоркских воспоминаний. Проезжая по булыжной мостовой Арбата, он рассказывал ей о своём детстве, когда работал подсобником в киосках с одеждой на Канал Стрит.

— Ты знаешь, почему все эти костюмы на Канал имеют так много маленьких ценников?

— Почему?

— Каждый из них прикрывает дыру!

Потягивая пенящийся квас в парке Горького под плакатом с надписью «Жизнь стала лучше, жить стало веселее», они вспоминали газированные напитки, которые пили в Бруклине.

— Чего бы я не дала за капельку шоколадного сиропа в этом квасе!

— Не поможет. Надо знать рецепт,— сказал Леон.

— Ты-то, наверно, знаешь.

— Конечно знаю. Один бармен с Грин Стрит показал мне секретный рецепт.

— Тебе одному?

— Ага. Пожалел меня, потому что у меня не было бар-мицвы. Он провёл меня на кухню и показал, как он это делает. И сказал мне: «Теперь ты мужчина».

Она никогда не могла понять, не сочиняет ли он всё на ходу. Сначала она недоумевала, но через некоторое время ей стало это неважно.

— Я никогда не видела, чтобы ты много пил, Леон.

— Алкоголь мешает моим страданиям.

Она ходила с Леоном на лекции в Дом культуры и в Государственный еврейский театр на Бронной, чтобы посмотреть, как Соломон Михоэлс исполняет своего знаменитого короля Лира. Но звёздный час Леона настал в «Метрополе».

Ресторан отеля «Метрополь» заслуженно занимает место в пантеоне великих злачных мест века. Его витражные потолки показались Флоренс на первый взгляд высотой под десять метров. Высокие арочные двери окружали огромный зал, достигая балкона с колоннадой. Подобно «Ритц» или «Копакабана», «Метрополь» мог успешно считать свой интерьер вневременным.

Его вычурная бронза и красное плюшевое убранство к 1930-м годам уже приобрели вид ушедшей славы, слегка изношенной и потёртой роскоши, похожей на форму официантов в ливреях с золотой тесьмой, сохранившуюся ещё с царских времён.

Также как и ресторанам других валютных гостиниц, «Метрополю» было позволено оставаться открытым допоздна, чтобы потакать буржуазным вкусам иностранных жителей и гостей Москвы, особенно представителям прессы, любившим слоняться по его хорошо укомплектованным барам со стаканом виски и любоваться на эффектных барменш. Итак, именно в «Метрополе» пёстрая ватага корреспондентов, к числу которых относил себя Леон, решила встретить Новый Год.

На танцплощадке, кишевшей обнажёнными плечами и голыми спинами, проекторы оживляли сверкающий фонтан автохромом. Дымчатые зеркала вокруг столовой походили на запотевшие окна в другой мир. Снаружи, при температуре под двадцать мороза, царила привычная зимняя картина бедности: люди в дешёвых овчинах, спешащие по тротуару с авоськами. А внутри — тропики: торчащие из масок перья, цветущие в петлицах гвоздики, напомаженные головы, склонённые на пуховые декольте. Снаружи — запертые магазины, хранящие скудные запасы чёрного хлеба и солёного сала. Внутри — утка с солянкой, сельдь «под шубой» из свёклы и хрена. На улице — снег. Внутри — конфетти. Там — невнятное воинственное завывание национального гимна. Здесь — джаз!

Флоренс и Эсси прибыли как раз в тот момент, когда разговоры за столом начали приобретать безумную, безрассудную недвусмысленность ночной попойки. Оркестрик из шести участников, подстраивая свои инструменты, уступил сцену паре цыган-скрипачей, мужчине и молодой женщине в вышитых жилетках.

— Вы думаете, она настоящая цыганка? — спросил человек по имени Алистер.

— Не смеши меня! Настоящие такие же косоглазые, как котята от кровосмешения! — сказал Селдон Паркер, сидевший рядом с Флоренс. Она устроилась около него, чтобы быть подальше от Леона.

— Я думал, что они запретили цыганскую музыку, — сказал лысый австралиец, которого называли Майклом.

— Это было в прошлом месяце,— поправил Селдон.— В этом месяце они отменили запрет.

— Селдон обиделся на них после большого суда над цыганами прошлым летом, который его послали освещать,— заверил Леон.

— В мире нет преступников хуже конокрадов! — решительно заявил Селдон.— Или автомобильных воров, что, на самом деле, то же самое. Правительство годами пыталось сделать из них порядочных советских граждан, но всё напрасно. Они вешают портреты Ленина в своих шатрах и продолжают воровать.

Селдон обратился к Флоренс.

— Вы когда-нибудь замечали, что им никогда не хватает того, что вы им даёте? Однажды я отдал последнюю карманную мелочь, а она спросила меня, где остальное. Какая наглость!

— Почему она должна страдать только из-за того, что у тебя была плохая неделя? — крикнул Леон через стол. Он выпустил кольцо дыма и подождал, пока оно растает, прежде чем опять взглянуть на Флоренс.

Она устроилась на противоположном конце стола в надежде, что так будет легче отделаться от Леона. Теперь она чувствовала спазмы в желудке, её мозг проигрывал причины, по которым надо было прекратить то, что было между ними. Три дня назад, когда она встретилась с Леоном в театре на Бронной, он сообщил ей, что летом ему исполняется двадцать один год.

Ему всего лишь двадцать! Она попыталась скрыть шок и ей удалось справиться с лицом настолько, что он не заметил её реакции (ей будет двадцать пять через месяц). Это, безусловно, объясняло напор, с которым он пытался привлечь её внимание: скромное хвастовство и легкомысленное высокомерие. Флоренс и так уже считала, что было слабоволием с её стороны, недостатком воображения, что, совершив весь путь до Москвы, она позволила себе связаться с американцем, да ещё с нижнего Ист-Сайда. Теперь ей стало ещё и панически стыдно, что этот американец оказался всего лишь мальчишкой, мающимся от безродности и весёлой страсти к путешествиям. Она восприняла свою панику как результат неспособности дотянуться до изысканной пищи на столе. Она дала себе расслабиться после фиаско с Сергеем, но не имела в виду влезать по уши. Теперь, когда она была в более трезвом уме, пришло время перестать откладывать и стать серьёзным человеком, тем, ради чего она сюда приехала. Из ассорти блюд с копчёной рыбой, выставленных на вертушке, пара бисерных глаз обвиняющим взглядом уставилась на Флоренс. Пришло время срезать наживку.

— Эсси, ты знала,— нарочито бодро сказала Флоренс,— что ты и Леон оба учились в школе рабочей молодёжи.

— Да, ты в каком отделении? — спросил Леон, кладя в рот пельмень.

— Восточный Бронкс,— сказала Эсси, оживляясь.— А ты?

— Восточный Бродвей,— равнодушно сказал Леон,— но я не задержался там надолго.

И тут параллель иссякла. Беспокойство Флоренс распространялось на её подругу. Эсси, возможно, легче бы справилась с безразличием Леона, если бы все остальные мужчины за столом не были так явно захвачены созерцанием барменш, которые скользили взад-вперёд между столами с подносами сигарет и бенгальскими огнями. Ещё одно различие между «Метрополем» и внешним миром: отношения полов внутри ресторана были явно меркантильными. Майкл поманил красотку с татарскими глазами и купил у неё дюжину огней в обмен на доллар и похлопывание по атласному заду. Австралийца простили, погрозив пальцем за шалости.

— Они всегда такие… дружелюбные? — Спросила Эсси с видимым ужасом.

— Конечно! — Сказал Селдон.— Некоторые из них даже берут чаевые. То есть, если им дают чаевые.

— Майкл влюблён в одну из них,— вслух поделился Леон, обращаясь к Флоренс.— Её зовут Нелли.

— Бывшая аристократка,— задумчиво сказал Майкл.— Несчастная жертва революции. Такие хрупкие существа не созданы для повседневной рутины советской работы.

— Но Нелли не хочет иметь с ним ничего общего,— продолжил Леон.— Она специализируется в японском.

— Он догадывается, что эти девушки сообщают обо всём «куда надо»? — спросила Эсси.

— Догадывается? Это его единственная надежда,— сказал Леон.— Он устал от сочинения новых государственных секретов, чтобы удержать её внимание.

Эти замечания, вроде бы направленные на Эсси, казалось, также предназначались и для Флоренс, которая, в свою очередь, надеялась, что общение в компании поможет вернуть целомудрие в её отношения с Леоном. На что она никак не рассчитывала, так это, что физическая дистанция станет не просто затруднением, а мучительным препятствием. Флоренс было неловко сознавать, что Леон следит за каждым её жестом. Случайно или нет, но она выбрала место за столом, открывавшее удобный вид на её профиль, который ему так нравился.

— Очень жаль, что никому нет дела до тайн Австралии,— заключил Селдон, и встал, держа в руке стакан.— Тост за наших американских друзей! — провозгласил он. Неуверенно стоя на подкашивающихся ногах, он, тем не менее, изящно придерживал стакан льняной салфеткой.— Я предлагаю, чтобы мы с чувством попрощались с 1934-м годом, первым полным годом, когда эта прекрасная нация, которая принимает нас, была признана Соединёнными Штатами.

— Больше не жить в грехе! — воскликнул Леон со своего конца стола.— За нас,— предложил он, побуждая стол чокаться; все радостно его поддержали.

— Сколько ещё у нас времени на всю эту ностальгию? — спросил Селдон.

Майкл посмотрел на часы.

— Двенадцать минут осталось от старого доброго 34-го года.

Получив эту информацию, Леон без обиняков обратился к Флоренс:

— Время для последнего танца?

Флоренс опустила салфетку на стол. Взглянув на Эсси, она изобразила слабую улыбку извинения и привстала, немного вяло, обозначая, что она соглашается из вежливости. Однако её усилия по примирению были не нужны. Для Эсси романтические отношения всегда характеризовались непомерными надеждами и быстрыми уступками. Флоренс опустошила бокал шампанского и поднялась. Ощущение погружения сопровождалось встречным потоком пузырьков шампанского, которое вдруг ударило ей в голову. Наступившая лёгкость как бы прощала ей накопившуюся вину: за несправедливость того, что её пропустили впереди русских в очереди, потому что она обратилась к швейцару «Метрополя» по-английски; за нечестность изобилия среди дефицита; за её неспособность отвадить молодого человека, к которому она не могла относиться серьёзно. Но всё же это был канун Нового Года, и она вдруг устала чувствовать себя во всём виноватой. Она решительно поставила бокал и пошла впереди Леона на танцплощадку, не останавливаясь и не давая ему вести себя за руку.

Секстет играл знакомую мелодию, слегка изменённую аккордеоном. Песня звучала как славянская интерпретация старого хита Гая Ломбардо. Исполнение было без слов, но Леон Бринк шептал ей на ухо: — Слушай, почему ты дурачишь меня, маленькая кокетка? Насмехаешься над тем, кто любит тебя… ты правишь, разбивая сердца, маленькая кокетка… живые сердца, нежно мечтающие о тебе-ее…

Вымученная улыбка Флоренс показалась ему обещающей, но она вовремя отвернулась, чтобы избежать его губ. Краем глаза Флоренс поглядывала на подругу за столом. Желая выглядеть привлекательно, Эсси была без очков. Она близоруко оглядывалась, смачивая губы в бокале шампанского, словно ребёнок, притворяющийся во время причастия. — Хмм, ла дидиди, маленькая кокетка… — напевал Леон. Как крот, он уткнулся носом в шею Флоренс, вдыхая аромат её волос.

— Веди себя прилично.

— Почему?

— Вокруг люди.

Леон огляделся.

— В самом деле? Я не заметил. — За последние три недели, водя её по театрам и ресторанам, Леон ничего не добился от этой девушки кроме нескольких украденных чмоков на мокрых скамейках в парке. То, в чём ему было отказано наедине, теперь он, как обездоленный подросток, пытался получить среди публики на танцплощадке.

— Прекрати! — сказала она, когда он слизнул капельку пота у неё за ухом.

— В чём дело? Ты не села со мной. А теперь… Ты ждёшь кого-то другого?

— Ничего подобного.

Строго говоря, её ответ не был искренен. Даже будучи с Леоном, она не могла перестать думать об иронии своей ситуации. Этот напористый, шумный юноша с Аллен стрит показывал ей прекрасный город, в котором, она мечтала, Сергей будет её гидом. Даже когда она расположилась к Леону, призрак Сергея продолжал сопровождать их встречи. Она видела его в широких спинах театральной публики, в светло-блондинистых шевелюрах в парке, в этих типах, которых в Москве было предостаточно.

— Так что же, у меня на голове рога?

— Леон, похоже, по моей вине у тебя сложилось неправильное впечатление.

— И что же это будет?..

— Я намного старше тебя. Мне почти двадцать пять.

Её признание вызвало у него кривую улыбку.

— Ну и что?

Она поняла, что он уже знал.

— Я обещаю,— сказал он,— не иметь ничего против вашей легкомысленной робости, мадам товарищ, если мы сможем пренебречь этой разницей поколений.

— Вот видишь! Даже ты думаешь, что это…

— Что?

— Противоестественно.

— Противоестественно? — Слово было настолько неподходящим, что оно рассмешило его до икоты.

— Да, когда женщина старше мужчины.

— Я искренне удивлён, мисс Файн. Я не думал, что вы подвержены такому мелкобуржуазному мещанству.

— Леон, ты… ты практически мальчик.

— Знаешь, не нужно обзываться. А как же Крупская и Ленин? Они тоже были неестественны? — Он развернул Флоренс.

— Ой, Леон.

— А Екатерина Вторая и Потёмкин! Эта старая напудренная развратница была на добрых десять лет…

Наконец, Флоренс сдалась и рассмеялась.

— Но ведь она была царицей!

Леон бросил на неё быстрый взгляд, словно говоря:

— А ты, что ли нет?

Поддавшись этой дешёвой лести, Флоренс покраснела. Она обняла его за шею. В зеркале, отражавшем ещё дюжину танцующих пар, было видно, как она, будучи на каблуках слегка выше Леона, нежно положила голову ему на плечо. Странный, но приятный запах бриолина от его сильно напомаженных волос ударил ей в нос. Леон, надеясь поразить Флоренс, в тот день купил крем в музыкальном магазине, который продавался как смазка для тромбонов. Вальсируя мимо них, элегантно выглядящая пожилая пара наклонила головы и улыбнулась, увидев в молодых влюблённых счастье всей советской молодёжи.

И, может быть, именно этот их взгляд заставил Флоренс вздрогнуть. Предвидение будущей совместной жизни, которую она уже предвкушала, заставило её отшатнуться. Она внезапно увидела в своём воображении картину того, как они танцуют на краю света, не понимая, что обречены и вот-вот упадут. С ясностью предчувствия она внезапно поняла, что всю ночь её дискомфорт исходил из глубин больших, чем притворная женская вина. То, что она сейчас почувствовала в обществе Леона, было таким истинным страхом, что он почти ввёл её в транс. Странно было и то, что это был страх не за себя, а за него. Как будто, приняв его любовь, она вела бы его к гибели, заставила бы его заплатить за любовь к ней не меньше, как своей жизнью.

Откуда она это знает? Она не смогла бы сказать. Единственные слова, которые пришли ей на ум, были:

— Леон, я бы хотела, чтобы мы оставались друзьями, пока.

Но её неожиданное предвидение не могло сравниться с его решимостью.

— Ты хочешь меня рассердить? — спросил он, изучая её лицо.

— Да нет же!

— Ты не хочешь меня видеть?

— Я говорю, что не хочу спешить, только и всего.

— Как сильно не спешить, Флоренс? Даже холодная патока должна знать, в каком направлении течь.

Между взрывами смеха и пьяными возгласами песня прорывалась в ритмике ударной секции. Карусель розовых и зелёных огней прошла по лицу Леона, когда он изучал её.

— Я понял, к какому типу женщин ты относишься. Тебе надо, чтобы тебя бросили на пол, — презрительно процедил он, — или прижали где-нибудь к стенке, пока ты отворачиваешь свою миленькую головку, выдыхая: «Нет, нет, нет, нет», и наслаждаясь происходящим.

Лишившись прежней игривости, его голос стал хриплым от презрения.

— Я не представлял себе тебя, как одну из этих тонких цепких лоз…

— Отпусти меня! — она повернулась в сторону и ахнула, когда он сжал её руку.

— Ты заигрывала со мной с самого начала, как мы встретились. Я бы не стал возиться с тобой, если бы думал, что это всё, чего мы оба хотели.

— Отстань от меня!

И, к её удивлению, он отпустил — отбросил её руку в сторону, так что она отпрянула, спотыкаясь на каблуках.

Она так и стояла, держась за болевшее запястье.

Было видно, как он пробирался в сторону арочных дверей, как официант открыл их. Его грубое «возиться» всё ещё звучало у неё в ушах. Но в его глазах она увидела другую картину: прежде чем он отвернулся, они сверкнули, как осколки унижения и боли.

Барабаны начали отсчёт секунд, оставшихся до 1935-го года.

Флоренс скользнула глазами по лицам, уверенная, что все вокруг уставились на неё. Но джазбанд снова начал играть свою ностальгическую гимноподобную песню, и всё внимание было сосредоточено на руководителе группы в белом фраке, произносящим последний тост, перекрикивая мелодию: «С Новым Годом, с Новым Счастьем!»

Сквозь толпу Флоренс увидела Селдона Паркера в запотевших очках, наклонившегося, чтобы прикурить сигарету от бенгальского огня в руке Эсси. Встретившись взглядом, Селдон помахал рукой. Их лица, бенгальские огни, громкий пьяный смех — всё утратило реальность. То, что случилось, настолько резко отличалось от её намерений, что её снова охватило знакомое болезненное недовольство собой, вопреки всем усилиям делать добро и быть хорошей; ощущение, что, несмотря на намерение жить по правилам и никого не обижать, всё, что она говорила и делала, было фальшью; что она была во власти импульсов — лояльности и соперничества, самоотверженности и нарциссизма — слишком противоречивых, чтобы их можно было примирить. Она была уверена, что Леон неправ относительно неё по всем пунктам: она не динамистка и не шлюха, но, тем не менее, она чувствовала, что он разодрал её, как тряпочную куклу, вскрыв нутро. Она увидела, как решительно он мог избавиться от неё, каким безжалостным он мог быть, когда она напрягла его слишком сильно, и это заставило её с некоторым удивлением понять, что её представление о нём было неправильным.

Она круто повернула в вестибюль, куда ушёл Леон.

Его нигде не было видно.

Под рассеянным светом люстр на диванах сидели задумчивые русские мужчины, занятые серьёзными разговорами, и нетерпеливые любовники, жаждущие дождаться новогоднего сигнала.

И тут она увидела его. Выходящим из гардероба, с пальто через руку. Он поднял голову и тоже увидел её и прежде чем он успел отвести взгляд, она окликнула его, удивившись своему голосу, звучавшему как умирающий писк воздушного шарика.

Он с видимым нетерпением ждал, пока она подойдёт. Начался бой часов; из банкетного зала слышались крики «Шесть! Пять! Четыре!» Затем громкое «УРРАА!», сопровождаемое взрывом музыки.

Добравшись до него, она напряжённо выдохнула и опустила голову.

— Тебе всего лишь двадцать, Леон, как ты можешь знать, чего ты хочешь?

Он избегал встретиться с ней взглядом и вместо этого смотрел в сторону оркестра.

— Это не вопрос выбора, Флоренс. Человек не может выбирать, когда входит в шахту лифта. Да, я вошёл, но там ни этажей, ни кнопок. Я просто провалился прямо вниз.

Помещение, где они стояли, было холодным и влажным, наполненным прелым запахом гардероба. Она не была готова к такому признанию. Он, конечно, был очень молод, но звучал, как мужчина. И, возможно, именно молодость вселила в него такую уверенность. У него не было семьи, с мнением которой он должен считаться. Он не оглядывался через плечо, как Сергей. Ничем не связанный, он был свободен любить её безоглядно. И вдруг она осознала глубину его чувства и поняла, что такая преданность не встречается на каждом шагу.

Поцелуй, которым она наградила его прямо в раскрытые губы, застал Леона врасплох. Сначала он как ребёнок оторопел в испуге, а затем ответил с энергией любовника, преодолевающего эмоциональный спазм. Она закрыла глаза, ощущая его губы на своём виске, позволяя ему прижаться к ней. В их близости была такая естественность, что её удивило, как она могла подумать, что у неё хватит сил порвать с ним.

— Ладно, Потёмкин,— сказала она, беря его за руку,— пойдём, а то они выпьют всё шампанское.

И так для Леона и Флоренс начался 1935-й год.

К весне они будут жить вместе в отдельной комнате — на обширных одиннадцати метрах, которые в конце тех ещё эмансипированных времён могли иногда отводиться паре, живущей в незарегистрированном «революционном» браке.

Фотография Флоренс и Леона этого времени сохранилась только потому, что Флоренс отправила её своей семье в Америку. Снятые во время поездки в Крым — подобие медового месяца — они запечатлены на галечном пляже рядом с двумя другими парами. Мужчины стоят на коленях; женщины в купальных костюмах присели и смеются за спинами своих мужчин, позируя как для спортивной фотографии, столь популярной в то время. Флоренс, выглядящая бледной в тёмном купальнике, сидит на загорелых плечах Леона. С папироской в углу рта он смотрит в камеру, и его глаза подозрительно щурятся на солнце. На оборотной стороне фотографии только два слова «Ялта 35».

* * *

Каждый год в течение последующих трёх лет Леон Бринк просил Флоренс Файн официально выйти за него замуж, и каждый раз она полушутя отвечала: «Вы удивляете меня, Леон Наумович. Я не думала, что вас занимает такое мелкобуржуазное мещанство». Она сама не знала, что стояло за её сомнениями. Возможно, уголок её сердца ещё не мог решиться на то, что будущая «постоянная» её жизнь — остепенение, женитьба, дети — будет проходить под красным флагом, хотя танцуя в радостные часы нарождающегося года, она не могла знать, что нить, которая начала разматываться после убийства Кирова, в конечном итоге захватит и их. Как и не могла знать, что её решение выйти замуж за Леона сольётся с длинной чередой событий, начавшихся в тот день, когда харизматичный секретарь Ленинградского горкома получил пулю в награду за преданность.

«ЗА НАС, ЗА ВАС...»

МОСКВА, 2008

Старый «Метрополь», похоже, всё ещё открыт. В отличие от бесчисленных других заведений в Москве, он никогда не закрывался. На самом деле, за все годы, что я жил в этом городе, отель оставался, в основном, без изменений. Теперь он восстановлен во всех деталях в стиле *Арт Нуво* — сказочные мозаики, гипсовые фризы, роскошные балконы в стиле *Art Deco*, блестящие в царском великолепии. «БМВ», припаркованные перед входом. Внутри — нахмуренные лысые холостяки, сопровождаемые фигуристыми блондинками, сгрудились вокруг ювелирного бутика. — Прямо Голливуд, — замечает Том, мой босс, когда мы проходим мимо них.

— Но с меньшим количеством коммунистов, — добавляю я.

Наши соотечественники из «Л-Пет» уже собрались за столом в императорской гостиной. Обычай деловых ужинов, таких как наш, состоит в том, что первые три стопки проходят гладко и весело, а затем следует отрепетированный репертуар тостов: во-первых, за успех нашего совместного предприятия. Во-вторых, за здоровье Фараза Абускалаева, генерального директора «Л-Пет». И, наконец, *за нас, за вас, за нефть и газ!*

Питие для этой тройки тостов наливается не из обычных, примитивных бутылок, а из двух изысканных хрустальных графинов, установленных официантом на противоположных концах овального банкетного стола.

Затем несколько кратких представлений: первым идёт почётный гость справа от меня, Иван Каблуков (Сапог, как мы с Томом любовно называем его). Официальная должность Каблукова в «Л-Пет» — «вице-президент по корпоративной безопасности и связи», хотя, чем он на самом деле занимается, никто не знает.

Он килограммов на пятьдесят тяжелее меня и выглядит лет на десять старше, но утверждает, что родился в 1947 году, то есть на четыре года меня моложе. Если не врёт, то к 1992-му году он окончил Институт Нефти и Газа им. Губкина (который за год до этого был переименован в Академию), то есть, был не очень старательным студентом. Мне так и не удалось выяснить, как провёл Каблуков первые сорок пять лет своей жизни. Учитывая, что он занимается безопасностью, я думаю, что он был как-то связан с юстицией. С какой стороной закона он знаком, не могу сказать. Но, что Сапог ни чёрта не понимает ни в нефти, ни в кораблях, — это точно. В прошлый раз, когда мы встретились в Хельсинки, где я испытывал новую двигательную установку для наших танкеров в ледовых бассейнах, он с лицом профессионального убийцы молча сидел рядом со мной во время беседы с финскими инженерами. Тёмные очки на нём больше подходили для покерного турнира. Время от времени он поворачивался ко мне и говорил: *«На хера нам всё это надо знать?»*

И, как благовоспитанный мальчик, я был готов объяснить ему, какого хера нам нужно было знать всё это, только он исчез с середины собрания. Я не видел его больше до обеда, когда он появился с какой-то девицей двухметрового роста. Статная блондинка в сапогах, завёрнутая в чернобурку. Ржала как лошадь всё время. Казалось, он привёл её с собой, чтобы похвастаться, но за всё время нашей трехдневной поездки Каблуков только и делал, что жаловался мне на неё. «Я должен снова тащить эту шалаву за покупками. Эта тёлка не отстанет от меня, пока я не куплю ей в Хельсинки два чемодана меха. Как будто у нас в России нет своего меха! Откуда, чёрт возьми, она думает, финны этот мех берут?»

Мы познакомились немного ближе в последний вечер, в сауне, в предбаннике, за куриными котлетами и финской водкой. «Она мягче идёт», — говорит он мне. И тогда я замечаю, что наш вице-президент по безопасности ещё и покровитель искусств — он покрыт татуировками от шеи до живота. И не просто «Не забуду мать родную», а такими, которые указывают на членство в определённых закрытых сообществах, о которых простым людям, вроде меня, лучше не знать. В течение двух часов, обливаясь потом, я созерцал 120 килограммов татуированной плоти, временами завёрнутой в простыню. Сапог произнёс один и тот же тост раз двенадцать: «Время, проведённое с друзьями, не засчитывается в продолжительность жизни!»

После того, как мы с Каблуковым похлестали друг друга берёзовыми вениками, он относится ко мне нежно, как к брату. «Как поживаешь, дружище?» — приветствует он меня за праздничным столом и наливает аккуратные тридцать грамм в мою стопку. До самого края.

— Очень хорошо, Иван Матвеевич. А вы?

Он вздыхает.

— Могло быть лучше, если бы эти двое не жужжали мне в ухо.

Слева от Каблукова сидят его первые два зама, Мухов и Сердюк. Мухов — бывший капитан танкера торгового флота. Теперь он возглавляет отдел ведомственного контроля. Его философия о мерах предосторожности сводится к одной фразе: «авось да небось». Например, «Будем надеяться, не потонет». Но я, тем не менее, предпочитаю общество Мухова компании Сердюка, или «капитана Сердюка», как надо его называть. Сердюк — бывший командир атомной подлодки, которого «Л-Пет» нанял десять лет назад в день его ухода в отставку. Невысокий, коренастый, коротко стриженный и мало говорящий. Те немногие предложения, которые я от него слышал, показывают, что он предпочитает царственное «мы»: «Мы хотим, чтобы это было так», «У нас есть, что обсудить с вами». Его брови прочно срослись, как будто он Шон Коннери, прокладывающий курс своей лодки под Атлантикой.

Помимо Тома и меня, на банкете присутствуют двое, кто не работает ни на «Континентал», ни на «Л-Пет». Это молодые парни, примерно того же возраста, что и Ленни: Валерий Гибков и русскоязычный канадец Стив МакГиннис. Они представляют рабочую группу «PolarNeft» — акционерное общество, созданное для управления финансами нашего совместного предприятия. Их присутствие этим вечером играет роль мягкого буфера. Гибков, в частности, не кажется мне ни неразумным, ни глупым. Если есть надежда на будущее России, то она может быть связана именно с этим молодым поколением, интерпретирующим слово «бизнес» в соответствии с его исходным определением — как «прибыльное предприятие», а не с его местной модификацией — как «взяточничество и обман».

Наконец, все похвалы произнесены: восхитительная копчёная балтийская сёмга, вкуснейшая заливная осетрина, удивительно нежная телятина и очень чистая водка «Жемчужина России». Теперь, когда разошлись первоначальные шестьсот грамм, Каблуков манит пальцем официанта и распоряжается: остальное.

Я едва дотронулся до моего бефстроганова, как на столе появились ещё два графина. К этому времени я уже сомневаюсь в своей трезвости: каждый раз, когда я смотрю вверх на голубой стеклянный потолок ресторана, я чувствую, что падаю в огромный бассейн. Но, возможно, это всего лишь иллюзия, ошибка не зрения, а слуха, вызванная звуком струи, производимой писающим херувимом на мраморном фонтане. Это наводит на мысль о некоторых «интенсивных методах допроса», которые в этот момент являются темой разговора между Муховым и Томом.— «Водная доска»—это похоже на летний спорт,—говорит Мухов, улыбаясь во весь рот.—У вас, американцев, даже пытки звучат как развлечение.

—Ну, с технической точки зрения, Олег, это не пытка, а симуляция,—поправляет Том.—У испытуемого возникает ощущение, что он тонет, но он на самом деле не тонет.

—Если говорить технически, у нас в России есть поговорка: *«Курица—не птица, баба—не человек»*. А у вас в Америке есть другая: *«Водная доска—не пытка, минет—не секс»*.

—Ха-ха…,—возражает Том,—я понимаю вашу точку зрения, но можно сказать, что последнее тоже является своего рода симуляцией.

В этот момент Каблуков, наклонившись ближе ко мне, доверительно шепчет своим хрипловатым голосом: «К чёрту всю эту политику. О чём это они болтают, как будто о наркотиках в G8? Давай лучше дёрнем ещё по одной,—он снова наполняет мою стопку, не пролив ни капли,—теперь, если бы у нас была хотя бы небольшая женская компания,—говорит он, и быстрым движением опрокидывает рюмку, прежде чем я успел прикоснуться к своей.

—Говоря о компании,—замечаю я,—как поживает ваша прекрасная подруга, как её там?

Сквозь жевание Каблукова слышно ворчание, которое заставляет меня бросить эту тему.

—Эти тёлки все сдурели. У моей жены есть правило. Ей всё равно, кто эта тёлка, если я бросаю её через три месяца.

—И каждые три месяца новая?—удивляюсь я.

— Нет. Я этого не говорил. Ты слушай меня. Три месяца — это предел.

Я вижу, что для Каблукова чрезвычайно важно, чтобы я правильно понял это правило. В конце концов, он семейный человек.

— Три месяца достаточно долго.

— Для вас, скорее, чем для неё.

Он серьёзно кивает.

— И вообще, — говорит он, — в жизни есть более интересные вещи.

Теперь он заинтриговал меня. Что такое нашёл Сапог более увлекательное, чем рослые блондинки? Он не замедлил с ответом:

— Лошади!

— Вы что ли занялись скачками?

— Что? Нет! Я их, тварей, развожу!

— Ну-ка расскажите!

— Я не шучу, Бринк; это серьёзный бизнес. Основное правило разведения лошадей: никакого искусственного осеменения. Иначе лошадь не сможет получить паспорт. Вот почему они доставляют своих кобыл к моему мальчику на частных самолётах, чтобы он мог их правильно трахнуть. Он слишком ценен, чтобы участвовать в скачках. Его дедушка был своего рода немецким догом. Я не сознаюсь, сколько я заплатил за него, но скажу, сколько я заработал на нём. Четырнадцать миллионов. Жизнь отставного чемпиона, скажу я тебе. Ничего не делает целый день, только ест и трахает, ест и трахает. Каждый шейх в королевской семье Саудовской Аравии прилетает со своей кобылой к моему чемпиону, чтобы он мог трахнуть её. Арабы чертовски их любят, буквально бредят своими лошадьми. Это часть их наследия, арабские ночи и всё такое. Все лошади, которые выиграли скачки в прошлом году — все его дети. У этого папы есть дети по всему миру, о которых он даже не знает, — Каблуков понизил голос до шёпота, — Я держу его в специальной конюшне, понимаешь? Не здесь в России. Я не идиот. Здесь его убьют или похитят. Нет, он в безопасности в Англии. Только два человека знают, где эта конюшня — я и конюх.

Увлечение Сапога этим конским Казановой, очевидно, вытеснило всякий интерес к обзаведению новой любовницей. На самом деле, он, кажется, настолько полностью отождествляет себя со своим чистопородным скакуном — с восторгом от его вольного образа жизни или с риском убийства — что на мгновение мне показалось, не описывает ли это Каблуков себя.

Несмотря на то, что всё моё внимание сосредоточено на Сапоге, до меня доходит смех с другого конца стола, где Мухов — наш неизменный шутник, перешёл на русский, чтобы развлечь юных «Полярных Нефтяников» шутками о Михаиле Ходорковском, молодом нефтяном магнате, который пять лет назад был арестован на взлётно-посадочной полосе аэропорта и отправлен в ожидании своей невесёлой участи на границу с Китаем.

— Березовский и Ходорковский сидят вместе в бане. Березовский поворачивается к нему и говорит: «Миша, ради Бога, либо сними крест, либо надень трусы».

Раздаётся смех; смеётся даже Том, который не понимает ни слова, но его улыбка *«Янки Дудл»* надёжно приклеена к его лицу. Все в хорошем настроении. Единственный, кто не улыбается, это наш капитан Сердюк.

— Теперь пусть он сидит в Читинской тюрьме, ворюга! — решительно вставляет он, врезаясь в телятину. — Пусть он посидит и поразмыслит, как сидели рядовые русские.

Я смотрю на всё ещё улыбающегося Тома и решаю не огорчать его переводом. Мысль Сердюка для меня достаточно ясна: пусть еврей сидит и думает, как сидели простые русские люди. *«Вэлком домой»*, — слышу я шёпот Ленни. У меня такое ощущение, что это будет мой рефрен на неделю. У меня в голове не укладывается, как мой сын справляется с этим бытовым антисемитизмом изо дня в день.

Но, если на то пошло, как я сам справлялся?

— С этим всё в порядке, — продолжает Каблуков, кивая в сторону Тома. — Обычно вашим американцам нужно аккуратно разложить всё по полочкам, как в аптеке. — Он вцепляется своими толстыми пальцами, как когтями, в мою руку. — Поэтому-то и хорошо, что среди вас есть кое-кто из наших, с кем можно поговорить. Даже если, — он снова вздыхает, — Россия-Матушка тебе уже не хороша.

— Жизнь идёт своим чередом, Иван Матвеевич, — говорю я. Теперь мне совсем ясно, что Том нанял меня не просто из-за моей инженерной квалификации, но ещё и потому, что «Континентал» искал дружественного посла, кого-нибудь, кто может с лёгкостью общаться в обоих мирах: русском и американском, кто мог бы сгладить разногласия без привлечения адвокатов (так как наши почти бесполезны в этом уголке мира). Я чувствую, что Каблуков сейчас проверяет меня, ищет подтверждение членства. Только я слишком пьян или ещё не отошёл от перелёта, чтобы поставить его на место.—Для меня уже слишком поздно,—говорю я, механически вторя его тону.—С другой стороны, мой сын не покинет этого места ни за какие коврижки.—Я слышу, что говорю, прежде чем успеваю осмыслить. Это признание вызывает улыбку у Каблукова. Его мохнатые брови поднимаются из-за очков.

—Да? Он что ли здесь вырос, твой мальчик?

—Нет. Он приехал с нами в Америку, когда ему было шесть лет. Возвращение сюда было его собственной идеей. Он хотел попробовать свои силы среди других искателей приключений. А что ваши дети?—говорю я.

Но Каблуков игнорирует мой вопрос.

—Чем он занимается, твой сын?

Я отвечаю ему, что финансами, но не вдаюсь в подробности недавних приключений Ленни.

—Мне нравятся люди, которые куют себя сами,—говорит Каблуков.—Ну и как его успехи?

Я удивился его вопросу: Каблукову обычно неинтересно, что говорят другие. Я пожимаю плечами.

—У вас есть дети? Они вам что-нибудь говорят?

Сапог серьёзно кивает и берёт меня за плечо, затем опирается на него, чтобы подняться.

—Друзья мои,—объявляет он,—простите меня, но я должен покинуть наше уютное сборище.

—Так скоро, Иван Матвеевич?—не скрывая радости, вопрошает Мухов.

—Вы присоединитесь к нам завтра?—спрашиваю я,—К первому раунду отбора?

Сапог качает головой.

—Боюсь, что насущные дела зовут меня в Таллин. Но двое моих коллег заверили меня, что среди нас есть свои люди,—говорит он, обращаясь ко мне. Его тёплая, непомерно большая ладонь лежит на моём плече.—Я полностью доверяю твоему здравому смыслу,— продолжает он, глядя на меня.—С этим он заглатывает свою последнюю стопку и направляется к стеклянным дверям; сотовый телефон уже у его уха.

Как только Каблуков вышел, два его зама тут же оживляются. Мухов зовёт официанта, указывая на наш пустой графин. Сердюк переносит оставшиеся телячьи отбивные из серебряного подноса в свою тарелку. На моём плече всё ещё живёт память о руке Каблукова. Я вдруг сообразил, что он не сказал, что полностью доверяет нашей «экспертизе», а только нашему «здравому смыслу». Я обращаюсь к Сердюку, который теперь увлечённо поглощает мясо.

—Так что же такого срочного в Таллине?

Сердюк продолжает есть, как будто он меня не слышал. Я решил, что не буду повторять вопрос, и наливаю себе ещё одну рюмку. В нашей *зоне разрядки* пара пустых графинов и стопка блюд. Мухов готовит ещё одну шутку, на этот раз о новом наборе фотографий, появившихся в Абу-Грейб. *Рамсфелд объявил нетерпеливой прессе, что последняя партия ещё занятнее, чем предыдущая. Но, если американцы хотят взглянуть на них, они сначала должны избрать Буша на новый срок.*

МакГиннис переводит эту устаревшую шутку Тому, на лице которого я вижу плохо скрытое отвращение—скорее инстинктивный рефлекс, чем осмысленная реакция, как будто он почувствовал запах тухлого мяса. Я хочу сказать Мухову, что нет никаких третьих сроков, и Буш давно удалился от Рамсфельда. Но зачем возиться с разъяснениями? В наши дни защищать Америку не делает чести. Прошло три года, а изображения всё ещё свежи—девочка без подбородка в военной форме, похожая на десятилетнего мальчика, тащит обнажённого иракца на поводке. Вырождение Америки на виду у всех, и мир не может насытиться этим.

Я удивлён, когда Сердюк, подчищая тарелку, поворачивается ко мне:

—У эстонцев есть нефтеперегонный завод на побережье,— говорит он, наконец, отвечая на мой вопрос.—Мы построили его ещё в 82-м году. Потом этот крысолов Ходорковский прибрал его к рукам. А теперь он на рынке—кто первый схватит, понимаешь? Поэтому мы сделали им предложение, но они думают, что могут дороже продать его чехам.

— Вы думаете перебить чехов? — говорю я, хотя подозреваю, что это не то, что имеет в виду «Л-Пет».

— Дурацкий вопрос! «Транснефть» перекрыла им кран несколько месяцев назад. — Я вижу, как рука Сердюка крутит невидимый кран. — Это показало им, чего стоят чехи. Сейчас мэр Таллина практически умоляет нас купить этот старый завод. Но теперь мы посидим и подумаем.

Так вот что значит быть вице-президентом по корпоративной безопасности и коммуникациям. Каблукова, ласкового капо, отправляют в Таллин, чтобы завершить небольшую незаконченную миссию *alla famiglia*. Теперь, когда «Л-Пет» вступил в сговор с российским монопольным нефтепроводом, чтобы перекрыть поставки нефтеперегонному заводу, обанкротить его, понизить его стоимость и отпугнуть иностранных покупателей, теперь, когда он переломал эстонцам ноги, он, наконец, готов продать им костыли. Удивительно, что меня не так беспокоит роль Каблукова в качестве исполнителя в этом сценарии, как отношение Сердюка ко всему этому: — Что эти наглые чехи о себе думают — купить наш НПЗ? А эти грязные эстонцы полагают, что они могут продать кому угодно то, что МЫ для них построили!

— Но на самом-то деле, к чему эти истерики и сопли вокруг нескольких фотографий? — говорит Мухов, продолжая разговор, начатый анекдотом. — Мы тоже можем получить несколько неплохих снимков от наших чеченских братьев в Чернокозово. Вообще, о чём этот скандал? О каком-то мифе? Что ваши американские солдаты воюют в белых перчатках? — Он начал обращаться ко всему столу, отбросив роль шутника и перевоплотившись в пропагандиста. Я пытаюсь приготовиться к предстоящему: — Ваши военные — садисты и бандиты! Ничуть не лучше нашего спецназа. Ваша демократия — такое же притворство, как российская, а ваша якобы свободная пресса — давайте лучше не будем её трогать. — Я угадал почти дословно. Оказывается, все абсолютно одинаковы! — Только наше Министерство Иностранных Дел в отличие от вашего Госдепа не затрудняет себя публикацией ежегодного отчёта о том, что оно сделало для распространения демократии в прошедшем году. — Накал его обличения слишком высок, чтобы его сдержать. Он не успокоится, пока не убедит меня в том, что каждое учреждение в Америке — фикция, столь же изощрённая, как российская бескрайняя Потёмкинская деревня.

И мы снова втянуты потоком алкоголя в эту обширную гносеологическую пропасть, где любое безумное предложение самоочевидно, а универсальные истины подлежат сомнению. Свободная от-Логики Зона, в которую я попадал уже не раз, утверждая, что Рузвельт не знал заранее о готовящейся бомбардировке Пирл-Харбора, или доказывая, что курение действительно вызывает рак.

— Не забудьте упомянуть, что Нил Армстронг никогда не ступал на луну, — предлагаю я. — Это всё было сотворено в какой-то голливудской студии.

Мухов искоса смотрит на меня, пытаясь оценить мою искренность. Но его интересует другое. — О луне не знаю, — говорит он, — но мне бы хотелось узнать, что стало с другими самолётами.

— Какие самолёты вас интересуют? — спрашиваю я.

— Перестаньте! Самолёты 9/11! Их ведь было семь штук.

Ребята из «ПоларНефть» обмениваются со мной взглядами.

— Я ни разу не слышал ни о каких семи, — говорю я.

— ЧТО? — Мухов ошеломлённо оглядывает стол. — Вам там действительно ничего не сообщают!

— Ну, а ваша теория, — говорю я, — ЦРУ всё это устроило, да?

— Откуда мне знать? Может, ЦРУ, может, ФБР…

— Или, может, КГБ, да? Давайте сегодня не будем слишком углубляться во все эти смутные теории.

— Причём тут теории? Вы же разумный человек. Я только говорю, посмотрите кому это выгодно.

— Согласно этой логике, — говорю я, — Кремль взорвал московские жилые дома и обвинил чеченцев, чтобы ваши войска могли вернуться в Грозный.

Несмотря на языковый барьер, Том ощущает накопившееся напряжение и поднимает руку в надежде разрядить обстановку тостом. Но ему не удаётся даже начать, потому что Мухов, сияя от ликования, кричит:

— Ясное дело! *Конечно*, это мы взорвали! — Он протягивает руки, как будто хочет поцеловать мою непокорную голову; его лицо светится как у человека, который, наконец, продавил свою точку зрения.

21

ПАСПОРТ

Флоренс проснулась после девяти. Леон лежал рядом с закрытыми глазами и открытым ртом, положив руку ей на грудь. Она попыталась аккуратно высвободиться из его объятий, но ударилась лодыжкой о деревянную ножку кресла, стоявшего у кровати.

Когда она впервые переехала с Леоном в их собственную одиннадцатиметровую комнату, Флоренс вообразила себе, что это будет своего рода советский вариант богемной студии в *Гринвич Вилладж*. В отличие от соседских крошечных комнат с фанерными перегородками, «апартаменты», доставшиеся ей с новым гражданским мужем, имели свой камин и глубокое окно, сквозь которое на стены ложились продолговатые полосы золотистого московского света, красиво подсвечивавшие голый паркет и наполнявшие комнату интеллектуальной и духовной атмосферой. Флоренс считала, что их комнатёнку можно преобразить с помощью экономно, со вкусом расставленной мебели: кровать превращалась в диван, её сундук, положенный на бок, — в книжный шкаф, широкий подоконник служит местом для чтения, а письменный стол Леона, покрытый цветным платком, — в стол для приёма гостей. Чего она не учла, так это, что общая кухня дальше по коридору не сможет вместить кухонную утварь и продукты всех жильцов. Но в любом случае Флоренс не рискнула бы оставлять всё на кухне. Так что, в итоге её романтичный подоконник превратился в полку для хранения пакетов с мукой, хлеба, постного масла, овощей, банок солений и консервов. Письменный стол Леона также был занят повседневными вещами: керосиновой лампой, примусом и корзиной с постельным бельём для глажки. Из этой корзины Флоренс взяла сухое полотенце и, накинув домашний халат, пошла в общую ванную. Подходя, она с огорчением услышала, что ванная комната уже занята.

Если прежняя жизнь на Петровке по суровым правилам старой хозяйки была похожа на проживание в строгом пансионе, то коммуналка на семь комнат была скорее похожа на палату городской больницы: жизнь, напряжённая от постоянных ссор и всё время на грани скандала. В этих стеснённых условиях что угодно могло вызвать зависть и ненависть. С ухудшением политической ситуации и ежедневными газетными заголовками, предупреждавшими о «шпионах и диверсантах», враждебность соседей стала более заметной.—Мало того, что они зажимают нас со всех сторон, они и здесь хотят проехаться на нашем горбу,—проворчала однажды соседка Виткина на кухне, отложив газету. Она произнесла это, не глядя на Флоренс. Было и без того понятно.

На самом деле, Флоренс понимала, что проблема заключается не столько в политических ветрах, сколько в ней самой. Она не хотела играть в их игру. Она не могла тратить время, слушая, как Виткина жалуется на ревматизм или вспоминает свои старые партизанские дни и отвергнутых ею смазливых офицеров. У Флоренс не хватало терпения сплетничать на кухне во время готовки, принимая ту или другую сторону в очередной распре. Хотя, в общем, она понимала неписанное правило коммунальной квартиры, что мужчины могли сохранять своего рода нейтралитет в конфликтах, а женщины—ни в коем случае. Это оскорбляло её чувство собственного достоинства; она не могла опуститься до уровня этих сплетниц просто, чтобы ладить с ними.

Не прошло и двух лет с тех пор, как она хотела быть «среди народа», великого русского народа, а теперь, когда ей пришлось в реальности столкнуться с этой чудовищной абстракцией, ей надо было привыкать к его всеобъемлющему невежеству и злобе, к масштабу его мелочности и зависти. У неё не было той лёгкости, с которой Леон мог пропускать гадости и порхать дальше, кокетливо льстя старой карге, которая называла их уголок общей кухни «жидовским столом», отвечая на провокации показной доброжелательностью, пока мерзкая старуха не выскочит из кухни, совершенно растерянная и бормочущая проклятия. Кроме того, Леон мог выпивать поздно вечером с Гариком, дряблым армянином, работавшем на птицефабрике. «Заказ на продукцию», как Леон называл эти ночные возлияния с закуской из солёных огурцов, в то время как Флоренс ожидала его в постели, будто влюблённая дурочка. Правда, через несколько дней, как и было обещано, появлялась награда в виде курицы. Однако, несмотря на его извинительные шуточки, Флоренс понимала, что Леон делал это не только из необходимости поддерживать отношения; ему нравились эти посиделки.

Она помнила об одной фундаментальной разнице между ними: Леон всегда жил так, как они жили сейчас. В съёмной квартире многоквартирного дома, в бедности, в ужасной тесноте. Он рано научился двигаться по жизни, уговаривая, обольщая, угождая. Жалость к нему за такое детство сыграла свою роль в её любви, и она боялась, что слишком горькие жалобы на условия их жизни обнаружат её барство. И всё же она не могла скрыть раздражения на то, что Леон не находил ничего ненормального в том, как они жили, подвергаясь назойливому вмешательству соседей. В Америке такое благодушие свидетельствовало бы об отсутствии амбиций. Но здесь никакие амбиции ничего бы не изменили. Все жили так, варясь в одном большом котле (все, кроме, конечно, больших шишек, вроде Тимофеева). И в этом была вся отвратительная, неразрешимая проблема: тот факт, что Леон не был виноват в том, что не мог дать ей другую жизнь, не уменьшало её желания начать всё заново. Сегодня она пообещала себе прогуляться в одиночку, чтобы прочистить голову.

Флоренс вернулась из едва тёплого душа и застала Леона, который сидел за столом и резал яблоко в побитую эмалированную миску. Когда она сняла халат, он опустил нож, затем подобрался к ней сзади, обнял её и прижался губами к ещё тёплой лопатке.

— Уже половина десятого, дорогой.

— Я сделаю завтрак потом, — предложил он. Его голос был глубоким и хриплым со сна.

— Позже, я обещаю. Сейчас мне надо попасть в магазин, пока очереди не слишком длинные.

Так много изменилось за последний год. Специализированные магазины, обслуживавшие иностранцев за валюту, в основном, закрыты. Карточки Инснаба, которыми пользовались она и её друзья, ликвидированы. Ряд их знакомых нашли, что этого достаточно, чтобы вернуться домой. Флоренс ясно видела, что эти люди никогда не были приверженцами идеи равенства. Сбежать теперь из-за отсутствия икры и импортного вина? Она услышала в голове тихий предостерегающий голос Сергея: «Езжай домой, Флора». Торопливо одевшись, она сунула документы и ключи в сумочку.

Леон вздохнул.

— Тебе обязательно нужно уходить? У нас никогда не совпадают выходные дни.

— Не кисни. Кто-то ведь должен купить тебе эту солёную рыбу, которую ты так любишь.

На мгновение его лицо оживилось от удовольствия.

— Может, я пойду с тобой.

— Нет, нет, поспи.

На самом деле ей надо было зайти в ОВИР, пока ещё очереди не стали слишком длинными. Иностранцы теперь должны были продлевать вид на жительство каждые три месяца. Это стало её личным испытанием, как бы мерой её непреклонной верности. Она не могла признаться Леону, что каждый раз задавалась вопросом, не будет ли этот штамп последним.

— Я вернусь через пару часов,— сказала она примирительно и поцеловала его в макушку.

На улице Флоренс подняла цигейковый воротник и пошла по усыпанной листвой тропинке, пересекавшей задние дворы 1-го Самотёчного переулка. Она была рада сбежать из душной квартиры и с удовольствием вдыхала сырой воздух под голубым небом Самотёчного парка с его аккуратными газонами и клумбами. От Самотёчной площади она пересекла широкий проспект, который переходил в Цветной бульвар, а затем направилась в пункт оформления виз. На передних ступеньках ОВИРа Флоренс пригладила прядь волос под мохеровой шалью и придала лицу спокойное и покорное выражение. За последние два года она научилась, входя в присутственное место, потуплять свой вызывающий взгляд. Она уже стала достаточно советской, чтобы знать, что самые опасные бюрократы—не те, кто наверху, а те, кто блюдут свои крошечные уголки власти внизу. Она не хотела вступать в конфликт с толстой женщиной в окошке.

Оказавшись у стойки, Флоренс просунула свой паспорт, услужливо открыв его на сильно замусоленной странице с визой. Женщина резко закрыла паспорт и открыла его на странице с фотографией, затем внимательно изучила лицо Флоренс. Она записала паспортные данные на листочке, сделала ещё одну копию и сунула Флоренс бумажку без паспорта:

— Вернитесь на следующей неделе за видом на жительство,— сказала она почти приказным тоном.

— А мой паспорт? — спросила Флоренс, указывая на него через стекло.

— Он нам нужен, чтобы сделать вам прописку. Вы получите его, когда вернётесь.

— Но вы уже записали все данные.

Тётка раздражённо закатила глаза:

— Это могут быть чьи угодно данные. Откуда им знать, что это не какие-то случайные или выдуманные данные?

— Мне сказали, что в этом нет необходимости,— Флоренс улыбнулась, не теряя самообладания.— Если они хотят проверить, что я реальный человек, они могут обратиться в мой жилищный комитет. Я там зарегистрирована.

— Вам сказали одно, мне—другое. Я следую указаниям. Это новые правила для вида на жительство. Я не могу выдать вам новую прописку без паспорта.

Позади Флоренс образовалась очередь. Чиновница через плечо Флоренс выкрикнула:

— Следующий!

— Хорошо, когда я получу его обратно?

— Я сказала вам: на следующей неделе,—бросила тётка.— К нам придёт прописка ко вторнику.

— Мой паспорт тоже вернётся ко вторнику?

Но женщина в окошке уже занималась другими. Флоренс нехотя отступила на несколько шагов. Её паспорт всё ещё был виден, прямо там, за стеклом, рядом с толстым локтем женщины. «Схвати его»,—звучало у неё в голове! Но её движениями управлял какой-то другой инстинкт—уже настолько хорошо заученный, почти врождённый, что она не улавливала в нём только недавно усвоенную привычку: не бороться с течением, не поднимать шум. Она бросила последний взгляд на окошко, перед которым уже было слишком много людей. Медленно завязав на голове платок, она вышла на утренний холод.

КУЗНЕЦКИЙ МОСТ

За полтора часа до встречи в штабквартире «Л-Пет» я спустился в метро и через некоторое время вынырнул в той части Москвы, которая до сих пор вызывает во мне неприязнь — на Лубянке. Я не могу пересечь эту площадь без преследующих меня призраков предыдущих визитов. Каждый раз я чувствую ту самую боль в шее, как тогда, когда шестилетним ребёнком задирал голову, пересчитывая этажи тюрьмы; утренняя слякоть проникала мне в ботинки, а я боролся с острым желанием пописать. Моя мама вытаскивала меня из тёплой кровати в пять утра и ещё до рассвета везла сюда. Она надеялась, что с ребёнком ей будет легче пройти без очереди, которая выстраивалась с полуночи. Солнце всходило и освещало человеческую массу — люди спали на корточках или на чемоданах и тюках. Многие приезжали за сотни километров, и все мы ждали в надежде услышать хоть что-нибудь о близких в тюрьме, или чтобы передать деньги, или скудные продуктовые посылки. Иногда передачи брали. Часто не брали. Мама упрямо продолжала приходить ещё долго после того, как совсем перестали принимать её передачи. И я был рядом с ней, каждый раз переживая заново, когда мне надо было, стыдясь, пописать на морозе в снег.

* * *

Место было легко пропустить. Оно находится не за углом от Лубянской тюрьмы (ныне административного центра ФСБ), как я ожидал, а дальше вниз по улице, зажатое среди застеклённых витрин Кузнецкого моста. Я добрался туда, срезав по диагонали

Дзержинскую площадь, впрочем, теперь она уже не называлась Дзержинской. Статую Железного Феликса — Дзержинского, первого чекиста, — убрали несколько лет назад. Президент Путин заменил её на чугунный профиль своего наставника Юрия Андропова, который изобрёл для КГБ иезуитский психиатрический диагноз «вялотекущяя шизофрения». Это позволило властям заполнить психушки теми, кто протестовал против их произвола. Но, в основном, философия Андропова была примитивно простой: уничтожение инакомыслия во всех его проявлениях.

В отличие от самой тюрьмы, хранилище, где я надеялся найти дела моих родителей, было едва обозначено. Когда я, наконец, нашёл его и открыл дверь, то оказался в весьма скромной прихожей. Пол был покрыт линолеумом, а единственными предметами обстановки, кроме рамки металлодетектора, были складной стол и два пластиковых стула, один из которых был занят солидным охранником ФСБ в форме. Он медленно поднялся. «Пропуск», — потребовал он.

Это был мой первый визит. Пропуска у меня не было. Я протянул ему свой паспорт и письмо, объясняющее мои намерения. Он взглянул на американский паспорт в его темно-красной русской обложке и вернул его, видимо, удовлетворённый.

— Вам придётся подождать дежурного администратора.

— Он архивист?

— Архивиста нет. Вам надо будет назначить встречу с его помощником.

Он указал на второй пластиковый стул, где, похоже, я должен был послушно ждать, пока появится архивист, или администратор, или его помощник.

Я посмотрел на часы. Моя встреча в «Л-Пет» начиналась через двадцать пять минут. Я сел и вытер пот с лица. В таком месте кондиционер, очевидно, не полагался. Я посмотрел через металлодетектор вдоль коридора и увидел несколько одиноких фигур в читальном зале. У них был потёртый, обнищавший вид советских интеллектуалов — старые туфли, тонкие свитера, которые носились летом и зимой. Они выглядели как историки или соискатели, каждый из которых проводит своё эзотерическое изыскание, результаты коего рано или поздно будут сложены в картонные коробки и погребены в хранилище. Меня внезапно охватило ощущение нелепости того, что я делал. Было что-то совершенно бессмысленное в просеивании пепла прошлого в поисках золотых зёрен.

Охранник снял трубку — позвонить ассистенту, как я надеялся. Я сделал глоток из бутылки с водой «Л-Пет», которую прихватил в гостиничном номере. Охранник ФСБ украдкой взглянул на мою бутылку, всё ещё держа трубку.

— Хотите? — предложил я, протягивая её.

Он покачал головой.

— Всего лишь вода. Никаких радиоактивных примесей, клянусь. — Я встал и поставил бутылку на его стол. Логотип «Л-Пет» в виде нефтяной капли, должно быть, успокоил его, и он сделал глоток.

— Помощник скоро будет здесь, — промолвил ФСБ-шник. — Или, если вы не хотите ждать, можете оставить своё письмо с просьбой вон в том ящике.

— А что вы посоветуете?

— Вы спрашиваете меня?

— Ну да. — Я улыбнулся.

— Я бы подождал. Многие сумасшедшие кладут свои письма в этот ящик.

Мне стало любопытно, и я спросил.

— Какие сумасшедшие?

— На днях один пришёл в поисках документации на летающую тарелку, сбитую ВВС возле Чебоксар, — сказал охранник. — Все эти письма просматривает ассистент. Поэтому лучше передать вашу просьбу архивисту лично.

— Понимаю.

— Люди всё время приходят сюда в поисках ответов, — сказал ФСБ-шник, откинувшись на спинку стула.

— И что — они получают ответы?

— Получают, только не на те вопросы, которые они задают.

В этот момент в приёмную вошёл тощий пожилой мужчина.

— Этот человек ожидает вас, — произнёс ФСБ-шник без видимой необходимости.

— Да. Чем я вам могу помочь? — Ассистент говорил мягким унылым голосом учёного. Я сказал ему, что ищу документы, касающиеся моих родителей, и дал ему годы их ареста. Он вздохнул. — Вам нужно написать письмо и заверить его нотариально.

—У меня всё есть.—Я показал ему нотариально заверенное письмо, паспорт и даже копию свидетельства о рождении.

—Архивиста не будет здесь до завтрашнего дня.

—Я в Москве всего на несколько дней,—мягко настаивал я.

Ассистент взглянул на охранника, наблюдавшего за нашим обменом из-за своего стола.—Он приехал из Америки,—поддержал меня мой новый друг. Казалось, его слова возымели действие, потому что ассистент заколебался.—Хорошо, вернитесь к четырём, чтобы попытаться поймать архивиста перед тем, как он отправится на дачу.

* * *

С АК-74S наперевес, охранники, патрулирующие штаб-квартиру «Л-Петролеум», были значительно лучше вооружены, чем располневший сотрудник ФСБ, поставленный охранять когда-то секретные документы страны. Один из охранников внимательно изучил мой пропуск, в то время как другой звонил куда-то из специальной стеклянной будки; он вернулся с новым комплектом пропусков, напечатанных и трижды проштампованных.

Я был последним. Остальные (все, кроме Каблукова) уже собрались и ожидали моего прибытия, чтобы вскрыть конверты с предложениями по контракту. Валерию выпала честь сделать это элегантным канцелярским ножом из слоновой кости. Каждое предложение он клал на лакированный стол для заседаний, блеском напоминавший зеркальный каток. Дневной солнечный свет струился через круглые окна. Если бы не двуглавый русский орёл, висевший над камином, я мог бы подумать, что это библиотека в почтенном университете.

Первым делом надо отсеять очевидных неудачников, начал Гибков—самый якобы нейтральный из нас.—Мурманское пароходство?

—Солидный арктический опыт. И они предлагают лучшую цену,—сказал Том.

—Но у них неразбериха в финансах,—сказал МакГиннис.—Через пять лет их может уже не быть.

Никто не возразил против отказа Мурманскому морскому пароходству. «Удивительно»,—подумал я,—ведь это одна из сотни дочерних компаний «Л-Пет».

МакГиннис взял другой конверт. — «Джессем». Они шведы. У них самые хорошие показатели по безопасности. Похоже, у них дела идут хорошо, так как они расширяются.

На этот раз возразил Том:

— Они строят много новых кораблей, и у них и так уже недостаточно капитала. Мы можем отдать дань их амбициям, но мы должны согласиться с тем, что отношение долга к капиталу обязано быть в установленных пределах.

Ни один из двух замов Кабулукова ещё не вступал в обсуждение. Болтливый Мухов был необычно молчалив.

— Хорошо. А как насчёт этих? — спросил Гибков. — «Заузен Петролеум». Новенькие в пароходстве. Базируются в Женеве. Бывший нефтяной трейдер для «Л-Пет», всё ещё торгует и хочет заняться перевозками.

Мухов оживился.

— У нас очень хороший опыт работы с ними.

Я пролистал пакет приложения, который был примерно таким же тонким, как послужной список новобранца.

— Я чего-то не понимаю, — сказал я. — У них совсем нет опыта. Пусть они подадут заявку после того, как зафрахтуют несколько судов.

Сердюк неодобрительно покачал головой.

— Посмотрите внимательнее, у них очень хорошая репутация.

Я не уступал и продолжил:

— Какая репутация?

— У них никогда не было разлива нефти. Нет аварий. Чистый список.

— Я скажу вам у кого ещё чистая репутация, — съязвил я. — У хирурга, который никогда не оперировал. Посмотрите, какие у них есть суда во флоте — сухогруз, контейнеровоз, даже круизная яхта! Что-нибудь ещё?

— У них очень хорошие отношения с банками в Швейцарии, — авторитетно заявил Мухов.

— Как и у любого трейдера в Женеве, — улыбнулся Том.

— Швейцарцы предоставят кому угодно кредитную линию, если они начнут торговать нефтью, — добавил я, бросив взгляд через комнату на другого союзника. — А кто-нибудь ещё заметил, что они хотят брать с нас больше, чем другие? На шестнадцать миллионов в год больше, чем шведы. Кто-нибудь знает за что?

Никто не ответил.

Сердюк посмотрел на Мухова и покачал своей стриженой головой, удивляясь, как я до сих пор не возьму в толк.

— У «Заузен» очень хорошие отношения с г-ном Абускалаевым.

При упоминании имени президента атмосфера в комнате напряглась. Я знал, что это имя не очень часто упоминалось в «Л-Пет», и когда это происходило, оно обычно произносилось торжественно, как одно из семидесяти двух имён Бога. Говорят, что Абускалаев наполовину азербайджанец и наполовину русский, держит Коран в левом ящике своего стола и православную Библию — в правом. Он начал свою деловую карьеру в качестве первого заммистра нефтепромышленности Советского Азербайджана и использовал свои политические связи, чтобы стать главой «Л-Пет». Он не молодой олигарх, а старый советский, что во многом объясняет, почему «Л-Пет» никогда не подвергся набегам или шантажу. Уравновешенная лояльность Абускалаева президенту Путину была, на мой взгляд, его величайшим достижением; в прессе можно найти его скромные заявления, такие как «самостоятельно национальная компания не может пользоваться большим уважением за рубежом, чем сама страна».

Сердюк ещё раз объяснил, какие хорошие отношения у «Заузен» с генеральным директором, каким хорошим брокером для «Л-Пет» они были — и всё это едва слышно, как будто мы должны были это понимать без слов.

— Мы понимаем, что они были верным партнёром «Л-Пет» в течение многих лет, — сказал Том дипломатично, — но вы тоже их не обижали.

Я взглянул на часы. Каким-то образом часы уже показывали три.

— Давайте пока отложим решение, — предложил Гибков, чувствуя напряжение. — У нас есть ещё несколько компаний — рассмотрим их.

Но я не мог оставить это так.

— Подождите, — сказал я. — Кто эти ребята? Они вообще настоящие? Мы никогда не работали с ними. Мы никогда не видели их. — Я потратил три года своей жизни на проектирование этих кораблей. Я не собирался позволить непрофессионалам хоть и с хорошими связями разбить их об айсберг.

— Так вы их встретите! — бодро сказал Мухов.

— Я думал, что они в Женеве.

— Женева — так в чём проблема? Мы их завтра доставим! Вы встретите их здесь, в этой комнате, в десять часов.

У Мухова была привычка, как у актёра, сказать что-нибудь с невозмутимым видом, потом внезапно улыбнуться, как сейчас. — Ну? — сказал он по-русски. — Всё спокойно?

***

Было десять минут пятого, когда я вышел на станции Лубянка. Белый тополиный пух валиками катился по мощёной улице. В офисе на Кузнецком мосту охранник сидел ровно там, где я оставил его несколькими часами раньше. Он посмотрел на меня с огорчением.

— Архивист здесь? — спросил я.

Охранник церемониально развёл руками. — Вы только что его упустили.

ОВИР

Она вернулась в ОВИР на следующей неделе. На этот раз в окошке сидела другая женщина, которая передала Флоренс её новый вид на жительство и квитанцию за старые документы. Взяв в руки бумаги, Флоренс оторопела.

— А где мой паспорт? — панически спросила она.

Но новая чиновница ничего не знала.

— Вот! — Она постучала ломким пожелтевшим ногтем по листочку, который только что дала Флоренс. — Мы взяли ваши старые документы и выдали новые!

— Да, но я сдала вам свой американский паспорт.

С наигранным терпением, предназначенным для особых тугодумов, женщина снова ткнула в бумагу. Флоренс увидела на этом листе напечатанный номер её американского паспорта. С ощущением некоторого облегчения она прочитала своё имя (напечатанное на русском языке с буквой «Ц» в конце), а также место и дату выдачи паспорта (Нью-Йорк, 1933).

— И что мне с этим делать?

— Отнесите в посольство; там вам выдадут новый.

— А что случилось с моим старым?

— Откуда я знаю, чёрт возьми? Я просто отдаю вам то, что мне дали!

Леона она увидела только вечером, когда вернулась с работы. По пути в их комнату, самую дальнюю по коридору, Флоренс чуть не споткнулась о щётки и жестянки старика-соседа, начищавшего ботинки в коридоре. Казалось, он специально разложил предметы для чистки так, чтобы мешать проходящим, и всё же он заворчал на Флоренс, чтобы смотрела, куда идёт. Войдя в комнату, Флоренс повесила пальто на вешалку в углу между дверным косяком и комодом, который Леон в шутку назвал их «фойе». Стопка сложенного белья лежала на столе, где Леон занимался глажкой. Старательно, почти с материнским вниманием, которым Флоренс восхищалась, потому что сама так не могла, он закончил выглаживать складочку на своих льняных брюках и сложил штаны в чемодан, который лежал открытым на кушетке.

— Я не могу вспомнить — надо пить чай с шалфеем или с ромашкой при поносе? — сказал он вместо приветствия.

Флоренс свалилась в кресло и стянула с себя сапоги, оттягивая момент, когда ей придётся рассказать ему о визите в ОВИР.

— Пожалуй, я смешаю оба, — сказал Леон, довольный своим решением. Он начинал первое серьёзное задание в своей прогандистской карьере — проект, который, как он объяснил Флоренс, был «не просто ещё одной банальной карикатурой» на счастливую судьбу российских рабочих. Он снова возвращался на Восток, на этот раз не как бездомный еврей без гроша в кармане, а в качестве репортёра официального агентства новостей ТАСС. Оттуда он будет вести передачи о возрождении национальных меньшинств — узбеков, казахов, таджиков — из отсталых неграмотных людей, прячущих своих женщин под чадрой, в современных трактористов! Операторов машин! Спортивных болельщиков и актёров-любителей! Читая его репортажи, западная пресса будет кусать локти от желания увидеть ирригационные планы, которые превращали засушливые земли в хлопковые поля.

Глядя на аккуратно упакованный фибровый чемодан и алюминиевую фляжку, Флоренс почувствовала укол зависти. — Возьми с собой йод, — сказала она, поднимаясь и протягивая руку к верхней полке комода, где она хранила лекарства. Потеря паспорта всё ещё грузом давила на грудь. Затем, не поворачиваясь к нему, она сказала: — Нечто очень странное случилось со мной сегодня утром в ОВИРе.

Она услышала, как шипение утюга внезапно прекратилось. Она продолжила, не поворачиваясь.

— Мне выдали новый вид на жительство. Но у них, похоже, не было моего паспорта, который я отдала клерку на прошлой неделе. Она дала мне это…

Леон подошёл поближе и остановился, глядя на листок бумаги в руке Флоренс и моргая.—У меня вопрос,—сказал он наконец,—кто такой Флоренц Фейн? Я не уверен, что знаком с этим парнем.

—Леон, ты не думаешь, что всё это немного странно?

—Знаешь, что мне странно? Все говорят, чтобы я вёз сигареты для смазки, тогда как Узбекистан утопает в табаке.—Он вернулся к столу и начал проверять различные мелкие приспособления в своём перочинном ноже.

—Я уверена, что это ошибка. Я вернусь туда завтра, чтобы прояснить всё это.

—Не борись с ними, Флоренс; ты просто сломаешь зубы. Смотри,—он раскрыл и рассматривал миниатюрные плоскогубцы,—здесь есть все твои данные, не так ли?

—Я пойду туда и не уйду, пока не поговорю с каким-нибудь начальником.

При этом замечании Леон явно забеспокоился.

—Флоренс, не делай этого. Сейчас не время. Вот, посмотри…—Он порылся в куче документов на кровати, и найдя кожаную паспортную обложку, достал из кармана листок бумаги, очень похожий на тот, который она показала ему.

Безмолвно она взяла его за уголок, словно лезвие. На нём было имя Леона, номер его паспорта, место и дата рождения, дата выдачи—словом, все данные идентифицирующие его как американца, собранные вместе и напечатанные на кириллице.

—Они дали мне эту бумагу, когда я пошёл за продлением визы четыре месяца назад. Сказали, что это было слишком близко к концу срока годности. Поэтому они выдали мне этот временный документ.

—Ты хочешь сказать, что четыре месяца ходишь с этим дурацким листком бумаги?

Флоренс вдруг поняла, что её готовность накричать на Леона была реакцией на беспокойство, с которым она жила весь день, боясь его упрёка. Однако, раздражение её от этого не уменьшилось. «Ты не подумал, что мне было бы интересно узнать об этом до того, как я отправлюсь в ОВИР?»

—Я не знал, что ты собиралась туда идти!

—Ну, немного странно, что ни у одного из нас сейчас нет оригинального паспорта.

—Да, это странно. Наверное, там появился какой-то новый начальник, которому не нравится цвет нашего паспорта. Не то, чтобы Америка забыла, что мы существуем.

Флоренс опустилась в кресло и стала грызть ноготь. Она не могла решить, что расстроило её больше: паспорт или то, что Леон оставляет её одну.

—Как долго тебя не будет?—спросила она.

—Всего четыре недели. И когда я вернусь, детка, я привезу тебе бирюзовые украшения, которые их гаремные девушки носят в волосах и пупках.

—У них нет гаремов, Леон. Ты путаешь с Турцией.

—Может быть, но зато у них есть гашиш.

—Как я смогу с тобой связаться?

—У узбеков, пожалуй, мало телефонов, но я постараюсь найти там, где остановлюсь.

—Леон, может быть, мне зайти в американское посольство, чтобы разобраться с этим делом?

Он шагнул к ней и опустился на колени. Он убрал её локон со лба. «Мы займёмся этим, когда я вернусь, хорошо? Мы пойдём туда вместе. Главное, не надо всё время так спешить».—Он обхватил её голову, чтобы поцеловать так, как когда-то целовал голову своей ненормальной, измученной матери, подумала Флоренс.

* * *

Она, может, и послушалась бы совета Леона, если бы не письмо.

Письма из дома стали приходить реже—два или три раза в год—что Флоренс рассматривала как примирение родителей с её выбором, а не как проблемы советской почтовой системы. Последнее письмо содержало записку от брата, который досрочно заканчивал школу Эразмус. Мама приписала ворчливым, и в то же время горделивым тоном: «У Сидни сложилось впечатление, что он попадёт в Йельский университет,* но скорее всего, он пойдёт в Сити Колледж следующей осенью».

---

* *Yale University*—Йельский университет в штате Коннектикут, входит в пятёрку лучших университетов США.

Рассматривая каракули Сида, Флоренс подумала, что он, вопреки маминым опасениям, не был, как она когда-то, зачарован именитыми университетами. Он был более практичен и хотел изучать архитектуру или гражданское строительство и стать, как и его герой Роберт Мозес, «мастером-строителем». Этому Роберту Мозесу, который преобразовывал Нью-Йорк из группы разобщённых районов в мегаполис, соединённый мостами и скоростными шоссе, были посвящены целых два абзаца письма. К письму были приложены две фотографии: одна 10×5 — фото для выпускного альбома Сидни, где он позирует в виде, подобающем, в его представлении, будущему «мастеру-строителю», хотя уши его при этом торчат, как открытые двери такси; и другая — фотография семьи в столовой. На второй Зельда недоверчиво морщится в камеру, Сидни усмехается с закрытыми глазами, Харри, слегка постаревший, его жена и их ребёнок, теперь уже пухлая четырехлетняя девочка, сидящая на коленях у Сола. В конце письма её отец добавил деликатный постскриптум, где спрашивал, сможет ли Флоренс приехать в Нью-Йорк на выпускную церемонию Сидни в июне; его осторожная просьба явно предвидела ответ.

Сидни, несмотря на тонкую шею и большие уши, больше не был похож на ребёнка, которого она помнила. Неужели два с половиной года действительно прошли так быстро? Она сильно скучала по всем. Но больше всего она была удивлена, почувствовав в себе запоздалую привязанность к самому семейному дому. Её одолела почти физическая тоска по абажурам с кисточками на второй фотографии, по декоративным безделушкам в гостиной, серебряному чайному подносу на столе, книжной полке в углу, заполненной непрочитанными книгами, вычурным шторам и всем другим мещанским, уютным, буржуазным мелочам, которые их коммунальная квартира принципиально презирала.

Эту и несколько последующих ночей она провела в необъяснимой тревоге от чувства потерянности. Только на следующей неделе, проснувшись однажды при ясном свете облачного ноябрьского утра, Флоренс поняла, что растерянность её, на самом деле, исходит от неустроенности быта. Её взгляд на жизнь улучшился бы, если бы она могла выбраться из суеты коммунальной квартиры. Она вспомнила, что когда-то стояла в очереди на свою собственную комнату от банка. Теперь у неё возникло острое желание спросить Тимофеева, имела ли она всё ещё право на эту комнату, несмотря на гражданский брак с Леоном. Имея две разные комнаты, она и Леон могли бы через маклера обменять их на отдельную квартиру. Её наставник, несомненно, смог бы конфиденциально посоветовать ей куда обратиться.

Через несколько дней Флоренс, осмелев, постучала в дверь Тимофеева. Она уважительно опустила глаза, когда он пригласил её сесть.—Что за срочное дело?

Она долго готовилась к этому моменту, а теперь не могла произнести ни слова.

Флоренс не удавалось поймать взгляд Тимофеева, поэтому она сосредоточилась на его воротничке. Она была поражена тем, как обвисла его шея. Ещё недавно представительный джентльмен, он выглядел теперь как выздоравливающий после тяжёлой болезни. Она подумала, что, возможно, это был стресс от всех этих собраний, которые устраивались каждый день для повторных разъяснений последствий недавних судебных процессов, в которых уважаемые члены партии признавались в чудовищных преступлениях против страны.

—Ну, что там у вас? У меня мало времени, Флора.

—Видите ли, это моя ситуация с жильём.

—А-а, квартирный вопрос.

—Мы с мужем официально не расписаны, а моя ситуация с жильём, как бы это сказать, просто невозможна.

—И вы хотели бы подать заявку через банк на собственную комнату, правильно я вас понял?

—Да, правильно.

—Извините, Флора, но я ничего не могу для вас сделать.

—Я могу ждать.

После короткой паузы, тяжело вздохнув, Тимофеев сказал:

—Я не могу вам помочь, потому что мы сокращаем вашу позицию.

На мгновение Флоренс показалось, что она забыла какое-то элементарное, но важное правило русской грамматики и не могла расшифровать слова, обращённые к ней.

—Вам должны были сообщить на этой неделе,—сказал Тимофеев.

—Наверно, мне надо закончить печатать корреспонденцию с прошлой недели и организовать…

—Флора Соломоновна, ваши обязанности здесь завершены.

Она чувствовала, что улыбается и моргает, моргает и улыбается, как будто её разум, разбитый параличом, всё ещё не может расшифровать полученный сигнал. Затем медленно к ней пришло понимание.

—Григорий Григорьевич, вы знаете, я без устали отдавала…

—Вам будет выдано официальное письмо, чтобы вы могли подать заявление на работу в другом месте.

—Куда я могу подать заявление?

Он остановился на минуту и, слегка смягчив лицо, сказал:

—У вас есть ценные навыки. Просто сейчас неудачное время.

Она видела в его лице отражение своей растерянности, видела, как он готовился что-то объяснить. Но заколебался, а затем, глядя ей в глаза, добавил, несколько загадочно:

—Так будет лучше, Флора, поверьте мне. Никто не знает, что будет завтра.

Под ногами Флоренс паркет качался, как палуба корабля, когда она пробиралась к своему столу; затем, собрав вещи, она ушла домой.

И это чувство головокружения продолжалось до самого вечера, пока она ждала телефонного звонка от Леона. Но Леон не позвонил ни этим вечером, ни следующим. У самой Флоренс не было способа связаться с ним в Ташкенте или где бы он ни был. А пока что, чтобы как-то заполнить дни, она сделала несколько безрезультатных звонков. Сначала она позвонила Эсси, которая теперь работала редактором в «Издательстве на иностранных языках», и та пообещала Флоренс, что узнает о вакансиях в англоязычном отделе. Она очень быстро перезвонила с ответом, быстрее, чем казалось вежливым или необходимым.

—Они никого не берут.

—Ты ведь сказала, что у них не хватает людай.

—Они не хотят нанимать иностранцев.

—Это же издательство на иностранных языках, ради всего святого!

—Может быть, весной.

Флоренс было ясно, что Эсси больше не спросит—она слишком боялась за свою собственную работу. Флоренс сделала ещё несколько запросов, но всё было безнадёжно. Проблема выглядела неразрешимой. Все должны были быть зарегистрированы на каком-либо месте работы, но никто не мог получить приличную работу без того, чтобы кто-нибудь за вас поручился. Недавно принятая Конституция гарантировала право на труд. На самом деле это означало только, что *не работать* — противозаконно.

Ночь за ночью она лежала без сна в ступоре самобичевания. Что она такого сделала, чтобы её уволили? Почему она не держалась за свой паспорт? Когда, наконец, Леон позвонит? Проклятие коммунальной квартиры было ещё и в том, что приглушённые звуки из коридора были одновременно слишком громкими и беспокойно неразборчивыми. Слишком громкими, чтобы заснуть, но слишком тихими, чтобы разобрать ругань соседей. По мере того, как время изнашивало её психику, она переходила от паники к страху. Она никогда не была заядлой курильщицей, но теперь, купив утром молоко и хлеб, она останавливалась у табачного киоска. Потом долго стояла у окна, открытого резкому влажному декабрьскому воздуху, дрожа от холода, куря одну за другой папиросы «Казбек», пока никотин не притуплял её нервозность. Она курила, пока мир в окне не стал серовато-голубым, затем совсем тёмным, так что единственным огоньком в комнате был нестойкий светлячок её тлеющего папиросного уголька. Если бы только она могла услышать голос Леона! Он бы знал, что сказать, чтобы успокоить её и угомонить преследовавших её демонов.

Она залезла в кровать с фотографией Сидни, как будто это был талисман. Она всегда стремилась к ясности мысли, которую может принести только крайнее одиночество. Заманчивые очертания нового плана начали формироваться в её голове. Она и раньше думала об этом плане, но в этот раз позволила себе осознать его в чёткой форме. Раньше её дни были слишком заняты — работой и собраниями, и Леоном, пытавшемся развлечь её и заставить легче смотреть на вещи. Теперь, наконец, она могла подумать. Снова и снова ей в голову приходил один и тот же образ: корабль, разрезающий воды у берегов Финляндии, и её, уверенно стоящую на палубе в брызгах холодного балтийского моря и решительно смотрящую на запад. Должно ли быть стыдно вернуться домой? Теперь ещё и другая мысль мучила её: будет ли она стоять одна или рядом с ней будет Леон?

Папиросы и чай с бренди позволили ей прожить следующие четыре дня, когда Леон, наконец, позвонил.

Она первой бросилась к телефону в прихожей (в течение двух недель её уши караулили каждый звонок). Но когда прерывистый голос Леона прозвучал на линии и спросил Флору из шестой комнаты, она заговорила спокойно.

— Я начала терять надежду, что когда-либо услышу тебя.

— Прости, дорогая. Я говорил тебе, что это будет сложно. Не могу долго говорить. Этот звонок в кредит по милости Интуриста.

— Это там, где ты остановился?

— Нет, они возят меня по разным фермам. Вчера я ночевал у председателя колхоза. Приём был на удивление приятным.

— Восточное гостеприимство.

— Кто говорит, что мусульмане против выпивки, тот никогда здесь не бывал. Флори, они ни перед чем не остановятся, чтобы втянуть тебя в состязание. Я, может, имел бы какой-нибудь шанс, если бы они ограничились скромной водкой, но ты знаешь, что они здесь пьют?

Она помолчала — через три дорогих часовых пояса.

— Так вот, — сказал он, отвечая на свой вопрос. — Ферментированное верблюжье молоко. Я к нему вполне привык — мне оно даже нравится. Оно немного щекочет во рту, почти как шампанское.

— Так, когда ты возвращаешься домой? — спросила она прозаичным тоном.

— Планируется выехать в следующий понедельник. Поезд идёт три дня. У тебя всё в порядке?

Она остановилась, перебирая клочки бумаги и счета, засунутые за широкое основание телефона.

— Нет, не всё, — сказала она наконец. — Я потеряла работу. — И когда на другом конце наступила тишина, она продолжила: — Я догадываюсь, кто за этим стоит. Новая начальница, Орлова. У Тимофеева не хватило смелости возразить ей…

— Просто так, без предупреждения?

Она вспомнила, что несколько недель назад Тимофеев предложил ей взять отпуск. Он сказал ей, что она выглядела «измученной». Но Леону она сказала:

— И хуже всего то, что никто не хочет нанимать… иностранку. Никто не хочет замолвить слово. Даже Эсси — невзирая на всё, что я для неё сделала, и прежде всего, устроила ей эту работу.

— Послушай, Флори, давай обсудим всё это, когда я вернусь домой.

— В каждой конторе есть своя Орлова, которая спросит: «Почему вы наняли иностранца?» Так вот, Леон. Я иду в посольство…

— Я не могу сейчас обсуждать это, Флори…

— В конце концов, я всё ещё американская гражданка.

— Хорошо, успокойся. Тебе плохо, я понимаю.

— Я не могу заснуть, Леон. Я скучаю по своей семье…—Её последние слова прозвучали как что-то среднее между криком и рыданиями. Она приготовилась рассказать ему всё коротко и решительно, но теперь хныкала, и сопли текли у неё из носа, как у ребёнка…

— Тихо… Тихо… Просто помолчи, ладно? Я же говорю, что мы во всем разберёмся, когда я вернусь.

— Я не могу ждать так долго.

— Флоренс, пожалуйста, просто… не делай ничего и никуда не ходи. Восемь дней, дорогая, это всё, что я прошу. Сделай это для меня. Я попытаюсь сесть на более ранний поезд. В моём тулупе на верхней полке есть деньги в жестяной коробке.

— У нас полоса невезения, Леон.

— Детка, сейчас всё перемешано в твоей голове, потому что меня нет с тобой. Всё просто. Но я скоро приеду и позабочусь о своей девочке. Ты меня слышишь?

— Да.

— Давай, поспи немного, завтра ты будешь чувствовать себя лучше.

После ещё нескольких приглушённых всхлипов, которые он посчитал признаком согласия, она отпустила его.

И, самое смешное, он оказался прав. На следующее утро она почувствовала себя лучше. Чистый, белый, как бы загробный свет нежно разбудил её ровно в семь. В окне тонкий ковёр из серебристого снега покрыл улицы, деревья, крыши и плечи дворников, метущих тротуар.

Посмотрев в зеркало, Флоренс заметила, что сон немного восстановил ей цвет лица.

Что она ожидала от Леона? Ей было стыдно за свою слабость. Вина была целиком на ней. Она почему-то подумала, что он согласится с её планом, и что они осуществят его вместе, хотя сейчас она поняла, что должна будет пройти через это одна. Когда она это осознала, боль и смятение от этого понимания стали преобразовываться в своего рода обновлённую уверенность в себе. Так он был благодарен за одиннадцать квадратных метров, ему нравится, как они живут, скученные, как в туберкулёзной больнице, с чужими людьми — пусть радуется. Ему нравится рассказывать свои прибаутки о том, что будущее не за горами — я рада за него. Он любит, когда его посылают в тьмутаракань, где местные жители относятся к нему как к паше, нравится сидеть на коврах, потягивая кислое верблюжье молоко — на здоровье. Ей не нужно было, чтобы он держал её за руку; ей не нужно чьелибо разрешение, чтобы убраться к чёртовой матери из страны, которая готовит ей одни несчастья. Утро, похоже, полностью соответствовало её плану. Ванная комната была свободна, вода в душе приятно обжигала. На небывало пустой кухне Флоренс заварила кофе на плите. Сквозь двойное стекло кухонного окна лучи холодного солнца, проникшие через облака, посылали ей своё благословение. Вернувшись в свою комнату, она накинула пуховую шаль и направилась в метро.

Когда она вышла на Манежной площади, то увидела под низко висящими облаками грубый маленький флаг своей родины, трепещущий на жёстком, холодном московском ветру над посольством США. На самом деле был виден только кончик флага — красно-белый виляющий хвостик. Флоренс это напоминало палец, который как бы манил её. Само здание посольства было большей частью скрыто за богато украшенным отелем «Националь».

Не обращая внимания на влагу, набравшуюся в сапоги, Флоренс пересекла улицу Горького и продолжила идти через площадь к желтоватому известняковому комплексу. По пути она заметила своё отражение в дверях гостиницы «Националь». Перед витриной стоял мужчина в бежевом пальто и шляпе, который пристально смотрел на неё из-за круглых очков, но не изменил выражения лица, когда она, проходя, вежливо кивнула.

По обеим сторонам ворот стояли охранники в зелёных шинелях и ушанках. Винтовки с примкнутыми штыками воинственно торчали у каждого за спиной. Один из охранников выглядел большим подростком, поэтому Флоренс выбрала второго и подошла к нему. У него было мясистое лицо крестьянина с неожиданно интеллигентным выражением. Он слегка приподнял брови, слушая её. Она вежливо объяснила, по каким причинам ей нужно в посольство.

Он не проявлял никаких признаков понимания или интереса к её объяснениям и произнёс только одно слово:

— Документы.

Она залезла в карман и достала бумагу с паспортной информацией.

— Эта бумага недействительна.

— Это квитанция за мой американский паспорт, который забрали в жилищной конторе. Посмотрите сюда…— она слегка приподнялась на цыпочках, и ткнула пальцем в место рождения.

Он послушно, но слепо, изучил бумагу, как ребёнок, держащий книгу вверх ногами.

— Это не паспорт,— сказал он, возвращая её.

— Я знаю. Как я уже сказала, я потеряла паспорт, и это единственное место, где я могу получить новый. Так что, если мы сможем решить эту проблему здесь…

— Вход разрешён только для официального бизнеса. Нам нужны *доказательства*, чтобы вас пропустить.

— Я только что показала вам *доказательства*… Ох, это пустой разговор. Я хочу поговорить с американским дежурным.

— Я дежурный.

— С кем-нибудь оттуда,— она указала за ворота.

— У нас есть инструкции, кого пропускать.

— Пожалуйста, если бы вы могли зайти и поговорить с кемнибудь, с кем угодно, внутри, я уверена, что всё это было бы решено за несколько минут.

— Если вы будете здесь стоять, мы должны будем сообщить о вас в милицию.

— Ох, ради всего святого, всё, о чём я прошу, чтобы вы попросили кого-нибудь выйти — просто поговорить со мной через эти проклятые ворота.

— Вы должны отойти сейчас же.

— Товарищ, вы превышаете свои полномочия, не давая американке войти в её собственное посольство.

—Вацлав…,—сказал охранник, тряхнув головой в сторону гигантского напарника, который, секунду поколебавшись, как ленивый подросток, начал приближаться.

Она понимала, что её шансы были исчерпаны.

—*Аа-ууу! Я американка!*—крикнула она по-английски через металлические ворота.—*Аа-лёоо! Есть там кто-нибудь? Может кто-нибудь, пожалуйста, выйти и сказать этим идиотам…*

Тут она почувствовала, как кто-то поднял её за подмышки, оторвал от земли, развернул и понёс. Она болтала ногами в воздухе, как плохой пловец в бурном потоке.

—*Помогите, кто-нибудь! Я гражданка Соединённых Штатов!*—крикнула она по-английски. Её грубовато опустили на тротуар.

Солнце уже давно спряталось за облаками. Она глубоко вдохнула, чтобы прийти в себя и восстановить способность видеть. В ушах у неё всё ещё стучало то ли от шума машин, то ли от сердцебиения, отзывавшегося в барабанных перепонках. С усилием Флоренс поднялась на одну ногу и вытерла грязь с рук. Она осмотрела ободранные ладони, встала, кое-как через юбку поправила скрутившиеся чулки, оглянувшись в последний раз на охранников, которые вернулись на свои посты. Постепенно шум в ушах успокоился, и её глаза снова смогли различить гудящие автомобили, фасад «Националя», напоминающий свадебный торт. Только тогда, готовясь пересечь проспект, она заметила мужчину в шляпе. Он был на противоположной стороне улицы, но его пальто бежевого цвета нельзя было не узнать. Он слонялся перед чем-то похожим на Форд V8, припаркованным носом на тротуар. Флоренс поправила платок на плечах и перешла площадь. Когда она снова обернулась, его уже не было.

* * *

Она никогда не умела остановить порыв, овладевший её сознанием. Полная решимости она прошагала десять кварталов обратно в ОВИР.

—Я хотела бы заполнить документы, пожалуйста, на выездную визу для поездки за границу,—заявила она дежурному с уверенностью, которая вдруг показалась ей напряжённой и неестественной. Она представила квитанцию своего паспорта в качестве удостоверения личности.

Женщина за стеклом — та же, что и во время её первого визита, — небрежно осмотрела Флоренс, затем взяла бумагу и развернула её с таким видом, как будто это был сомнительный предмет, который Флоренс пыталась ей всучить.

— Я американская гражданка, как видно из этого документа, — она указала на бумагу через стекло, — я хочу навестить свою семью.

— Американская гражданка? Это вид на жительство в Москве. Из этой бумаги следует, что вы советская гражданка.

— Нет, нет, вы же видите. — Флоренс постучала пальцем по стеклу. — Там же указан мой номер паспорта.

— Это разрешение на проживание советского гражданина в Москве и полагается иметь всем гражданам. Всё это свидетельствует только о том, что вы получили разрешение на жительство, когда подали американский паспорт в жилконтору. Вы должны были пойти в паспортный стол, чтобы получить внутренний паспорт.

Советская гражданка? О чём вообще говорила эта тупоголовая уродина?

— Нет, нет… я думаю, что вы ошибаетесь. Видите ли, я никогда не проходила никаких формальностей, чтобы получить советское гражданство. И у меня есть квитанция, которую мне дали ваши люди взамен моего американского паспорта, когда я пришла сюда, чтобы возобновить свой вид на жительство. И вы сказали мне — очень чётко, — что я получу обратно свой паспорт в течение недели.

Она обращалась на «Вы» к своей мучительнице, хотя её подчёркнутая вежливость, очевидно, очень мало что меняла.

— Ничего подобного я вам не говорила, — сказала женщина с настойчивостью, граничащей с угрозой. — Это не квитанция. Это ваше удостоверение личности.

Флоренс улыбнулась и покачала головой.

— Прошу прощения, но я хорошо слышу, и это не то, что вы мне сказали.

За Флоренс собрались люди. И для них, и для неё становилось всё более очевидным, что, несмотря на её твёрдость в отстаивании своей позиции, то, чем она занимается, по закону джунглей можно было считать глупым поведением — гарцевать с голой задницей, дразня крупного и грозного соперника.

И всё же перспектива отступления казалась столь же невозможной.

— Не хотите ли вы объяснить всем этим людям, что вы даёте нам противоречивую информацию? — сказала она. Это возымело какой-то эффект.

— Вам следует выяснять это не со мной, — сказала женщина, откидывая газету. — Разберитесь в этом со своим посольством.

«Моё собственное посольство не поможет мне без паспорта», — подумала Флоренс, но постаралась сохранить твёрдую улыбку.

— Я, конечно, займусь этим, но пока, — продолжала Флоренс, — я бы хотела, как я уже говорила, заполнить документы на выездную визу.

Наконец, Баба-яга поднялась со своего стула во весь свой немалый рост, но не набросилась на Флоренс, а заковыляла вдоль короткого коридора. В течение нескольких напряжённых минут Флоренс так и стояла с воинственно поднятым подбородком и решительным видом, готовая противостоять недовольным позади неё («Мы будем торчать здесь весь день»; «Она говорит — американка»). Но достаточно скоро чиновница вернулась с анкетами. И Флоренс, отступив в сторону, заполнила их слегка дрожащей рукой. Чиновница забрала их без лишних слов.

* * *

Леон вернулся в Москву на четыре дня раньше срока.

Это было не такое возвращение, какого он ожидал.

Не было ужина на льняной скатерти. Не было чая с лимоном и сахаром. Только жена, исступлённо вышагивающая взад-вперёд по комнате в психотическом молчании.

— Ну, вот и всё. Я обратилась ко всем, кто мне хоть чем-то обязан. Никто не хочет мне дать работу. И ты ведь тоже не собираешься спрашивать в ТАСС? Иначе ты бы сказал по телефону. Ведь правда? Я вижу это в твоих глазах. Ты боишься, как и все остальные.

Усталый, немытый, он подошёл к кушетке и свалился на её грубые подушки.

— Я спрошу, Флори,— сказал он слабо.— Но в этом нет смысла.

— Конечно нет,— сказала она с грустным удовлетворением.— Так что же со мной будет?

— Надеюсь, ничего страшного, Флора, если ты сможешь умерить свой громкий голос и не высовываться какое-то время. Наступают трудные времена. Люди теряют свои жизни и свободу, а ты жалуешься на потерю работы.

Её глаза непрерывно метались по комнате.

— Это такие карьеристы, как эта Орлова. Они, как насекомые. Они прикрываются партийной линией, чтобы избавиться от хороших работников и поставить своих идиотов. Они, как паразиты, которые откладывают яйца и убивают хозяина.— Она вдруг заметила, что фразы, с которыми она обрушилась на секретаря партийного комитета банка, были такими же, которые сама Орлова регулярно использовала для осуждения «вредителей и диверсантов». Но поскольку она не могла признаться Леону в истинной причине своей паники, она продолжала.— Это безобразие, Леон. Оно должно быть разоблачено!

— И как ты планируешь это разоблачить?

— Напишу в газеты!

— Я думаю, что ты знаешь какие материалы мы сейчас печатаем, Флоренс. Единственные письма, которые газеты будут публиковать,—это ещё более кровожадные призывы к убийству «врагов», которых никто не знает, письма, требующие «расстреливать их, как собак». Так как насчёт прекратить истерику и немного поразмыслить?

— Я размышляю! У меня нет работы. Не работать противозаконно. Как только маленькие ищейки начнут задаваться вопросом, чем это я здесь занимаюсь весь день, мне будет грозить арест. Что ты предлагаешь — чтобы я одевалась каждое утро и бродила по улицам?

— Мы могли бы оформить наш брак. «Домохозяйка» — чем не профессия.

— Домохозяйка? — она произнесла это слово так, словно оно было квинтэссенцией всего, что она презирала,— Как мило с твоей стороны попытаться превратить меня в честную женщину! Я должна быть благодарна, не так ли? Что ж, позволь мне сказать тебе кое-что: для такой грандиозной судьбы я могла бы остаться в Бруклине.

Она никогда раньше не видела его по-настоящему рассерженным, по крайней мере, с той ночи в Метрополе. Он стоял абсолютно неподвижно, без всякого выражения. Только его чёрные глаза горели и сверлили её, но лицо его оставалась неподвижным.

— Прости меня,— неожиданно сказал он, раздражаясь.— Я почти забыл. Великая Флоренс Файн! Как они могли не оценить её блеск, её энергию, её ценную службу Советскому Государственному банку! Подумайте, какая несправедливость. Давайте на минутку забудем, что более важных людей забирают и отсылают чёрт знает куда! Уважаемую Флоренс Файн задвинули. *Прости меня* за попытку предложить тебе разумный выход!

— Изображать жёнушку в этой комнате весь день — не выглядит для меня как разумный выход… Мы должны покинуть это место, Леон! О Боже!— она начала выть. Он сжал её запястье, но она не могла остановиться,— Если бы я не отдала этим гнусным тёткам свой паспорт! — Она опустилась на колени, когда он отпустил её.— Эта дурацкая бумага, которую они мне дали, бесполезна. Охранники в посольстве не стали даже читать её.

— Что ты такое говоришь? — спросил он, становясь на колени рядом с ней.

— Они сказали, что это не действительный паспорт, а я попыталась объяснить, что мне нужно было попасть внутрь, чтобы получить новый паспорт, но они меня прогнали.

Она увидела, как краска сходит с его лица.

— Но я вернусь, и ты должен пойти со мной,— продолжала она для убедительности сжимая его руку,— ты обещал. Ты можешь лучше убеждать. Если мы сможем пройти мимо русских охранников и поговорить с настоящим американцем, всё будет хорошо.

Он закрыл глаза.

— Я этого не сделаю, Флоренс,— сказал он, вздохнув, и поднялся.— Я не пойду, и ты тоже не пойдёшь.

— Я возвращаюсь в Америку с тобой или без тебя.

— Ты вообще понимаешь, что ты сделала?

Её беда была ещё в том, что она смутно понимала, что сваляла дурака.

— Ты назвала охраннику своё имя? — внезапно он стал очень деловым.

—Нет. Он взглянул на мои бумаги мельком.

—Ты с кем-нибудь ещё разговаривала?

—Что ты имеешь в виду?

—С кем-нибудь, за пределами посольства. Кто-нибудь следил за тобой?

Она поколебалась, вспомнив человека в шляпе.

—Был этот… мужчина, слонявшийся у витрины между гостиницей «Националь» и посольством. Я плохо его разглядела, но…

—Но что?

—Он всё ещё был там, когда я отошла.

—Боже мой, Флоренс. В следующий раз, когда они увидят тебя, они посадят тебя прямо в один из своих автомобилей. Вся эта площадь кишит шпиками в штатском.

—Откуда ты это знаешь?—почти крикнула она.—Почему ты мне раньше не говорил?

—Потому что я не думал, что ты такая дура, чтобы так вылезти!

И он с такой силой стукнул кулаком по столу, что банка с карандашами упала на пол.

Она вздрогнула, но в наступившей тишине осознала, что её испуг был неуместен, что ярость Леона была лишь каплей в море по сравнению с неизмеримо глубоким болотом дерьма, в которое она влезла. Флоренс поднялась и вытащила предпоследнюю папиросу из пачки в кармане юбки. Но вид огорчённых глаз Леона мешал ей зажечь спичку.

Наконец, она справилась с этим и сделала быструю, долгожданную затяжку. У неё возникло желание прижечь ладонь тлеющей папиросой.

—Хорошо, давай успокоимся,—сказал он через некоторое время.—Давай посмотрим на это разумно… Заполняла ли ты какие-либо бумаги, где-нибудь подписалась?

Ей так хотелось сказать ему о походе в ОВИР, об этой тётке, которую она победила, о заявлении на выездную визу. Она собиралась сказать ему. Но теперь—под его взглядом—она не могла. Она откинула голову назад и выпустила кольцо сизого дыма к потолку.

—Нет,—сказала она.

—Обещай мне, что больше туда не пойдёшь хотя бы какое-то время.

—Хорошо. Но как насчёт поиска работы?

Он нетерпеливо покачал головой.

—Устройся на любую работу, Флоренс.

—Ты имеешь в виду работу на фабрике? В общественной прачечной?

—Что в этом плохого? Это честный труд.

Она пустила ещё одно кольцо дыма к потолку.

—Теперь ты звучишь, как они.

—Может быть. Но есть много приличных людей, работающих на самых разных работах. Образованные люди. Ты же знаешь, Флоренс, я бы поменялся с тобой хоть сейчас, если бы мог.

—Поменялся бы?

—Я бы сделал что угодно, чтобы спасти любого из нас.

Она не могла вынести выражение его лица. Оно отражало такую бесконечную преданность, более пугающую, чем весь его гнев.

КНИГА IV

24

АЛТАРЬ УТОПИСТА

МОСКВА, 2008

Были у меня и иные причины для обращения в архив на Кузнецком мосту, помимо намёков моего друга Яши на сомнительные связи мамы с тайной полицией. В течение многих лет я терзался вопросом: почему моя мать сумела пережить ужас тюрьмы и лагерей, а отец, человек куда большего обаяния и находчивости, погиб? Уцелей он в коловороте допросов и пыток, переживи этап в Сибирь в столыпинском вагоне, я уверен, что мы с мамой узнали бы об этом. Но всё, что нам было сказано во время этих бессмысленных походов на Лубянку — по морозу в пять утра, — это то, что мой отец осуждён на десять лет лагерей без права переписки, что означало, как всем было известно уже в те времена, пуля в затылок. Одна лишь Флоренс сохраняла неуместный оптимизм по поводу истинного смысла папиного приговора. Как мог кто-то, склонный к такому самообману, выжить в жестоких условиях Бутырки и ГУЛАГа? Попав в совершенно такой же переплёт, как и отец, как сумела она добиться того, что обвинение в шпионаже было с неё снято, и отделаться минимальным сроком по обвинению в «агитации и пропаганде»?

Теперь, когда я стал искать ответы на все эти вопросы, можно признаться, что другая загадка терзала меня даже сильнее, тем более, что добиться хоть сколь-нибудь удовлетворительного ответа на неё у матери я так и не смог. Это касалось её безуспешной попытки к бегству из Советского Союза. В мои студенческие годы, пришедшиеся на пик расцвета хрущёвской оттепели, Флоренс как-то проговорилась о том, что она и папа совершили отчаянную попытку бежать из России «пока не поздно». Когда я снова попытался заговорить с ней на эту тему, она стала всё отрицать. Видит бог, Флоренс обладала даром отрекаться от любых откровений, но эта её фраза не давала мне покоя особенно потому, что в то время, а именно — в 1978 году, она категорически отказывалась обсуждать тему эмиграции вместе со всей семьёй. Если это было правдой — если она сама пыталась бежать — почему же нельзя признаться в этом теперь и покинуть страну открыто? И почему, после того, как она, пусть и недолго, ломилась в запертую дверь, теперь не хочет даже и думать о том, чтобы переступить порог этой внезапно открывшейся двери вместе с семьёй? Неужели ей не хотелось вырваться из этой клетки? Что же произошло в промежутке между 1937 и 1978 годами, что сделало её органически неспособной даже обсуждать эту тему? Может быть, думал я, всё просто: она отчаялась и махнула рукой на Америку так же, как Америка когда-то отреклась от неё.

Мои родители были далеко не единственными американцами, застрявшими в Москве после 1936 года. Были сотни подобных им в Советском Союзе, слишком поздно осознавших, что американское правительство бросило их на произвол судьбы. Посольство США, казалось, искало любой предлог, чтобы прекратить или отсрочить выдачу паспортов американским гражданам, потерявшим свои паспорта исключительно по наивности. Советское правительство шло на всевозможные уловки, чтобы лишить американских экспатов их гражданства. Тем, кто жил за пределами Москвы, было предписано отправить свой американский паспорт для продления почтой, а затем им сообщали, что их документы затерялись на почте, хотя, вне всяких сомнений, этими крадеными документами снабжали шпионов. Москвичи же, такие как моя мать, вынуждены были предъявить свои документы по месту жительства или работы. Именно так моя мама потеряла свой паспорт, хотя, по её собственным словам, это бюрократическое жульничество якобы неожиданно сыграло ей на руку, ибо она всё равно собиралась просить советское гражданство.

Я потом читал о тех, кто пытался искать убежище в посольстве. Если они и ухитрялись проникнуть на территорию посольства, посольские сотрудники извещали их, что плата за обновление паспорта принимается только в долларах, а владеть ими на территории СССР было противозаконно. Другим же предлагали прийти в следующий раз, и в третий, и в четвёртый, говоря, что их дело рассматривается — и это притом, что работники консульского отдела, дававшие подобные инструкции, глядя в окна своих кабинетов, видели, что вся площадь перед посольством постоянно патрулируется советской тайной полицией, которая ловит рыбку в этих водах с регулярностью заядлого рыболова.

Я всегда полагал, что то намеренное безразличие, с которым посольство относилось к этим изгнанникам, было симптомом предубеждения и страха перед «красной заразой», столь распространённого в Америке и достигшего апогея после Второй мировой войны. Кто были эти беглецы, повернувшиеся спиной к Америке, к демократии и капитализму, как не оппозиционеры или радикалы? Попали, куда стремились — так им и надо.

Это было единственным логичным объяснением, или так мне казалось. Я бы, наверное, так и продолжал считать, если бы, спустя несколько лет после моего приезда в Америку, не получил в подарок видеокассету с классическим американским фильмом. Подарок был сделан нам с женой одним из завсегдатаев синагоги Бет Эмет — дружелюбным толстяком-психологом по имени Гарольд Грин, заинтересовавшимся историей нашей семьи потому, что она показалась ему недостающим звеном в истории его собственных предков. Преисполненный необъяснимой гордости, Гарольд сообщил мне, что обе ветви его родословной состоят из бесчисленного множества социалистов, и с восторгом упомянул своего отца и деда, присутствовавших на многолюдном митинге в Бронксе, где выступал Троцкий, чёрт знает когда. Видеокассета с фильмом была лишь одним из его многочисленных щедрых даров. (Первым подарком был продавленный двуспальный матрас, преподнесённый нашему бедному семейству как хороший еврейский матрас — на нём было зачато двое замечательных еврейских детей!) Фильм назывался «Миссия в Москву». На обложке был штамп библиотеки Нью-Йоркского университета, а у Гарольда он оказался, должно быть, в качестве ещё одной апокрифической реликвии «красного» десятилетия, предмета его безутешной ностальгии. Я, впрочем, полагаю, что сам он ни разу этот фильм до конца не досмотрел. А если бы досмотрел, то даже он при всей его безоглядной сентиментальности понял бы, что это есть не что иное как жидкое дерьмо голливудской пропаганды.

Фильм был основан на мемуарах бывшего посла США в Советском Союзе Джозефа Дэвиса и создан на студии «Уорнэр Брос»

(Warner Bros) по просьбе самого президента Франклина Д. Рузвельта. После войны — об этом я узнал от Гарольда — он стал первым из крупно-студийных фильмов, сожжённых на костре «антиамериканской» кампании сенатора Маккарти. Я должен сказать, что на это были веские причины. Чудовищное нагромождение вранья и дезинформации, из которых только и состоит сие произведение, включает и заявление Дэвиса о том, что, по его мнению, признания обвиняемых на показательных московских процессах 1936–38 годов были вполне чистосердечными и данными добровольно, без всякого принуждения. В фильме оправдывается и неспровоцированное нападение Сталина на Финляндию, и его пакт с нацистами, и вообще, один из самых кровавых диктаторов в истории человечества изображается добрым, пусть иногда и заблуждающимся дядюшкой, пытающимся, хоть и несколько неуклюже, привести свой народ к демократии американского образца. Кульминацией этого бреда, на мой взгляд, является сцена, где посол мягко журит своих сотрудников за то, что те возмущены изобилием подслушивающих устройств в здании посольства. *«Ну как же ещё Советам узнать о том, что мы ничего дурного против них не затеваем, — выговаривает он своим подчинённым, — если у них не будет возможности слушать наши частные беседы?»* Я едва не прослезился при этих словах. Все-таки, авторы фильма, наверное, хотели создать острый памфлет, подумал я. Ну как может дипломат быть столь чудовищно покорным и одновременно столь надменным? У меня даже появилось желание разузнать побольше о человеке, по чьей милости мои родители были лишены единственного убежища в то время, когда их жизням грозила смертельная опасность.

Джозеф Дэвис, как мне стало известно, был либеральным вашингтонским адвокатом и другом Рузвельта, сумевшим благодаря своей предприимчивости в разгар великой депрессии жениться на богатейшей женщине Америки. Марджори Мерриуезер Пост была наследницей пищевой империи семейства Пост, созданной её отцом и расширенной её вторым мужем. Она восседала, подобно Екатерине Великой, на троне царства кукурузных хлопьев и полуфабрикатных тортов, кофе и шоколадного сиропа, мучных смесей и замороженных овощей. Любая американская домохозяйка вносила свой вклад в её бездонные денежные закрома, распечатывая очередную коробку орехововиноградных хлопьев, заваривая кофе фирмы «Максвелл Хауз» или готовя порцию фруктового желе для своих детей.

Развод с мужем-финансистом и свадьба госпожи Пост и Джозефа Дэвиса в 1935 году послужили обильной пищей для жёлтой прессы наряду с судебным процессом над похитителем маленького сына Чарльза Линдберга. Обозреватели удивлялись: что могло привлечь столь царственную и до неприличия богатую даму как Марджори к адвокату, занятому тяжбами с американскими трестами и похожему на карикатурного мышонка в шляпе-котелке. Они явно недооценили привлекательность политики для женщины, у которой есть всё. Свадебным подарком Марджори своему третьему мужу стал гигантский чек, выписанный на имя избирательного фонда его дружка Франклина Д. Рузвельта; имелось в виду, что долг платежом красен в случае переизбрания Рузвельта на второй срок. Вне всяких сомнений, миссис Дэвис надеялась, что шестизначный дар гарантирует её новому мужу пост посла в Лондоне или Париже. Вместо этого супругам досталась Москва. Вернее, поскольку это касается судьбы моих родителей, они достались Москве.

Дэвисы прибыли в Россию, будучи совершенно неискушёнными в части знакомства с её языком и историей. Похоже, Марджори боялась, что они могут тут умереть с голоду, поэтому она прихватила с собой несколько железнодорожных вагонов провизии фирмы Пост, неисчислимое количество мясных филе и дичи и четыреста литров замороженных сливок в дюжине морозильников, из-за которых моментально вышла из строя примитивная электросеть Спасо-Хауса, и сливки быстро растаяли. Нечего и говорить о том, что Москва не могла предоставить Марджори Пост какое-нибудь поле для её любимого развлечения — совершать покупки. Ведь не ходить же каждый вечер в театр или на балет. Был, конечно, и ещё один вид спектаклей, а именно сталинские показательные процессы, за которыми Джозеф Дэвис следил с такой же серьёзностью невежды, с какой он слушал оперы в царской ложе Большого.

Через десять недель Москва им наскучила, и они отправились в продолжительный отпуск в Америку на собственной яхте. Дома Дэвис представил президенту и прессе дипломатическую реляцию следующего содержания: его многолетний профессиональный опыт адвоката говорит ему о том, что признания обвиняемых на московских процессах получены совершенно законными способами и вполне достоверны. Казни старых большевиков? Это следствие раскрытия их заговоров. Насильственная коллективизация? Прекрасный вдохновляющий социальный эксперимент. Сталин? Честный благородный малый. Ни слова о том, как НКВД преследовал и запугивал сотрудников его посольства и, конечно, ни слова о сотнях бесследно исчезнувших американцев. Вскоре после назначения Дэвиса все сотрудники посольства пригрозили уйти в отставку по причине его чудовищной некомпетентности, правда, в последний момент у них не хватило решимости. Не желая связываться с русской тайной полицией, они просто прекратили выдачу паспортов тем американцам, которых Советы считали своими подданными.

Был ли Дэвис в самом деле глух по отношению к американцам, безответно стучавшимся в ворота посольства? Отказываюсь в это поверить. Неужели так трудно было помочь этим заблудшим душам? Проблема была в том, что такая помощь требовала от Дэвиса навыков настоящего дипломата. Насколько это было трудно? У Америки в те времена имелись серьёзные рычаги давления на Советы: Россия была должна Америке сотни миллионов долларов за поставленное в кредит промышленное оборудование. Однако Джозеф Дэвис получил свой пост не за высокие моральные качества. Рузвельт не любил повторять собственных ошибок. Бывший посол Уильям Буллитт был отправлен в отставку, стоило ему отказаться поддерживать заявления президента о добрых намерениях его советских друзей. Нет, проблема была не только в невежестве или трусости Дэвиса. Его ведь послали в Москву с единственной целью: любой ценой создать видимость благополучия. И с этой задачей он справился блестяще. В течение 190 дней в году, которые Дэвисы проводили в России, посол и его жена устраивали костюмированные балы с декорациями, взятыми из музея Большого театра, и частные просмотры американских фильмов для головорезов из НКВД, тех самых, что не давали покоя сотрудникам посольства, или совершали круизы по Чёрному морю на собственной четырехсотфутовой яхте «Си клауд». В особенности же они любили наведываться в комиссионные магазины, скупавшие за бесценок у голодающего населения дореволюционные раритеты. Мистер и миссис Дэвис не стремились узнать побольше о Советском

Союзе, но вот имперскую Россию они изучили весьма исчерпывающе. К концу своего пребывания в России они вывезли из страны крупнейшую коллекцию картин, гобеленов, яиц Фаберже, серебряных чайных сервизов, икон, эмалевых шкатулок, царских драгоценностей, фарфора и предметов литургии, когда-либо собранную вне России. Все эти экспроприированные сокровища хранятся теперь в особняке Марджори Мерриуезер Пост под названием Хиллвуд в Вашингтоне, Округ Колумбия, неподалёку от моего офиса, где они выставлены на обозрение публики. Я как-то раз туда сходил и увидел рядом с прекрасным портретом Екатерины Великой портрет дамы средних лет в костюме Марии-Антуанетты — хозяйки особняка Марджори Пост-Дэвис.

Назвать Джозефа Дэвиса и его жену просто очередной парой полезных идиотов Сталина кажется мне слишком большим упрощением. Они, безусловно, заслуживают большего. Мой личный опыт говорит о том, что те, кто достиг большой власти или богатства, обладают таинственным чутьём на эти вещи, насколько бы тупыми и глупыми они ни казались окружающим. Джозеф Дэвис при всём его видимом простодушии умел ублажать власть имущих: жену свою умел баловать, Рузвельту умел льстить, а к Сталину и Литвинову относился как адвокат к своим клиентам, которые щедро платят и потому заслуживают наилучшей защиты, невзирая на то, какие преступления они совершили.

В свою очередь, считать, что Рузвельт назначил Дэвиса послом просто из непотизма, значит сильно недооценивать Рузвельта. Дэвис обладал одним достоинством, которым ни один знаток России в Вашингтоне не обладал: он готов был поддержать политическое убеждение Рузвельта в том, что Советский Союз разделяет с Соединёнными Штатами основную цель: улучшить долю простого человека, хоть и своеобразным способом. В то время, когда Европа неуклонно сползала к войне, союз с Россией стал насущной необходимостью. Но из всего, что я читал по истории того времени, явствует, что даже с самыми близкими союзниками Америки не было столь безоглядной дружбы, какая была в те годы у Рузвельта со Сталиным. Так что, позвольте мне сделать предположение, которое поклонникам Рузвельта, готовым изображать 32-го президента во главе стола

«Тайной вечери», покажется неслыханной ересью, что в глубине души ФДР восхищался этим чудовищем. Восхищался его железной волей, решительной перекройкой общества, его социально-экономическими экспериментами, видя в них мощный пример для собственной деятельности по расширению роли государства, до той поры занимавшего довольно скромное место, по созданию большого правительственного аппарата. Более всего его восхищала идея, что процесс эволюции великих наций необратим. Также как Соединённые Штаты движутся от неограниченного капитализма к социализму и сильному государству, так и СССР, по мнению Рузвельта, двинется от тоталитаризма к социал-демократии. На каком основании покоилась его вера? На основании бредового утопизма, столь популярного среди интеллектуалов тех времён. Был ли ФДР тайным коммунистом? Да Боже упаси! Ничего подобного у него и в мыслях не было, более того, он щедро раздаривал миллионы государственных денег крупнейшим корпорациям страны. Он был просто заурядным утопистом. Поскребите утописта и обнаружите макиавеллиста, человека, который в стремлении к светлой цели неизбежно приходит к принципу «цель оправдывает средства».

Короче говоря, попавшие в западню американцы, включая моих родителей, не были просто брошены на произвол судьбы. И даже не были просто забыты. Их *принесли в жертву* на алтарь двух сверхдержав.

Единственным утешением мне могло послужить то, что история оказалась беспощадна к Джозефу Дэвису. В историю он вошёл как трусливый подобострастный невежда, каковым он и был. А вот старый патриций Рузвельт со славой вошёл в пантеон великих лидеров, чей мифический ореол с годами становится всё ярче. Даже мне приходится против собственной воли восхищаться этим заблуждением. Надо отдать должное той ловкости, с какой ФДР превратил старого друга Дэвиса в козла отпущения за свои дьявольские делишки — коварство, достойное прилежного последователя Макиавеллиева «Государя».

ЧИСТКА

Флоренс пережила 1937 год, работая уборщицей в театре Вахтангова на Арбате. Место это она смогла получить благодаря театральным связям жены своего бывшего шефа Тимофеева. Это стало его последним одолжением своей инженю-американке, не считая пока ещё не оценённого ею по достоинству благодеяния, выразившегося в полном разрыве всяких контактов с ней.

Итак, в январе, когда партия вычищала из своих рядов бывших соратников Сталина, Флоренс орудовала шваброй в пыльном лабиринте актёрских уборных. В марте, когда Сталин принялся за гнилых интеллигентов, Флоренс сражалась с грязными следами от сапог на красном ковре театрального фойе. В мае, когда Сталин взялся за чистку кадров Красной армии, уничтожив в течение полутора лет тридцать пять тысяч офицеров, она выводила сальные пятна с бархатной обивки кресел. Чистка продолжилась и весь 1938-й год, когда «Отец народов» распорядился отправить в Сибирь массы поляков, корейцев, греков и финнов; Флоренс тем временем таскала к мусорным бакам узкими Арбатскими переулками вёдра папиросных окурков и грязных газет. И пока новый шеф НКВД Ежов чистил органы, расстреливая тысячами бывших сотрудников, чтобы затем самому разделить их участь, Флоренс обдирала колени, отскребая фаянсовые унитазы общественных уборных.

И, однако, нельзя сказать, чтобы она ненавидела эту работу. Подобно тому, как санитарка в больнице привыкает к запаху хлороформа, Флоренс привыкла и даже сроднилась с запахом грима, прочно въевшимся в ковровые дорожки и занавесы. В ней даже пробудилась детская очарованность миром театральных костюмов, старых декораций, уходящего ввысь закопчённого потолка, роскошных кулис и занавеса, всех этих остатков былого театрального величия одинакового по всему миру. Она присутствовала на всех генеральных репетициях, опираясь, подобно Золушке, на швабру в дальнем тёмном углу зала. Она прекрасно понимала, что неписаным условием получения этой работы, было то, чтобы она держалась тише воды, ниже травы. Следя за действием на сцене, она старалась оставаться незамеченной, хотя давалось ей это порою с трудом.

По ночам она оживала, подробно, сцену за сценой пересказывая содержание пьес Леону. Он массировал ей натруженные за день ноги, а она, жмурясь от удовольствия, пересказывала ему все детали вспышек, любовных интриг, несбывшихся надежд и горьких разочарований персонажей пьес — о них говорить было куда проще, чем о себе самой. Она не пропустила ни одной пьесы того сезона: Арбузова, Горького, Чехова. Иногда её взгляд вдруг отрывался от сцены и начинал следить за реакцией зала. Зрители казались ей тоже актёрами, ибо сама она была равно далека от тех и от других. Она ни с кем в театре не общалась за исключением тех дней, когда заболевала гардеробщица Агнесса Артёмовна, и Флоренс приходилось её замещать, принимая у зрителей мокрые пальто и шляпы и запихивая шарфы в рукава. По окончании спектакля Флоренс видела как масса зрителей, расталкивая друг друга локтями, спешит к гардеробу, и подобно чахоточным персонажам чеховских пьес, поражалась их энергии и жизнелюбию. Агнесса Артёмовна была лет на пятнадцать старше Флоренс, но из-за опухших рук и ног казалась старше своих лет и по виду годилась ей в матери. Её приятное общество скрашивало жизнь Флоренс и несколько примиряло её с таким понижением. Уборщицкий чулан, примыкавший к гардеробу и захламлённый колченогими стульями, сломанными швабрами, обрывками ковровых дорожек, и облупленными совками, считался личным уделом Агнессы, она его охраняла столь же ревностно, сколь воробьиха своё свитое из городского мусора гнёздышко. После первого антракта Агнесса запирала гардероб и приглашала Флоренс отведать крепкого чаю, который она заваривала в древнем покрытом накипью чайнике.

Агнесса, по её собственным словам, приехала в Москву из деревни молодой и глупой, пытаясь вместе с другими деревенскими девушками устроиться работать на фабрику. Двадцати лет от роду она вышла замуж за парня, который «поддавал немного, но казался добрым». Свекровь же обзывала её неотёсанной деревенщиной и таскала её беременную за волосы. Она даже давала Флоренс пощупать шишки и рубцы на голове, оставшиеся от побоев мужа и свекрови. Какие бы рубцы ни украшали тело Агнессы, душа её осталась нетронутой, она даже о былых побоях и унижениях рассказывала весёлым жизнерадостным голосом. Она помнила мельчайшие подробности своей молодости—какая была погода, какие были цены—отчего её рассказы были столь же захватывающи, как и шедшие на сцене пьесы. И даже более того, потому что они были правдивее. На подмостках герои разыгрывали сцены искупления грехов путём вливания в коллектив и подчинения личных амбиций интересам общего дела; лейтмотивом же всех рассказов Агнессы было прямо противоположное—почти маниакальное стремление иметь собственную комнату.

—Пошла я работать наборщицей и развелась с этим негодяем,—рассказывала она Флоренс в уборщицком чулане в окружении мётел и швабр.—Но жить-то остались с бывшим мужем в той же единственной комнате! Пошла я к начальству и говорю:—Дайте мне с дочерью комнату!—А они мне и говорят:—Принесите бумагу, в которой сказано, сколько у вас с вашим бывшим мужем квадратных метров.—Приношу я им бумагу.—Пятнадцать с половиной метров.—Ничем помочь не можем. Положено пять метров на человека, а у вас на полметра больше выходит. Разменяйте вашу комнату на две меньшей площади.—Да ведь он отказывается!—Не наше дело.—Ну и что же мне делать, ещё одного ребёнка родить от этой свиньи, чтобы свою комнату получить? Вот тогда я и поняла, какова она городская жизнь, девонька ты моя. Деньги тут зарабатывать надо! И давать их в нужные руки. Ну и работала я дни напролёт, а ночами ещё в морге уборщицей подрабатывала. Глаз не смыкала, ребёночка своего неделями в глаза не видела. Мертвецам завидовала, такая была моя жизнь. Ну а потом получила заработанное и пошла к нужным людям. Так вот, наконец, и получила свою комнату.

Где-то к концу второго акта, когда приходило время отпирать гардероб, рассказы Агнессы обрывались на грустной философской ноте.

—Забавно жизнь устроена, верно говорю? Глянь-ка на мои руки. А ведь приехала в город за лёгкой жизнью. А сестра моя в деревне осталась, а живёт теперь куда лучше меня. Выучилась на акушерку. Помогла мне раз. После развода встретила я одного мужчину, хорошего, да вот беда — женат он был. Ну и что тут поделаешь, не могла я ребёнка сохранить. Да не гляди ты так. Она многим женщинам помогла. Домик себе завела в деревне. К ней девки со всей Москвы ездили, это когда ещё всё законно было. А теперь и отбою от них нет. Всегда накрашенная, одета с иголочки, всегда при деньгах.

К облегчению Флоренс, Агнесса редко расспрашивала её про её собственную жизнь.

— А как тебя-то сюда занесло? — поинтересовалась она как-то.

Флоренс к тому времени уже поняла, что лучше всего отделываться простыми ответами, не вдаваясь в детали.

— В Америке работы не было. Потому я сюда и приехала. Встретила тут мужчину, ну и осталась.

Агнесса понимающе кивнула:

— Так оно с нами всегда и бывает.

* * *

В первые месяцы своей работы в театре Флоренс всегда была начеку, стараясь не попасть на глаза знакомым людям, осторожно заглядывая в гардеробную, чтобы вовремя скрыться и остаться незамеченной кем-нибудь из знакомых. Но после многих месяцев отсутствия каких-либо знакомых бдительность её ослабла. И было большой неожиданностью вдруг быть окликнутой по имени одним холодным апрельским вечером 1939 года женщиной, сдававшей в гардероб свою кроличью шубу.

Флоренс зажмурилась, как будто ей в лицо посветили ярким фонарём.

— Вы меня не помните, не так ли? — произнесла женщина. — Я — Вальда.

Не столько её лицо, сколь необычное прибалтийское имя, тут же заставило Флоренс вспомнить породистую латышку-переводчицу в квартире Нины и Тимофеева столько лет тому назад.

— Вальда, ну конечно!

Прозвенел первый звонок, и Флоренс рассталась со своей старой знакомой до окончания спектакля. Вальда поджидала её в дверях фойе.

—Флора, я удивлена тому, что вы здесь…

На Флоренс накатила почти забытая волна страха и смущения, но она сумела совладать с собой:

—Многое сейчас вызывает удивление,—заметила она.

Вальда, похоже, поняла намёк.

—Нам необходимо поговорить,—проговорила она, заметно смягчившись.

—Хотите проторчать тут до полуночи? — в шутку предложила Флоренс.

—Давайте лучше днём. Следующий четверг вас устроит?

И к удивлению Флоренс Вальда достала из сумочки листок бумаги и написала адрес.

* * *

Флоренс до последнего момента не была уверена в том, что пойдёт на свидание с Вальдой. Долгое время ей не представлялось случая надеть хорошее платье и сделать причёску. Мысль о том, чтобы снова попасть в свет, наполняла её одновременно надеждой и сомнениями. Адрес, который дала ей Вальда, находился возле Сокольнического парка, на лесистой московской окраине, куда можно было добраться только на трамвае, ходившем от конечной станции метро. Когда она туда добралась, это оказалось не лесной поляной, а студенческим кафе в институте, где Вальда преподавала—в институте философии, литературы и истории, сокращённо—ИФЛИ. За время её самозатворничества Москва явно разрослась. Сидя с Вальдой в кафе и поедая удивительно вкусный суп, Флоренс чувствовала себя ночным зверьком, разбуженным среди бела дня.

—Так вы здесь преподаёте?

—Да, на кафедре классической литературы.

—Какое удовольствие, должно быть, каждый день говорить о литературе.

Яркое весеннее солнце, тающие под ним сугробы, свежий запах оттаявшей земли, открытые лица студентов… Флоренс опьянела от нахлынувшего ощущения пробуждающейся природы.

—Да, полагаю, вы правы. Студенты очень толковые, но…—Вальда понизила голос до шёпота,—я не могу обсуждать структуру классического стиха без того, чтобы кто-то из них не напомнил мне, что это реакционно, или что я—«формалист». И что я могу на это возразить? Такие времена наступили.

Но жалобы Вальды лишь усилили зависть Флоренс. И лишь когда они остались вдвоём на безлюдной опушке парка, Вальда призналась:

—Честно говоря, Флора, я глазам своим не поверила, когда увидела вас за стойкой театрального гардероба.

—Почему это?

Глаза Вальды расширились.

—То есть как—почему? Я решила, что либо вы вернулись в Америку, либо вас увезли… в другом направлении.

—Меня?

—Разумеется. Из-за Тимофеева. Что вы так удивляетесь? Неужели не слышали, что с ним стало? Его взяли сразу после процесса Пятакова.

—Григория Григорьевича?—Флоренс знала, что даже упоминание имени опасно, но что-то в глазах Вальды, наверное, благородная простота её лица, придали Флоренс уверенности.—Господи! А что же стало с Ниной?

—Она уехала. Вернулась в Тбилиси. Бог его знает, кто теперь живёт в их роскошной квартире на Пречистенке.

Она поняла, что Вальда порвала с блистательным миром Тимофеевых столь же окончательно, как и она сама. Они обе были теперь одинокими планетами, сорвавшимися со своих орбит.

—Так вы говорите, что Нина от него ушла?

—Ушла? Вы, Флора, полагаете, что Москва к Сибири ближе, чем Тбилиси?

Впервые Флоренс узнала, что в молодости Тимофеев принадлежал к какой-то оппозиционной группе. До неё внезапно дошло, что он предчувствовал свой арест. И уволил её для того, чтобы спасти, не запятнав её связью с собой. Ей снова вспомнился бойкий совет его очаровательной жены:—Кто мы такие, чтобы судить о том, что происходит на самом верху?

—А я ведь в театр устроилась по протекции Нины,—призналась она Вальде.

—Этот маленький тёмный театрик,—сочувственно покачала головой Вальда.—Разумеется, всякий труд почётен. Я просто хотела сказать, что с вашими навыками и способностями—вы ведь владеете машинописью, английским, знаете бухгалтерский учёт — можно было бы найти и куда более подходящую вам работу.

Что Вальда имела в виду?

— Да хоть здесь, в институте. Вы ведь можете преподавать английский студентам-филологам.

— Неужели у вас не хватает преподавателей?

— У нас произошли некоторые перестановки в администрации и среди преподавателей.

Флоренс не стала дознаваться подробнее. Она догадалась, что и институт не избежал чистки. Но сейчас, как давала понять Вальда, маятник двинулся в обратном направлении. «Переусердствовали», — как писали об этом в газетах. Политбюро освободило Николая Ежова от обязанностей главы НКВД за то, что слишком уж увлёкся. Теперь, когда его сменил Берия, худшее наверняка позади.

Она знала, что на это скажет Леон: в театре никому до неё и дела нет. Там она была в безопасности. Но что значит безопасность? Она же там гнила заживо. Лучшие годы жизни уходили впустую. Какие бы мотивы ни крылись за предложением Вальды, Флоренс чувствовала, что Вальда относится к ней с искренней симпатией. С болью в душе Флоренс понимала, что как бы независимо и уверенно она ни держалась, это никого не вводит в заблуждение. Вальда была настоящей интеллигенткой, не чета новоиспечённым липовым выскочкам, когтями цеплявшимися за всякое престижное местечко. Остались ещё в Москве немногие люди, думала про себя Флоренс, сохранившие понятие о человеческой порядочности.

— Но ИФЛИ — серьёзный институт. Тут ведь преподают настоящие учёные, а у меня нет никакого опыта преподавания.

— Это не имеет значения. У вас есть университетский диплом. И потом, вы ведь этих инженеров учили в Америке? Учили, так и скажите.

Вальда что-то записала в своей записной книжке.

— Я поговорю с деканом. Он вполне разумный человек. Я чувствую, что всё получится.

Так оно и случилось.

НАШИ ЖЕНЕВСКИЕ ДРУЗЬЯ

МОСКВА 2008

Именно так представил Мухов людей из «Заузен Петролеум», хотя ни один из них даже отдалённо не походил на швейцарца. Их славянские физиономии и имена не оставляли никаких сомнений относительно их гражданства. Их речь и манера одеваться говорили, однако, о сложной комбинации северно— и южноевропейского наследия: русско-британский акцент говорил о лондонском образовании, а облегающие костюмы были явно итальянского покроя, от Гуччи. Обряженная в Гуччи парочка была неимоверно рада познакомиться с нами. Когда Гуччи номер один здоровался со мной, он от радости сжал мне руку с такой силой, будто надеялся выжать из неё хоть немножко нефти.

Наше совещание несколько подзадержалось, поскольку каждый из чиновников «Л-Пет» стремился заглянуть к нам и пожелать удачи нашим женевским друзьям. Хотя никакие благие пожелания им были вовсе не нужны. Братья Гуччи излучали такую уверенность, что походя отказались от всякой предложенной им устаревшей техники для презентации. Никакой экран им был не нужен, как и никакие диапроекторы и лэптопы с новейшими программами для презентаций. При этом нельзя было сказать, что они отличались дурными манерами, скорее, наоборот. Они были само дружелюбие; снова и снова говорили о том, как долго и верно они служили «Л-Пет» (в качестве их бывших брокеров). Казалось, что их главной задачей было как можно меньше говорить о том, что именно они собираются делать в смысле доставки нефти, рассчитывая на то, что нас убедит один только вес имени Абускалаева. После полутора часов этой так называемой презентации, почти идеальной в смысле полной бессодержательности, близнецы Гуччи милостиво изъявили готовность ответить на все имеющиеся у нас вопросы.

У меня был вопрос: как они собираются использовать флот, который мы строим? Гуччи номер два умудренно улыбнулся, давая понять, что ожидал этого вопроса.

— Разумеется, мы наймём профессионалов.

Профессионалами, коих они собирались нанять, были «лучшие команды Совкомфлота», компании, которая была их конкурентом.

Я прикинул в уме: Совкомфлот запрашивал цену в шестьдесят пять тысяч долларов в день. «Заузен» запрашивал сто одиннадцать тысяч. То есть, те же суда, та же верфь, практически тот же наёмный пользователь, и при этом они хотят с нас лишних семнадцать миллионов в год в течение десяти лет.

— Вы просите цену куда выше, чем Совкомфлот,— заметил я.— Не могли бы вы уточнить, за что именно?

— Конечно. Вы получаете,— тут наши женевские друзья почти хором выпалили фразу столь тщательно выношенную в утробе американского капитализма, что в их устах она звучала почти обезоруживающе изысканной,— контроль за качеством!

Единственным оставшимся у меня вопросом, который я не мог задать при всех, было: с кем именно из чиновников «Л-Пет» собираются братья Гуччи распилить эти 170 миллионов? С Муховым, или с Сердюком, ибо и тот, и другой энергично кивали в знак согласия? А может быть с самим Абускалаевым? Очень может быть, что и с Каблуковым, то бишь, с Сапогом, хотя его отсутствие на совещании двусмысленно намекало на то, что он сейчас занят своим собственным рэкетом, а может быть попросту не хочет присутствовать при исполнении его собственных распоряжений. Я оглянулся и посмотрел на Тома. Разумеется, он мог распознать дешёвых мошенников под всем этим налётом великосветской показухи. Поскольку Том ведал всей финансовой частью сделки, я питал робкую надежду на то, что он исхитрится как-нибудь выспросить про судьбу этих 170 миллионов. Но его клинтоновское подмигивание совсем меня не утешило. Игнорируя мою бессловесную мольбу, Том своей огромной ручищей сжал мне плечо, будто говоря: «Не рыпайся, тигрёнок, не стоит об это ломать клыки». Я взглянул на часы:

время приближалось к трём. Мне пора было идти на Кузнецкий мост на встречу с архивистом, чтобы успеть до закрытия. Я попусту терял время, всё надеясь, что вопрос с «Заузен» будет решён быстро и окончательно, как только женевские друзья покинут помещение, но тут, к моей досаде, прикатили серебряную тележку с ланчем в виде толстых сэндвичей с пастрами и квашеной капустой. Не в силах больше выносить это, я незаметно сбежал. Окончательное голосование будет в понедельник, говорил я сам себе, а сегодня только четверг. Я побежал к метро и вышел на Кузнецком мосту. Кругом стояли запаркованные мерседесы и прогуливались курильщики с детскими лицами в деловых костюмах. Я рванулся сквозь людской поток к двойным анодированным дверям здания архива. Слава богу, ещё открыто. Не успел я войти в покрытый истоптанным линолеумом вестибюль, как дежурный ФСБ-шник, на сей раз другой, известил меня, что здание скоро закроется.

— Ещё полчаса до закрытия, — попытался возразить я. Он лишь молча и равнодушо указал глазами на прикленное к стене объявление: летние часы работы.

— Архивист сказал, что будет здесь до трёх.

— Он ушёл час тому назад.

Я заглянул в читальный зал. Ни души. Даже бедные интеллигенты нашли лучшее место в этот летний день. Тут я заметил у картотеки в дальнем углу зала сутулого помощника архивиста.

— Эй, вы ведь помните меня! — помахал я ему рукой. Человек медленно и неохотно обернулся, и я подошёл к нему.

— Я вам дал документы касающиеся дел моих родителей.

— А-а, вы из Америки.

— Да, верно.

Он измерил меня острым взглядом.

— Я дал ход вашему запросу.

— О-о, замечательно.

— Наш персонал займётся поиском дел на одном из складов. Это займёт какое-то время.

— Как долго? — спросил я, едва не содрогнувшись от собственного по-детски наивного тона.

— Кто ж знает. Неделю. Может и две.

— Но я уезжаю во вторник, — умоляющим тоном произнёс я.

Он задумался.

— А у вас тут кто-нибудь есть, кто сможет забрать дела для вас?

Я не знал, что ответить. Конечно есть, но мне не хотелось, чтобы Ленни забрал эти бумаги для меня. Кто его знает, что он в них обнаружит?

— Положим, есть, — ответил я.

— Я могу дать вам официальный бланк для оформления доверенности. Но хочу вам напомнить, что за фотокопирование документов придётся заплатить.

— Сколько?

Он назвал мне цену в рублях, получалось почти по пятидесяти центов за страницу.

— А сколько страниц в деле?

Он пожал плечами. — Бывает по двести. А бывает и по шестьсот. Всё зависит от того, по какой статье дело.

Теперь уже я смотрел на него подозрительно. В этом городе каждый стремится с тебя содрать по максимуму. Я попросил у него бланк для доверенности.

Потом, уже на улице, в предвечернем летнем мареве я смотрел, как охранник запирает на засов двери, закрывая сокровищницу, где хранились записи всех дел и грехов моих родителей, хранилище ответов на мучавшие меня вопросы. В лицо мне летел тополиный пух. Все обочины улиц и водостоки были им забиты. Я пошёл вверх по улице. Воздух был насыщен электричеством, пахло близкой грозой. Я поднял взор и увидел, как клубящиеся тучи скрывают последние лучи дневного солнца. «Чего ты так боишься, — думал я, — что твой собственный сын узнает правду о нашей семье? Или узнает больше, чем знаешь ты сам?» Ленни было девятнадцать, когда умерла моя мать. Он был единственным в семье, кого Флоренс любила самозабвенно: она проводила с ним целые дни после нашего переезда в Америку, чего она почти никогда не делала с Машей, моей старшей. Ленни обожал Флоренс, и даже став взрослым, продолжал хранить причудливо романтические представления о её вольнодумном образе жизни. Хотя теперь, вспоминая её бессмысленные советы: «не надо быть слишком практичным», «думай сердцем, меньше голова болеть будет», — я не был вполне уверен в том, что как-то подсознательно не стремлюсь принизить её образ в глазах собственного сына.

— Да какого чёрта, мы оба — взрослые люди, — сказал я непонятно кому и достал из пиджака мобильный телефон.

После шести гудков включился автоответчик. Я перезвонил. На сей раз автоответчик включился сразу же. Я дождался гудка.

— Это — я, — сказал я в электронную пустоту. — Как насчёт того, чтобы пообедать вместе? Место по твоему выбору. Мне нужно кое о чём тебя попросить. Об одолжении.

Я снова взглянул на затянутое тучами небо, затем нашёл в телефонной памяти домашний номер Ленни. Линия была занята. Я перезвонил, и на сей раз после двух гудков ответил заплаканный женский голос:

— Ну, наконец-то, где ты?!

— Катя? — неуверенно спросил я.

— Ой, кто это? — это был не вопрос, а требование, хотя и признесенное тоненьким подозрительным голоском.

— Юлий Леонтьевич. Могу я поговорить с Ленни?

Голос на другом конце линии, казалось, сбился в безумное нечленораздельное рыдание.

— Ой, Юлий Леонтьевич, о, боже мой, Ленни нет. Забрали его час назад. Я уже всех обзвонила.

— Постой, милая моя. Кто его забрал?

ЖИЗНЬ НА МИССИСИПИ

Работать в институте философии, литературы и истории было куда приятнее, чем мыть сортиры. Документы Флоренс оформили с удивительной быстротой, и уже осенью она вела два класса английского для младших курсов. Студенты относились к ней с таким почтением и серьёзностью, что два года грязной унизительной работы вскоре забылись, как дурной сон. Институт занимал ряд пятиэтажных зданий скромного вида. Его запруженные толпами студентов лестницы и шумные коридоры напомнили Флоренс её студенческие годы с той лишь существенной разницей, что теперь она держала дистанцию с этой шумной непоседливой толпой школяров.

Составлять программы ей не пришлось, они были составлены заранее. Учебный план состоял из курса грамматики и авторов, утверждённых цензурой, таких, например, как Марк Твен и Эптон Синклер, считавшихся прогрессивными: все западные авторы грубо делились на прогрессивных и реакционных. Ей бы очень хотелось познакомить своих лучших учеников с творчеством У. Б. Йейтса или Д. Г. Лоуренса, которыми она сама упивалась в юности. Но даже если бы их книги и удалось раздобыть, за одну лишь попытку включить в учебный план творчество этих декадентов и обскурантов можно было лишиться места. Отсутствие необходимости принимать такие решения было большим облегчением. Преподавание иностранного языка ограждало её от враждебных интриг, бушевавших на других кафедрах, где профессора обвиняли друг друга в идейной отсталости и реакционном формализме. Во время первого семестра одна из женщин-профессоров вынуждена была уйти, после того как в «Известиях» была напечатана разгромная рецензия на её книгу, где её обвиняли «в фетишистском использовании эстетических приёмов». Спустя недолгое время в той же газете появилась хвалебная рецензия на ту же книгу. И её столь же неожиданно восстановили на службе, и её коллеги возобновили с ней дружеские отношения как ни в чём ни бывало. Флоренс так и не поняла, что же произошло на самом деле — покаялась ли профессор в своих грехах или просто ей повезло, потому что сменили установку. Флоренс давно уже перестала даже пытаться понять логику всех этих зигзагов.

Иногда она встречалась с Вальдой в столовой, но их расписания занятий редко совпадали, а от других преподавателей Флоренс была рада держаться подальше дабы не влипнуть в какую-нибудь политическую склоку, из-за которой пришлось бы вновь ползать на коленях, отскребая грязные следы с ковров.

Однажды в конце её первого семестра Флоренс вызвал в свой кабинет проректор института и предложил ей повысить оценки нескольким студентам из числа рабочих-комсомольцев. Появились жалобы на её преподавательскую методу, после того как она поставила ряду студентов низкие оценки на экзаменах.

Глядя на то, как топорщатся усы и борода проректора вокруг его движущихся губ, Флоренс почувствовала, что лицо у неё самой пошло пятнами, как при крапивнице. Весь этот год она старалась выполнять свои служебные обязанности со всем тщанием, понимая, что малейшая небрежность может ей дорого обойтись.

— Я предупредила студентов о том, что теперь часть лекционного материала будет преподаваться по-английски, — возразила она извиняющимся тоном. — Я стараюсь говорить медленно, но если некоторые из них не могут усвоить даже азов грамматики… Может быть, им не следовало брать класс этого уровня?

— Возможно, вы и правы. Но… нужно иногда идти на уступки, Флора Соломоновна. Это ведь в порядке исправления былых несправедливостей. Не у всех студентов были равные возможности и привилегии. — Похоже, что проректор не держал на неё зла. Его пожелтевшая прокуренная борода пахла как добрые старые времена.

Прежде чем покинуть его кабинет, она пообещала помочь отстающим студентам.

На практике это оказалось куда сложнее, чем в теории. Особенно трудно ей пришлось с одной студенткой, из-за которой, как подозревала Флоренс, её и вызвали к проректору, высокой разбитной девицей по имени Юлия Ларина. Она держалась вызывающе, часто засыпала на уроках после бесконечных комсомольских собраний и маршей. Следуя директивам проректора, Флоренс вернула Юлии её убогий диктант, тщательно исправив в нём ошибки, чтобы девушка их поняла и запомнила.

— Завтра после уроков будет повторный диктант,— предложила она ей.— Приходи, и если напишешь лучше, я исправлю тебе оценку.

Вместо благодарности в глазах девушки была откровенная скука.

— Завтра после уроков мы делаем стенгазету.

— Приходи после этого, я подожду.

— А потом мне надо идти домой готовить обед. У меня двое младших братьев, а мать работает в две смены.

Во всех этих отговорках Флоренс чувствовала скрытый вызов. Было совершенно ясно, что Юлия не имеет ни малейшего намерения переписывать ни этот диктант, ни какой-либо другой.

Она ожидала, что Флоренс повысит ей оценку просто так, за хорошее поведение.

— У других студентов тоже есть неотложные дела, ты не единственная,— оборвала её Флоренс. Но на следующий день она стала сомневаться в правильности своего подхода. Преподаватели института мало чем отличались от прислуги, и такие манипуляторы как Юлия этот факт усваивали очень быстро. Неудивительно, что на следующий день во время лекции Флоренс вышла из себя.

В утверждённом цензурой учебном плане она обнаружила отрывок из «Жизни на Миссисиппи» Марка Твена, который она, к собственному удивлению, никогда раньше не замечала. В этом отрывке Твен даёт описание реки дважды: сначала глазами мальчика, ошеломлённого величественной красотой могучей реки, а затем взором опытного шкипера, знающего, что золотой закат предрекает сильный утренний ветер, а лёгкая приятная рябь на поверхности вод есть предвестник смертельных опасностей. «Нет, романтика и красота реки положительно исчезли. Каждую примету я рассматривал только как средство благополучно провести судно». При чтении этих слов у Флоренс сердце захолонуло. Страна, куда она приехала шесть лет тому назад — когда-то полная романтики и надежд — оказалась чужбиной, где опасности подстерегали на каждом шагу.

Флоренс отчётливо осознавала, что у её студентов такой ассоциации возникнуть не могло. Но она, всё же, надеялась на то, что с её помощью до них может дойти глубинный смысл этих строк: то, как оптмистическая самоуверенность столь свойственная их юным сердцам может со временем смениться более глубоким пониманием.

— Как вы полагаете, что в самом деле имеет в виду Твен? — спросила она студентов на следующий день, следя за послушным выражением их лиц. Бледнолицый книжный юноша в первом ряду по имени Алексей поднял руку:

— Он разочаровался в реке, поскольку она отучила его видеть красоту.

— Неужто, в самом деле, отучила? — улыбнувшись и наклонив голову, спросила она.

— За поиск истины приходится дорого платить? — пробормотала серьёзная миниатюрная девушка, которую Флоренс про себя звала малюткой Бронте.

— Очень верно замечено. — Флоренс снова окинула класс ободряющим взглядом, ожидая, что и глаза других осветятся мыслью.

— Твен тоскует по собственному невежеству, — донёсся голос из задних рядов. Флоренс этот голос сразу же узнала, хотя до сих пор никогда не бывало, чтобы Юлия лезла отвечать добровольно. — Это есть реакционный романтизм, — добавила девушка столь обычным для неё деланно безразличным тоном. Из всех реплик, эта, как ни странно, была самой убедительной критикой изучаемого отрывка, дававшей Флоренс понять, что серенькая успеваемость Юлии совсем не свидетельствует о её тупости.

— Так ты не согласна с тем, что Марк Твен сожалеет об утрате чего-то неповторимого с получением нового знания?

Остальные студенты теперь сосредоточили своё внимание на Юлии. Даже Флоренс придала своему лицу примирительное выражение, давая понять девушке, что её мнение столь же ценно, как и всякое иное. Другое дело, что мнение Юлии вряд ли было её собственным.

—Писатели должны изображать жизнь в её революционном развитии,—уверенно произнесла она, как бы подводя черту. Это было не мнением, а заклинанием, точнее цитатой из речи Жданова на съезде советских писателей 1934 года. Это было одной из заповедей Откровения Истины, и Флоренс с ужасом заметила, как все студенты послушно и виновато закивали в знак раскаяния, как будто Юлия была Моисеем, сходящим с горы Синай, а они—пристыженными евреями, забывшими Закон в мгновенном припадке самозабвенного идолопоклонства. Флоренс почувствовала, что теряет контроль над классом. Она понимала, что если пустить всё на самотёк, то её ждёт участь золотого тельца.

—И в самом деле, именно этому и посвятил всю свою жизнь Марк Твен,—подхватила она.—Он был революционером не только как писатель, но и как оратор и политический деятель, выступавший против империалистической политики правительства.—И тут Флоренс пустилась в пространные обсуждения Твеновских инвектив против официальной церкви, против рабства, и даже его антимонархических сатир с карикатурными фигурами королей и герцогов, в общем излагая материалы официальной методички по англо-американской литературе. Она так увлеклась этой темой, что не успела уложиться до звонка к окончанию лекции, спеша добавить от себя, как Твен негодовал по поводу хищнического захвата Филиппин, в то время как смущённые студенты укладывали в портфели свои тетради.

—Заключительный диктант будет на следующей неделе. Те из вас, кто хочет переписать предыдущие, пусть задержатся после лекции,—объявила она самым дружелюбным тоном, на какой только была способна. Но Юлия не принадлежала к числу тех, кто собирался воспользоваться её снисходительностью.

Когда все разошлись и Флоренс осталась одна, она попыталась убедить себя, что достойно вышла из затруднительного положения. Она хорошо понимала то, о чём можно спорить с Юлией (похоже, обладавшей истинным талантом вовремя прибегать к аргументам, дающим ей идейное превосходство) и как ей можно подыграть. Отчего же до сих пор этот кислый привкус после того, как она с такой поспешностью изложила мнение, прямо противоположное собственному убеждению? Это—кислый вкус собственного страха. Она пришла в класс в надежде донести до сознания студентов более тонкие философские размышления Твена, а в результате сделала из него заурядного пропагандиста. Она даже не могла до конца понять за кого ей обиднее: за Твена, которого она так унизила, или за себя саму, утратившую смелость суждений. Флоренс сидела в маленькой учительской, перед ней лежал полный ошибок диктант Юлии. В кабинете проректора она и вообразить не могла, насколько сильно будет задето её чувство справедливости, насколько болезненна будет эта маленькая капитуляция перед этой комсомольской стервой.

Учительская была больше похожа на кухню с двумя простыми деревянными столами, раковиной-рукомойником и двумя старыми креслами у окна, выходящего во внутренний дворик института. Преподаватели собирались здесь на перекуры между классами, чтобы хоть на короткое время уйти из-под бдительного наблюдения студентов, а также и ещё одного безмолвного соглядатая — учительская была единственным помещением не украшенным портретом великого вождя. За соседним столом сидел, почёсывая лысеющую всклокоченную голову и потирая пухлые щёки, Борис Речок, профессор кафедры истории. Его портфель, столь же неухоженный как и его голова, был в беспорядке забит смятыми бумагами, которые он, похоже и не собирался приводить в порядок. Он был поглощён статьёй в последнем номере «Правды», листая его взад и вперёд со столь явным раздражением, что это даже отвлекло Флоренс от её собственных неприятных мыслей.

— Теперь мы продаём им пшеницу на прокормление армии, которую они используют для нападения на нас! — громко бормотал Речок, обращаясь непонятно к кому. — А они продают нам металл для шрапнели, которой мы будем по ним палить. Интересно, чья же это гениальная идея? — Он поглядел на Флоренс и покачал головой, поражаясь безумию новой политики расширения торговли с Германией, настойчиво ожидая от неё хоть какой-то реакции. Флоренс притворилась глухой. Такое же точно тревожное и сконфуженное выражение лица она наблюдала у Леона, когда он читал о новом договоре о дружбе с Гитлером. — Вся Европа объявила Германии блокаду, а Россия её снабжает. Пятьдесят тонн пшеницы, резина, нефть, и всего лишь через год после того, как советская армия вычистила своих собственных фашистов!

— Добрая война лучше худого мира? — спросила она его тогда, в их комнате. Он тогда странно посмотрел на неё. Неужели ей безразлично то, что немцы вытворяют с евреями?

Но верил ли он сам этим слухам?

— Да как же можно им не верить? Приходится верить, когда открыто говорят о том, что собираются полностью истребить наш народ. Наш народ. — Она впервые услышала от него такое. Даже в получастной обстановке их собственной комнаты эти слова её потрясли.

А тут при всех Борис Речок вопрошает:

— Что же мне студентам своим говорить? То были заклятые враги, а теперь стали друзьями! Сегодня — волкодав, а завтра — пудель?

Теперь уже невозможно было и дальше притворяться глухой, ибо они были не одни в учительской. Две преподавательницы кафедры литературы — Белкова и Данилова — зашли в учительскую. Их мирная беседа была прервана словоизвержением Речока. Белкова бросила на старика осуждающий взгляд, которого он даже не заметил, вместе с коллегой отошла к окну, распахнула его, и обе закурили. Речок продолжал метать громы по поводу нового договора с Германией, но Флоренс его уже не слушала, переключившись на Белкову, говорившую столь же возмущённым тоном, хотя и о куда более невинных вещах — о скверном театральном спектакле. Флоренс слушала до тех пор, пока не выяснила, что речь не шла о спектакле театра, где она когда-то работала, после чего собрала свои бумаги, решив уединиться вместе со своими печалями в другом месте.

Она возможно так и носилась бы со своими мыслями о Юлии Лариной, если бы вечером не случилось нечто неожиданное, заставившее её начисто забыть о них.

— Вас просят к телефону, — объявил ей в коридоре сосед-язвенник после ужина, прежде чем приняться за привычную чистку обуви на своей низкой скамеечке.

Телефонная трубка ещё хранила аромат его ваксы.

— Флора Файн? — спросил мужской голос.

— Да. Кто это?

— Мы хотели бы побеседовать с вами по поводу вашего заявления на выездную визу.

У неё вдруг закружилась голова от затхлого запаха передней, смешанного с гуталинными парами. Неужели она не ослышалась? Она обхватила рукой микрофон телефонной трубки.

— Вы звоните из ОВИРа?

Но голос на другом конце ответил уклончиво:

— Приходите завтра по этому адресу к четырём после занятий.

Флоренс нашарила в кармане платья огрызок красного карандаша, затем на ощупь нашла за телефонным аппаратом клочок бумаги, оказавшийся чеком из мясной лавки, и записала адрес.

— Простите, как вы сказали называется учреждение? — спросила она. Но на другом конце провода уже повесили трубку.

— Кто это был? — спросил Леон, освобождая стол для ужина, когда она вернулась в комнату.

— Не могу точно сказать… — В глубине души она догадывалась, кто именно ищет с ней встречи. — Ничего важного, — сказала она, — секретарша из института. Опять меняют расписание экзаменов.

* * *

Адрес, по которому Флоренс было велено явиться, находился на тихой улочке неподалёку от Обводного канала. В ранних сумерках старые выкрашенные в пастельные тона домики и зарешеченные дворики напоминали об уюте старой Москвы толстовских романов. В тусклом свете уличных фонарей она искала нужный номер дома, опасаясь просить помощи у прохожих.

Леону она почла за лучшее не рассказывать о своём визите. Прошло три года с тех пор, как она пыталась прорваться в американское посольство (вся площадь перед ним, не говоря уж о стране в целом, была полностью оцеплена). Леон был разъярён её рискованной попыткой, так что рассказывать ему о своём походе в ОВИР за выездной визой не имело смысла. Сейчас, как и раньше, ей придавала силы мысль о том, что пока она не впутывает в это дело Леона, он не должен будет нести за неё ответственности, если случится какая-то неприятность. Раскажи она ему про этот загадочный телефонный звонок, он бы нарушил все её планы, убедив её, что это — ловушка, порушил бы её надежды, обратив их в бесплодные муки. А надежда у неё оставалась, по-прежнему жила в ней даже после стольких лет, хотя порой она почти жаждала того, чтобы её безрассудное заявление забылось или где-то затерялось.

На крыльях этой надежды она и летела к искомому дому, хотя другой половиной сознания отчётливо понимала, что ОВИР находится совсем не здесь, да и вообще никаких официальных зданий поблизости не было.

Дверь открыл мужчина. Первое, что бросилось Флоренс в глаза, были его начищенные до блеска чёрные туфли, совершенно незапятнанные, несмотря на уличную слякоть. Только проследовав за этими туфлями внутрь квартиры, Флоренс разглядела всё остальное: расчёсанную на прямой пробор яйцевидную голову с маленькими ушками. На вид ему было чуть за тридцать, вид столь же ухоженный как и у его туфель, черты лица чуть женственные, не считая щетины и прямой решительной линии рта.

Он без всяких церемоний отрекомендовался как товарищ Субботин. Гостиная, куда провёл её Субботин, была, подобно ему самому, простой и аккуратной, с несколько мещанским налётом. Окна занавешаны старомодными тюлевыми шторами, кружевная скатерть на овальном столе с пузатым самоваром посередине. Флоренс почти ожидала, что он предложит ей чаю, но он не предложил. Вместо этого он уселся у одного из концов стола, где лежала папка с документами, явно приготовленными к этой встрече. Он велел Флоренс сесть. Если бы у Флоренс хватило присутствия духа не только для того, чтобы подчиняться его приказам, она бы заметила, как сделала это позже, во время их последующих встреч, полное отсутствие в квартире домашних тапочек, верхней одежды на вешалке, книг на полках — в самом деле, никаких признаков того, что здесь кто-то живёт.

Слегка поддёрнув тщательно отутюженные стрелки брюк и усевшись напротив неё, товарищ Субботин протянул Флоренс листок бумаги. Это было её заявление на выездную визу, поданное в ОВИР тремя годами ранее.

— Давайте посмотрим,— произнёс он вежливо, но холодно.— Похоже, что вы не заполнили заявление до конца. В руках у Субботина оказалась серебристая авторучка.

— Место работы,— произнёс он вслух,— тут говорится, что это Центральный Государственный банк, но вы ведь сотрудница Института философии, литературы и истории.

— Да, но я не работала там в то время, когда подавала заявление.

— Но теперь вы там работаете, не так ли? Так и запишем.

Флоренс следила за его пером, пока он аккуратным почерком с наклоном заполнял чистый бланк.

— Имя супруга… Вы тут ничего не написали, но, если я не ошибаюсь, вы замужем?

— Мы не зарегистрированы… Я имею в виду, официально.

— Тем не менее, вы живёте вместе вот уже более четырёх лет, что по советским законам означает гражданский брак. Так и запишем?— он повторил вопрос:— Имя супруга.

Флоренс почувствовала, как ей сдавило грудь свинцовой тяжестью. Какой же глупостью было надеятся на то, что эта западня затянет лишь её одну. По мере того, как приходило осознание истины, сердце её колотилось всё чаще. Она посмотрела в занавешенное окно. Неужели Леон был прав насчёт того, что лучше бы она осталась уборщицей, тогда её никто не побеспокоил бы? А теперь она попалась. И им всё известно.

— Леон Бринк,— ответила она.

— Отчество?

— Наумович.

Она старалась дышать ровно, чтобы умерить взбесившийся пульс. Субботин продолжал аккуратным почерком заполнять бланк. Не глядя на неё, он произнёс:

— Хочу вам напомнить о том, где вы находитесь. Всякая ложная или неполная информация, предствленная НКВД, приравнивается к измене и карается по всей строгости закона. Попытка советского гражданина к побегу из страны также приравнивается к измене.

Флоренс так и подмывало сказать ему, что какой бы бюрократический фокус не превратил её волшебным образом в советскую гражданку, всё это совершенно противозаконно. Но вместо этого она сказала следующее:

—Вы что же, намекаете на то, что я стремлюсь бежать из своей страны? Я пошла в ОВИР и подала заявление только для того, чтобы навестить моих родных, которых я не видела шесть лет. И сделала я это, ни от кого не таясь.

Но неподвижное лицо Субботина говорило о том, что он вовсе не убеждён и не впечатлен её словами.

—Однако,—заметил он, по-прежнему не глядя на неё,—вы не сочли нужным упомянуть того, что вы замужем.

Флоренс молчала.

—Вы заявляете, что собирались навестить родных. Но это уж нам решать. А может быть вы собираетесь поехать в Америку для того, чтобы раскрыть государственные тайны её империалистическому правительству?

—Извините меня, товарищ Субботин. Какими тайнами я могу владеть? Никто ими со мною не делился. Я не состою в партии.

—Давайте не будем валять дурака. Вы несколько лет проработали в Госбанке, знаете способы добывания фондов и другие операции. И мне, и вам прекрасно известно, что подобного рода информация представляет огромную ценность для наших врагов.

Когда Субботин улыбался, у носа его собирались глубокие складки. Разумеется, ему было наплевать на тайны Госбанка. Да всё что угодно можно объявить государственной тайной. Он просто давал ей понять, что не его дело доказывать её вину, а вот ей придётся доказать свою невиновность.—Экономический шпионаж является таким же тягчайшим преступлением, как и попытка к бегству.

Главное было сохранять спокойствие, невозмутимость и самообладание.

—Если вы верите в то, что я собиралась выдать государственные тайны, почему же вы меня не арестовали?

—Вы знаете, где вы находитесь, и я не собираюсь играть с вами в кошки-мышки. Арестовываем мы тех, против кого у нас имеются неоспоримые улики. Вам же мы даём шанс и, возможно даже, в конце концов, случай свидеться с вашими родными в Америке. Естественно, если мы отправим вас в Америку за государственный счёт, вам придётся кое-что сделать для нас. Мы надеемся, что как лояльная гражданка вы отнесётесь к этому со всей искренностью.

По мере того, как его угрозы блекли в её сознании, в груди её снова затрепетала надежда. Неужели это возможно? Они хотят послать её в Америку! А почему бы и нет? Она никогда ничего от государства не утаивала, у НКВД нет на неё никаких улик. Наоборот, она представляет для них ценность. Разумеется, это вполне согласуется с их логикой, что в случае её отправки в Соединённые Штаты, ей поручат какую-то секретную миссию. Она к этому готова.

— Я понимаю, — неожиданно торжественным тоном ответила она.

— Нам необходима высочайшая степень доверия к тем, кого мы посылаем в другие страны. Для этого требуются абсолютно надёжные люди. Естественно, всё зависит от вас в смысле подтверждения вашей надёжности.

Во рту у неё пересохло. Что означало это «подтверждение надёжности»? Они собираются ей дать задание прямо сейчас? Для этого её сюда и вызвали?

— Прежде всего нам необходимо знать имена ваших друзей и сотрудников, всех, с кем вы регулярно встречаетесь, — Субботин аккуратно вырвал листок из своего блокнота. — Справа напишите имена всех ваших знакомых иностранцев, ваших и вашего мужа. Слева — список всех ваших сотрудников и знакомых в Институте философии, литературы и истории. — он протянул ей авторучку.

Флоренс быстро составила список всех, с кем она сегодня встречалась в институте, затем — короткий список тех, с кем она и Леон общались в свободное время. Она писала быстро, стараясь не задумываться о том, что она делает. Её успокаивала мысль о том, что НКВД и так хорошо известно то, с кем она работает и общается. Иначе откуда бы Субботину было известно, в котором часу заканчиваются занятия? Прекрасно, она им покажет, что ей нечего скрывать. Очень скоро им станет известно и то, что ей не о чем им доносить. Между тем, она доказывает свою честность. Как бы то ни было, все эти оправдания никак не объясняли того, что она не ощущала совершенно никакого стыда. Однако, где-то краем сознания она понимала, почему это делает. Одно лишь упоминание Америки пронзило её измученное ностальгией сердце насквозь.

Флоренс протянула листок Субботину и смотрела, как он его читает. Какое-то время она изучала его лицо. Оно было красивым и одновременно неприятным. Ей показалось, что она его уже видела где-то. Он убрал серебристую авторучку в жилетный карман и встал, давая ей понять, что встреча окончена.

— Вы придёте сюда опять ровно через три недели,— сказал он.— Надеюсь, вы понимаете, что об этих встречах никто не должен знать.

Когда она вышла на улицу, уже вечерело. Голые ветви деревьев качались в тёмном сыром вечернем воздухе. Трамвай, который был переполнен по дороге на встречу с Субботиным, теперь шёл полупустым, только несколько бледных скучающих пассажиров с узлами у ног сидело в нём. От трамвайной качки у неё всё тряслось внутри, хоть она и пыталась убедить себя, что держалась с Субботиным достойно.

Но его узкое с педантичными чертами лицо никак не выходило из памяти и что-то неотвязно напоминало. И только когда трамвай пересёк по мосту Москву-реку и направился к Манежной площади, за которой находилась крепость американского посольства, столь же неприступная, как и в тот роковой день, когда Флоренс пыталась туда прорваться, она вспомнила: человек в круглых очках, стоявший на тротуаре возле гостиницы «Националь» и глядящий на вопиюще-самоуверенную американку, пересекающую улицу Горького.

ДОСТОЙНЫЙ ВЫХОД

Украшенный кисточками крест болтался на зеркале заднего вида «левака», вёзшего меня к тюрьме, где сидел мой сын. Снаружи хлестал холодный дождь, заливая высокие дома, мимо которых мы еле ползли, то и дело застревая в пробках часа «пик». Наконец, мы добрались до Капотни, юго-восточной окраины Москвы. Мрамор и белый камень сменились силикатным кирпичом и бетоном. Однообразные жилые кварталы имели знакомый безликий вид. Единственной приметой этого района, отличавшей его от других столь же безликих окраин, были трубы местной ТЭЦ, извергавшие клубы пара в тёмное грозовое небо.

Часом ранее я зашёл в квартиру Ленни, попросив водителя немного подождать. Катя, зарёванная, с размазанной тушью и мокрыми волосами, собранными в «конский хвост», выглядела потерянным подростком, что особенно подчёркивали дорогие ортодонтические скобки у неё во рту (красота, оплаченная, как я подозреваю, Ленни). Мне удалось из неё вытянуть, что МВД нагрянуло внезапно и арестовало Ленни за косвенную причастность к каким-то финансовым грехам двухлетней давности. Сама Катя была уверена в том, что Ленни стал жертвой злодейского заговора, организованного его так называемыми друзьями (этими суками), которые подставили его расплачиваться за их гнусные делишки. Я почти ничего не мог понять из её сбивчивой речи, прерываемой рыданиями и шумом дождя.

В приёмной тюрьмы висел стойкий аромат перегара, явно намекавший на то, что тут был вытрезвитель для местных ханыг. Я предъявил охраннику свои документы, после чего меня провели по узкому коридору в пустую комнату, выкрашенную в желчно-зеленый цвет. Я прождал там полчаса, прежде чем милиционер привёл Ленни и торжественно снял с него наручники. Лицо Ленни было в пятнах, от него сильно пахло табачным дымом.

— Ты что, куришь?

— Запихнули меня в одну камеру со скинхедом, который приставал на улице к таджикским девочкам, а он курит как паровоз, дышать нечем, чёрт возьми!

— Ты похож на котлету,— сказал я.— Давно ты здесь сидишь?

— Часа четыре или пять,— он показал пустые запястья.— Часы и телефон у меня забрали. Ты маме уже звонил?

— Нет ещё. Как тебя угораздило сюда попасть?

— Ты что же думаешь, я сам себя сюда доставил?

— Разве я это сказал?

— Не сказал, но думаешь, наверное.

— Просто скажи мне, что произошло,— я старался не повышать тона.

— Шептаться нет нужды, чёрт побери, я ничего вообще не сделал.— Ленни вызывающе поглядел на охранника, стоявшего в дверях с невозмутимостью евнуха.

Его сопровождаемый недоумённым закатыванием глаз вызывающе-горделивый тон, которым он перечислял предъявленные ему обвинения, буквально выводил меня из себя. Выяснилось, что примерно два года назад он служил брокером в сделке между каким-то мутным фондом в Европе и никелевым заводом на южном Урале. По завершении сделки фонд, купивший завод, выпустил под залог завода дорогостоящие облигации, как позже выяснилось, не известив об этом руководство завода. К тому времени, как заводское начальство об этом узнало, облигации были уже обналичены, что привело к банкротству завода. Было начато следствие. Обычное дело, по словам Ленни. Менеджеры фонда — русские с иностранными паспортами — были обвинены в мошенничестве. Фирма Ленни, игравшая в сделке лишь второстепенную роль и не посвящённая в преступные планы своего клиента, под следствие не попала.

— Обыкновенная скупка,— сказал он.— Мы просто провели стандартный анализ. Никто в нашей группе «Абакус» не имел какого-либо отношения к тому, что случилось после. А теперь кто-то решил снова разворошить это дело.

Я не знал, что сказать.

— Может быть, кто-то в твоей фирме пожадничал и не отстегнул нужным людям?

— Хрен его знает.

При этих его словах меня охватило отчаяние. Второй раз за сегодняшний день я оказался в тюрьме или, по крайней мере, в непосредственной близости от неё. Названия улиц в этом городе поменялись, а в остальном почти всё осталось по-прежнему.

— Тебе какое-нибудь официальное обвинение предъявили? — спросил я, в ту же секунду осознав собственную безнадёжную глупость.

— Нет, просто задержали — и всё.

— Что это значит? Как долго они могут тебя здесь держать?

— Прокурор, который будет меня допрашивать, должен прийти утром.

— Они собираются держать тебя здесь всю ночь? — от одной мысли о том, что Ленни вынужден будет провести ночь в мрачном захарканном туберкулёзной мокротой узилище, у меня так закружилась голова, что я зажмурился.

— Да уж, поверь мне, я вовсе не жажду этого. Я провёл последние четыре часа в одной камере с бритоголовым типом, у которого на черепе наколот канализационный люк, как-будто он хочет, чтобы кто-нибудь его открыл и полюбовался на мудрёную систему канализации внутри.

— Тебе нужен адвокат, — сказал я, явно паникуя. — Ты не можешь говорить с каким-то аппаратчиком-прокурором без адвоката.

Но Ленни меня опередил:

— Я уже сказал Кате, чтобы она позвонила Остину. К утру он раздобудет мне адвоката.

— Ты веришь этим типам? Катя говорит, что это они тебя подставили, потому ты и влип.

— Ну а кому мне ещё звонить? — почти заорал Ленни, разбудив охранника-евнуха.

— Я должен позвонить твоей матери, — сказал я, глядя на часы. — Там, дома ещё нет и часа дня, можно успеть обзвонить ближайшие адвокатские фирмы и найти тебе хорошего американского адвоката, специализирующегося на делах подобного рода.

— Даже думать не смей.

— Это очень серьёзно, Ленни.

— Не смей ей звонить. Обзвони кого надо сам, если уж считаешь, что это необходимо, но не впутывай в это маму, иначе я за себя не ручаюсь.

Я промолчал.

Он подозрительно посмотрел на меня.

— Я знаю, что ты сейчас думаешь — что я сам виноват, что попал в этот дурацкий переплёт.

— Ничего такого я не думаю.

— Нет, думаешь. Ну может, не то, чтобы я нарочно в него влез, но нечаянно попёр на рожон. Ты ведь так и говорил маме — что я люблю переть на рожон?

В голосе его звучали торжествующие нотки от того, что он заставил меня признаться в том, насколько низко он пал в моих глазах. Но в одном он ошибался: я в самом деле верил ему, когда он говорил о том, что никакой вины, которая привела бы его сюда, за ним нет. Я винил его совсем в другом, хотя и едва ли мог ему в этом признаться, а именно, в том же самом, в чём винил свою маму: ни она, ни он не имели ни малейшего понятия о том, как защитить себя в этой стране.

— Что-нибудь придумаем, — сказал я, хотя понятия не имел, что же именно. — Я приду завтра. А до тех пор, пожалуйста, не раскрывай рта.

Появившийся в дверях молодой охранник с хулиганистым лицом объявил нам, что свидание окончено.

Ленни в ответ на мои слова отстранённо и нерешительно кивнул.

— Ну, пожалуйста, — в последний раз с мольбой попросил я прежде, чем нас разлучили.

***

Почти всю ночь я провёл, обзванивая различные адвокатские фирмы Нью-Йорка и Вашингтона, записывая имена адвокатов, которые могли назначить телефонное интервью на следующий день, полностью погрузившись в это бессмысленное занятие, притом, было совершенно ясно, что переплёт, в который угодил Ленни, не имеет никакого отношения к «закону». Он просто оказался заложником, и предстояло договариваться о взаимоприемлемом выкупе, возможно и через местного посредника. Но где найти такого посредника, у которого имелись бы подходящие связи? Задача эта решилась на следующее утро, когда я с красными от бессонной ночи глазами и пульсирующей головной болью походкой лунатика вошёл в офис «Л-Пет» и, подойдя к столу в зале заседаний, плюхнулся в кресло рядом с Каблуковым, едва не расплескав на него кофе.

— Иван Матвеевич, вы уже вернулись? — спросил я его.

— Сорока восьми часов в Таллине более чем достаточно, — ответил он своим обычным сиплым, чуть усталым голосом. — Да, и похоже, что здесь есть кое-какие неотложные дела. Я слышал, что вы тут моим помощникам скучать не даёте.

Я с трудом изобразил улыбку на измученном бессоницей лице и сказал, что мы все стремимся выбрать лучшего подрядчика.

— Надеюсь, что вся эта чепуха не настолько поглотила тебя, чтобы ты не смог уделить хоть немного времени своему сыну? — осведомился Каблуков.

При упоминании о Ленни кофе в моём желудке обратился в неудобоваримое пойло. Я увидел отражение своей скорбной физиономии в зеркальных очках Каблукова.

— Ты неважно выглядишь, — заметил он, нахмурив брови.

— Да уж, неважно, — согласился я, не зная, как лучше изложить свою просьбу.

— С этими бесконечными заседаниями язву нажить недолго. Потому я и избегаю на них ходить.

— Дело не в этом, Иван Матвеевич. С сыном у меня проблема. Он сейчас сидит в КПЗ в Капотне. Какая-то безответственная жалоба против фирмы, где он работал — явное недоразумение — какое-то финансовое злоупотребление, в котором Ленни никак не замешан.

Каблуков снял тёмные очки и потёр широкую переносицу.

— Похоже, что это серьёзно, — его хмурое лицо изобразило сочувствие. — Наша судебная система иногда довольно беспечна... да.

— Понимаете, я не уверен, что Ленни до конца сознаёт, в какую неприятность он влип. Я хочу найти адвоката, который сможет в этом разобраться.

Моё предложение найти хорошего адвоката вызвало усмешку на лице старого бандита.

— Хороший адвокат нынче на вес золота, это точно. Но можно попробовать и менее формальные способы убеждения…

— Я не против,— дал понять я.

— Я считаю, что давать противнику возможность достойного выхода, это — мудро…

— Мне как-то неудобно было об этом говорить,— уклончиво ответил я на это.

— Ерунда. У нас тут в «Л-Пет» есть вполне надёжный юрист, разумеется. Можно сделать несколько звонков в МВД. Где, вы говорите, содержат вашего сына?

Я назвал ему номер отделения милиции.

— Но это—не дело компании заниматься моим личным делом,—быстро добавил я.

На моё возражение он ответил умудрённой улыбкой.

Заседание начиналось, а я нервно смотрел сквозь стеклянную дверь, пока Сапог, извинившись, звонил по моему делу. Никто кроме меня не заметил его длительного отсутствия. Нервы мои расшатались настолько, что я с трудом следил за докладом Стива МакГинниса о работе, проведённой на терминале Варандей. Его описание строительных работ было очень информативным, и удержать в голове все детали было ещё труднее, чем пытаться убедить себя, что Каблуков взялся заступаться за Ленни исключительно из чистого человеколюбия. Нет, в душе я знал, что придётся чем-то платить. Но в настоящий момент меня это не волновало: я думал только о Ленни в тюремной камере. Поесть ему дали? Туалетом он пользоваться может? Или у них для этих дел параша в углу, как в старые времена?

Мрачные думы одолевали меня целый час до тех пор, пока у меня в кармане пиджака не зажужжал телефон. К великому облегчению это был Ленни. Я вышел в коридор: Каблукова нигде не было видно.

— Меня отпустили — сообщил мне Ленни без особой радости в голосе.

— Сейчас приеду за тобой,— ответил я.

— Не беспокойся об этом, просто приезжай ко мне домой.

***

Через полчаса я приехал к нему, отпросившись с заседания по причине болей в животе. Ленни ходил из угла в угол с телефонной трубкой в руках. Вид у него был встрёпанный, глаза красные как после долгой бессоницы, как и у меня самого.

— Только не говори мне, что тебе ничего про это неизвестно! — орал он в трубку. — Можешь передать А-алексу, что я с ним ещё посчитаюсь. Он хотел меня сплавить, так я его в сортире утоплю, понял? — прижимая трубку плечом, Ленни пошёл на кухню, я последовал за ним. Он стал помешивать что-то в эмалированной кастрюле на плите. Он всё ещё был на телефоне, говоря какому-то приятелю или сотруднику на другом конце, чтобы тот перестал дурить ему голову, при этом нагибаясь над плитой и осторожно пробуя деревянной ложкой своё варево. Краем глаза он посмотрел на меня и сокрушённо покачал головой, настолько нелепо всё это было. Его хитроватый раздражённый взгляд вызывал у меня сомнения: действительно ли он настолько возмущён, или он специально для меня устроил весь этот спектакль, при этом невозмутимо стряпая себе соус альфредо.

— Прокурор приходил? — спросил я после того, как он положил телефонную трубку.

— Пришла какая-то бабка из прокуратуры. С узлом на голове. Щёлкала каблуками и метала праведный гнев на жуликов, грабящих простой народ. Я её спрашиваю: — Простите, в чём конкретно меня обвиняют?

— Она тебе ответила?

— Мы найдём способ разобраться с пособниками мошенников, — вот что она сказала, добавив, что я её ещё увижу. А через два часа приходит охранник и говорит мне, что я свободен. Возвращает мне мой телефон и все мои вещи, как ни в чём не бывало.

— А адвокат приходил?

— Нет, Остин его так и не прислал!

— И больше никто не приходил? — нерешительно спросил я.

— А кто ещё мог прийти? — удивлённо посмотрел он на меня.

— Не знаю. — Неужели Каблуков в самом деле разрулил все это одним телефонным звонком?

— Я тебе уже говорил — никакого дела им на меня не состряпать, — решительно заявил Ленни. После этого он поставил кастрюлю с макаронами на стол у окна, где я уселся, готовясь объяснить ему ситуацию: что я вмешался, но опасность для него не миновала. Но Ленни в своей одержимости меня как-будто не замечал.

— Чёрт, от меня воняет, — сказал он, обнюхав себя, и направился в душ.

Я слышал, как он торжествующе напевает под шум воды, а я тем временем полез в холодильник в поисках чего-нибудь ещё съестного. Холодильник был почти пуст — только немного варёной колбасы и сыра, несколько завядших помидоров и покрывшаяся плесенью гроздь винограда, зато пива в избытке. При виде этого запустения у меня мелькнула надежда на то, что Катя всё-таки съехала. Я так жаждал увидеть Ленни, что даже забыл его спросить про неё.

Окна кухни в квартире Ленни были необычно большие для русского жилья; квартира его находилась в одном из новых небоскрёбов Нового Арбата, вдоль широких тротуаров которого девятью этажами ниже виднелись вывески ночных клубов и казино, пока ещё не зажёгшиеся по случаю раннего часа. Неудивительно, что Ленни свил себе гнёздышко именно здесь, в самом сердце весёлого квартала. Я сделал несколько бутербродов с колбасой, поставил на плиту чайник и стал смотреть в окно на Кудринскую площадь. Там, в нескольких кварталах отсюда по-прежнему жила наша старая знакомая Людмила Островская. Интересно, навестил её Ленни или нет? Она ведь, когда-то приходилась ему тёщей. Я понимал, что нечестно было с моей стороны настаивать спустя столько лет на том, что все беды Ленни начались с Островских, но так или иначе, именно это убеждение прочно вошло в моё сознание.

В 1996 году Ленни взял короткий отпуск на своей страшно скучной первой по окончании колледжа работе младшего бизнес-консультанта в фирме «Артур Андерсен» и поехал в «новую» Москву. И вот тогда-то и начались все его проблемы. Людмила, у которой за год до этого от инфаркта умер муж, предложила Ленни свободную комнату в своей квартире. Комната эта досталась ему с довеском в виде двадцатитрехлетней дочери

Ирины, ставшей проводником Ленни по городу его детства. Наша дружба с Островскими уходила корнями в далёкое прошлое, когда ещё маленький Ленни и маленькая Ирочка играли в доктора папиным тонометром на литовском ковре в их квартире. В 1979 году мы ещё были в России и успели застать то время, когда из шестилетней Ирочки пытались сделать великую скрипачку, ставя её перед всеми на стул и заставляя пилить экспромты под аккомпанемент маминых окриков: «Больше смычка!».

Позже мы из писем и телефонных разговоров узнали, что за её ранними успехами последовали другие, включая призы не только за игру на скрипке, но и в фигурном катании, и на городских математических олимпиадах, и успехи в изучении английского языка. Все эти разговоры о великих талантах Ирочки привели к тому, что Ленни, отправляясь в Москву, ожидал встретить не девушку, а какое-то дрессированное цирковое чудо. Поэтому мы с Люсей обрадовались, когда Ленни сообщил нам, что дочь Людмилы, несмотря на своё тяжёлое детство, прочно стоит двумя ногами на земле и совсем не зануда. Этот год был отмечен несколькими загадочными повторными наездами в Москву и множеством дорогостоящих трансокеанских телефонных разговоров и закончился тем, что Ленни объявил о том, что Ирина скоро прибудет в Соединённые Штаты по визе невесты, и что они поженятся. Разумеется, я не считал глупую улыбку на лице Ленни следствием их совместных экскурсий в Третьяковскую галерею, да и обаяние московских чаровниц было мне знакомо. Но женитьба? Хотя, было бы неправдой сказать, что я их союза вовсе не одобрял. Может быть, это именно то, что Ленни нужно. Да и какие могут быть возражения против Ирочки, которая помимо того, что прелестна как картинка, ещё и умна, и зрела не по годам? Настолько, что Люся усомнилась в искренности её намерений. Правда, тут я напомнил ей, что и намерения нашего сына не вполне бескорыстны. Его просто распирало от гордости, когда он говорил своим друзьям: «Здесь такая девушка никогда бы и не заговорила со мной. Да что там, гори я огнём, она бы и пописать на меня сочла бы ниже собственного достоинства».

Такими словами Ленни изъяснялся в любви. В любви, преисполненной бредовой ностальгии по детству, хотя было ясно видно, что предмет этой любви даже в простых джинсах и свитере выглядит куда взрослее, практичнее и искушённее нашего сына. При всей своей пионерской жизнерадостности Ирина была совсем не ребёнком. В той двухкомнатной квартире, где она жила с матерью, она пережила десятилетие ничуть не менее бурное, чем шестидесятые годы в Америке: видела, как её отец умер от инфаркта, вызванного стрессом, как её мать, бывший экономист Госплана, была вместе со многими другими уволена по сокращению штатов госслужащих, и как её нищенская пенсия таяла прямо на глазах. В общем, долго пришлось бы объяснять, почему в 1996 году, когда Людмила на старости лет была вынуждена заново начинать карьеру бухгалтера, подчищающего книги в телекомовском стартапе, Ирочка целенаправленно соблазняла нашего сына на том самом литовском ковре, на котором они играли в детстве.

Вскоре после её приезда нам с Люсей стало очевидно, что запросы у Ирочки куда выше той квартирки начинающего молодого человека, которую мог предложить ей наш сын. Она только холодно морщилась от его шуток во время пасхального ужина. Через два года стало ясно, что все её подколки и придирки по поводу неудач Ленни и отсутствия у него честолюбия, есть не что иное, как вызов и даже мольба о разводе. Какое-то извращённое чувство долга не позволяло ей просто уйти от него. Несмотря на жгучую боль и обиду, наш сын всё это терпел до тех пор, пока Ирина, наконец, не ушла от него, прихватив кое-какие пожитки и письмо о приёме в бизнес-школу Стерна.

Но ирония судьбы только начиналась. Через неделю после того, как Ленни подписал бумаги о разводе, поставив своё имя против всех этих печальных крестиков, он уже летел — куда бы вы думали? — в Москву. Зарабатывать свой миллион и доказывать, что он — настоящий мужчина. Кому? Об этом я мог только догадываться.

Ленни вышел из душа в тонком купальном халате а-ля Хью Хефнер, и с жадностью уплёл и свою и мою порции ланча.

— Ты ведь не думаешь, что этот арест был случайным? — спросил я его. Я всё пытался набраться смелости, чтобы рассказать ему про Каблукова, но что-то меня удерживало. Зная Ленни, я понимал, что он только взбесится, узнав о моём вмешательстве в его дела. Так что уж лучше молчать.

—Самое простое объяснение как правило является наилучшим,—жуя, ответил он.—Если против наших старых клиентов состряпали дело, и МВД хочет загрести побольше народу… Ну, это объясняет, почему Запаротник так жаждал побыстрее провернуть эту сделку с ВЦП, убрав из неё меня. Хитёр, мерзавец. Он распускает нашу старую фирму, так что взятки гладки. Сливается вместе со своими дружками под крышу ВЦП, а там они как за каменной стеной. А меня, единственного из всех, кидает. Так что если ФСБ вздумает копать наши старые дела, у них есть козёл отпущения.

—Не знаю,—сказал я,—не так уж всё это просто.

Похоже, что он меня не слушал.

—Каков сукин сын.

—Может быть это знак тебе.

—Знак чего?

—Того, что пора возвращаться домой.

—Нет, чёрт побери. Я не позволю им выкурить меня отсюда как таракана. Я докопаюсь до самого дна. Пива хочешь?—Он протянул мне бутылку и пошёл искать открывалку.

—Какой смысл докапываться до самого дна?—спросил я.

Но он опять не слушал. Зазвонил его телефон.

—Да, ты где?—спросил он. Я слышал звуки женского голоса на другом конце.—Я тут, с папой… Сколько они запросили за работу? Я с ними поговорю…—Он положил телефон на стол.—Катя сейчас приедет,—сообщил он мне.

—Где она была?

—У ортодонта. Опять дерут с нас три шкуры.

«С нас?»—подумал я.—Давно она носит эти скобы?

—С тех пор, как мама посоветовала ей исправить зубы, когда навещала нас летом.

Это он явно привирал. Катя и раньше стеснялась своих кривых зубов. Жена моя просто предложила ей их исправить, не зная, что Ленни придётся за это платить.

—А я думал, что между вами всё кончено,—сказал я.—Ты что, наводишь ей красоту для своего преемника?

—Я ей давно это обещал.

Щедр сын на обещания.

—Ленни,—сказал я,—я считаю, что пора тебе покупать билет домой. Прямо сегодня.

Но он опять притворился глухим. В дверь дважды позвонили.

— Это она,— сказал он, вставая.

Сердце у меня упало, когда Катя втащила две сумки с продуктами.

— Тётя Валя просила меня купить чего-нибудь из еды к вечеру,— сказала она, обращаясь к Ленни.— Я думаю, что нам пора собираться на дачу. И вас там ждут,— обратилась она ко мне.— Вашего мальчика там ждёт торжественный приём! Тётя Валя уже там, готовит. И если мы отправимся прямо сейчас, то сможем успеть до вечерних пробок.

— О, чёрт! — воскликнул Ленни, хлопнув себя по лбу.

— Ты что, забыл ему сказать? Тётя Валя готовится к приезду твоего отца неделями!

— Забыл! Других забот хватало, как видишь.

— Ладно, давай собираться,— недовольным тоном произнесла Катя.

Я удивлённо посмотрел на Ленни. Что эта за чепуха, вся эта дачная затея? Если у него ещё осталась хоть капля здравого смысла, ему следовало бы паковать чемоданы в Штаты, а не на летний пикник.

— Катенька, у нас с Ленни несколько иные планы.

— Тут в выходные будет такая жарища! Ни души в городе не останется. А тётя Валя для нас целого теленка зажарила!

Я поглядел на часы. Не было времени спорить.— Мне необходимо вернуться на совещание,— сказал я.

— Ну, так приезжай после него. Мы тебя встретим на станции,— ответил Ленни.

* * *

— Как мальчик, в порядке? — осведомился Каблуков, не вставая с мягкого кресла.

— Намного лучше, как ни удивительно,— ответил я, попытавшись улыбнуться. Я не решался добавить, что теперь я его должник.

— Наши друзья в МВД были потрясены такой неслыханной грубостью обращения,— намекнул он.

— Я вам очень признателен, Иван Матвеевич.

Он, похоже, был удовлетворён этим.

— Жаль, что тебя не было с нами. Ваш сотрудник был довольно резок при опросе кандидатов на этот контракт. — Он жестом указал на Тома, который только что вернулся с перерыва на ланч и смятенно глядел на меня, словно спрашивая: «Где тебя черти носят?!» Я понял, что ему одному пришлось отдуваться против «Л-Пет» за нас обоих.

— Мистер Бостон — мой начальник, — сказал я, хотя Каблукову это и так было известно.

— Мы все видим, что он тебя весьма уважает.

Я пытался уверить Каблукова, что это не так, что за уважительной манерой Тома скрывается его жёсткая властность, но тот и слышать не желал ничего подобного.

— Послушай, — сказал он, взяв меня за плечо. Я даже сквозь его зеркальные очки почувствовал, как у него загорелись глаза. — Ты проектируешь эти суда, так ведь? Так ты и скажи своему начальнику, кто по твоему мнению, должен ими править.

— При всём уважении к вам, Иван Матвеевич, — ответил я, — мне неудобно указывать своему боссу, как именно он должен работать.

На красной роже Каблукова медленно расплылась улыбка. Все зубы у него были вставные.

— *Неудобно,* — протянул он. — Интересное словечко. В своей жизни мне пришлось преодолеть множество неудобств. — Он засучил рукав пиджака. На запястье у него красовался Ролекс из белого золота, стоивший, как я подозреваю, дороже моей машины. Но он хотел продемонстрировать вовсе не часы, а то, что было выше — выцветшую лиловую наколку с изображением лопаты лезвием вниз. — Это у меня из Хабаровска. И это было очень неудобно, доложу я тебе. Но где бы мы ни были, надо учиться преодолевать неудобства.

Я чувствовал, что руки мои похолодели не только от кондиционера. Тот ком в желудке, который я ощутил ещё утром, вернулся на своё место. Мне уже было знакомо это ощущение — нелепое предположение, обернувшееся чудовищной реальностью. И тут мне стало ясно, почему мне так не хотелось благодарить Каблукова за его помощь.

Альберт Эйнштейн однажды мудро заметил, что формулирование задачи важнее, чем её решение. И сейчас эти слова поразили меня своим убийственно буквальным смыслом. Никто, даже Каблуков, не мог дёргать за ниточки столь быстро. Он создал задачу, для которой он сам и был решением. Было совершенно ясно, что моё беспокойсво о судьбе Ленни не осталось незамеченным. Я вспомнил наш банкет в «Метрополе», где я распространялся о том, как Ленни любит это гнусное местечко. Сколько часов потребовалось Каблукову для того, чтобы узнать, где Ленни живёт и работает? Сапог опустил рукав и расправил манжету. Его рокочущий голос вывел меня из оцепенения.

— Ну как, теперь мы споёмся? — любезным тоном спросил он.

СЕКРЕТЫ

МОСКВА, 1940

Был уже почти март, когда Флоренс заметила в себе перемены. Усталость, возможно, объяснялась тем, что в феврале она взялась вести дополнительный курс в институте. Наверное, это стало причиной одышки, когда она поднималась по лестнице в институте, из-за этого она засыпала в трамвае по дороге домой. Но как же объяснить иные признаки? Ей ведь дважды пришлось бежать в туалет во время занятий, бросая класс. Единственный хороший лифчик так сдавливал ей грудь, будто её погрузили на дно Марианской впадины.

Она старалась гнать от себя эту мысль. В последний раз месячные у неё прошли легче обычного, даже намного легче. И вот прошёл месяц — и ничего. Надо бы пойти к врачу, но тогда всё решилось бы бесповоротно.

Проблема, как всегда, возникла из-за постоянного дефицита. С сентября из аптек начисто пропал крем «Преконсоль». А потом, уже зимой, когда Флоренс пришла пора менять колпачки «Кафка», нужного ей размера не было в продаже. Сколько бы раз она ни наведывалась в аптеку, нужного размера так и не появилось. Не могла же она подогнать, то что у них было, под нужный ей размер, это ведь не рубашка, которую можно ушить, а идти к врачу, высиживая в поликлинике часами в длинной очереди среди мамаш с орущими детьми, да ещё и выслушивать нравоучения доктора за то, что она всё откладывает собственное материнство, как это было летом… Он её тогда предупредил, что в свои двадцать девять лет она уже попадает в категорию старых первородящих, что грозит осложнениями и ей самой, и будущему ребёнку. Единственное, чем этот мордастый динозавр её порадовал тогда, это тем, что ей понадобится не менее пяти — шести месяцев, чтобы забеременеть.

И вот через два месяца — нате вам.

Флоренс пыталась восстановить в памяти момент зачатия, пришедшийся, по её мнению, на самое начало года. На Новый год они с Леоном были на свадьбе Эсси. Их подруга нашла, наконец, свою любовь в лице худенького застенчивого еврейского юноши с такими же, как у Эсси, близорукими глазами и с общей с ней страстью к кинематографу. Он был музыкантом и играл ей на кларнете в квартире его родителей, куда они все и направились к свадебному столу после десятиминутной церемонии в ЗАГСе, где Эсси со своим женихом были объявлены государственным чиновником мужем и женой вместе с четырьмя другими парами. Флоренс исполняла роль свидетельницы. Ночью, когда они возвращались домой, Леон взял её под руку и сказал:

— А не пора ли и нам, как ты думаешь?

Она рассмеялась в ответ.

— Милый мой, они пошли в ЗАГС только потому, что в наше время никто не даст им собственной комнаты без этой бумажки. Она не хочет жить с его родителями.

— Ты меня не уважаешь, Флоренс. Не хочешь, чтобы я был мужем.

— Что за глупость ты несёшь!

— Если Эсси могла официально выйти замуж через пять недель после знакомства со своим женихом, почему я должен лезть на стену — не смотри на меня так — именно лезть на стену, чтобы жениться на женщине, которой я отдавал себя полностью в течение пяти лет!

Она не могла признаться в том, что действительной причиной того, почему она избегала оформления их отношений, была её игра с тайной полицией. Конечной целью этой игры был полный разрыв с Россией, а возможно и с Леоном тоже. И вот, подобно распутнице в порыве самоукоризны, она в ту ночь уступила его желаниям, отдавшись ему. А на следующий день они пошли в ЗАГС и расписались. Следующие два дня они провели в постели, без застолий с икрой и без игры на кларнете, просто два дня и две ночи в любовном экстазе. Она осыпала лицо и тело Леона поцелуями, как будто он был её идолом. Она делала это потому, что в самом деле его любила, но отчасти и для того, чтобы приглушить голос совести, загладить чувство вины перед ним за тот обман, состоявший в тайных свиданиях — пусть и бескровных — с товарищем Субботиным, которые, она знала, были хуже всякой измены. И вот, тщательно заметая следы своих встреч с Субботиным, она допустила оплошность в том, что было самым важным.

Её встречи с Субботиным происходили каждые три недели, как он и распорядился. Во время первых нескольких встреч он не задавал Флоренс каких-либо сложных вопросов. Больше всего он интересовался её сотрудниками в ИФЛИ: он хотел знать всё, о чём они говорили на совещаниях преподавательского состава, кто с кем дружил и кто с кем не ладил, и если дружил, то на чём эта дружба основывалась.

— Белкова и Данилова обе любят классическую музыку, — вежливо докладывала она. — Они вместе ходят на концерты в зал Чайковского. И, по-моему, сын Даниловой учится в консерватории.

Всё это были невинные сплетни, никакого криминала, как казалось Флоренс, она Субботину не сообщала. Она открыла в себе дар описания людей, способность изображать самую суть их характеров несколькими краткими штрихами. Например, этот человек всегда изображает благосклонность, но осторожен в своих высказываниях, стремится оставить последнее слово за собой на всякий случай и не любит раскрывать карты. Другой, наоборот, умудряется ни в чём с вами не соглашаться даже тогда, когда вы с ним целиком и полностью согласны. Флоренс заметила за собой то, что она заранее готовит такие описания перед встречами с Субботиным или, слушая своих сослуживцев во время бесконечных собраний. И только когда Субботин начал уже целенаправленно расспрашивать её о «контрреволюционных» разговорах и антисоветских поступках, которые ей довелось слышать и видеть, на этом её сознание застопорилось.

— Меня не интересует ваше личное мнение об этих людях, товарищ Файн, — сказал ей однажды Субботин. — Я хочу знать, почему вы не даёте нам никакой ценной информации.

— Вы хотите, чтобы я придумывала всякие вещи? Я вам докладываю обо всём, что слышу.

— Тогда найдите способ услышать больше.

— Что вы имеете в виду?

— Сами начните беседу.

— Уж не хотите ли вы сделать из меня провокатора?

— Я хочу вам напомнить о том, что неполная информация расценивается как ложь. А ложь в вашем случае, товарищ Файн, не усиливает нашего доверия к вам в смысле поручения вам задания за рубежом.

Но даже несмотря на страстное желание получить выездную визу, Флоренс не могла найти в себе силы, чтобы кого-либо оговорить. Она понимала: то, что она уже делает само по себе отвратительно настолько, что она даже Леону не хотела об этом рассказать, но её хоть немного утешало то, что она никого не обманула, не дала ни одного лжесвидетельства. Субботин мог использовать то, что она ему наговорила, как ему было угодно, но она не возьмёт на себя никакой иной роли кроме живого зеркала, ничего выдумывать и добавлять не станет. Если Субботина в самом деле интересует её надёжность, пусть найдёт других, чтобы шпионили за ней, а ей надлежит продолжать докладывать ему то, что она знала без всякой клеветы и приукрашиваний.

Но настойчивость Субботина её пугала.

Во время одной из их встреч он ей сказал, что весь это «женский вздор» ему надоел. Это вам не пионерский лагерь. Все её дурацкие сплетни и инсинуации есть бессмысленная трата времени. Неужели он должен напоминать ей о том, какое наказание следует за попытку незаконного бегства из страны? Ему известно, что она от него скрывает, у него имеются и другие источники. Так что, если она не заинтересована в том, чтобы исполнить свой долг перед государством, она может считать их отношения расторгнутыми и пусть пеняет на себя.

Домой она вернулась бледная, как привидение. С утра она ничего не ела. Сумочка казалась тяжелее гири. Ноги ныли, спина не гнулась, накрахмаленное бельё натирало соски как наждачная бумага.

— Что с тобой? — воскликнул Леон, видя, как она повалилась на застеленную кровать.

Флоренс закрыла лицо руками и потёрла уставшие глаза, затем, едва раздвинув пальцы, посмотрела на Леона. Единственный человек, кто мог бы ей помочь и кому она боялась признаться. Леон, способный уговорить любого, конечно смог бы найти способ вывернуться из этого силка, расставленного Субботиным. Он мог бы научить её, что надо говорить. Она снова зажала глаза руками, чтобы не разреветься.

— Флоренс, что случилось?

Слишком много тайн. Слишком много…

— Сядь. Вот так, хорошо. Выпей немножко воды.

— Леон, мне надо тебе что-то сказать… Но только пообещай, что не будешь сердиться.

Он озадаченно улыбнулся.

— Когда это я на тебя сердился?

— Пожалуйста, обещай мне.

Слишком много тайн.

И она призналась, но совсем в другом.

Теперь пришла его очередь закрыть лицо руками, прикрывая улыбку до самых ушей.

— И давно это? — спросил он сквозь растопыренные пальцы.

— Около трёх месяцев. Я ещё не была у врача.

— Детка моя, ну как я могу за это на тебя сердиться?

Она покачала головой.

— Леон, как мы могли быть так неосторожны?

Он обнял её поникшие плечи.

— Это ведь самое замечательное из всего на свете, неужели ты не понимаешь? Ох, детка моя, теперь я понимаю, отчего ты такая усталая. Тебе теперь надо беречь себя, Флори. Скажи им, что не можешь больше допоздна сидеть на собраниях.

То, что он верил её вранью про то, где она проводит вечера, было ещё более мучительным, чем его радость.

— Но Леон, это так не вовремя…

— Тсс, тссс… предоставь мне позаботиться обо всём. Тссс, ты теперь отдохни…

И он поспешил на кухню готовить ей обед.

* * *

Её беременность превратила Леона в мужа во всём ей потакающего. Он стал приносить домой всякие вкусности: селёдку, икру, шоколад.

— Сколько ты за всё это заплатил?

— Это не имеет значения, — отвечал он, — ешь.

Он стал просыпаться по утрам раньше прежнего, чтобы приготовить ей завтрак, а затем с застенчивой улыбкой следил, как она уплетает гречневую кашу и яйца.

«Полюбуйтесь на его улыбку,— думала она.— Наконец-то достиг предела своих мечтаний: жена, настоящая семья». Леон вырос без отца, и было видно, как он просто жаждет сам стать отцом. Она сама удивлялась тому, что не замечала этого в нём раньше: под всей его юношеской страстью к скитаниям и приключениям скрывалась бездонная тоска по настоящему дому.

А её собственные желания были непонятны ей самой. Она себя чувствовала доктором Фаустом: две души жили в её груди, и каждая из них отвечала на нежную заботу Леона по-своему. У неё была настоящая жизнь — хорошая работа, любящий муж. Чего ей ещё не доставало? У женщин её возраста уже имелись десяти— двенадцатилетние дети. Мысль о том, что её могут послать в Америку в качестве шпионки, теперь казалась совершенно бредовой. Каковы были реальные шансы на то, что её пошлют за границу «со спецзаданием»?

Не нулевые. Возможно, что всё это было просто уловкой Субботина. Но НКВД не нуждался в уловках. Они могли бы принудить её к сотрудничеству и без этой приманки. Нет, у них явно был к ней долгосрочный интерес. Но насколько долгосрочный? Ей необходимо было показать Субботину, что она готова на них работать, и сделать это следовало до того, как её беременность станет заметной. Нелегальный аборт полностью исключался — в случае обнаружения она могла бы попасть в тюрьму. Ни один приличный доктор за это не возьмётся, значит пришлось бы обращаться к какой-нибудь бабке, которая могла её покалечить на всю жизнь или даже убить. Она поняла, что ей надо принять меры, чтобы скрыть своё положение от Субботина. Она ведь слышала про деревенских девок, умудрявшихся скрывать беременность до самого конца. Придётся перешить платья, купить новое пальто посвободнее. Мужчины таких вещей часто не замечают. Но рискнула ли бы она отплыть в Америку на восьмом месяце? Да, рискнула бы. Если бы только можно было забыть это слово — «Америка!» Неужели нежная любовь мужа не может пересилить этой её мечты?

В последующие две недели все эти мысли измучили её больше, чем беременность. Она понимала, что надо что-то предпринять. И, наконец, у неё созрел план: она придёт на следующую встречу к Субботину и объявит ему, что беременна. Она ему скажет, что теперь, когда она готовится стать матерью, она, к сожалению, не сможет выполнить никакой заграничной миссии. Возможно, что ей даже придётся на какое-то время оставить службу в институте. И поскольку НКВД от неё не будет никакой пользы, пока она будет сидеть дома и менять пелёнки, то лучше будет прекратить их отношения, и чем скорее, тем лучше.

Но через неделю, вместо того, чтобы вежливо потребовать прекращения их отношений, она неожиданно спросила Субботина, как только они сели за стол, о том, как продвигается её заграничное задание.

Он с любопытством посмотрел на неё, оторвавшись от своих бумаг: «А вы куда так торопитесь?»

—Нет, никуда… Просто, я раздумывала над вашими словами.

—И что же?

—О тех членах преподавательского состава, чьи взгляды на государственную политику не всегда… чётки.

—Продолжайте.

—Некоторые из старых сотрудников. Разумеется, я не готова истолковывать их взгляды.

—Вашей единственной готовностью должна быть ваша лояльность.

—Есть такой профессор Речок на кафедре истории.

—Вы с ним беседовали?

—Да. Нет. Не совсем.

—Так беседовали или нет?

Она обхватила руками свой живот под столом. В ней росла новая жизнь. Она всегда считала себя честной, лояльной, прямой, но что всё это значило теперь? Она должна быть верна своему ребёнку.

—У нас обоих перерыв между занятиями в полвторого. Он иногда в это время сидит в учительской, читает газету. И иногда бормочет разные вещи… обычно, ни к кому не обращаясь.

—Какие именно вещи?

Она попыталась вспомнить реакцию Речока на пакт Гитлера и Сталина, на расширение торговли с Германией. Что именно он сказал? Что они теперь друзья, так почему бы и нет? Что они прекрасно понимают друг друга? Нет, не так. Она попыталась дать волю своему воображению. Что же говорил этот старый дурак? Его беспокоило то, что же он теперь должен говорить студентам. В прошлом году был волкодавом, а теперь превратился в пуделя. Именно так.

— Речок считает, что Германия может напасть на нас в будущем. Что Россия помогает им усиливать их военную мощь, продавая им разные материалы.

— И вы всё это узнали из его бормотания.

— Да. Он пересказывает прочитанное именно таким образом.

Субботин записал всё это в блокнот своим аккуратным почерком.

— Итак, профессор кафедры истории распространяет антисоветские взгляды среди студентов и преподавателей.

— О нет, я не думаю, что он делится своими взглядами со студентами. Я уверена, что нет.

— Откуда у вас эта уверенность? Вы присутствовали на его занятиях?

— В институте существует жёсткая программа. О любом отклонении от неё стало бы тотчас же известно.

— Вам нет нужды извещать нас о том, что становится известно. Как вы сами заметили, всё зависит от тона. Кто ещё присутствовал в тот момент, когда Речок излагал своё мнение?

— Ну, разные люди заходят в учительскую.

— Кто именно?

Она глубоко вздохнула. Глаза Субботина, как она заметила, были водянистыми. Как у змеи, холодные и неподвижные.— Иногда Анна Белкова и Мария Данилова заходят.

— Они присутствовали в тот день, когда он говорил о пакте Молотова-Риббентропа?

— Да, присутствовали.

— И как же они отреагировали на антисоветскую выходку Речока?

— Большинство преподавателей относится к нему как к пожилому эксцентрику. Обычно никто не отвечает на его бормотание.

Субботин в ответ на это изобразил на лице некое подобие презрительной усмешки, как бы говоря: «Нет, голубушка, ты так легко не отделаешься».

— Итак, они ничего на это не возразили и позволили ему и дальше излагать свои наветы,—уточнил Субботин.

— Полагаю, что так.

Она ждала, пока он запишет это на чистом листе бумаги. К её удивлению, Субботин, закончив писать, протянул ей листок, чтобы она его прочла.

Факты были изложены верно, но общий смысл каким-то образом изменился. Запись гласила о том, что она вела антисоветские разговоры с Борисом Речоком, во время которых Речок распространял сведения о германской угрозе и выражал несогласие со сталинской экономической политикой в присутствии Белковой и Даниловой, которые слушали клеветнические речи, не пытаясь на них возразить. Из записанного едва ли не следовало, что обе женщины были согласны с Речоком. Также говорилось о том, что Речок распространял эти взгляды среди студентов.

— Нет, постойте, — возразила она. — Выглядит так, что Речок обращался к ним. А я сказала, что он говорил сам с собой, читая газету.

— Если бы он хотел говорить это только самому себе, он бы это делал у себя дома. Очевидно, он ждал реакции.

— Но Белкова и Данилова просто случайно оказались в комнате. Он к ним не обращался.

— Они присутствовали в комнате и никоим образом не помешали клеветнику распространять его измышления.

— Но вы пишете о том, что они разделяли его взгляды.

— Разделяли ли они их или нет, это мы будем решать. Фактом является то, что на них как на педагогах и гражданах лежала обязанность исправить наветы Речока, а они с этой обязанностью не справились, как и вы сами.

Переспорить его было невозможно. У НКВД своя логика, согласно которой молчаливый свидетель не отличался от соучастника. Согласно этой логике, каждый отвечал не только за свои слова, но и за слова окружающих.

— Но я никогда не говорила, что он распространял эти взгляды среди студентов, — возразила Флоренс, понимая, что цепляется за соломинку.

— Если он делился этими взглядами с вами, что заставляет вас сомневаться в том, что он делился ими и с другими более податливыми людьми?

— Но я не могу засвидетельствовать этого.

Водянистые глаза Субботина странно вспыхнули. На секунду в них мелькнуло удивление. На лице его изобразилась подавленное подобие усмешки, как будто он признавал, что слегка переусердствовал.

— Очень хорошо,— наконец, сказал он, взял ручку и зачеркнул слова «во время своих уроков, оставив только «в институте».

— Так лучше?

Флоренс кивнула.

Он протянул ей ручку.

— Распишитесь.

Она поставила подпись.

* * *

Снаружи в знакомом дворе подтаявший за день снег снова заледенел, превратившись в наст. На востоке всходил серп луны, хотя небеса были ещё светлы, темнело теперь позже. Во влажном апрельском воздухе висел запах варёного мяса и лука. Флоренс почувствовала тошноту. Ей пришлось сесть. Зелёная скамейка была покрыта прозрачной коркой льда. Сквозь ткань пальто она ощущала холод тающего льда, пробиравший её до костей. Она дала им достаточно материала для того, чтобы они могли арестовать Бориса Речока, человека едва ей знакомого, по обвинению в примитивном антифашизме. Если они его возьмут, покажут ли они ему её показания и заставят ли на них отвечать? Но зачем он всё это говорил при ней? Что ей следовало делать? Лгать? Тогда Белкова и Данилова сказали бы правду вместо неё, и что бы тогда стало с ней? Она, наконец, дала Субботину то, чего он от неё добивался. Но в конце он ни словом не обмолвился о её поездке в Америку. Наоборот, он был явно раздражён тем, что она проявила недостаточно энтузиазма в осуждении Речока! И этот его взгляд, когда она возразила против некоторых фраз в его рапорте, он никак не выходил у неё из головы. Что значил этот взгляд? Она его и раньше замечала. Не на лице Субботина, нет. Но, боже, как же это вспомнилось, на лице Сергея Соколова много лет тому назад. Выражение крайнего удивления — не столько эмоциональная реакция, сколько физический инстинкт, как гримаса от запаха тухлятины. Она пыталась забыть об этом, как животное, пытающееся зарыть свой помёт,

340

настолько постыдным казалось ей это воспоминание. А теперь это нахлынуло явственно, подобно галлюцинации. Она видела собственное отражение в глазах её бывшего босса Скупа, когда выяснилось, что она помогла русским инженерам, и затем в глазах Сергея, когда она разыскала его в Москве. У них обоих в глазах было одинаковое выражение: как будто они вдруг поняли, что стоявшая перед ними умная, сообразительная женщина на самом деле была дурой. И в глазах Субботина она увидела признание её собственной глупости. Он и в самом деле не мог поверить, что она начнёт торговаться с ним из-за каких-то деталей. Она что, забыла где находится, с кем пытается спорить? Она что же думает, что может сотрудничать с НКВД и выйти сухой из воды, с незапятнанной совестью? Слишком поздно, голубушка. Ты ведь шлюха, торгующаяся за цену собственной чести.

Тошнота её одолевала. Флоренс опустила голову между колен, стараясь дышать глубже. Грудь её покрылась испариной. В животе у неё булькнуло. И тут её начало рвать и не отпускало до тех пор, пока ничего, кроме прозрачной жидкости, не выходило из её рта и капало на ботинки.

Ей пришлось выпрямиться, чтобы привести себя в порядок. Кто-то прикоснулся к ней. Флоренс вытерла рот уголком носового платка и оглянулась. Рядом с ней сидела крохотная бабушка в нескладном пальто. Лицо её страдальчески морщилось.

— Плохо тебе, милая? — Она тронула Флоренс за плечо, отчего та вздрогнула. Кто эта женщина? Она из этих? Она быстро обежала взглядом окружающие здания. Выходят ли окна квартиры Субботина в этот двор? Следят ли они за нею и сейчас? Она вздёрнула подбородок и посмотрела на старушку.

— Не ваше дело, — сказала она, схватила сумочку и выбежала из двора.

ВОЛЖАНЕ

Карл Маркс был прав: мы — не хозяева собственных судеб. Несмотря на все мои отречения от светского пророка моей юности, сейчас, сидя в беспомощном молчании в конференц-зале «Л-Пет», я готов был признать его правоту. Когда наше совещание подошло к концу, осталось трое претендентов на контракт: два вполне приемлемых и один довольно дикий в лице наших женевских ребят. Я понял, что снять «Заузен Петролеум» с дистанции не в моих силах. И в то же время, несмотря на давление со стороны Каблукова, я не мог найти убедительных доводов в их пользу. Поэтому во время церемонии выборов я, по большей части, молчал, всё время чувствуя с трудом подавляемые стоны Каблукова, имевшего вид расстроенного отца. Том к концу совещания был разочарован моим поведением ничуть не меньше (совещание закрылось рано, чтобы чиновники «Л-Пет» могли успеть разъехаться на джипах по своим дачам в Жуковке до наступления часа «пик»). Примерно с такой же искренностью, с какой я вёл себя во время совещания, я сообщил ему, что отравился какой-то пищей, после чего сбежал. Мне тоже надо было спешить на дачу, если я ещё надеялся, что мне удастся вбить хоть немного здравого смысла в голову собственного отпрыска.

Но выйдя на улицу, я не нашёл в себе сил сразу пойти в гостиницу собирать вещи. Вместо этого я по длинной дуге обогнул Большой театр, стараясь не думать о том, как я подвёл Ленни. Я был сам себе противен. Теперь мне было совершенно ясно, что мои жалкие шуточки с Каблуковым в Метрополе были попыткой найти в его лице союзника. А в результате я по собственной глупости привнёс в не самую упорядоченную жизнь собственного ребёнка ещё больше беспорядка. Единственным способом спасти Ленни от грозящей ему опасности, было сказать ему правду. Именно по этой причине я и не спешил на дачу на встречу с ним.

Что я ему скажу? Что я сделал то, от чего всегда его предостерегал: наболтал лишнего? Я так увлёкся самобичеванием, что даже не заметил, где я нахожусь. И тут в лучах закатного солнца на Театральной площади я увидел древнюю и до боли знакомую сцену: у подножия статуи Карла Маркса стояло с полдюжины неряшливо одетых седеющих мужчин примерно моего возраста. Все они столпились вокруг раскрытых дипломатов и фетровых стендов с сотнями значков, старых никелевых покрытых цветной эмалью, какие я сам подобно тысячам других коллекционеров когда-то собирал. Эти старые коллекционеры собрались для того, чтобы сравнить имеющиеся в их собрании раритеты, обменяться ими или продать их перекупщику (как сказал бы старина Маркс, под чьей сенью все эти спекуляции и совершались). Значки сияли в лучах солнца подобно крупицам золота и напомнили мне давние времена, когда я привёз пятилетнему Ленни новый значок из научной командировки в Ленинград, и как он прыгал от радости.

И я тотчас же вспомнил, как стоя на коленях, помогал ему пришпилить к фетру его собственного коллекционного футляра только что извлечённый из ацетатного кармашка значок размером с гривенник с изображением Юрия Гагарина в скафандре или с кораблём «Восток», летящим в черноту космоса, сейчас уже не помню точно. В качестве игрушек эти значки вряд ли представляли какую-либо ценность для пятилетнего ребёнка. Кто больше им радовался, спрашивал я себя теперь, Ленни или я сам? Из тысяч значков, выпущенных к юбилеям всевозможных предприятий, для спортивных клубов, к основанию разных городов и годовщинам исторических битв, нашими любимыми были те, что посвящались космическим путешествиям. В отличие от всех прочих, служивших просто стилизованным прославлением строек социализма, космические значки были эмблемами надежды всего человечества—надежды на то, что мы способны вопреки всем нашим провалам и неудачам буквально подняться в космос благодаря науке, технике, оптимизму. Неужели я уже тогда пытался передать ему, каким я хотел бы его видеть в будущем: учёным или инженером, убеждённым в необратимости прогресса? Неужели эти ожидания не исчезли и теперь, и до сих пор вызывают острую боль, лишь только речь заходит о работе Ленни или отсутствии таковой? Я хотел заверить его в том, что его детские неудачи и меня огорчали не меньше, чем его самого. Я и сам имел опыт горьких поражений, знал, как тяжко бывает на душе от осознания бесплодно потерянных без малого десяти лет.

Будь я уверен в том, что такого рода разговор не чреват драматической сценой и непониманием, я бы рассказал своему сыну про 12 мая 1977 года, день, когда я расстался с последними иллюзиями. В этот день мой любимый город, которым Ленни был по-прежнему увлечён, перестал быть мне домом. В те годы, когда я покупал Ленни его значки, я корпел над кандидатской диссертацией в области гидродинамики, при этом работая инженером и заботясь о своей молодой семье. Мы в то время жили в двухкомнатной квартире. Нашим брачным ложем был диван-кровать, который мы с Люсей раскладывали в гостиной каждую ночь, чтобы дети могли спать в своей комнате, а кабинетом мне служил угол нашей крошечной кухни, где я до поздней ночи засиживался за расчётами. К тридцати четырём годам за плечами у меня был один неудачный брак (скоропалительный, как и большинство студенческих браков). Но вторая попытка оказалась удачной, я женился на умной и преданной девушке, ставшей прекрасной матерью наших двоих детей и героически взявшей на себя все заботы о домашнем хозяйстве, чтобы я мог осуществить свою мечту стать учёным. В течение шести лет я каждые несколько месяцев отправлялся на верфи Ленинграда для изучения методов уменьшения сцепления льда с корпусом судна. У моих разработок были широкие возможности для практического применения. В те времена обычным методом судовождения сквозь льды было использование больших объёмов сжатого воздуха, производимых тяжёлыми дизельными компрессорами, а я стремился к тому, чтобы заменить воздух выхлопными газами судовых двигателей для снижения трения льда о корпус судна, что позволило бы существенно облегчить его, избавив от тяжёлого ненужного оборудования. Я замахивался никак не менее, чем на переворот в судостроении.

Сейчас я уже не помню всех лиц тех, кто решал судьбу моей диссертации, как и их вопросов. Помню только, что вопросов было много. Если кто-то из членов Учёного Совета и был впечатлен моими изысканиями, энтузиазма старались не показывать. К концу защиты с меня пот катил градом. Пульс мой всё ещё частил в течение тех двадцати минут, пока я дожидался в коридоре института решения Совета. Наконец, один из членов комиссии вышел ко мне. Он был небольшого роста, зато с огромными пышными усами. Во время долгого обсуждения он был самым горячим сторонником моей работы. «Интересные у вас идеи, Бринк,—сказал он мне в коридоре. Он сделал паузу, затем повторил мою фамилию: «Бринк,—задумчиво вымолвил он,—я заметил, что вы родились в Куйбышеве. Ваша семья родом оттуда?»

Он намекал на то, что заглядывал в мой паспорт, где, конечно же, имелась печально известная пятая графа, гласящая, что по национальности я американец, притом с явно еврейской фамилией. Но в тот момент, я был уверен, что он намекает на то, что я не коренной москвич, поэтому я честно сказал: «Родители мои были москвичами. Я родился в эвакуации во время войны.»

—Я сам родом из Казани,—ответил он.—Немного нас волжан тут, верно?—он улыбнулся. Я не мог понять, куда он клонит. По крайней мере, в тот момент.

—Я вам честно скажу, Бринк,—продолжал он, глядя в окно.—Я надеялся, что вы из Куйбышева или ещё из какой-то отдалённой провинции, потому что здесь в Москве у нас есть установленный лимит, если угодно.—Он вытащил из кармана рубашки сигарету и закурил.—Проблема в том,—сказал он, жадно затянувшись дымом,—что мы не можем присвоить вам степени прежде всех тех, кто стоит в очереди перед вами. А в вашем случае, дорогой товарищ, очередь очень длинная.

Он поглядел на меня, стремясь уловить, насколько хорошо я его понял. Я молчал.

—Итак, у вас есть выбор,—продолжил он,—либо вы лет шесть ждёте вашей очереди, либо,—тут он широким жестом указал на окно, как бы намекая на обширность Советской империи,—вы можете поехать куда-нибудь ещё, например, в Куйбышев, устроиться в тамошний университет и защититься там, в институте уровнем пониже без наших… ограничений.

Как обычно и бывает при плохих известиях, смысл его слов не сразу дошёл до меня. Я глядел на его шевелящиеся, похожие на огромную мохнатую гусеницу усы, но смысл его слов был столь же далёк от моего сознания, сколь содержание какой-то радиопередачи. Наверное, катастрофа, но какое это имеет отношение ко мне?

Разумеется, я не был совершенным болваном. Я знал про еврейские квоты в российских университетах. Раньше мне удавалось их преодолевать, я надеялся, что и впредь смогу их преодолеть. Какие бы препятствия ни чинила мне моя национальность, я с шестилетнего возраста научился справляться с ними подобно левше, сопротивлявшемуся тирании праворуких, стараясь тщательно и бесшумно обходить препятствия.

Но этот обруч оказался уже всех тех, сквозь которые мне приходилось прыгать в прошлом. Просто игольное ушко, а не обруч. (Позже я узнал, что евреям в этом институте ежегодно давали кандидатскую степень менее чем в пяти процентах случаев от всех соискателей. Но в тот момент я вдруг снова стал детдомовским абрамчиком, не знавшим, то ли плакать, то ли лезть на обидчика с кулаками.) Зачем этот тип вышел и обратился ко мне лично? Что-то в его манере говорило мне, что он пришёл не в качестве члена комиссии, а просто потому, что испытывал некоторое неудобство передо мною. В его словах я уловил слабые извиняющиеся нотки.

Я ушёл, убрав рукопись диссертации в портфель, прошёл через невзрачный вестибюль и вышел на зеленеющую аллею бульвара. День стоял ясный, недавно прошёл дождь, деревья только начали зеленеть, а провода были усеяны шумными стаями ласточек. И вдруг вся эта весенняя красота, все мои учёные труды, занимавшие меня последние семь лет, сделались мне отвратительными. Всё это теперь казалось мне чужим. Вид их зданий вызывал у меня отвращение. Вид их статуй, даже их деревьев был мне омерзителен до тошнотворного кома в горле. Через час я нашёл в себе силы добрести до телефона-автомата и позвонить жене. «Начинай распродавать вещи,—сказал я ей.—Мы уезжаем из этой проклятой страны».

Массовая эмиграция только начиналась, прокатились только первые слухи о приотворившейся двери. Но я уже знал, что готов уехать, бросив всё. Если надо, я готов был пересечь границу в одних подштанниках.

БЕРЁЗКА

Последняя встреча с Субботиным произвела на Флоренс гнетущее впечатление. Утром она не встала с постели до тех пор, пока Леон не ушёл на службу. На столике возле кровати он оставил для неё молоко и кашу, к которым она не притронулась.

День стоял солнечный и холодный, снег по-весеннему таял. Флоренс натянула чулки и надела шляпку. Была пятница, занятий у неё в тот день не было. Был только один человек, которого ей надо было повидать.

После яркого света улицы полумрак театра встретил её знакомым запахом пыли и пудры. По узкому коридору она дошла до каморки при гардеробе, где гардеробщица, расставив колени, кипятила воду в ржавом чайнике.

— Флора?

— Агнесса Артёмовна, — Флоренс сняла шляпку, — мне нужна ваша помощь.

***

В двух километрах от Москвы современная жизнь обрывалась с внезапностью океанского шельфа. Из окна поезда она видела утопающие в грязи деревни, окружавшие город. Триста рублей — почти весь её месячный заработок — были упрятаны в карман пальто. По обочинам дороги женщины-крестьянки, стоя на глинистом берегу, полоскали в холодном ручье бельё. На всём вокруг лежал тяжёлый отпечаток изношенности временем.

Она отыскала нужный ей домик на грунтовой дороге, шедшей от деревенской почты через сосновую рощу. Старая изба с резными наличниками как на картинке в детской книжке, напомнила Флоренс избушку Бабы-Яги, разве что не на курьих ножках. Сестра оказалась крупной полной женщиной, чьё сходство с Агнессой Артёмовной скрадывалось красными прыщеватыми щеками и красным же носом. Она провела Флоренс в закуток, образованный задней стенкой печки и дощатой перегородкой. В закутке стояла железная кровать с доской поперёк металлической сетки. Флоренс сняла высокие измазанные грязью сапоги и чулки, пока женщина готовилась. В комнате стоял густой, как в церкви запах воска от свечи, горевшей на прикроватном столике у усечённого зеркала. Она велела Флоренс раздеться, а сама пошла кипятить воду в чайнике.

Оглядевшись, Флоренс заметила шифоньер и банки со спиртом, в которых женщина хранила инструменты своего ремесла. Внутренняя поверхность банок была усеяна пузырьками воздуха, как-будто в бокалах с выдохшимся шампанским. Вид этих банок вызывал у Флоренс тошноту. Женшина принесла ей старую затхло пахнувшую подушку, чтобы было что кусать, если будет больно.

— Стонать можешь,— приказным тоном объявила она,— только не ори.

Короткая пронизывающая боль, перехватившая дыхание, а затем такая боль, что Флоренс забыла про всё на свете. Подушка под её зубами была кислой от чужой слюны и кожного сала.

— Спокойно, спокойно.— Ноги её были привязаны к кроватной раме. Женщина, работая, напевала себе под нос: «люли, люли», выскребая жизнь из её утробы. В воздухе запахло кровью, в глазах у неё потемнело. Дрожащее пламя свечи на столике превратило зеркало в светящуюся плиту.

«Во поле берёзонька стояла,
люли-люли, стояла…

Когда она пришла в себя, полная женщина утирала ей пот со лба.

— Ну всё, вставай.

В ушах у неё по-прежнему звенело.

— Я не могу.

— Давай, давай, пошла.

Ей было сказано, чтобы в случае, если кровотечение не остановится, идти к доктору и говорить ему, что упала, поскользнувшись на льду, отчего случился выкидыш.

Когда она вечерним поездом вернулась в Москву, исподнее её было тяжёлым от намокших кровью бинтов. Всю дорогу она чувствовала, как кровь из неё так и течёт. Фигуры прохожих и попутчиков казались ей привидениями. Она пыталась себя успокоить тем, что избежала ещё более варварских методов — содовых спринцеваний и горчичных ванн. Чулки и юбка были все в крови.

Леон застал её на неразобранной постели, дрожащую как в лихорадке. Он побежал на кухню и вернулся, неся миску перлового супа и кружку горячего молока. Он присел рядом с нею и поднёс кружку с молоком к её губам, глядя как она пытается сделать глоток. Испарина выступила у неё на лбу и верхней губе, когда она пригубила молоко. — Да ты вся горишь! — Он попытался покормить её супом с ложки, но она отказалась, натянув на себя одеяло.

— Тебе надо поесть.

— Я не хочу.

— Ну, хотя бы ради ребёнка.

— Нет никакого ребёнка.

— Ты вся горишь, Флори. Ты бредишь.

Он попытался стянуть с неё одеяло. На сей раз сил сопротивляться у неё не было.

Она никогда раньше не слышала такой муки у кого-либо в голосе:

— *Oy vey z'mir,** Флоренс! *Oy mayn got, oy go-o-o-t-t...* — Он выл, зажав кулаками виски. Казалось, он сошёл с ума. Он раскачивался взад и вперёд, сжимая в руках окровавленную простыню. — *Oy, mayn got,* что же ты наделала?

— Я не могла допустить, чтобы он узнал, Леон.

— Надо срочно ехать в больницу.

— Нет. Дай мне умереть здесь.

---

* *Oy vey z'mir, Oy mayn got* — О, ужас! О, боже мой! (*идиш*)

— Скажи мне, кто это сделал!

— Так не могло продолжаться дольше, Леон. Если бы он узнал, я навеки оказалась бы в западне. Всё было бы понапрасну…

— Кто это, чёрт побери?

И тут она, рыдая, призналась во всём: рассказала и про свои визиты в ОВИР, про встречи с Субботиным, про всю историю её падения.

— Он сказал, что отправит меня домой. Он сказал, что я смогу увидеть свою семью. — Теперь она понимала, сколь слабыми, сколь призрачными были все эти обещания и надежды. Она нашла в себе силы для этой ужасной исповеди, полагая, что она станет последней.

Сила его страдания, когда он слушал её, заставила его тёмные глаза гореть огнём. Теперь он знал, как она стремилась сбежать от него. Теперь он, наконец, узнал, с какой шлюхой он связал свою судьбу. Там, на кровати у бабки Флоренс думала, что умрёт. Она молила Провидение дать ей ещё один шанс. Но мир оказался бездушным, и теперь она готова была расплатиться сполна. Леон продолжал судорожно цепляться за простыню. Он зарылся в неё лицом, как будто стремился насытиться ароматом бойни.

Но она заблуждалась на его счёт. Когда он снова поднял глаза, они были сухими.

— Флоренс, слушай меня внимательно, — он сжал её руку. — Соглашайся на всё, что этот агент тебе предложит. Сообщи ему всё, что он хочет услышать, и не задавай лишних вопросов. Получи выездную визу как можно скорее. И уезжай! Исчезни. Забудь про это проклятое место.

КНИГА V
КНИГА V

ЧЕЛОВЕК-НЕВИДИМКА

МОСКВА, 2008

Сосны, придорожные кусты и стальные решётки пригородных станций мелькали в окне электрички по пути в Алабино. Во время часовой поездки я решил признаться Ленни в моём с Каблуковым вмешательстве в его дела. Так будет лучше. Моё повинное признание может сработать там, где другие попытки оказались неудачными. Но увидев Ленни в простой полосатой футболке, приветливо машущего мне рукой из водительского окна ржавой Лады, я забыл все свои подготовленные речи. Утро казалось слишком свежим, его улыбка слишком искренней, чтобы так быстро всё испортить. Ленни вышел помочь мне с сумкой; казалось, он был удивлён, что я действительно приехал.

— Приготовься встретить парад выродков, — оживлённо предупредил он меня, когда мы выехали на пустую городскую дорогу. — Это Алёша Алкоголик и Жорик — грузинский донжуан. Один из них — племянник тёти Вали, другой — её муж. Они одного возраста.

— Это что, их официальные титулы?

— Официальная профессия Жорика «инвалид». Не спрашивай меня, как Валя устроила это. Ему сорок четыре года, а он уже получает ежемесячную пенсию. Его неофициальная должность — «домохозяин». Мы уже близко — это вон там.

Дом, к которому мы подъехали, не был залатанной хибарой, как можно было себе представить, судя по машине, а аккуратным свежевыкрашенным трехэтажным строением, обитым вагонкой. Мы вошли через заднюю дверь с веранды, опоясывающей весь дом. На кухне нам попался светловолосый небритый молодой человек в резиновых тапочках. Расстёгнутая рубашка обнажила костлявую грудь.

— Алексей, познакомься с моим отцом Юлием Леонтьевичем,— сказал Ленни представляя меня.

Алексей вежливо кивнул.

— Что скажет наш американский гость насчёт утреннего глотка?

Полупустая бутылка «Русского стандарта» стояла на кухонном столе.

— Спасибо,— сказал я ему,— я предпочитаю начинать день с коньяка.

— Коньяк, так коньяк,— Алексей нашёл в шкафу бутылку и открыл её.— Девочки пошли в лес за грибами, а Жорик отправился за мясом для шашлыка. Наслаждайтесь тишиной, пока можно.

Мне пришлось подстроиться под его определение «тишины». Миниатюрный приёмник на столе громко передавал новости. Мы слушали, как ведущая с пафосом осуждает продолжающееся заключение ещё одного руководителя нефтяной компании ЮКОС, которому, по слухам, было отказано в лечении, пока он не подпишет признание.

— Что это за станция? — спросил я.

— «Эхо Москвы». Единственная, которую наш великодушный президент оставил нам, чтобы мы могли заявить миру, что у нас есть свободная пресса.

— Алёша никогда не выключает радио,— сказал Ленни.

— Вам, наверно, надо всё это знать,— сказал Алёша.— Вы же нефтяник?

— Я занимаюсь только инженерной стороной,— сказал я.— А чем вы занимаетесь, Алексей?

— Работа? Я не работаю. Я халявщик. Моя профессия — сидеть на шее у матери.

— Ну, это тоже работа.

— Он скромничает,— сообщил мне Ленни.— Алёша — честный отмыватель денег. Буквально на прошлой неделе пришла местная милиция и провела обыск в его конторе.

— Эти менты превысили свои полномочия,— пробормотал отмыватель.— Они содрали с меня пятьсот тысяч рублей, поэтому мне пришлось позвонить в районную милицию — там свой человек. Он разобрался с этим по телефону. Десять тысяч я мог бы пропустить, но эти сволочи обнаглели.

— Значит, неофициально вы предприниматель, а официально — бездельник, — сказал я.

— Я никто, — с гордостью заявил Алёша. — У них на меня ничего нет. Я нигде не числюсь.

— Это законно?

— Отсутствие официальной работы теперь не преступление. Всё, что они могут мне сделать, это не дать пенсию. А кому нужны их паршивые пятьсот рублей в месяц.

— И, понятно, ты не голосуешь, — сказал Ленни, улыбнувшись мне и подбрасывая Алёше безотказную приманку.

— Голосование — это профанация, — ответил Алексей. — Избиратели — они кто? Им назначена роль зрителей, которые хлопают.

— Спроси его, кто его герой, — сказал Ленни и сам ответил: — Ральф Эллисон.

— Человек-невидимка — это шифр, — возбуждённо продолжал Алёша. — Он живёт в подвале, полном лампочек, отсасывая электричество у монопольной электрической компании. Коммунальщики не знают о его существовании, также как и мошенническое государство, чью власть он не признаёт. Как невидимый Негр, я предпочитаю не существовать в глазах нашего преступного государства.

— Покажи ему, как ты это сделал, Алёша.

Алёша подошёл к розетке над раковиной.

— Это очень просто. Как инженеру вам должно быть это понятно. Вы пропускаете часть тока в обход счётчика и делаете ещё одно заземление из куска листового металла — лучше медного. Я закопал его вон там — видите? — в огороде. Электричество работает круглый год, не добавляя ни одного киловатт-часа на Валин счётчик.

Оказалось, что помимо своих ораторского и бартерного талантов, у Алёши был талант русского забулдыги: чинить всё что угодно своими руками. «С отоплением ещё проще. Я просто вставляю шпильку в счётчик горячей воды, торможу диск, и он перестаёт крутиться. Тогда можно обогреть все три этажа дома, не заплатив ни копейки». Он был очень горд своими достижениями. «В России мы все воры, — заявил он теперь по-английски, а затем, всё больше возбуждаясь,—они воруют у нас по-крупному! А я краду обратно понемногу!»

—Так доволен собой — великий философ! —донёсся голос из коридора. В кухню вошла полная крашеная рыжеволосая женщина лет шестидесяти, неся большое цинковое ведро с грибами и кривым ножом. На ней были сандалии и шорты поверх внушительных бёдер, которые могли бы принадлежать какой--нибудь мифической колхознице, собирающей снопы пшеницы на фреске времён соцреализма. Это должно быть Валентина, знаменитая тётя Валя, двоюродная сестра Катиной мамы. За её спиной семенила Катя в обтягивающих джинсах и резиновых сапогах.

—Вижу, вы познакомились с нашим Сократом,—сказала Валентина, разложив газету на столе и высыпав содержимое своего и Катиного вёдер. Она начала быстро сортировать грибы на газете, отбрасывая очень плохие или очень грязные обратно в ведро.

—Вам попались хорошие? —спросил я.

—Несколько чернушек и маленькие лисички.

—Мы бы набрали больше, но теперь все нашли наше заветное место,—сказала Катя, мягко шепелявя.

—Это поганка,—заметил Алёша, взяв в руку гриб.

—Это рыжик. Ты ничего не понимаешь.

—Посмотри, какая у него тонкая ножка! Он несъедобный. Ты отравишь нас всех.

—Кто бы говорил! Я что-то не заметила тебя этим утром, рыскающим от поляны к поляне, согнувшись.

—Вы не грибник, Алексей? —спросил я.

Алёша откинулся на спинку стула и сделал вид, будто такая ерунда была недостойна его внимания. «В прошлый раз, когда я ходил, я запросто набрал пять корзин за час. Это слишком просто. Не вижу смысла!»

—Алёша получает удовлетворение только тогда, когда это связано со страданиями,—сказал Ленни.

Я повернулся к Валентине.

—У вас очень хороший дом, Валя. Вы сами его строили?

—Нет, этот я купила у бывшего посла в Данию. А семейная дача, которую папа оставил моей сестре Нине —матери этого гения —в Апрелевке, довольно далеко отсюда. Нина отдыхает на этой неделе на Чёрном море. Вот этот и болтается здесь как бродячая собака.

— Апрелевка? — удивился я. — Там ведь раньше были военные дачи. Ваш отец был генералом?

— Комдив. Командир дивизии. Но старого Генштаба больше не осталось. Его захватили наши новые брамины. Алёша! Ты ещё не показал Юлию Леонтьевичу его комнату? Как вам нравятся наши хозяева? Пошли, — сказала она, вставая, — я вам покажу.

Я пошёл за Валей наверх, а Алёша, как портье, тащил мою сумку. Я похвалил обстановку, на что Валя заметила: «У меня осталось несколько хороших вещей от папы», — указывая на резные деревянные предметы явно антикварной ценности. «Включая эти часики», — сказал Алёша, обратив моё внимание на напольные часы красного дерева. Настоящее тевтонское сокровище, не подделка как те, которые немцы втюхивали после войны каждому тупому Ваньке в армейских сапогах.

— Ваш отец был важным человеком, если ему удалось привезти это в страну, — сказал я.

— Не могу пожаловаться на своё детство.

— Регулярные каникулы в Крыму?

— Ялта, Сочи.

— Личный шофёр?

— А то! Он возил Нину и меня на занятия в МГИМО. Мне было даже неловко.

Несмотря на блестящие оценки в школе, я даже не мог подумать о том, чтобы быть принятым в такой ВУЗ, как Московский Государственный Институт Международных Отношений, куда брали только детей высокопоставленных партийных шишек для подготовки их к дипломатической работе по всему миру. Институт даже не значился в обычном справочнике советских вузов.

— Навряд ли вы были единственными двумя студентками в МГИМО, которых возили на занятия.

— Это был, скорее, Нинин стиль. Я не могла выносить всю эту элитарную атмосферу.

— И поэтому вы не стали дипломатом, как ваша сестра?

— Одна делегация, другая делегация — это не для меня. Я спокойно сидела во Внешторге.

У меня стало складываться более чёткое представление о Вале, у которой, несмотря на всю её партийную родословную, была душа предпринимателя. Я прямо восхищался ею за то, как она легко отказалась от всего, что давало ей её происхождение, отвернулась от советской карьерной лестницы и вместо этого спокойно устроилась в менее престижном министерстве внешней торговли. Конечно, это место всё же открывало ей разные возможности, например, поехать в Венгрию, Чехословакию, Румынию и вернуться с чемоданами, полными ночных сорочек, туфель и колготок, которые она могла выгодно загнать своим знакомым.

Алёша отнёс мою сумку в гостевую комнату.

— Сегодня ночью вы будете спать как ребёнок, — сказала Валя. — Я никогда не спала на матрасе лучше этого. Эта кровать лучше, чем та, на которой спит Путин. Не потому, что он не может себе этого позволить, а потому, что его задница не почувствует разницы.

Алёша вздрогнул, словно от приступа боли.

— Я просил тебя не упоминать имя этого Люцифера при мне! — после этого они оставили меня в покое.

Вернувшись из ванной, я осмотрел собрание зарубежных книг и музыкальную коллекцию на полках (Андреа Бочелли, Энрико Карузо, Аделина Патти). Я подумал, что в этой комнате спала Алёшина мама, Нина, когда она ночевала у Вали. На маленьком письменном столе лежали записки, написанные витиеватым женским почерком. На стене висела увеличенная черно-белая фотография красивого ангелоподобного мальчика с яркими глазами, лет пяти или шести. Несмотря на разницу в возрасте, я легко узнал его: это был Алёша Алкоголик.

Я, задумавшись, смотрел на фотографию, пока Валя голосом аукционщика не позвала всех на ланч. Я проследовал на запах жареного мяса по веранде вокруг дома, где Ленни и Алёша стояли вокруг квадратного гриля, на котором, под руководством широкоплечего грузина в спортивном костюме, жарились свиные отбивные. Это был, очевидно, Жорик, который сцепился с Ленни в споре о том, как лучше мариновать мясо. Жорик утверждал, что наилучшие результаты даёт маринование в уксусе, а Ленни настаивал на смеси кефира и лимонного сока. «Какой ты еврей? — вызывающе спросил Жорик. «Ты что, не знаешь, что ваши люди не маринуют мясо в молоке? Это делает его более жёстким!

— Вот он, наш почётный гость! — сказал Жорик, заметив меня. Он сердечно пожал мне руку правой рукой, держа в левой тяжеленную решётку гриля. Если он действительно был «инвалидом», то он был самым крепким и энергичным из всех, кого я когда-либо встречал.

Валя вышла на веранду.

— Алёша, помоги мне передвинуть этот стол.

Но племянник не слышал её или делал вид, что не слышит. Он вставил наушники глубоко в уши и слушал «Эхо Москвы» на своём приёмничке.

— Вы только посмотрите на него! — обратилась она к остальным. — Нормальный человек слушает одну, может быть, две любимые программы! А этот не может вытащить наушники из ушей. Типичный наркоман!

— Дорогая, не расстраивайся; мясо почти готово, — сказал Жорик.

Ланч был накрыт в банкетном стиле в столовой. Я заметил, что Катя вовсю ухаживала за Ленни, посыпая укропом картошку, наполняя рюмку. Он, казалось, принимал это как должное. Он уже проглотил целую миску пельменей, выставленную Валей на закуску, и уже принимался за другую. Всякий раз, когда со стороны Ленни слышался какой-то звук, Катя подбрасывала ему на тарелку ещё несколько пельменей. Он поймал мой взгляд, и спросил:

— Ну что?

Я не смог сдержаться:

— Может, стоит умерить темп, — предложил я.

— Это всё очень полезно, всё натуральное, — возразила Валя. — Почему вы не едите? Вам не нравится?

— Я уверен, что всё очень вкусно. Я просто не голоден.

— Вы что, как животное, едите только когда голодны?

Я снова поймал взгляд Ленни. «Ты позволяешь им откармливать себя, как гуся», — вертелось у меня на языке. Но даже, если бы я это произнёс, в этом не было бы никакого смысла. В каком-то протесте против меня он агрессивно поглощал пельмени один за другим. Затем он опустил глаза и слегка покашлял, намекая на нездоровье.

— Бедняга, ты, должно быть, простудился ночью в КПЗ, — сказала Валя.

Она повернулась ко мне.—Это преступление; как они могут ни за что бросить человека в кутузку!

—Ну, тот, кто облажался и посадил меня, вероятно, расплачивается за это сейчас,—сказал Ленни.

—От простуды нужно немного водки с чёрным перцем,—сказал Алёша. Он протянул руку и сыпанул перца Ленни в рюмку.—Глотай—и всё пройдёт.

—Откуда ты знаешь, что это была ошибка?—спросил я.

—А что же ещё?

—Я не знаю. Может быть, кто-то хотел проучить тебя,—заметил я и подумал: «Чёрт возьми, что я делаю?»

Ленни уставился на меня.

—Что ты такое говоришь?—он чихнул.

—Бедный зайчик, давай дадим тебе чаю,—сказала Валентина, и Катя тут же встала и пошла на кухню за чайником. Не прошло и минуты, как она поставила дымящуюся кружку перед Ленни и начала размешивать ложку сахара. «Боже мой,—подумал я,—она даже размешивает ему чай».

—Опасность, может, ещё не миновала,—сказал я.—Может быть, рановато праздновать.

—Отец беспокоится,—сказала Валентина.—Так и должно быть.

—За что мы пьём?—спросил Жорик, поднимая стакан.

—За семью!—сказала Валентина.—Ленни является частью нашей семьи, и теперь мы рады приветствовать в нашем доме его очаровательного отца—Юлия Леонтьевича.

Я поклонился и выпил водку. Я смирился с тем, что не смогу провести неделю в этой стране, не подвергая опасности свою печень. Все приняли ещё по паре стопок, когда Жорик принёс свиные отбивные. Сначала мы выпили за женщин за этим столом, потом за счастье и процветание—«в этой жизни»,—многозначительно добавил Алёша.

—Алёша верит в реинкарнацию,—сказал Жорик.—Он поставил крест на этой жизни.

Алёша, привыкший к постоянным обидам, опустил голову.

—В моей следующей жизни я буду сиамским котом.

—Зачем дожидаться следующей жизни, чтобы стать животным?—спросила Валя.—Выверни пиджак наизнанку и пойди в зоопарк. Дети будут бросать тебе конфеты.

— Тост! — объявил Жорик, — За тех, кто не с нами.

Мы подняли бокалы и выпили, не чокаясь, за этот скорбный тост. Я заметил уже не в первый раз, как безрадостно пьют алкоголики. Алёша, казалось, не получил удовольствия от стопки, которую ему налили. Некоторое время он смотрел на неё, как человек, уставившийся на ложку горького лекарства, и мрачно проглотил.

Я увидел, как Ленни потянулся через Катю за свиной отбивной.

— Вот, Катюша, дай ему этот, — сказала Валя, выбрав самый большой, самый поджаристый кусок мяса. Очевидно, на даче у мужчин было две роли: запуганный маленький мальчик или избалованный паша. Алёша был первым, Ленни вторым. Каждый по-своему инфантилен.

Ленни пробормотал, что душно, и Катя мгновенно вскочила, чтобы открыть окно. Я думал, что мой сын не возвращается домой, потому что ему было стыдно вернуться ни с чем. Я не принимал во внимание роскошное сибаритство, к которому он привык, сладостное няньченье, которым так хорошо владели русские женщины.

— Вынь эти затычки из своих чёртовых ушей, — вдруг крикнула Валя. Алёша опять слушал своё «Эхо Москвы» через наушники. — Ты что, не видишь, что у нас компания? — Алёша нехотя вынул правый наушник и продолжал слушать «Эхо» через левый.

— Я пойду покурю, — сказал он, вставая с видом, заявляющим «идите вы все к чёрту». В этот момент Жорик снова наполнил Алёшину рюмку и хитро посмотрел на меня. Как марионетка, Алёша сел и выпил.

— Видите! — торжествующе сказал Жорик. — Готов поспорить, что в вашей Америке нет таких алкоголиков, как наши!

— Нельзя мерить по американским стандартам, — ответил я. — В Америке алкоголик — это тот, кто не выпивал в течение десяти лет.

Валя с любопытством посмотрела на меня. Я постарался объяснить присутствующим идею «Анонимных алкоголиков».

— У нас была вечеринка, и я предложил коньяк нашему соседу, — сказал я. — Он отказался. Когда я спросил, почему, он сказал: «Джулиан, я алкоголик». Я восхитился его стойкостью. «Как давно ты не пьёшь?» — «Двадцать лет», — сказал он.

Валя громко засмеялась, но на Ленни это не произвело заметного впечатления.

— Для американцев — либо всё, либо ничего, — сказал Ленни. — Они все любят говорить о своих свободах, но они не могут жить и давать жить другим. Я расскажу вам одну историю: первая работа моей матери в Нью-Йорке была в отделе программирования в «Блумингдейле».* Она ничего не знала о программировании; она просто пыталась держаться на плаву. Я заболел гриппом, но она не могла взять несколько дней, поэтому моя сестра оставалась дома со мной, пока мама уходила на работу. Позвонили из школы. Мама сказала им, что я болен и что моя тринадцатилетняя сестра осталась дома, чтобы присматривать за мной. Они прислали к нам домой полицейского и социального работника и пригрозили оштрафовать мою мать, если Маша продолжит пропускать школу. Разве она не знала, что должна была нанять няню в такой ситуации? Няню! У моей мамы не было денег, чтобы купить себе новые туфли! Это был последний раз, когда она сказала правду американским властям.

Валя покачала головой.

— Но мама удержалась на работе.

— Это было непростое время, — сказал я. — Моя первая работа была тоже связана с компьютерами, но она была в центре города. Каждый день я ездил на метро до Шестьдесят четвёртой улицы, и мы встречались с женой в китайском ресторане через дорогу от универмага, где я помогал ей писать программы, а на работе она их перепечатывала. Так мы выживали месяцами.

— Какой хороший муж, — сказала Валя, глядя на меня с симпатией.

— Но не очень хороший учитель, — пробормотал Ленни. — Я помню эти крики.

— Я что-то не припоминаю никаких криков, — сказал я, как можно более добродушно.

— Ну конечно. На даче только правду. Ты всегда кричал на маму за то, что она тупая, за то, что не схватывала программирование достаточно быстро, за то, что медленно усваивала английский. Не то чтобы она выросла, разговаривая на нём.

---

* *Bloomingdale's* — популярный универмаг.

Я болезненно улыбнулся. Но Ленни ещё не кончил.

— Ты сам говорил, что мама, вероятно, развелась бы с тобой, если бы она не зависела от тебя так сильно в те первые годы.

Несмотря на всю его критику Америки, меня поразило, что Ленни был самым выраженным американцем за этим столом: болтун, исповедник, сверх меры щедрый. Выкопать засохшие фрагменты семейных ссор из анналов памяти ради собственного оправдания? Но оправдания чего? Какой ребёнок! — подумал я.

Уже в ванной, освежая лицо холодной водой, я попытался забыть эпизод за ланчем. Главное, поймать Ленни одного. Мне повезло: выйдя из дома, я обнаружил его на веранде, полулежащим на турецких подушках. Я отрепетировал то, что собирался ему сказать: «Ленни, я не думаю, что это твои друзья засадили тебя в тюрьму…» Но теперь эти слова, казалось, звучали неуместно. Мой сын среди ярких наволочек, раскинувший бледные ноги в нейлоновых шортах на подушках, напоминал безразличного пашу в опиумном притоне.

— Ты подумал о возможном плане отъезда? — спросил я, садясь рядом с ним, — Хочешь, подъеду в твою квартиру и соберу вещи, — предложил я как можно более мягким тоном. — Думаю, не стоит терять времени.

Он посмотрел на меня уставшими глазами, как будто я был последним мучителем этого дня, затем приподнялся на локтях.

— Ты был здесь, сколько, неделю? И ты уже хочешь заняться мелочной опекой моей жизни?

— Я не занимаюсь мелочной опекой. Я пытаюсь вытащить тебя из опасности.

— Почему бы тебе не позволить мне самому решить этот вопрос, а? Я разговаривал с Остином. Его адвокат изучил нашу сторону договора — я в абсолютной безопасности.

«Скажи ему, наконец, правду», — подумал я. Но вместо этого я сказал: — Чёрт возьми, Ленни. Сегодня ты свободен, а завтра обратно в тюрьме. И адвокаты здесь совершенно бесполезны. Ты окажешься на пути у кого-нибудь, и они не пожалеют усилий, чтобы добить тебя. Моя несдержанность была нарочитой, но мой гнев был реальным. Ленни нужна была твёрдость, строгий разговор, а не лайковые перчатки.

— Ну, ты загнул! — сказал он.

— Я не загнул. Ты эгоист, ты совсем не думешь о нас.

—Эгоист?—В его глазах было выражение огорчения и недоумения одновременно.

—Если ты снова окажешься в тюрьме, кто, по-твоему, будет выкупать тебя? Ты хочешь, чтобы мы с матерью заложили дом, хочешь обанкротить нас в старости? Это то, что нам придётся сделать, чтобы спасти твою шкуру.

Нагнетая, я так увлёкся, что уже некуда было отступать. Рассказать теперь о Каблукове было бы неразумно. Ленни добавил бы это только к самодовольному списку обид, которые я ему причинил, и я потерял бы то небольшое влияние, которое ещё оставалось.

—Не переживай: звонить вам за помощью будет самым последним моим намерением,—сказал он.

Я пытался успокоить дыхание.

—Ленни, я знаю, что нелегко затратить столько сил на план, который не срабатывает, как было задумано. Я потратил семь лет, работая над диссертацией, которую мне не дали защитить. Но знаешь, что я подумал, когда мне отказали? Я подумал: это лучше, чем провести эти годы в лагерях, как моя мама.

На его лбу появилась морщина, когда он сказал:

—Баба Флора не пожалела о своей жизни. И я тоже. Она находилась в первом ряду истории.

Я подумал, что у меня отвалится челюсть.

—Это так она назвала свою судьбу?

—Она всегда говорила: «Единственный способ узнать себя — это уйти из дома».

—Неужели? И что ты узнал про себя?—я уставился на него.— Что ты понял?

Ленни в ответ уставился на меня.

—На самом деле, узнал. Не то, чтобы ты мог понять,—огорчённое выражение углубило морщину между бровями,—Ты говоришь так, будто время, проведённое мною здесь, было выброшено на ветер. Ты думаешь, что я сожалею о том, что не провёл все эти годы, сидя в загоне с четырьмя чуваками, одетыми как обезьяны и выглядящие как с диаграммы, изображающей цепь эволюции? Мечтая о том, как я уйду на пенсию в сорок пять лет, вложу свои деньги в государственные облигации под пять процентов, перееду на какой-нибудь остров и буду заниматься сексом на виагре до конца жизни? Потому что так живут парни, которых я знаю в Америке. Нет, спасибо. Я был частью чего-то большего здесь.

— Истории? — сказал я ироничнее, чем хотел.

— Моя жизнь была полна приключений, как я и хотел. Я понимаю, что это для тебя ничего не значит, но я могу честно сказать, что узнал о себе многое.

— Приключение? — спросил я, — Это так называется, когда все остаются живыми. В противном случае это называется трагедией. Такова была судьба моего отца — трагедия. И мамина тоже, если на то пошло.

— Да уж. Но она так не думала.

— Это потому, что она была нарциссисткой, Ленни, — сказал я. — она ни о ком не думала, кроме себя. Она была оторванной от реальности нарциссисткой. Как ты.

Эти последние два слова, произнесённые по ошибке, сильно отразились на его лице. На мгновение я подумал, что он может заплакать. Но в его смеющихся глазах было, скорее, обвинение.

— Я понимаю, что ты пытаешься сделать, пап. Ты думаешь, что если тебе удастся меня напугать, ты сможешь взять меня подмышку и отвезти домой? — Он встал. — Ты думаешь, это первый раз, когда мне угрожают? Ты думаешь, что меня первый раз посадили? Не первый — можешь мне поверить. Я научился выдерживать больше, чем то дерьмо, которым ты меня пугаешь.

Такого я не ожидал. Я был шокирован, что Ленни смог скрыть что-либо подобное. Но я сказал:

— Ну, тогда ты действительно стал русским. Влюблённым в свои страдания.

Я смотрел снизу вверх на его лицо; оно выглядело просто разочарованным, не более того.

— Как я и сказал, — я не ожидал, что ты поймёшь.

— Ты прав. Я не понимаю, — я уже не мог остановиться. — Я не могу этого понять, потому что этот фетиш «первопроходца» не является для меня идеалом, Ленни. Это не пример того, как оставить свой след в мире. То, что ты описываешь, — я не мог опять не вспомнить о матери — это просто способ, как стать листочком на ряби океана жизни!

Как по-мазохистски приятно было это произнести, хотя оно и подрывало цель, которой я надеялся добиться. Как безжалостно победоносно, словно пнуть себя в пах.

Ленни стоял у двери, его глаза всё ещё блестели от негодования, когда на крыльце появилась Валя. Неужели она всё время стояла там в тени?

— Ну, о чём вы здесь? Надеюсь, не о политике. Дача — место для отдыха, а не для решения мировых проблем. Это наше правило.

Мои глаза снова оказались на уровне её могучих внушительных бёдер, которые синие спортивные штаны не скрывали, а наоборот, подчёркивали. Я следил за сыном, пока он не скрылся внутри, и вдруг почувствовал вековую грусть. Валя держала цинковое ведро с утренним грибным сбором, а через плечо была брошена сетка, в которой видны были яблоки, сыр, банки с солениями. — Я собралась в Апрелевку, чтобы отнести еды для подруги, — сказала она. — Вы хотели увидеть, что там стало? Я не откажусь от помощи. — Она протянула мне сумку с едой, не дожидаясь ответа. — Прогулка очень полезна для наших старых костей.

* * *

Я нёс сумку, а Валя исполняла роль гида.

— Мы идём по дороге семнадцатого века, — объяснила она. — Пётр Первый отдал всю эту землю семье Демидовых в награду за изготовление оружия для армии. — Валя указала направо, где сохранился один из полуразрушенных особняков Демидовых, его спокойное величие превратилось в кирпичные развалины. Ряды классических колонн поросли сорняком и кустарником. Тонкие клёны и заросли молодых побегов буйствовали на крышах бараков для крепостных. Зелёные пивные бутылки усыпали нашу дорогу через лес. — По идее, всё это сохраняется как национальная достопримечательность, но, как видите, наш менталитет… — Валя кивнула в сторону мусора. Дальше по дороге мы набрели на «уродства», о которых она меня предупреждала, — новые особняки, которые от леса были отгорожены высокими стенами, закрывавшими весь вид. Я мог разглядеть только верхние этажи этих новостроек, ничем не отличавшихся от типичного американского МакДворца,* за исключением одной дета-

---

* *McMansion* — «МакДворец» — пренебрежительное: стандартные пригородные дома, отличающиеся смесью архитектурных стилей.

ли: у них было что-то похожее на гаражные двери, врезанные в стены. Мне потребовалось какое-то время, чтобы понять, что это были ставни, закрывающие огромные окна.

— Воры больше всего боятся других воров, — объяснила Валя. — Мы называем их домами для бедняков. Приюты для бездомных. Надо видеть это в воскресенье утром после одной из их попоек. Они стоят толпой с похмелья, глядя на всех, кто проходит, как на собак, которых они хотят пнуть. «Ты кто такой? Какого чёрта ты на меня смотришь?» — У самих вид грозный, как у сержанта: «Сейчас пойдёшь на губу».

— Не менее угрожающе, чем партийные боссы старых дней.

— Ну да, конечно, теперь все ругают партию. Что такое партия? Это были тысячи людей. Миллионы людей были в партии. Если вы хотели что-нибудь сделать, что-нибудь полезное, вы могли найти пути через партию. Теперь же горстка старых КГБ-шников заправляет всем. У Владимира Владимировича и его партнёров по дзюдо всё схвачено.

Мы брели дальше со своей поклажей. Слева от нас были новостройки, увешанные камерами наблюдения, а справа — старые бревенчатые дома — выцветшие жёлтые, облезлые зелёные, охраняемые гавкающими, шелудивыми собаками. Слева от нас — параноидальная Новая Россия, справа — разлагающийся Советский Союз.

— В 1948-м году Сталин отдал всю эту землю генеральному штабу армии, — сообщила Валя, — после того, как они выиграли для него войну. Каждый генерал получил целый гектар. Командиры дивизий получили по полгектара и так далее по рангу. Пятнадцать лет назад застройщики стали скупать большие участки и делить их на четыре части. Если бы мы подождали, мы бы получили ещё больше за нашу землю. Но того, что мы получили, было достаточно, чтобы купить мой дом. Эта подруга, которую мы собираемся навестить — её семья давно разделила землю между собой и продала её, но она последняя, кто ещё держится. Она получала предложения, конечно. Но она отказывается — только потому, что ей больше некуда деваться, бедняжке. Я удивляюсь, что никто ещё не поджёг её дом. Не смотрите так удивлённо. Так это здесь делается. Когда они срывают старые заборы и возводят свои ужасные стены, они бросают проволоку и дрова прямо ей во двор. Вы всё сами увидите.

* * *

— Ау-у-у! Инна Ивановна! — позвала Валя, когда мы подошли. Она вошла в открытую дверь, пока я ждал на крыльце и оглядывал печальный вид двора. Обломки древесины и проволока валялись, словно после урагана. Покрытые плесенью кирпичи торчали из фундамента, как зубы из гниющих дёсен. В ванне со сломанными ножками собиралась дождевая вода, рядом валялась ржавая канистра, какие когда-то использовалась для хранения керосина. Кроме скудного огорода и нескольких искривлённых яблонь, весь двор зарос сорняками.

Инна Ивановна, наконец, появилась. Это была миниатюрная старушка с коротко подстриженными волосами и такими же артритными руками, как её яблони. На ней был ветхий серый свитер, шаровары и войлочные тапочки.

— Инна Ивановна, надеюсь, вы не против, что мы зашли так запросто — мы просто шли мимо. Это мой друг Юлий Леонтьевич. Он приехал сюда прямо из Америки.

— Пожалуйста, заходите, только переступите через это, — сказала Инна Ивановна, указывая на груды теплоизоляции, валяющейся на полу. Казалось, ей было неважно, из Америки я или с Луны.

— Немного грибов для вас, из нашего леса, и ягоды для компота, — сказала Валя и с этими словами выложила всё, включая сыр, солёные огурцы и овощи, на шаткий кухонный стол.

— Ой, Валя, не нужно было.

— Мы уезжаем в воскресенье, и всё это просто испортится за неделю, — сказала Валя, хотя было видно, что продукты свежие, из магазина.

— Ну-ну, пожалуйста, не обращайте внимание на беспорядок. — Старушка откинула кучу изоляции от двери. — Мой сын притащил это, чтобы я могла утеплить к зиме вон ту стену дома. Зимой бывает так холодно.

Она действительно проводила здесь зиму? Я не мог в это поверить. Я не мог понять, как такой дом мог вообще стоять, не говоря уже о том, чтобы держать тепло. Его стены были в потёках, фанерные перегородки перекосились. Над кухонным столом висела лампа с круглым картонным абажуром, каких я не видел лет сорок. Ткань на нём выглядела, как пара старых трусов. Древняя проводка с хрупкой изоляцией была пришпилена к стене на старый манер. Внутри стен провода наверняка бы загорелись. Инна Ивановна сидела, прижавшись спиной к старой русской печи, и смотрела, как Валя кладёт продукты в маленький холодильник. Неужели бабулька всё ещё пользовалась печкой? Над низким буфетом висел похожий на икону портрет молодого Пушкина.

— Как надолго вы в нашем посёлке? — любезно поинтересовалась Инна Ивановна.

Валя ответила за меня.

— Юлий летит обратно в Америку на следующей неделе. Он живёт там. Он отец Ленни.

— Чей отец?

— Ленни. Катин молодой человек.

— Катюша — милая девушка, — сказала старуха, улыбаясь мне.

— Да, — согласился я.

* * *

— Как могут её дети позволить ей жить в этой кошмарной мышеловке? — спросил я по дороге домой.

— Её сын живёт в её квартире в Москве. Он нигилист. Это мой диагноз. — Валя сделала жест пальцами у горла, показывая, что он поддаёт. — Должен всем деньги. Зарабатывает только на курево и выпивку.

— Похоже, даже дед комдив не спасает от такой судьбы.

— Нет, не спасает. Посмотрите на нашего Алёшу! Всего хватало, когда рос. Уроки фортепиано, репетиторы. Ниночка, правда, летала по всему миру со своими делегациями, но вокруг этого маленького принца было четыре бабушки и дедушки.

— Так что же случилось?

— Девяностые годы были самыми тяжёлыми для поколения Алёши. Всё рухнуло, когда они только вставали на ноги, а иностранные компании хотели нанимать ребят прямо из университета — пока они не были испорчены нашей советской системой. На таких, как Алёша, которым было за тридцать и сорок, когда всё обвалилось — было больно смотреть, как они барахтаются.

— Вы старше, — сказал я, — и вы справились.

368

—Я бы справилась с любой ситуацией,—заметила Валя. И было видно, что она не хвастает.

Мне пришло в голову, что Валя получила от своего привилигированного советского воспитания, как раз то, чего не хватало моему сыну: сдержанности, инстинкта держать рот на замке. Я решил рискнуть и спросить, может ли быть среди людей, которых она знала, кто-нибудь в архивах ФСБ.

—В этом закутке на Кузнецком мосту?—спросила Валя, поднимая бровь.—Что вас там интересует?

—Я хочу найти дела моих родителей.

—Ну да, это правда, что они были «энтузиастами»?

Ленни, похоже, детально проинформировал её о нашей семейной истории.

Я рассказал ей о проблеме, с которой столкнулся.

—Я улетаю во вторник утром,—сказал я.

—Вы всегда можете попросить сына получить их от вашего имени. Просто сходите к нотариусу.

Она, конечно, знала правила этого места, но ответ был не тот, на который я рассчитывал. Я не хотел говорить ей, что не терял надежды, что Ленни улетит домой ещё раньше меня.

—Я не хочу обременять его этим поручением,—сказал я.— Он слишком занят для такого рода дел. Он даже не может сказать нам, когда он думает приехать домой в гости.

—М-да.

Возможно, я слишком сильно возразил, потому что Валя спросила:

—Может быть, вы не хотите, чтобы он выискивал то, чего он не поймёт? Люди не всегда выглядели лучшим образом на допросах, не так ли?

Я улыбнулся.

—Поняла,—сказала она.—Вас не волнует, что я прочитаю их?

—Я не ожидал ничего другого. Какой честный русский не прочитает чужое дело?

—Вы злой. Давайте ваше письмо. Я спрошу.

—Я вам буду очень признателен,—сказал я с благодарностью.

Некоторое время мы шли в приятном молчании. Вскоре, когда солнце уже садилось, но вечер всё ещё был светлым, мы свернули на дорогу, ведущую к дому.

— Вы мне нравитесь, Юлий,— сказала она, когда мы прошли вывеску «Алабино»,— поэтому я буду откровенна. Ленни рассказал мне, о чём вы хотели с ним поговорить. Это не моё дело, но я знаю, как работают эти механизмы. Если он её оставит, это будет конец и ему, и Кате. Я не очень объективна, она моя племянница. Я не хочу, чтобы ей разбили сердце. Она хорошая девушка.

— От меня не зависит его решение. Он сам решает,— сказал я.

— Но я знаю, о чём вы думаете: почему он такой упрямый, почему он отказывается от вашей помощи?

Я ничего не сказал.

Валя вздохнула.

— Наверно, моя семья тоже думала, что я разбазариваю своё наследство. А теперь посмотрите — как раз отсутствие грандиозных амбиций спасло меня.

— Я не хочу, чтобы он винил меня в своих неудачах,— сказал я и понял, что так оно и есть.

— Так вы беспокоитесь о себе?

— Валя, вы были очень гостеприимны к моему сыну. Я хочу, чтобы он чувствовал себя как дома… в своей семье.

— Люди чувствуют себя как дома среди тех, кто их любит,— возразила она.

Может быть, провоцируя, или чтобы сбить цену Ленни в качестве подарка для её Кати, а, может быть, просто из любопытства, я спросил:

— Скажите, что вам в нём нравится. (Помимо американского паспорта, хотелось мне добавить, но я сдержался.)

— Мне нравится, что, вопреки всем его стараниям, он порядочный парень. В нашем мире недостаточно доброты. Девять лет в этой стране не погубили его. Это что-то значит.

Порядочность. Доброта. Понятия, которые в нашей семье воспринимались всерьёз, но не рассматривались как специальные качества.

— Он был добрым ребёнком,— сказал я, глядя вперёд на проезд к Валиному дому.— Чувствительным. Он очень расстраивался, когда другой ребёнок плакал. Воспитатели прозвали его в садике «джентльменом». Может быть, если бы он был другим,— сказал я,— я бы не предостерегал его о переезде сюда для занятия бизнесом. Его мать и я предупреждали его не раз.

— Ну, молодец, большой умник, что предупредил его, — сказала Валя. Она остановилась на полпути. Она выглядела раздражённой. — Каждый может предостеречь. И вы туда же, вы предупредили его — и что! А вы подготовили его?

***

Я лежу в отведённой мне комнате на твёрдой кровати, которая слишком хороша, чтобы Путин мог её оценить. Снаружи наступили сумерки. Я несколько раз глубоко вдохнул пахнущий сосной воздух. Через окно доносился стрекот цикад. На письменном столе мой мобильник мигал зелёным огоньком.

Это было сообщение от Тома.

— Это я. Жаль нарушать твои дачные планы, но Каблуков вернулся в город. Хочет видеть нас завтра днём в Сандуновских банях. Не могу представить, что у него на уме. Увидимся там в полдень.

«Интересное место для заседания правления, — подумал я, — старая городская баня. Чтобы сильнее впечатлить нас своими тюремными татуировками? Какой ещё довод собирался поднести нам этот старый силовик, чтобы убедить нас согласиться на его маленький хитроумный план с откатом?»

Это означало, что у меня с сыном есть только сегодняшний вечер, а утром мне надо будет уехать.

Я сел и какое-то время смотрел на мягко-фокусную фотографию молодого Алёши — ангельского мальчика с блестящими глазами, превратившегося в едкое, беспокойное существо. В нечеловека, как он себя назвал. Она напомнила мне мою собственную фотографию, которую моя мать поместила в рамку и держала в своей комнате в коммунальной квартире. Фотография, очевидно, была сделана до её ареста. Я не знаю, как ей удалось сохранить её в тюрьме; для меня это всегда было иллюстрацией её сильной склонности к иллюзиям, её неспособности видеть меня таким, каким я стал. Из-за этого я не держал на столе увеличенные ангельские фотографии своих детей.

Все эти годы я был уверен, что когда-нибудь Ленни придётся вернуться домой к своей семье. Чего я не учёл и что я неожиданно увидел на этой даче с её пьяницами и неудачниками — это то, что у Ленни здесь была семья — если под семьёй иметь в виду людей, которые принимают тебя таким, какой ты есть.

***

Я услышал стук в дверь.

— Открыто, — крикнул я.

Это был Ленни с влажными, расчёсанными волосами, в чистой рубашке с закатанными рукавами. Он неуверенно оглядел комнату.

— Ты что ли спал? — Он посмотрел мне в глаза и развёл руками. — Пошли, все ждут. Шашлык готов. — Его губы изобразили полуулыбку, и я воспринял это как сигнал того, что, по крайней мере, ради шашлыков он готов на перемирие.

— Пойдём есть, — сказал я, принимая предложение.

ВТОРОЙ ШАНС

КУЙБЫШЕВ, 1943

Её спасение пришло в виде национальной катастрофы. Великая Отечественная Война вывезла Флоренс из Москвы, из рук тайной полиции и погрузила в суету практической работы, которой она так жаждала.

На волжских причалах пыльным летним вечером 43-го года была жуткая давка эвакуированных из западных областей. Старый речной город Самара, переименованный в Куйбышев, стал столицей страны военного времени. Вдоль выщербленной набережной вьётся длинная очередь за скудными нормами сахара, растительного масла, керосина, спичек, грубого ржаного хлеба. Продукты приплывают в город по реке или привозятся в фургонах, запряжённых лошадьми, и продаются с этих же фургонов и судов. Все грузовики и автомобили реквизированы для армии. Флоренс подумала, что если бы не установленные на каждом углу громкоговорители, постоянно передающие сводки с фронта, жизнь в Куйбышеве могла бы сойти за суету какого-нибудь приграничного городка XIX века. У причалов, где стоят колёсные пароходы с привезёнными продуктами, тучи комаров роятся в закатном солнце. Все спешат получить свои пайки, чтобы до темноты успеть домой. Этим вечером к обычной норме добавили солёную рыбу и колбасу в честь недавней победы под Курском. Наконец, Флоренс получает свой продовольственный паёк, завёрнутый в газету, и людской поток выносит её, ровно так же как он протолкнул её к началу очереди. Чувствуя приятную тяжесть рыбы под рукой, она протискивается через толпу всех возрастов и запахов: мужчин, стариков, молодых женщин,—пока не оказывается под открытым небом и может поправить косынку, закрывающую её пышные волосы от вездесущей пыли. Двигаясь дальше по улице, усеянной промасленными обрывками газет, она приближается к кирпичному дому, где её встречает приятно прохладный воздух из подвала. Света нет—лампочка вывернута, а окна лестничных пролётов закрыты тёмной бумагой. Поднявшись ощупью на верхний этаж, она открывает дверь, и в нос ей ударяет запах горелого кофе. Стол, который она, уходя, просила очистить, всё ещё завален бумагами. На противоположных концах стола сидят Леон и его друг Селдон Паркер. В очках Паркера отражается последний янтарный вечерний свет.

—Я думала, что мы будем сегодня праздновать. Почему вы ещё работаете?

—Что мне с этим делать?—говорит Паркер, поднимая лист бумаги, словно это грязная тряпка. Он начинает читать вслух:

—Варварские гитлеровские полчища вознамерились покорить мир, отнять у трудящихся последнюю крошку хлеба, убивать, насиловать, выкалывать глаза, вырезать женскую грудь, вспарывать животы, отрубать головы.

—Кто это написал?—спрашивает Леон.

—Наше национальное литературное сокровище, Давид Бергельсон,—он продолжает:—Самое ужасное—это жестокость, которую они проявляют по отношению к нашим еврейским братьям и сёстрам во всех окупированных странах. Они неустанно изобретают новые формы издевательств и казней…—он переводит дух и добавляет:—А Давид Бергельсон никогда не устаёт их описывать. «Все бедствия, которые когда-либо случались с нашим многострадальным народом,—как в древние времена, когда Нерон загонял евреев в цирковые арены для пожирания львами, так и в средние века, когда евреев живьём сжигали на кострах, или когда они сами перерезали глотки своим детям, чтобы спасти их от более ужасной смерти, ожидавшей их,—все эти бедствия бледнеют перед жестокостью Гитлера… Днём и ночью их кровь, окрасившая заборы, льющаяся по улицам, взывает к нам. Она течёт и течёт по мостовым и сточным канавам, и никакая Мать Рахиль не восстанет из своей могилы и не призовёт к справедливости».

—Как вам кажется, он ничего не упустил?—иронически спрашивает Флоренс.

—Нерон, цирки, львы, потрошение, Мать Рахиль, о боже!— Селдон хватается за голову,—Дай еврею ручку, и он тебя ею раздолбает. Он что, не понимает, что ни одна газета в Англии или Америке это не напечатает?

— Нельзя требовать, чтобы великий писатель подчинялся требованиям западной капиталистической прессы,— говорит Леон.

— Великий писатель, ха! Он переплюнул самого Эренбурга.

— Тогда вырежь что-нибудь,— говорит Флоренс, начиная убирать бумаги со стола.

— Мы переводчики, а не редакторы,— беспомощно ответил Паркер.— И у нас ещё целая гора этих шедевров, которые надо обработать.

И в самом деле, на стульях и подоконнике лежат пачки материалов: статьи и очерки, свидетельствующие о зверствах нацистов против евреев, портреты евреев-офицеров и лётчиков, биографические очерки учёных и инженеров в оборонной промышленности — всё это должно быть подготовлено к публикации. Но не в советских газетах, где они бесполезны и нежелательны. Эти коммюнике должны быть переведены на безупречный английский язык без потери и капли накала и сделаны пригодными для иностранной буржуазной прессы: «Чикаго Дайли Геральд» (*Chicago Daily Herald*), «Бостон Глоуб» (*The Boston Globe*), «Нью-Йорк Таймз» (*The New York Times*), «Ивнинг Стандард» (*Evening Standard*). При всём их пафосе цель этих статей проста: помочь Красной Армии собрать деньги в Америке и Англии. Наконец-то, Флоренс выполняет важную работу, мечту всей её жизни. Каждое утро она и Леон — соратники по идеологическому фронту — вместе идут в контору Совинформбюро на улице Венцека, чтобы переводить материалы, утверждённые редакцией и военными цензорами для отправки американским и европейским читателям и радиослушателям.

Тема международной дружбы подчёркивается на каждом шагу. Волга, которую гитлеровские войска угрожают перерезать, называется «Советская Миссисипи». Если в успешной атаке использовались британские самолёты «Ураган» (*Hurricanes*) или «Огнемёт» (*Spitfires*), или американские бомбардировщики, статья должна следовать следующей формуле: сначала описать героического советского пилота, а затем похвалить оборудование и отметить его производителя. Если американская компания отправила в советский полевой госпиталь в виде пожертвования наборы для переливания крови или портативное рентгеновское оборудование, в статье следует сначала упомянуть о смелых и умелых медсёстрах, затем о том, каким образом медицинское оборудование облегчает боль раненого солдата, и потом обязательно указать название компании и страны, отправившей помощь. Каждое пожертвование заслуживает благодарственной открытки. За производство этой горы пропаганды отвечает целый ряд антифашистских комитетов — один для женщин, другой для учёных, ещё один для молодёжи, специальный для славян. Каждый из комитетов производит материал, нацеленный на определённый слой иностранной общественности.

Но ни для кого не секрет, что в Совинформбюро самый прибыльный агитпроп военного времени экспортируется Еврейским антифашистским комитетом. Его членами являются еврейские писатели, поэты и актёры, некоторые из них знамениты даже за пределами Советского Союза. Это поэт Перец Маркиш, мохнатый пророк авангарда; Давид Хофштейн, поэт-элегист и земляк Марка Шагала; Лейб Квитко, любимый детский поэт; и романист Давид Бергельсон, возможно, самый известный писатель на идиш, помимо Шолом-Алейхема. Все эти люди когда-то покинули Россию, чтобы жить за границей, побродить по Варшаве и Берлину, Парижу и Нью-Йорку, Лондону, Вене, Палестине. Каждый из них, не в силах заработать на жизнь своими трудами в мире, равнодушном к «*Маме Лошн*»,* с тех пор вернулся в Советский Союз, соблазнённый обещаниями публикации и возрождением идиш, финансируемым правительством. Им, скромным переводчикам, было невдомёк, что каждый из этих знаменитостей чувствует себя в ловушке так же, как и они сами. Маркиш в секретном письме варшавскому другу писал: «Мы не знаем, в каком мире мы живём. В этой атмосфере, диктующей быть предельно пролетарским и на сто процентов покорным, проявилось много фальши, трусости и колебаний, и стало невозможно работать». Но теперь, после многих лет лавирования в условиях террора мирного времени, они также оказались в относительной безопасности от войны. Как Флоренс и Леону, им был предоставлен второй шанс.

------

* *Mame Loshn* — Родной язык *(идиш)*.

Во главе Еврейского антифашистского комитета стоит Соломон Михоэлс — известный актёр и руководитель Государственного еврейского театра. Этого шутника ростом чуть выше полутора метров с лицом спорщика мгновенно узнаёт вся московская публика по роли «еврейского короля Лира». Малоизвестный факт: незадолго до начала войны Михоэлс боялся за свою жизнь, и у него были веские основания. НКВД намеревался связать его с арестованным Исааком Бабелем. Но когда вор нужен, его уводят с эшафота. В обмен на временную пощаду, выдающемуся артисту было «доверено» выжимание долларов из иностранных евреев для борьбы с нацистским злом. В то самое время, когда Флоренс накрывала стол в честь двадцать девятого дня рождения Леона, Соломон Михоэлс завтракал на солнечной веранде в Лос-Анжелесе с Чарли Чаплином, который помог ему собрать деньги среди евреев Голливуда.

Месяцами ранее Михоэлса и поэта Ицика Фефера окольными путями отправили в Нью-Йорк. Где бы они ни выступали, собирались огромные толпы людей. На митинге на стадионе «Поло Граундз» мэр Фиорелло Ла Гуардиа приветствовал их как старых друзей под развевающимися на ветру американскими и советскими флагами. Главой их приветственного комитета был не кто иной, как Альберт Эйнштейн. Лично, Михоэлс и Фефер не могли терпеть друг друга, но на сцене, на красной ковровой дорожке, развёрнутой для них, они стали кровными братьями. Снизу сто тысяч американских глаз смотрели, как Михоэлс осторожно поднимает хрустальную урну, наполненную жёлтой и чёрной землёй, но без цветов. С возвышения на трибуне он обратился к своим американским братьям: «Перед моим приездом мы с несколькими друзьями из Московского театра купили эту вазу. Наши солдаты наполнили её украинской землёй, полной стонов матерей и отцов тех мальчиков и девочек, которым не дали вырасти. Посмотрите и вы увидите шнурки из детской обуви, завязанные маленькой Сарой, которая погибла вместе с матерью. Присмотритесь внимательно, и вы разглядите слёзы старой еврейской женщины… Вглядитесь, и вы увидите своих отцов, которые стонут «Sh'ma Israel»,* умоляя небеса прислать ангела-спасителя… Бросьте в эту вазу несколько своих цветов,

____

* *Sh'ma Israel* —«Слушай, Израиль» *(иврит)* —начало еврейской молитвы.

чтобы они символически росли для нашего народа… Вопреки всем врагам, мы будем жить!»

Толпа взорвалась в приветствиях. Мужчины в шляпах стояли в трепетном оцепенении. Женщины рыдали в меховые накидки. Они были подготовлены к приезду Михоэлса и Фефера статьями и эссе в американских газетах, переведёнными с трагического идиша на волнующий английский Леоном Бринком и Селдоном Паркером. За сценой эскорт тайной полиции Михоэлса обратил внимание на заплаканное лицо актёра. Он был, конечно, первоклассным оратором, несомненным кандидатом для этой важной поездки. Слева от него стоял Ицик Фефер. В России он был известен своим не очень актуальным, сатирическим стихом. Среди его литературных товарищей в Еврейском антифашистском комитете преобладало мнение, что великий талант Фефера был не в поэзии, а в улавливании политического ветра. Но теперь, стоя рядом с Михоэлсом, Фефер был ошеломлён столь мощной реакцией толпы. Вспышки камер создавали впечатление праздничного фейерверка. Он смотрел вниз на публику, на лица американских евреев, почти не отличавшихся от русских. Только глаза у них были другими — в них не было страха, и это встревожило его. Он был обеспокоен проявлением их безграничной доброй воли, уже ощущая, чем эта публичная церемония поклонения отзовётся им, когда они вернутся домой. Фефер подошёл к трибуне и, говоря на идиш и русском, призвал к поддержке героической Красной Армии.

Леон и Флоренс, запертые в границах страны, насильно их усыновившей, не были свидетелями всего этого, хотя смогли прочитать в зарубежной печати о большом успехе поездки. Хадасса, Еврейский национальный фонд и Бнай Брит приветствовали Михоэлса и Фефера с энтузиазмом. Для них были организованы сборы средств в Бостоне, Нью-Йорке, Питтсбурге и Детройте. Где бы они ни были, евреи раскрывали свои кошельки. На мероприятии в Чикаго так много людей бросилось на сцену, что она рухнула под ногами у Михоэлса. Ему пришлось закончить свой тур на костылях.

За этим наплывом пожертвований был водопад подлинного чувства, общий порыв, вызванный советскими писателями, которым на протяжении более десятилетия запрещали любые открытые разговоры о еврейском единстве или еврейских страданиях. Борьба с фашизмом ослабила эти ограничения или, скорее, сделала эти темы частью необходимости военного времени. «Я вырос в русском городе»,—писал Илья Эренбург, самый видный журналист своего времени и придворный еврей Сталина. «Мой родной язык—русский. Я русский писатель. Как и все россияне, я сейчас защищаю свою родину. Но нацисты напомнили мне о том, что я еврей. Мою маму звали Ханна. Я говорю это с гордостью. Гитлер ненавидит нас больше всех, и это усиливает в нас чувство собственного достоинства».

А что Флоренс и Леон—были ли они подвержены влиянию этих некогда запрещённых чувств? Флоренс днём и ночью наблюдала за тем, как Леон переводит сообщения и замечала, как меняется его самоидентификация. Выросший в съёмных квартирах как кочевник со страстью к путешествиям, он постепенно стал осознавать себя евреем. Годы спустя Флоренс задалась вопросом, чем было вызвано это превращение. Не были ли библейские отголоски в стихах Маркиша причиной тайного посещения её мужем Московской хоральной синагоги накануне Йом-Киппура? Были ли сообщения о том, как еврейские солдаты храбро сражались в Сталинграде, толчком, пробудившим его интерес к коротковолновому радио, по которому он тайно следил за передачами, рассказывающими о борьбе за формирование нового государства в пустыне?

Но всё это в будущем. А пока что Флоренс заканчивает убирать бумаги со стола и выкладывает на щербатую эмалированную посуду свою добычу: солёную рыбу, колбасу и чёрный хлеб. Мужчины мало помогают в накрывании стола—они поглощены разговором о недавней военной победе под Курском. Если триумф в кровавой битве под Сталинградом был ещё одной «зимней» победой, то летняя курская танковая баталия, положившая начало стратегическому наступлению на Западном фронте, стала убедительным доказательством мощи Красной Армии. Ход войны изменился.

—Теперь уже недолго ждать,—говорит Леон,—когда эта бойня закончится.

—Полная чушь,—возражает Селдон, скручивая цигарку из дешёвой махорки—единственно доступного табака.—Ничего не закончится, пока союзники не откроют второй фронт в Европе. Мы обеспечим их пушечным мясом до тех пор, пока все не будут истощены или убиты, а затем кавалер из Гайд-парка* и эти напыщенные брыли** наконец-то удостоят нас несколькими батальонами. И как раз вовремя, *deus ex machina**** — чтобы присвоить себе всю заслугу.

— Рузвельт как раз хочет вступить, он только ждёт решения от Черчилля.

— Ты невинная душа. Эти два хрена заодно. Если бы Германия побеждала, они помогли бы России. Но если Россия будет побеждать, они помогут Германии, просто не вмешиваясь. До тех пор, пока они не получат как можно больше трупов с обеих сторон.

С момента эвакуации в Куйбышев они все жили и работали бок о бок в этой крошечной чердачной квартире, не ложась спать и разговаривая до поздней ночи. Их образ жизни выглядел для Флоренс так, как будто Селдон являлся подопечным, хотя с его смесью идиша и кокни из лондонского Ист-Энда он чаще звучал как их опекун. Если он вцеплялся в тему, он не отпускал её и мог говорить о Рузвельте и Черчилле, даже когда сирена из громкоговорителей объявляла комендантский час.

Флоренс всматривается в окно. Повсюду выключается свет, газовые фонари гаснут, папиросы тушатся. Она опускается на колени, достаёт из-за шкафа толстую чёрную бумагу, пододвигает стул к окну и залезает на него. Её движения становятся более осторожными, по мере того как она на цыпочках начинает прикреплять бумагу к верхней раме окна. К этому времени улица внизу практически невидима, скрыта в темноте для защиты города от немецких бомбардировщиков. Последние два года они жили в постоянном чрезвычайном положении, и всё же большую часть времени Флоренс была несказанно счастлива. На самом деле настолько счастлива, что не могла признаться себе в этом без мгновенного укора совести. По всему фронту люди падают замертво — их, как говорится, убивают в расцвете сил. Жёны отлучены от мужей, возлюбленные — от любовников.

---

* *кавалер из Гайд-парка* — намёк на У. Черчилля

** *брыли* (обвислые щёки) — намёк на Ф. Д. Рузвельта.

*** *deus ex machina* — Бог из машины *(лат)*. Художественный приём, состоящий в том, что на последней странице появляются обстоятельства, разрешающие неразрешимую проблему.

Каждое утро она просыпается с чувством вины и благодарности рядом со спящим (живым!) Леоном. Это похоже на чудо. По всей стране матери и жёны открывают конверты с уведомлениями о смерти.

Вернувшись в Москву, Эсси уже получила похоронку. В письме она сообщила Флоренс, что её молодой муж погиб во время штурма Ростова. В двадцать шесть лет Эсси уже вдова, она утешается только тем, что у неё «нет сиротского рта, чтобы кормить в такое время». Флоренс балансирует, стоя на деревянном стуле, думая о своей подруге, и вдруг ощущает лёгкий трепет в слегка вздутом животе. Но на этот раз это не расстройство желудка от ленд-лизовской тушёнки, которую Леон принёс домой несколько дней назад (деликатес, присланный американцами, с буквами «SPAM» на банке). То, что она чувствует,—это совсем не несварение: трепет бабочки, крошечное сальто. Впервые новая жизнь, скрытая в своей защитной темноте, сама заявила о себе. На мгновение Флоренс теряет равновесие.

Леон вскакивает, слыша, как скрипит стул.

—Что ты делаешь! Зачем ты туда полезла!

—Ты был слишком занят стратегией нашей победы.

—Брось бумагу. Я приделаю.

—Правильно,—гудит Селдон.—Женщина весь вечер на ногах. Сядь и выпей с нами, Флори. Сегодня мы празднуем. Твой мальчик уже мужчина. Почти тридцать лет!

—Я поставлю чайник—говорит она.

—Ну ладно, трезвенница. Немного домашнего зелья не убьёт тебя.

Леон прикрепляет последний лист рулонной бумаги к окну и вопросительно смотрит на Флоренс, как будто спрашивая разрешения. Она счастливо пожимает плечами.

—Селдон, у Флори будет ребёнок.

Глаза Селдона расширяются. Он вертит головой от одного к другому.

—Вы меня разыгрываете.

—Нет, в самом деле.

—Ни фига себе! Так она с пузом! Какой срок?

—Пошёл шестой месяц,—говорит Флоренс почти застенчиво. Пайки военного времени сделали её жутко худой. На этот раз, думает она, дурацких абортов не будет. Ей дали второй шанс. Этим ребёнком, когда — Бог даст — он родится, она будет дорожить до конца своих дней.

— Да-а-а, — говорит Паркер, — всё это время хранили свой маленький секрет от дяди Селдона.

Из своей зелёной бутылки он наливает немного самогона в их неравные стаканы. Кажется, несмотря на дефицит, у него всегда с собой запас, который он добывает через свои секретные связи. «Чуточку для мамы», — говорит он, капнув самогона в чашку Флоренс, — «Чокаться водой — плохая примета», — а затем поднимает свой стакан. — Отныне, — объявляет Селдон, — пусть только крики ребёнка будят нас в темноте.

Она поднимает приятно тяжёлую в руке чашку и пьёт.

ЖИЗНЬ ПРОТИВ «ПРАВДЫ»

Похороны актёра состоялись в пасмурный январский день и прошли в торжественном стиле, предназначенном для государственных деятелей. Скорбящие встретили гроб на Белорусском вокзале, когда его выносили из главного вестибюля. Роскошный кортеж перевёз гроб по заснеженным улицам Москвы к Московскому Государственному Еврейскому театру. Так как здание театра было слишком маленьким, чтобы вместить толпу, гроб был установлен во дворе, а на соседних улицах собрались для прощания тысячи людей. Гроб был открыт—по русскому обычаю. Внутри, укрытый атласом и заваленный цветами, лежал великий Соломон Михоэлс, его изуродованное лицо было покрыто толстым слоем грима, как будто для последней роли. Тело Михоэлса было найдено несколькими днями раньше в обледенелом сугробе на окраине Минска, куда он приехал, чтобы посмотреть пьесу, выдвинутую на Сталинскую премию. Сбит машиной. Золотой портсигар, подаренный ему евреями Америки во время его путешествия по стране в качестве памятного сувенира о его пропагандистской работе, был вдавлен в тело колёсами автомобиля.

Над головой провисли покрытые льдом телефонные провода. Слёзы замерзали на лицах, прежде чем их успевали смахнуть. Среди скорбящих были коллеги Михоэлса по театру. Минские актёры Еврейского театра сопровождали гроб с телом в Москву. Двумя вечерами раньше они сменялись по очереди, как неприметные телохранители возле гостиничного номера Михоэлса, в предчувствии, которое они сами не могли объяснить. В тот вечер было темно и ветрено. Михоэлса позвали к телефону в отеле. Звонивший пригласил его на дачу, принадлежащую министру государственной безопасности Белоруссии. Когда за ним приехало такси, шёл снег. По дороге на окраину города фары освещали мягко падающие хлопья снега. На даче агенты запрокинули лысеющую голову Михоэлса и избили его до бессознательного состояния. Его отвезли в развалины старого минского гетто и бросили под грузовик. Снег продолжал падать до самого утра.

На скорбный митинг собрались писатели, актёры, соратники Михоэлса из Еврейского антифашистского комитета и простые почитатели его таланта. У подножия гроба стоял триумвират лирических поэтов, писавших на идиш: Маркиш, Квитко и Хофштейн. Было решено, что Маркиш произнесёт надгробное слово. Поднявшись на трибуну, поэт снял шляпу — жёсткие, непослушные волосы торчали во все стороны, словно выражая мучительный гнев, идущий изнутри. Его голос звенел в хрупком воздухе как медный колокол.

На дорогом лице засыпал раны снег,
Чтоб не были они покрыты мраком ночи,
Но боль взывает сквозь недвижность мёртвых век,
И скорбный крик в груди растоптанной клокочет:

Импульс волнения прошёл по толпе. Стихотворение было первым знаком во время тщательно организованной церемонии, что смерть Михоэлса не была случайной. Маркиш продолжал читать по бумаге, не обращая внимания на толпу.

— О Вечность, приглядись к кровавому клейму,
Свидетельством стою перед твоим порогом, —
Узнай, так суждено народу моему
*Истерзанным брести по всем земным дорогам.**

Зажатая в толпе, Флоренс чувствовала, как разряд прошёл сквозь тела, словно электрический ток. Хотя она неплохо знала идиш, но не настолько, чтобы уловить скрытое ясновидение стиха. Она пыталась рассмотреть лица вокруг. Рядом с Мар-

____

* Перевод с идиш Валерия Слуцкого (http://valeryslutsky.com/book/IzEvreyskoyPoezii/49).

кишем стоял актёр Вениамин Зускин, сыгравший Шута в паре с Лиром Михоэлса. Они были замечательным актёрским дуэтом Московского Еврейского театра. В последние два дня Зускин занял место Михоэлса в качестве руководителя Еврейского театра, вернувшегося в Москву в конце войны. Лицо комика казалось искажённым какой-то болезнью. Назначение на должность руководителя ГОСЕТ лишило его сна. Он не рассчитывал дожить до 1949 года. По другую сторону трибуны стоял поэт Хофштейн, раньше живший в Палестине, но вернувшийся в Киев перед войной к своим двум сыновьям, оставшимся без матери после смерти его первой жены. Он был лыс, как коленка. Его чёрные глаза напряжённо смотрели вдаль. Флоренс подумала, что все они были похожи на шахматные фигуры, ставшие уязвимыми после потери королевы. Единственным исключением был Соломон Лозовский, председатель Совинформбюро, начальник самой Флоренс. Старый революционер, он был соратником Ленина. В свои семьдесят, с бородой лопатой, он всё ещё выглядел физически внушительно. Когда-то он работал кузнецом в железнодорожном городке Лозовая, на Украине, откуда и получил свою фамилию. Каждое дыхание Лозовского оставляло хрустальный след на его бороде. Его глаза, казалось, вспыхнули библейским ужасом от безрассудного пренебрежения Маркишем границ дозволенного.

Флоренс и Эсси стояли вместе, держа друг друга за руки. Леон и Селдон Паркер, будучи официальными переводчиками в ЕАК, расположились ближе к гробу, среди видных людей. Церемония подходила к концу. Один за другим люди стали подходить к гробу, прикладываясь губами к вощёному лбу. Внимание Флоренс привлёк Селдон. Стоя рядом со среднего возраста секретаршей Лозовского, Оливией Берн, он что-то шептал ей на ухо. Стёкла его очков в стальной оправе блеснули, когда он указал пальцем на крышу театрального здания, где вдруг появился мужчина.

Несмотря на холод, на мужчине не было пальто. Его рубашка, расстёгнутая на узкой груди, трепетала на ветру. Когда он поднял скрипку, Флоренс увидела, что единственной данью зиме на нём были перчатки без пальцев, которыми он держал свой инструмент. И затем неожиданно музыка разорвала воздух, как туго натянутую ткань. Складываясь в мелодию, она, казалось, с каждой новой нотой начиналась сначала. Скрипач играл, словно не прилагая усилий, а траурная мелодия сама водила его рукой вместе с ветром. Флоренс почувствовала, как мелодия сжала её испуганное сердце. Она встречала Михоэлса в Куйбышеве, но близко не была с ним знакома. Мелодия представилась ей тонким факелом, бросающим свет на ступеньки спиральной лестницы без перил, восходящей вверх, и в то же время освещающим пещерные глубины внизу. В галерее персонажей Михоэлса был Тевье-молочник. И мотив скрипача был услышан стоящими внизу людьми, как ода этой роли. Он звучал как квинтэссенция горя.

Толпа начала медленно распадаться, некоторые следовали за гробом к месту захоронения, другие направлялись домой. А удивительный скрипач продолжал играть свой странный реквием до самого вечера, даже после того, как последний из скорбящих ушёл.

* * *

Весь день они провели на морозе. Собравшись вчетвером в комнате Леона и Флоренс и выпив крепкого чаю с коньяком, они, наконец, отогрелись. Тёмное окно было забрызгано ледяным дождём, и ни Эсси, ни Селдон, казалось, не хотели уходить первыми.

— По-моему, это было так же грандиозно, как похороны Кирова, — сказала Эсси, обратившись к Флоренс нарочито бодрым голосом, стремясь поднять настроение. Сидя в старом кресле, Селдон хорошо глотнул коньяка. Гримаса на его лице была слишком слабой, чтобы Эсси могла заметить. — Ну, может быть, не совсем так красиво, как для Кирова, — продолжала она, — но, уж не менее грандиозно, чем у Максима Горького.

— Грандиозно, грандиозно, грандиозно, — произнёс Селдон. — Похороны для русских то же, что карнавалы для португальцев.

— Ну, мне показалось, что было довольно мрачно, совсем не празднично, — возразила Эсси.

Селдон повернулся к ней.

— Ты знаешь, определение карнавала, Эсси?

Леон, до этого смотревший в пространство, повернулся к Селдону с безмолвным предостережением. Эсси не ответила.

386

— Это ритуал санкционированного абсурда,— продолжил Селдон.— Обычные правила отменены на время действия, чтобы каждый мог временно притвориться, будто всё противоположно тому, чем оно является на самом деле,— голос Селдона был густым и тяжёлым от выпивки.

— Эсси, пойдём, заберём Юлика от тёти Дуни,— предложила Флоренс.— Не надо давать ему спать так долго.

— Да, мне тоже пора двигаться,— сказал Селдон, даже не пошевелившись, чтобы встать с кресла.

* * *

Юлик не спал. Он сидел на кровати, поджав под себя ноги в чулках, и играл с какими-то пуговицами и безделушками в ржавой банке. Увидев маму, мальчик бросил своё занятие и спрыгнул с кровати, чтобы кинуться на руки Флоренс. Она подхватила его и усадила себе на бедро.

— Как ты провёл день с тётей Дуней, детка? — Мальчик не ответил. Он продолжал смотреть на Флоренс, как бы удостоверяясь в присутствии матери.

— Мы ходили в детский парк, а теперь он помогает мне разобрать мой швейный набор,— сказала тётя Дуня, которая не была ничьей тётей. Авдотья Григорьевна была домработницей у бывших владельцев квартиры перед тем, как они бежали в Париж. Ей удалось прибрать для себя кое-какие предметы обстановки, в том числе зеркальный туалетный столик, шкаф красного дерева и затейливые часы-ходики в форме домика; всё это она содержала в том же безупречном виде, как у хозяев. Она умудрилась получить свидетельство и имела официальный статус «инвалида». Тем не менее, её пенсии по инвалидности не хватало, и, несмотря на ценный антиквариат, её комната всегда пахла плесенью, возможно потому, что вся одежда и бельё тёти Дуни, относились к тому же периоду, что и мебель. Деньги на жизнь она зарабатывала уходом за маленькими детьми, когда их родители были на работе.

— А поцелуйчик для тёти Эсси?

Мальчик улыбнулся Эсси, но продолжал висеть на маминой шее как обезьянка.— Он поел?

— Я сварила хорошие щи, но он съел только полмиски.

— Там был варёный лук,—произнёс мальчик в своё оправдание.

* * *

В коридоре Юлик наблюдал за тенями на половицах. Он тянул руку матери, пытаясь тащить её в комнату, а Эсси, держась за другое запястье, тянула её в противоположную сторону. Они говорили тихо, секретничая.

— У тебя будет возможность принести ещё журналы?

— Эсси, тише.

— Здесь же никого нет. Уже прошло несколько месяцев. Я скучаю по нашим ночным чтениям.

— Я тоже, но на работе стало так строго, даже со старыми номерами. Надо оставаться допоздна, чтобы забрать их и ждать, когда все уйдут.

— А ты не можешь как раньше? Завернуть один номер в «Правду» и засунуть его в пальто. Мне даже неважно, если не на английском, дорогая, лишь бы были какие-нибудь фотографии.

Мальчик сильнее потянул руку матери, но безрезультатно.

— Что-нибудь ещё?

— Нет. Ну да,—сказала Эсси.—Я хотела спросить тебя о Селдоне…

— О нашем Селдоне?

— Скажи, есть у него кто-нибудь?

— Что ты имеешь в виду?

— Женщина.

— Ой. Если даже и есть, то он никому ни слова не говорил.

— Просто… я видела, как он беседовал с Оливией Берн, секретаршей Лозовского, после похорон. Они долго стояли вместе.

Флоренс с трудом подавила улыбку. Она знала Оливию по Куйбышеву—швейцарская эмигрантка, приехавшая в Россию в двадцатые годы. Как секретарь главы Совинформбюро, она распределяла задания в резкой, сухой манере. Она была абсолютно лишена чувства юмора, одна из тех старых большевистских дев, не знающих ничего, кроме своей работы.

— Оливия слишком стара для него—лет на пятнадцать старше.

— Насколько я знаю, они просто дружат.

— Конечно. Она такая простая и непривлекательная. Я не знаю, почему я спросила… Пожалуйста, никому, ладно?

— Эсси, да я никогда.

— Я знаю, ты могила.

— Увидимся завтра, дорогая.

* * *

На кухне Флоренс достала оцинкованную ванну и нагрела в ней воды. Затем она принесла ванну с водой в комнату и достала из шкафа накрахмаленное льняное полотенце. Юлик сидел на коленях у Леона, а Селдон расположился в старом кресле, скрестив длинные ноги, ровно в той же позе, что и раньше.

— Если им нужен был его труп, то зачем геройские похороны? — спросил Леон.

— В первый раз, что ли?

— Бывают несчастные случаи.

— Он что — старый пьяница, чтобы шляться по ночам и замерзать в сугробе? Они хотели его убрать, чтобы он не мешал.

— Но зачем?

Руки Селдона свешивались с подлокотников кресла, как плети. Он был очень гибким и, казалось, без костей в конечностях. Флоренс почему-то показалось любопытным и забавным, что Эсси внезапно заинтересовалась им. У Эсси над кроватью висел увеличенный портрет погибшего молодого человека, за которым она недолго была замужем. Уголки рамки были украшены искусственными лилиями. Они были женаты двадцать три месяца — причём большую часть времени они провели врозь, — но Эсси так страстно увлеклась своим трауром, что всё ещё говорила «мой Миша» с такой дрожью в голосе, как будто это была любовь всей жизни. Однако, каждая вдова имела право на своё горе, и Флоренс, молясь и благодаря судьбу, молчала всякий раз, когда Эсси с упоением переживала своё. Возможно, её застенчивое любопытство по отношению к Селдону означало положительные сдвиги. Хотя он, может быть, и не был блестящим офицером, но военные потери сильно проредили ряды достойных мужчин. Тем не менее, Флоренс не могла не чувствовать какое-то несоответствие в этом интересе, может, потому, что Селдон никогда сам не проявлял никакого интереса к Эсси, кроме завуалированной иронии, с которой он часто обращался к ней. Флоренс взяла Юлика с колен мужа. «Подними руки»,— сказала она и сняла с него рубашку через голову. Она присела и спустила вязаные шерстяные чулки с его маленьких ножек.

— Я не знаю. Я думаю, что-то готовится,— сказал Селдон.

— В комитете или во всём бюро?

— Все изменения в персонале из-за этой новой суки — редактора секции, которую они посадили нам на голову. Мы готовили серию «Великие изобретения». В основном отбирали из энциклопедий старых лет. Я пропустил слова «Нобелевский динамит», проверяя гранки, и она налетела на меня, как стая собак. Что я не знал, что Нобель не имеет никакого отношения к динамиту? Он только украл патент у Зинина и Петрушевского!

Флоренс усадила Юлика в цинковую ванну и стала мыть, поливая из кружки его бледные плечи. Ей было не по себе от того, в какую сторону пошёл разговор.

— Я говорю ей: «Я не автор, мэм. Я просто перевожу то, что мне дали».— «Мы все должны проявлять бдительность в отношении неточностей»,— говорит она. «Неточностей, искажений и политических ошибок»…

Леон не заметил неудовольствие Флоренс. Он позволил себе пошутить.

— Тебе повезло, что они не упомянули лампочку Эдисона, а то бы она обвинила тебя в поклёпе на Ленина, изобретателя лампочки Ильича.

Флоренс подняла ребёнка из ванны и обтёрла его полотенцем. Ей не понравилось, как Леон безоговорочно доверяет Селдону. Позволять себе шутки такого рода было неосторожно даже с лучшим другом.

— Селдон, уже поздно,— напомнила она гостю.— Мы должны укладывать Юлика спать.

— Я и сам довольно измотан. Иди сюда,— сказал он, обращаясь к мальчику, уже одетому в свежую ночную рубашку.— У меня есть кое-что для тебя.

Юлик подошёл, и Селдон, усадив его себе на колено, вынул последние две папироски из пачки Казбека и передал пустую пачку мальчику.

— Новый коняга в твою коллекцию,— сказал он, пока Юлик изучал изображение лошади и всадника.

— Мы вырежем его завтра, — сказал Леон. — Можешь добавить его в свою конюшню. Что надо сказать дяде Селдону?

— Спасибо.

Селдон потрепал Юлика по голове и встал.

— И спасибо тебе, Флори, за согревающие напитки.

Она кивнула, и Леон проводил Селдона к двери. — Спокойной ночи семейству, — сказал он. — Невинных снов.

***

В целом, подумала Флоренс, во время войны и после неё они оказались в лучшем положении, чем раньше. Вернувшись из эвакуации вместе со своим маленьким сыном, они с Леоном продолжали работать в радиовещательной сети Совинформбюро, сотрудники которой в мирное время переехали в новый огромный лабиринт кабинетов в Леонтьевском переулке. Как и Леон, она осталась переводчиком. Её работа теперь заключалась в просматривании избранных американских периодических изданий на предмет новостей, которые можно было бы вырвать из контекста и переработать для советской прессы. Взглянув на американскую газету, она могла выбрать историю об оправдании толпы линчевателей в Южной Каролине и расширить её, чтобы продемонстрировать коррупцию в американской судебной системе. Или переписать репортаж о взрыве на угольной шахте в Сентралии, штат Иллинойс, чтобы проиллюстрировать пренебрежение владельцев шахты к угнетённому рабочему классу. Недостаточно просто перевести историю. Нужно было перевести её так, чтобы дать «правильное» описание событий. Короткую новость о предложении автопроизводителя заменить ободы колёс более стойкими, можно переделать так, чтобы было видно, что американские капиталистические компании регулярно надувают потребителей, всучивая им некачественные изделия, требующие замены, когда брак будет обнаружен. Даже историю о стихийном бедствии, таком, как торнадо, разрушившем восемьдесят домов в Вудворде, штат Оклахома, можно было рассказать так, чтобы подчеркнуть низкое качество домов, построенных капиталистами-халтурщиками, заботящимися только о всемогущем долларе.

Такое сочинительское колдовство очень хорошо подходило для Флоренс. Её врождённая склонность отмечать большие и маленькие несправедливости, из-за которой учителя и соученики неправильно её понимали, когда она была ещё школьницей, наконец, нашла своё идеальное применение. Такая интерпретация иностранных новостей вызывала у Флоренс не больше сомнений, чем примирение её повседневной жизни с утопией, обещанной советской прессой. В изолированных кабинетах Совинформбюро её коллеги считали естественным согласовывать эти две точки зрения. Журналисты и переводчики, каждое утро читавшие и обсуждавшие иностранные репортажи, недоступные для остальной части населения, рассматривали их как вполне достоверные, а сообщения советской прессы об изобильных урожаях и славных годовщинах, о единодушном одобрении, постоянных достижениях рабочих и осуждении империалистов — как пропаганду. Придерживаться такого мнения считалось нормой и не рассматривалось как непатриотичное.

Помимо доступа к обширной информации, были и более утилитарные преимущества этой работы, как-то большая комната для Флоренс и Леона в лучшей квартире, которая была к тому же ближе к центру города. Через каналы бюро Флоренс также смогла помочь овдовевшей Эсси обменять свою смежную комнату, и переехать в освободившуюся в квартире Флоренс комнату в конце коридора. Этот обмен не был исключительно альтруистским. Неудобство жизни в коммуналке в окружении недоброжелателей тоже подстёгивало Флоренс. Теперь у неё рядом была подруга, которая, как сестра, могла принять её сторону в квартирных делах и спорах.

Как всякую молодую женщину, её раздражало отсутствие личного пространства. Теперь же, став матерью, Флоренс открыла для себя преимущество всегда иметь соседей поблизости, чтобы при необходимости кто-то мог присмотреть за ребёнком. Материнство изменило приоритеты в её жизни и помогло стереть из памяти остатки ностальгии по дому. Конечно, она хотела бы, чтобы её родители могли увидеть внука. Но с того момента, как Юлик появился на свет, Флоренс начала воспринимать жизнь независимо от внешних обстоятельств. Снова и снова жизнь обновлялась. Снова и снова она абстрагировалась от смертей и разрушений прошлого. Каждое утро она смотрела на маленькое личико сына и удивлялась внимательному, пытливому уму, который она в нём видела, его бездонному, часто безумному удовольствию от осязаемого мира — от песни, которую мог сочинить его отец, свободной связи слов, от вкуса конфеты.

И ради него она решила принимать вещи такими, какие они есть. Она не хотела вспоминать своё отчаяние перед войной, нервное истощение, дикую и глупую попытку сбежать. Она пришла к пониманию, что секрет жизни состоит в забвении. Кроме того, война закончилась. Страна была в мире — в том числе и с собой. Неисчислимые потери в войне, казалось, насытили яростную людоедскую душу России.

Она больше не испытывала тоску по дому, как сильную боль в костях, а скорее, как терпимое покалывание, которое может со временем пройти. За своим столом в Совинформбюро, когда глаза скользили по заголовкам из Кливленда или Нью-Йорка, и в ней накапливалась боль от несправедливостей, Флоренс иногда поддавалась старой грусти, позволяла ей подняться внутри, но только настолько, чтобы напомнить себе, что она сделала правильно, уехав. Лишь изредка она позволяла Америке полностью овладеть её сознанием, и то только когда в уединении Эссиной комнаты они вдвоём перелистывали глянцевые страницы иностранных журналов, которые Флоренс могла незаметно вынести из офиса.

Время от времени по столам переводчиков циркулировали выпуски «Тайм», «Ньюсуик», «Лайф». Существовали строгие правила для выдачи журналов на рабочий стол. Но Флоренс обнаружила, что если журнал придёт к ней с другого стола, и если выпуск не новый, он может отсутствовать всю ночь, иногда даже целый день, не вызывая большого подозрения у библиотекарей. И хотя никто не признался бы в этом, Флоренс была уверена, что она была не единственной, кто время от времени покидал офис Совинформбюро, унося с собой американский журнал, спрятанный в сложенном номере «Правды».

Это стало ритуалом: как только Юлик был укутан в своей кроватке, Флоренс несла журнал, всё ещё завёрнутый в газету, через коридор в комнату Эсси, где та в ожидании уже приготовила чай и тарелку вафель — единственное угощение, которым они могли бы полакомиться, не рискуя оставить следы на глянцевых страницах.

Однажды вечером, спустя несколько месяцев после похорон Михоэлса, после нескольких недель поисков, Флоренс достала выпуск «Ньюсуик» с молодыми лицами советских солдат на обложке и вызывающим тревогу заголовком «Может ли Красная Армия оккупировать Европу?» Пока Эсси возилась с чаем, Флоренс, сидя за маленьким столиком, который Эсси использовала в качестве туалетного, перелистывала страницы. У них был молчаливый договор, что она будет первая смотреть принесённые журналы. Некоторые из уголков были уже потёрты и согнуты. Флоренс показалось, что отдельные наиболее вредные страницы были вырваны совсем. Тем не менее, на странице прямо перед ней был политический шарж — карикатурный усатый Сталин, держащий дробовик и пытающийся подстрелить журавлей, несущих мешки с едой и надписью «План Маршалла» для осаждённых берлинцев. Человек, которого они все поклялись любить и бояться, был изображён как клоун, опустившийся злобный браконьер. Флоренс вырвала страницу и сунула её в карман передника. Она не хотела смотреть эту карикатуру в присутствии другого человека, даже Эсси. Это лишь напомнило ей о риске, которому она подвергала себя, таская журналы домой и показывая их другим.

— Хватит жадничать, — сказала Эсси, подсаживаясь на стул рядом с Флоренс. Уголком своей блузки она вытерла стёкла очков в роговой оправе. — Господи, а что это?

— Здесь говорится, что это автоматическая стиральная машина «Westinghouse».

— С этим окошком она выглядит как музыкальный автомат. Где, чёрт возьми, её держать, на кухне?

— Наверно.

Эсси провела кончиками пальцев по широкой глянцевой странице. Она поправила очки, увеличивавшие её бледные глаза и придававшие им выражение страха и недоумения от того, что она видела.

Было очевидно, что их не так интересовали статьи, как реклама. Между «серьёзными» статьями были всевозможные причудливые изобретения: «скороварки», в которых пища никогда не подгорала, «дуплекс-холодильники», сохранявшие мясо свежим с июня по октябрь, электрические духовки, в которых можно зажарить тридцати-фунтовую индейку, пылесосы, чистящие пыль со штор и занавесок, «выпрыгивающие тостеры» — такие блестящие, что в них можно смотреться. Глядя на эти красочные иллюстрации, Флоренс была поражена видением рождения новой эры, в которой технологические изобретения военного времени теперь обращалась к специальной цели: облегчению бремени домохозяйки в масштабе страны. Блеск современных кухонь демонстрировал образ жизни, одновременно знакомой по воспоминаниям и совсем неправдоподобной: роскошной, залитой солнцем мечтой о будущем.

— Посмотри, какие платья теперь носят,— сказала Эсси,— с бантом сзади, и это для дома?

— Ну, я не думаю, что кто-нибудь моет посуду в таком платье, здесь или в Америке.

— Я не возражала бы против собственной раковины для стирки белья, не говоря уже об одной из этих машин. И против такого настольного телефона, вместо того чудовища, который всегда звонит за моей дверью. Знаешь, я одна всё время снимаю трубку, потому что не могу терпеть, чтобы он всё время звонил.

— Ты бы хотела, чтобы семь телефонов звонили в семи комнатах?

— По крайней мере, кто-нибудь бы иногда снимал трубку.

Флоренс заметила, что всякий раз, когда они собирались вместе, Эсси имела обыкновение чрезмерно жаловаться, машинально реагируя на случайные импульсы. Вне этой комнаты такая реакция могла быть крайне опасной. Тем не менее, Эссино огульное отрицание их советской реальности, в некотором смысле, было всего лишь нормальной реакцией на журналы, с которыми Флоренс её знакомила. Они отработали своего рода рутину: Флоренс вяло защищала свою повседневную жизнь, а Эсси, подстрекаемая этой защитой, продолжала выдвигать всё новые претензии. Ну да, на Новый Год они получали субсидированную икру и шампанское. Но кому нужны дешёвые аристократические деликатесы один день в году, когда они не могут достать свежее мясо или сыр остальные 364 дня? Или ту же рыбу, которая бы не пахла так, как будто её морозили туда-сюда полдюжины раз? Или когда нельзя увидеть отоларинголога, не сунув в лапу медсестре? И Флоренс не останавливала её, позволяя Эсси нести всё, о чём она тоже думала, но держала при себе.

Если бы Флоренс всё ещё поддерживала связь с капитаном Субботиным, она могла быть недовольна своей подругой за то, что та принуждала её слушать хулительную антисоветчину. Ведь это было то самое, о чём тайная полиция хотела бы знать и наверняка наказала бы за утаивание. К тому же, если бы она не рассказала, кто знает, может, Эсси саму когда-нибудь привлекут и заставят рассказать? Таковы были опасности, грозящие любому — секрет, который знают двое, — уже не секрет. Но и сама Эсси наверняка знала об этих опасностях. Флоренс пришло в голову, что откровенность её подруги была своего рода демострацией доверия в качестве благодарности за риск, который Флоренс брала на себя, таская журналы из закрытых офисов Совинформбюро. В свою очередь, Флоренс знала, что для неё было бы мало радости от просмотра этих журналов в одиночку. Присутствие Эсси было единственным, что спасало от горького отчаяния, охватывавшего её всякий раз, когда она открывала журнальные страницы. Дьявольский парадокс её жизни заключался в том, что её бегство из Америки было вызвано стремлением избежать семейного рабства. А теперь, в свои тридцать восемь лет, после дня работы наравне с мужчинами, её освобождение превратилось в вечера, проводимые в очередях за продуктами, в спорах с соседями за каждый квадратный сантиметр кухни, и стирке детского белья на старой стиральной доске в общей ванной. Следующим утром были новые очереди, на этот раз в общий туалет, чтобы вынести ночной горшок. Её кастрюли и тарелки были все выщерблены. Она чувствовала, что Америка бросила её и злилась на себя за тоску, охватившую её сердце; и, тем не менее, она не могла перестать рассматривать фотографии.

Она была рада, когда Эсси сменила тему.

— Думаешь, Селдон заметит, если я надену такое платье с разрезом по ноге?

Снова Селдон. Её позабавило, как сильно Эсси старалась привлечь его внимание.

— Дорогая, я не думаю, что он заметил бы, даже если этот разрез был бы до пояса.

Эсси встретилась взглядом с Флоренс в зеркале на туалетном столике.

— Почему ты так говоришь? Это некрасиво с твоей стороны.

Флоренс посмотрела вниз, снова на журнал.

— Эсси, не выпрашивай комплименты. Ты знаешь, что ты очень мила без всяких хитрых платьев.

— Тогда что ты хотела сказать?

—Ну, я не знаю. Селдон—странное существо. А есть ещё чай?

—Иногда мне кажется, что у него обо мне неправильное впечатление.

—Какое именно?

—Что я глупая или легкомысленная. Это потому, что я немного нервничаю в его обществе. И мне кажется, он всегда проверяет, уловлю ли я шутку.

—Никогда не слышала, чтобы он говорил что-либо подобное о тебе.

—Вот в этом-то всё дело. Большую часть времени он меня вообще не замечает. Ты могла бы помочь в этом.

—Как?

Эсси улыбнулась.

—Приглашай меня чаще, когда он заходит.

—Он приходит к Леону, а не ко мне.

—Всё равно,—сказала Эсси, отводя взгляд в сторону,—было бы неплохо.

Она имела в виду всё, что делала для маленького Юлика: приглядывала за ним, разогревала еду, когда Флоренс не было дома. Эсси поправила очки и открыла страницу с рекламой столовых приборов, гласившую: «У самых счастливых невест есть компания».

—Хорошо.

—Спасибо,—сказала Эсси, не поднимая глаз.

* * *

Много лет спустя Флоренс думала, могло ли всё сложиться иначе, приложи она больше усилий, чтобы сдержать обещание, данное Эсси. Они вдвоём, листающие страницы «Ньюсуик»—это было последним ясным воспоминанием перед началом тяжёлой болезни, превратившей всё в малярийную галлюцинацию. Только тогда Флоренс поняла желание Эсси быть приглашённой к ним не столько выражением интереса к Селдону Паркеру, сколько желанием снова оказаться в тёплом мирке интимной компании Флоренс, быть четвёртой в их тесном маленьком трио.

Когда она вспоминала те недели лета и осени—недели, пролетевшие так быстро, что казались ей листьями, падающими и скользящими под ногами—единственно, что она помнила отчётливо,—это история с радио, которое и было настоящим и тайным четвёртым участником их квартета.

Леону потребовалась вся зима и часть весны 48-го года, чтобы собрать необходимые детали для создания своего устройства. Детали для коротковолнового радио было трудно найти. В течение нескольких месяцев он слонялся по блошиным рынкам, пока не собрал всё, что ему было нужно. И затем, к изумлению Флоренс, он проявил свои способности к самообразованию, чтобы овладеть совершенно новыми знаниями — по электрическим цепям, пентодам, блокам питания и бесконечным мелочам, о которых затем подробно рассказывал Селдону Паркеру. Он добыл переменный регулировочный конденсатор и подсоединил его к антенне. Из деталей старого детекторного приёмника завода Радиофронт он собрал конвертер, позволивший переключить приём с длинноволнового спектра на значительно более богатый диапазон коротковолновых станций. Собранное вместе, всё это напоминало многослойный торт, миниатюрный Рокфеллер-центр, состоящий из приёмника, преобразователя и усилителя. Его завершение привело к более частым посещениям Селдона поздними вечерами, слившимися в памяти Флоренс в непрерывную череду скрипучего белого шума, треска и шипения заглушаемых сигналов и случайных наград за терпение в виде высоких сонорных звуков Би-би-си или средне-атлантического акцента «Голоса Америки».

Наконец, наступило 14 мая,* и их без того возбуждённые встречи вокруг радио приобрели ещё большее оживление. Для Леона и Селдона все обрывки новостей из Европы и Америки стали второстепенными по сравнению с успехами Израиля против его врагов: египтян в Негеве, сирийцев в Галилее. В течение нескольких недель Флоренс слушала разговор своего мужа о захвате Назарета, стратегической ценности Беэр-Шевы—мест, чьи названия она не слышала с тех пор, как её младший брат Сидни изучал библейскую историю в рамках подготовки к своей бар-мицве.

Жарким июльским вечером, когда на улице было ещё светло, она сидела у открытого окна, подшивая узорчатый край скатерти, и слушала слабые звуки, издаваемые резиновыми науш-

---

* 14 мая 1948 года день провозглашения независимости государства Израиль.

никами, которые Леон, ловя сигнал, любил подносить к одному уху. Из коридора были слышны скрипы нового трехколесного велосипеда Юлика, катающегося по паркету с соседским мальчиком Яшей. Флоренс почувствовала боль в виске.

— Их глушат, — безнадёжно сказал Леон.

— Чёрт возьми, мы же только что их поймали! — огорчился Селдон. Он ободряюще сжал Леону плечо. — Сейчас важно не уступить Старый город арабам. Мы возьмём его обратно, правда, Флори?

Мы. Нас. В обычно эгоцентрическую речь Селдона проникло тревожное чувство коллективности, как будто он и Леон лично выбили сначала англичан, а затем арабов из её квартиры. Она завязала узел.

— Чтобы они могли умереть, охраняя несколько святынь? — сказала она и перекусила оставшуюся нить зубами.

Леон отложил резиновый наушник и посмотрел на неё.

— Мы говорим о Старом городе Иерусалима, не знаю, значат ли эти слова что-нибудь для тебя, но это имеет жизненно важное стратегическое значение.

Она сложила скатерть и встала.

— У некоторых из нас тоже есть вещи, имеющие жизненно важное значение, например, починка белья и приготовление обеда для нашего ребёнка. — Она подошла к двери.

— Если ты собираешься на кухню, дорогая, кинь чайник на плиту, будь добра, — сказал Селдон.

Она не ответила ему.

— Убавь громкость, — сказала она Леону.

Она тоже радовалась, когда Советский Союз проголосовал за независимое еврейское государство. Это не означало, что она собиралась позволить энтузиазму взять верх над здравым смыслом. Их евреи не были нашими евреями.

Каждый вечер после обеда она открывала «Правду», чтобы узнать о наших. Композиторы, критики, режиссёры, «забывшие свой долг перед людьми» или «проникшие» в советские театры, профессиональные журналы, академии с целью воспрепятствовать развитию советской драмы, литературы или искусства. Казалось, что нет никакой общей нити, эстетической или идеологической, у тех, кого разоблачают. Только обвинение в «национализме» и их имена, звучащие удручающе похоже: Абрамов, Адлер,

Калманович, Пинскер, Сегал. Если были какие-то сомнения, настоящая фамилия была напечатана в скобках после изменённой: Ганкин (Каган), Лисов (Лифшиц), Бондаренко (Бердичиевский). Ни у кого в Совинформбюро это новое течение не оставляло сомнений. «Эйникайт», газета Антифашистского комитета на идиш, была закрыта. Вывеска Комитета исчезла с дверей учреждения.

В широком коридоре Юлик и толстенький Яша Гендлер все ещё катались на новом велосипеде. Вернее, Яша нажимал на педали, а её сын бегом гонялся за ним.

— Мама, это мой, — беспомощно закричал ребёнок, увидев её.

— Яша, почему бы тебе не кататься с Юликом по очереди?

— Только минуточку, я хочу сначала проверить звонок, — отозвался мальчик, позвонив.

Флоренс ничего не имела против Яши, но про себя она не одобряла его воспитания. Его мать, Роза Гендлер, всегда беспокоилась, что он недостаточно поел и всё время ходила за ним по кухне с ложкой.

На кухне Флоренс поставила кипятить кастрюлю с водой и достала картошку из-под стола. Она ополоснула нож и, почистив пару картофелин и несколько морковок, бросила всё в кастрюлю. Она услышала, как в конце длинного коридора открылась и хлопнула входная дверь. У каждого был свой способ отпирать её, а Эсси всегда звенела ключами, вздыхала и тяжело дышала. Не снимая пальто, Эсси вошла в кухню с продуктами — авоськой с помятыми помидорами, баночками сардин и завёрнутой в бумагу колбасой.

— Ммм. Что ты готовишь? — Она с любопытством, увеличенным очками, заглянула в кастрюлю.

— Немного салата оливье, только и всего. Надо доесть эту банку горошка.

— Ждёшь гостей?

Флоренс быстро взглянула в сторону закрытой двери.

— Селдон собрался уходить, — она пожалела, что сказала. Но Эсси могла увидеть его на выходе. Эсси положила свою авоську на стол и стояла, наблюдая, как Флоренс нарезает овощи.

— Но, этого будет недостаточно, — наконец, сказала она. — Нужно, ещё что-нибудь. Немного докторской колбасы? Наконец-то она опять появилась в магазинах. Понюхай — прямо как духи.

Флоренс сделала дежурный вдох.

— Я нарежу её и присоединюсь к вам.

Головная боль подступала ко второму виску, как улитка, выглядывающая из раковины. Мысль о толчее в её комнате сегодня вечером продвинула улитку ближе к виску.— Не сегодня, Эсси,— возразила Флоренс. Я просто слишком устала. А мне ещё надо накормить Юлика и уложить его спать. В следующий раз.

На лице Эсси отобразилось разочарование.

— Ну, навязываться я не буду,— сказала она.

Флоренс стояла, уставившись в кастрюлю с водой. Она пыталась уговорить себя, что Эсси, на самом деле, не так сильно огорчена. Флоренс, конечно, пригласила бы Эсси, если бы не вздорные подозрения Селдона в отношении её подруги. Всякий раз, когда Эсси стучала в дверь, Леон выключал радио, если оно работало, и накрывал его, прежде чем она входила, а затем терпел её разговор, тоскливо стреляя глазами в сторону радио. Но именно Селдон в последнее время встречал Эсси откровенно грубым молчанием. Когда Флоренс оторвала взгляд от кастрюли, Эсси уже не было.

Флоренс вышла из кухни с металлическим привкусом вины во рту. Она сделала мысленную пометку сесть и поговорить с Селдоном. Если она могла достаточно доверять Эсси, чтобы делиться с ней иностранными журналами, они могли бы довериться ей, когда они слушали эти иностранные передачи.

Войдя в свою комнату, она обнаружила, что мужчины вместе с радио сидят под одеялом. Они поймали сигнал. Флоренс поставила салат на стол и подняла одеяло, чтобы засунуть туда голову. Леон и Селдон в темноте, слушали скрипучий голос из динамиков. Диктор говорил об убийстве в Италии и о готовящейся коммунистами забастовке.

— Чему вы, два дурака, улыбаетесь?

Леон выключил радио и стянул одеяло.

— Ты не поверишь, Флори! Голда Мейерсон приезжает сюда, в Москву, через семь недель.

— Эта женщина из Палестины?

— Она возглавляет первое дипломатическое представительство, они объявили об этом.

— Она собирается выступить в Хоральной синагоге,— сказал Селдон.

— Когда?

— Во время еврейских праздников.

Флоренс вопросительно посмотрела на Леона.

— Мы все пойдём и увидим её — объявил Селдон с неосторожным триумфом.

Флоренс встала и подошла к окну. Летний дневной свет, наконец, потускнел.

— Я не знаю. Я не была в таком месте с восемнадцати лет.

— Тебе не нужно будет заходить внутрь, — заверил её Селдон. — Это будет на улице, я уверен. Если судить по похоронам Михоэлса, то придут тысячи, — он повернулся к Леону: — Нам нужно прийти туда рано.

Флоренс снова посмотрела на Леона. Было похоже, что он согласен с планом.

— Что ты скажешь, Флори?

Она усмехнулась как-то ненатурально.

— Ну, теперь мы знаем, какие женщины тебе нравятся, Селдон, — сказала она. «Мощные, как бульдозер, с ногами, как стволы деревьев».

Селдону явно не понравилась насмешка.

— Мейерсон, может быть, не красавица, но она великая женщина.

— Они выращивают таких в своих кибуцах, — сказал Леон. — Они сделали то, что мы не смогли: в конце концов, им удалось превратить наших евреев в нормальных крестьян.

— Послушай, как она говорит. Ты услышишь, что она не крестьянка, — возразил Селдон.

Флоренс сказала:

— Тысячи людей — тем более надо остаться дома.

— Хорошо, тогда я возьму Юлика, — сказал Леон, как будто он ожидал именно такого ответа.

Флоренс уставилась на мужа. Неужели ей действительно нужно напоминать ему перед Селдоном, что последнее, что им надо делать, это появиться перед центральной синагогой на улице, наверняка кишащей агентами НКВД? Он что, настолько тупой, что не может этого понять? Нет, он понимает, но ему наплевать. С Селдоном он стал вести себя как мальчишка, ищущий риска и приключений.

— Если вы думаете, что я позволю вам взять моего сына в эту безумную толпу…

—Нашего сына. И он будет в порядке. Он будет сидеть на моих плечах, как и другие дети. Я хочу, чтобы он это увидел и запомнил.

Она хотела напомнить Леону, что было время, когда он запрещал ей так неразумно подвергать себя опасности, сдерживал её как тюремный надзиратель. Когда это он стал таким, что бросил осторожность на ветер?

Селдон в своём кресле с интересом наблюдал за их перепалкой. Она, казалось, возбудила в нём любопытство и виноватое удовольствие. Несомненно, это он подбил Леона.

—Посмотрим,—сказала она.

* * *

Прошло не так много времени и чувства Эсси, вызванные обидой, нанесённой ей Флоренс, дали о себе знать. Сначала Флоренс не заметила особых изменений, всякий раз, когда она сталкивалась с Эсси, её подруга выглядела весёлой—шутила и болтала или небрежно смеялась с Розой—матерью Яши. Но если Флоренс вступала в разговор, Эсси извинялась и уходила. В коридоре Эсси, отвечая на приветствие Флоренс, лишь слегка прохладно кивнула. Флоренс подумала, что новая близость Эсси с Розой Гендлер была демонстрацией её независимости, её громкий смех предназначался для Флоренс. Она караулила момент, чтобы подойти к Эсси с беззаботным извинением, шутливо-раскаянной защитой, которая восстановила бы чувства обеих. Наконец, она поймала Эсси на кухне одну, когда та пыталась снять мешок с луком, висящий на крючке в форточке.

—Тебе помочь?

—Нет, я справлюсь.

Флоренс скинула туфли, поднялась на подоконник и отцепила авоську с крючка.

—Вот, держи.

—Спасибо,—тихо сказала Эсси без особой благодарности.

Флоренс на мгновение замешкалась. Она приготовила целую речь, но теперь слова ускользали от неё.

—Селдон придёт завтра вечером,—намекнула она.—Не хочешь ли заглянуть? Просто показаться.

—Спасибо, но у меня другие планы.

— Эсси, извини за тот раз. У меня была сильная головная боль и…

— Я благодарна за приглашение, Флоренс, но мне неохота.

— Ну, брось, ты же знаешь, что тебе не нужно приглашение, чтобы постучаться в нашу дверь.

— Так ли?

— Я чувствую себя виноватой. Я хочу, чтобы все ладили. Ты мне сделаешь одолжение.

Эсси вздохнула.

— Что я такого сказала?

— Я принимаю твои извинения, Флоренс. Я просто не хочу.

— Можешь хотя бы сказать, почему?

Эсси прищурилась, глядя в окно.

— Я поняла, что ты была права, вот и всё.

— В чём?

— Про Селдона. Чего уж там притворяться, он смотрит на меня, как лошадь на телегу.

— Я этого не говорила.

Но Эсси как будто не слышала.

— Я болтала об этом с Розой, и меня вдруг осенило, что я трачу время на человека, который просто безразличен к нашему роду.

— К *нашему* роду? Что это за род?

— Ну, ты понимаешь, о чём я говорю.

— Честное слово — не понимаю.

— Ты сама сказала, что он странное животное. Роза тоже так думает. — Голос Эсси упал до шёпота: — Он напомнил мне одного жеманного парня, которого наняли в Рабочий кружок, чтобы помочь нам ставить пьесы. В Бронксе… Ой, не смотри так удивлённо. Не это ли ты пыталась мне сказать?

Флоренс почувствовала, как краска заливает её лицо и шею.

— Я не имела…

— Ну, тогда, — сказала Эсси, снова отворачиваясь, — возможно, это пижонский английский стиль. Все их мужики, похоже, имеют голубой оттенок.

Флоренс почувствовала, как парализует её лицо. Она представила, как Селдон касается запястья Леона. Она увидела их вдвоём с радио в наполненной дыханием тёплой темноте под одеялом. Вдруг Эсси стала казаться отдалённой и ужасно маленькой, как будто она смотрит на неё в перевёрнутый бинокль.

— Почему ты должна произносить все глупости, которые приходят в твою дурацкую голову? — пробормотала Флоренс. — Только дети и идиоты так делают.

Эсси сощурила глаза.

— Я жалею, что вообще что-либо сказала.

Но по ней это было незаметно.

* * *

В течение нескольких недель Флоренс попыталась забыть жёлчные намёки Эсси. Но эта неприятная мысль застряла в сознании Флоренс и всплыла опять в то утро, когда Леон и Селдон отправились в Хоральную синагогу, чтобы услышать выступление посла Израиля Голды Мейерсон. Единственное, что Флоренс отвоевала, — это, что Леон оставил дома маленького Юлика. Сомнение всё ещё мучило её, когда Леон вернулся домой один в тот вечер, опьянённый тем, что он видел. Он даже не снял лётнюю куртку, только повесил кепку на крючок у двери и обнял Флоренс за талию.

— Флори, я никогда не видел ничего подобного. Вся улица была похожа на людскую реку: студенты, старики, мужчины в военной форме, матери и дети! Тысячи людей! Я не знал, что в Москве так много евреев. И самая удивительная часть — ты знаешь, первое, что сказала Мейерсон, когда поднялась на возвышение? «A dank ir zai giblybn idyn» — «Спасибо за то, что вы остались евреями».

Юлик, которого она готовила ко сну, подбежал в чулках к отцу. Леон поднял мальчика и поцеловал сына в голову.

— Папа, ты мокрый!

В самом деле, голова Леона была покрыта потом от возбуждения. Он был коротко подстрижен, так что от завитков почти ничего не осталось. Леон опустил мальчика и вытер лоб.

— Это надо было видеть! — его руки снова оказались у Флоренс на талии. — Прямо под открытым небом они кричали «Am Yisrael chai!».* Когда она спустилась с трибуны, вокруг неё

---

* *Am Yisrael chai* — народ Израиля живёт (*иврит*).

все столпились. Люди пытались прикоснуться к подолу её платья и поцеловать его. Она снова будет выступать на Йом-Кипур, и на этот раз мы все пойдём.

— Я хочу пойти! — закричал Юлик.

— Правильно. Ты пойдёшь со своим отцом. Я научу тебя новой песне: «Am Yisrael, am Yisrael, am Yisrael chai!» — запел Леон.

Юлик начал прыгать. «Am Yisrael, am Yisrael…». Он повторял это громче, чем Флоренс хотелось бы. По-умному — по-женски, она знала, — надо притвориться, что она разделяет волнение Леона. Позже, в постели, она могла спокойно рассказать ему о своих опасениях. Однако, что-то в его чересчур счастливом лице насторожило её. Кажется, он находится в плену нового увлечения — не Селдоном Паркером, как намекала Эсси, а чем-то гораздо более опасным.

— Она что, Мессия, что людям надо целовать подол её платья? — услышала Флоренс свои слова.

По нескрываемой горечи в лице Леона она поняла, что задела его чувства.

— Очень умно, Флори. Так что, для тебя это ничего не значит?

— Это кое-что значит, — сказала она. — Это значит, что всех, кто прикоснулся к её святому одеянию, вызовут на допрос на следующей неделе. И я надеюсь, что это того стоило, когда вас попросят объяснить в «Особом отделе» Совинформбюро, что вы там делали.

— «Am Yisrael, am Yisrael!» — продолжал Юлик своим высоким голосом.

— Хватит уже шуметь!

Мальчик перестал петь, поражённый. Он посмотрел на отца.

— Не надо на него кричать.

— Пойди, умой лицо и принеси воды для чистки зубов, — велела она Юлику.

— Там были тысячи людей. В толпе невозможно было бы разобрать, — сказал Леон.

— Не будь так уверен.

— Если они вызовут меня, то они также вызовут Селдона и десяток других.

— Что случится с ними или с Селдоном Паркером, меня не касается, — сказала она, доставая зубную щётку ребёнка с подоконника. — Можешь не сомневаться, что толпа кишела агентами.

— Так на похоронах Михоэлса было то же самое! Что ты от меня хочешь — чтобы я перестал жить своей жизнью? Я не могу беспокоиться о них каждую минуту. Скажи, чего ты боишься: что слово «еврей» было сказано сегодня публично? Не больше, чем было сказано на всех митингах, проводимых комитетом во время войны.

— То была война! Для этого была причина — мы собирали деньги для армии.

— Понял. Было позволительно, тогда нам разрешили говорить. Но не сейчас, не тогда, когда люди действительно верят в это.

— Это твои слова или мистера Паркера? — спросила она.

Он неуверенно смотрел на неё, как будто первый раз видел. Затем развернулся и снял кепку с крючка. Флоренс последовала за ним.

— Куда ты собрался — опять выпивать с этим пустословом?

Но Леон, похоже, не слышал её.

— Не жди меня, — сказал он.

* * *

Десять дней спустя в «Правде» появилась статья, где партийный рупор Илья Эренбург объяснил, как советские евреи должны относиться к Израилю. «Является ли Израиль решением еврейского вопроса?» — Решительное «НЕТ» было ответом. Инъекция англо-американского капитала была не меньшей опасностью для Израиля, чем арабские легионы. Решение еврейской проблемы будет зависеть не от военных успехов в Палестине, а от победы социализма над капитализмом, от победы солидарности рабочего класса над национализмом. Может быть для некоторых жертв нацистских злодеяний не было другого выбора, кроме как покинуть разрушенную Европу и перебраться в Палестину, но это ни в коем случае не относится к евреям в пределах границ Советского Союза, где гнёт денег, лжи и суеверий давно побеждены.

— Из Биробиджана доходят слухи, — сказал Селдон поздно вечером. Было почти девять, когда он позвонил в дверь: три звонка — к ним.

— Какие слухи? — спросил Леон.

— Что члены Еврейской партии арестованы за посылки помощи из США.

— Получать посылки? Чёрт, все так делали. Всё проходило через Красный Крест.

Флоренс попросила разговаривать потише. Она слышала, как Юлик крутится в своей кроватке.

— Принимая эти посылки, они как бы признавали, что это США одержали победу,— прошептал Селдон.

— Мама!— крикнул мальчик из-за цветной занавески, отделяющей его часть комнаты от взрослых.

— Это абсурд. Людям нечего было есть!— сказал Леон.

— Где ты это слышал, Селдон?— спросила Флоренс.

— Это неважно.

— Мама?— Юлик встал с кроватки и раздвинул занавеску.

— Спать, спать, обезьянка.

— Я не могу уснуть. Я хочу спать с тобой.

— Хорошо, малыш, ты ложись в свою постель, а я лягу с тобой рядом, когда дядя Селдон уйдёт. Селдон, разве это не может подождать до утра?

— Это ещё не всё. Статьи, которые мы переводили для американской прессы — теперь их называют буржуазно-националистической пропагандой.

— Это должно быть шутка,— сказал Леон.

— Особенно те статьи, в которых упоминались названия американских компаний—тех, которые отправляли резиновые грелки, шприцы и всякое такое. Они говорят, что, восхваляя эти компании, писатели поощряли американских бизнесменов заключать сделки на крови советских солдат.

— Селдон, кто это всё говорит?

— Но это же было в правилах,—настаивал Леон,—чтобы упомянуть название компании. Нас наставляли, чтобы высказать благодарность.

— Очевидно, мы слишком низко поклонились.

* * *

В темноте за цветной занавеской Флоренс лежала на кровати рядом со своим сыном. Лунный свет освещал его пушистую шею и изгиб плеча в хлопчатобумажной пижаме. Свернувшись калачиком, он выглядел как маленький лебедь. Она долго гладила ему спину и тихо напевала; наконец, она услышала глубокое размеренное дыхание, означавшее, что он уснул. Она на цыпочках вернулась к их кушетке, потом долго лежала на спине и смотрела в потолок. Над ней на слегка шелушившемся гипсовом бордюре была лепнина из листьев, лилий и птиц, крылья которых были обрезаны деревянной перегородкой, разделившей некогда большую комнату на несколько маленьких. Это было похоже на окно в мир сказок, столь же отличный от мира вокруг них, как небо от жизни на земле. Леон беспокойно повернулся рядом с ней.

— Почему он всегда приходит так поздно? — прошептала она, пытаясь выразить гнев в своём шёпоте.— Он ведь знает, что у нас есть ребёнок. Юлика нужно укладывать в нормальное время.

— Раньше это тебя не беспокоило.

— Откуда он берёт эту информацию? Да, я знаю… Он совершает свои походы… ест и пьёт в разных квартирах каждый вечер. Никогда не отказывается от бесплатной еды или питья. Откуда мы знаем, что эти биробиджанские сплетни не пустой звон?

— Я думаю, он слышал это от Оливии Берн. Она обрабатывает все письма, которые получает Еврейский комитет.

— Он слышит что-то, затем бежит сюда, чтобы напугать нас.

— Возможно он сам напуган, Флоренс. Мы практически его семья,— она почувствовала, как он отвернулся к стене,— Почему ты так строга к людям?

* * *

Ей позвонили на работу. Одна из машинисток позвала Флоренс с другого конца большой комнаты.

— Флора Соломоновна?

— Да.

— Я рад, что наконец-то вас нашёл.

Она узнала голос. Его обыденный тон ударил её, как запах чего-то кислого. Гнилостный запах из другой жизни. Чёрный и гладкий телефон в её руке показался тяжёлым, как кирпич, который тянет её на дно озера.

— Давно не беседовали, Флора Соломоновна. Вы меня не узнаёте?

Она различила улыбку за словами.

— Вы, наверно, помните меня,— сказал Субботин.— Ну, сейчас не время для болтовни. Вы на работе. Настоящее повышение по сравнению с этим дурацким институтом. Я не мог представить вас среди всех этих болтливых, декадентов-интеллектуалов. А эта пропагандистская работа, служение стране—это больше похоже на дело. Продолжайте в том же духе, а мы побеседуем, когда у вас будет время. Скажем, в четыре часа завтра на старом месте.

Флоренс оглянулась. Она не могла оставаться на телефоне намного дольше, не привлекая внимания.

— Извините, но это невозможно, ни завтра в четыре, ни в какое другое время.— Нет, на этот раз она так послушно не пойдёт в западню. У неё был ребёнок, о котором надо подумать.

Как будто прочитав её мысли, Субботин сказал:

— Я обещаю, что не задержу вас надолго. Если вы можете помочь мне с тем, что я ищу, вы сможете вовремя забрать своего маленького мальчика из детского сада.

То, что он знал обычное расписание её дня, не удивило Флоренс. Чекисты знали всё. Именно так он и сказал «ваш маленький мальчик». Её руки покрылись мурашками. Они никогда ничего не упоминали случайно. Субботин дал ей адрес, как будто она могла когда-нибудь забыть его.

* * *

Никто не ответил, когда она постучала в дверь. Флоренс покрутила ручку и вошла. Место выглядело очень знакомо. Такие же полосатые обои, такие же кружевные шторы. Она подошла к окну, казавшемуся ей больше, чем она помнила. Внизу работали дворники, размахивая мётлами. Флоренс коснулась пальцами прохладного стекла.

— Жалко, не правда ли?

Она обернулась.

— Это витражное стекло было очень красивым. Придавало определённую прелесть старины. Думаю, что всё окно разбилось во время бомбардировок—это здание находится так близко от воды. Это то, по чему их самолёты ориентировались во время затемнения. Как бы ни было темно, невозможно сделать реку полностью невидимой. Садитесь.

Он тоже не сильно изменился. Флоренс с сожалением заметила, что война была к нему милосердна. Все конечности на месте и глаза тоже в порядке. С седеющими волосами он выглядел таким же ухоженным и банально элегантным, как и всегда.

—Пожалуйста, назовите своё полное имя.

Она не могла сдержать смех.

—Флора Соломоновна Бринк.

—Полное имя вашего мужа.

—У вас же всё это есть!

Субботин поднял голову и повторил вопрос.

—Бринк, Леон Наумович.

—Национальность.

—Американцы, мы оба.

—Американцы,—сказал Субботин, записывая. Он улыбнулся самому себе, улыбка, которая означала, что он знал точно так же как и Флоренс—американцы они или нет—у них было сомнительное счастье быть евреями.

—Расскажите о работе, которую вы и ваш муж выполняли для преступной организации, известной как Еврейский антифашистский комитет.

Так Селдон был прав—они готовят дело против Комитета. В этот момент Флоренс подумала, возможно, она уже утратила контроль над своей судьбой. Она перебирала в голове возможные варианты ответов. Сказать, что не считает работу комитета преступной по своему характеру, значит, защищать её и, следовательно, признать причастность. Любые знания или участие любого рода должны быть опровергнуты.

—Ни мой муж, ни я никогда не работали в Еврейском антифашистском комитете.

Этот ответ звучал достаточно уверенно и имел дополнительное преимущество в том, что он был правдивым, хотя бы технически.

—Я бы хотел вам напомнить, где вы находитесь. Мы точно знаем, что вы оба служили в Еврейском комитете в качестве переводчиков.

—У комитета не было собственного бюро переводов. Нам поручали переводить материалы всех пяти комитетов Совинформбюро—Комитета учёных, молодёжи, славян…

—Сейчас я спрашиваю вас о вашей работе в Еврейском комитете, а не о других. Отвечайте на вопрос.

—Я не была специализированным переводчиком. Мой муж делал некоторые переводы статей, написанных для «Эйникайт», журнала ЕАК.

—Почему вашему мужу давали эти задания?

—Наверно, потому, что он мог читать на идиш так же хорошо, как по-английски.

—А что вы делали с материалами, которые переводили?

—Нам говорили, что они необходимы для сбора денег для Красной Армии.

—Разве они не говорили об особых достижениях евреев, отдельно от достижений русского народа?

—Возможно, некоторые и говорили. Я не помню, я их не писала.

—Значит, вы были согласны с преувеличенными и ложными заявлениями.

—Я не осмелилась бы и подумать, что мнение такого незначительного человека, как я, может отличаться от вышестоящего, а уж тем более по вопросам пропаганды военного времени.

—Вы уклоняетесь от вопроса. Отвечайте конкретно. У вас не было проблем с материалами, с которыми вы работали?

—Как я уже сказала, я всегда согласна с политикой правительства.

Она не избегала взгляда Субботина. Это был уже не 1937 год, или 1940 год. Это был 1948 год. Если он собирался играть в эту игру, то она покажет ему, что знает правила.

Он лукаво улыбнулся.

—Значит, вы не испытывали никаких чувств по отношению к вопиюще националистическому материалу, который вы переводили?

—Мы выполняли свою работу.

—И выполняли свою работу, когда участвовали в митинге сионистов в поддержку израильского посла Голды Мейерсон?

—Меня не было на этом митинге.

Флоренс заметила, как Субботин быстро взглянул в свои бумаги.

— Есть свидетели…

— Ваши свидетели обознались. Вы можете проверить. Я была дома в тот день.

Лицо Субботина покраснело, выдавая его раздражение.

— Есть свидетели, которые видели Леона Бринка и других…

Если он гадал про неё, может он гадает и про Леона? Она не хотела рисковать.

— Я не присутствовала на этом митинге. Меня это не интересовало. Мой муж пошёл из любопытства. Он слышал о даме из Палестины и хотел увидеть, что она за человек.

— И тысяча других людей тоже вышли из любопытства, да? И они также выкрикивали её имя и лебезили перед её сотрудниками из простого любопытства. И выкрикивали сионистские лозунги из любопытства!

— Какие лозунги?

— В следующем году в Иерусалиме!

Ей стало смешно.

— Это не лозунг. Евреи говорят это с тех пор, как их изгнали из Вавилона. Это просто фраза, которую произносят в святые дни. Это ничего не значит.

— Вспышки грубого и рьяного национализма, совершаемые в тридцать второй год революции, ничего не значат?! Я вынужден думать, что вы неискренни, если вы утверждаете, что такой националистический угар не разжигался группой сионистских негодяев.

Как сказать ему, что никакого разжигания не нужно было? Что евреи пошли бы сами по себе, чтобы взглянуть на Мейерсон, без всякого наущения?

— Я не утверждаю ничего подобного, — сказала она. — Откуда я могла знать? Я не была в Еврейском комитете.

— Но вы провели три года в Куйбышеве среди этих людей и тех, кто тесно с ними работал. Вы слышали дискуссии и разговоры, значение которых вы, возможно, не до конца понимаете.

Ей захотелось улыбнуться. Несмотря на обвинительный тон Субботина, Флоренс поняла эти слова как отступление. Он больше не обвинял её. Если бы не его полная власть над ней, она бы даже сказала, что он заискивал перед ней, пытаясь заручиться её помощью. Возможно, он намекал, что она была слишком наивна, чтобы действительно понять, что происходило в логове негодяев. Тем не менее, она могла как-то помогать им.

—Это было пять лет назад,—сказала Флоренс.—Больше. Если что-то и было сказано тогда, то прошло слишком много времени, чтобы я могла вспомнить это сейчас.

—Я уверен, что через некоторое время вы вспомните,—сказал Субботин.

* * *

С Эсси они оставались в напряжённых отношениях. В местах общего пользования они не замечали друг друга, сохраняя формальную вежливость, как отдыхающие на курорте. Флоренс очень огорчалась от необходимости соблюдать эту позу со своей давней подругой. Со временем она привыкла, оставив старые обиды. И всё-таки ей казалось, что именно Эсси должна была бы сделать шаг к примирению. И так оно шло.

Однажды в воскресенье Флоренс вошла в комнату и застала Юлика в нише под своей швейной машиной. Он хныкал и всхлипывал так, что с трудом смог рассказать маме о причинах его страданий. В то утро, когда Флоренс пошла в магазин за продуктами, Эсси повела Яшу в детский парк посмотреть на новую миниатюрную железную дорогу. Юлик хотел увязаться с ними, но Яша заносчиво сказал ему, что он слишком маленький. Вернувшись из парка, они громко смеялись, вспоминая, как здорово они катались в миниатюрных вагонах всё утро.

—Тётя Эсси больше не любит меня.

—Да нет, что ты, зайка. Давай пойдём с тобой.

—Нет! Сейчас уже поздно!

—Ну, так сходим на следующей неделе.

—Нет, я хотел пойти с ними.

* * *

Флоренс громко постучала в Эссину комнату. Она научилась не обращать внимания на Эссино молчание, не выходя из себя, но переносить свои неурядицы на ребёнка—отыгрываться на Юлике—это было уже слишком.

—О чём ты думала?—спросила она, когда Эсси открыла дверь. Эсси стояла в своём халате с цветочками и райскими птицами. Флоренс прошла мимо неё в комнату,—Я нашла Юлика плачущего навзрыд. Он сказал, что ты и Яша не взяли его на какую-то там железную дорогу.

Эсси резко вдохнула и разгладила волосы.

—Яша просил меня пойти с ним уже давно. Он хотел, чтобы мы пошли вдвоём. Я не могла взять их обоих. Я не наёмная няня.

—Но вы, конечно, должны были, вернувшись, разговаривать и смеяться так, чтобы вся квартира слышала. Можно было бы сделать немного меньше показухи.

—Мы все живём в одной квартире, Флоренс, нравится нам это или нет. Что ты от меня хочешь? Перестать разговаривать с людьми? Прекратить смеяться? Должна ли я ходить на цыпочках? Иногда люди чувствуют себя обделёнными, и это просто факт.

—Он же ребёнок!

—Боже мой, Флоренс. Я не знала, хочешь ли ты, чтобы я его брала с собой.

—Могла бы спросить меня.

—Извини меня, но каждый раз, когда я хочу с тобой поздороваться, ты куда-то торопишься. Ты занята или пожимаешь плечами и отворачиваешься. Я старалась и старалась, но я понимаю, где меня не хотят.

Глаза Эсси блестели от слёз. Флоренс сама с трудом сдерживалась.

—Эсси, я не хотела ссориться. Я думала, что ты всё ещё злишься за… Ой, это всё так глупо. Я не знаю, почему кто-то должен за что-то извиняться.

—Я всё надеялась,—сказала Эсси.—Мне жаль, что это расстроило Юлика. Я не имела в виду,—она затянула пояс своего халата, как будто внезапно смутившись, что её застали в таком растрёпанном виде.

—Давай просто забудем. Послушай, я пыталась достать для нас несколько журналов, но новая редакторша разделов, которую они поставили, она… такая стерва.

—Они сейчас все такие. Хочешь присесть?

—Пожалуй. Это так нервирует. Первое, что она сделала, когда вошла в комнату наших переводчиков, прочитала вслух все фамилии — «Вайнберг, Файнберг» — и с отвращением сказала: «У нас что, синагога?»

Эсси села на кровать и кивнула.

— Знаю, знаю. На этой неделе я одолжила цветной карандаш у машинистки и сломала грифель. Я попросила у неё бритву, чтобы заточить его, а она забирает карандаш и говорит: «Я сама; вы, такие люди — ломаете всё, к чему прикоснётесь!».

— Я не знаю, что происходит.

— После всех этих лет я думала, что наконец-то я…

— Одна из них, — сказала Флоренс.

Эсси кивнула, её глаза высохли.

— Но мы никогда не станем, правда?

ПОБЕГ

МОСКВА, 1948

В скором времени Флоренс выполнила своё обещание Эсси, постучав в дверь с выпуском журнала «Лайф» в руке. На обложке была Ингрид Бергман в костюме Жанны д'Арк.

— Флоренс! Как тебе удалось?

Флоренс положила палец к её губам.

— Было несколько экземпляров. А теперь быстро спрячь, пока я не передумала.

— Ой, давай посмотрим вместе,—сказала Эсси, залившись краской благодарности.

— Сегодня не могу—мне надо куда-то бежать. Ты пока подержи.

— Ты уверена?—Эсси крепко держала журнал.

— Только не сгибай уголки и не измажь мармеладом.

* * *

Несмотря на грызущее где-то на краю сознания беспокойство, всё следующее утро Флоренс чувствовала удовлетворение от своего великодушия по отношению к Эсси. Делиться с ней журналами было лучшим, что она могла сделать для их давней дружбы. Она уговаривала себя, что Эсси можно доверять, что она будет держать всё в тайне. Но это чувство начало угасать в тот же день, когда Селдон появился из ниоткуда, небритый и пахнущий алкоголем. Его волосы были взлохмачены, а одежда помята, как будто он в ней спал.

— Фефер пропал.

— Что значит, пропал?—спросил Леон.

— Отсутствует. И до сих пор нет ни слова о Хофштейне.

Исчезновение Давида Хофштейна в Киеве произошло в сентябре. Люди думали, что он болен и уехал в санаторий. Теперь стало известно, что жена поэта находится в Москве, разыскивая его в Лефортовской тюрьме. Вышагивая по комнате своими длинными ногами и рассказывая об этих событиях, Селдон казался Флоренс грубым и почти физически пугающим, вызывая желание увести Юлика из комнаты как можно быстрее.

Она надела на мальчика валенки, повязала шарф поверх шапки и отвела его к Авдотье Григорьевне, заранее дав бабке рубль, чтобы та вывела его погулять. Она вернулась в комнату, которая быстро наполнилась густым запахом табака от папирос «Казбек». Селдон ходил взад-вперёд, роняя пепел от папиросы, тлевшей между пальцами. Он говорил очень быстро, не успевая затягиваться. «Организация с любой независимой политической силой не может служить его инструментом, понимаете? Персонал слишком монолитен, слишком взаимосвязан. Вот почему, как говорится, кадры постоянно «очищаются». Это перманентная революция, чтобы не могли сложиться никакие личные связи сильнее его власти. Я много думал об этом».

Флоренс в панике посмотрела на Леона. Страшная сила вошла в их жизнь в виде Селдона. Теперь она могла думать только о том, чтобы эта сила не утащила их на дно.

— Селдон, сядь,— тихо сказал Леон.

— Я лучше постою,— он сунул палец за воротник, как будто задыхаясь.— Они что-то готовят. Вы читали газету? «Прославление чуждой культуры», «безродный космополитизм»— о ком, вы думаете, они говорят? Они пытаются заклеймить Еврейский комитет как гнездо диверсантов. Бьюсь об заклад, будет большой спектакль; сейчас они просто готовят сцену.

Понадобилось много времени, чтобы разобраться в отрывистой речи Селдона, но в итоге Леон и Флоренс уловили его тревожную мысль: пресса просто опередила чекистов; недавние исчезновения были лишь прелюдией чудовищного дела, готовившегося где-то в недрах НКВД. Всё больше и больше людей будут втянуты; никто сейчас не застрахован.

— Где бы сейчас ни находился Фефер, я могу только представить, что этот паршивый тип уже сказал им.

— Ты не можешь этого знать,— возразила Флоренс, стараясь не встречаться с ним взглядом.— Во всяком случае, какое им дело до нас? Мы ведь только переводили. Что мы такого сделали?

Он уставился на неё так, словно она, а не он, нуждалась в психиатрическом обследовании.—Что мы такого сделали?—Он передразнил её голос грубым фальцетом.—Флора Соломоновна, что ОНИ такого сделали?

—Ради Бога, Флори,—сказал Леон, поворачиваясь к ней,—ты задаёшь не тот вопрос, чёрт возьми!

—И что же я должна спросить?

—Что есть в этой комнате, от чего мы должны избавиться!—сказал Леон, словно утверждая очевидное.

—Вот именно!—С этими словами Селдон начал снимать тома с книжной полки, поднимая пыль с тетрадей и бумаг.—Что это?

—Теодор Драйзер.

—В камин. Словари тоже. Избавьтесь от всего,—он перевернул коробку со старыми номерами «Эйникайт», которая стояла в конце их кушетки.

—Прекрати, не прикасайся к ним!—она схватила Селдона за руку, выбив книги из его руки, а затем упала на колени, перед кучей, рассыпавшейся по полу.

Она не ожидала, что Селдон склонится на колени, чтобы помочь ей.

—Извини, Флори. Мне очень жаль,—он взял её за руку с такой тревожной нежностью, что её как будто ударило током. Он помог ей подняться. Избавившись от дьявольской силы, которая владела им всего минуту назад, он рухнул в их продавленное кресло.

—Хорошо,—сказал Селдон, сдавливая лоб ладонями, как будто разминал комок мыслей в черепе.—Хорошо,—повторил он.—Мы не можем просто сидеть и ждать, когда за нами придут,—теперь в его голосе звучала уверенность, невозмутимое спокойствие, которое повергло Флоренс в оцепенение даже больше, чем истерика за несколько минут до этого. Селдон смотрел на неё и Леона, и дальше—в какую-то бесконечность за ними. То, что последовало за этим—то, что он добавил, наверное, и было истинной причиной его прихода. Или, может, оно вырвалось из-за какого-то внезапного покровительственного импульса, которому он поддался.

— Здесь, в Москве, — тихо сказал Селдон, — сейчас находится сотрудник британского МИДа, который знал моего брата.

— Твоего брата?

— Он сводный брат. От первого брака моего отца. Сводный брат, старше на девять лет, он ещё до войны начал работать в королевском казначействе. Его друг-дипломат недавно был переведён в Москву. Каким-то образом этот человек нашёл меня и привёз письмо от брата из Англии.

— Где оно? — спросила Флоренс.

— Я уничтожил его. Я не сумасшедший.

— Ты встречался с этим человеком!

— Да, встречался, но мы были осторожны. Встречались только в людных местах — в метро или у фонтана Большого.

— Это не значит, что за вами не следят, — возразила Флоренс.

— У нас была система, — сказал Селдон, — он писал записку на тонкой папиросной бумаге и заранее засовывал её в папиросу. Этот человек, его зовут Хэнк Келли, закуривает обычную папиросу, делает несколько затяжек, пока не увидит меня. Затем он гасит папиросу и вроде бросает её на землю. А на самом деле он бросает ту, которая, конечно, с запиской. Я подбираю её, чтобы узнать какие-нибудь новости и место следующей встречи — мы всегда встречаемся в разных местах. Он знает ситуацию в стране и хочет помочь мне уехать.

— Сбежать?

— Да. Главное — это пройти через охрану в британское посольство. Как только мы окажемся внутри, они смогут подделать любые документы, — он посмотрел на Леона, — они помогут нам всём.

Флоренс посмотрела на него с изумлением. Что он предлагает?

— Селдон, ничего не получится, — сказал Леон. — Они махнули на нас рукой много лет назад. Американское посольство закрыто, как крепость. Никто не может войти или выйти, кроме как на автомобиле. Охранники не впустят вас, даже если вы американец. Почему никто из сотрудников посольства никогда не пытался связаться с такими, как мы?

— Правильно, — подтвердила Флоренс. — Мы для них мусор. Беглецы. Предатели. Мы уехали и скатертью дорога. Они презирают нас, и это правда. С англичанами то же самое. Я не знаю, кто этот человек, но тебе нужно это бросить, Селдон. Наказание за попытку сбежать из страны сейчас—расстрел.

Селдон смотрел на неё, но, похоже, не слышал, что она сказала. Он был в плену своего плана.

—Да, если бы я был просто кем-то, это было бы так. Но я же говорю, мой брат работает на Великобританию! Он важный человек. Вы только послушайте. Всё, что нужно сделать этому парню—это получить машину без официального водителя. Официальные все стукачи, естественно. Но если он сам сможет вести машину, мы можем попасть в посольство незамеченными.

Она встала и подошла к окну. Она подумала, что если она хоть на мгновение увидит своего маленького мальчика, её сердце сможет лучше выдержать этот разговор. Внизу она увидела Юлика в сопровождении большой закутанной Авдотьи Григорьевны—маленькую фигурку, играющую среди других детей во внутреннем дворе, огороженном железным забором.

Теперь Леон решился на прямой вопрос, осторожно выдвинув его, как будто он разговаривал с сумасшедшим.

—Но почему мы, Селдон? Это очень рискованное предложение—ты не можешь сам решиться на такое?

И тут Селдон, с глазами, полными болезненной нежности, бегающими от Флоренс к Леону, заговорил с ними так, словно это они были безумцами.

—Вы что, не понимаете? Потому что вы погибнете здесь. Прямо сейчас, пока мы разговариваем, они подписывают ваши смертные приговоры.

Теперь Флоренс посмотрела на своего мужа и увидела, что он ждёт ответа от неё.

—А как насчёт Юлика?—спросила она.

—Мы все. Я поговорю с ним. Я скажу Келли, что пойду, только если он заберёт вас тоже. Но вы должны принять решение.

Она посмотрела на Леона. Разве не он говорил ей, что они должны принять свою жизнь здесь, должны принять свой жребий? Разве Леон не заставил её отказаться от всех надежд на спасение? И теперь он искал ответа у неё. Он хотел, чтобы она сказала ему, что делать.

—Мне нужно знать, согласны ли вы,—сказал Селдон.

Она закрыла глаза и ждала, пока её муж нарушит тишину.

— Мы согласны,— сказал Леон.

* * *

Спустя две бессонные ночи, лёжа в постели, она спросила:

— Ты ему веришь?

— Он наша единственная надежда, Флоренс.

— Вся его история уж очень странная,— прошептала она.— Две папиросы, брат, или сводный брат, или кто он ему.

— Я не знаю. Если кто-нибудь и мог бы пытаться осуществить план, подобный этому, устанавливать контакты и всё остальное, Селдон как раз такой человек.

— Хорошо,— сказала она, садясь в кровати,— предположим, это правда. Почему британское посольство стало бы вообще беспокоиться о нас? Они и своих-то людей не вывозят.

— Он сказал, что его брат—важный человек.

— Ой, Леон, а что вообще мы знаем о Селдоне? Он сам сказал, что они были воспитаны разными матерями. Похоже, он думает, что он достаточно важный, чтобы его стали спасать, когда…

Он прервал её.

— Я не думаю, что он бы рассказывал нам всё это, если бы это было просто пустыми словами.

— Он воображает вещи, Леон.

— Может, он что-то приукрашивает, но…

— Не только это. Я вижу, как он смотрит на тебя.

Они долго молчали в темноте.

— О чём ты?

— Я думаю, ты понимаешь.

Даже в темноте Леон, его тело, сильно на неё действовало— его гладкое плечо, кости его больших рук, мускулы его голой ноги, торчащей из-под одеяла.

— Не делай вид, что ты не видишь,— сказала она голосом, похожим на Эсси.

— Ты говоришь ерунду, Флори. Давай лучше спать.

Но, начав, она уже не могла остановиться.

— Правда? Этот влюблённый взгляд, которым он тебя одаривает каждый раз, когда ты говоришь что-нибудь ободряющее.

Кладёт руки на твоё плечо, как какой-то начинающий гомик, расслабившийся после выпивки.

— Думаю, ты должна научиться следить за своим языком.

— Неужели? Следить за своим языком, когда этот извращенец ест мою еду и влюблённо смотрит на мужа, подбодрённый моей водкой? Ты знаешь, что я думаю? Я думаю, он был бы очень рад, если бы мог взять с собой тебя, тебя одного, а нас оставить здесь гнить.

В следующий момент она оказалась прижатой к стене; спину и задницу ей колол ковёр, висящий над кроватью, колено Леона упиралось ей в бедро.

— До тебя никак не доходит, да? — её волосы были в его кулаке, её голова откинута назад. В белом свете уличного фонаря она видела искажённые черты его исполненного отвращением лица.

— Отпусти меня, — прошептала она хриплым, придушенным голосом.

Он отпустил её волосы и тяжело скатился в кровать.

— Чёрт тебя побери! — он сжал руку в кулак. Она вздрогнула, когда он ткнул кулаком в подушку, — чёрт тебя побери, Флоренс! Почему ты думаешь, я хочу, чтобы мы на это пошли? Мы не можем жить так, как мы живём, как пойманные в ловушку звери, связанные, с заткнутым ртом. Может быть, до войны я мог, потому что мечтал, что всё станет лучше. Но мы никогда не будем свободными здесь, — он повернул голову к бледной цветастой занавеске, за которой спал их сын. — Я не хочу, чтобы он рос, слыша слово «жид» каждый день.

Она прислонилась к стене, чтобы восстановить самообладание, и попыталась произнести спокойным тоном:

— Ты думаешь, он не услышит этого ни в Америке, ни в Англии?

— Может быть. Но как только мы выберемся, мы сможем поехать куда угодно… хоть в Палестину.

И тут ей стало жаль его — за то, что он стал жертвой своих собственных мечтаний о побеге, за то, как он вынашивал их тайно, как когда-то она.

— В этом состоит твой план сейчас? — она не удержалась, чтобы не посмеяться над ним. — Тебе не удалось погибнуть в последней войне, так ты хочешь повоевать в пустыне, да? Чтобы нас убили арабы?

— По крайней мере, там евреи сражаются в открытую, а не дрожат, как жертвенные овцы, вроде нас, Флоренс, можешь не обманывать себя. Ситуация — хуже некуда.

— Думаешь, я этого не понимаю? Ты думаешь, я не знаю, что наше положение становится всё хуже? Можешь мне не рассказывать! Субботин снова вызывал меня.

Молчание.

Она не могла собраться с силами, чтобы взглянуть на него.

— Когда?

— На прошлой неделе.

— Как ты могла? Как ты могла не сказать мне?

И вдруг он встал с кровати, срывая с неё одеяло, словно желая увидеть, что ещё она от него скрывала. Он посмотрел на неё так, будто не узнавал её.

— Я собиралась, честное слово. Я ждала, а потом пришёл Селдон и…

— Что ты ему уже сказала?

— Боже, не будь таким подозрительным. С чего ты взял, что я сказала ему что-нибудь важное? Ты мне не доверяешь?

— Что он хочет знать?

— Он кое-что знает. Он знал, что ты и Селдон были на митинге с Мейерсон. Он думал, что я тоже была, пытался на меня повесить. Чёрт возьми, я говорила тебе, не ходи. Каждая минута, которую ты проводишь с Селдоном, сокращает твою жизнь на целый день.

— Можешь потише! Ты разбудишь Юлика. Что ещё?

— Он хочет отчёты про Куйбышев. Разговоры. Всё, что касается Еврейского комитета.

Леон опустился на кровать.

— Так это правда…

— Думаю, если я просто скажу ему, чего он хочет, он оставит нас в покое.

— А что ты думаешь, он хочет?

— Правду! Что это было гнездо диверсантов и шпионов…!

— И ты веришь, этому?

— Какая разница! Ну что ты, милый, — она нерешительно коснулась его плеча. — Мы ничего такого не делали. Мы только переводили то, что нам давали.

Он напрягся от её прикосновения.

— Не обманывай себя. Все мы повязаны одной верёвкой.

— Что ещё можно от меня требовать, Леон? У нас есть ребёнок.

Ни её напряжённый от сдерживаемых рыданий голос, ни её всхлипывание никак не подействовали на него.

— Если ты думаешь, что помогаешь себе или нам, ты ошибаешься, Флоренс. Как только ты дашь ему то, что он хочет, всё кончено. Их отношение к доносчикам не лучше, чем к тем, на которых доносят.

— Не называй меня так! Ты думаешь, мне нравится этим заниматься? Мне нужно дать ему что-нибудь. Я должна как-то выкрутиться из этого. Не выговаривай мне, ради Бога, помоги мне.

Как будто она сказала: «Сезам откройся».

Он повернулся к ней лицом. Ни одна из её нападок не оказывала на него такого воздействия, как её откровенная мольба.

Он закрыл лицо руками.

— Мне надо подумать.

Долгое время он сидел, словно уставившись в озеро. Наконец, он сказал:

— Хорошо, расскажи ему что-нибудь о Михоэлсе. Что бы ты ни сказала Субботину о нём, только лишь добавит грязи на его гроб.

— Субботин не такой дурак — это слишком прозрачно.

— Назови кого-нибудь, кто уже сидит. Фефер. Он всё равно конченый. Он будет первым, кого расстреляют. Я не знаю о других. Селдон сказал, что Хофштейн был болен, когда исчез. Может быть, он уже мёртв.

— Боже мой, как мы можем так говорить? Так спокойно! Это так ужасно. Я не могу.

— Главное, держись. Если ты потеряешь самообладание, как сейчас, ты в его руках. Тебе нужна стратегия, Флоренс, а не просто тактика. Это единственный способ. Важно не называть никого, кого ещё не взяли.

— Да-да.

— Мы не должны говорить об этом Селдону.

— Конечно, нет, — она снова взглянула на Леона. — Я не хочу, чтобы он приходил сюда в любое время… Он звонит в дверь, и вся квартира знает, что он здесь.

—Где нам тогда разговаривать? В Совинформбюро все стены имеют уши.

—На улице, в парке.

—И что делать—бросать папиросы с записками друг другу? Что, если это что-то реальное? Нам нужно место, где мы действительно можем поговорить, Флоренс.

—Хорошо. Но он не может просто заявляться, когда захочет, и звонить в дверь. Скажи ему, что он должен предупредить заранее и приходить после наступления темноты, и ждать внизу на улице, когда ты за ним спустишься.

—Я передам ему,—сказал Леон,—если ты настаиваешь.

* * *

На следующей встрече она сидела и смотрела, как Субботин пишет в своей тетради. Его волосы поредели. Это была та перемена в нём, которую она не заметила в первый раз, потому что он был коротко подстрижен, и к тому же она очень нервничала. Теперь она позволила себе уставиться на лысеющий лоб над этим ненавистным, холёным лицом.

Несколько дней она репетировала показания, которые собиралась дать Субботину. Она будет «вспоминать» разговоры, слышанные ею, в которых Михоэлс высказывал «националистические взгляды». Она расскажет, как после войны Михоэлс говорил о положении евреев в СССР, о возращении эвакуированных в начале войны: как они увидели, что их дома заняты; о продолжающейся дискриминации при приёме на работу и так далее. Он настаивал, чтобы Еврейский комитет вступался за них. Это, по мнению некоторых сотрудников, было грубым нарушением чёткой роли Комитета как пропагандистского органа.

Обо всём этом она теперь уверенно рассказывала Субботину, убедив себя, что так оно и было. Когда он записал её показания, выражение его лица оставалось непроницаемым.

—И Михоэлс обвинял в этом советское правительство?

—Он говорил, что этому вопросу уделяется недостаточно внимания.

—Он высказал мнение, что советское правительство пренебрегало своими обязанностями…

—Да.

— И он чувствовал, что в его обязанности входит взять на себя работу правительства.

— Нет… Наверно, он только хотел привлечь внимание ответственных людей к тому факту, что евреи потеряли свои дома, когда их эвакуировали…

Субботин приподнял хорошо ухоженную бровь.

Она прикусила губу. Почему она снова начала защищать Михоэлса вместо того, чтобы осуждать его? На самом деле, в то время она не считала, что Михоэлс делал что-то неправильно. Он был завален письмами от страдающих людей. Как мог человек, который был сердцем и голосом евреев в Советском Союзе на протяжении всей войны, отказать им в помощи после её окончания? Но он ведь всё равно не воскреснет, если она будет его защищать? Это только навредит ей. Совсем недавно, казалось, она говорила себе, что «не будет искажать или преувеличивать», что она будет чистым зеркалом и не скажет ничего, что могло бы поставить под угрозу другого. Теперь она поняла, что все эти возвышенные обещания бесполезны. Какую бы информацию она ни дала, Субботин переиначит её на свой лад, так же, как она сама переделывала статьи из американской прессы для своих бюллетеней. Леон был прав: лучше бросать грязь на закрытую могилу.

Что касается Ицика Фефера, то она позволила себе более резкий тон. Она рассказала Субботину, что Фефер отнёсся к тому, что его выбрали для поездки в Америку с Михоэлсом, как к личному триумфу, а не как к заданию. То, что он оценил это как возвышение над другими членами ЕАК. Она была осторожна, чтобы не обвинять Фефера в каких-либо реальных преступлениях — он, может быть, ещё был жив. Но как бы она ни поносила его характер, цитируя сплетни, которые она слышала от других, Субботин не выглядел удовлетворённым. Не проявляя никакого интереса, он продолжал записывать то, что она сказала. Затем он задал вопрос о крымском заговоре. Как описал Субботин, в заговоре участвовали лидеры ЕАК, которые «обещали» американцам, с которыми они были в контакте, часть Крымского полуострова в качестве плацдарма для империалистических военных действий. Согласно «информации, которой располагает следствие», лидеры еврейской клики уже начали распределять между собой ключевые позиции на этом империалистическом плацдарме. Теперь он ожидал, что Флоренс расскажет ему, какие должности были тайно распределены, и кто будет их занимать.

Она хотела зажать себе рот. Идея — курам на смех! Она никогда не слышала о таком заговоре. Это означало бы, что крошечная группа поэтов согласовала план по свержению могущественного советского правительства. Она знала только о предложении, которое обсуждалось недолго и публично, о расселении в Крыму еврейских беженцев, потерявших свои дома. Она попыталась понять по лицу Субботина, верит ли он сам в то, что говорит. Если он верил, тогда он, безусловно, был фанатиком, готовым поверить во что угодно; но если он не верил, это означало лишь то, что он был полным циником, и поэтому её попытки отговорить его были бы столь же бессмысленными. Все эти мысли с молниеносной скоростью пронеслись в её голове, смешав стратегию с философией. Кто был более опасен, фанатик, который верил гнусной лжи, или циник, который только делал вид, что верит, но сделал бы её правдой, если это было необходимо? Она твердила себе, что не должна быть втянута в отрицание этого предполагаемого заговора. Единственный выход для себя она видела в том, чтобы утверждать, что ничего об этом не знает, сказать Субботину, что члены Еврейского комитета — это замкнутая маленькая группа, и если бы такой заговор и существовал, она бы об этом не могла знать.

Как только она сказала это, Флоренс увидела, что её ответ не был принят.

— Понятно, — сказал он, не опуская авторучку, — вы говорите, что они жалуются, подсиживают друг друга, толкаются локтями, чтобы быть на виду, но когда дело доходит до этого заговора, вы внезапно заявляете, что они были «замкнутой маленькой группой».

Он сказал ей, что дал ей свободу валять дурака достаточно долго.

— Я только хотела сказать, что ничего об этом не знаю. Я не исключаю, что они рассказывали об этом плане другим.

— Другим, как, например,… Селдону Паркеру?

Это имя прозвучало в её голове ещё до того, как он произнёс его. Как могла она быть настолько глупой, чтобы подумать, что он ничего не потребует от неё, если она будет играть наивную дурочку? Конечно, Субботин выбрал для неё цель с самого начала.

— Да, — сказала она — мы действительно делили с Селдоном Паркером две небольшие комнаты в Куйбышеве в эвакуации. И делали это не по своему выбору. Как вы можете догадаться, жильё в Куйбышеве было практически невозможно найти. Наше жильё было нам выделено. Когда нас эвакуировали, мы, двадцать человек, жили в классе в неотапливаемой школе. Поэтому, когда Совинформбюро предложило нам эти две комнаты, мы были благодарны. Селдон жил в меньшей из двух. Мы виделись каждый день, делили еду и тому подобное. Что касается того, как хорошо мы его узнали — это другой вопрос. Его трудно узнать. Он очень скрытен и держит карты близко к груди. Я имею в виду, что он довольно общительный, хорошо говорит и так далее; он может произнести хороший тост, рассказать анекдот. Но иногда мне казалось, что я его совсем не знаю. Я не знаю, как это объяснить.

Но отрицание навряд ли спасло бы её, насколько она понимала. Как сказал Леон, ей нужна стратегия, а не просто тактика. В её голове звучали слова Леона. Все они были повязаны одной верёвкой, и их всех затягивали в одну петлю.

В этот момент план побега Селдона больше не казался Флоренс безумным. Он давал не меньше шансов на спасение, чем бездействие. И вопрос теперь — и это была единственная часть игры, на которую, она, может, могла ещё как-то влиять, — заключался в том, как притормозить арест Паркера. Как предложить Субботину, что она попробует выведать у Селдона Паркера необходимую информацию, которая ему нужна.

— У него был… особый талант, — сказала она и едва заметно улыбнулась.

Под неподвижной маской Субботина она увидела скрытый, но всё же различимый интерес.

— И что же это? — сурово спросил он.

— Он всегда мог достать выпивку. Вам может показаться, что это легко, но водка была довольно дорогой в эвакуации, а вино никто вообще не мог достать. На базаре она стоила пятьсот рублей за бутылку! Можно было, наверно, достать другим путём, но я про это ничего не знала. Как бы то ни было, он всегда мог достать — водку, грузинское вино, даже херес. Я не знаю как он это доставал, но он стал очень популярен среди руководителей комитета. Я уверена, что они не страдали от недостатка пайков. Но Селдон всегда был принят с бутылкой.

— Вы говорите, что он пил с ними.

— Да, иногда. Ему нравилась хорошая жизнь. Через это он завёл друзей в Комитете. Я знаю, что он любил посидеть за бутылкой с некоторыми из них. О каких вещах они беседовали в это время, я не могу точно сказать. Иногда он что-нибудь выдавал. Однажды он сказал, что Фефер заметил, что он наконец-то «получит небольшую передышку, увидит маленький рай», когда посетит Америку. Он цитировал мелочи, которые люди могли сболтнуть, когда выпивали.

— И вы никогда не просили его рассказать больше?

— Он гордился тем, что был лично знаком с ними, называл их друзьями. Я не сплетница, и мне не нравится льстить людям, хватая наживку, когда они хвастаются.

— Мне кажется, что человек, который так говорит, хочет, чтобы его спросили.

Крючок. Приманка. Заглотил. Она подцепила его.

Она понимала, что было рискованно предположить, что Селдон может иметь секретную информацию о любом заговоре — реальном или воображаемом — задуманном Комитетом. Такое предположение было достаточным основанием для того, чтобы НКВД мог его арестовать. Но её инстинкты говорили ей, что если бы они хотели арестовать Селдона, они бы уже сделали это. Нет, какой бы изощрённой фальсификацией ни занималось это «расследование», им всё равно требовалась некоторая достоверная информация, с помощью которой можно было бы получить дополнительные признания. Её встревожило, что она начала инстинктивно понимать, как эта грубая и примитивная игра велась. Большая ложь будет куплена маленькими истинами.

— Я думаю, — сказала она, — я могла бы спросить его сейчас. Это было три года назад. Надо будет немного постараться, чтобы Паркер рассказал о тех временах. Но он ведь любит рассказывать истории.

— Как вы будете это делать, решайте сами,— твёрдо сказал Субботин. Тем не менее, она чувствовала оттенок одобрения в его подчёркнутом безразличии.

Она выиграла время.

* * *

В течение нескольких дней на лестнице не было света. Флоренс казалось, что каждые несколько недель лампочка на входе в их подъезд вывинчивалась и кралась либо жителями, либо подростками со двора. Через некоторое время жилищный комитет просто перестал её заменять. В феврале рано темнело, и ей пришлось пробираться домой через дворик в полной темноте. Этим вечером, когда тени деревьев ещё больше затемняли вход, она шла ощупью по покрытой смёрзшимся снегом тропинке. Она передвигалась с опаской, сжимая свои авоськи с продуктами и сожалея о том, что так поздно пошла на открытый рынок, чтобы купить побитые овощи, которые в конце дня распродавались по дешёвке. Она перешагнула порог подъезда, ещё не привыкнув к почти полному мраку. Флоренс остановилась. В сырой пустоте подъезда она почувствовала, что не одна. Она напрягалась, чтобы услышать что-нибудь похожее на скрип обуви или вздох. Но в жуткой тишине она слышала только своё собственное поверхностное испуганное дыхание. Но нет, она не ошиблась. Тот, кто скрывался на краю тьмы, в этот момент нарушил тишину и приблизился к ней.

Она искала выход — дверь или лестницу — но не могла разобрать, что где. Человек схватил её за руку. По телу прошла непроизвольная судорога, и авоська с луком в свободной руке прочертила в воздухе дугу, словно средневековая булава. Её крик нарушил напряжённую тишину, и она снова ударила сумкой с луком злоумышленника, и, почувствовав, что он выпустил её руку, споткнувшись на первых ступенях, ухватилась за перила и мигом взлетела на верхнюю площадку.

В этот момент Флоренс услышала стон. Она посмотрела вниз, и там, в полосе слабого лунного света, увидела худую фигуру, согнувшуюся у подножья лестницы.

— Селдон?

Стон.

Она спустилась вниз по лестнице.

— О Боже, я тебя ушибла?

— Голова заживёт. Не уверен насчёт моего самолюбия,— на нём была меховая шапка с опущенными ушами.

— Почему ты не назвался?

— Я собирался, если бы ты не двинула меня этим мешком… что это?

— Наш ужин.— Ползая на коленях, Флоренс пыталась нащупать рассыпавшийся лук.

— Леон просил меня больше не приходить без предупреждения. Я сказал, что буду здесь в половине восьмого. Я стою здесь уже около часа.

Тут Флоренс вспомнила, о чём просила Леона.

— Я оставила его с Юликом. Должно быть, он забыл,— виновато сказала она.

Селдон держал луковицу, которую он подобрал, и нерешительно проследовал за Флоренс вверх по лестнице. Она вставила ключ в замок и открыла дверь в коридор. Никого, слава Богу, в коридоре не было. На кухне в конце коридора горел свет. Кто-то гремел кастрюлями и горшками. Селдон опустил свою ношу и начал снимать сапоги.

— Ой, ради бога, не беспокойся! — прошептала она.

Лучше бы она молчала, потому что именно в тот момент Эсси высунула голову и выглянула в коридор. Её передник был весь в муке.

— Флоренс! Я как раз хотела тебя видеть.

— Ты поздно занялась выпечкой,— ответила Флоренс, изо всех сил стараясь выглядеть спокойной.

— Я совершенно забыла, что обещала сделать торт для одной из девушек на работе. Она уходит в отпуск по беременности. И у меня кончилась сгущёнка. О, привет, Селдон,— сказала Эсси, заметив его у вешалки. Её глаза подозрительно прищурились за слегка запылёнными очками.

— Давненько не видела тебя здесь.

— Добрый вечер, Эсси.

— У тебя не найдётся банки сгущённого молока? — обратилась она к Флоренс.

— Я посмотрю.

Флоренс пыталась скрыть своё нетерпение, когда искала сгущёнку, а Эсси ждала в дверях. Стоя на стуле, она ощупывала верхнюю полку, где хранила сухие продукты: макароны, сахар, крупу. Юлик беспокойно спал, ворочаясь в своей койке. Селдон пристроился к Леону, и они закурили папиросы у приоткрытого окна. Она нашла банку и дала её Эсси.

— Ты спасла меня. Я принесу тебе две банки на следующей неделе.

— Одной хватит.

— Тогда, пока,— она огляделась и слабо улыбнулась мужчинам.— *Ciao*.

Флоренс набросила крючок и заперла дверь. Из-за спящего за занавеской ребёнка они разговаривали вполголоса. В плане, который Селдон разработал вместе с Хэнком Келли, человеком из посольства, пообещавшим ему помочь, появилась новая деталь.

Примерно через семь недель должна была состояться вечеринка для всех сотрудников посольства и их семей в селе Успенском, где у некоторых из них были дачи. На эту сельскую вылазку сотрудников посольства будут по очереди переправлять на официальных машинах. Келли предсказал, что при таком количестве гостей, которых надо будет развозить, притом, что некоторые из водителей не будут дежурить, он сможет воспользоваться собственной машиной в качестве водителя-добровольца. Вы наденете лучшую одежду — «лучшее воскресное» — и доедете на поезде как можно дальше, до станции Усово, где мы встретимся и будем ждать, пока Келли подберёт нас на своём автомобиле по дороге из Успенского. Он отвезёт нас в посольство и даст нам имена кого-то из работников на всякий случай. Его официального удостоверения личности должно быть достаточно в пункте проверки. Как только все окажутся в безопасности за стенами посольства, можно сделать официальное обращение.

— А что если охрана остановит нас и попросит удостоверения?

Келли сказал Селдону, что вряд ли охранник будет проверять чьи-либо документы, кроме его, водительских. Однако, если их попросят, Леон и Флоренс начнут спорить, как супружеская пара, на королевском английском, о том, кому было поручено захватить документы семьи.

— Разговаривайте так, будто у вас во рту большая слива, и они никогда не заподозрят, что вы не англичане,— посоветовал он ей.

— А как насчёт Юлика?

— Лучше всего, чтобы он не произнёс ни слова. Оденьте его в матросский костюмчик. Что-нибудь накрахмаленное и свежее. Это касается и остальных. Флора, сшей новое платье, если нужно, и купи новую обувь.

— Должен ли я запастись фраком? — спросил Леон обречённо. Но Селдон не стушевался.

— Хорошо бы новые подтяжки для брюк и новую шляпу, — сказал он, затем добавил: — Теперь слушайте меня внимательно. Вы должны упаковать только самое необходимое. Дневная сумка. Никаких чемоданов.

— Подожди, подожди, — прервала Флоренс, — Откуда мы знаем — даже если всё пойдёт так, как говорит Келли, как мы можем быть уверены, что посольство не выбросит нас обратно? В конце концов, мы советские граждане.

— Согласно законам этой страны, да. Но все мы получили наши новые паспорта незаконно, в том смысле, что мы никогда не отказывались от прежнего гражданства. Это были их махинации. Они забрали наши паспорта и всё. Ради Бога, у тебя есть ребёнок! Для них было бы бессердечно выбросить тебя.

— Люди узнают, что мы исчезли.

— Оставьте всё в квартире, как есть. Скажите соседям, что у вас короткий отпуск. К тому времени, когда кто-нибудь заметит, мы будем в поезде в Финляндию с новыми бумагами.

Они сидели, обсуждая план осторожным шёпотом, не столько боясь разбудить ребёнка, сколько, чтобы не испугаться собственной смелости. Они говорили спокойно, как будто речь шла о посторонних. Даже после того, как Селдон дал им всю информацию, имевшуюся у него, они обговаривали все детали ещё в течение почти двух часов, пока лёгкий стук в дверь, наконец, не прервал их разговор.

Флоренс на цыпочках подошла к двери и спросила по-русски кто там.

— Я, — раздался низкий голос Эсси. Флоренс открыла замок и увидела Эсси, держащую блюдо с несколькими кусками торта. Она оглядела комнату.

— О, Селдон, ты ещё здесь? — удивление Эсси выглядело таким же притворным, как и повод для её визита. Она попыталась улыбнуться: — Я думала, что если вы ещё не спите, может быть попробуете мой торт. Я сделала больше, чем было нужно.

Как будто очнувшись от транса, Селдон поднялся. Он надел пальто и взял кусок торта с подноса Эсси. Повернувшись к Леону и Флоренс, он сказал:

— Мне следовало бы давно оставить вас в покое, — затем, откусив кусок торта, он с удивлением посмотрел на Эсси, — Ммм. Потрясающе вкусно.

— Я добавила немного рома, одну ложку.

— Наверно, это ром.

И, склонив голову в знак прощания, он ушёл.

* * *

В непрерывном потоке последующих дней Флоренс занялась приобретением новой одежды и ткани. Себе она достала плиссированную юбку из шотландки, которую подшила ниже колена, широкополую шляпу и короткие подходящие перчатки. Для Леона она смогла найти жилет на пуговицах и полосатый галстук. Для Юлика ей удалось добыть пару клетчатых фланелевых брюк, которые она собиралась укоротить на своей швейной машинке в пару штанов-бриджей, подобных тем, которые она видела в иностранных журналах, — стиль, соответствующий избалованному ребёнку английских дипломатов. Она беспокоилась, как Юлик исполнит свою роль, но пока ничего не рассказывала ему о плане, надеясь, что когда придёт время, он будет готов подыграть. В конце концов, он понимал английский, хотя в возрасте пяти лет уже знал, что не надо говорить на нём за пределами своей комнаты. Тем не менее, дома Флоренс стала говорить с ним исключительно по-английски, исправляя его произношение более настойчиво, чем когда-либо раньше, так что сначала он даже удивлялся, но быстро привык и стал воспринимать это нормально. Она теперь постоянно проигрывала в голове разговоры, которые могли бы произойти, если бы русская охрана остановила машину: «Зачем на короткий выезд на дачу? Я даже не думала, что нам могут понадобиться документы». В одиночестве перед маленьким зеркалом у двери она произносила каждое слово так же отчётливо и небрежно, как это делала бы англичанка. Таким образом, она готовила себя к отъезду и в то же время старалась не думать о будущем. Всё это может быть отменено в любой момент. И всё же, несколько раз в течение дня она неосознанно пересекала эту невидимую границу между реальностью и фантазией, настоящим и будущим — она и Леон в костюмах, которые она так тщательно собирала, а Юлик в форме английского школьника, с новыми бумагами в руках пересекают Латвию, затем морем в Финляндию, затем бушующий ветер на корабле и последний этап — через океан. Худший сценарий она даже не разрешала себе вообразить. Если им предстояли мучительные и невыносимые наказания, не было смысла пытаться их предвидеть. Как ни странно, уже не их предстоящее бегство, до которого был ещё целый месяц, а её неизбежная встреча с Субботиным не давала Флоренс спать по ночам.

Её нынешняя стратегия заключалась в том, чтобы тянуть, когда речь шла о Селдоне Паркере, и в то же время убедить Субботина, что ей удаётся вытягивать из Паркера то, что ему случайно, но доверительно, рассказывали члены Еврейского антифашистского комитета в военное время и после. Но что она могла рассказать? Ей нужно было дополнять параноидальный вымысел Субботина маленькими деталями, достаточными только, чтобы возбудить его аппетит для новых показаний. Единственное, что она могла предложить, было как-то сказанное Леоном, будто Михоэлс говорил в защиту создания еврейской республики в Крыму: «Вы можете жить где угодно, но вам нужно иметь свой собственный дом и крышу». Это она выложила как свою скудную добычу, вытянутую из Селдона Паркера.

Субботин задумался, и скрип его ручки прекратился.

— Значит, Михоэлс готовился, — сказал он, — заселить Крым евреями, которые помогут Америке овладеть им в своих империалистических целях.

— Ну, я не думаю, что его целью было оторвать Крым от советской страны. Это было бы невозможно.

— Меня интересует не ваше мнение, а факты, — обрезал Субботин.

Она подумала, что он должен был заинтересоваться такой инкриминирующей цитатой главы Комитета, но с самого начала, как она вошла в квартиру и начала говорить, Субботин был демонстративно нетерпелив, что-то царапал ручкой, затем вычёркивал, когда она противоречила свидетельствам, которые он искал.

— Дело в том,— сказала она, пытаясь звучать примирительно,— что обсуждался план заселения Крыма. По словам Паркера, это была такая романтическая идея, что придумать её могли только актёры или поэты.— С этого момента она пустилась в свободное плавание, изобретая на ходу.— Я не могу точно сказать, как далеко это зашло. Мне нужно немного поработать над товарищем Паркером, чтобы узнать.

— Я уже дал вам много времени.

— Вызвать кого-нибудь на обсуждение разговоров, которые произошли много лет назад, не так просто. Нужно создать правильную атмосферу… воспоминания.

Она могла дать Субботину «версию», которую он хотел. Она могла бы сделать это прямо сейчас: сказать, что высшее руководство Еврейского комитета готовилось вырвать Крым из Советского Союза с помощью Америки и так далее. Утверждать, что Селдон Паркер знал обо всём этом, был в сговоре с ними. Конечно, это приведёт к аресту Селдона, но может оставить её и Леона на свободе. Её предложение купит им жизни, оставит её семью нетронутой. Разве это не то, чего она хотела? Чтобы защитить их, чтобы защитить Юлика? Кто был для неё Селдон? Чужой по крови. Друг? Что такое друг? Он был просто извращенец, пьяница с больной головой.

Но она не могла этого сделать. Возможно, его план был ни чем иным, как воздушным замком. Может быть, этого Хэнка Келли вообще не было. Возможно, он существовал, но спасовал бы в последний момент, тем самым бросив их всех в подвалы Лубянской тюрьмы. И всё же. И всё же в голосе Селдона была уверенность, что внушало уверенность ей тоже. Какие бы чистые или сомнительные мотивы ни побудили его прийти к ним на помощь, кроме задуманного им плана, с которым все трое связали свои судьбы, свои жизни, у них сейчас ничего не было. Это была единственная надежда, которую она всё ещё лелеяла, последняя из нереализованных иллюзий её пятнадцати лет в России.

— У вас было больше месяца, чтобы «создать настроение»,— сказал Субботин.

— Пожалуйста, я уже близко. В прошлый раз, когда Паркер зашёл выпить, я поговорила с ним, но он пробыл у нас только короткое время.

Субботин записал это и спросил:

— И когда это было? В прошлый четверг? — он поискал что-то в своих записях.

— Да, пожалуй, — она сделала вид, что раздумывает. Называла ли она ему точный день, когда приходил Селдон?

— И сколько, по-вашему, «короткое время»?

— Простите?

— Как, по-вашему, час — это «короткое» время? Два часа?

Его бледно-голубые глаза уставились на неё. Был ли это абстрактный вопрос? О чём он её спрашивал?

И вдруг она уловила смысл его слов.

Два часа.

На мгновение казалось, что русский язык снова стал для неё чужим, и она поняла суть вопроса в самую последнюю секунду.

Два часа. Вопрос не был абстрактным. Он знал. Он знал, что Селдон был у них дома два четверга назад в течение двух часов. Вот что он говорил ей, задавая этот вопрос.

Он смотрел на неё, чтобы увидеть, как она ответит. Но как он узнал? Никто в квартире не видел, как Селдон входил или выходил. Потому-то он и прятался в темноте подъезда. Только Эсси, когда она принесла им торт. Эсси, которую Селдон всегда подозревал. Флоренс никогда не думала о том, что её лучшая подруга могла бы сидеть в той же самой комнате с Субботиным или кем-нибудь вроде него. Почему бы и нет? Предположение, столь мимолётное и тщеславное, что она даже не восприняла его как мысль, — будто она, Флоренс, была каким-то образом выделена за её проницательность и интеллект. Да, часть её прониклась извращённой гордостью за это продажное, подлое дело, которым её заставили заниматься. Это насилие над собой, которое постоянно омрачало её дни и угнетало её, в то же время поддерживало в ней некую жалкую иллюзию — что она проницательна, что она, в некотором смысле, особенная.

А сейчас у неё пропало даже это. Было просто идиотизмом думать, что Эсси пыталась войти в их компанию из-за интереса к Селдону. Эта игра в краснеющую девушку была уловкой, чтобы разузнать, что за секретные разговоры происходят в комнате

Флоренс. Эссин трёп о тех журналах, что это, если не провокация? Чтобы Флоренс начала болтать. Что ещё это могло значить? Два часа! Эти два слова выдали всё, что требовалось. Их было достаточно. И вдруг, это уже не был Субботин, сидевший напротив неё через полированный дубовый стол, уставившись на кружевную скатерть, заваленную бумагами — его персональной колодой карт. Это была Эсси. Субботин был только вместилищем того, что сказала ему Эсси, или рассказала кому-то ещё, кто передал ему.

Но бывало, что ему давали неправильную информацию. Она это знала. Его источники либо ошибались, либо лгали.

Так что, твоё слово против моего, девочка.

— В прошлый раз, когда Селдон Паркер заходил к нам в комнату, — сказала она, — я вызвала его на разговор. Он хотел поговорить, я чувствовала это. Но, к сожалению, нас прервали.

— Прервали как?

— Кто. Моя соседка, Эстер Франк. Селдон никогда не говорит открыто, когда она рядом.

— Это почему?

Флоренс пожала плечами.

— Не доверяет ей. Она его раздражает, а также… Ему кажется, что она провоцирует.

Если рвение Эсси было её достоинством, оно также может быть её недостатком.

— Провоцирует каким образом?

— Она постоянно жалуется. На ограничения, нехватки. Правительство игнорирует простых людей, — наконец, Флоренс поняла, что может встретиться с Субботиным взглядом. — Она пытается вовлечь людей в дискуссии, споры, которые они не хотят вести.

«Бездарный у тебя осведомитель», — вот что она пыталась ему всучить.

— Но вы никогда не сообщали о её антисоветских разговорах раньше.

— Вы никогда не интересовались Эстер Франк раньше.

— Вы слушали её вспышки и ничего не возразили.

— Что я могу возразить человеку, который настроен быть недовольным? Может быть, она сравнивает свою жизнь здесь с той, которую она вела прежде, в Америке.

Она вздрогнула, когда Субботин сильно ударил кулаком по столу, отчего два листа бумаги упали на пол.

—Вы предполагаете. Вам кажется. Мне кажется, что большая часть вашей предлагаемой «информации»—это просто предположение. Презумпция. Нагромождение женской болтовни! Вы пытаетесь уклониться от этого расследования.

—Но я рассказываю вам всё, что знаю!

Она чувствовала, как слёзы наворачиваются на глаза. Её нервы были на пределе. Она не могла оставаться в этой комнате ни минуты дольше.

—Всё, что я знаю. Мне нечего скрывать,—она больше не удерживала слёзы. Пусть он думает, что она плачет, потому что он задел её.

—Вы ещё не предоставили мне достоверную информацию о конкретных планах или действиях кого-либо в вашем кругу.

—Но я могу. Если вы просто дадите мне больше времени.

Он указал пальцем на потолок.

—У меня тоже есть приказы, и мне нужны результаты.

Флоренс сглотнула. Её слова прозвучали так, будто их произнёс кто-то другой:

—Вы хотите что-то конкретное? Она хранит иностранные журналы в своей комнате.—Флоренс не могла смотреть на него, хотя понимала, что он смотрит на неё, понимала возникшую тишину.

—Какие журналы?

—«Ньюсуик». «Лайф»… Я не помню,—она вытерла глаза.—Вот почему Эстер Франк клевещет на нашу советскую действительность, потому что она сравнивает её с крикливой мишурой, которую она находит в капиталистической пропаганде.

Пусть он назовёт Флоренс лгуньей. Если Эсси сообщила свою историю с другого конца, пусть Субботин теперь разбирается. «Твоё слово против моего, девочка».

—Где она берёт эти журналы?

—Она работает в издательстве на иностранных языках ТАСС. Может быть, там, или, может быть, от её зарубежных контактов.

—Вы видели эти журналы?

—Боюсь, что да.

—Почему вы не сообщили об этом раньше?

—Это такая ерунда, по сравнению с изменой ЕАК, что не казалось мне существенным.

Она слышала, как он стучит ручкой по бумаге, возможно, пытаясь решить, что ему со всем этим делать.

— Оставьте нам решать, что существенно,— сказал он. Она смотрела на лысеющий лоб Субботина, а он елозил ручкой по бумаге. Это будет её последнее воспоминание о нём.

* * *

Она не спала две ночи. Юлик снова заболел. Морозная московская зима, которая продолжалась до апреля, ослабила его, и он слёг с бронхитом. Опять высокая температура и мокрый кашель, который не давал ему спать по ночам. Уход за больным ребёнком не оставлял времени ни для чего другого, и дал ей повод отойти от социальной жизни в квартире, чтобы держаться подальше от Эсси, не вызывая подозрения. Было уже за полночь, когда она пошла на кухню, чтобы приготовить горчичники и облегчить его дыхание. Она стояла у плиты, нагревая воду, когда услышала голос дворника, хриплый и слегка пьяный. Она поставила кастрюлю на стол рядом с горчичниками. «Я ничего об этих не знаю, они все иностранцы»,— говорил он кому-то, и невнятные слова звучали всё ближе, по мере того, как голоса поднимались по лестнице. Она подумала о том, чтобы бежать назад, в комнату, чтобы предупредить Леона, завернуть сына в одеяло и забрать его… но куда? Она проверила дверь на неосвещённую заднюю лестницу — старый служебный вход — и обнаружила, что она чудесным образом открыта. Но что она могла сделать — поднять пышущее жаром тело сына с кровати в промозглый холод лестницы? И что потом? До сих пор она серьёзно не думала о побеге, не думала об этом, потому что знала, что это бессмысленно. Некуда было идти. И уже слишком поздно. Она слышала шаги на лестничной площадке, дворник со связкой ключей вёл мужчин в сапогах внутрь. Они уже были здесь, в коридоре. И она, скрытая прямо за дверью служебного входа на кухню, не могла их видеть. Но слышала грубый, требовательный голос: «Какая комната?»

«Пожалуйста, пусть это будет не наша!»

— Кто на кухне? — скрип их сапог приблизился.

— Вот она,— сказал дворник хриплым голосом. Сапоги остановились прямо за дверью кухни.

И тут она поняла.

Они стучали в последнюю дверь в коридоре. Комната Эсси. Три настойчивых стука, а затем нетерпеливый четвёртый. Другие соседи вылезли из своих комнат в коридор узнать, в чём дело. Наконец, дверь со скрипом открылась. «Да?» Голос Эсси был слабым, как у ребёнка. Они потребовали у неё документы.

— Что вы от неё хотите? — Флоренс узнала голос Авдотьи Григорьевны — эта старуха никого не боялась.

— Вернитесь в свои комнаты, — приказал голос. У них был ордер на обыск и арест.

А Флоренс, скрытая за дверью кухни, была так напугана, что не могла двинуться. Она не могла видеть Эсси в потрёпанных домашних тапочках, в ярком цветастом халате, спешно накинутом на ночную рубашку. Она не видела, как Эсси близоруко моргала, не различая, что происходит, поскольку она была слепа ко всему. Флоренс не пришлось увидеть лицо своей подруги — ужас на мгновение смешанный с женским смущением от того, что её поймали в неловком виде посреди ночи. Ей не нужно было это видеть. Она это знала.

Но она не думала — не могла поверить — что за Эсси придут. Тем более, если Эсси была действительно квартирной стукачкой. Потому что то, что она сказала Субботину о журналах в минуту паники, она сказала только чтобы прикрыть себя, будучи уверенной, что Эсси уже настучала. Но как она могла быть уверена? Флоренс не могла вспомнить. Да, два часа. Тревожный вид Эсси с её тортом. А что, если Эсси не была коварной? Что, если кто-то другой наблюдал за домом — кто-то снаружи наблюдал, кто входит, и кто выходит? Или тот же дворник. Или кто угодно. Она обманывала себя, думая, что знает весь тёмный механизм того, как они работают. *Вы бы сказали, что час — это короткое время? Два часа?* Не что иное, как провокационное предположение, призванное сбить её с толка. А она без ума от страха, попалась на удочку. По животному инстинкту она забыла все предосторожности своей «стратегии», чтобы защитить себя от хитрой провокации, за которой, возможно, ничего не стояло. Защитить себя опрометчивым признанием, ложью!

Прислонившись спиной к стене, она зажала рот рукой, чтобы не произнести вслух: «Что я наделала!»

Но было уже поздно. Никакие сомнения не могли изменить ход событий по другую сторону двери. Агенты протиснулись мимо Эсси в её комнату, где они должны были найти, за бюро или под кроватью, журнал, который Эсси ещё не вернула — подарок Флоренс, последнее воспоминание о перемирии.

* * *

Связь Флоренс с Субботиным закончилась так же внезапно, как и началась, с телефонного звонка. На работе на следующий день она взяла тяжёлую трубку, и ей сказали, что её должны передать другому агенту, который свяжется с ней, когда придёт время. По мере того, как проходили дни и приближалась неделя их отъезда, она в нервозном состоянии ждала звонка, который не пришёл. Каким бы несчастным ни был исход встречи с Субботиным, Флоренс нашла этот новый, смутный период ожидания ещё большей нервотрёпкой. Теперь у неё не было возможности оценить условия, в которых они оказались. Ночью её охватывало ощущение беды, и она просыпалась при малейшем шуме. Леон тоже расценил прекращение контакта как плохой признак и решил, что они должны быть готовы. Они оба упаковали и приготовили рюкзаки с чистым нижним бельём и банкой зубного порошка, немного денег и карандаш на случай, если ночью постучат в дверь. Они избавились от большей части того, что, по их мнению, могло скомпрометировать их. По предложению Селдона Леон демонтировал радио, выбрасывая детали в разные мусорные баки по всему району. Они давно избавились от Хемингуэя и Твена, а также от своих потрёпанных номеров «Эйникайт». Леон заявил, что теперь даже старые издания ленинских произведений уже не были безопасными. Одну за другой они вырывали страницы из своих книг и рвали их в клочки, чтобы спустить в общий туалет. Избавляясь от этих бумаг ночью, Флоренс представила, что вся Москва забивает сеть труб под собой запрещённой литературой. Леон велел ей разорвать письма брата, но она не могла заставить себя сделать это. Вместо этого она сохранила их свёрнутыми в жестяной банке с мукой; она просто не могла разорвать хрупкие, пожелтевшие страницы, её последнюю связь со вселенной за пределами их злополучного мира страха.

Только её твёрдая решимость не передавать свои чувства их маленькому сыну — позволить Юлику жить, как будто всё было нормально — поддерживала её эти недели. Но мальчик, чувствительный к любым изменениям, казалось, боялся расстаться с ней даже на короткое время, как будто он чувствовал, что если выпустит её из виду хотя бы на минуту, она может исчезнуть навсегда.

Она держала его дома и позволяла ему проводить дни в кроватке, рассматривая книжки с картинками. Его любимыми были книги, в которых рассказывалось, как делать модели из картона, со страницами, из которых можно было вырезать ножницами фигуры для изготовления парашютов или игрушечных ветряных мельниц, элеваторов, маяков. Она читала ему книги о самолётах и морских судах, локомотивах и пароходах, преодолевающих большие расстояния. Она позволяла ему дремать до позднего вечера, пока красное солнце садилось за заснеженными крышами. Ночью мальчик просыпался и видел, что его мать сидит на стуле рядом с его кроваткой, склоняется над ним, её пышные кудри падают ей на плечи, её тёплая рука гладит его холодный влажный лоб. Она успокаивает его и говорит ему, чтобы он снова заснул. Наблюдая, как её сын тяжело дышит во сне, она впервые остро почувствовала смертельную опасность. Она старалась не думать о том, что может случиться с ними тремя. Она больше не могла представить себе будущее.

С ЛЁГКИМ ПАРОМ

МОСКВА, 2008

Я чувствовал себя Алисой в Стране Чудес. Кошка, вытатуированная сбоку на груди Каблукова, мрачно ухмылялась, исчезая и появляясь через завесу облаков пара. Я старался не смотреть слишком пристально на Каблукова, когда мы втроём — Том, Каблуков и я — расселись, как римские сенаторы, с накинутыми на колени простынями.

Каблуков оставил свои солнечные очки *Рэй-Банс* в раздевалке, его глаза были наполовину закрыты, как у человека, принимающего поклоны. — Знаете, почему мне нравится вести бизнес с американцами?

— Пожалуйста, Иван Матвеевич, посвятите нас, — сказал я. Моё горло жгло от пара или, может, от необходимости изображать почтение.

— Брось эти формальности. Пожалуйста, зови меня просто Ваня. Я люблю американцев, потому что вы похожи на нас. Простые. Не как эти хитроумные французы, холодные немцы или англичане — кто, чёрт возьми, может прочесть их лица, по мне, всё они на одно лицо.

Я перевёл это Тому, который изобразил искреннее изумление, когда Каблуков отставил свою кружку с пивом и, перегнувшись через каменную скамью, крепко пожал ему руку в знак взаимопонимания.

В соседнем отделении взрослые мужчины в костюмах Адама в оцепенении растянулись или развалились на мраморных плитах, дыша через рот, поглощённые тяжёлым делом укрепления здоровья. Другие, склонившись над лежащими, тёрли им спины или хлестали берёзовыми вениками, чтобы потом облить их холодной водой из полированных кранов. Пар превращал все разговоры в бормотание, из которого иногда вырывались возгласы «Сильнее! Ещё!»

— Человек может быть «профессионалом», хорошим работником. Но что такое работа? Это всего лишь… то, что снаружи.—Каблуков подал знак банщику.—А важно, это то, что внутри.—Он ударил кулаком по груди, где был вытатуирован необычный крест,—дух человека.

Каблуков поправил простыню вокруг пояса, затем велел банщику принести две свежих кружки пива, что тот сделал с удивительной быстротой.—Нет смысла тратить меньше трёх часов в бане,—глубокомысленно заметил он, держа кружку с пивом и ожидая, когда я подниму свою.—Вы, американцы, ходите по врачам и покупаете разные пилюли, таблетки, капли, а мы,—он развёл руками и поставил кружку на лавку,—мы же заботимся о наших телах прямо здесь!

В качестве рекламы целительной пользы бани, Каблуков едва ли выглядел образцом для подражания. В первый раз, когда я встретил его, он показался мне физически мощным человеком. Но это первое впечатление было обманчиво и относилось, скорее, к качеству его дорогого костюма. В голом виде впечатление быстро разрушилось. Во-первых, у него, как у моржа, не было плеч. Вся его огромная масса была сосредоточена впереди. Десятилетия сала и водки огрубили и сделали конической его фигуру, лицо его расплылось, отчего он стал похож на профессионального сутенёра или чиновника.

— Вы продаёте снег эскимосу,—сказал я излишне несдержанно. Мне не терпелось узнать, что у Каблукова на уме.—Я хотел сказать, что я уже бывал в Сандунах,—добавил я.

— Ну да, прежде чем американцы тебя умыкнули.

— Ещё в детстве,—сказал я.—С отцом.

—Неужели?

Это было на самом деле. Я приходил сюда с папой, правда, только один раз. Расплывчатое воспоминание об этом сохранилось в нечётких кадрах всей моей жизни. Это был к тому же последний образ отца, оставшийся в моей памяти.

— Мой отец был армянином. Видишь вот это? — он постучал по татуировке на груди.—Люди думают, что это обычный крест. Вовсе нет. Это Священное Копьё. Этим копьём они поразили самого Христа.—Указательным пальцем Каблуков медленно провёл по левому ребру.—Священное Копьё было привезено в Армению Святым Григорием Просветителем.

—Вы узнали это от своего отца?

Каблуков посмотрел на меня как на больного.

—Мой отец? Если бы я увидел этого мерзавца на улице, я бы шлёпнул его. Однако,—он поднял палец,—я верю, что важно знать своё национальное наследие. Вот почему у меня есть это,—он указал на выцветшую синюю надпись на предплечье: «Тот, кого бросили в воду, не боится дождя».

После этого Каблуков пошёл в парилку и позвал с собой банщика. Я откинулся на спинку и задремал, убаюканный шёпотом, доносившимся из парной. Сознание моё туманилось, и приглушённые шумы сплетались в звуковое кружево вокруг меня. Я пытался бороться со сном, но интервалы моего бодрствования уменьшались, а слои памяти выступали, как камни для перехода через русло реки.

* * *

Толком не осознавая этого, я вспоминал своего отца—его тонкую фигуру, его хорошо очерченную мускулатуру, пучки волос на пальцах ног—когда мы поднимались по изразцовой лестнице на второй этаж Сандуновских бань. На уровне моих глаз болтался его член. Я уже знал, что он отличается от моего— не только по размеру, но и по виду головки. Только через десять лет я узнаю о метке Авраама, которой я и остальные мои еврейские сверстники были лишены—сыновья, родившиеся после начала войны и вступившие в зрелый возраст с неповреждённой крайней плотью из страха перед фашистами.

Сандуновские бани были старше и интереснее, чем коммунальные заведения, куда меня водила мама. Те были простые и невзрачные общественные бани, в которых отсутствовала атмосфера ушедшей царской славы, окружавшая вас в Сандунах,—резные, позолоченные стены, облупленные лепные украшения, обколотый мрамор лестницы и огромные запотевшие зеркала. Разрушенный рай, разбившийся корабль призраков, бичующих себя и друг друга, как кающиеся грешники. Наверху, где пар был самый горячий, собрались настоящие энтузиасты в своих фетровых шапочках и тапках. Там едва можно было дышать. Откуда-то папа достал большой цинковый таз и наполнил его холодной водой из крана.

— Для чего это?

— Сейчас увидишь.

Обнажённый, он нёс его к деревянным скамейкам в конец зала, а я следовал за ним, боясь потерять его из виду среди леса ног. Пол под моими ногами был покрыт скользкими листьями.

— Так вот, когда тебе станет слишком жарко, ты просто наклонись и вдохни воздух прямо над этим тазом, понимаешь? Как только ты почувствуешь, что твои лёгкие горят, прислонись лицом к этой холодной воде и дыши. Всё понял, босс?

— Понял.

Я делал, как меня учили, пока он тёр мне спину и плечи. Каждый раз, когда кто-то открывал дверцу печи и подбрасывал воду на раскалённые кирпичи, я опускал голову в цинковый таз. Как только я снова мог дышать, я украдкой оглядывался на других мальчиков. Некоторые были чуть старше меня, а некоторые даже меньше. Все они стояли рядом со своими отцами, смело выдерживая жару. Я чувствовал, что начинаю завидовать им, стесняясь каждый раз, когда мне нужно было становиться на колени и вдыхать прохладный воздух над тазом. Мальчик, который ходил в баню с мамой, окружённый там белокожими, молочными существами, грудами старых тел и скоплением зрелых животов, под покровительством добрых женских улыбок — теперь казался мне далёким человечком, маленьким ребёнком. Моя мама всегда напоминала мне, чтобы я помыл это место и другое, «чтобы между ними ничего не застряло». Папа, вручая мне мыло, казалось, доверял мне, чтобы я позаботился об этом самостоятельно.

Я старался не задерживаться над тазом с холодной водой, где было легче дышать. Каждый раз, когда я вставал, я пытался выдержать жар немного дольше. Пол жёг мне ноги. Где-то в тумане сверху мужчины кричали банщику: «Поддай парку!». Я слышал скрип дверцы печи, вода швырялась на кирпичи и взрывалась шипящим паром, заполняя комнату туманом, а я изо всех сил пытался дышать.

*** * ***

Голос Каблукова вернул меня в настоящее.

— Я слышал, что вы заставили наших друзей из «Заузен» попотеть во время их презентации.

Наша сторона комнаты постепенно опустела. Я видел, как Том вышел из холодного душа и завернулся в полотенце. Распаренный и освежившийся, он сел рядом со мной.

— Что он говорит?

— Что мы задаём много вопросов.

— Скажи ему, что мы задали им те же вопросы, что и любому потенциальному подрядчику.

Но Каблуков, казалось, понял без перевода.

— И правильно сделали! Я сказал этим парням, что они должны знать, что эта перевозка — серьёзный бизнес. Когда они начнут эту работу, они должны быть готовы ко всему.

Мне потребовалось некоторая выдержка, чтобы не вздёрнуть бровь. Я повернулся к Тому и перевёл.

— Мы ещё не приняли решение, г-н Каблуков,— сказал он уважительно.— Мы должны рассмотреть ещё несколько подрядчиков.

Каблуков закрыл один глаз и мрачно кивнул, показав, что он понимает без перевода, и чтобы дать понять, что он не собирается вмешиваться в наш процесс отбора.

— Это ваше решение, и мы на него полагаемся,— он твёрдо опёрся локтями на покрытые полотенцем колени, наклонился и, понизив голос до хрипоты, прошептал:— я не просто так организовал эту нашу встречу.

Я приложил все усилия, чтобы передать суть того, что он сказал, хотя и не был уверен, куда он клонит.

— Для наших друзей из «Заузен», дадите вы контракт им или кому ещё,— пожал плечами Каблуков,— в долгосрочной перспективе это не будет иметь большого значения.

«Тогда к чему вся эта суета?»— подумал я.

— Причина, по которой я хотел вызвать вас на этот разговор — один-на-один — в другом. Я не хотел делать это официальной встречей, потому что то, что я хочу сказать, всё ещё очень сырые новости. Через шесть месяцев «Л-Пет» объявит, что выставляет на торги двенадцать процентов своих акций с правом покупки ещё трёх процентов.

Он жестом своей мясистой руки предложил мне перевести Тому и терпеливо откинулся назад.

Старательно переведя эту новость, я наблюдал, как Том выплывает из своего распаренного оцепенения.

— Спроси его, будут ли они продавать эти акции на открытом рынке.

Ещё раз Каблуков, казалось, понял вопрос без моей помощи и ответил:

— Кто станет успешным участником аукциона, будет зависеть от многих вещей. Мы ожидаем, что «Эксон» и «Шеврон» попытаются предложить нам мешки барышей за наши резервы. Но мы не хотим связывать себя с бегемотом. Как выяснил господин Ходорковский, чем крупнее ваши партнёры, тем больше ваши проблемы. Для нас важно, что здесь,— он ткнул большим пальцем в волосатую плоть, с трудом удерживающую его живот.— Нам нравится вести дела с людьми, которым нравится вести дела с нами. Вы понимаете?

Сквозь туман и тревогу в собственной голове я понял, что Каблуков пытается оказать мне услугу: он выглаживает дорогу для Тома.

— У нас есть приоритетные покупатели,— продолжил Каблуков,—так же, как у нас есть приоритетные партнёры.

Я ожидал палку, но вместо этого он повесил морковку. Я не верил ему. Я не доверял ему. Но я не видел способа обойти этого громилу. Каблуков кивнул мне и вежливо откинулся. Он вручал мне сценарий.

Я послушно перевёл. Что ещё я мог сделать? Я почувствовал, как скисло выражение моего лица. Четыре года работы, жемчужина труда всей моей жизни —сдались перед прожорливостью потного старого гангстера. Но, изучая мою реакцию, Каблуков только улыбнулся. Казалось, он читал мою ухмылку как демонстрацию нашего союза.

— Понимает ли наш друг, чем я с вами поделился?

— Минуточку, минуточку,—сказал Том, наклонившись к скамье Каблукова.—Вы говорите о том, что «Континентал» может стать приоритетным покупателем двенадцати процентов акций «Л-Пет»?

Всё ещё с полузакрытыми глазами, Каблуков кивнул.

— С правом купить ещё три.

— Таким образом, вы могли бы поднять свою долю до двадцати процентов,— произнёс Каблуков.

Когда я перевёл это Тому, он с удивлением сказал:

— Это пятая часть компании! Это сделало бы нас стратегическим инвестором.

— Мало-помалу,— сказал Каблуков, улыбаясь нам, как старший.— Будет много заинтересованных сторон, но мы ищем партнёра, который разделяет наше видение бизнеса. Понимаете?

Я понимал. Абсолютно. Каблукову не нужно было, чтобы я давил на Тома; он только должен был шантажировать меня, чтобы я держал рот на замке. Он мог получить Тома самостоятельно. У Тома в глазах замелькали долларовые знаки. Мне пришло в голову, что в этом суть преступного гения Сапога: давить на каждое звено цепи.

— Компании, с которыми мы работаем,… мы считаем своей семьёй.

Том сказал:

— Спроси его, какая гарантия будет у «Континентал», что мы будем приоритетным покупателем.

Я снова превратился в переводчика-придворного — и перевёл. Каблуков погладил себя по голой груди, словно общупывая карманы.

— Какую гарантию вообще может дать вам кто-либо? Здесь нет никаких гарантий. Есть только доверие.

* * *

Всё, что я помнил, это обволакивающий меня горячий и удушающий пар. Звуки голосов доходили до меня издалека. Я лежал на спине на горячем кафельном полу. Надо мной, всё ещё голый, присел мой отец, брызгая холодной водой мне в лицо. Он крикнул кому-то через плечо:

— Скажите им, чтоб перестали подбрасывать воду в печь! Мой ребёнок в обмороке.

— Они пробыли здесь три часа! — с негодованием сказал тощий старик, сидевший рядом.— Они что, не видят табличку с надписью, что нельзя больше двух?

Мой отец поднял меня и отнёс в прохладную часть комнаты. Я изо всех сил пытался держать глаза открытыми.

— Что случилось?

— Ничего, дружок. Просто многовато пара. Дай посмотреть твою голову.— Он звучал нервно. Когда тела расступились, пропуская нас, я почувствовал, что мне становится стыдно.

— С тебя хватит? С меня тоже, босс,— сказал отец.— Давай выбираться отсюда.

* * *

После того, как мы расстались с Каблуковым, Том сказал, что хочет поговорить со мной одним за обедом. Мы встретились через час в псевдо-ирландском баре по выбору Тома. Он ждал меня за одним из широких деревянных столов, накрытых зелёной скатертью.

— Ты понимаешь, чем Сапог помахивал перед нами?

Я сказал, что думаю, что понимаю.

Официантка принесла нам две кружки пива. Она была затянута в корсет, как средневековая деваха. Большинство других посетителей были бледными, рыхлыми экспатами из Великобритании и её бывших колоний. Мы легко вписались в пейзаж.

— Если «Континентал» станет обладателем двадцати процентов акций «Л-Пет», это означает, что мы введём нашего человека в совет директоров, и он будет голосовать по ключевым вопросам.— Он многозначительно смотрел на меня, как будто ожидал удивления или возражения.

— Это очень привлекательное предложение,— заставил я себя произнести.

— Хмм.— Взгляд Тома блуждал по тусклым, обшитым панелями углам бара.— Слишком привлекательно. «Л-Пет» практически государственная компания. Я не могу представить, чтобы Кремль отдал одну пятую компании одному партнёру.

Я прикинул возможные варианты.

— Но им, похоже, нравится иметь с нами дело, не так ли? Как сказал Каблуков, это вопрос доверия. Ещё два,— я постучал по пустому пивному бокалу, когда мимо прошла официантка. Я надеялся, что ещё одна кружка может облегчить мне задачу. Но Том покачал головой.

— Мне не надо,— сказал он нашей девахе.— Они не дали нам никаких гарантий в письменной форме.

У меня мелькнула мысль попросить их об этом, но это бы противоречило той роли, которую Каблуков наметил для меня. Вместо этого я сказал:

— Это ведь ты говорил мне, что в этом бизнесе, если ждать объявления в прессе, то поезд уже ушёл,— сказал я и попытался улыбнуться. Я чувствовал себя так, как будто набрал в рот дерьма.

— Так что, мы расставим ноги и скрестим пальцы? — Том нервно барабанил пальцами по столу.

— У нас есть протоколы. Мы установили строгие правила, чтобы проводить весь этот процесс… в открытую.

— И следуя тем же протоколам, мы привели их именно туда, куда мы хотели, не так ли? Ты всегда говорил, что эта сделка была скорее стратегическим шагом, чем коммерческим. Мы просто покупали доступ к их полям. Так, чего ты ещё хочешь — дверь приоткрылась,— я ощущал постыдное удовлетворение, придумав всё это на ходу. Моя кружка пива прибыла, и я быстро её осушил.

— Мне придётся защищать это решение в Вашингтоне. Это не монопольные деньги, чтобы их разбрасывать. Цифры должны иметь какое-то обоснование.

Я сделал вид, что серьёзно обдумываю этот вопрос, затем сказал:

— Если ты хочешь поговорить о цифрах, можем поговорить о цифрах. Ты говорил, что единственное, что влияет на цену акций в этом бизнесе — это будущие резервы. У нас будет одна пятая доля в компании, которая упирается задницей в Баренцево море — крупнейшее газовое месторождение в мире. Не говоря уже обо всей Западной Сибири. У «Континентал» есть проблемы потерять сто семьдесят миллионов? Извини, Том, но я думаю, ты первый скажешь, что не надо отказываться от фермы, потому что какая-то лиса хочет утащить у нас пару кур.

— Хорошо, хорошо.

— Некоторые вещи нельзя переиграть. Вы либо сожалеете о сделанном, либо оказываетесь правы.

Я видел, как мясистое лицо Тома принимало выражение невольного согласия. Он смотрел в свой полупустой пивной бокал и кивал.

— Ты прав, мы должны смотреть в будущее.

Я почувствовал облегчение и отвращение в равной мере. Он с самого начала был готов схватить приманку Каблукова, уговаривал я себя. Ему только надо было моё благословение.

Он посмотрел на меня со смесью смущения и жалости.

— А как же ты? Ты трудился над этими кораблями годами. Тебя это не раздражает? Два дня назад ты готов был прогнать этих парней из «Заузен» вон из города, а теперь готов отдать ключи этим шулерам?

— На кону нечто большее, чем моё самолюбие,— первый раз я сказал нечто, что не было полной ложью.

— Я просто удивлён,— сказал Том.— Сколько я тебя знаю, Джулиан, ты не терпел дешёвые ходы и трюки. Я всегда восхищался твоей склонностью к честной игре.

Мне не должно было быть больно слышать это, и всё же это резануло как кнут. Доверие, оказываемое мне Томом, отзывалось болезненнее, чем его подозрение. Большую часть своей жизни я старался держаться подальше от любых праведных намерений, прокладывающих дорогу в ад и всё такое. И всё же мой отказ от благородного пути никогда не обходился без каких-либо оправдательных оговорок: я по крайней мере не причиню вреда, говорил я себе, не буду добавлять свою каплю к обильной массе притворства и бесчестия в мире. Насколько я был готов сейчас отказаться от всего этого ради безопасности Ленни?

— Может быть, я начинаю видеть общую картину,— сказал я.

* * *

Кончилось тем, что я пошёл обратно в гостиницу один. Было уже восемь. Небо было пасмурное, но всё ещё светлое. Я брёл по почти безлюдным улицам в районе Большой Никитской. Я смотрел вверх на старые особняки, в которых когда-то жили писатели и их персонажи — старое дворянство и нувориши — занятые теперь, в основном, посольствами и филиалами культурных учреждений. Некоторые из этих зданий были украшены за последнее время элегантными новыми дверями и шикарными табличками. Другие приходили в упадок, краска стёрлась со штукатурки или поблёкла от старости. Пирамидальный шпиль одной из семи сталинских сестёр выглянул над башнями многоквартирных домов песчаного цвета, но я не мог точно сказать, какая это сестра. Я хотел выбросить из головы образ Каблукова — растянутые и выцветшие татуировки, седые волосы, растущие на его узких плечах, масляная улыбка на его лице. Какое это имеет значение для меня? Это не мои деньги. Но чувство отвращения и беспокойства только усиливалось. Гуляя вдоль этих тихих улиц, я думал, что смогу вернуться к здравому смыслу, но вместо этого я почувствовал в сердце пустоту.

Сандуновские бани заставили меня вспомнить отца — последний день, проведённый с ним. Я пошёл с ним по просьбе матери, которая готовилась к какому-то событию или поездке, которая нам предстояла в ближайшие пару дней. Она сшила мне пару брюк до колен и заставила меня ходить в них тем утром по нашей комнате, пока она поправляла лямки подтяжек. Предполагалось, что в штанах до колен я буду выглядеть как «настоящий английский мальчик». Я не понимал, зачем это и почему мне нужно было так выглядеть. Меня предупредили никому ничего не говорить об этом в нашей коммунальной квартире. Ради этой «поездки» мама говорила со мной только по-английски в течение нескольких недель. Мы практиковали слова, она прикладывала палец к моим губам, чтобы никто не услышал. Все мероприятия были окутаны загадочностью и недосказанностью. Таинственная логика требовала, чтобы я учился произносить слова как англичанин, и для этого друг моего отца, дядя Селдон, приехал однажды ночью, чтобы обучить меня правильному английскому произношению. Я должен был сидеть прямо, слегка наклонившись вперёд, когда говорил, чтобы мой язык почти касался моих передних зубов и представлял, что я говорю через щель в двери. В какой-то момент дядя Селдон дал мне леденец, чтобы я положил его под язык и держал там, пока я говорил что-то вроде: «Мы наверняка скоро увидим, что светит солнце». Это была своего рода игра, но я знал, что не должен говорить об этом. Пойти в баню с папой было частью игры. Мы готовились к приключениям.

Я вспоминал всё это, медленно шагая по Никитскому бульвару. Я слышал, как папин голос звучит во мне, поднимаясь из глубин моей памяти.

— Может быть, лучше не рассказывать маме об обмороке, — сказал он, когда мы брели домой.

Я сказал, что не буду. Мне и без того было очень стыдно.

— Мы не хотим, чтобы она ещё нервничала; ей и так достаётся.

— Хорошо.

Небо заволокло грозовыми облаками. Капли дождя начали падать нам на лица и руки, и мы поспешили домой. Горизонт потемнел, и провода над головами раскачивались от резких порывов ветра.

Когда отец, неся меня на плечах, добрался до нашего дома, дождь лил как из ведра. Большие чёрные и белые плитки в нашем вестибюле намокли и покрылись грязными следами. Лифт, как всегда, был сломан. Мы поднялись по лестнице.

В нашем коридоре старая баба Ксения — на самом деле, ничья бабушка — ворчала: «Вытирайте ноги! Ишь наследили».

Папа как всегда смешливо-уважительный с ней, подчёркнуто вытирал обувь на коврике, расспрашивая её о здоровье. Раздражённая его угодливостью, она хмыкнула и убралась в свою комнату. Мы ненадолго остановились на общей кухне, где папа стащил сухое полотенце с бельевой верёвки и вытер меня. Через двойные окна я смотрел на грозовые тучи. Наружное стекло, казалось, с трудом выдерживало напор ветра с дождём. Вода скатывалась по дрожащей жемчужно-серой поверхности за консервными банками между стёклами. Меня охватил необъяснимый страх. А, может быть, этот страх наслоился в мою память позже?

На кухне были и другие: квартирный пьяница Толик и грузная женщина, работавшая поваром в популярном городском кафе. Она обвиняла Толика в подмене её свежих яблок на гнилые.

— Они сгнили. Я-то здесь при чём?

— Некоторые дня прожить не могут, чтобы что-нибудь не украсть!

Мама была в нашей комнате, пришивала цветы на шляпу.

— Где вы пропадали?

— Застряли из-за дождя.

Она покачала головой и нервно посмотрела в окно.

— А что, если всё отменят? Тогда, что мы будем делать?

— К завтрашнему дню всё прояснится, — заверил её папа. Он переодел меня во фланелевую пижаму. Облака в небе выглядели зловеще.

— Почему у него щёки такие красные? — Мама проверила мой лоб. — Он не болен?

— С ним всё в порядке, — сказал папа и подмигнул мне, чтобы я хранил нашу тайну.

— Может быть, нам лучше всё отменить…

Я чувствовал её панику. Она отзывалась во мне, как гром снаружи.

Папа подошёл к ней.

— Ты напрасно беспокоишься. — Но даже он не звучал убедительно.

— Я не хочу идти, — сказал я.

Они оба уставились на меня.

— Хочешь, я почитаю тебе «Остров Сокровищ»? — спросил отец.

Я покачал головой.

— Не бойся.

— Я не боюсь.

— Тут нечего бояться, смотри, — он встал и полностью открыл шторы. — Шторм ещё далеко. Знаешь, откуда я это знаю? Сядь, я тебе расскажу.

Он подошёл к письменному столу и взял лист бумаги и ручку. — Так вот, молнию мы видим почти сразу, а гром — нет, а знаешь почему?

— Потому что свет бежит быстрее, чем звук.

— Умница. А знаешь ли ты, как быстро бежит звук? Около одной трети километра в секунду! Я научу тебя одному трюку. Подсчитаем количество секунд между молнией и следующим ударом грома. — Он достал свои позолоченные часы и дал их мне. — Ты готов? Когда я скажу «считай», ты начинай считать. Хорошо? Считай!

Я держал холодные, тяжёлые часы в руках. Их секундная стрелка, казалось, двигалась очень медленно.

— Стоп! Сколько секунд?

— Двенадцать.

— Хорошо, теперь давай разделим это на три. Что мы получим?

Он нарисовал на бумаге четыре ряда по три точки. Я подумал и поднял четыре пальца.

— Правильно. Это значит, что гроза ещё в четырёх километрах от тебя. А если ты увидишь яркий зигзаг молнии, и тут же услышишь гром, тогда можешь прятаться под подушку. Гроза прямо над тобой.

Я немного расслабился, слушая эту лекцию. «Хочешь, продолжим считать? Хорошо. Когда что-то понимаешь, то перестаёшь бояться этого. Молния — это электричество. Когда подрастёшь, может быть, узнаешь всё об этом электричестве где-нибудь, например… в «Технионе» или в MIT.* Он посмотрел на маму и улыбнулся.

— Зачем ты забиваешь ему голову этим?

— Должен же он знать, что есть другие места, не только этот рай.

— А где «Технион»? — спросил я.

— Прекрати, — сказала мама.

— Мы туда поедем?

— Я не уверен, но постучи по деревяшке.

* * *

Память трудно оценить на расстоянии. Помню ли я это сейчас так, как тогда, когда ребёнком слушал это? Много лет спустя мама говорила мне, что мой отец, Леон, был полон фантазий. Был ли «Технион» одной из них? Подозревал ли он, что его жизнь измерялась днями, а не годами?

К утру его уже не будет. Его увели ночью, когда я беспечно спал на диванчике в комнате у Авдотьи, куда меня сонного отнесли в середине ночи. Я проспал его арест, сжимая в руке папины часы и считая во сне секунды. Дядя Селдон, научивший меня говорить с карамелькой под языком, тоже исчез. Всё это я узнал позже, когда моя мама будила меня в темноте незадолго до рассвета и тащила с собой в безымянные здания вокруг Лубянской площади, где солнце уже поднималось над толпами людей, столпившихся в ожидании, чтобы просмотреть списки имён в поисках своих близких.

---

* MIT — Massachusetts Institute of Technology (Массачусеттский Технологический Институт) — один из ведущих технических вузов США.

Но всё это будет потом. А с того вечера я помню, как мой отец сидел рядом со мной с часами в руках, и мы вдвоём отсчитывали секунды между молнией и громом в ожидании надвигающейся грозы.

* * *

Консьерж остановил меня на пути к лифту отеля. За столом регистратора меня ждала посылка, сообщил он мне. Я понял, что это, как только увидел. Большая картонная коробка как те, в которых хранятся документы в архивах. Клерк сказал, что её принесли час тому назад. Я посмотрел на приложенную записку:

Немного лёгкого чтения для вашего полёта домой.
Друг в министерстве помог мне найти это... говорит, что в хранилище были только бумаги вашей мамы. Никаких следов папиных.
Не присылайте мне духи. Лучше приезжайте к нам на дачу, когда вернётесь.
— Валя.

ДИКАРИ С ХРОНОМЕТРАМИ

МОСКВА, 2008

Коробка весила больше килограмма, не меньше, чем «Война и Мир». Вес её говорил сам за себя:

— Ну что, герой, — будто говорила она, — захотел правды, так изволь тащить.

Пот с меня так и лил, когда я ехал в лифте. Отперев дверь номера магнитной карточкой, я сбросил свою ношу на гостиничную постель. Подтащив к кровати огромное кресло, я осторожно снял картонную крышку. Внутри вызывающе красовалась толстая пачка фотокопий дела. Я извлёк её из коробки целиком. В моих руках она казалась каменной плитой, древней скрижалью с высеченными на ней проклятиями. И тут, после столь упорных попыток заполучить это дело, я вдруг впал в ступор — не в силах читать. Не мог я читать это как обычную рукопись, начав с первой страницы и переходя к последующим. Меня охватило ужасное чувство, что в моих руках находится нечто, способное нанести мне физический ущерб, что-то радиоактивное, хоть разумом я всё же понимал, что это просто стопка бумаги. И тогда, движимый то ли жадным любопытством, то ли парализующим страхом, я решился проглотить это всё одним махом, листая страницы, бегая глазами по строчкам и выхватывая случайные фразы.

У нас имеются неопровержимые доказательства.

…

Ваше запирательство станет лишь причиной ваших мучений.

…

Я была отравлена буржуазным национализмом.

Вы признаётесь во враждебных вредительских замыслах, но отрицаете преступные действия, которые из них естественным образом следуют.

...

Я его поддерживала; так между нами сформировалась преступная связь.

...

Вы не сможете уклониться от моральной ответственности.

...

Ваши клеветнические измышления не останутся безнаказанными.

...

Я верила этим людям и потеряла бдительность.

...

Ваше запирательство бесполезно.

...

Я признаюсь в том, что приняла клеветнический образ мыслей.

...

Не пытайтесь скрыть ваших враждебных действий.

...

Вы ещё вывернетесь наизнанку и скажете всю правду.

...

Я заявляю, что до последнего вздоха буду считать себя честным советским человеком.

...

Нам нужны только искренние признания.

Страница за страницей перед моими глазами стояли практически одинаковые обвинения, бесконечные отрицания и многословные «искренние» признания. Будь я кинопродюсером, я бы немедленно швырнул в мусорную корзину эту начисто лишённую товарного вида стряпню, сшитую из одних штампованных фраз, которых постеснялся бы самый бездарный голливудский сценарист, просто из уважения к профессии. При всём желании я не мог вообразить, чтобы моя мать или просто любой нормальный человек могли произнести такое: «Поскольку я читала эти статьи и знакома с их содержанием, из этого следует, что я разделяла их клеветнический, националистический характер». Или, когда речь шла о её сотруднице: «Она не желала порвать с этими взглядами». И тем не менее, в конце каждого из этих «протоколов» допроса, занимавших по нескольку страниц, стояла собственноручная подпись некоей «Флоры Соломоновны Бринк». Подпись была бледной и краткой по сравнению с решительными росчерками тех, кто её допрашивал — старшего лейтенанта Андрея Антонова и капитана Виктора Быкова.

Мне понадобилось некоторое время для того, чтобы несколько сбавить темп и сосредоточиться на каждой странице. И тогда, после прочтения нескольких протоколов, первое, что я заметил, было время проведения допросов: почти всякий раз мою мать допрашивали между половиной одиннадцатого вечера и шестью утра.

Из чтения литературы на тюремную тему мне было известно, что свет в камере горит днём и ночью, не давая узникам спать. И сейчас я попытался представить мою мать в этом ярко освещённом аду. Я представил себе, как она задрёмывает на несколько минут в перерывах между этими ночными допросами и как её будит резкий окрик тюремщика из глазка камеры: «Не спать днём!»

Я также вспомнил свои школьные годы, когда мы с ней жили в одной комнате и как мать крепко засыпала даже при свете, когда я засиживался допоздна, готовясь к экзаменам.

Я представил себе, как отодвигается заслонка глазка в тюремной камере. Как следящий глаз появляется и исчезает. Блеск толстого, как ружейный ствол, ключа. Её шаркающие шаги по пути на допрос в болтающихся ботинках без шнурков, которые, конечно же, отобрали, чтобы не повесилась. Резинку из трусов выдернули по той же причине.

Ночные допросы, некоторые из них длились по десять часов, лишь изредка приводили к нескольким строчкам показаний: короткий абзац или два тошнотворной механической пародии на человеческую речь.

Эти, якобы данные под присягой заявления моей матери, были записаны руками её инквизиторов: капитана Быкова и старшего лейтенанта Антонова, а их собственные безумно ядовитые замечания были кое-как слеплены из советских ло-зунгов и безграмотно-деревенских оборотов, каких мне не до-водилось слышать по крайней мере лет пятьдесят. Мне даже не надо было смотреть на подпись под протоколом, чтобы понять, что в ту ночь мать была в руках Антонова. Он редко обвинял её во лжи. Чаще он использовал глагол «*лукавить*», что было несколько мягче, но в то же время намекало на хит-рость и изворотливость: *лукавая чертовка*, дурит нашего бра-та деревенского мужика. Часто Антонов грозился разоблачить эти её *лукавые*, чертовски хитрые намерения. Это словечко, которое мне, наверное, не попадалось на глаза нигде, кроме как в народных сказках про бабу-ягу, меня особенно потрясло. Примерно такую же реакцию у меня вызывало часто исполь-зуемое им слово «*клевета*» в смысле оговора или очернения, но в его устах звучавшее, наверняка, с несколько фольклорным оттенком, напоминая о бесах, искушающих несчастных смерт-ных. Оба этих слова показались мне заимствованными из ста-рой, ещё досоветской речи вместе с суевериями, перешедшими в сферу политики. А ещё лучше было слово «*запирательство*» в смысле отрицания или враждебного утаивания, но по своему звучанию напоминавшее о словесном запоре. И когда Антонов вновь и вновь грозил моей матери, что её *запирательство* бес-полезно, его угрозы, казалось, содержали непристойный намёк, будто правду он уподоблял экскрементам!

В соответствие с советским уголовным законодательством ей были предъявлены обвинения по статье 58.1 в шпионаже, нака-занием за который было расстрел с конфискацией всего иму-щества или 10 лет заключения с конфискацией имущества, и по статье 58.10 за антисоветскую агитацию и пропаганду с наказа-нием в виде семи лет заключения в тюрьме или исправительно-трудовом лагере. Доказательства её шпионской деятельности состояли, в основном, в её работе в Еврейском антифашист-ском комитете во время войны, за которую по иронии судьбы она была награждена медалью «За доблестный труд в Великой Отечественной войне 1941–1945 гг.» с прилагающейся грамо-той, конфискованными, как я вскоре узнаю, вместе с прочим её имуществом при обыске и аресте.

Именно Антонов требовал от моей матери «искренних и чест-ных признаний» даже в тех случаях, когда обвинял её в совершенно нелепых преступлениях, коих совершить она не могла никак — в передаче государственных тайн американским и британским шпионам, в установлении контактов с «реакционными кругами» в Соединённых Штатах, во встречах с людьми, с которыми она никогда не встречалась в местах, куда вход ей был строжайше запрещён. Все расследование было откровенным фарсом, лживым от начала и до конца. Правдоподобие этому могло бы придать только её вынужденное согласие играть роль злодейки и иностранной шпионки, её вынужденная подпись, скрепляющая эту стряпню.

Но кого они хотели одурачить? На этот вопрос у меня не было ответа.

Я, конечно, и раньше читал письменные свидетельства о советской пенитенциарной системе ГУЛАГа. Лет примерно с двадцати пяти, когда такие материалы стали публиковаться в «самиздате», я читал их тайком и беспорядочно, разумеется, лишь то, что попадало мне в руки. Два тома воспоминаний Евгении Гинзбург в прошедших многие руки мутных фотокопиях я прочёл взахлёб. На двое суток оказалась в моих руках книга мрачных завораживающих рассказов Варлама Шаламова, а затем я должен был её передать следующему подпольному читателю. «В круге первом» Солженицына мне впервые попался на глаза в виде микрофильма в квартире одного из моих друзей, где мы вместе читали его в тёмной комнате при помощи фотоувеличителя. Но сейчас, когда я держал в руках протоколы допросов моей матери, я думал не о Солженицыне, а о Василии Гроссмане, писателе, чьи книги я прочёл намного позже, когда мне было далеко за тридцать, но кто, на мой взгляд, лучше всех резюмировал уникально русскую политическую патологию:

Тысячелетний принцип роста русского просвещения, науки и промышленной мощи через посредство роста человеческой несвободы, принцип, взращённый боярской Русью, Иваном Грозным, Петром Первым, Екатериной Второй, этот принцип достиг при Сталине полного своего торжества.

И поистине удивительно, что Сталин, так основательно разгромив свободу, всё же продолжал бояться её.

Быть может, что страх перед ней и заставлял Сталина проявлять его поистине невиданное лицемерие.

*Лицемерие Сталина ясно выразило лицемерие его государства. И лицемерие это главным образом выражалось в игре в свободу. Государство не оплёвывало мёртвую свободу! Драгоценнейшее, живое, радиоактивное содержание свободы и демократии было умерщвлено и превращено в чучело, в словесную шелуху. Так дикари, в чьи руки попали тончайшие секстанты и хронометры, используют их в качестве украшений.**

И вот в моих руках находились послания из образцово-показательной конторы липового правосудия: все страницы тщательно пронумерованы, обряжены во все необходимые атрибуты законности — печати, штампы, подписи. И при этом законность полностью выпотрошена. Тонкие инструменты логики и разума превратились в дубинки в руках инквизиторов. Они её запугивали, трясли, возможно, даже и били, чтобы она сама подписала себе смертный приговор. И тем не менее, какая-то вынужденная дань принципу человеческой свободы не позволяла тюремщикам моей матери подделать её подпись.**

Её следователям была дана санкция слепить из этого дела классический снежный ком, потому они и старались изо всех сил приплести Флоренс к широкому заговору с участием куда более знаменитых персонажей. Именно с этой целью они и обвиняли её в передаче секретных материалов иностранным агентам с помощью статей, которые она не писала, а только переводила на английский, статей содержащих секретную информацию о сельском хозяйстве и военной промышленности. Прилагались ли эти статьи к делу, я так и не смог понять.

Вот один из типичных образчиков её показаний:

Быков: Вы отрицаете обвинение в том, что вы перевели секретные материалы на английский по приказанию Эпштейна и Михоэлса?

---

* В. С. Гроссман. «Всё течёт», стр. 34

** На самом деле, следователи боялись подделывать подписи, опасаясь чистки в «органах».—*Прим. пер.*

Ф. Бринк: *Я отрицаю, что материалы, присланные мне для перевода, были секретными. Они все были предварительно изучены советскими цензорами.*

Быков: *Из того, что вы изучили их содержание, следует, что вы были соучастницей их подпольного характера. Дайте показания о ваших враждебных националистических настроениях, получивших развитие в Куйбышеве.*

Ф. Бринк: *Я отчасти признаю, что во время работы в Еврейском антифашистском комитете попала под влияние тех, кто меня окружал. Я впитала их враждебные националистические настроения и сама стала склонна к национализму.*

Быков: *И вы вели антисоветские разговоры и выдумывали небылицы о Советском Союзе.*

Ф. Бринк: *Я категорически отрицаю это. Я никогда не выражала недовольства политикой Советского государства.*

Быков: *Вы признаёте, что были отравлены буржуазным еврейским национализмом, но отрицаете преступные действия, которые естественным образом вытекают из этого.*

Ф. Бринк: *Я допускаю, что испытывала некоторый националистический уклон. Но внешне это никак не проявлялось.*

Быков: *Но вы признаёте, что в душе вашей он существовал?*

В душе? какое ему было дело до её души? Чем это было, следствием или изгнанием бесов? Окончательный вердикт гласил:

Факт того, что вы присутствовали при антисоветских выходках и ничего не сделали, чтобы одёрнуть их и возразить на националистические реплики, означает, что вы стали соучастницей националистов.

Дикари с хронометрами. Её следователи демонстрировали полное пренебрежение к логике. Все их вопросы и выводы свидетельствовали о совершенно зачаточном миропонимании: чьи-либо мысли и действия могут быть либо святыми, либо грешными, просоветскими или антисоветскими, за нас или против нас. Эта примитивная космология не оставляла места нейтралитету. Даже средневековые католики предполагали наличие чистилища между адом и раем, откуда спасение ещё считалось возможным. Русское же православие эту идею никогда не принимало — его сознание было просто неспособно признать наличие чего-либо помимо безукоризненной праведности или неискупимой вины.

Подозреваю, что Валя не смогла добыть документы моего отца по той же причине, по какой мама не смогла передать ему ни одной посылки: моего отца убили вскоре после ареста. Было ли это, подумал я, наказанием за его отказ подписать бумаги, которые ему дали? Я был уверен в том, что он отказался играть какую-либо роль в этом фарсе, стремясь спасти нас. Ради того, чтобы оградить маму и меня, он отказался давать показания хоть каким-то образом касающиеся Флоренс. Я был столь же уверен в том, что здравой частью своего сознания Флоренс тоже понимала это с самого начала. И её отказ уехать из Москвы сразу же после его ареста злил меня ещё больше.

Мои подозрения подтвердились, когда я стал выискивать упоминания имени отца в документах матери и обнаружил, что он ни разу не упоминался в качестве «вашего мужа Леона Бринка», но лишь в роли «шпиона и клеветника Бринка», а иногда даже в роли «вашего сообщника Леона Бринка». Из этих бумаг следовало, что у моей матери не было друзей и приятельниц, а были лишь сообщники, заговорщики и подельники. Тут и там её обвиняли вместе с какой-либо иной преступной личностью в том, что она была единомышленницей — слово, которое я никак не мог перевести на английский, настолько нелепо оно звучало бы для американского уха. Если столь полное совпадение в умонастроении разных людей вообще возможно, список единомышленников моей матери включал моего отца, разных членов Еврейского антифашистского комитета и «шпиона и клеветника Селдона Паркера», в коем я с некоторым замешательством распознал друга моего отца «дядю Селдона», чьи руки с жёлтыми от никотина пальцами навеки связались в моём детском сознании с лошадками на этикетках спичечных коробков и рыбками из фольги, по которым, как он говорил, можно угадать судьбу.

В поисках чего-то знакомого, того, что запечатлелось в моём детском сознании 1949 года, я наткнулся на нечто, что заставило меня похолодеть. Не понимаю, как это могло ускользнуть от моего внимания при первом же просмотре бумаг, ибо эти страницы были в числе самых верхних в этой толстенной стопке. Это было трехстраничным приложением к ордеру на арест моей матери, и являло собой список всего, что было конфисковано при обыске в ту кошмарную ночь, когда двое офицеров МГБ в униформе вломились в комнату, где мы с матерью жили одни с тех пор, как арестовали отца семью месяцами ранее.

Изъято для доставки в МГБ следующее:

1. *Паспорт номер XXIII-ЦУ #599812, выданный 25 сентября 1946 года 64-м отделением милиции города Москвы на имя Бринк, Ф.С.*
2. *Медаль «За доблестный труд в Великой Отечественной войне 1941–45 гг.» с прилагающейся грамотой.*
3. *Сберегательная книжка # _____ с вкладом на сумму 1,024.45 рубля.*
4. *Наручные часы иностранной фирмы «Вольтан» жёлтого металла #5648891 (на крышке). На ходу, без секундной стрелки.*
5. *Различные документы на иностранном языке — 7 штук.*
6. *Различные фотографии — 16 штук.*
7. *Различные записные книжки — 4 штуки.*
8. *Бланки и справки — 7 штук.*
9. *Вырезки географических карт из советских газет — 4 штуки.*
10. *Копировальная бумага, б/у — 1 пачка.*
11. *Англо-франко-немецкий словарь.*

*Подписано управдомом
Тальковской, Варварой Артуровной,
понятой при обыске.*

Предметы домашнего обихода:

1. Обеденный стол — 1, в хорошем состоянии, б/у.
2. Кабинетные стулья — 2, б/у.
3. Мягкий стул — 1, старый.
4. Сервировочный столик — 1, б/у.
5. Шкаф платяной — 1, б/у.
6. Комод — 1.
7. Разнородные металлические кровати — 2.
8. Книжная этажерка — 1.
9. Разнородные чемоданы — 2.
10. Сундук — 1.
11. Фотоаппарат марки «Комсомолец» — 1.
12. Фотоаппарат иностранного производства — 1, сломан.
13. Различные фарфоровые статуэтки — 3.
14. Бронзовый бюст В. И. Ленина — 1.
15. Разнородные настольные лампы — 2.
16. Радио-репродуктор — 1.
17. Разнородные авторучки — 2, сломаны.
18. Табуреты — 2.
19. Пружинная кушетка — 1.
20. Матрасы ватные — 2.
21. Одеяла ватные — 2.
22. Одеяло шерстяное, серое — 1.
23. Одеяла хлопчатобумажные — 2.
24. Простыни — 6.
25. Часы-будильник, круглые — 1, бывшие в починке.
26. Костюм детский шерстяной, серый — 1.
27. Костюм детский шерстяной, коричневый — 1.
28. Брюки детские шерстяные, серые — 1.
29. Пальто детское демисезонное, мышиного цвета — 1.
30. Куртка детская шерстяная, на подкладке — 1.
31. Куртка мужская кожаная, коричневая — 1.
32. Куртка мужская холщовая — 1.
33. Халаты женские, разные — 2.
34. Жакет женский серый, шерстяной — 1.
35. Костюм женский шерстяной, стального цвета — 1.

36. *Сорочки женские, разные—3.*

37. *Летнее пальто женское, темно-синее, шерстяное—1.*

38. *Кофты женские, из трикотажа и шёлка—2.*

39. *Платье клетчатое из шотландки—1.*

40. *Платье чёрное крепдешиновое—1.*

41. *Платье шёлковое, синее—1.*

42. *Шёлковая пижама женская с рисунком бересты—1.*

43. *Кружевная скатерть—1.*

44. *Куртка мужская холщовая, на меху—1.*

45. *Китель военный мужской, шерстяной—1.*

46. *Нижнее бельё мужское, из белой шерсти—3.*

47. *Рубашки мужские, шерстяные—2.*

48. *Майки мужские—2.*

49. *Сорочки мужские—8.*

50. *Свитеры детские, разные—3.*

51. *Сорочки детские, разные—3.*

52. *Брюки детские, разные—4.*

53. *Трусы детские—9.*

54. *Скатерти, разные—3.*

55. *Майки детские—4.*

56. *Полотенца, разные—3.*

57. *Наволочки—3.*

58. *Одеяла хлопчатобумажные—3.*

59. *Перьевые подушки—3.*

60. *Коньки с ботинками—3 пары.*

61. *Ботинки детские, кожаные—2 пары.*

62. *Полуботинки мужские—1 пара.*

63. *Туфли женские—2 пары.*

64. *Галоши мужские—1 пара.*

65. *Галоши детские—1 пара.*

66. *Галоши женские—1 пара.*

67. *Школьные ранцы детские, кожаные—2, старые.*

68. *Скрипка детская—1.*

69. *Готовальня металлическая с чертёжными инструментами—1.*

70. *Электрический утюг—1.*

71. *Галстуки мужские—9.*

72. *Миски металлические—3.*

73. *Суповые тарелки, разные—12.*

74. Хлебница глиняная — 1.
75. Мелкие тарелки — 20.
76. Кастрюли — 2.
77. Молочная кастрюля, эмалированная — 1.
78. Чашки чайные разные — 10.
79. Блюдца разные — 12.
80. Вазы разные — 3.
81. Рюмки — 6.
82. Полоскательницы — 2.
83. Столовые ложки — 6.
84. Вилки — 5.
85. Чайные ложки — 3.
86. Чайник маленький для заварки, фарфоровый — 1.
87. Сковородки — 2.
88. Кухонные ножи — 4.
89. Сахарница — 1.

Квартира опечатана, и все предметы сданы на хранение Тальковской, Варваре Артуровне, управдому.

Я водил рукой по этому списку словно слепой, читающий пальцами, пытаясь вспомнить наощупь эти изношенные, бесценные утраченные вещи. Как быстро вернулось ко мне щемящее, острое ощущение этих забытых было деталей. Мамино клетчатое платье из зелено-коричневой шотландки, об которое я тёрся, когда мы с ней шли в булочную. Лётная куртка отца, от воротника которой пахло «Шипром». Моё собственное мышиного цвета пальто и видавший виды школьный ранец, скрипка, которую мать ухитрилась достать в надежде на то, что из меня вырастет новый Давид Ойстрах. Даже две пары моих детских ботинок не миновала участь конфискации. Я с трудом дочитал этот список до конца, настолько стеснило болью грудь. Куда всё это делось? Все эти майки, фарфоровые статуэтки, коньки и сахарница! Сданы на хранение Тальковской, Варваре Артуровне, чёрт её знает кто она такая (имя её мне ни о чём не говорило). А куда же пропали украшения моей матери — все её брошки, клипсы, янтарные бусы и шарфы? Где же её перчатки? Жульё! Грабители! Составляли списки нашей жизни как для дешёвой распродажи.

В этот момент мне снова было шесть с половиной лет и я видел двух офицеров — мужчину и женщину в полувоенной униформе защитного цвета — рывшихся в нашем шкафу, тщательно прощупывающих одежду на вешалках, особенно подкладку, лезущих в карманы, а потом швырявших все вещи матери на пол.

Они сняли фотографию в рамке, висевшую над кроватью родителей, сделанную в студии, где мы были сняты втроём: я сам в годовалом возрасте с оттопыренными ушами сидел между папой в мягком костюме и мамой с пышной причёской и губками бантиком. Они сняли её со стены с целью проверить, не спрятано ли что-то за нею, а затем, чтобы уж окончательно убедиться, выдрали её из рамки, а моя мать с бледным измученным бессонницей лицом, с сухими запёкшимися губами, совсем не такими как на фотографии, пыталась вежливо и моляще протестовать против этого. А где я был в это время? Сидел на своей маленькой кроватке возле батареи, цветастая занавеска вокруг кроватки отдёрнута. Который был час? Полпятого или пять утра, лиловый ноябрьский рассвет только начал пробиваться сквозь шторы. Я не смел двинуться. На плече моём лежала тяжёлая рука. Она принадлежала нашей соседке Авдотье Григорьевне, старой тёте Дуне, той, что варила мне перловый суп после школы, пока мать была на службе. Во время ночного разгрома она силой прорвалась к нам в комнату и отказывалась уйти, чтобы защитить меня, как мне казалось, хотя её тяжёлая лапа дрожала на моём плече так, словно это я служил ей опорой. От неё пахло старостью, сном и чем-то кислым, а тем временем полная молодая женщина в солдатской униформе рылась в шкафу в вещах моей матери. Мочевой пузырь мой готов был вот-вот лопнуть; но я не решался даже раскрыть рта, чтобы попроситься выйти в туалет, а лишь смотрел, не сводя глаз, на светлое пятно на обоях, где раньше висела семейная фотография. А женщина-офицер теперь смотрела с несколько сардоническим восхищением на маленький латунный бюст Ленина на этажерке. Это был тот самый бюст, чья лысая голова столь удобно помещалась в ладони, когда мама колола орехи основанием груди В. И. Ленина. Наверное, получила его в качестве премии за хорошую работу.

Где-то в глубине души я всегда предчувствовал, что маму накажут за такое употребление бюста дедушки нашего советского народа. Более того, я был убеждён в том, что только я могу её спасти. Я смогу искупить её недостаточную верность Ленину, надо только стряхнуть с себя свинцово-тяжёлую лапу тёти Дуни и громко произнести клятву юного пионера, ту самую, что приклеена на стене в классе:

**Пионер верен труду Ленина и Сталина.
Пионер любит Родину и ненавидит её врагов.
Пионер честен и правдив. Слово его крепче стали!
Пионер смел как орёл. Он презирает трусов.**

Я вообразил, что мужчина-офицер, который из них двоих, казалось, имел скорее деловой, чем презрительный вид, заметит, что человек, чей ребёнок может произнести клятву столь хорошо и твёрдо, ни в коем случае не может быть врагом. Они сразу же поймут, что вломились не в ту квартиру, тут же раскаются (может быть, мужчина даже подарит мне свою фуражку), и, пожав нам на прощанье руки, оставят нас в покое. И тут, будто по волшебству подчинившись моим желаниям, мужчина-офицер, рывшийся в бумагах на столе, окинул взглядом комнату и глаза его остановились на мне.

— Велите мальчику встать,— приказал он Авдотье Григорьевне. Я встал сам, не дожидаясь её просьбы; это давало мне возможность вырваться из-под наседкиной опеки тёти Дуни. Я попытался прочистить горло, чтобы произнести клятву. Но он прошёл мимо меня к железной кровати, нагнулся, чтобы сорвать с неё простыню и одеяло, перевернул матрас и подушку.

— Это же детская кроватка, неужели вы не видите, что там ничего нет? — с негодованием заметила тётя Дуня.

Офицер не обратил на неё никакого внимания и, достав из кармана большой складной нож, распорол полосатый матрас словно рыбье брюхо.

Поднялся испуганный женский визг, пока он в поисках бог знает чего шарил рукою в матрасе, из которого к моим ногам комками вываливалась вата, похожая на новогодний снег. Я словно проглотил язык. Меня охватила дрожь. Шерстяные чулки мои вдруг сделались тёплыми и мокрыми.

В комнате царил такой разгром и хаос, что никто сразу и не заметил, что я описался. Мужчина-охранник стал рыться за батареей, а девушка в униформе не сводила глаз с матери, складывавшей вещи в маленький чемоданчик. Тётя Дуня смотрела на охранников, а старый дворник-татарин, сопровождавший этих двоих в роли понятого, стоял в дверях с обычным угрюмым и непроницаемым видом, наблюдая такую сцену явно не впервые. Но тут моя тайна стала явной. «Да он обмочился!» — воскликнула моя няня, отчего мать рванулась ко мне.

— Ни с места! — гаркнула девица в униформе.

— Пожалуйста, позвольте мне переодеть его.

Тётя Дуня пыталась стянуть с меня мокрые штаны. Я, сопротивляясь, вцепился в резинку. Я не хотел, чтобы меня раздевали, чувство стыда усиливалось страхом перед этими враждебными незнакомцами.

— Да заткните же его, наконец! — заорал мужчина.

Я захлёбывался соплями.

— Оставьте его в покое. Дайте мне его переодеть, — снова раздался голос матери.

Наконец, они разрешили ей порыться в разгромленном шкафу, чтобы найти мои сухие трусы и шерстяные штаны. Я к тому времени был уже в таком состоянии, что стянуть с меня мокрые чулки и надеть сухое было, наверное, труднее, чем содрать чешую с прыгающей живой рыбины. Я даже не знаю, как маме это удалось; я только помню, что после переодевания, она строгим голосом, обидевшим меня ещё сильнее, велела мне выйти из комнаты вместе с тётей Дуней.

Я сопротивлялся. Я обхватил маму за шею и не отпускал. Я висел на ней, завывая и всхлипывая так, что голосовые связки готовы были разорваться, а они пытались оторвать меня от неё до тех пор, пока, наконец, утомившись, позволили мне остаться в комнате, наблюдая, как мама складывала вещи и одевалась.

— Поторапливайтесь, — приказала охранница. — Вы не в театр собираетесь.

Я помню растрёпанные волосы мамы, когда она застёгивала пальто. Она попыталась причесать их и заколоть резным гребешком, глядя в маленькое зеркало у двери.

— Это брать с собою не разрешается! — объявила охранница. Почему? Может быть, они считали гребень острым предметом, который можно использовать как оружие. Для матери это было последним ударом — даже выглядеть прилично не разрешили, не говоря уж о прочем. Девица протянула руку, требуя отдать гребень, но мама не отдавала. Она цеплялась за этот черепаховый гребень как за последнее сокровище, не в силах расстаться с ним и отдать его этой жадной грубой твари. Она опустилась передо мной на колени, положила гребень в мою руку и накрыла её своею рукой.

— Не грызи ногти, — всхлипывая, сказала она, — попроси тётю Дуню, чтобы она тебе их постригла, — она потёрла мои пальцы, затем взяла мою голову обеими руками.

— Мама, я хочу с тобой.

— Нет, нет. Я вернусь через несколько дней.

Мы говорили по-русски, и тут она, будто заметив что-то страшное в моём лице, впала в отчаяние, глаза её вспыхнули, как пара сапфиров, и она хрипло произнесла по-английски: «Знай, что всё, что тебе скажут про меня, всё это — неправда».

— Говорите по-русски! — рявкнула девица в дверях.

— Веди себя умно и не верь ничему из того, что они скажут.

Тут её оттащили, грубо схватив за локоть. Она позволила дотащить себя до двери. Я хотел побежать за ней, но мужчина-офицер МГБ остановил меня в коридоре, где тётя Дуня прижала меня, орущего и рыдающего, к своей мягкой груди. «Тише, тише, будь умницей», — приговаривала она вслед за мамой, хоть и не понимала по-английски. За её плечом на лестничной площадке я увидел мамино коричневое пальто и синий головной платок — последний её образ, остававшийся со мной в течение долгих семи лет.

И вот я, шестидесятичетырехлетний мужчина, сижу на гостиничной постели с кипой ксерокопированных страниц в руках, совершенно раздавленный чувством стыда за себя шестилетнего, описавшегося и даже не сумевшего должным образом попрощаться. Моя мама. Чувства недоумения и беззащитности, бессилия и гнева брошенного ребёнка отняли у меня последние силы к концу этого изнурительного дня. Я положил бумаги на покрывало кровати и закрыл глаза. На сегодня хватит, сказал я себе. Если бы я продолжил, к утру у меня не осталось бы сил для предстоявшей мне отвратительной угоднической миссии. Эта обязанность сама по себе была тошнотворна не менее, чем содержимое этих добытых из-под земли страниц.

Я лежал на спине, но сна не было; я был слишком возбуждён, чтобы впасть в забытьё. В голове бежали написанные от руки строчки. Ноябрь, декабрь, январь. Месяцы пытки. А потом прошло несколько недель без всяких допросов, как будто тюремщики про неё забыли. Я поражался бессмысленной трате ресурсов и материальных, и человеческих, ушедших на создание этой громадной тюремно-допросной индустрии. Какое-то извращённое производство, в котором сырьём были люди, а конечным продуктом было… что? Подписанная и проштампованная бумага. Ну и рабы, конечно. Тюремные камеры были лишь первой стадией процесса, конечной целью которого было создание и пополнение армии рабского труда.

Мне вдруг с новой ясностью представилось, что такие места как Лубянка, Бутырка, Лефортово были фабриками, на которых доселе свободно гуляющих по улицам людей (если таковые действительно существовали в СССР) превращали во вьючных животных, используемых в шахтах, на лесоповалах, на рытьё каналов; доводимых до смерти от истощения на голодном пайке в процессе их вклада в великое дело социализма. Но и тут я понимал, что заблуждаюсь, сравнивая их с вьючными животными, ибо животных невозможно заставить работать более восьми, от силы десяти часов в сутки, а рабов можно заставить вкалывать до изнеможения и по шестнадцать часов. Животных невозможно возить чёрт знает на какие расстояния в битком набитых телячьих вагонах или трюмах без воды и пищи и при этом ожидать, что они выживут. В конце концов, было бы слишком расточительно обращаться с животными таким манером, ибо разведение животных для пополнения их естественной убыли требует заботы и ресурсов; а вот люди, по крайней мере, при этой системе, были полностью заменимы, а потому и считались всего лишь расходным материалом.

Я даже не знаю, что меня ужасало больше — жестокость или недальновидность. Охранники российских лагерей, их коменданты и бесчисленные бюрократы не имели к людям даже того уважения, какое уделялось скоту. Размышляя об этом, я думал, что даже самый жестокий рабовладелец американского юга, наверное, всё же учитывал в своих расчётах фактор человеческой выносливости хотя бы ради наиболее эффективной эксплуатации своих рабов (не говоря уж о том, что, наверное, задумывался и о судьбе своей христианской души). Всё же, раба следовало кормить досыта и содержать в мало-мальски сносном жильё, чтобы он не загнулся от болезней и истощения — но у администрации ГУЛАГа и таких соображений не было. И всё это потому, что даже в самом глухом графстве американского юга человеческая жизнь стоила хотя бы того золота, что было истрачено на её покупку, в то время как в коммунистической России она вообще никакой цены не имела.

Нет, заснуть сегодня не удастся. Я включил прикроватную лампу и вытащил из коробки ещё одну стопку бумаг. Они были на удивление похожи в своём бесконечно повторяющемся формате: всё те же резкие смехотворные обвинения, а за ними — частичное признание вины, всего лишь короткий абзац за долгие часы допросов, дающий лишь смутное представление о том, что же на самом деле происходило в застенках. И затем в течение нескольких месяцев — в январе, феврале и марте — я заметил некую перемену. Раньше протоколы писались от руки, а теперь пошли машинописные страницы. Наверное, присутствовала стенографистка, причём, заметно грамотнее сменявших друг друга двух долдонов, Антонова и Быкова. Я это заметил по резко сократившемуся числу грамматических и орфографических ошибок, хотя деревенские словесные обороты («не пытайтесь мутить воду и уйти от вопроса») продолжали попадаться тут и там, выделяясь на фоне банальных лозунгов.

Интересно, сменяли ли стенографистки друг друга на допросах? Возможно, её делу придали более важное значение, и потому решили, что стенограмма необходима? Из страниц протоколов понять это было невозможно, но записи стали более детальными и, возможно, именно по этой причине ещё более нелепыми; теперь речь уже шла не только о её контактах с другими работниками Совинформбюро и пресловутого «Еврейского комитета», но и о её личной переписке ни с кем иным, как с дядюшкой Сидом.

Вот выдержка из этого допроса:

Антонов: *Доложите о ваших преступных отношениях с американцем Сиднеем Фейном.*
Ф. Бринк: *Он мой брат.*

Быков: *У нас имеются доказательства того, что он распространял шифрованные послания, которые вы посылали шпионской ячейке в Нью-Йорке.*

Ф. Бринк: *Я отрицаю это.*

Антонов: *Эти послания были обнаружены в вашей комнате при обыске, вы их пытались преступно утаить в жестянке с мукой.*

Ф. Бринк: *Я не могу говорить о том, чего никогда не видела.*

Быков: *У нас тут имеется перевод: я передал следственной группе ваши сообщения… «Рад тому, что мы восстановили связь. Мне не следует писать этого, но я надеюсь, что вся ячейка вскоре воссоединится».*

Слова эти, отлитые в дьявольские формы, поразили меня тем, что вряд ли могли быть в таком виде написаны матерью, и уж тем более Сидни. Видно, дела у Быкова и Антонова шли столь отчаянно скверно, что они даже переписку матери с её братом решили использовать в качестве доказательства её шпионской деятельности.

Антонов: *Доложите о вашем участии в шпионской группе «Миш-Пок».*

Ф. Бринк: *Я никогда не слышала о такой группе.*

Быков: *Цитирую: «Я передал ваше сообщение команде. Весь Миш-Пок думает о вас».*

Ответ обнаружился несколькими строчками ниже, моя мать, очевидно, потребовала, чтобы ей представили оригинал письма.

Ф. Бринк: *Мишпуха. Это слово на идиш. Оно означает просто «семья».*

Я представил себе оригинал письма, до перевода это, наверное, выглядело примерно так: «Я передал команде твои послания. Вся мишпуха думает о тебе… Я так рад, что мы снова на связи после столь долгого перерыва. Наверное, мне не стоило этого писать, но все надеются, что когда-нибудь мы воссоединимся».

Меня чуть не разобрал смех, когда я попробовал представить, как эти ваньки пытаются произнести слово «мишпуха». Это было похоже на дешёвую комедию или грубый анекдот о культурной пропасти между гоями и евреями. Но только происходило это не в Катскильских горах,* а в подвалах Лубянки. Поэтому вся сцена скорее напоминала иллюстрацию к дантову «Аду», чем этюд из Джеки Мэйсона.**

Допрос принял ещё более странный характер через несколько страниц, где обвинения опять были сформулированы в форме, не поддающейся переводу. Быков, взявший на себя роль допрашивающего, теперь добивался от неё признаний в пристрастии к вражеской буржуазной литературе, причём слово «пристрастие», будучи производным от корня «страсть», означало, по-видимому, какую-то постыдную привычку, сродни привычкам к алкоголю, азартным играм и сексу. Но к вражеской буржуазной литературе?

> **Быков:** *23 декабря 1948 года вы передали антисоветские материалы вашей сообщнице Эстер Франк, когда вы вдвоём вели клеветнические разговоры, измышляя различного рода фабрикации, направленные против Советского Союза.*
>
> **Ф. Бринк:** *Я категорически отрицаю то, что я делилась с Франк клеветническими материалами, а также то, что мы вели антисоветские разговоры.*
>
> **Быков:** *Журнал «Лайф», которым вы делились с Франк по её собственному признанию, содержал клеветнические заявления и карикатуры на советское правительство.*
>
> **Ф. Бринк:** *Я отчасти признаю свою вину. Моей целью не было распространение клеветнических материалов.*
>
> **Быков:** *С какой контрреволюционной целью вы показали ей этот журнал?*

---

* Катскильские горы — *Catskill Mountains* — гряда к северо-западу от Нью-Йорка с большим еврейским населением.

** Jackie Mason — популярный американский еврейский комедиант.

Ф. Бринк: Я не делилась им с какой-либо контрреволюционной целью. Я хотела прочитать статью об американской актрисе, которую видела недавно в фильме и узнать побольше об этом фильме.

Быков: В каком фильме?

Ф. Бринк: «Святая Жанна д'Арк».

Быков: Это ведь христианская святая?

Ф. Бринк: Да. Но фильм не религиозный.

Быков: А какой же это фильм?

Ф. Бринк: Исторический.

Быков: Исторический фильм о религиозной мученице.

Ф. Бринк: Да.

Далее следовала короткая дискуссия о том, была ли Жанна д'Арк религиозной, революционной или контрреволюционной личностью, в ходе которой Флоренс склонялась к тому, что Жанна была патриоткой и дочерью простого народа, и Быков вынужден был с этим согласиться, но настаивал на том, что фильм о мученице, сделанный в Америке, является, тем не менее, религиозной пропагандой. Меня, однако, впечатлила готовность Быкова вести такие философские дискуссии о разных сторонах характера святой Жанны. На фоне тупого Антонова Быков выглядел прямо-таки интеллектуалом. Увлёкшись этим философским диспутом, я чуть было не упустил следующие строки в конце страницы:

Быков: Вы сами информировали нас о том, что Эстер Франк была распространительницей этой информации.

Э. Франк: Я никогда этого не делала.

Быков: У вас ещё будет возможность ответить подследственной.

Что это было? Я что-то упустил? Выглядело так, что Быков и моя мать были не единственными людьми в комнате. Был и ещё один свидетель помимо невидимого стенографа — эта самая Э. Франк; она была не просто молчаливым зрителем, но участницей. В какой же момент после ареста моя мать упомянула имя Эстер Франк? До сих пор это имя мне нигде не попадалось. И тут я замер от нахлынувшего ощущения тошноты.

Быков: *Разве не вы информировали капитана НКВД Субботина о том, что Франк распространяла злостную антисоветскую пропаганду?*

Ф. Бринк: *Я говорила о том, что мы вместе просматривали журнал.*

Быков: *И что Франк высказывала нападки на советскую действительность.*

Э. Франк: *Это она сама, а не я высказывала нападки.*

Ф. Бринк: *Я не говорила, что она высказывала недовольство политикой советского правительства. Франк не делилась со мной такими взглядами. Я, правда, говорила, что она сравнивала советский уровень жизни с тем, что было изображено в журнале.*

Э. Франк: *Я никогда не просила её показать мне этот журнал или какой-либо другой. Это Бринк навязывала их мне с целью провокации.*

Ф. Бринк: *Это неправда. В тот момент я не находила в журнале ничего клеветнического.*

Быков: *Тем не менее, вы доложили, что журнал принадлежал Франк.*

Ф. Бринк: *Да, я не отрицаю этого.*

Быков: *Если вы не видели в журнале ничего враждебного, почему же вы отрицали факт владения им перед капитаном Субботиным?*

Ф. Бринк: *Мне дали понять, что Эстер Франк была осведомительницей, заданием которой было спровоцировать меня на то, чтобы я делилась с ней секретными материалами с моей работы.*

Э. Франк: *Это ложь. Я не была осведомительницей НКВД. Эта честь принадлежала Бринк.*

Я почувствовал, как у меня похолодели конечности, и вовсе не из-за включённого кондиционера. Как будто какой-то согревавший меня изнутри двигатель вдруг заклинило. Руки мои покрылись гусиной кожей. Я встал и выключил термостат кондиционера, затем распахнул балконную дверь, чтобы впустить в комнату тёплый летний воздух. Я понял, что только что прочитанное мною было если не огнём, то уж по крайней мере дымом.

Эстер Франк. Во время предшествующих допросов Флоренс расспрашивали о разных людях, в основном о других переводчиках и писателях из ЕАК, их имена были мне смутно знакомы по слухам или из книг. Но имя Эстер Франк сразу же поразило меня тем, что она была близко знакома мне. Неужели это… тётя Эсси, наша соседка? Тётя Эсси в толстенных очках и пёстром халате? Старая дева средних лет (хотя нет, наверное,— я припоминаю портрет мужчины в военной форме над её кроватью). Мы же с Яшей Гендлером часами торчали в комнате тёти Эсси, играя на её железной кровати. Рядом с кроватью был раскладной ломберный столик, за которым мы резались в «дурака», а я ещё жульничал, пользуясь её близорукостью и выдавая шестёрки за девятки.

Я просмотрел другие страницы в стопке в поисках её имени, но ничего найти не смог.

Итак, вот какие факты я узнал:

1) Флоренс призналась или солгала предыдущему следователю, капитану Субботину, что Эстер Франк распространяла буржуазную пропаганду;

2) она не отрицала того, что она: а) доносила на Эстер Франк; и б) и сама распространяла такую пропаганду.

Сердце моё бешено колотилось. Было ли это тем доказательством, которое я надеялся не найти? Или наоборот, это доказывало, что мать доносила на друзей и соседей, на что с явным самодовольством намекал Яша?

Я быстро прочёл следующие двадцать или тридцать страниц в поисках других доказательств или имён других людей, на которых доносила моя мать. Я больше ничего не нашёл. Но это не имело значения. Возможно, был ещё десяток людей, а может быть только Эсси. N=1 является столь же убедительным доказательством сколь и N=10. Всё, что я обнаружил в этом ужасном сокровище, попавшем в мои руки, это то, что моя мать предала человека, которого я знал лично.

И я вдруг представил себе тётю Эсси глазами матери, почувствовал ледяной ужас, охвативший её при виде подруги, больной, истощённой, униженной тюремными злоключениями. Той самой подруги, с которой она делилась каютой и своими личными тайнами на пароходе, когда они были полны юного энтузиазма на пути в Россию. Эсси, к которой она не могла остаться равнодушной даже в этом аду. Гнала ли она от себя эти нежные воспоминания во время церемонии взаимного обвинения? Я чувствовал, как безумие всей этой сцены душит меня. Несмотря на тёплый вечерний ветерок с балкона, гостиничный номер с аккуратно застеленной постелью и мягким ковром казался мрачным застенком. И я, оставив бумаги на кровати, бежал. Вниз и вон из гостиницы, пока не оказался на ярко освещённой Тверской, где даже в полвторого ночи сияли световые рекламы, было полно людей и машин; гуляющих пар и пирующих в ресторанах или пьющих кофе за ярко освещёнными окнами ночных кафе. Тот, кто назвал Нью-Йорк городом, который никогда не спит, никогда не гулял по Москве в два часа ночи. Я шёл без всякой цели, пока не добрёл до киоска, в котором торговал молодой одетый в кожу таджик. Я сделал то, чего не делал десятилетиями: купил пачку сигарет. Вытянув из пачки одну, я прикурил от гостиничной спички, прошёл ещё несколько кварталов, куря дерущую горло сигарету, пока не запершило в горле. Затем сделал круг и оказался у чёрного хода «Мариотт-Гранда».

Это была моя первая за двадцать девять лет сигарета. Перед этим я курил в последний раз в Вене на пешеходном мосту через Дунай, где моя семья оказалась в роли безденежных зевак в те месяцы, когда мы были беженцами без гражданства. Я тогда решил стать совсем другим человеком во всех отношениях, потому и бросил курить. Я собирался начать в Америке новую жизнь, свободную от всех старых привычек и пристрастий, державших меня в состоянии физического и морального застоя. Сейчас же, вернувшись в гостиничный номер, отделённый пятью этажами от ночной жизни Тверской, я с жадностью наркомана курил вторую сигарету на балконе. Табачный дым обжигал мне горло. Я облокотился на перила и стряхнул пепел вниз кому-то на голову. Мне необходимо было подумать. И думать не хотелось.

Я не знал, какие чувства я должен был испытывать относительно лежавших на кровати бумаг, которые я так рвался прочитать. Чтобы как-то потянуть время, я поддался чувству жалости к себе. Для человека, в некотором смысле рано оставшегося сиротой, это нетрудно. Хоть я никогда и не бывал у психоаналитика, но пролистал довольно много книг моей жены по самоанализу, чтобы понять собственные комплексы неполноценности, собственную ущербность, как назвали бы это американцы, заставившую меня клюнуть на приманку Яши Гендлера и доказывать ему, что я не тот, за кого он меня принимает, не сын стукачки.

И теперь, после того как я затратил столько энергии и зашёл столь далеко, чтобы ответить на его вызов, моя реакция, или отсутствие таковой, почти поразила меня своей отстранённостью. «Окей, Яшка, — мысленно сказал я ему, — на сей раз ты выиграл».

А следом за этим пришло ещё одно удивившее меня чувство: впервые в своей взрослой жизни я не стремился стать ни судьёй матери, ни её адвокатом. В течение долгих лет я только и знал, что эти две роли. Прокурором я становился по неизбежности, слишком уж много было у неё качеств, достойных критики и осуждения, но прокурорская мантия мгновенно менялась на адвокатскую, лишь только я оказывался вместе с ней на одной скамье подсудимых. Но сейчас всё это уже не имело значения.

Часы на прикроватной тумбочке показывали 2:37. На стене над кроватью висела репродукция картины Саврасова «Грачи прилетели». Меня охватило скорбное чувство едва ли не более сильное, чем в день её похорон шестнадцать лет тому назад. Сейчас я скорбел оттого, что при жизни совсем не понимал её. До самого конца она не поддавалась моему пониманию, ускользала от него с помощью умолчаний, закрытости, уклончивости. Не о своём прошлом, проведённом в лагерях, нет. Я был достаточно деликатен, чтобы не пытаться вытянуть из неё подробности хождения по кругам лагерного ада, уважал её скрытность, когда разговор касался этой темы. Нет, я осуждал её за молчание другого рода. Чего я не мог выносить, так это её нежелания осудить саму систему, разрушившую нашу семью. Её отказ заклеймить зло, лишившее меня отца и оторвавшее от матери в те годы, когда ребёнок более всего нуждается в материнской любви и ласке. Я не нытик. Я не из тех, кто любит бередить старые раны. Бог видит, другим досталось ещё хуже. Мне было бы довольно, если бы она хоть раз сказала: «*Да, то, что они причинили тебе, мне, нашей семье — этому нет прощения*». Но она никогда не произнесла этих слов, и эта её немота, её оправдание системы, которая, как она настаивала — при мне! — всегда позаботится о детях, во второй раз вызвало у меня чувство заброшенности, причём, не менее болезненное, чем в первый. В шестидесятые и семидесятые годы, когда я запоем читал «самиздат», я хотел, чтобы она стала столь же циничной и утратившей всякие иллюзии, как я сам. Я хотел, чтобы она испытывала гнев по поводу всех лишений, выпавших на её долю: убийства её мужа, насильственной разлуки с ребёнком, семи лет рабства, унижения и голода. То, что это не вызывало у неё гнева, бесило меня ещё больше. Поскольку весь груз гнева достался мне одному.

Её рабская покорность заставляла меня жалеть её как жертву своего времени, своих политических верований, жертву собственного упрямства и её собственных иллюзий. И она, конечно, была жертвой, но до сегодняшней ночи я никогда не думал, что она могла быть не только ею, но и соучастницей той самой системы, сделавшей её в конечном счёте жертвой. Только теперь я позволил себе предположить другое объяснение: её немота была не знаком рабской покорности, а молчанием сообщницы. Я думал о том, что её отказ осудить всю машину, в которой она была пусть и самой незначительной шестерёнкой, — не следствие длительного промывания мозгов, как мне верилось, а вполне адекватная, даже честная реакция, признание её собственной вины.

Боялась ли Флоренс осудить то, что сделала, пускай и по глупости? Перечитывая текст вновь, я понял, что причина её лжесвидетельства против Эстер Франк была вполне прозрачной: она была убеждена, что Эсси обвиняла её в том же самом. Если можно поверить такому оправданию, то лишь потому, что она обезумела от ужаса, пребывая в царстве кривых зеркал полном бесовских ликов.

Но если она действительно верила в то, что Эсси на неё доносила, почему же она стала столь запоздало защищать свою бывшую подругу? Почему она призналась в том, что запрещённый журнал принадлежал ей? Я в который раз перечитал список изъятых при обыске предметов. Никаких иностранных журналов или иной иностранной буржуазной литературы, в пристрастии к которой её обвиняли. Не могли же они при описи пропустить такое сокровище. Возможно, что она избавилась от него до ареста. Зачем же тогда признаваться в этом вообще? В подвале Лубянки были только слова моей матери против слов Эсси. Может быть, совесть в ней заговорила, и она попыталась спасти жизнь подруги? Мне бы хотелось в это поверить, но я так не думал. Я швырнул окурок за балконные перила и вернулся в комнату, чтобы возобновить моё расследование.

Я уже приближался к концу стопки бумаг, когда внезапная мысль остановила меня. Моей матери предъявили обвинения по двум статьям, из которых одна за пропаганду и агитацию (58.10) предполагала меньшее наказание в виде семи лет заключения. Если бы её признали виновной в шпионаже, наказанием было бы как минимум десять лет, а ещё вероятнее, как и в случае с отцом, пуля в затылок. А не могло ли так случиться, что её «признание» в распространении журнала было тактической уловкой? Может быть, она нарочно признала вину по более лёгкой статье, ибо чувствовала, что из Лубянки есть только два выхода — в Сибирь или в могилу, а потому и выбрала первое, чтобы избежать худшего?

Должен признаться, что догадка эта осенила меня, когда я сидел на толчке в туалете. Надеялся, что сигарета успокоит нервы, а она вместо этого растревожила кишечник. Не успел я докурить вторую сигарету, как почувствовал спазмы в животе. Я метнулся в уборную, схватив все досье и решившись восстановить картину последних дней, проведённых матерью в тюрьме, даже несмотря на то, что тело моё тем временем стремилось избавиться от всех тех закусок, что мне пришлось сожрать в бане вместе с моим татуированным мучителем. А может быть, это просто нервы разыгрались, и мой потрясённый организм сам решил очиститься от всего лишнего.

Наконец, слезши с толчка, я почувствовал, что лёгок и воздушен как йог. Под глазами у меня были чёрные круги, и вид в зеркале был измученный и истощённый, будто я разом похудел килограммов на семь. Я в тот момент чувствовал себя пустым сосудом, томимым «духовной жаждой». И тут, читая неотрывно, я добрался до последних страниц в стопке. Обвинение в шпионаже основывалось на контактах моей матери и имело солидное основание. Она работала с известными шпионами в Еврейском комитете. Её муж «шпион Бринк», согласно словам её дознавателей признался в передаче промышленной и военной информации американским шпионам, таким как журналисты Пол Новак и Б. З. Гольдберг, приехавшим в Советский Союз в погоне за государственными тайнами. По логике вещей ей грозил длительный срок или расстрел. И потому я был огорошен тем, что увидел на предпоследней странице:

ПОСТАНОВЛЕНИЕ
О ПЕРЕКВАЛИФИКАЦИИ ОБВИНЕНИЯ

30 апреля 1950 года Бринк, Ф. было предъявлено обвинение в том, что она является агентом иностранной разведки и, в течение длительного времени, занималась шпионской деятельностью, направленной против Советского Союза.

В ходе следствия мы не нашли достаточных доказательств для обвинения в шпионаже.

Тем не менее, Бринк Ф. является антисоветски-настроенной личностью, имела связи с врагами народа, скрывала их и свою собственную вражескую деятельность и высказывала им антисоветские взгляды, а также распространяла антисоветскую литературу.

Мы предлагаем переквалифицировать обвинение по статье 58–1(а) в соответствие с параграфом 204 на обвинение по статье 58–10.

Я перечитал это, не веря собственным глазам. Вот просто так, без всяких предисловий её следователи вдруг опустили статью о шпионаже. Неужели её уловка сработала?

Как такое могло случиться? Почти всё длившееся семь месяцев следствие было посвящено раскрытию её связей с «известными шпионами» и шпионскими сетями. Напротив, единственным так называемым доказательством её антисоветской пропагандистской деятельности было временное обладание безобидным американским журнальчиком, большая часть которого посвящалась восхвалению кинозвезды — Ингрид Бергман в роли Жанны д'Арк, едва ли символу загнивающего капитализма. Более того, журнал попал в ее руки потому, что она работала переводчицей иностранной прессы. Неужели они и в самом деле надеялись выдать за распространение пропаганды совместное с подругой чтение статьи?

Я полностью отдавал себе отчёт в том, что пытаюсь применить логику там, где никакой логики не было. Но отрицать то, что большая часть следствия была посвящена разоблачению шпионажа, а не пропаганды, было невозможно. Так почему же, поражался я, обвинение в шпионаже было столь внезапно снято её палачами? Я ещё раз пересмотрел протоколы в поисках ответа. Ни намёка.

* * *

Часы на тумбочке показывали 3:12. Я открыл минибар-холодильник и налил себе содовой, затем уселся в кресло и пил, глядя на белый бумажный тоннель в прошлое. Если всё убрать, то может удастся ещё поспать. Я допил воду и медленно встал. Сделав над собой огромное усилие, я принялся складывать бумаги в коробку. Глаза мои опять задержались на странице с «Миш-Поком», и я в который раз поразился этому абсурду. Но тут другая мысль меня вдруг осенила: ведь всё это время мать держала связь с братом. Она ему писала, и он ей отвечал и во время великой депрессии, и во время чисток, и в войну, сквозь все тяготы и испытания, которые жизнь ей уготовила. Разумеется, все письма проходили через цензуру, и всё же… несмотря на неслыханное давление обстоятельств, несмотря на неизбежные перерывы связи, она никогда полностью не разорвала переписку с ним! Это было в самом деле удивительно. Когда я стал думать об этом, я понял, что ни с кем она не была так доверительно близка, даже со мной. Я вспомнил последние годы жизни матери, когда я поселил её в квартире по 8-й программе в преимущественно русском районе Бруклина на Оушн Парквэй (*Ocean Parkway*). Она была рада снова зажить самостоятельно после того, как ей пришлось делить с нами квартиру в Бенсонхерсте.

По субботам, когда я привозил ей полный багажник продуктов, я часто заставал у неё Сидни, приезжавшего из Нью-Джерси навестить её; они медленно гуляли вдвоём по усаженному деревьями бульвару. Сидни придерживал её под локоть, а мать опиралась на новую палку с резиновым набалдашником. Я незаметно проезжал мимо них, оставляя машину у входа в её дом. Меня всегда поражало, насколько оживлённым и лишённым всякой настороженности было её лицо в эти минуты. К тому времени, как я, припарковав машину, подходил к ним, они обычно уже сидели на лавочке и беседовали, причём мать болтала оживлённо, как никогда. Увидев меня, она замолкала и улыбалась счастливо, но с некоторой хитрецой, совсем как маленькая сплетница при виде учителя. Я никогда не удосужился спросить, о чём же они так живо беседовали. В конце концов, им было о чём вспомнить. И всё же при Сидни она менялась, становилась открытой и невинной, словно юная Флори тех времён, когда ещё не было всех предстоящих ей злоключений. Девочкой, застывшей во времени.

* * *

Я вновь посмотрел на часы: почти полчетвёртого утра по московскому времени. В Нью-Джерси сейчас полвосьмого вечера, посчитал я. Я взял телефон, вышел на балкон и набрал номер Сидни.

Он ответил после первого же гудка.

— Дядя Сидни?

— Джулиан! Уже вернулся?

— Нет, всё ещё в Москве. Я тебя побеспокоил? Ты наверное ужинал.

— Нет, ужин подают в шесть.

— Так рано?

— Так доктора велят. Строгие, как в армии, и дают только четверть порции. Что нового?

— Не спится.

— Неприятности? По работе?

Я помолчал, затем сказал:

— Я зауважал стриптизёрш, пляшущих для толстяков за деньги. Нелегко это — улыбаться и делать вид, что тебе это по вкусу.

Я был рад услышать его смех.

— Добро пожаловать в деловой мир, — ответил он.

— Я много думал о маме.

Он промолчал.

— Я тут позавчера был на Лубянке,— продолжал я.— Ты знаешь, они рассекретили множество разных дел.

— Невесёлое заведение,— вот и всё, что он произнёс.

Я решил, что он не понял.

— Флоренс когда-нибудь говорила с тобой об этом?

Последовала пауза, затем глубокий вздох.

— Немного. Перед самым концом.

Я не знал, как подойти к этой теме и потому сказал просто:

— Я нашёл её дело. Я его прочёл.

Снова пауза.

— Рад за тебя,— наконец, ответил он.

Я не мог понять, что он имеет в виду, и продолжал с деланной наивностью:

— Я хотел представить себе, каково ей было в тюрьме. И кое-что мне непонятно. Я подумал… Не знаю, может быть, она что-то рассказала тебе, что может прояснить картину.

— Не знаю, что я смогу тебе рассказать.

— Ну, во-первых, её обвиняли в шпионаже и в пропаганде…

— Это — чушь. Она никакой шпионкой не была…

— Это я понимаю. Но, видишь ли, они пытались привязать её ко всем этим сетям, этим липовым заговорам, а затем вдруг сняли обвинение в шпионаже. Вообще прекратили допросы. Вот чего я не могу понять.

Ответа мне пришлось ждать довольно долго. Снизу доносился шум редких в этот ранний час машин. Я решил, что связь прервалась.

— Дядя Сид?

— Это были не лучшие минуты в её жизни,— вдруг признес он.

И тут я понял. Она ему рассказала. Если не всё, то больше, чем я мог вообразить.

— Мне просто интересно узнать, что же случилось. Хотя, это и не очень важно. Она же всё равно моя мать. Она кого-то предала? Пошла на сделку?

— Нет, попав туда, ни о каких сделках и думать было нечего.— Я слышал его тяжёлое хриплое дыхание на другом конце провода.— Видишь ли — её допрашивали двое…

— Да, я знаю. В бумагах это есть. Быков и Антонов.

— Имён их я не знаю. Одного из них она называла *деревенщиной*.

«Антонова», — тотчас же подумал я.

— Она не понимала и половины того, что он орал. И он постоянно угрожал ей *растрёл*.

— Чем?

— Ну, знаешь, на тебе спиртом рисуют мишень, а потом — пиф-паф!

— Ах, расстрелом, Пулей в затылок. А причём тут спирт?

— Чтобы не было заражения крови.

Я усмехнулся про себя и стал слушать дальше.

— Кроме того, он был остервенелым антисемитом. Конечно, таких как он было много, но он всегда на неё орал: «Неблагодарная карга. Русский хлеб ела. Советское правительство тебе жильё предоставило, а ты его предаёшь. Ради таких как ты я на фронтах кровь проливал. Ради такого отродья мой брат ноги лишился…» Ну и так далее. Он ей целыми ночами спать не давал, а потом передавал её другому. И тот усаживал её на стул и разрешал прислониться к стенке, спать не давал тоже, а сам часами рылся в бумагах. Звонил домой и спрашивал сына, сделал ли он уроки. Жене говорил, что вернётся поздно. «Привет, милая, опять придётся задержаться допоздна на допросе». И тому подобное.

— Но почему?

— А чёрт их знает. Возможно, хотел напомнить ей про жизнь на воле.

— Может быть, хотел показать ей, что он совсем не злодей — любит жену и детей? Добрый полицейский, злой полицейский?

— Разумеется. Классическая тактика. Это он говорил ей, что твой отец жив и что его держат в другом отсеке здания. Он ей говорил: «Скажу вам честно, мадам, мужу вашему сейчас очень нелегко. Он здесь давно находится. С вашей помощью я мог бы посодействовать в облегчении его участи, только дайте такие-то и такие-то показания, и я помогу вам свидеться. Возможно, мы вам и супружеское свидание устроим, хи-хи».

— В этом была хоть капля правды?

— Нет, одно враньё! Он просто хотел её растрясти. Дразнил её. Он ей говорил: «Не знаю, впрочем, захочет ли этого ваш муж. Если бы он только увидел вас сейчас…» Этот садист оглядывал её с головы до ног и говорил: «Да, когда-то вы неплохо выглядели». Он клал ей руку на колено и качал головой. «Вы же тут в старуху превратились, Флора Соломоновна». Разумеется, она месяцами не смотрелась в зеркало. Она поседела и даже не заметила этого.

— Но неужели она ему верила? Про отца? Неужели клюнула на эту наживку?

— Нет. Не спрашивай. Это не имеет значения.

Как это — не имеет значения? Я был поражён, но спорить было не время. В Москве было без десяти четыре. И я говорил с Нью-Джерси. Я подчинился.

— Короче, этот тип ловил кайф от таких разговоров с женщинами. Они дали ему прозвище — Карман.

— Кто?

— Женщины, её сокамерницы. Их там сидело примерно пятнадцать человек.

— В одной камере?

— Да. Он никогда не вынимал левой руки из кармана брюк.

— То есть, имел определённую репутацию у женщин?

— Можно и так сказать. В их камере сидела одна девушка, миловидная дочь какого-то бывшего крупного коммуниста, впавшего в немилость. Всякий раз она возвращалась с допросов Кармана в слезах. Похоже, он заставлял её детально описывать весь её сексуальный опыт. Флоренс сия участь, я думаю, миновала, возможно, по причине возраста. Ей тогда, кажется, было тридцать девять.

— Значит её он не трогал.

— Насколько мне известно, только по коленке хлопал, а так слушал, держа руку в кармане. Наверно, так он себя удовлетворял.

— Вау!

— В общем, однажды, когда он по обыкновению болтал про супружеское свидание, держа одну руку в кармане, а другой щупая её ляжку, в кабинет зашёл тот, кого она звала деревенщиной. Ну, и увиденное вызвало у него омерзение. Возможно, он сказал что-то, а может быть, просто усмехнулся, но смысл был именно таков: «Даже старухой не побрезговал!»

— То есть, приятелями они не были?

—Они терпеть друг друга не могли. Но куда важнее то, что они боялись друг друга.

—Боялись чего именно?

—Ну, в их мире все ходили по острию ножа. Сегодня ты сидишь по одну сторону стола, а завтра—глядишь, и по другую окажешься. У них же чистки случались также, как и везде. И они все стучали друг на друга. Это же мафия. Какое-то время проходило, и всё они рано или поздно попадали на крюк мясника.

—Они не доверяли друг другу.

—Верно. Ну, и через некоторое время они пустили её на конвейер—знаешь, что это такое?

—Конечно, знаю.

—Сто или более часов непрерывного допроса часто сменяемыми следователями. Она к тому времени уже сильно ослабла, а тут полное лишение сна—да она призналась бы в чём угодно, даже в том, что является свояченицей папы римского, но она изо всех сил старалась избежать осуждения за шпионаж. Её спас недостаток воображения. Она им говорила: «Если вам всё известно про все эти заговоры, так напишите всё это сами и сами же подпишите». Но они орали на неё: «Вы должны сами признаться. И сами подписать. Нам нужна только правда!»

Я опять вспомнил Василия Гроссмана. Им было необходимо сделать мою мать добровольной соучастницей их игры. Им нужно было заставить труп свободы плясать подобно паяцу.

—Но она им не давала того, что они требовали. Забывалась сном, сидя на стуле. Они ей светили лампой в лицо, трясли её, чтобы разбудить.

—И даже били?

Сидни остановился, затем продолжил:

—Это был тот сукин сын, не Карман, а другой, совсем дикий. Нанюхается—и давай крушить…

—Постой, Антонов? Ты говоришь, что он был наркоманом?

—Ну да, боливийским порошочком баловался.

—Кокаином?

—Да, им самым. Нюхал, чтобы держаться по ночам. Да многие из этих выродков этим баловались, накачивали себя перед работой с заключёнными.

— И он его нюхал прямо при маме?

— Чаще всего в те минуты, когда она забывалась сном. А когда просыпалась, видела, как он носом тянет порошок. Он его носил в маленькой жестянке. Вроде дамской пудреницы.

— Чёрт побери,— вырвалось у меня.

— Из-за этого он постоянно шмыгал носом. Нос у него был розовым, как у пуделя. Карман, глядя с презрением, то и дело велел ему утереть сопли.

— У каждого из них имелось, о чём доносить друг на друга.

— Не сомневаюсь, что он был рад свалить грязную работу на кокаиниста, лишь бы тот не слишком зарывался. В общем, они оба её терзали, иногда и одновременно. А она им как заведённая отвечала: «В шпионаже я не виновна. Я никогда не выражала недовольства Советским Союзом». С этими словами, наверное, и засыпала. А потом её будили ударами по почкам. И она падала вместе со стулом на пол. А они её продолжали пинать ногами. Лежала на полу, лампы на неё светили и всё, что она видела, был чёрный сапог *деревенщины*. Ну и что ей оставалось делать? Она кричала: «Террористы! Вы не смеете меня бить! Это вам не 1937! Вы не добьётесь от меня ложных показаний!»

И тут второй из них подходит к ней и говорит: «Жаль, что ты не в лапах гестапо, жидовская сука. Знаешь, что там бы с тобой сделали? Они-то знали, как обращаться с предателями».

А она им в ответ: «Так вы себя с гестапо сравниваете? Вы там этим методам научились? Каково же будет вашему начальству узнать, что вы с фашистов пример берёте».

— Постой,— сказал я.— Она в самом деле такое сказала? Им?!

— Я думаю, что она сама не понимала, что говорила. Это был сиюминутный порыв. Но он был. На следующий день они дали ей подписать какой-то документ. Обвинение в шпионаже было снято. Ни один из них не хотел продолжать дознание. Они хотели сбыть её с рук прежде, чем она попадёт к другому следователю, или пока они не настучат друг на друга. Их настолько напугала эта реплика про гестапо, что они решили быстренько свернуть это дело.

Я потёр лоб. От бессонницы меня знобило, и всё тело ломило. От высоты балкона кружилась голова.

— Почему она мне этого не говорила? — спросил я.— Честно говоря, меня бы такое впечатлило.

— Ну… стоит открыть бутылку… и такое польётся, что потом сам жалеть будешь. Да и ты был не из тех, кому было легко такое рассказать.

— Что ты имеешь в виду?

— Не хочу заходить слишком далеко. Я не знаю, что было между вами.

— Договаривай, пожалуйста.

— Твоя мать думала, что ты… очень честный.

— Я?

— Да. Что ты всегда очень бескомпромиссен.

Я не мог поверить этому. Я против воли рассмеялся, чтобы вернуть себе чувство реальности.

— Она считала меня идеалистом?

— Она знала, что ты не просто слушаешь. Что ты стараешься уличить её в противоречиях. Так уж у тебя ум устроен.

— Пурист Джулиан Бринк,— ответил я.

— Послушай, когда копаешь глубоко, всегда нарываешься на менее чем возвышенные выводы. Ей и так было тяжело из-за того, что тебе пришлось платить столь дорогой ценой за её собственный выбор.

Этого я не ожидал. Но прежде, чем я успел ответить, Сидни заметил:

— Уже поздно. И у тебя, и у меня. Не могу же я говорить до хрипоты.

— Да, конечно. Спасибо за то, что поговорил со мною, дядя Сид.

— Когда закончишь вилять хвостом перед жирными котами там в Москве, приезжай навестить меня.

— Обязательно приеду. Спокойной ночи.

Я подождал, пока он положит трубку, затем выключил телефон.

* * *

Я сложил все бумаги, всё ещё находясь под впечатлением сцены, описанной Сидни. Смелость матери. Дерзость этого обвинения. Даже притом, что всё было непредумышленно, в этом проявилась её находчивость. Она ухитрилась сделать со своими следователями то, что они пытались сделать с нею: раскрыть их подноготную, посеять меж ними раздор и победить. Даже в этой кромешной тьме она сумела нащупать их уязвимые места.

Я положил бумаги на тумбочку и поставил будильник на семь. И затем попытался заснуть.

ТОВАРИЩ БРИНК

Я спал урывками и проснулся от ледяного воздуха, задувающего под одеяло. В комнате было совсем темно, только узкая полоска дневного света пробивалась между тяжёлыми гостиничными шторами. Я слышал, как кондиционер работает на полную мощность, но не помнил, чтобы я снижал температуру на термостате, похоже, одержимом злыми духами.

Мне приснился странный сон, и теперь холод в комнате кое-что объяснил. Дело происходило где-то в Заполярье. Картинки во сне были зернистыми, как в старых фильмах моего детства о войне. Там был корабль, плывущий по каналу. Он выглядел как крейсер «Аврора», но по тому, как он резал лёд, я знал, что под этим историческим фасадом был один из моих кораблей. Во сне я рулил и одновременно наблюдал за тем, как рулю. И хотя никого вокруг не было, во всяком случае, не было видно, я чувствовал себя окружённым аурой одобрения моей команды, полным благородства и гордости за мой скромный вклад в героические усилия, которым я гордился, пока не посмотрел на штурвал и обнаружил, что на полированном деревянном колесе руки не мои, а пара толстых лап, покрытых татуировкой. С этого момента мой сон стал сценой из «Титаника». Безрассудно и, возможно, сознательно, татуированные руки вели мою «Аврору» прямо на невидимый айсберг, возникший в ночи. Я слышал, как скрежещет и вспарывается металлический корпус, и это продолжалось пока внутренности корабля не стали вываливаться из корпуса, по счастью к моим ногам, как хлопковый снег.

Моё сердце всё ещё стучало, когда я проснулся. Плечи и шею свело от неудобной позы. Я чувствовал себя более измождённым, чем когда пошёл спать. Наконец, я встал и слегка раздвинул шторы, щурясь от яркого света. Пятью этажами ниже Тверская была забита гудящими машинами. Я лениво проделал утренние процедуры — туалет и душ. Под напором горячей воды из душа я подумал о двух молодых парнях, Гибкове и МакГиннисе, которые собирались взять на себя работу по управлению проектом в Варандее после того, как мы закончим. Мне понравилось, что в них не было фальши, присущей «Л-Пет». У меня сложилось впечатление, что я им тоже понравился, за прямоту и опыт. Теперь они, без сомнения, будут считать меня ещё одним старым лицемером. Я уже стал смиряться с потерей репутации.

В тускло освещённом зеркале над мини-баром я видел, как дрожат мои руки, когда я завязывал галстук, подтягивал его и опускал воротничок. Я приготовил себе растворимый кофе и выпил его прямо тут, возле тумбочки, на которой лежали мамины бумаги. Свет из окна упал на страницу с подписями тех, кто утвердил приговор Флоренс. Я всматривался в страницу приговора, где кроме Быкова и Антонова, было три других имени, и, подумав, понял, что удивляться особенно нечему. Недра ада должны были быть образцом бюрократического порядка. Я представил себе, как эти страницы перемещаются от стола к столу, продвигаясь вверх по цепочке всё дальше и дальше от холодной камеры моей матери, приобретая всё более официальный вид с каждой подписью и печатью. Вполне вероятно, что люди, подписавшие этот приказ, снисходительно отправивший мою мать на семь лет каторжных работ, никогда даже не видели её. Я поставил чашку на страницу, довольный тем, что оставил на ней кофейный круг — свою собственную печать вдобавок к трём официальным печатям НКВД. Какую страсть к процедурам должны были внушать все эти аккуратные формы! И всё это на фоне сомнительной лояльности, личных интересов, взаимной неприязни. Какое единодушие или, говоря языком НКВД, «единомыслие», демонстрировали эти аккуратные ряды подписей. Но это тоже было ложью.

Вонзая зубы в окружающий мир, НКВД в то же время пожирал сам себя. Как моя мать сообразила — в этом глубоком кругу ада — натравить этих двух собак, Антонова и Быкова, друг на друга, так же, как они пытались противопоставить её и Эсси? Неужели она изучила их приёмчики за то время, пока они с ней работали? Или она просто видела, что все были уязвимы. Что не было единых фронтов. Что всё прогнило до конца — гнилью страха и зависти.

И тут меня заинтересовал другой ряд аккуратных подписей. Инстинктивно я перевёл взгляд на компьютер, полузабытый на ковре, в косом четырёхугольнике света от штор. Я перешагнул через него и достал из портфеля пачку документов, относящихся к совместному предприятию. Это было частью «приветственного пакета», выданного мне для ознакомления перед началом проекта над базой Варандей. Оформленный в изящном стиле пресс-службой «Континентал», он был предназначен для профессиональных журналов по нефти, задача которых и состояла в освещении подобных событий. Я закрыл его, не читая, в тот день, когда нам их выдали. Теперь я начал вытаскивать листы из папки один за другим. Я просматривал страницы — аккуратная, скучная корпоративная проза, без тени намёка на разные мнения. Я понимал всю бредовость моего плана, но мои пальцы продолжали своё занятие. Я дошёл до конца многословной декларации цели и на последней странице, наконец-то, обнаружил внизу список подписей. Они были выстроены в две колонки: русские справа, американские слева, как танцоры на балу дебютантов.

Моё имя было в середине американской колонки, над моей невнятной должностью «Технический Директор проекта». Справа были имена и подписи Мухова, Сердюка и Каблукова. И прямо под полуграмотной закорючкой Каблукова — аккуратная, с лёгким наклоном вправо, бесцветная, но, тем не менее, авторитетная подпись, на которую я раньше не обратил внимания. Под ней было написано «А. Козловский, Директор зарубежных связей». Я никогда не видел этого человека. Кем бы он ни был, он был слишком занят, чтобы облагодетельствовать нас своим присутствием в обшитом красным деревом конференц-зале. Очевидно, он был одним из тех безликих руководителей, имевшихся в каждой компании, через чьи рабочие столы бумаги должны пройти на их таинственном пути наверх, чтобы быть утверждёнными на самом верху, прежде чем их снова отправят вниз. Я знал, что в цепочке над Сапогом не так много людей. И всё же имя этого Козловского было ниже имени Каблукова, что означало его более высокий статус. Тут не могло быть никакой ошибки, когда дело касалось того, где на странице располагалось каждое имя. Ошибки относительно потерянных жизней, убитых отцов, заключённых в тюрьмы матерей — пожалуйста! Но в расположении подписей на документе — никогда.

* * *

К девяти я был в штаб-квартире «Л-Пет», надеясь, что никто из нашего проекта меня не заметит, никто, кто бы захотел пройти со мной в конференц-зал на нашу заключительную встречу. Лифт был, слава Богу, пуст, и я поднялся на нём на двадцать первый этаж. Растворимый кофе оставил во рту кисловатый привкус. Благодаря подслащённому кофеину руки больше не дрожали, но меня пробирала нервная дрожь, когда я бродил по лабиринтам «Л-Пет», пока кто-то не показал мне, как найти кабинет А. Козловского.

Молодой человек в строгом костюме объяснил мне, что он находится в восточном крыле комплекса, и проводил меня по боковому коридору. Он не выказал никакого подозрения в ответ на мой вопрос, после того, как я показал ему висевший на шее пропуск, и довёл меня до другого лифта, доставившего меня в нужное мне место. Я оказался в застеклённой части здания, представляющую собой отдельную башню. В какой-то момент я потерял ориентировку. Внизу уже была не травянистая середина Сретенского бульвара, а квартал, полностью разрушенный в результате строительства, за исключением небольшой, окрашенной в жёлтый цвет, церкви с пристроенным флигелем, затерянной посреди этой модернизации. Я подошёл к стеклянным дверям, через которые была видна приёмная, похожая на зал ожидания в аэропорту. Удлинённые кожаные кушетки и деревья в горшках освещались невидимыми светильниками, углублёнными в потолке. Здесь не было ни солидного красного дерева, ни фальшивых каминов. Как будто я переместился из одного столетия в другое — однако, этот светлый модернистский мир оказался недоступен: с моей стороны стеклянных дверей он был закрыт каким-то сильным магнитным затвором, который не открывался моим пропуском. За столом регистрации на той стороне никого не было.

Закрытые стеклянные двери недвусмысленно намекали, что мне надо развернуться и спуститься по пешеходному мосту.

Было девять пятнадцать. Заседание должно начаться через несколько минут, а я всё ещё не мог отказаться от своих намерений. Я понятия не имел, как я попаду в эту закрытую комнату, удастся ли мне найти Козловского или даже, что я скажу ему, если удастся. Но тут я увидел женщину, идущую к пустовавшему столу — брюнетку средних лет со строгой стрижкой, как у писательницы Айн Рэнд. По коридору за ней шли трое громко разговаривающих мужчин. Они направлялись к дверям, за которыми я стоял. Один из них нажал кнопку на внутренней стороне, чтобы открыть магнитный замок, и подождав, пока двое других выйдут, впустил меня. Я уверенно вошёл, осознавая, что подхожу к столу ковбойской походкой, характерной для некоторых наших техасских коллег в коридорах «Континентал». Я чувствовал головокружение от своей наглости.

В ответ на мою улыбку Айн Рэнд равнодушно взглянула на меня. Я продолжал улыбаться, пока, наконец, она не обратилась ко мне по-русски с прохладным «Здравствуйте, могу ли я вам помочь?»

Я собирался ответить ей проникновенным «Здравствуйте», чтобы попытаться установить дружеский контакт, но что-то меня остановило. Ясно, что эта женщина распознала во мне соотечественника, откуда-то с нижней палубы, к кому следует относиться с должным презрением. Мне не понравилось, как всё начиналось.

— Здравствуйте, — сказал я по-английски и улыбнулся ещё шире. Я не думаю, что мой английский с акцентом мог действительно обмануть её, и что она приняла меня за американца. Она моргнула и снова посмотрела на меня, неуверенно, как будто пытаясь перевычислить меня, и лицо её приняло более любезное выражение.

«Они никогда не могут быть уверены, что знают, кто ты такой», — эти слова крутились у меня в голове. И, услышав их, я подумал: «Единственный способ повернуть игру в свою пользу — это не поддаваться».

Я сказал ей, что я здесь, чтобы увидеть «Мистер… Куз-Лоув-Скай», изображая трудность с его именем. Я снял свой пропуск, на котором моё имя было просто написано как «Джулиан Бринк, Континентал Ойл», позиция была опущена, и сказал ей, что я был техническим директором проекта Варандей, что не было большим преувеличением. Она подняла трубку, затем показала пальцем на одну из продолговатых кушеток — приглашая меня сесть. Я сделал несколько шагов назад, но не сел.

— Кто-то из «Континентал», — услышал я, как она сказала по телефону, а затем мне, более громко по-английски: — У вас назначена встреча?

— Моя секретарша должна была назначить… Сегодня вечером я возвращаюсь в Вашингтон, и мне нужно…

На её лице было написано, что ей не было дела до того, когда я летел назад или куда. Она сунула бумагу через стол.

— Напишите здесь свой вопрос. Господин Козловский вас вызовет.

Дама даже не дала мне ручку. Ничего, обойдёмся. Из кармана рубашки я достал свой поддельный Монблан. Я ждал, когда она положит трубку.

— Один вопрос, — сказал я.

Она смотрела на меня уже нервно, ожидая новых сюрпризов.

— Ваша семья из Норильска?

— Почему из Норильска?

— Я работал там в прошлом году и встретил женщину, очень похожую на вас. У вас такая белая кожа. — Я услышал свой голос, небрежную артикуляцию, удивился своему нелепому поступку, и продолжил: — Та дама… она сказала мне, что есть две причины для такой прекрасной белой кожи: белые ночи и, то, что монголы никогда не дошли до них в Норильске, они настоящие русские. А вы?

Ей наверно потребовалось героическое усилие, чтобы подавить улыбку, но она попыталась.

— Нет. Моя семья из Новгорода, — сказала она, — Но у нас тоже не было монголов.

— Ага! — Я занял своё место на кожаном диване.

— Подождите здесь, — сказала она и снова подняла трубку, Потом указала пальцем на кабинет:

— У вас есть десять минут.

* * *

Антон Козловский оказался высоким мужчиной с аккуратно уложенными волосами, с блёклыми широко расставленными глазами и глубокими следами перенесённой в детстве ветрянки. Когда я вошёл, он не протянул мне руку и почти сразу же посмотрел на часы, как только я сел.

— Чем я могу вам помочь? — спросил он.

У меня не было намерения обманывать его, и я обратился к нему по-русски. Я представился, сказав, что являюсь представителем «Континентал Ойл» на проекте Варандей. Он смотрел на меня не то, чтобы холодно, но… как-то очень по-деловому, и на мгновение я подумал, что он научился таким способом осаживать людей ещё в детстве, когда они задерживали взгляд на его изрытых оспой щеках.

На стене над его головой была карта мира с коричневыми булавками на каждом поле «Л-Пет», и синими, которые, как я подумал, могли указывать на будущие месторождения, планируемые к разработке.

— Через полчаса наша совместная команда сделает окончательный выбор транспортной компании. Есть несколько последних… оставшихся без ответа вопросов об одном из кандидатов на контракт.

— Какие вопросы?

— Вопросы компетентности и… стоимости.

— Так обсудите их с моей командой. Почему вы приходите ко мне с этими техническими вопросами? — Он смерил меня всё тем же вызывающим взглядом. Я искал, как правильно выразить свою мысль. Я чувствовал, что должны быть какие-то нужные слова, которые можно было бы найти — слова, созданные специально для этого случая. Но они не приходили на ум.

— Следовательно, вы поставите свою респектабельную подпись на соглашении, — сказал я. Но я сам слышал, что эти слова лишены напора, что мой голос звучит просительно. Прежняя решительность покинула меня.

— Я подпишу всё, что решит моя команда. — Козловский снова посмотрел на часы, мельком, но не случайно. Я представил себе Тома и других, ожидающих меня в комнате, обшитой панелями, четырьмя этажами ниже. Может быть, они начали заседание без меня. И всё же я не мог встать и уйти сейчас, не оказавшись просто стукачом и к тому же трусом. Я пытался по лицу Козловского догадаться, был ли он замешан в каблуковской афере. Я неосознанно полагал, что одного взгляда на него будет достаточно, чтобы ответить на этот вопрос и знать, что делать. Но его лицо ничего не выражало.

— Прошу прощения, что напрасно трачу ваше время,— сказал я.— Я зря не послушал Ивана Матвеевича. Он говорил мне, что ваша подпись является лишь формальностью.

— Кто это сказал?

— Каблуков. Он сказал, что ваша подпись — просто формальность, и что решение уже принято… наверху.

Я с сожалением пожал плечами, большим пальцем потирая свой Монблан в потной руке. Козловский не выразил радости, услышав, что я только что сказал. Он был не тем человеком, который легко переносил насмешки. Моё высказывание могло быть воспринято, как неприличный жест.

— Я не знаю, что сказал вам Каблуков, но выше меня не было принято никаких решений.

— Значит, вы должны быть знакомы с деталями этой сделки? Козловский покачал головой, оценивая мою игру.

— Вы тот ещё фрукт. Ну, говорите уже, товарищ… Бринк.

— В данный момент в конференц-зале 14А мы выбираем грузоотправителя для нефтяного проекта Варандей. Г-н Каблуков и его команда настаивают на компании, у которой нет опыта, и которая будет стоить проекту — и нам — дополнительно семнадцать миллионов в год.

— И вы, товарищ Бринк, пришли сюда, чтобы узнать причину.

— Вовсе нет,— я пытался звучать беззаботно.— Мне всё равно, в чём причина. Независимо от этого, мы подпишем договор с любым перевозчиком, которого вы выберете.. Только… это вопрос риска и… ещё интереса. По самой природе этой отрасли мы принимаем на себя риск. Иногда мы не знаем, на какой риск мы подписываемся, и,— я развёл ладони в стороны,— участвуем ли мы в вознаграждении.

Я посмотрел на карту над его головой. Несколько синих вымпелов находились посреди моря, недалеко от Арктики. Шельф. Будущее.

— Вы что-то мне предлагаете?

Я обалдел. У Козловского было лицо гаишника, которому я по ошибке пытался дать на лапу. Он неправильно меня понял. Это было совсем не то, на что я надеялся.

— Конечно, я не говорю о нашей стороне, — быстро вставил я. — Для «Континентал» важно дальнейшее сотрудничество с «Л-Пет»… — Но эти слова тоже имели неправильный оттенок — звучали раболепно и по-идиотски.

— Тем не менее, вы достаточно обеспокоены, чтобы прийти сюда от имени «Континентал».

— Нет, только от своего имени, — поправил я. — У меня здесь сын, и вашему господину Каблукову это хорошо известно. Мой сын пытается найти свой собственный путь в этом мире. Я почтительно прошу, чтобы ему не мешали заниматься своим делом, а «Л-Пет» будет свободен делать своё.

Козловский несколько раз моргнул. Что-то медленно доходило до него. Он был человеком порядка, который любил делать свою работу чисто. Несомненно, он был знаком с тактикой Каблукова и терпел её. Но ему не могло нравиться, когда он должен был отвечать за ненасытность Каблукова, за бардак, оставленный им. Теперь я был уверен, что он ненавидел Каблукова не меньше, чем Быков ненавидел Антонова.

Он встал, показывая, что наше время истекло. Я продолжал сидеть. Я не собирался покидать эту комнату без гарантии. Козловский молча изучал меня, переводя свои бледные глаза с моего лица на плечи и руки, словно решая, не выкинуть ли меня через толстостенное стекло своего окна.

— Вам больше не нужно беспокоиться об этом, — наконец, сказал он. Он изучил пропуск, висящий у меня на шее. — Джули-ян, мы здесь проверяем всё.

* * *

Все сидели вокруг олимпийского размера стола для совещаний. Я извинился и занял место возле Тома и через одно от Каблукова. В ожидании меня они явно пили кофе, наливая его из термосов, но их чашки были уже пусты. Каблуков, как всегда в своих тёмных очках, подчёркнуто серьёзно кивнул мне, что выглядело как-то нелепо.

— Господа, я думаю, что мы можем начать, — сказал Том, кинув на меня недовольный взгляд.

Я начал извлекать свой компьютер из чехла. Казалось, что он застрял между какими-то бумагами, и я с ужасом увидел, что случайно засунул в чехол не документы «Л-Пет», а листы маминого дела! И тут со всей ясностью я увидел нелепость моей ситуации. Я только что совершил глупость, не меньшую, чем любая из тех, которые наделала моя мать. И зачем? Чтобы защитить Ленни? Чтобы избавиться от Сапога? Или, может быть, моя самоубийственная миссия была сродни той же глупой идее, из-за которой моя мать потеряла так много — безнадёжной Идее Справедливости?

Наконец, я вытащил свой компьютер из мятых страниц маминого файла, стараясь не дать листам выпасть. Я понятия не имел, что делать дальше. Мне захотелось педантично составить сводную ведомость, в которую записать достоинства и недостатки всех кандидатов, хотя теперь я знал, что это бессмысленно и бесполезно.

В этот момент дверь открылась, и вошёл Антон Козловский.

Мухов уставился на Сердюка, как будто именно он должен был знать причину этого неожиданного визита. Я уставился на Каблукова.

— Антон Евгеньевич…, — Каблуков слегка приподнялся со стула.

— Мы не ожидали вас сегодня, — добавил Мухов.

— Моя поездка в Уфу была отложена. — Козловский не представился. Он позволил своим подчинённым из «Л-Пет» сделать это.

Я подготовился к неминуемому сценарию, в котором Козловский объявит о моём к нему визите. Испытывал ли я сожаление? Нет, этого не было. То, что я испытывал, скорее можно было назвать чувством неизбежности; этакое ницшеанское чувство, что всё это уже было и будет снова. Сейчас Том узнает, что я нарушил субординацию. Процесс пойдёт, как ему предопределено. Плоды моей работы будут невозвратимо отобраны и никогда больше не попадут под мой контроль. Моя самоубийственная миссия была завершена. Я уже был мёртв, мне просто ещё об этом не сообщили.

Козловский не смотрел на меня. Обращаясь ко всем, он сказал:

— Пожалуйста, садитесь, — между мной и Каблуковым был пустой стул, и именно его выбрал Козловский. Пожалуйста, друзья, продолжайте. Я не буду вас беспокоить. Я знаю, что вы почти закончили свою работу. Я только хочу посидеть и послушать достоинства разных претендентов на этот важный контракт.

Я не смотрел в сторону Тома, хотя чувствовал, что он смотрит на меня. Я был уверен, что он ждал, чтобы я предпринял какие-то действия. Это был бы мой доблестный момент самоунижения. Прежде чем всё вышло из-под контроля, я должен был объявить решение и сообщить Каблукову, а теперь ещё и Козловскому, что все заявки были тщательно взвешены за последние несколько дней и что нашим подрядчиком был выбран «Заузен Петролеум». Этим утром мы собирались только для окончательного оформления документов.

Но как я мог сказать что-либо подобное после того, что я сделал? Через плечо я почувствовал запах свежевыкуренной сигареты, источаемый костюмом Козловского. Я не мог заставить себя начать. Я бы походил на психопата.

— Ну? — нетерпеливо обратился ко мне Козловский.

Я коснулся своего закрытого компьютера.

— У нас есть таблица, — сказал я вяло.

Его бледные глаза, сосредоточенные на мне, сработали как стимул для скота. «Я здесь, и что ты хочешь мне показать?» — говорили эти глаза.

И чтобы предотвратить его дальнейшие понукания, я открыл компьютер и вызвал на экран таблицу.

* * *

Козловский вёл себя блестяще. Большую часть дискуссии он вежливо держался на заднем плане, прислушиваясь к нашему краткому отчёту о достоинствах трёх лучших вариантов — «Йессем», «Совкомфлот» и расположенного в Женеве «Заузен Петролеум». Мухов много говорил, делая такие плавные переходы, что даже мне иногда было трудно понять, о какой компании он говорит. Но Козловский, казалось, мгновенно ухватывал всю информацию, не спуская глаз с моего экрана, делая паузу, чтобы задать вполне осмысленный вопрос.

— А что думают наши американцы? — сказал он, наконец.

— Мы будем полагаться на ваше суждение, — сказал Том с непринуждённой улыбкой, напоминающей ухмылку дерьмоеда.

Козловский, ничем не выдавая наш утренний разговор, попросил показать ему исходные предложения трёх лучших претендентов. Некоторое время он изучал их, не замечая нервных улыбок в комнате. Я наблюдал за Каблуковым. Даже под тёмными очками было видно, что он, казалось, впадал в какое-то нервное расстройство. Он ослабил галстук и платком вытер пот со лба.

— Один из них, кажется, хочет взимать с нас довольно высокую плату,— заметил Козловский.

Мухов, как хороший солдат, первым прыгнул на защиту «Заузен». Все старые аргументы посыпались снова — у них превосходные отношения со швейцарскими банками, чистая репутация по безопасности, бла-бла-бла.

— Похоже, у них просто нет репутации,— спокойно предположил Козловский.

Только один аргумент не был выдвинут в присутствии Козловского — это прекрасные отношения, которые «Заузен Петролеум» поддерживал с президентом компании г-ном Абускалаевым. По этому вопросу ни Мухов, ни Сердюк, ни даже Каблуков не произнесли ни слова.

— Похоже, что реальный выбор здесь — между «Йессем» и «Совкомфлот». Конечно, я, естественно, предпочёл бы одного из наших, но это,— сказал Козловский,— это только моё личное пожелание, и я понимаю, что вы примете собственное решение.

И он подождал, пока мы приняли. Все единогласно, хотя и не вполне охотно, проголосовали за Совкомфлот.

* * *

Оказавшись на улице, я посмотрел вверх и с удивлением обнаружил, что небо такое голубое, каким я не помню, когда его видел.

— Что это было? — спросил Том, прикрывая ладонью глаза от солнечных бликов, отражённых от полированного обсидиана комплекса «Л-Пет».

— Загадка, окутанная тайной,— сказал я.

— Я, хоть убей, не могу ничего понять. Я думал, что последнее слово за Каблуковым.

— У каждого вора есть босс.

— Так мы получили то, чего хотели, я полагаю.

Так теперь уже «мы».

— Я так думаю, что мы обхаживали не того мудака,— сказал я.

— Пусть сами разбираются,— сказал он. Впервые с тех пор, как я его знал, Том, казалось, не был уверен, какими будут его следующие слова. Он рассеянно потёр свой гладкий подбородок.— Кто может понять этих чёртовых русских,— заключил он, наконец. Казалось, он хочет сменить тему.— Мы все тебя ждали. Почему ты опоздал?

Я подумал было рассказать ему, где я был за пятнадцать минут до заседания. Но потом решил, что лучше не будить спящую собаку. Том предложил осмотреть достопримечательности за оставшееся до полёта время, поставить галочку в колонке для туристов. Но я извинился, что не могу быть гидом, сославшись на более неотложное дело. Я перешёл на другую сторону Сретенского бульвара и вошёл в кофейню, расположенную в здании из грязно-розового кирпича. И позвонил Ленни.

Ленни ответил со второй попытки.

— Извини, пап, я был в туалете,— признался он с типичной для себя прямотой,— Тебе уже пора на самолёт?

Я почувствовал облегчение, услышав его голос. Я сказал, что всё закончилось рано, и предложил отправиться в обещанный тур на Измайловский рынок. На охоту за каким-нибудь классическим советским хламом.

Долгая пауза.

— Хм, па. Боюсь, что мы пропустили этот поезд. Большинство ларьков закрыты в будние дни.

— Ну, я уверен, что какой-нибудь отчаянный аукционщик хочет избавиться от своей старой Лейки. Может быть, мы найдём что-то стоящее.

Казалось, он колебался.

— Пожалуйста, давай сходим,— сказал я.—Мне это было бы очень приятно.

И сказав это, я понял, что это правда. Но я не ожидал такого прилива радости, охватившего моё сердце, когда он сказал: «Хорошо, я встречу тебя там».

МУЖЧИНА

Блошиный рынок был почти пустынным, как и предсказывал Ленни. Но я подумал, что так мне даже больше нравится,—мы вдвоём бродим по безлюдной аллее уличных киосков в тени деревянной царской крепости, раскрашенной как Диснейленд. Ленни взял фарфоровую панду и вернул её на место. Я заметил, что он проверяет часы.

—Помоги мне выбрать подарок для твоей мамы,—попросил я.

—Как насчёт этого?—Он поднял зелёный резиновый противогаз.

—Он будет от тебя, а не от меня,—предупредил я.

Я хотел, чтобы Ленни заразился моей лихорадкой погони за сокровищами, но мы и вправду упустили наш шанс. Только некоторые из ларьков были открыты, да и те, которые были, торговали самыми туристскими безделушками: Ельцинскими матрёшками и военной атрибутикой. В моих глазах по-прежнему чувствовался песок от недосыпа, но я ощущал приятное возбуждение, зная, что у Ленни не будет проблем в ближайшее время.

—Мама ненавидит такое барахло,—сообщил мне Ленни, когда мы вошли в лавку, полную книг и плакатов.

—Это не совсем так,—сказал я.—Она может оценить хороший китч не хуже кого другого.—Для примера я подошёл к продавцу, парню со свалявшейся бородой и длинным лицом, похожим на те, что изображены на религиозных иконах сомнительного происхождения, разложенных у задней стенки его ларька.—Есть ли у вас антикапиталистическое искусство?— спросил я.

Продавец наморщил лоб, как будто я попросил его снять штаны.

— Чё? — спросил он.

— Плакаты, — пояснил я, — с толстыми капиталистами — знаете, такие в цилиндрах, пыхтящие сигарами.

— Интересно, что люди думают это за магазин? — обиженно сказал он.

Ленни и я обменялись взглядами. Среди литературы, разложенной на столах вокруг нас, был каталог картин Марка Шагала, справочник грибов, ленинская «Освобождение женщин» (написанная его женой Надеждой Крупской), иллюстрированная брошюра «Протоколы Сиона», эстонский альбом «Запрещённая эротика» и автобиография Билла Клинтона.

— Понятия не имею, — сказал я.

* * *

— Давай найдём что-нибудь поесть, — предложил я, прерывая Ленни, увлёкшегося чтением разговорника американского военнослужащего, датированного 1962 годом. Он поднял глаза и уставился на диснеевскую Измайловскую крепость.

— Раньше я действительно не мог терпеть бывать в таких местах, — сказал он внезапно.

— В самом деле?

— Да, они наводили меня на мысли о ней.

Я сразу понял, кого он имел в виду. «Ирочке».

Он криво ухмыльнулся.

Я не иронизировал. Я всегда называл её так — дочь моих старых друзей Островских, а позже — первая жена Ленни. Не Ирина, но наша Ирочка, как все мы её звали, сначала нежно, затем с иронией и ехидством, в которых, впрочем, всегда оставалась изначальная нежность.

— В первое лето, когда я сюда приехал, — сказал он, — был 96-й год, она водила меня по городу среди всех этих пенсионеров, продающих свои семейные реликвии, аккуратно разложенные на газетах. Их собранные за жизнь коллекции маленьких значков, фарфоровых чашек или хрустальных ваз.

— Они всё ещё занимаются этим.

— Нет, не так, как тогда. Инфляция вышла из-под контроля. Они продавали всё, что угодно, чтобы купить еды. Это было чертовски угнетающе, а тут я с кошельком, набитым американскими долларами.

— И ты хотел потратить их на Ирину.

— Ну, да. Я помню старика, пытавшегося продать старинный серебряный чайный сервиз за двадцать долларов. Я видел, что он не был профессиональным торговцем, просто отчаявшийся старый пенсионер. Она сторговала его до нуля — может, восемь долларов. Я был бы рад заплатить двадцать. Но это было, как… Я боялся, что она подумает, что я лопух.

— В жизни не надо выжимать последнюю каплю из камня, — заметил я.

Он посмотрел на меня с сомнением.

— Но тебе всегда нравилось насколько Ирина практична, какая она сильная. Ты говорил, что я мог бы многому у неё научиться.

— Неужели?

— Ты говорил: «Эта девушка не забудет проверить прогноз погоды».

Я промолчал. Какими бы ни были мои ошибки, которые он помнил, какие бы ни были критические последствия для него — я никак не мог исправить их сейчас. Прошлого никогда не исправишь таким способом. Глядя на него, я это хорошо понимал.

— Ты ещё вспоминаешь её? — спросил я.

Я был по-прежнему настороже, но теперь я уже не так боялся, что наш разговор может пойти в неправильном направлении, к какому-нибудь недопониманию, обвинению или раздору.

— На самом деле, нет. Я должен был это предвидеть.

— Брось. Тебе было двадцать три года, ослеплённый любовью. Случается с лучшими из нас.

— Знаешь, что она говорила мне под конец, когда мы жили вместе в той квартире, которую она не могла терпеть? Она шутила о том, что я не был полным муж-чиной. Она говорила: «Муж-то ты муж, да чина нет».

Он засмеялся, подражая тягучему Ириному московскому говору, повторяя её злой маленький каламбур со словом «муж-чина». Я никогда прежде не задумывался над тем, что оно состоит из двух более коротких слов: муж и чин — слово обозначающее «звание» или «титул». Ты муж, но без титула. Мне стало интересно, выдумала ли Ирина это сама. Меня не удивила бы её сообразительность, но сейчас я поразился, что она могла быть настолько злой.

— В течение многих лет я задавался вопросом, что случилось бы, если бы наша семья осталась здесь? Никогда бы не эмигрировала? Может быть, я бы вырос жёстче, не такой мягкий с постоянным чувством вины. Но дело в том, что я не такой как они. Я не такой, как Ирина, или как Саша Запаротник. Я…

— Американец,— сказал я.

— Да. Мы с ним никогда так не беседовали. Сейчас я пожалел об этом.

— Так ты хотел проверить альтернативу?

Он посмотрел на меня.

— Звучит безумно, да?

— Да нет. Сколько раз я задавался вопросом, кем бы я был, если бы вырос в Америке, сыном матери, которая никогда не уезжала? «Слушай, тебе было непросто»,— говорил я. «Я получил несколько серьёзных ударов в жизни, но когда я терпел неудачу, у меня всегда было оправдание: система была нечестная. Я во всём мог винить Советы. Это позволяет иметь менее критическое мнение о себе».

Я никогда не отдавал себе в этом отчёта, но сейчас, произнеся это, я подумал, что это может быть правдой. В моей собственной урезанной молодости я, как и многие другие, мог сохранять чувство собственной добропорядочности, особенно, если ограничения, с которыми мы сталкивались, были непреодолимы.

— О чём Америка не предупреждает,— сказал я,— это о том, что, рано или поздно мы должны понять сами: в этой стране нам дана свобода выбора, и поэтому все наши проблемы — это наша собственная вина. Даже если нам просто не повезло.

— Это надо написать на табличке при въезде,— предложил Ленни.

Я вспомнил слова Валентины по дороге к даче: «Ты предупредил Ленни, но не смог его подготовить». Могу ли я, не кривя душой, сказать, что она была не права? Я до сих пор не осознавал, произнося все свои нравоучения, что я заключил сделку с дьяволом против успеха Ленни. Стоя в стороне от его борьбы, скрестив руки, я все эти годы как бы ждал момента, когда он упадёт, чтобы, когда он снова встанет, посрамлённый своей неудачей, он, наконец, будет готов воспринять мою отцовскую мудрость.

Но если это был путь, придуманный мною для своего сына, где там было место для меня? Приписывая его проблемы упрямству, я освободил себя от большей ответственности: быть рядом с ним.

Мы прошли киоск с распродажей игрушек. Ленни выбрал одного плюшевого зверька и сказал: «Ты знаешь эти игрушечные кролики с длинными руками и лапками с липучками, обнимающие друг друга? Так было у нас с Ирой, когда нам было по шесть лет. Мы забежали в ванную и спрятались под раковиной, когда вы с мамой собирались уходить от Островских. А мы сидели в ванной, обнимая друг друга, чтобы вы не могли разлучить нас».

— Первая любовь,— сказал я.

— Но там было больше. Она действительно знала меня. С ней мне не нужно было быть модным, циничным или кем-либо ещё. Я мог быть собой. И да, где-то я понимал, что она использовала меня, чтобы приехать в Нью-Йорк, но я не думал, что так всё закончится. Когда она приходила домой в полночь, пахнущая одеколоном Кэлвин Кляйн, я не спал, сидя на диване, и играл в видеоигры. Она трахала своего босса прямо под моим носом, а у меня не хватило смелости оторваться от неё. Я как бы не мог уйти ни с чем, хотя бы с двумя процентами самоуважения. И я просто плыл по течению.

Он снова посмотрел на практически пустые магазины.

— Я всегда так делаю.

— Что делаешь? — спросил я.

— Держусь за всё, что угодно, после истечения срока годности. Даже при всех сигналах бедствия я остаюсь в лодке до самого конца. Я знаю, это звучит очень фаталистично для тебя.— Он одарил меня короткой насмешливой улыбкой.

У меня был соблазн улыбнуться в ответ. Я давно уже именно так сформулировал его проблемы, корень многих его трудностей. Тем не менее, я был рад, что он сам пришёл к этому выводу, и сделал это без моего участия; я только слушал.

КНИГА VI

ЛЁТЧИК

ПЕРМЬ, 1951

Приземлившись в Сеуле холодным и ясным ноябрьским утром, капитан Генри Роббинз не встретил почти ни одного знакомого лица. Немногочисленных резервистов распределяли в уже сформированные подразделения. Все его будущие товарищи-лётчики были из молодых. Всем им было чуть за двадцать, то есть, на призыв Второй мировой они не попали и вот теперь с готовностью пошли служить в следующей войне. Взросление их пришлось на пору победных парадов и оркестров. О войне им было известно из воскресных утренних киносеансов с участием Роберта Митчама и Джона Уэйна.

В годы прошедшие после Второй мировой Роббинз работал над тем, чтобы превратить свою маленькую фотостудию в полноценный фотомагазин, где продавались бы все фотопринадлежности: камеры, объективы, фотоувеличители, секундомеры, мольберты — бизнес стал, наконец, приносить прибыль как раз накануне его повторного призыва. Повторное приглашение от дяди Сэма так его расстроило, что он даже не находил слов. Но если бы его спросили, он бы не признался, что чувствует себя обманутым. Когда его молодая жена обратила его внимание на то, что новые установленные Трумэном правила избирательной службы позволили тысячам резервистов уклониться от военной службы в то время, как его самого призвали, он не стал поддаваться на её уговоры. То, что он не мог избежать призыва из-за того, что пошёл работать в отличие от многих своих друзей-однополчан, пошедших после войны учиться в колледж, тоже не вызвало у него откровенной горечи. Хотя победные парады и окончились, но волна патриотизма к 1951 году ничуть не схлынула, а Роббинз был человеком своего времени, считавшим себя вправе не соглашаться, но не вправе не подчиняться приказу.

И тем не менее, и в резервистском центре в городе Шарлотт, и даже по прибытии в Корею его одолевали дурные предчувствия. Ему ведь пришлось так исхитряться и столько трудиться для того, чтобы семейное дело поднялось. А теперь он опасался, что в его отсутствие всё дело рухнет, а всё его оборудование и инструментарий достанутся банку. У него была беременная жена и трехлетний ребёнок. Отец умер, мать уже старая. Он не знал, как долго продлится эта война, да и была ли это вообще война. Генералы называли это «полицейской акцией», как будто его послали надевать на людей наручники и выписывать штрафы за превышение скорости, хоть он прекрасно осознавал, что речь идёт о ещё одной массовой бойне.

Несмотря на томившее душу чувство усталости от войны, Роббинз не примешивал к своим чувствам политику. Пройдёт более десяти лет прежде, чем американцы начнут публично жечь призывные карточки по куда менее значительному поводу, а общественное мнение качнётся в направлении прямо противоположном самопожертвованию и чувству долга. Он пытался внушить себе прежнее ощущение отваги, но в душе оставалось лишь смутное понимание того, что он был наказан за верность своей стране.

А тут ещё реактивная авиация. Ф-86 «Сэйбр» не имел ничего общего с Б-24, на котором он летал в прошлую войну. Взлёт у Ф-86 был глаже кошачьей шёрстки, скошенные крылья сужались к концам до трёх дюймов и были заострены, как бритвы. Новые обтекаемые формы позволяли ему разгоняться почти до скорости звука. В передней части кабины размещалась система управления, наводившая радар на мишень при любой видимости. Вместо ручного наведения на цель Роббинзу нужно было только поймать её центр, подправить наклон зеркала, а дальше волшебный глаз «Сейбра» всё делал сам: определял расстояние до цели, отклонение, подлётное время, словом всё, что необходимо для прицельного выстрела. Если жизнь на гражданке и охладила его боевой пыл, то реактивная машина теперь его возрождала.

Официально эскадрилье Роббинза было сказано, что воюют они против корейских и китайских лётчиков. Но это было не так. После первых же двух вылетов Роббинз понял то, что всем было уже давно известно: за штурвалами «МИГов», с которыми им пришлось сражаться, сидят советские асы, те самые, с которыми он сражался бок о бок против общего врага в прошлую войну. Несмотря на общее превосходство «Сейбра», более лёгкий «МИГ» быстрее набирал высоту и легко уклонялся от боя при малейшей опасности. На расстоянии иммерсионные следы их двигателей напоминали плащ матадора, дразнящего быка на арене, заманивающего Ф-86 вглубь вражеской территории до того момента, когда «МИГи» пикировали и исчезали за манчжурским горизонтом.

Во время своего шестого вылета, когда он шёл ведомым за молодым командиром эскадрильи и в очередной раз пристально разглядывал покрытый снегом гористый ландшафт Кореи (никаких особых примет и нигде не видно ровного места для вынужденной посадки), тут он их и увидел: дюжина «МИГов» стремительно летела на юг, туда, где американские истребители-бомбардировщики бомбили наземные коммуникации коммунистов. Холодная луна меркла в одном углу неба, а в другом солнце отражалось в реке Ялу как в зеркале.

У Роббинза не было времени на то, чтобы осознать, что случилось затем. Несмотря на численное превосходство «МИГов» командир, двадцатипятилетний дикий козлик родом из Айдахо, совершил то, что в учебниках истории и в некрологах называют «актом неукротимой смелости» или «героическим духом перед лицом грозной опасности», но что сам Роббинз, будь у него на это время, пока он следовал за своим командиром, назвал бы «бессмысленным гибельным тщеславием».

* * *

Год у полковника Тимура Качака выдался скверным. Качак, безразлично жестокий, но расчётливый грузин, считал ужасным унижением своё назначение в Пермь на командование примерно 150 лагерями системы Пермлага на границе с Сибирью. До этого он работал следователем ЧК, пока не привлёк внимания Берии своей работой на допросах. Он не считал себя настолько тупым валенком, чтобы его можно было в одночасье услать в северную пустыню охранять зеков в таком месте, откуда сбежать было невозможно при всём желании.

Качак (в прошлом Качахидзе) был одним из ребят Берии — завербованный и выпестованный самим Лаврентием. Но Берия выпал из фавора в последнее время и Сталин продвинул Абакумова для того, чтобы тот ограничил власть Берии. И теперь в тайной полиции кипела борьба за власть. Выскочка по фамилии Рюмин обошёл и Берию, и Абакумова и добрался прямо до Сталина, чтобы сообщить ему о заговоре еврейских врачей, срочно состряпанном для того, чтобы убрать Абакумова «за бездействие». Качак был переведён в Пермь, а Берия выжидал, пока рассеется дым и укреплял свои позиции: если случится очередная чистка старых кадров, ему нужно сохранить своих людей, убрав их подальше от мясорубки.

В Москве Качак имел трехкомнатную квартиру на Чистых прудах, да ещё и конспиративную квартиру, где принимал своих информаторов и трахал любовниц, одной из которых была жена Абакумова. Именно это обстоятельство он и считал причиной своей ссылки к чёрту на рога. Теперь вместо Чистых прудов ему пришлось любоваться на горы шлака и угольные шахты, довольствоваться тремя часами дневного света в сутки и командовать людьми, чья доля была лишь немногим лучше участи тех рабов-заключённых, которых им было приказано охранять.

Звонил сам Берия. Пилот «Сейбра» упал в Жёлтое море, но избежал плена, приняв яд прямо в кабине самолёта. Сто китайцев вытянули самолёт из воды, отпилили у него крылья и под покровом ночи укатили бескрылый самолёт в командный центр, где его полностью разобрали на части и погрузили на транспорт. А теперь, как стало известно органам безопасности, другой американский пилот Ф-86 оказался пленником в одном из подчинённых Качаку лагерей. Качаку поручалось разыскать его и отправить в Москву. Качак, слушая Берию, смотрел как за окном его кабинета садится солнце. Было два часа пополудни. Он улыбнулся. «Вы полагаете, что я каждого зека знаю в лицо? — спросил он своего босса на другом конце провода. — У нас тут каждую неделю умирает по трое американцев. Пусть приезжают и поищут их на дне шахт.

— Я полагаю, ты догадываешься о последствиях.

— Если он им так необходим, почему же они не привезли его в Москву прямо из Андонга?

— Они тогда не знали, какой именно самолёт он пилотировал.

— А теперь знают.

— Войска прочесали горы и нашли части самолёта. Но его самого к тому времени уже увезли.

— То есть, вояки его проворонили. А почему мы должны расплачиваться за их ошибки?

— Если ты шутки шутить собрался, Тимур, то имей в виду: тут — сам Коба. Сталин приказал доставить самолёт по частям в конструкторское бюро «МИГа».

— И для чего же этим гениям понадобился пилот?

— Приборная доска оказалась уничтоженной. Тот лётчик, что покончил с собой, сперва позаботился расколошматить её камнем вдребезги. Им необходима помощь в её реконструкции.

— То есть, у Кобы имеется беспилотный самолёт, а у нас может иметься пилот без самолёта. Но позволь тебя спросить… Если он ничего не рассказал им в Андонге, что заставляет МГБ поверить в то, что он заговорит в Москве?

— Что ты хочешь сказать?

— Неизвестно даже, жив он или нет…

— В бумагах говорится, что американцев отправили через Владивосток к тебе.

— Если он жив, дайте мне возможность с ним поработать.

— Это — не твоя специальность.

— Ничего, я справлюсь.

* * *

Капитан Генри Роббинз вначале отказался говорить, а затем отказался есть. Пища, которую приносили ему охранники, оставалась нетронутой. Через пять дней голодовки у американского лётчика не было сил, чтобы подняться с койки и на допросы его пришлось носить и привязывать к стулу. Благодаря армейской подготовке он знал, что в случае голодовки необходимо двигаться и разминать конечности, чтобы замедлить развитие мышечной атрофии. Но сейчас его единственной целью было умереть. Роббинз не ждал, что его требования будут выполнены этими грязными русскими, но продолжал их предъявлять неустанно, надеясь разозлить своих тюремщиков. Дни и ночи

520

незаметно сменяли друг друга. Когда появились боли в груди и стал слабеть пульс, он принял это за долгожданные признаки приближения смерти. Но он не рассчитывал, что это будет тянуться так медленно. Из-за слабости, приковавшей его к койке, минуты казались часами, часы — днями. Время оказалось непомерно тяжёлым жёрновом, медленно перемалывающим его. Роббинзу открывалась та великая тайна космоса, что доступна только умирающему: чем ближе человек к своему смертному часу, тем медленнее тянется время. Это последнее испытание было мукой.

* * *

Он был захвачен в плен в своём пилотском противоперегрузочном комбинезоне с кобурой на бедре. В карманах почти не осталось конфет, которые он туда напихал и приклеил изолентой на случай, если придётся катапультироваться. Три дня он полз вниз по каменистой тропе, извивавшейся по склону покрытой кустарником горы и уходившей на восток. Он пытался держать направление на юг, пользуясь ручным компасом, но не был уверен, где он находится: в Северной Корее или на китайской территории. По-корейски он знал только одну фразу: *нам аму еонгбога еобс-сеубнида*, что означало, как ему представлялось, отказом отвечать на какие-либо вопросы помимо имени, звания и учётного номера. Но лица зенитчиков, встретивших его у подножия горы, не были ни корейскими, ни китайскими. Пистолет, висевший в кобуре у его бедра, был предназначен для защиты от хищников и вражеских солдат, но когда он увидел их число, он понял, что сможет использовать его только для одной, куда более простой цели — но на это у него не хватило мужества.

* * *

На восьмой день тюремщики принесли странные инструменты. Со своей койки Роббинз разглядел плескавшуюся в глубокой миске мутную жидкость. Мужчина в белом халате держал в руках резиновую трубку. Охранники усадили его. Вокруг него сгрудились лица. Они пытались засунуть трубку ему в рот.

521

С непонятно откуда взявшейся силой он ухватился за трубку, но они вывернули ему руки за спину и зажали голову так, чтобы он не мог стряхнуть с себя зонд. Человек в белом халате зажал ему нос, разжав ему зубы ложкой. Они не дадут ему ни жить, ни умереть. Его сковали наручниками и бросили на пол ничком. С него стянули штаны и стали вводить в него питательную жидкость клизмой через прямую кишку. Он расслабился, решив, что пусть делают с ним, что хотят, и вскоре с облегчением почувствовал, что впервые за целую неделю испражнился.

Вскоре доктор вернулся с новыми приспособлениями. Губы Роббинзу оттянули назад, между коренных зубов загнали подковообразные скобы, чтобы можно было насильно раскрыть ему рот для введения зонда в желудок. Медленно ввели зонд. Роббинз давился резиновым шлангом, боль была такая, какой он доселе ни разу не испытывал. Но никакие спазмы в горле и в желудке не могли остановить трубку. Он, подобно утопающему, судорожно тянул воздух носом. Красная рожа доктора почернела у него в глазах подобно углю, подёрнувшемуся пеплом.

Много часов спустя Роббинз пришёл в себя от чувства рези в животе и разочарования оттого, что всё ещё жив. Он почувствовал, что не один в камере. Кто-то сидел на его койке.

— Капитан,— услышал он голос явно американский, и, что ещё удивительнее,— женский.— Я принесла вам немного чаю. Выпейте, вам станет лучше.

* * *

Термометров в пермском лагере ИТСК-2 не было. Они были не нужны. Температуру можно было определить по плотности изморози, повисающей в воздухе при температуре ниже минус сорока градусов. Она висела в воздухе и колола дыхательные пути тысячью игл, выходя изо рта влажным хрипом. При таких низких температурах всегда можно было обморозиться. Влага на кончике носа замерзала, едва появившись. Никто не решался помочиться на снег. У Флоренс уже неделю образовывалась сосулька под носом, а был только ноябрь. Носового платка или чего-либо подобного у неё не было, приходилось без конца утираться рукавом, заставляя своё тело двигаться в общем строю по знакомому четырехкилометровому пути в лес. Обычные резиновые сапоги совсем не защищали ноги от холода. Ноги в сапогах были обернуты тряпками, подвязанными полосками других тряпок. Кружкой у неё на поясе служила пустая жестянка от лендлизовской свиной тушёнки «СПАМ», поставляемой американцами вместе с зерном и тракторами во время войны. Она уже давно утратила изначальную форму и надпись. Это была её единственная собственность, за которую она отчаянно цеплялась.

Бредя по утоптанному снегу, Флоренс надеялась на то, что будет ещё темно, когда они достигнут вырубки. Тогда им будет позволено отложить распилку до рассвета, а до того собрать ветки и разложить костры, чтобы хоть немного отдохнуть и обогреться, выпить хоть кружку растопленного на огне снега. Но к их прибытию красные лучи зимнего солнца уже пробивались сквозь деревья.

Оказавшись в лесу со своей напарницей Ингой, Флоренс опять почувствовала, как силы из неё уходят. Жидкой каши, съеденной на завтрак, едва хватило на то, чтобы одолеть тяжкий путь до леса. Она старалась не думать про боль в правой ноге; лодыжка распухла, от боли при каждом шаге темнело в глазах, как будто пятку проткнули штыком.

Задачей Флоренс было только удерживать свой конец пилы, пока Инга пилила. Но даже это оказалось невозможным, ибо для этого требовалось хотя бы прочно стоять на ногах. Сила Инги была одновременно и спасением, и проклятием: она спасала Флоренс от голодного штрафного пайка, но заставляла её стремиться поспевать за Ингой, когда сил у неё уже не было. Ингино трагическое усердие напомнило Флоренс её собственные первые шаги в Перми, когда она старалась работать «честно и сознательно», чтобы заработать дополнительную пайку. Очень скоро она усвоила старую лагерную истину о том, что большая пайка убивает быстрее малой, что работая на износ за лишние четыреста граммов хлеба в день, только быстрее превращаешься в доходягу. Свою первую зиму в Перми она сумела пережить только благодаря бригадирше, старой колхознице, знавшей все хитрости, позволявшей им заготавливать старые прошлогодние порубки, чтобы догнать до нормы, научившей Флоренс складывать неполные штабеля, придавая им вид полных. Она и учётные книги подгонять под полную норму умела, пока начальство не разобралось и не назначило им новую бригадиршу, вполне безучастную к их судьбам.

— Быстрее работать надо,— сказала Инга.

Флоренс почувствовала, как у неё закружилась голова. Приступы голодной тошноты подступали всё раньше с тех пор, как разболелась нога. Она улыбнулась.

— Работа не волк, в лес не убежит.— Она слышала эту поговорку ещё в самые первые дни здесь. Ничего нового тут в голову не приходило.

Инга вспыхнула всем своим плоским эстонским лицом, раскрасневшимся от работы. Настоящих русских в бригаде не было, не считая нескольких с бывших оккупированных немцами территорий, обвинённых в сотрудничестве с нацистами. Всех их называли «фашистами», всех сидевших по 58-й статье, включая Флоренс.

— Держи темп,— предупредила её Инга.

Флоренс знала лишь нескольких женщин, смогших пережить более двух лет лесоповала — именно столько времени требовалось для того, чтобы довести осуждённого до могилы. Это была вторая зима для Флоренс. Новые заключённые подобно Инге постоянно пополняли ряды живых трупов, чтобы быть в свою очередь сменёнными следующей зимой. Эта истина проходила сквозь сознание Флоренс подобно старой притче, у неё не было сил ни возмущаться, ни утешаться ею.

Боль в ноге врезалась в плоть всё глубже и глубже. Терпеть это не было сил.

— Что с тобой? — спросила Инга.

— Нога. Не могу пошевелить ею.

— Которая?

— Обморозила, наверное. Она опухла.

— Да нет, вроде не опухла. Покажи-ка.

— Не могу снять сапог, застряла.

— Что значит — застряла? — Инга посмотрела сквозь древесные стволы на охранника, курившего неподалёку. Она усадила Флоренс на бревно и стащила с неё сапог. Тряпки на ногах Флоренс пропитались запёкшейся кровью и гноем от отмороженных пальцев, но боль была в другом месте. Нижняя часть икры была багрового цвета.

— Матерь Божья! — она поняла, что это такое ещё прежде, чем Инга успела произнести. — Это же цинготная язва, вот что это такое.

Две недели она по ночам чувствовала, что с ногой неладно и молилась, чтобы пронесло. А сейчас ногу вон как разнесло. Флоренс надавила на посиневшую плоть. От нажатия появилась бледная вмятина, которая никак не исчезала.

— Тебе нужен сырой лук, — сказала Инга.

— Где ж я его возьму?

— Надень сапог, пока совсем ногу не отморозила.

— Он не налезает. Я же тебе говорю, нога опухла.

— Господи. Придётся его разрезать.

— Сапог? Нет! Да и чем?

Инга пошла в лесную чащу и вернулась, держа острый камень в руке. Она накрыла ногу Флоренс своей фуфайкой, а затем разрезала сапог острым камнем, что оказалось совсем нетрудно.

— Ну, теперь налезет. До лазарета доковыляешь.

— Да я уже туда ходила, ходила. Они не положат, если нет высокой температуры.

Инга притронулась своей грубой рукой ко лбу Флоренс и покачала головой.

— Всё что тебе нужно, это — сырой лук. Или хоть сырая картошка. От них цинга пройдёт.

Но Флоренс не сказала ей всей правды, не сказала ей как врачиха разве что не оплевала её и орала на неё, что пусть будет довольна и тем, что кормят её за государственный счёт. Пятьдесят восьмой статье коек в лазарете не полагалось.

* * *

Во второй половине дня заключённые разожгли два костра, один для себя, другой — для охраны. Подобно дикарям они заворожённо смотрели на огонь. Флоренс вынула из кармана остатки утренней пайки — около сорока граммов замёрзшего до каменной чёрствости хлеба. Она грызла и сосала этот хлеб, затем сплюнула в снег сгусток крови. Зубы расшатались в дёснах, это тоже было признаком цинги. А где добыть сырого лука или сырой картошки, она понятия не имела. Простая и страшная мысль пришла ей в голову: она подошла к самому порогу

525

смерти. Ещё несколько недель, и она окончательно дойдёт, все станет безразлично, сил не останется даже на то, чтобы не дать уголовницам стянуть шапку прямо с головы, даже укусы вшей перестанут раздражать, она станет посмешищем в глазах блатных, сядет на штрафную пайку и будет рыться в помойках, в замёрзшей моче за столовкой в поисках объедков. Пополнит ряды лагерных «фитилей», так и догорит как свечка.

По правде говоря, жить ей вовсе не хотелось, она просто жила по инерции. Ни о чём, кроме еды, мыслей не было. Как и всякий умирающий с голоду, она мерила расстояние, отделяющее её от смерти, в граммах чёрного хлеба и кусочках селёдки, плававших в баланде. В прошлой жизни бурная и порывистая, она стала скупой на любое движение, чтобы тратить как можно меньше энергии, и физической, и умственной. Жизнь, как стало ясно Флоренс, была просто привычкой. Самой заядлой из всех привычек.

Животные выживали потому, что у них не было памяти. Она тоже умертвила в себе всякую память о прошлом. Тут это было несложно — поверить в то, что никакой иной жизни и не было. Если всё, к чему привела вся прошлая жизнь, были лишь этот страшный холод и слабый огонь, то, наверное, она не была реальной, просто сон или мечта о несуществующем боге. Она всегда обладала даром забывать. Она забыла всё. Москву, Америку. Она уже и не думала по-английски, ибо тем мыслям, что ещё остались, вообще никакой язык был не нужен. Время от времени она вспоминала о том, что у неё есть сын. Это болезненное знание иногда прорывалось сквозь скорлупу сознания и грызло её подобно маленькому голодному зверьку. Флоренс уговаривала себя тогда, что Юлик накормлен и окружён заботой. Ей было позволено получать от него письма, в которых он писал, что «одет по сезону». Она этому верила, это было её единственным утешением. Иногда мысль о сыне, жившем где-то, была столь же далека от неё, как мысль о далёкой весне.

Забыть ведь можно не только прошлое, но и будущее.

Пермская зима высосала из её души все чувства, отравила её полнейшим безразличием. Она это осознавала, но изменить ничего не могла. Это было похоже на наркотический дурман, своего рода душевный покой.

* * *

На закате их погнали обратно в лагерь со всем инструментарием. Менее чем через милю одна из женщин в колонне упала в снег. Это была старая хрупкая армянка, в бригаде она была всего несколько месяцев. В последнюю неделю речь её сделалась малопонятной не из-за кавказского акцента, а из-за того, что язык у неё распух, и началась деменция. У неё явно развивалась пеллагра, авитаминоз, чьими первыми жертвами становились жители мест с тёплым климатом. Флоренс и другой заключённой было дано унизительное, но не слишком тяжёлое задание, донести армянку до зоны. К тому времени, как они пришли, пульса у неё уже не было.

Эта женщина занимала нары ярусом ниже Флоренс, и теперь Флоренс остро чувствовала несправедливость этой смерти. Если бы она умерла ночью в бараке, Флоренс и её соседкам, возможно, удалось бы это скрыть и ещё день — другой получать её пайку. А так от её смерти не было никакой пользы.

* * *

Во время утренней поверки бригадирша вывела её из строя и удивлённым тоном сообщила, что её вызывает к себе Щербаков. Непонятно, было ли это угрозой или, наоборот, обещало милость.

— Кто такой Щербаков?

— Щербаков? Начальник охраны, дура, — она указала на охранника с винтовкой, который должен был её конвоировать.

Толстяк Щербаков сидел за столом в своём кабинете, когда её ввели. С ним был другой человек в мундире, назвавшийся лейтенантом, фамилии Флоренс не разобрала, точнее, тотчас же её забыла, настолько она была удивлена и напугана этим вызовом.

— Имя, статья, дата рождения, — потребовал Щербаков, не глядя на неё. На углу стола стояла чашка чая с ломтиком лимона на блюдце.

— Это точно она? — с недоверием спросил молодой лейтенант. Отвращение на его лице было скорее чисто физической реакцией, чем проявлением чувства. Он вынул из кармана носовой платок и прижал его к носу.

— Я её в таком виде не поведу. Отправьте её в баню. Комендант Качак не выносит вони этих зеков.

Лейтенант дождался, пока она не вышла из бани в той же одежде, только сыроватой после прожарки в дезкамере.

— Садись в грузовик, — приказал он, откинув брезент кузова.

— Куда вы меня везёте?

Лейтенант сделал вид, что не слышит её.

* * *

Дорога была покрыта грязным укатанным льдом. Пустынный ландшафт был едва различим за метелью. Она чувствовала, что везут её по направлению к главному лагпункту. Через каждые пять — десять километров сквозь пургу виднелся силуэт сторожевой вышки на высоких сваях. Это было похоже на межпланетное путешествие, где каждая планета была неотличима от соседней и окружена такими же кольцами из колючей проволоки. Через некоторое время к северу от большого лагпункта грузовик свернул с главной дороги. Они въехали в особо охраняемую зону, известную лишь немногим из охраны под названием Зоны Молчания, так как именно здесь содержались захваченные в Корее и похищенные в разделённом Берлине британские и американские солдаты. Флоренс, конечно, ничего об этом не знала. Когда грузовик остановился, она увидела каменное здание, похожее на монастырь. Когда-то это и было монастырём. Большевики превратили его в пересыльную тюрьму, но затем здание оказалось слишком мало для этого, и теперь там размещалась штаб-квартира тайной полиции всей Молотовской области. В холодном подвале, где раньше размещались кельи братии, находились теперь пыточные камеры, чьи сводчатые потолки навеки поглощали стоны узников.

Комната, к которой подвели Флоренс, имела тяжёлую деревянную дверь с низким зарешеченным окошком. Ей было велено ждать снаружи, пока молодой лейтенант куда-то отлучился. Она посмотрела сквозь решётку. Человек внутри сидел на деревянном стуле в центре небольшой камеры, угловатое лицо его имело тупое и безразличное выражение. Некогда обритая голова теперь поросла бледной щетиной. Времени рассмотреть его подробнее не было, ибо вернулся лейтенант вместе с другим мужчиной, явно старшим по званию, одетым с иголочки и тщательно выбритым, но с чёрной волосатой грудью, видневшейся сквозь расстёгнутую гимнастёрку, что делало его похожим на героя-любовника из итальянской оперы. В этом сыром тюремном подвале от него исходила грозная смесь запахов одеколона, хорошего табака, здоровья, спокойствия и презрительности. На волосатом кулаке подобно украшению тускло мерцал кастет. Это, очевидно, и был Качак, комендант, о котором лейтенант упоминал ранее.

— Эта будет повторять то, что я буду говорить шпиону,— сказал он, обращаясь к третьему мужчине, одетому в мешковатый костюм, болтавшийся на его костлявой фигуре, как на вешалке. Флоренс безошибочно распознала в нём такого же, как она сама, заключённого. До неё не сразу дошло, что комендант говорит о ней. «Да, да, да»,— ответил заключённый в костюме, с любопытством разглядывая Флоренс. В глазах у него было выражение преданности, как у побитой собаки. Это, как вскоре узнала Флоренс, был бывший инженер-физик Финкельман, подобно ей самой извлечённый из бездонной утробы ГУЛАГа, чтобы снова послужить Родине.

— Ну что! — рявкнул на неё комендант.— Уже русский успела забыть?

— Нет, не забыла,— ответила она, хотя трудно было понять по их тону, выпала ли ей неслыханная удача, или же это очередное заблуждение.

— Будешь повторять шпиону по-английски всё то, что я буду говорить. Ни больше, ни меньше,— заявил комендант.— Если его ответы будут тебе непонятны, объяснишь ему,— он кивнул в сторону зека в костюме. В руках у того Флоренс разглядела лист миллиметровки и самое ценное из лагерных сокровищ — огрызок карандаша. В подсознании у неё уже зашевелилась мысль о том, как бы завладеть этим огрызком и обменять его у блатных на луковицу или пару носков. Она продолжала предаваться этим фантазиям даже тогда, когда ещё большие чудеса стали маячить перед ней в лице шпиона, сидевшего теперь на стуле, наклонясь, и не падавшего только потому, что руки его были привязаны к стулу. Комендант отворил большую дверь и ввёл их обоих в камеру, но только после того, как он сел напротив связанного человека и начал бомбардировать его вопросами, оцепенение Флоренс сменилось ещё худшим умственным параличом.

— Расскажите, какие приспособления прицельного устройства сообщают радару точные данные об отклонении,— потребовал Качак, ожидая, что она переведёт его вопрос.— Это делает сам пилот, или это происходит автоматически путём кибернетической обратной связи? — В голосе его звучали истерично-раздраженные нетерпеливые ноты, как будто он задавал этот невообразимый вопрос десятки раз, и теперь только дразнил полумёртвого человека. Флоренс не могла даже понять, не говоря уж о том, чтобы перевести вопрос. Умственное напряжение вызвало у неё приступ голодной тошноты, такой же, как тогда, когда она брела голодной по снегу. Но двигаться можно было только вперёд. Ей казалось, что за два года лагеря английский полностью выветрился из её памяти. Но нет, теперь он оттаивал, всплывал из вечной мерзлоты её застывшего мозга.

— Комендант хотел бы узнать о ра-дар-ном глазе,— перевела она неуверенно, боясь спросить, что такое радарный глаз. Смехотворно вежливо она спросила его об «определении расстояния до цели» и об «автопилоте». Но все вопросы не вызвали у пленника какой-либо реакции. До неё стало доходить, что положение оборачивается явно не в её пользу.

— А он и в самом деле понимает по-английски? — спросила она, обращаясь к тощему инженеру-физику, единственному в камере, к кому она решилась обратиться. И тут пленник открыл рот и автоматическим голосом заводной куклы произнёс: — Капитан военно-воздушных сил Соединённых Штатов Генри Роббинз. Я требую, чтобы моё правительство было извещено о моём положении военнопленного в Советском Союзе. Я также требую, чтобы меня воссоединили с моими товарищами пленными офицерами.

И он снова замолчал, как будто и не раскрывал рта.

Потеряв дар речи, она почувствовала, как его слова прожгли её сознание насквозь. Военнопленный? Какая война? Последняя? Значит — он находится в плену дольше, чем она сама, целых пять лет! Но как это возможно? Как может американец оказаться здесь военнопленным, разве они не были союзниками? И что значит его требование о воссоединении с другими пленными офицерами? Сколько их здесь? Шёл второй год её пермских лагерей, но до сих пор она ничего не слышала о пленных американцах. Флоренс почувствовала, как почва уходит у неё из-под ног, ощущение, которое она испытает снова почти через тридцать лет, выходя из самолёта в аэропорту имени Джона Ф. Кеннеди, чувство выпадения из времени, будто она застряла в каком-то временном коконе, а время умчалось вперёд.

Она стала быстро переводить требование капитана Роббинза. Но Качак не нуждался в её помощи для того, чтобы его понять. Не успела она закончить, как его кастет врезался в щёку Роббинза, отчего голова пленника дёрнулась на шее и повисла безжизненно. «Никаких требований от шпионов не принимаем»,—сказал Качак, стирая носовым платком кровь с пальцев.

* * *

Ей принесли обед: полную миску густого горохового супа и полбуханки хлеба—почти шестьсот граммов—хлеба свеже-испечённого, не обратившегося в камень. Он таял во рту и кончился прежде, чем она успела привыкнуть к его вкусу. После этого её отвели в другую часть монастыря, где находился кабинет коменданта.

—Садись,—приказал он ей. Сам он остался стоять, курил и смотрел в запорошённое вьюгой окно. Ранне-вечернее небо окрашивалось в карминный цвет. Флоренс чувствовала пульсирующую боль в ноге. Ногу приходилось волочить за собою, как гнилую мотыгу. Она была поражена бесчувственностью собственного тела. Вот она сидит здесь, впервые не на жестоком морозе, а нарыв на ноге расцвёл пуще прежнего! Болело нестерпимо, резкими приступами.

—О сегодняшнем никому ни слова,—наконец, произнёс комендант.—Ни слова никому из заключённых или из начальства твоего лагеря.

Она ответила, что понимает.

Он затушил папиросу в стоявшем на столе блюдце.

—Даже при таком задании ты полностью заменима. Помни об этом.

Флоренс слушала, как комендант говорил о необходимости секретности, когда имеешь дело со шпионами. Но она помнила, что человек назвался военнопленным. Она заметила, что Качак был без кастета.

—Ну, что ещё?

Тут только она заметила, что рот её раскрыт, хотя она понятия не имела о том, что собирается сказать. Единственной мыслью было попросить у него лука, сырой картошки или лимона — чего угодно, лишь бы вылечить цингу. Но попросить у коменданта о такой мелочи было признаком дурного воспитания. Это даст ему понять, что она не понимает всей важности дела, которое ей поручено. И, кроме того, если она признается в том, что больна, ей ведь тотчас же найдут замену.

— Ну?

— Что я должна сказать про этот вызов? — выпалила она.

— Что?

— Когда я вернусь в лагерь, что мне говорить? Мне нужна хоть какая-то легенда.

Качак постучал ногтем среднего пальца по столу. Думал ли он об этом раньше?

— Скажешь, что тебя назначили в геологоразведочную партию, — наконец, сказал он, — ты ведь имеешь геологический опыт. Обо всём остальном ни слова.

* * *

Молодой лейтенант вывел её наружу. Грузовик ждал на заснеженной дороге, и при виде его она поняла, какую ужасную ошибку она допустила. У неё сразу же заболели обмороженные щёки и пальцы рук и ног. Она снова возвращалась в голод и холод барака, к пинкам конвоиров. От этой мысли боль в ноге стала совершенно нестерпимой.

— Пошевеливайся, — сказал лейтенант, шедший сзади.

Нога двигаться не желала.

— Пошла!

Она превратилась в затравленного зверя и теперь только звериный инстинкт мог подсказать ей выход. Она упала в снег, как раненый зверь.

— Вставай!

— Не могу!

Она ожидала, что он начнёт пинать её ногами, и когда он не сделал этого, она сбросила сапог и засучила штанину. Лицо его сморщилось при виде её посиневшей плоти. В свете сумерек нога казалась совершенно синей.

—Не могу двинуть ею,—взмолилась она.

—Разберёшься со своей ногой, когда приедем в лагерь. Пойдёшь в лазарет.

—Меня туда не положат.

—Ерунда. Вставай!

—Они не кладут политических. Только при карантине. Вы же знаете.

—Ну, и чего же ты от меня хочешь? Сама разбирайся со своим начальством.

—Я вас умоляю, оставьте меня где-нибудь тут. На день—другой. Если я слягу с заражением крови, ни вам, ни коменданту от меня никакой пользы не будет. Я сумею разговорить пленника. Я смогу.

—Заткнись, вша,—пробормотал он.—Ни с места!

Холодный снег обжигал ей щёку. Она зажмурила глаза и провалилась в небытие.

* * *

Флоренс пришла в себя в настоящей постели в больничной палате с белыми оконными рамами. Одежды её на ней не было. Фланелевая рубашка была такой тонкой и изношенной, что светилась насквозь. Должно быть, кто-то её переодел. Она попыталась пробудить в себе чувство стыдливости, но и это чувство давно её покинуло. Единственное, что она смогла смутно вспомнить, были ночные голоса.

—Отвезите её в четвёртую палату.

—Нет, лучше наверх. Он не хочет, чтобы она лежала с блатными.

—Она же старая карга.

—Да они и столетнюю бабку трахнут, дай им волю.

Она пощупала ногу. Кто-то её туго забинтовал. Усталость казалась сильнее боли. Она свернулась калачиком вокруг подушки и заснула.

* * *

В течение трёх последующих дней она находилась в лазарете главного лагпункта, днём её забирали на допросы лётчика. Каждый день Роббинза спрашивали вновь и вновь про радары и прицелы, и всякий раз он отвечал одним и тем же — требованием сообщить его правительству о его статусе военнопленного и требованием воссоединить его с другими пленными офицерами в лагере. Единственным её вкладом в допрос был перевод этих требований, произнесённых заплетающимся языком с южным акцентом, с каждым днём становящихся всё менее членораздельными.

Из разговоров охранников Флоренс поняла, что Роббинз объявил голодовку — отказывался не только говорить, но и есть. Она изумлялась той силе воли умирающего, с которой он отказывался цепляться за жизнь. Сама не раз решившись умереть, она знала, насколько это труднее, чем кажется, даже, когда находишься уже на пороге смерти. Любой самый ничтожный проблеск надежды, такой, как неожиданно тёплая погода или письмо из детского дома, подрывало решимость покончить с собой.

Она видела, как другие заключённые объедались снегом, чтобы заболеть. Как вызывали у себя носовые кровотечения. Втирали в раны грязь, чтобы вызвать заражение крови с высокой температурой. Мочились на руки и на ноги, чтобы вызвать обморожения. Но все эти акты членовредительства не имели целью самоубийство. Целью было попасть в лазарет ради отчаянно необходимого отдыха. Самокалечение было самосохранением. Мало у кого хватало смелости на то, чтобы идти до конца. Единственное, чего лагерь не вытравил, было упорное желание выжить.

А с Роббинзом всё было наоборот — он понял, что начальство стремиться сохранить ему жизнь, и теперь терзал их своим стремлением умереть. В течение нескольких дней Флоренс наблюдала в зарешеченный глазок камеры Роббинза, как Качак угрожающе шепчет что-то на ухо пленнику или орёт на него. С каждым днём человек, сидевший на стуле, всё больше походил на хрупкий призрак, его рыжеватые волосы отрастали, а сероватая кожа обвисала на костях. Совсем стариком выглядит, думала Флоренс, хотя он, очевидно, был молод. Всё, на что она надеялась, это что он не умрёт. А если он умрёт, её тотчас же пошлют назад на общие работы в женский лагерь, на верную смерть от истощения.

В маленькой палате на верхнем этаже лазарета ей разрешалось лежать ничком весь день. На четвёртый день она с изумлением заметила, что нога пошла на поправку. В супе здесь была настоящая селёдка, а не одни кости. На нём, да ещё на миске каши в день организм мог поправиться, коль скоро не надо было работать. Дважды она находила в буханке хлеба спрятанную внутри похожую на монетку твёрдую и кислую таблетку витамина С. Её туда мог запрятать лагерный доктор из заключённых, тот самый, кто спасал жизнь Роббинза, насильно кормя его через зонд. Флоренс об этих насильственных кормлениях узнала позже. Четыре дня она находилась в неизвестности: ни на допросы её не вызывали, ни обратно в лагерь не отправляли. На четвёртый день доктор сообщил плохие новости: здоровье Роббинза ухудшалось, он стал периодически терять сознание. На принудительное питание его горло и желудок отвечали спазмами, у него открылось кровохарканье. Доктор вручил Флоренс пузырёк с жидкостью янтарного цвета. Он посоветовал ей ни на что не обменивать его в лагере. Она поняла, что может быть отправлена обратно в лагерь в любой день. Жидкость была витаминным сиропом. У Флоренс не было слов, никогда никто не проявлял к ней здесь такой доброты. О большем и мечтать нельзя было.

Однако она была вынуждена думать о будущем. Драгоценный, как сама жизнь, витаминный эликсир не спасёт её. Его придётся сразу же обменять на хлеб, пока не украли блатные, а случиться такое может в первый же день её возвращения.

Она смотрела в глаза доктора, глядевшего на неё с состраданием. В его глазах отражалась печальная картина: измождённая доходяга с лицом в кровоподтёках, с кожей искусанной вшами. Флоренс знала, что этот момент наступит: она собиралась броситься доктору в ноги, умолять его оставить её тут санитаркой, чистить сортиры, подтирать кровавые пятна, да всё, что угодно, лишь бы остаться тут подольше. Но глядя ему в глаза, она понимала, что мольбы её будут бесполезными, совершенно идиотскими. Он здесь не распоряжался, не был ей начальником. Чтобы выжить, придётся обращаться к высшей силе. Нет, не к Богу. В этом месте царил только один людоедский бог, бог с чёрным сердцем чудовищной машины, начавший пожирать её много лет тому назад. Только этот бог, в отчаянии думала она, может её спасти. Едва эта мысль пришла ей в голову, как луч надежды сверкнул сквозь тьму. Она сжала в руке флакон и поглядела доктору прямо в глаза. В конце концов, её идея и в его интересах.

Даже произнося их, Флоренс не верила словам, выходившим из её уст. Но доктор внимательно слушал.

***

Как ей это удалось? Она сумела убедить доктора, а тот, в свою очередь, сумел убедить коменданта.

— Что ж, хочешь сама предложить ему наживку, а? — спросил Качак, отпирая ей дверь в камеру Роббинза. — А почему бы и нет, чёрт возьми? — добавил он с иронией в голосе. От принудительного кормления всё равно никакого толку не было. Улыбка на лице Качака показалась Флоренс слегка безумной. В последнее время он пил. Наверное, думал, что терять ему нечего.

Она присела с подносом на коленях у койки Роббинза. На глазок в двери она не смотрела, но всё время мучительно чувствовала, что комендант следит за нею. То, что она предложила, было в высшей степени наглостью, но доктор выдал это за свою собственную идею, сказав Качаку следующее: «Он не хочет принимать пищу из рук охраны или из наших рук. Он к ней даже не притрагивается, когда мы находимся в его камере. А если она, его соотечественница, принесёт её ему, может быть ей удастся уговорить его поесть хоть немного».

И теперь она обращалась к Роббинзу:

— Капитан, я принесла вам немного чаю. Выпейте, вам станет лучше.

Он лежал, повернувшись лицом к стене.

— Тут ещё для вас миска хорошего рыбного супа с перловкой. Может быть, съедите немного хлеба? — на подносе лежало два ломтя настоящего белого хлеба, которого она в зоне ни разу не видела.

— Я обещаю вам, что не буду пытаться заставить вас говорить, — добавила она, поглядев в зарешеченное окно. — Если, конечно, вы сами не захотите. Вы можете, конечно, говорить обо всём, что вздумается, комендант, всё равно, ни слова не поймёт.

Она уставилась на его рыжеватую щетину. У неё было такое чувство, словно она говорит с трупом. Или сама с собой. Это было безумием.

—Вы ведь южанин.

Нет ответа.

—Да, я ведь слышала ваш голос раньше. Из Джорджии? Или из Алабамы?

Ничего.

—Я понимаю, что это не бекон с капустой,—она попыталась изобразить певучий южный акцент,—но всё равно, настоящее пиршество по нашим понятиям. Я бы на вашем месте не упускала возможности…

Не успела она закончить, как он выбросил руку и мгновенно смахнул с подноса миску с супом. Она свалилась на пол с металлическим звоном, содержимое её расплескалось по стене. Кусок селёдки валялся на полу возле её ноги. Она оглянулась на глазок в двери. Качака видно не было, но охранник стоял наготове прекратить опыт раз и навсегда. Флоренс успокаивающе подняла руку.

Она старалась дышать ровно.

—Я дальше Вашингтона на юге никогда не бывала. Я сама родом из Детройта,—соврала она,—Это было давно, конечно. Забавно, кажется, что всегда есть возможность вернуться домой,—она нежно коснулась его плеча,—Вам необходимо поесть, мистер Роббинз. Иначе они придут и снова станут кормить вас насильно. Вы ведь этого не хотите, верно?

—Вы не знаете, чего я хочу.

Она сжалась. Голос его был хриплым шёпотом.

—Вы правы, я не знаю,—ответила она.

—Я не желаю иметь дела с предателями,—сказал Роббинз, на сей раз громче, по-прежнему не глядя на неё.

—В этом вы заблуждаетесь, капитан. Ни один из нас не находится здесь по собственной воле.

История, которую она ему рассказала, была той же легендой, что она рассказывала и раньше. Папаша её был бутлегером во времена «сухого закона». Будучи упрямцем и жадиной, с полицией делиться не хотел. Был арестован и получил несправедливо большой срок, но сумел убежать с помощью своих дружков-подельников. А поскольку родом он был из России, то сумел получить тут гражданство, а затем выписал к себе жену и дочь. «Я ведь была совсем девчонкой, мне семнадцать исполнилось на корабле по пути в Россию»,—рассказывала Флоренс. Эта история послужила ей верой и правдой, сочинила она её в тюрьме, быстро поняв там, что наиболее презренной категорией заключённых, и не только в глазах заключённых, но и в глазах следователей и тюремщиков, являются истинноверующие. Особое отвращение вызывали настоящие фанатики учения, первыми сходившие с ума и лезшие на стену. Признание в том, что приехала в Россию добровольно, из политических соображений и симпатий, было столь же равносильно самоубийству, как и признание в сотрудничестве с тайной полицией. Эта правда была настолько смехотворной, что Флоренс и сама в неё больше не верила.

— Папаша потом часто говорил, что лучше бы он остался в американской тюрьме, — сказала она простёртому на койке телу. — Разницы никакой, только кормили бы получше.

Он издал какой-то хриплый звук. Было ли это смехом? Флоренс посмотрела на поднос. На нем всё ещё лежал хлеб и стоял остывающий чай.

— Ну что ж, мистер Роббинз. Если вы так и не притронетесь к этому роскошному обеду, придётся мне. Даже если меня за это обвинят в сговоре с настоящим шпионом.

— Я — никакой не шпион, я — офицер военно-воздушных сил.

Голос его был тихим, но решительным. Флоренс смотрела на его костлявое плечо, выпиравшее из гимнастёрки.

— Так как же вы здесь оказались?

Он повернулся к ней лицом. Глаза у него были серо-голубые, налившиеся кровью. Во взгляде кипело негодование.

— Как я здесь оказался? Вы, сударыня, дурой-то не прикидывайтесь! Война же идёт.

Глаза её расширились. Значит, это было правдой.

— Значит, это случилось? Америка, наконец, сбросила бомбу, — прошептала она. — О, Господи.

Роббинз какое-то время смотрел на неё изучающе — с каким-то болезненным удивлением в глазах. Флоренс почувствовала, что это было реакцией на какое-то выражение её лица, на какое-то её величайшее невежество.

— Чёрт побери, вы ведь и понятия не имеете об этом, верно?

Она уставилась на него.

И тут она впервые увидела, как он рассмеялся, горько, безнадёжно, с трудом глотая воздух.

* * *

Охранник увёл её, но от доктора она успела узнать, что Роббинз съел всё, что она ему принесла, не считая выплеснутого им супа. Так что комендант был вынужден, вопреки самому себе, впустить её к нему снова вместо того, чтобы пытаться опять кормить его насильно. Хоть ей это и не было известно, Роббинз отказался прикасаться к какой-либо пище, кроме той, что приносила она. Хотя подчинение такому требованию было невыразимо унизительным для коменданта, выбора у него не было. Флоренс этого знать не могла, но Качак уже пошёл на огромный риск, не выдавая лётчика штаб-квартире МГБ в Москве. Берия смотрел на это сквозь пальцы лишь до тех пор, пока это отвечало его целям. Но если бы Качак не добился каких-нибудь результатов, или, что ещё хуже, дал бы пленнику умереть, его прежнее ослушание немедленно бы припомнилось, и уж тогда его ссылка в Пермь затянулась бы всерьёз и надолго. А может быть, и привела бы его по другую сторону колючей проволоки. Такие вещи тоже случались.

Качак понимал, в какую игру он влез. В Москве бы он мог выпытать признания из сотен людей. Но тут был другой случай — это тебе не шить дело по готовым лекалам, заставляя заключённого подписывать туфту, выдирая ему ногти. Тут же требовалось настоящее признание — настоящая информация — это куда тоньше. Качак понятия не имел о том, чего он надеялся добиться: он ничего не знал про гироскопы, радары и оптику. Все признания лётчика должны были быть понятны мозгам в КБ МИГ, жаждавшим передрать технологию Ф-86. Это должно быть солидной подтверждаемой информацией, а не обычной чушью. Качак терпеть не мог Роббинза, валявшегося в койке в позе умирающего короля, отдающего ему приказания. Но приходилось прибегать к мягким методам, пока не пришло время для жёстких.

Роббинз же в своей монастырской келье позволил старухе себя кормить. Кормя его с ложки гороховым супом, Флоренс не могла оторвать взгляда от его жующего рта, обросших щетиной щёк и движущегося кадыка. Сама она чем больше отъедалась в лазарете, тем сильнее чувствовала голод, это было жестокой иронией выздоровления.

— Сколько вам лет? — спросил её как-то Роббинз словно после долгого колебания.

—Сорок один.

Лицо его помрачнело. Он даже не попытался скрыть того, что шокирован. Флоренс пыталась по выражению его лица понять, сколько же он мог дать ей лет: пятьдесят? шестьдесят?

—Господи,—он разглядывал её руки, их серую сухую кожу. Отмороженные кончики среднего и безымянного пальцев потемнели и загрубели за то время, что она провела в лазарете. Они по-прежнему гнулись с трудом.—Что они заставляли вас делать?

—Пилить деревья в лесу, по большей части. Таскать брёвна.

—Да по виду вы и хворост вряд ли таскать способны.

Флоренс пожала плечами.

—И вам и вправду ничего не известно о войне?

—Я даже не знаю точно, какой сейчас месяц.

—В общем, на настоящую войну это не очень похоже, скорее, на поножовщину, в которой дозволяется резать противнику руки и ноги, но нельзя забивать до смерти.

Она не совсем понимала, что он имеет в виду. Иногда казалось, что Роббинз всё ещё не в себе от усталости и истощения. Флоренс оглянулась на глазок в двери. Охранника не было видно.

—Вы сказали, что здесь есть другие американские офицеры...—прошептала она.

—Нас пятеро. Ещё двое ребят из Кореи. Двое из Восточного Берлина. Там располагалась их часть. Они не военнопленные, вроде нас—их похитила тайная полиция. Одного из них взяли в баре в восточной зоне, куда он пришёл на свидание к девушке. Запихнули в машину и увезли. Тюремщики заявляют, что все мы—шпионы. Это же явное нарушение всех международных законов. Они обязаны сообщить о нашем плене нашему правительству. Но никто не знает, что мы здесь.

Она наскребла в миске последнюю ложку каши и скормила ему.

—Комендант не позволит мне больше быть с вами наедине, капитан.

—Зовите меня Генри.

—Мне надо что-то ему сказать.

—Скажите ему, что я ничего ему не сообщу до тех пор, пока моё правительство не будет информировано о моём положении военнопленного в СССР.

* * *

— Сахару?

— Будьте любезны.— Она была поражена тем, что Качак пригласил её к своему столу и предложил чаю.

— Сколько ложек?

— Две,— ответила она таким тоном, словно была у себя дома.

У него было мясистое, примечательное, хоть и некрасивое лицо. Рубашка на сей раз была застёгнута на все пуговицы.

— Вы добились кое-какого прогресса.

По его тону Флоренс не могла понять, звучало ли это как вопрос или как похвала.

— Да,— ответила она.— Он ест. Через несколько дней, я надеюсь, он восстановит силы.

— Мы возобновим допрос завтра.

— Нет,— не успев сдержаться, ответила она.

Качак мигнул.

— Нет?

— Я только хотела сказать,— поправилась она,— что он не поддастся давлению. Как и прежде не поддавался. И он по-прежнему настаивает на том, чтобы о нём было доложено американскому правительству.

— Понятно,— ответил Качак.— Нашёл себе адвоката.

Она почувствовала пульсирующую боль в обмороженных пальцах. Или это был только страх?

— Я — всего лишь переводчица,— ответила она.

— Только и всего? — Он смотрел на неё, вызывающе приподняв мохнатую бровь. Затем вынул папиросу, не вынимая всей пачки, и прикурил,— У меня тут имеется дюжина переводчиков. Достаточно Иван Иванычей, чтобы перевести всего Шекспира.— Он затянулся папиросой, затем выпустил дым ноздрями. Его глаза не говорили ей, что у него на уме; они сверлили её, пытаясь понять, что она замышляет.

А она ничего придумать не могла. Или могла?

Когда-то, очень давно она изучала математическую логику. И одно ей запомнилось с тех давних пор: отрицательный результат может быть столь же полезен для решения задачи, сколь и положительный. Эта мысль промелькнула в голове Флоренс столь стремительно, что она даже не успела её осознать. Но Качаку она сказала:

— Похоже, что состояние Роббинза изменилось. Это правда, что он по-прежнему настаивает на том, чтобы о нём было доложено его правительству, но он более не требует воссоединения с другими американцами.

Качак выпустил дым и носом, и ртом. Он внимательно слушал.

— Он не вправе предъявлять какие-либо требования.

— Возможно, нет. Но я подозреваю, что его прежнее требование о воссоединении со своими товарищами было вызвано его изоляцией. Одиночное заключение кого угодно заставит отчаянно искать общества других людей.

— Что же вы предлагаете?

— Просто дать ему возможность выговориться.

— С вами?

— Пока со мной. Ему очень нужен собеседник. Я это чувствую.

Качак поглядел на сводчатый потолок и улыбнулся.

— И сказала жена: змей обольстил меня, и я ела…

Он дал ей сроку до конца недели.

* * *

Её связь с уголовным миром, пусть и с воображаемым уголовным миром Америки, сослужила ей добрую службу и в лагере. Её, конечно, всё равно называли «фашисткой», но когда прошёл слух о том, что она — дочь бутлегера, её позвали в барак блатных, где уголовницы валялись на нарах, раздетые до грязных лифчиков. В бараке было жарко натоплено их шестерками-слугами из числа бытовиков и политических, подобных ей самой, прислуживающих блатным за корку хлеба и какую-то защиту. Её спросили, встречала ли она Бонни Паркер или Аль Капоне. Каким-то образом слава об этих преступниках докатилась и до этих мест, ничуть не поблекнув. Она честно призналась, что никогда их в лицо не видела, но пересказала им вычитанные давным-давно в газетах истории про их дерзкие ограбления и убийства, про то, как Бонни и Клайд катались по стране в угнанных ими машинах. Пытаясь припомнить все забытые за двадцать лет детали, она пересказывала им истории кровавых побоищ между итальянскими бандами Аль Капоне и ирландскими Багса Морана, про то, как удалось заманить ирландцев на склад дешёвого канадского виски, уничтожить их градом пуль, а затем скрыться, переодевшись полицейскими, устроив это побоище в Валентинов день, американский праздник влюблённых.

После этого её стали приглашать рассказывать про других гангстеров, про Джона Диллинджера и Малыша Нельсона. Полураздетые девки слушали её рассказы, пока резались в карты на сальных подушках или, подобно мартышкам, искали вшей у себя подмышками и щёлкали их на печках. Охранники нежно или насмешливо называли их девочками, и у некоторых из них действительно были девичьи фигуры и лица старух. Иногда они перебивали рассказы Флоренс матерными выкриками, из которых Флоренс понимала едва ли половину. Благодаря этому её более или менее оставили в покое, ибо за ней закрепилась сомнительная репутация лагерной «романистки» — из числа тех, что развлекают уголовников пересказами великих классиков, Дюма и Достоевского. В её случае «романы» были пересказами старых кинофильмов, которые она смотрела вместе с Сидни в бруклинском «Парамаунте» или «РКО Олби» — «Тарзана», «Ловушки», «Плоти и дьявола», «Врага общества» — в общем, гангстерских фильмов и слащавых романтических лент, на которые в равной степени падки уголовники. Часто ей приходилось самой придумывать сюжеты, импровизировать по ходу действия, как она делала это сейчас с Роббинзом и Качаком, чтобы угодить их сиюминутным запросам.

Когда она не бывала занята с Роббинзом, Флоренс оставалась в лазарете, топила печки, мыла сортиры, подтирала с пола кровавые пятна — привилегированная работа, о которой она и мечтать не могла в женском лагере. Она была почти уверена, что после того, как отпадёт в ней надобность как в переводчице, ей наверняка добавят лет десять срока за «братание с врагом». Или просто застрелят. Ей было всё равно. Пока она на лёгкой работе, получает при этом восемьсот граммов хлеба в день плюс суп и рыбу, пока она в тепле, а не в промёрзшем лесу, она будет делать всё, что ей прикажут.

* * *

— Вы хорошо выглядите, мисс Файн,— неожиданно заметил Роббинз почти через две недели. Он знал её по девичьей фамилии.— Цвет лица у вас заметно улучшился.

Флоренс почувствовала, что краснеет. Её так и подмывало сказать, что это всё благодаря ему. Он подарил ей по крайней мере месяц жизни. Вместо этого она спросила:

— А вы ведь мне так и не сказали, сколько вам лет.

— Тридцать четыре. Наверное, уже тридцать пять. Трудно следить за временем, когда нет календаря и окон.

— Вы не столь уж молоды для рядового лётчика ВВС.

— Да, я понимаю, о чём вы думаете. Вам ведь сказали, что я — шпион. Ну, я такой же шпион, как вы — лесоруб. Просто, эта не первая моя переделка, вот и всё.

— Вы были лётчиком на прошлой войне?

— Да, в 254-й истребительной дивизии,— ответил Роббинз с некоторой гордостью. Он подчищал хлебом остатки в миске, теперь он был достаточно силён и ел самостоятельно.

— Должно быть, вам нравилось воевать, коль вы снова пошли добровольцем.

— Кто вам сказал, что я пошёл добровольно?

— А разве не так?

— Я был в запасе. И не оказался бы тут, если бы внимательно читал то, что написано мелкими буквами… Просто никогда не думал, что мы влезем в новую стычку так скоро.

Это было кое-что. Значит, у патриота было за что иметь зуб на дядю Сэма. Флоренс попробовала разбередить эту рану.

— Но ведь это нечестно…

— Честно — там, на ярмарке, где свиньи выигрывают призы.

Она про такое уже слышала. Роббинз вызвался служить по своей воле, но без энтузиазма. Это давало ей надежду. Надежда эта казалась драгоценностью, случайно найденной в кармане, которую она теперь тайно лелеяла.

Роббинз, помолчав, добавил:

— Как бы то ни было, когда всё это закончится, если коммунисты и им подобные усвоят, что нельзя безнаказанно вторгаться и захватывать чужую страну, хоть какая-то польза от этого будет.

544

Она попыталась придать своему лицу выражение сочувствия.

— Вам легче от этой мысли?

— Что?

— От того, что Америка верит в то, что другие страны свободны в решении своей судьбы? Потому что, если это так, то… — тут она беспомощно улыбнулась, — то эта вера в свободу очень избирательна. Манила? Мексика? Гавайи, если уж на то пошло?

Она сама верила в то, что говорила, весьма избирательно. Она уже давно перестала интересоваться политикой, и теперь её слова звучали глухим эхо, бледным призраком прежней Флоренс. Тем не менее, она чувствовала, что Роббинз настолько измучен страданиями, что ему необходимо освободиться от послушания и чувства долга. Это она могла ему дать.

— Я вовсе не убеждена в том, что жизнь и будущее молодых людей, подобных вам, — сказала она, — не были принесены в жертву выгоде и тщеславию немногих. И я полагаю, что и вы также в этом не убеждены.

Казалось, что капитан раздумывает над её словами.

— Эх, эх, — наконец, вымолвил он. — А вы начитаны, верно? — его беззубая улыбка смотрелась зловеще. — Ну и как, много вам ваша начитанность помогла?

Она не знала, что на это сказать.

— Не знаю, что за религию вы тут пытаетесь проповедовать, мисс Файн, но я слышал проповеди получше даже от попов, которые не просыхали целыми днями.

Она выглядела смешной в его глазах, сомнений не было.

— Ну, так знайте же, — продолжал Роббинз. — Америке нет дела до какого-то ничтожного убогого клочка Азии под названием Корея. Мы влезли в эту кашу потому, что у Советов теперь есть атомная бомба. Вы ведь этого не знали? Да-с. Кое-что изменилось с тех пор, как вы сюда попали, спящая красавица. А вам не любопытно ли узнать, как именно русские сумели до неё дорваться? Ну как же. Пара хитроумных американских жидочков, вроде тебя, — муж с женой — продали им секрет за мешок волшебных бобов. Хотели, видите ли, справедливости. И вот куда это нас с вами привело. Так что, продавайте эту красную похлёбку кому-нибудь другому.

* * *

Какой же она была дурой. Какой же идиоткой с этой дурацкой попыткой его распропагандировать, словно сопляка-подростка из христианской молодёжной ассоциации. С момента своего прибытия в Зону молчания, она знала, что любая ошибка может стать губительной, и теперь вот уж четыре дня прошло с тех пор, как её в последний раз вызывали к Роббинзу.

Хоть бы не послали назад. Хоть бы не послали… Только одна эта по-детски простая мысль её сейчас и занимала полностью. Какая же она лгунья! Всю жизнь молилась, когда туго приходилось, а верить — не верила ни на грош. Зачем ты вытащил меня из пропасти, чтобы снова ввергнуть в неё? Она пыталась извлечь из отстойников своей памяти молитвы забытые с детства. *Барух ата Адонаи Элохейну, мелех хаолам, хагомель лахаявим товот, шег молани коль тов.** Но эти молитвы не были голосом веры и надежды, они были криком загнанного зверя. Ночами, разбуженная лунным светом, она слышала, как её сердце, задрав морду, пронзительно воет на луну.

Если только можно было бы простить её за всё, что она натворила…

* * *

Флоренс ничего не было известно про телефонные переговоры Качака и Берия. Она ничего не знала и про секретный поезд, вёзший частично разрушенный и разобранный Ф-86 «Сэйбр» в Москву. Она и заподозрить не могла отчаяния Качака, с которым он стремился выжать из Роббинза необходимую информацию до того, как ему придётся сдать его своему начальству в Москве.

И поэтому, когда Качак снова позвал Флоренс на допрос, неожиданная перемена в его тоне и предложениях поразила её как нечто сверхъестественное.

— Скажи ему, что я собираюсь отправить его в Москву, — сообщил он Флоренс, сидевшей рядом с ним за столом против

---

* *Благословен Ты, Господь, Бог наш. Царь Вселенной, воздающий добро, оберегающий от зла …— начало еврейской молитвы (иврит).*

молчавшего Роббинза.— С меня довольно попыток выжать воду из этого камня. Я уверен,— добавил он, повернувшись к Роббинзу,— что мои друзья с Лубянки добьются большего успеха с вами.

Флоренс послушно перевела. Роббинз не мог знать, что собою представляет Лубянская тюрьма, а у неё не было возможности сейчас ему рассказать. Флоренс почувствовала, что слова Качака относятся к ней в той же мере, что и к Роббинзу.

—Вам следует знать, однако, что напрасно вы надеетесь на то, что там с вами станут обращаться лучше, чем здесь. По сравнению с тем, что ожидает вас там, всё, что вы испытали здесь, покажется вам детской прогулкой.

Она снова перевела. Роббинз по-прежнему молчал.

—Вы напрасно думаете, что мне доставляет удовольствие передача вас в более безжалостные руки. Я, можно сказать, восхищаюсь вами… вашим упорством. Оно вам, разумеется, не поможет. Задерживая вас здесь, я стремился спасти вас от того худшего, что у вас ещё впереди. Я никогда не питал пристрастия к пыткам и садистским привычкам, привнесённым монголами в русский характер.

Он сделал паузу, давая возможность Флоренс передать эту мысль. Она ожидала, что Качак начнёт подробно описывать Роббинзу монгольские пытки, но он не стал этого делать, полагаясь на воображение Роббинза.

—Если вы и дальше собираетесь молчать относительно всего, имеющего отношение к Ф-86, это ваше личное дело. Я за вас более ответственности не несу. Однако, если вы решите вести себя разумнее и сообразнее вашему положению и дадите мне то, чего я от вас добиваюсь,— тут он повернулся к Флоренс, словно давая понять, что его следующее предложение должно быть подкреплено не только словами,— тогда я вам лично помогу. Вы получите квартиру, медицинскую помощь. Если информация окажется ценной, всё можно сделать. Новые документы. Вы сможете даже преподавать в военно-воздушной академии технику и тактику воздушного боя — МВД может открыть вам любые возможности.

Всё это было сказано мирным, даже игривым тоном (как потом она вспоминала), как будто Качак сам не верил до конца, что всё это говорит. Флоренс перевела как можно точнее.

И тут Роббинз заговорил:

— Хорошо, почему бы вам не отправить меня в Москву прямо сегодня?

Это была явная насмешка. Опасная. Ей не хотелось переводить это коменданту, в чьих предложениях чувствовались ноты отчаяния. Роббинз это чувствовал точно также, как и она сама. Но была и ещё одна причина, заставившая Флоренс колебаться: она не хотела, чтобы Роббинза отправили в Москву; с его переводом исчезла бы последняя надежда избежать лагерного ада.

В конце концов, ей не пришлось это переводить; Качак и сам легко понял суть.

— Это не так просто,— сказал он.— Он должен показать серьёзность своих намерений. Пусть даст мне информацию, которую могут подтвердить эксперты. Тогда я смогу за него поручиться.

Комендант предложил Роббинзу тщательно подумать над его предложением. Над новой жизнью, если угодно.

Но на следующее утро, после обдумывания, Роббинз попросил о встрече не с Качаком, а с Флоренс с глазу на глаз.

* * *

На сей раз Качак ей чаю не предложил.

— Вы устроили вполне себе отпуск, не так ли?

— Я от всей души благодарна, комендант, за то, что смогла оказаться вам полезной.

— Ну вот.— Он стоял и смотрел на грязный снег за окном. Во дворе монастыря валялись камни, остатки обрушившейся стены. Флоренс было видно то место, где она когда-то упала возле грузовика, который должен был отвезти её обратно в женский лагерь.

— Ненавижу это место,— пробормотал он самому себе.— Колыма и то лучше. Та же вечная мерзлота, только с телами проще. Там полно шахт.

Она поняла, что он имел в виду трупы.

— Заброшенные шахты — идеальное место для захоронения мёртвых. А здесь — не успеваешь вырыть новые могилы, как они уже полны. Вот и работай тут могильщиком. Тоска.

За его жалобами явно чувствовался расчёт. Она уже привыкла к его обидчивому, вспыльчивому характеру. Ей даже как-то показалось, что из него мог бы получиться неплохой актёр, хотя это не делало его ничуть менее страшным в её глазах. Он повернулся к ней лицом.

— Я ожидаю от Роббинза правильного ответа. Ты понимаешь?

Она слабо кивнула.

— Я предоставил тебе массу возможностей воззвать к его разуму,— продолжал он.— А ты оказалась менее изобретательной, чем я полагал. Или, может быть, больше хотела убедить меня, чем его? — От него явно пахло водкой.

— Это неправда. Я старалась. Я и сейчас стараюсь!

— В шахты ведь не только мёртвых сбрасывают! У нас они, возможно, не настолько глубокие, как на Колыме, но никому ещё не удавалось выкарабкаться из них со сломанными руками!

Глаза её наполнились слезами. Она разревелась, страшно, не скрываясь.

— Прекрати рёв!

Носового платка у неё не было. Она не хотела, чтобы он видел, как она утирается рукавом.

— Я буду стараться изо всех сил,— раболепно кивая, пролепетала она.

Но не угроза смерти с переломанными руками на горе трупов довела её до истерики. Это было нечто иное, такое, в чём она и сама с трудом могла признаться себе без того, чтобы не разреветься снова: сознание того, что эта пытка никогда не кончится. До последнего вздоха она будет ублажать, доносить, уговаривать, предавать, подчиняться всевозможным невыносимым требованиям. А она ведь всегда мечтала только о том, чтобы вольно дышать! И всё, что она получила, было рабство. Потому что она не была такая, как Роббинз. Потому что ей не хватало смелости противостоять, что было бы платой за подлинную свободу.

— Довольно! — сказал Качак.— Пошла вон. Сама знаешь, что от тебя требуется.

* * *

Когда её снова привели в камеру, Роббинз лежал на спине, уставившись в потолок. Кирпичи, из которых были выложены стены, уменьшались с высотой, и ближе к потолку и в сводах они были не шире паркетных дощечек и покрыты копотью от огня, разжигаемого когда-то монахами.

Ей повезло на сей раз, он заговорил первым.

— Флоренс, у вас есть дети?

Её будто ударило током от этого вопроса.

— Да, — спокойным голосом ответила она, — сын восьми лет. А у вас?

Он не ответил.

— Он живёт у ваших родственников?

— У меня здесь нет родственников, Генри. Больше никого нет, — уточнила она, вспомнив, что рассказывала ему про отца-бутлегера, — Мой сын находится в детском доме.

— Это что, что-то то вроде сиротского приюта?

— Более или менее.

— Плохо, наверное, расти без мамы.

— Я понимаю ваши чувства, Генри. Вы тоскуете по своей семье.

— Ничего вы не понимаете, — резко оборвал он, хотя и без угрозы в голосе. — У моей жены Джудит мама с папой умерли, когда ей было десять лет. Она жила у разных родственников. Никогда с ними особо не ладила. Потом у нас родилась девочка, Берта. Мы ждали второго ребёнка, когда меня призвали. Хотел назвать его Вирджил, если родился бы мальчик. Наверное, мне никогда уже этого не узнать. Этот план Качака... Это ведь всё враньё, не так ли?

— Не знаю, Генри. Может быть это — шанс.

— Вы ему верите?

— Я верю в то, — ответила она, — что Качак стремится вырваться отсюда, как и всякий другой. Если вы сыграете свою роль, тогда...

— К чёрту это!

— Новая жизнь. В Москве...

— Это — не моя жизнь. Я никогда не увижу свою семью... Они никогда не узнают, что же случилось...

— Они узнают, что вы погибли с честью, капитан Генри Роббинз. И это будет правдой. Здесь вы станете кем-то другим.

— Если я...

— Не думайте об этом. Всё, что вам известно про этот самолёт, рано или поздно станет известно и им. Время не стоит на месте. Смотрите, как бы не опоздать на ваш автобус.

— Я — американец, Флоренс.

Её охватил гнев. Он напомнил ей её саму семнадцать лет тому назад, неспособную ясно понимать ситуацию, ослеплённую дурацкими принципами.

— Генри, послушайте меня, — сказала она, взяв его за руку. Рука была холодной как лёд. — Я много лет пыталась отсюда уехать. Я искала любую возможность вернуться домой. Я думала, что Россия нас не отпускает. Но оказалось, что мы не можем и близко подойти к американскому посольству. И вот тогда мне стало кое-что понятно про нашу страну свободы… Америка не хочет принимать нас обратно, мы все для неё — дезертиры. Вы полагаете, что с вами будет иначе, потому что вы — солдат. Но я говорю вам, Генри, даже если они узнают, где вы находитесь… мы все для них — отбросы теперь. Мы потеряны для своего народа.

Он внимательно и сурово посмотрел на неё одним подбитым и заплывшим глазом, а в другом глазу мелькнула некоторая озадаченность.

— Можете передать своему коменданту, что я ему ничего не скажу до тех пор, пока правительство Соединённых Штатов не будет извещено о том, что капитан военно-воздушных сил Генри Роббинз является военнопленным в Советском Союзе.

— Чёрт возьми вас, Генри! — вся её отчаянная воля разбивалась вдребезги о его упрямство. — Чёрт, чёрт вас побери, Генри. Что изменится оттого, что ваши Соединённые Штаты узнают о том, что вы — военнопленный? — сказала она, безжалостно пародируя его южный акцент. — Даже если эта война когда-нибудь закончится, вам всё равно не вернуться домой. Никогда, после того, что вы видели в этом санатории. Вот здесь — именно здесь — и кроется секрет Советского чуда. И вы думаете, что они позволят этому выйти на свет? — Ей было уже безразлично, что голос её срывался на визг. — Но вы-то можете жить сейчас. Вы сильнее их сейчас… Так воспользуйтесь же своей силой, ради всего святого!

Он следил за ней англосаксонским лицом покойника и, наконец, произнёс:

— Вы так и не поняли. Мне всё равно, вернусь я или нет. Неужели вы думаете, что я не знаю, что никогда не окажусь в Каролине, не увижу своей семьи? Чёрт вас побери, неужели вы не видите, что я не хочу жить. Всё, о чём я думаю — это о том, что Джуди и дети никогда не узнают, что случилось со мною. Она будет ждать и ждать. И всё, что ей скажут, это то, что я пропал без вести. Вот этого я не могу принять, что она останется в неведении. Я не жду, что вы это поймёте, но не раскрою рта до тех пор, пока не увижу письмо с подтверждением от дядюшки Сэма.

— Как вам будет угодно, — ответила она.

* * *

— Ну, — спросил Качак, — какой же ответ мы получили сегодня?

— Он хочет, чтобы американцы были информированы. Он хочет, чтоб его семье сообщили, — ответила она. Ей было уже всё равно, даже если бы он переломал ей руки и бросил живьём в шахту с трупами. Всё равно умирать, так будь, что будет. — Он хочет подтверждения, — прибавила она. — Официального письма от правительства.

— Ну, так напиши его.

Она подняла на него глаза. Он смотрел на неё ясно и спокойно. Уже протрезвел?

— Можешь сама его и напечатать, — сказал он, осклабившись.

— Вы хотите сказать…

— Ну, есть же стандартная форма… Наши органы безопасности найдут тебе официальный американский бланк. Но позволь спросить, что случится после этого «подтверждения», а? Ты думаешь, что он тогда заговорит?

— Он хочет только, чтоб его жена узнала, что с ним случилось.

— Как трогательно. — Качак покачал головой. — Эх ты, старая дура. Он никогда не заговорит, если убедится в том, что американцы знают, что его держат здесь! Источник информации, которую мы из него вытянем, станет сразу же известен его правительству. Наверняка. А его семья? Ей будет сообщено, что он — предатель. Его же используют как дойную корову, сентиментальная курица. Мне с самого начала следовало всё это взять в свои руки. Ну, теперь уж я это сделаю.

Она хотела возразить, но губы у неё тряслись. Всё это было безнадёжно с самого начала, просто её нелепая надежда затмевала ей разум. Да, она была дурой. Но не в том смысле, как полагал Качак. Вовсе не сентиментальные чувства по поводу безнадёжных требований Роббинза зажгли огонь в тёмном уголке её души, нет, что-то другое, давно знакомое, примерно то же, что она чувствовала тогда, когда с ясными глазами предала Эсси, свою лучшую подругу. В животной преданности своей семье она была готова переступить через любую черту.

Но тут она ошиблась. Она говорила Качаку о стране и семье, как будто для Роббинза эти понятия были тождественны. В этом и состояла её ошибка. Она его неправильно понимала. Он не был настолько уж ослеплён принципами, как ей казалось. Он готов был причинить зло своей стране скорее, чем своей семье. И именно это он пытался донести до её сознания, даже если и сам не решался себе в этом признаться.

— Дайте мне ещё один шанс поговорить с ним,—попросила она.—Я знаю способ переубедить его.

— Ты уже достаточно сделала,—он махнул рукой охраннику в дверях.

Но Флоренс и не подумала встать.

— Я могу предложить ему то, чего не можете вы.

Качак был явно раздражён, клюнув на её приманку.

— И что же это?

— Я не могу этого сказать. Вам остаётся только поверить мне на слово.

Её наглость заставила его глаза потемнеть. Лицо у него было такое, словно он сейчас же готов был расстрелять её, не выходя из-за стола. Но она не сдавалась.

— Если он сейчас отправится в Москву,—сказала она,—то вы там не окажетесь никогда.

* * *

Ей было позволено зайти в камеру Роббинза попрощаться. Он не стал отводить взгляда, когда она вошла, но повторил своё требование, как автомат.

— Этого не случится, Генри,—ответила она.—Они пообещают вам всё что угодно, а правительству вашему сообщат, что вас нет в живых. И если так и будет продолжаться, очень скоро именно это и случится.

— Что ж, мэм,— он неприятно осклабился.— Так или иначе, живым мне отсюда всё равно не выйти, верно?

Она молчала.

— Вы можете говорить мне правду, Флоренс.

— Нет, вам не выйти.

— Спасибо,— ответил он.— Спасибо и на том. Другого я и не ожидал. Только правды. И для моей семьи тоже.

— Вам не выйти,— заговорила вновь она,— но я смогу.

Глаза его остановились на ней. Левый глаз почти зажил.

— Я смогу отсюда выйти. И я выйду. Я выйду и разыщу вашу семью — я напишу им и расскажу про всё, что с вами произошло. Это случится нескоро, но я найду способ. Но я не могу этого сделать одна. Если вы не хотите помочь себе, то помогите мне. Скажите им хоть что-нибудь. Что-то, что я смогу передать коменданту. Я до сих пор жива, Генри, только потому, что вы говорите со мной. И когда вы замолчите,— она закашлялась,— они снова швырнут меня в грязную пыточную яму с трупами. И я умру. И со мною вместе умрёт последняя надежда на то, что ваша семья узнает о вашей судьбе. Но если вы заговорите — протянете время ради меня, ради того, чтобы я выжила — я найду их и расскажу им всё, что вы хотите.

* * *

К вечеру она собрала тот жалкий бесценный скарб, что смогла добыть за те недели, что провела в лазарете. Рулоны марли для перевязки ног. Тупую иглу от шприца, с помощью которой она ухитрилась залатать фуфайку и сапоги. Крошечный пузырёк, в котором оставалась несколько капель настойки йода. Пол-фляжки спирта. Алюминиевую ложку с больничной кухни. Витаминный сироп. Все эти сокровища предстояло продать или обменять по возвращении в женский лагерь. Сперва — спирт самым главным блатным, они его сразу же выпьют, и возможно, после этого оставят её в покое. Она пыталась этими нервными мелочными планами заглушить другие мысли — о том, что недолго ей осталось мучиться, если уж на то пошло. И мысли о Роббинзе, который так и не ответил на её безумное предложение.

Утром за ней пришёл охранник, и Флоренс попыталась опять уговорить себя, что она сделала всё, что могла. Ледяной туман снаружи был столь плотным, что она с трудом различала защитного цвета шинель охранника впереди. По хриплому звуку его дыхания можно было понять, что на дворе стоял пятидесятиградусный мороз. Но вместо грузовика её опять привели в монастырь в допросную камеру. Глаза её были в слезах от мороза, поэтому она не сразу разглядела худого человека рядом с Качаком. Когда слёзы просохли, она узнала Финкельмана, инженерафизика. Роббинз сидел тут же, без наручников, вид у него был вялый.

— Ну что ж, начнём, пожалуй,— сказал Качак.

* * *

В течение последующих десяти недель она каждый день приходила переводить коменданту те сведения, которые он с удивительным терпением и знанием дела выуживал из Роббинза во всём, что касалось секретов устройства радарного прицела «Сейбра». Прицел был сконструирован таким образом, чтобы рассчитывать параметры мишени в радиусе полутора тысяч ярдов. Прибору, контролировавшему прицел, требовалось для наводки довольно значительное время, что делало прицел очень чувствительным к манёврам самолёта на больших расстояниях и затрудняло лётчикам задачу держать цель в прицеле по мере приближения к противнику.

Многое из того, о чём говорил Генри, поначалу звучало для Флоренс китайской грамотой, но через некоторое время она стала понимать его сдержанные похвалы возможностям самолёта и даже его деликатные нарекания по поводу его скверных привычек. Она была прилежной ученицей, и уже через несколько недель овладела инженерно-технической терминологией, используя такие фразы как «баллистическое решение», «избиратель направления», «показатели радара, введённые в прицел». По памяти Роббинза была создана диаграмма реконструированной приборной панели Ф-86. И когда эта информация была передана в Москву, где захваченный «Сейбр» был разобран и скопирован, Роббинз рассказал о множестве проблем в эксплуатации, которых следовало ожидать: о том, что неровности взлетно-посадочной полосы быстро выводят из строя нежную чувствительную электронику, что помехи с земли при высоте менее шести тысяч футов могут вызвать сбой в показаниях радара. Всего этого он, по мнению Флоренс, мог им не сообщать. Она подозревала, что все эти технические детали он выбалтывает ради неё, чтобы потянуть время и дать ей возможность пережить зиму. Она заметила за собой, что пытается представить себе молодую семью Роббинза, из верности к которой он с её помощью совершает столь явное предательство. Со своей американской семьёй она не имела никакой связи последние пять лет. Десять месяцев тому назад её отец скончался от сердечного приступа, уснул и не проснулся. Но об этом Флоренс узнает только спустя много лет.

* * *

И вот апрельским днём, когда снег ослепительно сиял в лучах солнца, её снова вызвали в кабинет Качака. Он сидел в фуражке, надвинув её на глаза, чтобы не слепило солнце, что придавало ему несколько развязный вид. Казалось, что и его, как и её саму, волнует приближение весны.

— Готовься попрощаться со своим американцем,— объявил он. Выражение тревоги в её лице его явно радовало.— Повезу твоего лётчика в Москву. Будет там помогать инженерам из МИГа испытывать их новые самолёты. Начнёт новую жизнь, ну и я с ним заодно. Ты, похоже, не рада этому, Флора.

— Просто я удивлена, полковник.

— Ты думала, что я не сдержу слова? Обижаешь, Флора Соломоновна. Роббинз сдержал своё слово, а я — своё. Не стану врать, не столь уж велика жертва. В Москве буду заниматься технологической разведкой. Уезжаю из этой дыры навсегда, не в последнюю очередь благодаря тебе. Хотел бы тебя отблагодарить.

— Меня?

— За честную службу стране. Глядишь, и выпустят, когда срок подойдёт.

Сердце у неё упало.

— Не в моих силах скостить срок политической, изменнице вроде тебя. Но хотелось бы хоть что-то для тебя сделать, чтобы отблагодарить за усердие.

— Позвольте мне остаться при больнице. В качестве санитарки. Я уже привыкла и могу тут быть полезной.

— В лагерь возвращаться не хочешь?

— Да нет, не хочу.

— Ну и прекрасно. Оставим всё как есть.

— Спасибо, полковник,— сказала она, вставая вместе с ним.

— Ещё одно.

— Да.

— Можешь пойти попрощаться со своим другом Роббинзом.

— Да.

— Он ведь теперь твой товарищ, так уж вышло.

Качак всё ещё улыбался, когда Флоренс вышла.

***

Глаза Генри полностью зажили, но было красны. Он жестом попросил охранника подождать за дверью, пока они с Флоренс будут прощаться.

— Здравствуйте, Генри.

— Флоренс.

— Комендант сказал, что вы уезжаете завтра.

Он потупил взгляд, стараясь не смотреть на неё.

— Генри,— она коснулась его руки.— Всё будет хорошо. Не мучайте себя так.

— Я совершил непоправимое, Флоренс.

— Нет.

— Я— предатель. Я предал свою страну.

— Не оглядывайтесь назад. Я верю в вас.

Он покачал головой, словно стремясь стряхнуть с себя эту мысль.

— Я сделал то, чего поклялся никогда не делать.— Он стиснул её руки.— Обещайте мне, что никогда не расскажете им, что я сделал— только то, что со мной произошло. Когда вы отсюда выберетесь, скажите им, что я умер американцем. Потому что тут конец Генри Роббинзу.

Она решила, что он имеет в виду своё новое имя. Его прежняя личность будет полностью стёрта, всякая связь с прошлым станет невозможной.

— Конечно.

— Вы помните адрес.

— Я его никогда не забуду.

— Дай вам Бог долгих лет жизни.— Он положил свои жёсткие костлявые руки ей на голову, будто благословляя её, но держал их долго, дольше, чем обычно держит священник, пока глаза их обоих не наполнились слезами.— Прощайте, Флоренс.

* * *

О том, что случилось после, Флоренс узнала только через несколько дней. Сообщил ей об этом Константин, один из медбратьев, начавший по указанию врача учить её искать вены на руках туберкулёзников для инъекций хлористого кальция.

— Твой американец мёртв,— сообщил он ей, когда они находились в покойницкой, где у трупов снимали отпечатки пальцев перед отправкой в морг.

Флоренс попыталась изобразить непонимание. Её ведь предупреждали никогда не говорить об этом. Как же они узнали?

— Мёртв, мёртв,— повторил Константин.— Выстрелил себе в рот. Ты ведь его знала.

— Но… его ведь должны были отправить в Москву.

— Всё, что мне известно, это то, что его должны были отправить куда-то. Охранник вывел его из камеры в коридор. Не прошли они и нескольких шагов, как он обернулся, выхватил у охранника винтовку, повалив его, а затем выстрелил себе в рот. Мозги вышиб начисто.

В сердце у неё как будто образовалась воронка, бездонная чёрная дыра.

— Откуда у него силы взялись.

— Наверное, давно это замыслил. Просто, ждал подходящего момента. В коридоре никого больше не было. Да и охранник был совсем мальчишка. Как бы то ни было, он сумел вырвать винтовку у него из рук.

— Не может этого быть.

Но было ведь. Новость эта пришла от шофёра, перевозившего трупы из морга к общим могилам. Он сам видел тело.

— Только никому не говори,— сказал ей Константин.— Он ведь тебя в это не посвящал?

— Кто?

— Американец!

—Господи, нет, конечно!

…Обещай, что никогда не расскажешь им о том, что я сделал—только о том, что со мной случилось.

Она трясла головой, не желая верить.

…Потому что тут конец Генри Роббинзу…

Но разве он не говорил о том, что скинет в Перми американскую кожу и станет другим человеком в столице? О, какой же дурой она была. Он ведь её предупредил, теперь это было совершенно ясно.

—Он мне ничего не говорил.

—Ну, ещё бы,—заметил Константин.—Комендант весь так и пышет, всех допрашивает.

Она поняла, что Константин хочет предупредить её заранее.

Но на допрос её так и не вызвали. По какой-то неведомой милости беда снова миновала её.

Ещё несколько недель она беспокоилась о том, что после инцидента перевод Качака в Москву не состоится, а из-за этого и обещанная им поблажка пойдёт прахом. Но его повышение в аппарате МГБ тем не менее состоялось. Данное ей обещание он сдержал. Она так и осталась санитаркой в больнице. И вот в один из мартовских дней следующего года она вдруг услышала из настенного громкоговорителя в главной больничной палате звуки почти начисто забытые. Классическую музыку! Не бравурную, нет, а торжественную и чистую, как ангельские голоса. Бетховен? Гендель? За музыкой последовал медицинский бюллетень с подробным перечислением пульса, артериального давления, частоты дыхания и даже анализа мочи Сталина. Его моча! Как и музыка перед этим, голоса звучали скорбно и торжественно—речь ведь шла о Боге, который, оказывается, *ссал и срал,* как и всё прочее грязное человечество. И тогда она поняла, что теперь уже недолго осталось ждать.

СУДЬБОНОСНЫЙ ПЕРЕЛОМ

К шестидесятым годам Москва, словно дуб, нарастила очередное кольцо — кольцевую автомобильную дорогу. Проезжая по этой четырехрядной асфальтированной магистрали в 1975 году, вы могли видеть, как по сторонам дороги правильно расчерченными полукружьями стремительно вырастали, подобно новому виду грибов, белые корпуса новостроек. Эти новые жилые микрорайоны возникали на месте бывших деревушек, раньше насчитывавших по сотне жителей, а теперь расчитанных на сотню тысяч.

Люди прощались со своими перенаселёнными обветшавшими коммуналками, с грязными бараками, переезжая в девяти-, шестнадцати- и двадцатипятиэтажные городские окраины!

И в 1975 году мы тоже стали новосёлами. Люся с детьми и я сам присоединились к волне жизнелюбов, стоявших в очередях за югославскими стенками, польскими спальными гарнитурами и болгарскими кухонными шкафами, чтобы заполнить пространство трехкомнатных хоро́м. На кухне, на крышке полуавтоматической стиральной машины, которой Люся пыталась придать несколько более домашний вид при помощи макраме, стоял наш немецкий коротковолновый радиоприёмник «Грюндиг». Японская стереосистема гордо красовалась под стеклом югославской стенки. Торговые отношения между Востоком и Западом были на подъёме. У всех на устах было слово «разрядка». На космической орбите астронавты «Аполлона» и космонавты «Союза» соединили свои корабли в невесомом космическом танго. Эти новости о великом сотрудничестве мы смотрели на экране нашего телевизора «Горизонт», а через несколько месяцев после этого на нем же любовались на Форда и Брежнева, говорившего так, будто рот у него был набит колбасой, когда они не смогли договориться о крылатых ракетах и бомбардировщиках. Разумеется, долго вся эта поцелуйная Хельсинская идиллия продолжаться не могла. К концу десятилетия начнётся вечеринка в Афганистане.

Но это всё ещё впереди. А сейчас летом 1975 года мне приходилось думать о непрочной разрядке иного рода. В течение многих лет мы с матерью поддерживали собственное шаткое перемирие, то есть, старались ладить друг с другом, и о политике не говорить. Флоренс больше не говорила о том, что социализм, по крайней мере в теории,—прекрасная идея, а я на это не отвечал тем, что не менее прекрасной идеей было бы полетать вокруг дома перед завтраком для разминки, размахивая руками. В конце концов, наше перемирие было нарушено не проблемами государственной важности, а извечным московским квартирным вопросом.

—Это всё не для меня,—сказала она.—Мне и здесь очень хорошо. Я справлюсь.

«Я справлюсь». Любимая фраза моей матери, а ещё: «Не стоит нарываться на неприятности».

—Нет, ты не справишься,—возражал я.—Или, точнее, может быть и справишься, но зачем?—Я ей напомнил, как в прошлом месяце мне пришлось дважды возить её в больницу, когда у неё отнялись ноги из-за грыжи межпозвоночного диска, нажитой в лагере.—И что же будет, если ты снова не сможешь двигаться из-за болей?

—Там, в лесу докторов поблизости не будет.

—Зато мы будем поблизости, я буду—неужели непонятно?

Она по-прежнему жила в той же самой тесной коммуналке, в которой мы жили вдвоём с ней с 1956 года, когда её выпустили из лагеря, а меня—из детдома.

—Я не смогу одолеть этих лестниц.

—Там есть лифты!

—Нет, нет… я видела. Потолки низкие. Я всю жизнь жила в комнатах с высокими потолками.

—Мать, но у тебя же будет больше пространства, а никак не меньше. Ты же сейчас живёшь в чулане с высокими потолками. Всё приходится складывать в стопки. Даже маленькую картинку повесить некуда! И два шага между сортиром и кухней. Что ты себе думаешь?

— Меня всё устраивает.

— Если вопрос упирается в деньги, я с радостью заплачу первый взнос за однокомнатную кооперативную квартиру в том же доме, где живём мы.— Честно говоря, это моё предложение было не вполне искренним. Не то, чтобы я не хотел платить за мамину кооперативную квартиру, просто я знал наверняка, что у неё самой есть для этого деньги. А узнал я об этом двумя годами ранее, когда хотел занять у неё немного денег для первого взноса за нашу собственную квартиру; и тут Флоренс меня огорошила, выдав мне, как по мановению волшебной палочки, полдюжины свёртков сторублевок — почти четыре тысячи рублей — столь туго скрученных резинками, что пришлось их разглаживать горячим утюгом для придания им изначальной формы. Она решительно заявила мне, что это — не ссуда. «Я что, царица египетская, что ли, чтобы забирать это с собою в могилу?» — отрезала она, когда я пообещал было вернуть ей эти деньги.

Как ухитрилась шестидесятипятилетняя женщина, жившая на нищенскую государственную пенсию, накопить такое богатство? Сама она уверяла, что тратилась только на сардины и чёрный кофе, никогда не покупала себе нового пальто, годами носила старую чинёную обувь. Но как она сумела эти деньги накопить? Это было куда интереснее, и всё, что я могу сказать на этот счёт, это то, что за двадцать лет жизни в послесталинской Москве моя мать создала довольно прибыльное дельце.

До того как уйти на пенсию в возрасте пятидесяти пяти лет, она работала продавщицей в «Доме книги», а точнее, в небольшой пристройке, известной под названием «Дом зарубежной литературы». Это было едва ли ни единственным местом в городе, где можно было приобрести иностранные издания — словари, английские переводы произведений Пастернака и Чехова, а также популярные издания в мягких обложках произведений Джека Лондона, Эрнеста Хемингуэя, Артура Хейли, Эриха Марии Ремарка. А также и учебники английского языка, пользующиеся высоким спросом у тщеславных матерей нового поколения подростков, будущих студентов МГИМО, которых на занятия доставляли в чёрных «волгах». Все эти расфуфыренные амбициозные жёны новой номенклатуры стремились устроить своим деткам дипломатические карьеры, а для этого им было необходимо выучить правильный английский, не такой, какому учат в школах местные училки, ни разу в жизни и не слыхавшие настоящей английской речи.

Платили ей за работу в магазине гроши, но зато это давало маме возможность раскрыться во всей красе. Глаз у неё был намётанный на эту публику, она сразу же замечала этих женщин в высоких импортных сапогах, впервые оказавшихся у книжных стеллажей в поисках учебников для начинающих и словарей идиом; Флоренс вежливо уводила их в задние ряды полок и начинала подробно распространяться о преимуществах и качестве тех или иных учебников, зачитывая им отдельные строки на своём безукоризненном английском до тех пор пока мамаши не осмеливались поинтересоваться её прошлым, а она, улыбаясь, давала им очень краткую биографическую справку, а заодно и номер телефона на случай, если у них возникнут какие-либо вопросы по поводу купленного учебника. Затем следовало приглашение на чашку чая. Вскоре вслед за этим она уже давала ежевечерние частные уроки, причём список её учеников удлинялся с каждым месяцем.

По воскресеньям, пока я корпел над учебниками, готовясь к вступительным экзаменам в университет, мать совершала обход привилегированных квартир на Ленинских горах, разнося копии домашних заданий и унося наличные. Её довольно язвительные отчёты о посещаемых ею жилищах всегда находились в прямо пропорциональной зависимости от расположения и внимания, оказанного ей хозяевами. В частности, она высмеивала манеру её патронов предлагать французский коньяк и голландский шоколад, крестьянские повадки мужей и светские потуги жён, иронически закатывала глаза при упоминании об их полированной мебели и о цветах в вазах с претензией на икебану. Про одну из своих клиенток, известную женщину-врача из «кремлевки», она говорила, помнится, следующее: «Не берусь судить о её врачебных достоинствах, но карманы врачебного халата у неё хорошие, глубокие». Никто из этой публики не был, по её мнению, настоящим коммунистом. Настоящие все вымерли.

Но даже эти резкие суждения, которыми она делилась, я уверен, только со мной, были на самом деле, ни чем иным, как наслаждением собственной долгожданной независимостью. Она больше не была рабыней этих людей; она сама назначала часы уроков, сама выбирала детей, с которыми хотела работать, могла отказать ученику за несерьёзное отношение к урокам, при этом накапливая туго стянутые резинками синие, сиреневые, оранжевые купюры и пряча их в бельевом шкафу среди простыней и полотенец. Её американское происхождение — то самое, что однажды сыграло столь роковую роль в её судьбе — теперь стало ключом к её свободе.

Неужели она думала, что я пытаюсь отнять у неё эту свободу?

— Я не хочу уезжать из города.

— Мы же не в деревню тебя хотим увезти, просто поближе к нам. Поближе к твоей собственной семье. Неужели тебе не надоело делить сортир с шестью соседями?

— Я и худшее пережила.

— Если с тобой что-то случится, я не могу обещать, что стану навещать тебя ежедневно. Не смогу, если придётся жить в разных концах города. Я ведь работаю! И Люся тоже.

— У меня есть соседи. Они приличные люди. Никто не орёт, не пьянствует. А эта деревенщина с окраин мне не по душе.

— Какая деревенщина? Такие же люди, как мы сами.

— Не надо мне рассказывать… Видела я их… работяги… пьяницы… сплошь и рядом… никакой культуры. Ни театров, ни книжных магазинов — это не жизнь, а прозябание. Просто наказание какое-то.

— Да ты ведь будешь ненамного дальше от центра, чем сейчас. Мы же живём около метро. И соседи — это, всё же, не семья. Сейчас самое время покупать квартиру, и позволь напомнить, мама, ты ведь не молодеешь.

— Ты что, уже хоронить меня собрался?

Так я и спорил с ней до хрипоты без всякого толку.

* * *

Всё это должно было послужить мне предостережением: через два года началось обсуждение совсем другого переезда — не в пригороды, а значительно дальше. Кое-что с тех пор переменилось. Из многообещающего соискателя учёной степени я превратился в ещё одного еврея, которому зарубили диссертацию, и тут я понял, наконец, что никакие свежие культурные веяния не смогут заглушить смрад, исходящий от гнили моей страны. Подобно многим другим, мне пришлось расплачиваться за собственный оптимизм.

И тут, когда казалось, что всё безнадёжно, открылись новые перспективы. Бушели американского зерна, закупленные к стыду колхозов, теперь стали гарантами того, что моя семья может беспрепятственно вырваться из удушаюших объятий режима. Но я и вообразить не мог, что главным препятствием к отъезду станет моя мать.

— Разве мы всё уже не обсудили? — с невинным видом отвечала она всякий раз, когда я спрашивал её, собирается ли она с нами в Америку, или, как она называла её, «в ту страну». Она столь упорно избегала произносить это слово, что со стороны можно было подумать, будто речь идёт по-прежнему о её переселении на московскую окраину.

— Мама, мы без тебя не уедем.

— Нет, нет, — резкий жест головы. — Моя жизнь — здесь.

— Я не могу оставить тебя здесь совсем одну.

— Я справлюсь.

— Не в этом дело. Мы уже подали документы. Мы решили уехать. Ты понимаешь, что это значит?

— Я не собираюсь вам мешать, — отвечала она, словно речь шла о каком-то неприятном недопонимании. — Подпишу любые бумаги, какие потребуются, без всяких уговоров.

Последним барьером на пути эмиграции был смехотворный советский закон, гласивший, что каждый взрослый человек, желающий эмигрировать, должен иметь на то письменное разрешение родителей. Согласие её у меня было, но сотрудничать в этом деле она отказывалась. Однажды вечером она приехала к нам на квартиру, чтобы подписать бумаги, позволяющие мне и Люсе покинуть страну.

— Мать, это твой последний шанс, — сказал я. — Ты расстанешься со мной и с детьми навсегда. Ты этого хочешь?

Я видел, что она вся дрожит, хоть и старается не показывать этого. Но мне было уже всё равно, любезничать времени не было. Мне хотелось её растрясти.

— Ты в самом деле этого хочешь?

До падения Берлинской стены оставалось ещё одиннадцать лет. Джимми Картер был президентом. Не было ещё ни Горбачёва, ни перестройки, ни символических, полностью проницаемых границ, ни скайпа, ни скидок за частые трансокеанские перелёты. Отъезд означал «навсегда». Вечное изгнание.

Но мама опять ушла в молчанку.

Не ярость я ощутил тогда, нет. И не гнев. Нечто глубже, чем гнев. Нечто такое, что прорвалось сквозь всякие сдерживающие начала и воспитание. Я попытался скрыть это, сделав вид, что готов внимательно выслушать её.

— Неужели то, о чём я тебя прошу, настолько ужасно? — спросил я.

— Что — скажи мне — я буду там делать?

— У тебя будет пенсия, как и здесь.

— Сидеть на пособии, ни чёрта не делая. Здесь у меня есть работа, мои ученики.

— Тебе шестьдесят семь лет. Сколько лет ты ещё сможешь работать? Жизнь не сводится только к работе, мама. Я смогу обеспечить всех нас.

— Я никогда не хотела сидеть на твоём иждивении!

— Но я этого хочу!

— Почему ты преследуешь меня?

— Что я делаю?

— Ты хочешь обратить меня в калеку!

— Ни в кого я не хочу тебя обратить.

— Ты хочешь сделать меня никчёмной. Чтобы я никому была не нужна.

— Это — неправда, ты мне нужна, вот что я пытаюсь до тебя донести!

— Ты хочешь отнять у меня независимость. Неужели я её не заслужила, после всего? Неужели я не заслужила хоть чуть-чуть свободы в этом мире?

— Ты называешь это свободой? Вот эту жизнь в этой лживой, лицемерной стране со всеми её проклятыми рогатками…

Она, конечно, знала о моей зарубленной диссертации и глаза её не могли этого скрыть, даже когда она произносила свою излюбленную фразу: «Я пережила и худшее».

Я слышал, как в гостиной, где сидели моя жена и дети, моя дочь спрашивает, почему папа кричит на бабушку. Люся в панике вошла в комнату, пытаясь нас примирить, но нас уже было не остановить.

— Всё это говно, — орал я, — которое нас заставляют жрать с утра до ночи… да ещё и делать радостный вид при этом… Моя жизнь уходит псу под хвост! — орал я. — Вся жизнь!

— Я совсем не собиралась мешать тебе уехать…

— Ты ведь просто боишься вернуться, так ведь?

— Прекрати это!

Я понял, что задел за больное.

— Ты загубила собственную жизнь, и теперь не можешь простить себе этого…

— Я не желаю этого слышать…

— Ты не можешь вынести сознания того, что вернёшься неудачницей! — хотелось крикнуть мне. — Тебе невыносима мысль о том, что все твои высокие идеалы, все твои, так называемые, принципы, все твои испытания, все поражения были напрасны!

Но сказал я совсем не то, глядя моей матери прямо в её испуганные голубые глаза — эти бездонные глаза, хоть и утратившие блеск в старости, но оставшиеся самым ярким пятном на её лице. Сказать ей всё это требовало жёсткости и жестокости, на которые даже я не был способен.

А сказал я то, что было не столь смело, но скорее всего столь же больно услышать женщине в её состоянии.

— Ты хочешь умереть в одиночестве, мама? Потому что именно так и будет. Ты умрёшь в одиночестве в этой крошечной комнатке, которой ты так дорожишь, в двух шагах от театров, от твоей «культуры» — но всё равно умрёшь, а никто этого и не заметит, никто и в дверь не постучится до тех пор, пока чья-нибудь кошка не начнёт скрестись под дверью, учуяв запах тления. Ты меня слышишь?

— Я тебе не позволю! — голос её дрожал, из глаз хлынули слёзы гнева. — Я не позволю тебе заставить меня бросить всё, я… я… — Она не могла продолжать. Она выбежала из комнаты, из квартиры, прежде чем я успел выбежать за ней следом.

Она не стала ждать лифта. С удивительной скоростью она помчалась вниз по лестнице, чтобы убежать от меня.

Когда я услышал шум несколькими этажами ниже, я не сразу понял, что случилось. Среди гулких голосов на лестнице я различил приглушённые стоны матери. Когда я спустился по лестнице до площадки седьмого этажа, двое людей пытались помочь ей встать и зайти в их квартиру. Бородатый муж поддерживал её подмышки, а жена осторожно, словно треснутое яйцо, поддерживала её правую ногу.

Падение было неудачным, хотя мама это не хотела признать.

— Я в порядке, — настойчиво повторяла она, несмотря на стоны от боли. Возможно, она думала, что её падение, хоть и страшное и болезненное, было просто досадной оплошностью. В глаза мне она не смотрела. Я обошёл её с другой стороны и положил её руку себе на плечи. Она была лёгкой, как у ребёнка.

— Плохо дело, — сказала женщина, выпуская из рук её ногу. Нога в разорванном нейлоновом чулке распухала как сосиска на сковородке. Когда я притронулся к её пятке, она взвыла от боли.

Древние греки верили в то, что пытаясь убежать от судьбы, попадаешь прямо в её объятия. Так с мамой и случилось. Сбылось то, чего она больше всего боялась: она стала инвалидом.

ДИАЛЕКТИКА ФЛОРЕНС ФАЙН

В первые недели выздоровления Флоренс передвигалась на костылях, стоявших в голове её диван-кровати, и это отнимало у неё столько сил, что не могло быть и речи о её возвращении в старую комнату на улице Чехова. На такой риск они пойти не могли. В гостиной, забитой упакованными к отправке вещами, Юлик оборудовал ей ложе на раскладной диван-кровати, где она по большей части и пребывала подобно беженке, пока её семья готовилась к отъезду.

Несмотря на это неудобство, вся семья вела себя заботливо и предупредительно. По утрам девятилетняя внучка приносила ей на подносе завтрак — гречневую кашу, чай, болеутоляющие таблетки. Сдавшийся, Юлик не донимал её больше вопросами о том, поедет ли она вместе с ними. Когда он спрашивал её, как поживает её нога, вид у него был виновато-расстроенный. То же было и с Люсей. Вся эта неуклюжая забота вызывала у Флоренс ощущение пациентки психиатрической палаты. Один лишь маленький Ленни, утыкавшийся в её колени, когда она сидела в кресле, шумно без всяких церемоний радовался ей, хоть мать его и пыталась убедить дать бабушке поспать. Его она и любила больше всех.

Она была рада, когда после утренней суеты завтрака, одевания, проводов детей в школу они спешили из дому, а её оставляли в покое. Сидя у кухонного окна и прихлёбывая чай, Флоренс смотрела, как последние тёплые дни осени за окном сменялись нескончаемыми дождями. Безликие башни окраины терялись в туманной дымке. Дождь заливал выщербленные мостовые, а новое метро девятью этажами ниже поглощало и извергало толпы пассажиров. Пока её сломанный голеностоп заживал в гипсе, ей пришлось отменить почти все уроки. Какое-то время некоторые из её учеников соглашались приезжать в квартиру Джулиана, где она занималась с ними за крошечным кухонным столом. Но постоянный беспорядок в доме, где жили двое маленьких детей, делал её работу почти невозможной.

Всю жизнь она знала, чем себя занять, как не дать нежелательным мыслям себя одолеть. Но теперь, когда единственной оставшейся обязанностью было снова встать на ноги, Флоренс не оставалось ничего иного, кроме как предаться размышлениям. Из-за слабости и болеутоляющих таблеток она быстро уставала и с радостью впадала в медикаментозное забытьё в течение дня. Но этот вынужденный отдых действовал на неё странным образом. Иногда, выходя из объятий сна, она вдруг ощущала тошноту в горле и в животе, как будто стояла на палубе корабля во время качки. Иногда, вздрогнув, просыпалась от знакомого голоса во сне «Как может девушка бросить свою семью? — спрашивал голос. — Кто способен на такое в здравом уме?» Давно голос отца не вспоминался столь явственно. В вечернем полумраке квартиры огорчение отца ощущалось острее, чем горечь сына.

Но она *должна была* уехать. В той стране, давным-давно опутанная вековым чувством вины, она решительно отказывалась подчинять свои желания всей этой бессмысленной порядочности. Не то, чтобы она не верила, что в Америке что-то может измениться — менялось даже тогда, повсюду. Но кто же мог предвидеть всё, что случится: разброд, войны, борьбу за права расовых меньшинств, целую эпоху сексуальной революции, о которой пишут до сих пор. Освобождение женщин. Кто мог предвидеть противозачаточные таблетки, которые скинут с девичьих плеч ношу тысячелетий. Да, она могла остаться и стать участницей всех этих многолетних изменений. Но для этого у неё не хватило терпения. Она хотела перепрыгнуть одним махом через все запреты и препятствия, через все предрассудки и ханжество, прямиком в будущее. Вот что значил для неё тогда Советский Союз — место, где будущее уже настало. Потому и сбежала она тогда из Страны Свободы — чтобы почувствовать *себя свободной*. Она должна была решиться на это сама, иначе она вообще не смогла бы решиться.

Как может девушка бросить свою семью? Тогда она об этом не думала, не знала, что значит иметь своего ребёнка. И что это значит — потерять его. Об этом она узнает много позже.

Всё чаще она думала о Леоне. Если бы она знала, как мало времени им оставалось быть вместе, была бы она такой непоседливой, скупой на ласку? Плохой женой была она ему, а он её так любил, был ей так предан, прощал ей то, чего прощать нельзя было ни в коем случае, даже её подлую связь с тайной полицией, которую теперь она сама едва ли могла себе простить. Не было между ними мира и согласия в те годы унижения и ужаса. Но насколько всё было бы ужаснее, не будь Леона рядом с нею? Может, будь она мудрее, он бы и не погиб? Не расскажи она Субботину про поход на встречу с Мейерсон, про их друга Селдона? Да, она и об этом иногда задумывалась. Оттянули ли её признания их гибель или ускорили её?

Но как было узнать. В старости вдруг замечаешь, что мелкие просчёты огорчают намного сильнее крупных. Сейчас сердце у неё болело оттого, что она слишком мало радости приносила Леону, даже больше, чем от мысли о том, что она могла спасти ему жизнь. Всегда куда-то порывалась бежать, когда ему хотелось просто посидеть, рассказать ей очередной анекдот. Всегда закатывала глаза от его развлечений, его легкомысленности, а ему ведь просто хотелось её развеселить. На интимные ласки всегда была скупа, ссылаясь на усталость. Никогда не говорила ему, как много он для неё значит.

Жизнь в какой-то мере вознаградила её за все лишения — дала ей, прежде всего, хорошего сына. Когда она вернулась из лагерей без Леона, ей больше всего хотелось вернуть утраченное за все эти годы — вырастить и защитить Джулиана, как может только мать. Но только он к тому времени уже не нуждался в её защите. Он привык к самостоятельности. Сам застилал постель по утрам, сам пришивал пуговицы, сам чистил обувь, прямо как солдат. Ещё по-мальчишески угловатый, сам варил себе макароны после школы. Все эти утраченные годы сделали его сдержанным и самодостаточным мальчиком. В тринадцать лет он был нежен с нею, уважительно называл её мамой, хотя слово это в его устах звучало несколько неуклюже. И ей нелегко было снова войти в роль матери после стольких лет разлуки.

Какие-то детские воспоминания у него сохранились. Но для новой привязанности необходимо было время. Он, однако, не держал на неё обиды. По крайней мере, какое-то время. Трения между ними начались позже, в год, когда он оканчивал школу. Вот тогда и началась Великая Реакция, принявшая облик политических и философских взглядов, споров, презрения ко всему, что она отваживалась защищать или даже к чему относилась нейтрально. Все накопившиеся за утраченные годы обиды и боли вдруг разом проросли.

Возможно, это было справедливым возмездием за то презрение, которое она выказала своим родителям. Сыну, похоже, доставляло удовольствие указывать ей на все её идеологические противоречия, как он это называл. Если она осмеливалась пожаловаться на то, что от водителя автобуса или кассирши в магазине несёт перегаром, сын насмешливо спрашивал: «От рабочего народа, мама?» И когда он с отвращением рассказывал, как вместе с другими студентами он должен был с деревянными урнами для голосования обходить квартиры в их районе в день выборов, стучась в каждую дверь и умоляя людей проголосовать за единственного кандидата и обеспечить 99% явки, а она ему на это сказала, что, по крайней мере, он дал людям возможность проголосовать. Он посмотрел на неё тогда как на умалишённую. Он не мог сдержать смеха, когда она ему как-то раз сказала, что он должен гордиться тем, что живёт в стране, где нет безработицы. «А знаешь, где ещё не было безработицы, мам? — с явным намерением подколоть её, спросил он и сам ответил. — В Берген-Бельзене!». Когда она сказала ему, что он должен быть благодарен за бесплатное образование, благодаря которому он способен с ней спорить с такой ловкостью, он напомнил ей о том, что за это по окончании учёбы ему придётся три года отработать в какой-нибудь провинциальной дыре и что ему, учёному-инженеру, всю жизнь платить за работу будут меньше, чем вечно пьяному работяге у конвейера.

Разумеется, она знала о спорах отцов и детей, но в случае с Джулианом это было другое. Он никогда не признался бы вслух, что осуждает её за то, что она бросила его ребёнком. Ведь детскому сердцу безразлична причина, по которой его оставили, но взрослому уму этой простой истины понять не дано. Он хотел, чтобы она загладила свою вину перед ним, осудив целиком всю систему, разлучившую их. Ему недостаточно было чувствовать себя правым, а её виноватой. Если бы он только этого хотел, она бы поняла. Но нет. Он хотел от неё полного отречения от всего, чем она когда-то дорожила. И это его желание казалось ей таким бездонно глубоким, что уму её было непостижимо, как утолить его.

В такие минуты она особенно остро ощущала отсутствие Леона. Леон бы сумел найти подход к Джулиану. Он сумел бы превратить тяжёлый, как свинец, сарказм Юлика в искрящееся золото юмора и лёгкой иронии. Но она этих слов сама найти не могла. «У тебя слишком хорошо подвешен язык, где мне тебя переспорить», — говорила она всякий раз, когда он своими аргументами припирал её к стенке. В конце концов, лучшим из всего, к чему они пришли, было умение не вступать в бесполезные споры.

Теперь, когда Джулиан больше не упоминал названия страны, в которую они собирались ехать, только постепенно исчезающие из квартиры вещи напоминали Флоренс о том, что решение об отъезде принято окончательно.

Они распродавали вещи. По вечерам она видела, как сын составляет списки книг и пластинок для продажи или раздачи друзьям. В течение нескольких недель с книжных полок в гостиной, где спала Флоренс, исчезли книги авторов, бывших её безупречно верными друзьями во время выздоровления. Ушли собрания сочинений Толстого и Пушкина, Гоголя и Лермонтова. Исчез проигрыватель, на котором она слушала музыку Стравинского и поэмы Цветаевой. Полки стали заполняться другим: расписными хохломскими деревянными мисками, ложками и солонками, которых за все свои годы жизни в России Флоренс ни разу не покупала. Это была идея её невестки. Нервная, но практичная, Люся собиралась везти всю эту крестьянскую дребедень в Америку в качестве подарков тем, кто поможет им устроиться на первых порах. Что ещё могли они предложить своим американским благодетелям? Как странно, думала Флоренс, представить собственного сына на её родине, русского с подарками из Старого света.

* * *

Она думала, что голос отца перестанет преследовать её, стоит лишь перестать принимать снотворное, но он, казалось, звучал всё настойчивее по мере того, как она поправлялась и начала свободнее передвигаться по квартире. Опять она рвала связь со своей семьёй. Какой-то частью души она понимала, что это неизбежно наступит. Она молилась, чтобы Джулиана поскорее выпустили, готовясь отпустить его навсегда. Неужели он сам не понимал, что делает она это для того, чтобы хоть как-то вознаградить его за то, чего она его лишила когда-то — раз уж она не смогла оставить ему что-нибудь значительное, так пусть уж он начнёт новую жизнь в Америке, не имея обузы в её лице.

— Я не могу, папа,— говорила она Соломону,— я не могу принудить его ходить за мной бесконечно.

Но ответ отца поразил её: «Это ты должна за ним ходить, неужели не понимаешь? Мало тебе, что ты его один раз уже бросила?»

И вот тогда она поняла: не словами, а делами может она искупить свою вину перед Джулианом.

Но какое право имела она бежать из этой страны, сожравшей Леона, Селдона, Эсси? До тех пор, пока она знала, что и её кости лягут рядом с ними, она откладывала приговор самой себе. Пока она никуда не уезжала, она могла и дальше убеждать себя в том, что эта проклятая страна их погубила, а не она принесла их в жертву ради собственного спасения. После сорока лет скитаний в пустыне даже древнему Моисею не дано было разрешения ступить на землю обетованную.

Теперь, когда в отсутствие учеников занять ей себя было нечем, она стала учить английскому своих внуков, читая Маше рассказы из английских книжек, которые Люся сумела раздобыть. Маша была умненькой, внимательной девочкой, очень похожей на Джулиана в детстве, но подлинным любимцем Флоренс был кудрявый Лёня, маленький Ленни, названный так в честь её Леона. Это он утыкался ей в колени и слушал, раскрыв от удивления рот, её рассказы про крокодилов, ползающих в туннелях Нью-Йоркского сабвея.

— А они страшные? — спрашивал он её.

— Ну, только если окажешься с ними один на один, но ведь так не будет.

— Потому что Баба будет со мною.

Она не знала, что ему сказать. «Мама с папой будут с тобою, мой зайчик».

Но он всё ещё сомневался, будто чувствовал, что и его родителям, растерянным иммигрантам, станет не по себе в мрачных лабиринтах сабвея.

А вот бабушка — другое дело, с нею нигде не пропадёшь.

— Но ты ведь тоже будешь с нами, — сказал он уже увереннее.

И она поняла, что не в силах сказать ему «нет».

АВАЛОН

Работники дома пенсионеров «Авалон» сложили и унесли все шезлонги, кроме наших. Мы с Сидни сидели на лужайке, следя за последними лучами заходящего солнца. Небо из голубого сделалось бледно-янтарным почти в точности под цвет пива «Амстель», что мы прихлёбывали из бутылок. Меня несколько беспокоило, как бы от пива у моего дядюшки не разыгрался кишечник, но он меня заверил, что после операции чувствует себя намного лучше, да и выпил он раз в пять меньше, чем я. Хоть запястья его и были ужасно тощими, но лицо несколько округлилось и посвежело с тех пор как я его видел в последний раз.

В Нью-Джерси стоял поздний сентябрь, вечера ещё были тёплые, в воздухе пахло соснами и слегка подгнившей ряской зараставшего пруда. Сидни расспрашивал меня о семье, и я ему рассказывал, что Ленни сейчас ищет место в различных брокерских фирмах, разбросанных по всему миру от Праги до Претории, в любом месте, где ожидается подъём на фондовом рынке.

— Ну и правильно, надо следовать за деньгами, ничего дурного в этом нет,— кивнул Сидни.— Очень даже дельно. Но домой пока не собирается, а?

— Может быть,— сказал я,— благодаря тому, что Ленни далеко, мы с Люсей, наконец, сможем устроить себе настоящий отпуск. Пора уже становиться похожими на наших американских сверстников и использовать всякую возможность для получения удовольствия от жизни. Может быть, нам всем поехать на сафари в Кейптаун,— предложил я.

— А ты куда? Снова в Москву собираешься?

Я не был уверен.

—Не знаю,—честно ответил я. Совместное предприятие было запущено: я своё дело сделал. И тут я рассказал ему другие мои новости: кто-то из моих старых коллег по инженерной фирме «Герберт», позвонил мне с таким предложением. NSF* зафрахтовли у «Континентал Ойл» ледокол, над которым я работал, и собираются отправиться из Новой Зеландии в Антарктиду с караваном судов и грузами для полярной станции МакМердо. Рейс осуществляется один раз в год. NSF является спонсором научной части экспедиции, и в этом году руководитель проекта хочет пригласить меня присоединиться к их команде исследователей и эксцентриков. Это дало бы возможность по-настоящему испытать судно, над которым я работал. Единственным условием было, что я должен поехать в качестве независимого инженера, а не штатного сотрудника крупной нефтяной компании.

—Так ты хочешь урезать вдвое свой заработок ради того, чтобы посмотреть на белых медведей?—удивился Сидни.

—Там нет белых медведей, но…—мой голос даже зазвенел от радостного предчувствия,—это ведь совсем иной мир, дядя Сид. Я пересказал ему то, что мне довелось прочесть про чудаков и профессиональных мечтателей, работавших в Антарктиде месяцами. Мне эти люди были по сердцу. Я увижу аванпосты великих исследователей Скотта и Шеклтона, героев-путешественников, рассказами о приключениях которых я зачитывался, будучи мальчишкой. В их палатках, навсегда сохранившихся в вечном полярном холоде, всё осталось таким же, как и было сотню лет назад.

—Это ведь самое основание мира,—сказал я, пытаясь не слишком впадать в мальчишество,—место, где время остановилось.

Сидни сочувственно кивнул.

—Ну а как твои собственные изыскания? Нашёл ты, что искал там?

Я понял, что он возвращается к нашему последнему разговору, когда я позвонил ему в три часа ночи.

—Не всё,—ответил я.

Кто-то на втором этаже включил радио, передававшее по местной станции программу джаза и блюза, и мы с Сидни

---

* *National Science Foundation*—Национальный научный фонд.

умолкли, слушая как нестройные и робкие звуки фортепиано, наконец, слились в медленную звенящую мелодию.

— Дядя Сидни, когда именно ты узнал о том, что она пыталась сбежать оттуда?

— Я это знал,— Сидни закрыл глаза,— года с 1947… наверняка. А может быть и до войны знал, но был ещё слишком молод, чтобы понять. Она тогда писала нам.

Я вытаращился на него:

— Она писала *в письмах* о своих намерениях?

— Она пользовалась эзоповым языком. Нужно было уметь читать между строк, в чём мои родители не были сильны.

— Что ты имеешь в виду? — не мог поверить я.

— Ну, были намёки. Она мне писала, как однажды, когда мы детьми были на ферме, и она там провалилась в колодец, а я побежал в город за помощью и спас её, и что она всегда знала, что я снова приду ей на помощь.

— Это правда было?

— Да о чём ты говоришь? Какая к чёрту ферма? Мы жили в Бруклине!

— То есть, ты хочешь сказать, что это был шифр?

— Ну, я это понял, только пройдя войну и набравшись кое-какого ума. Конечно, это была шифровка. Она знала, что все письма проходят цензуру.

Сидни дышал тяжело. Казалось, воспоминания отняли у него последние силы.

— Потом, после войны, я писал государственным секретарям Бирнсу, а затем Маршаллу. Я им написал собственной рукой, что мою сестру Флоренс Файн Бринк, проживающую в России с 1934 года, держат в Советском Союзе вопреки её воле. Я просил Государственный департамент разобраться в этом через наше посольство в Москве.

— Ответ ты от них получил?

— На второе письмо — да, получил.

— И что же?

— Ответ был очень кратким. В нём говорилось: *«Поскольку ваша сестра больше не является американской гражданкой, Государственный департамент не может предпринять каких-либо шагов для получения информации относительно её»*. Я до сих пор помню формулировки.

—И всё?

—Ага.

Пришёл мой черёд тяжко вздохнуть.

—Ты не смог бы добиться большего,—ничего глупее я сказать не мог, голос Сидни итак звучал печальнее некуда.

—Может—и не мог, а может и мог.

Он помолчал, словно опять прислушиваясь к музыке.

—Как бы то ни было,—затем добавил он,—на большее мне смелости не хватило. Получил ответ и дальше ничего делать не стал. Мне было тогда двадцать девять, только начинал карьеру, только обзавёлся семьёй—словом, начал новую жизнь. Американское правительство сказало не лезть в это, я и послушался.

Был у меня один парень в Госдепартаменте, приятель мой ещё со школьных лет. Я мог бы позвонить ему, попытаться что-то из него выжать. Но был 1948 год, и холодная война набирала силу. Вся страна следила по телевидению за делом Алджера Хисса, за тем, как он даёт показания в Конгрессе и отрицает, что он—коммунист. И это был человек, занимавший когда-то очень важный пост в администрации Рузвельта. Никто не считался неприкасаемым. Началось составление чёрных списков. У моей фирмы были крупные правительственные заказы. От всех требовали присяги на верность. Ну, зачем мне было иметь эти неприятности? Звонить и болтать о моей «красненькой» сестрёнке в Советском Союзе… Они мне ответили, и я решил на этом и успокоиться.

—Это ничего бы не изменило,—сказал я и тут же понял, что зря я это сказал, пытаясь облегчить чувство вины, разрывавшее ему сердце все эти годы.

—Всё дело в том, друг мой,—резко оборвал меня Сидни,—что все мы крепко привязаны к тому времени, в каком нам выпало жить. К тирании своей эпохи. Даже я. Даже ты. Никто из нас не свободен настолько, насколько нам хотелось бы. Я не оправдываюсь. Но очень немногим из нас дана сила противостоять этой неимоверной тяжести обстоятельств. И даже те, у кого такая сила есть—кто осмелится сказать, что их жизнь от этого стала лучше?

Я понимал, что он имел в виду Флоренс—освободившую себя от одних обстоятельств и павшую жертвой совсем иных.

— Но довольно об этом…— наконец, сказал он. Это погружение в философские бездны утомило его до крайности, и он хотел, я чувствовал это, поговорить о другом.

Но меня тема никак не отпускала.

— Привязанность к эпохе,— сказал я,— это очень точно сказано. Когда ей, наконец, представилась возможность уехать, она, чёрт возьми, заупрямилась до невозможности.

— И ты своей несчастной покойной матери все эти годы не мог этого простить. Но это не так интересно. У неё же там была жизнь! Её театры, её ученики. Куда интереснее то, почему она, в конце концов, согласилась уехать.

— Ну, это просто,— ответил я.— Она уже состарилась. К тому же с ней произошёл несчастный случай. Она не хотела остаться одна совсем беспомощной.

— Ты думаешь, что мы, старики, боимся того, что не найдётся кому нас похоронить? Да ты что. После всего, что ей довелось пережить, остаться в одиночестве пугало её менее всего на свете.

— Тогда почему же?

— Ради тебя, дурачок! Потому что ты бы её никогда не простил, если бы она осталась.

Я поглядел на хрупкие заострившиеся черты его лица, с трудом различимые в наступившей темноте.

— Это то, что она тебе сказала?

— Не вдаваясь в подробности. Она мне сказала: «Я была плохой дочерью, Сидни, и совсем никудышной женой. Я совершенно не понимала, что такое чувство долга. Я хотела стать настоящей матерью, но выбора у меня не было». Она позвонила из Москвы, чтобы сказать мне это. Конечно, я был очень рад тому, что она приедет в Штаты со всей семьёй. Я её тогда спросил: «Флори, что переменилось?» И она мне ответила: «Я уже раз оставила своего мальчика сиротой, Сидни, я не могу сделать этого снова».

Я вдруг почувствовал, как эти её слова зазвучали во мне, пробрав до дрожи, до кома в горле. В ту ночь, прокручивая свой разговор с Сидни, я почувствовал, насколько же мало я делал усилий все эти годы, чтобы понять её, отчего чувство скорби охватило меня с новой силой.

— Мне было тридцать шесть,— срывающимся голосом ответил я,— у меня были свои дети. Если бы мама осталась, я не стал бы казнить себя всю жизнь…

— Только не надо мне об этом говорить, — оборвал меня Сидни.

Он был прав. Я глубоко вдохнул насыщенный запахом сосен воздух. Я понимал лучше, чем хотелось бы, что она имела в виду. Мы никогда с Сидни до сих пор так не беседовали. Он никогда не рассказывал мне о девушке, отвергнувшей чувство долга и о старой женщине, отрёкшейся от свободы ради когда-то отвергнутого долга.

Сидни сидел с закрытыми глазами. На лужайке стало шумно, темнота сгустилась. Гудение насекомых спорило с музыкой, доносившейся из окна. Тот, кто её слушал, усилил громкость, чтобы заглушить природный шум, но рулады лягушек и сверчков тоже сделались громче. Я сидел в почти полной темноте, слушая смесь звуков гобоя, фортепиано, громкие трели цикад, ритм лягушек — целый оркестр природы, которому не было дела до страданий и блеска наших кратких жизней.

Глаза Сидни были по-прежнему закрыты, и я на мгновение решил, что он уснул в своём мягком кресле, что наша беседа отняла у него последние, оставшиеся за день, силы и что придётся его будить. Но когда я тихо окликнул его, чуть выпуклые глаза его раскрылись широко, как у ночного зверя настороже.

Я помог ему встать, взяв за локоть, и в почти полной темноте довёл его до крыльца, где раздвижные двери были ещё открыты.

— Не торчи слишком долго на южном полюсе, — предостерёг он меня, — там время, может быть, и остановилось, но тут оно летит очень быстро.

Я пообещал ему вскоре навестить его снова. Я следил, как он медленно зашёл внутрь, закрыл за собой раздвижную дверь, а затем через влажную от росы лужайку я вернулся к своей машине и поехал домой по пустынному ночному шоссе.

БРУКЛИН

Каждую неделю, странствуя по новому незнакомому городу, она обнаруживала то, чего раньше здесь не было. Стадион «Поло Граундз». Стеклянный храм-небоскрёб над Пенсильванским вокзалом. Вместо роскошного, увенчанного готическим шпилем, здания Зингера другой толстый небоскрёб. Троллейбусная линия на Бруклинском мосту. Огромный жилой массив на месте старого стадиона «Эббетс Филдс», принадлежавшего «Доджерз», любимому бейсбольному клубу Сидни.

Были кварталы, куда одной ходить было рискованно. Браунсвилл, Бедфорд-Стай, южный Бруклин. Те места, где улицы были опустошены поджогами и разрухой. Здание, где она когда-то обучалась машинописи, было всё изуродовано граффити. Исчезли линии надземки, с которых раньше на прохожих сыпалась сажа. Исчезли трамвайные пути на Фултон стрит, вместо них стояли фонари и деревья. Даже таблички с названиями улиц теперь были кричащие яркозеленые, а не бледножелтого или серого цвета, как прежде.

В первые месяцы Флоренс чувствовала себя подавленной всеми этими новшествами, но вскоре ей стало даже нравиться, что от старого Бруклина, напоминавшего ей о её прошлом, почти ничего не осталось. Она гордилась тем, что не подвержена ностальгии. Запущенность этого бедного района её больше не удручала.

Порою сидя у окна кухни, выходящего на пожарную лестницу, и любуясь видом на Оушен Парквэй, она думала, как это странно: убежать отсюда в юности, чтобы, в конце концов, вернуться сюда же.

Гражданство ей восстановили сразу же по прибытии (по праву рождения). Для получения прочих привилегий пришлось приложить некоторые усилия. С помощью Сидни и Джулиана она заполнила специальные формы штата и города Нью-Йорка для получения пособия по старости и квартиры со скидкой в квартплате для малоимущих. Ей даже была предоставлена ямайкская домработница, приходившая дважды в неделю помочь прибраться в квартире и приготовить обед, измерить кровяное давление, сводить её к врачу или к парикмахеру. Но в остальном она жила вполне самостоятельно в своей двухкомнатной квартире на углу Авеню С, где день и ночь выли сирены полицейских машин и «скорой помощи», и где каждую субботу она могла видеть, как ортодоксальные евреи в чёрных шляпах, похожие на призраков ушедшей эпохи, ведут легионы своих чад в синагогу.

Оказалось, что её страхи стать никому не нужной, были напрасны. Целыми днями к ней стремились за помощью её новые соседки: грудастые, выкрашенные в огненно-рыжий цвет киевлянки и одесситки, грузинские еврейки, говорившие по-русски с куда более сильным акцентом, чем она, тётки из Азербайджана в тюрбанах и длинных юбках, подметавших грязные полы коридоров многоквартирного дома — все стучались в её дверь, чтобы получить помощь в оформлении непонятных бумаг, приходивших по почте еженедельно из социального страхования, медикейда или от распространителей газет и журналов. Те из них, кто имели приходящих домработниц, приходили просить её помощи в роли переводчицы, потому что сами понять их не могли, называя их «иностранками», хотя эти женщины с Ямайки и Барбадоса жили в стране намного дольше их самих.

Но больше всего её радовали визиты брата. Именно Сидни выводил Флоренс на прогулки в старые районы Бруклина, где пятьдесят лет назад они охотились за разными маленькими сокровищами: ножиками для пирожных, волшебными карандашами, полицейскими свистками, леденцами на палочках, волнистыми попугайчиками. Конечно, теперь не было универмага «Вулворт» на каждом углу или мелочных лавочек, где все эти сокровища стоили пять–десять центов. Теперь за пять или десять центов ничего купить было нельзя. Даже звонок по телефону-автомату стоил четвертак. И настоящей яичной крем-соды теперь купить было негде. И потому брат с сестрой вместо всего этого просто сидели на скамейках парков, болтали, глядя на проезжающие машины, говорили до изнеможения, как будто и не было этих пятидесяти лет разлуки. А помнишь! А помнишь! А помнишь, как ты хотела найти работу такую же как у Элизы Вайс, продавать часы у «Мартина» во время рождественных праздников?

— Элиза — боже, да могла ли эта бедная девочка вообще сказать который час?

— А помнишь, как мама взяла нас с собой смотреть на особняк Менкена, потому что ей очень хотелось увидеть их китайскую комнату?

— Конечно, помню. Она потом без устали говорила про бумажные веера и атласные обои! А ещё ходили слухи, что мистеру Менкену пришлось приносить много извинений.

— Скандал?

— О нём все тогда только и говорили, глупый. Но ты был ещё совсем маленьким тогда.

— Так кто же тебе про него рассказал?

— Никто, я сама слышала. Помнишь, как говорила наша нянюшка Сисси: богатый не откупится ромашками, точно так же, как бедняк — бриллиантами.

* * *

Сегодня они прошли мимо своей любимой скамейки, шагая медленно, чтобы не утомлять больную ногу Флоренс. Она держала Сидни под руку, а сумочка болталась между ними, чтобы какой-нибудь хулиган не имел соблазна её стащить, хоть в ней и не было никаких ценностей, не считая двадцати долларов и пригоршни автобусных жетонов. Ничего важного, кроме письма.

Её брат был единственным, кто знал про изначальное письмо. То самое, которое она пять лет писала в уме и, наконец, воплотила на бумаге в июле 1959 года. Сидни тогда приехал в Москву, ухитрившись пристроиться делегатом на Американскую национальную выставку, устроенную по приглашению Хрущёва.

Все эти годы она не могла забыть своего лётчика, человека, упавшего с неба подобно ангелу, дабы дать ей шанс на вторую жизнь. Но, давая обещание рассказать семье Генри о его судьбе, она совершила очередной обман. В годы после лагеря, когда она пыталась начать новую жизнь и вырастить сына, она всё время уговаривала себя, что не обязана сдержать обещание, данное ею при тех обстоятельствах. Обещание, данное в минуту отчаяния и голода, в то время, когда она и вообразить себе не могла, что с ней станет в будущем — разве оно чего-нибудь стоит? Если бы такое письмо было отправлено из Советского Союза и попало в руки властей, она вполне могла ожидать, что к ней незамедлительно нагрянут те самые люди, во власти которых было нанести и ей, и её сыну страшный вред.

Она не знала даже, найдётся ли у неё достаточно смелости написать такое письмо, если бы её отважный брат не вызвался спрятать его у себя в портфеле. Встретив Сидни в тот день в Сокольниках, так сильно изменившегося — высокого, в пиджаке и тёмных очках, с набриолиненными жёсткими волосами и с золотым браслетом на руке — она запаниковала. Насколько же он выглядел американцем — пышущий здоровьем и самоуверенностью. Иностранец. Но она ошиблась: он по-прежнему лучился любовью и преданностью. Он принёс с собою толстую пачку фотографий — их родителей, их старшего брата, племянников и племянниц, которых она никогда не видела, и часами рассказывал ей о той жизни, которую она безвозвратно утратила. В конце концов, он предложил зашить письмо семье Роббинза в подкладку его костюма. Сидни советовал ей подписать это письмо своим подлинным именем, но она по-прежнему боялась. И в тот день, когда они с Джулианом провожали Сидни в московском аэропорту, ей было совсем не радостно от мысли о том, что она смогла исполнить единственное обещание, некогда не совсем искренне данное Роббинзу.

На улице Албемарле в здании их бывшей синагоги теперь была баптистская церковь, хотя на чугунных воротах по-прежнему красовалась звезда Давида. Люди, выходившие из неё, говорили не на идиш, а на креольском. Сидни не хотелось, чтобы она наведывалась в этот район даже в его сопровождении. Да и сын её при первой же возможности уехал из Нью-Йорка и поселился в Вестчестере. Там было жить намного спокойнее. Но кое-что осталось от старых времён. Эразмус Холл по-прежнему выглядел как белая готическая крепость, только сосны вокруг него стали такими высокими, что закрывали окна верхнего этажа. Похожий на Гранд-опера театр Кинг Лоу по-прежнему стоял на Флэтбуш Авеню, но его роскошный барочный фасад облупился и покрылся сажей. И почтовое отделение было всё там же, в старом кирпичном здании, которое почти не изменилось с тех давних времён, если не считать граффити.

Письмо, которое она собиралась отправить сегодня, содержало больше подробностей, чем то, что она написала в 1959 году. На сей раз она подписала его своим именем, а тогда ещё слишком боялась. Она подробно описала лагерь, в котором встретила Генри. Она сообщила в письме свой номер телефона на случай, если они захотят узнать другие подробности.

Ей до сих пор было не по себе, голова кружилась от мысли о том, что она сообщила столько подробностей о самой себе тем более, что Сидни настаивал на том, чтобы копию письма она отправила в Вашингтон в управление по делам ветеранов в отдел пропавших без вести. Если годы, проведённые в России, её чему-то и научили, так это тому, что за избыток информации приходится платить очень дорогой ценой.

Но каким же облегчением было забыть эти уроки. Пробить, наконец, тюремный лёд молчания.

Никакой очереди на почте не было. Почтовая служащая, полная женщина в толстых очках, взяла у Флоренс конверты, проштамповала их и вручила ей расписку о получении.

На улице апрельский ветер гонял по асфальту апельсиновую кожуру и мокрые газеты. Флоренс подставила лицо яркому и тёплому полуденному солнцу. Он по-прежнему стоял у неё перед глазами — мужчина, в чьих подбитых глазах сверкала непоколебимая, непостижимая и неподкупная вера в неё. Роббинз назвал её когда-то спящей красавицей, и теперь она чувствовала, что, наконец, просыпается.

Сидни ждал её на улице. «Ну что, пора домой, Флори?» — Он взял её под локоть своей сухой и тёплой рукой.

— Да, — ответила она, — пора.

БЛАГОДАРНОСТИ

Есть люди, без которых эта книга не могла бы появиться, чьи истории и идеи были почвой, из которой выросли мои герои: Тимофей Фридман, Александр Иерусалимский, Илья Поноровский—мои герои во всех смыслах этого слова. Я благодарна своей семье, которая никогда не позволяла мне отойти от видения этой книги: Софии Красиковой, моей матери и коллеге, которая читала каждую страницу и не давала фальши пройти через её порог; Грегори Уорнеру, моему мужу и спутнику в жизни и в фантазиях, и моему лучшему редактору.

Я благодарна друзьям с цепким глазом, которые прочли оригинальную рукопись и дали неоценимые советы: Алексис Калис, Аойфе Нотон и Лауре Старческой. Спасибо моему отцу Якову Красикову за его беспощадные сокращения и сестре Татьяне— моей опоре. Моим друзьям, которые стали моей большой семьёй за годы написания: Наташе Иерусалимской, Ольге и Ане Поноровским. Моим друзьям и гидам в Москве: Ольге Ладыгиной, Ольге Основской, Сергею Журавлёву и Татьяне Смирновой. Я в долгу перед Фондом семьи Рор за бесценный дар времени и Кэролин Хессель за её восторженную поддержку этой работы, по мере того, как она перерастала из разговоров в прозу. Спасибо моему редактору Синди Шпигель, моему агенту Ричарду Абату и первым вдумчивым читателям: Джуди Стернлайт, Лоре Ван дер Веер, Кейтлин МакКенна, Луи Пелоси, Джеки Стэплтон, Линн Ловетт, Майклу Мейеру, Уолтеру и Бетти Грей, Кэрол Кристиан, Роберту Херцу и Розалинде Финк.

Я обязана сотням статей и книг, которые позволили мне узнать о бурной и трагической сталинской эпохе и помогли мне наполнить содержанием жизни моих персонажей. Две книги были особенно полезны в понимании политического контекста их тяжёлого положения: «Брошенные: Американская трагедия в сталинской России» (*The Forsaken: An American Tragedy in Stalin's Russia*), Тима Цулиадиса (Tim Tzouliadis); и «Секретный сталинский погром: Послевоенная инквизиция Еврейского антифашистского комитета» (*Stalin's Secret Pogrom: The Postwar Inquisition of the Jewish Anti-Fascist Committee*), под редакцией Джошуа Рубенштейна (Joshua Rubenstein) и Владимира П. Наумова. (Vladimir P. Naumov).

И, наконец, моя благодарность неугомонному духу Полины Роуз (Фридман), одной из тех смелых женщин, которые «приводят во вращение мир».

Сана Красикова

О переводчиках

Александр Пинский — врач по образованию, закончил 2-й Московский медицинский институт им. Н. И. Пирогова (ныне Российский государственный медицинский университет) в 1979 году. Живёт в США с 1989 года, работает врачом-педиатром в штате Пенсильвания.

В переводе Александра Пинского на русский в 2004 году в журнале «Иностранная литература» в 1–3 номерах был опубликован роман Энтони Бёрджесса (Anthony Burgess) «Железо, ржавое железо» (*Any Old Iron*, 1988). Годом позже роман вышел отдельным изданием в российском издательстве «Иллюминатор». Другой роман того же автора «Силы земные» (*Earthly Powers*, 1980) в русском переводе А. Пинского есть в электронном варианте на сайте proza.ru

Тимофей Фридман, 1939-го года рождения, вырос и учился в Москве. Во время войны был в эвакуации под Горьким (ныне Нижний Новгород). После ареста отца в 1949-м и матери в 1951-м году жил в детских домах, сначала в Москве, потом в Энгельсе, Саратовской области.

В 1956-м году после окончания школы вернулся в Москву. Закончил Московский энергетической институт и инженерный поток мехмата МГУ, кандидат физ.-мат. наук.

Живёт в США с 1979-го года. В 1997-м году при поездке в Москву скопировал следственное дело матери в Главном Архиве РФ. Это дело послужило исходным материалом для написания романа. В 2017-м году на доме, откуда «забрали» отца, была установлена памятная табличка «последний адрес». (https://www.poslednyadres.ru/about/)

В настоящее время на пенсии, живёт во Флориде.